Charitas Bischoff
Bilder aus meinem Leben

I0592257

SEVERUS

Bischoff, Charitas: Bilder aus meinem Leben
Hamburg, SEVERUS Verlag 2013
Nachdruck der Originalausgabe von 1925

ISBN: 978-3-86347-368-6
Druck: SEVERUS Verlag, Hamburg, 2013

Der SEVERUS Verlag ist ein Imprint der Diplomica
Verlag GmbH.

**Bibliografische Information der Deutschen
Nationalbibliothek:**
Die Deutsche Nationalbibliothek verzeichnet diese
Publikation in der Deutschen Nationalbibliografie;
detaillierte bibliografische Daten sind im Internet über
http://dnb.d-nb.de abrufbar.

SEVERUS

Bilder aus meinem Leben

von

Charitas Bischoff

Inhalt

Verzeichnis der Vollbilder

Vater und Sohn

Bilder aus meinem Leben

Frühe Erinnerungen

Aus meiner frühesten Kindheit hebt sich ein Ereignis ab, das sich mir, trotz der langen Jahre, die dazwischen liegen, in seinen einzelnen Zügen unverwischbar eingeprägt hat. Ich war drei Jahre alt, da lief ich durch alle Räume unserer Wohnung, ich suchte meine Mutter. Es war gar niemand in den Zimmern, diese ungewohnte Leere machte mich bange, und ich ging suchend in die Wohnung der Großeltern, die mit in demselben Hause war. Die Tür war nur angelehnt, ich stieß sie auf, aber ich erschrak, ich stand vor etwas ganz Wunderbarem. — Gerade vor mir war ein hoher Aufbau, der ganz mit Blumen und Kränzen bedeckt war. Kerzen brannten und warfen ihren ruhigen Schein auf etwas Weißes, Helles. Undeutlich sah ich ein stilles, blasses Gesicht. Hier standen unter vielen, vielen Leuten auch Vater und Mutter. Am oberen Ende sah ich einen Mann allein stehen, der Mann sah anders aus als die andern Leute, durch sein langes, fremdartiges, schwarzes Gewand flößte er mir Furcht ein, aber als mein Blick wieder auf die vielen schönen Blumen fiel, da griff ich mit lautem Jauchzen in die bunte Fülle und riß einen Kranz mit schöner, weißer Schleife herunter. Niemand hatte mich bis dahin bemerkt, da die Blicke aller auf das obere Ende des Aufbaus gerichtet waren, erst jetzt, als ich mich durch meine Freude bemerkbar machte, drehten sich alle mit unwilligen Blicken zu mir, und die Mutter faßte mich sehr unsanft am Arm, nahm mir den Kranz aus der Hand, gab mir einen Klaps, schob mich zur Tür hinaus und sagte zürnend mit gedämpfter Stimme: „Du solltest doch drüben bleiben! Gleich geh, und komm nicht wieder hierher!" Ich setzte mich weinend auf ein Holzschemelchen, eine große Bangigkeit und Furcht kam über mich. Ich wunderte mich, daß ich von den vielen Kränzen nicht einen zum Spielen haben durfte. Wo mochte nur die Großmutter sein? Ich hatte sie solange nicht gesehen, und immer, wenn ich nach ihr fragte, sagte die Mutter: „Sie schläft."

⁎ ⁎ ⁎

Von da an wird's eine Weile dunkel im Gedächtnis. Es wird erst wieder hell, als ich eines Morgens von „Tante Klärchen", einer Freundin meiner Mutter, aus dem Schlaf geweckt werde.

Ganz sanft und liebreich streichelte sie mein Gesicht und sagte: „Komm nun, mein Täschen, steh auf, ich zieh' dich an. So, laß uns ganz schnell machen, du mußt noch deine Suppe essen. Komm, ja, du bist noch so müde, aber es hilft nichts."

Ich sah sie mit dem kleinen blechernen Öllämpchen vor mir, das sie nun auf den Stuhl stellte. Ich wollte nach der Mutter rufen, aber die Tante legte mir ihre Hand auf den Mund und sagte in leisem Flüsterton: „So, Täschen, sei nun ganz still, und tu, was ich dir sage! Deine Mutter bleibt bei dir, hab nur keine Angst, aber jetzt laß sie ganz in Ruh, ruf sie nicht, sprich auch nicht mit ihr, du störst sie." Da befiel mich eine große Angst, war doch alles so anders als sonst, wenn ich aufstand: ich hätte so gern gerufen, ich hatte so viel zu fragen, aber als ich in das ernste Gesicht von Tante Klärchen sah, schwieg ich beklommen und tat, was fie verlangte. Die Mutter huschte geschäftig mit einem ebensolchen Lämpchen aus einer Stube in die andere, machte ab und zu eine kurze Bemerkung zur Tante, und als ich die Brotsuppe gegessen hatte, hing mir die Tante einen ansehnlichen, bunten Kattunbeutel um, band mir ein wollenes Kopftuch und ein größeres Tuch um die Schultern, steckte in den Beutel ein kleines Gelenkpüppchen, einen bunten Lederball und ein eingewickeltes Butterbrot. Dann hing sie mir eine kleine Botanisiertrommel um, in der sich, wie ich später merkte, Strümpfe und Taschentücher befanden. Die kleine vermummte Gestalt muß etwas Unförmliches und Komisches gehabt haben, denn als mich die Tante vom Stuhl auf den Fußboden gestellt hatte, schlug sie leise lachend die Hände ineinander, als ich aber mit lachen wollte, legte sie mir wieder ihre Hand auf den Mund und sagte: „Pst! Ganz hübsch still sein, Mutter mag es heute nicht."

Nun kam die Mutter, sie war bleich und ernst. Sie hatte ihre dick wattierte Jacke an und um den Kopf ein wollenes Tuch gebunden. In der Hand trug sie eine Tasche aus grobem Segeltuch. Die beiden Blechlämpchen wurden gelöscht, die Tante nahm mich auf den Arm, die Mutter schloß die Tür und gab der Tante den Schlüffel.

„Laß doch das große Mädchen laufen," sagte die Mutter mit milder Stimme.

„Ja, gleich Malchen, es ist aber noch so finster, und sie ist in ihren Tüchern so unbeholfen, daß sie auf der Treppe leicht fallen könnte."

Als wir das Haus verlassen hatten und den Hügel, auf dem der Forsthof stand, hinabgestiegen waren, befanden

wir uns auf der breiten Chaussee. Wir gingen im
Morgengrauen einen weiten, weiten Weg, so erschien
es mir jedenfalls. Riesengroß reckten die kräftigen
Pappeln ihre dunklen Wipfel in den kalten, nebligen
Novembermorgen. Wie eine schwarze Wand dehnte
sich linker Hand der Zellwald neben uns. Ich taumelte
verschlafen zwischen Mutter und Tante, beide hatten
mich angefaßt, die Mutter sagte: „Wach' doch auf,
sonst fällst du noch über deine eigenen Füße!" Da hob
mich die Tante mitleidig auf und trug mich eine Strecke,
zwischendurch kam ich auch auf den Arm der Mutter,
und als wir endlich an Häuser kamen, da mußte ich
auch mal wieder laufen. Endlich hatte sich ein grauer,
trüber Tag durch den nächtlichen Nebel hindurch ge-
kämpft, wir hatten die Nachbarstadt erreicht und wanderten durch stille, verschlafene Gassen in einen geräumigen Hof, wo ein großer, gelber Wagen stand, dahinein hob mich meine Mutter, setzte mich in die hinterste
Ecke und sagte: „So, mein Täschen, hier darfst du
weiter schlafen. Sitz nun ganz still, daß du mir nicht
von der Bank fällst."

Nun es aber Tag war, saß ich nicht gern still, alles
war so anders, als was ich bis dahin erlebt hatte. Die
neue Umgebung reizte meine Neugier, ich drückte das
Gesicht gegen das Fenster, und sah mit Staunen, wie
ein ganz fremder Mann gleichgültig und verschlafen
heran schlurrte. Er warf einen Blick in den Wagen,
holte die Pferde und spannte an. Ich war noch nie
gefahren und sah dem neuen Erlebnis mit fieberhafter
Spannung entgegen. Die beiden Frauen hatten bis
jetzt draußen gestanden, nun nahm die Mutter an

meiner Seite Platz, und Tante Klärchen drückte mich
mit stürmischer Liebe in die Arme und sagte laut
weinend: „Ach, du armes, gutes, kleines Täschen!
Dich seh' ich ja nun in meinem ganzen Leben nie
wieder!"

Da fing ich auch an zu weinen, schlang meine
Arme fest um ihren Nacken und bat flehentlich: „Liebe
Tante, geh doch nicht fort, bleib doch bei uns!"

Da knallte der Fuhrmann, die Tante eilte hinaus,
und der schwerfällige Wagen rummelte über den Hof
durch die Neugasse, und die Tante lief winkend hinterher, bis der Weg sich senkte, da konnte sie nicht Schritt
halten, und als der Wagen um den Schloßberg bog,
da war sie unsern Blicken entschwunden.

„Mutter", fragte ich, „was tun wir?"

„Wir reisen."

„Zum Vater?"

„Nein, zum Onkel Karl."

„Wo wohnt der?"

„Weit, weit weg, ganz in der Walachei."

Ich lachte, da ich meinte, die Mutter mache Spaß
mit mir. Sie sagte nach einer Weile: „Versuch doch
zu schlafen, du bist doch gewiß müde."

Nein, ich war gar nicht müde, es gab so viel Neues
zu sehen. Ich wunderte mich, wie weit wir doch vom
Forsthof weg fuhren. Immer fuhren wir auf der einsamen Chaussee vorwärts, durch weite, öde Felder und
durch stille Dörfer.

Mir war zumute, als müßte ich nun mein lebelang
in dem großen Wagen durch die weite, weite Welt
fahren.

Dann bin ich doch endlich eingeschlafen. Ich erwachte erst, als der Wagen still stand.

„Komm," sagte die Mutter, „steig aus!"

„Sind wir nun in der Walachei?"

„Ach bewahre!" sagte die Mutter, „jetzt sind wir in Dresden, nun geht die eigentliche Reise erst los!"

*　　*　　*

Wir sind in Bukarest. Ich stehe auf einem Stuhl, Onkel Karl und Tante Leanka stehen vor mir. Die Mutter sitzt mit einer Näharbeit im Hintergrunde der Stube. Die Tante hat mich geputzt. Ich habe ein leuchtendes blaues Kleidchen an, kurzärmelig, am Hals ausgeschnitten. Die Tante legt mir ein Kettchen um den Hals, sie tritt ein paar Schritte zurück und ruft entzückt: „Zu niedlich! Karl, sie ist gar nicht mehr dieselbe! Sieh nur, wie ihr das Blau gut steht. Süß sieht sie aus, nicht wahr, Karl?"

Der Onkel nimmt mich lachend in die Arme, küßt und drückt mich, so daß ich halb vor Freude, halb vor Schmerz quieke, dann kommt die Tante und setzt die Liebkosungen fort.

„Malchen," wendet sie sich an die Mutter, „du sitzest da, als ginge dich das Kind nichts an, was sagst denn du dazu?"

Die Mutter stimmt nicht ein, sie schüttelt ärgerlich den Kopf und sagt: „Ihr macht einen schönen Affen aus dem Kind! Und wenn ihr sie nun verdorben habt, was dann? Wer soll sie dann wieder in Ordnung kriegen?"

„Du bist ein altmodischer Sauertopf," schilt die Tante, „als ob sie durch ein hübsches Kleid verdorben würde! Da müßten viel Leute verderben. Jetzt ist sie unser Kind. Du hast es selbst gesagt, als du kamst. Nicht wahr, Sophie, du bist Onkels und Tantes Kind?"

Ich fühlte mich gedrückt. War die Mutter böse auf mich? Es war so schade, ich hätte mich so gern recht laut mitgefreut, aber ich fühlte, die Mutter war böse geworden. Ich fühlte mich hin und her gerissen. Warum war die Mutter immer andrer Meinung als die anderen? Nicht einmal über meinen Namen waren sie sich einig. Von der Mutter wurde ich „Charitas" oder „Täschen", von Onkel und Tante „Sophie" genannt. Ich bekam von den beiden, was ich mir nur wünschte, und die Wünsche wuchsen, je mehr sie erfüllt wurden. Außer schönen Kleidern bekam ich reichlich Spielzeug. Mein besonderes Entzücken war eine große Puppe.

Hinter dem Hause war ein Garten. War das eine Lust! Der Onkel konnte sich gar nicht genug tun, er baute mir eine Hütte, stellte Tisch und Bank hinein, und oft hing er an die Sträucher Früchte, gerade so hoch, daß ich sie selbst pflücken konnte. Er schenkte mir einen Spaten und eine Harke und wies mir ein großes Stück Land an, mit dem ich tun durfte, was ich wollte, wenn ich ihn aber um Rat fragte, dann belehrte er mich und half mir zurecht. So vergingen für mich die Tage in Freude und Glück, und kein Wölkchen hätte mir den Himmel getrübt, wenn ich nicht oft das Gefühl gehabt hätte, daß die Mutter nicht so glücklich war, wie ich selbst. Auch Kinder durfte ich bei mir sehen. Da ich sie zu meinem Glück sehr nötig hatte, so ging ich oft auf die Straße und zog mir ein halb nacktes Walachenkind herein. Wir konnten einander nicht verstehen und meinten dann beide, lautes Schreien müsse das Verständnis vermitteln, als ich aber merkte, daß uns das nicht vorwärts brachte, verlegte ich mich aufs Aufpassen und Lernen. Onkel und Tante lachten über meine Sprachstudien. Maritza, das Mädchen, röstete uns Maiskolben, da saß ich mit den walachischen Kindern, und wir puhlten an dem „Kukuruz". Es kamen aber auch deutsche Kinder, und ich erinnere mich eines größeren Mädchens, das Adele hieß, und dessen Geschicklichkeit ich sehr bewunderte, sie konnte aus Kartenblättern alles mögliche falten und ausschneiden, sie machte mir Schlitten und setzte Papierpuppen hinein, dann jauchzte ich vor Vergnügen. Wenn es regnete, spielte der Onkel mit uns im Laden, Adele mußte in die Stube, und der Onkel versteckte mich. Er hob mich hoch hinauf in den Schrank und schob mich hinter ein großes Lederbündel, oder er versteckte mich unterm Ladentisch. Welche Aufregung für uns alle, wenn mich Adele endlich fand. —

Wenn deutsche Kunden kamen, rief mich der Onkel und sagte stolz: „Sehen Sie, das ist unser Kind, sie heißt Sophie!"

Eines Tages nahm die Mutter Abschied von uns. Sie war sehr traurig, nahm mich in die Arme, küßte mich und ermahnte mich, recht artig zu sein, sie hoffte nur Gutes von mir zu hören, wenn sie mal wieder käme. Ich fragte, wohin sie ginge, da sagte sie: „Ich gehe weit fort, nach Siebenbürgen."

Ich sehnte mich wohl nach der Mutter, aber ich hatte es so gut, daß ich mich bald gewöhnte. Nachdem die Mutter fort war, kam oft ein großer, stattlicher Herr, der mich immer zu sich rief und jedesmal sehr freundlich mit mir sprach, das war der deutsche Pastor Neumeister. Wenn er draußen vorüber ging, lief ich ihm voller Freude nach und war glücklich, wenn er mir die Hand gab. Sein Bild hat sich meinem Herzen unauslöschlich eingeprägt.

Nach langer, langer Zeit kam eines Tages die Mutter wieder. Ich mußte sie immer ansehen, sie kam mir so fremd vor, sie sah jünger und wohler aus, und mir schien, sie war vergnügter und gesprächiger. Nachdem sie eines Tages eine erregte Aussprache mit Onkel und Tante gehabt hatte, nahm sie mich auf den Schoß, küßte mich und sagte: „Weißt du was, Täschen? In ein paar Tagen reisen wir!"

Ich erschrak und fragte: „Willst du wieder nach Siebenbürgen, und soll ich mit dahin? Laß mich doch hier beim Onkel!"

Sie lachte und sagte: „Nein, nicht nach Siebenbürgen, nach Siebenlehn wollen wir. Weißt du, nach Sachsen, auf den Forsthof, zum Vater."

Ich weinte und erklärte, ich wolle lieber hier bleiben.

Nicht lange danach reisten wir wirklich ab. Wir fuhren diesmal nicht auf der Donau, sondern benutzten die Bahn. Onkel und Tante brachten uns an die Bahn, wir nahmen alle bewegt Abschied voneinander, ich hörte, wie der Onkel traurig sagte: „Ein Abschied fürs Leben!" Die Tante sagte: „Das wirst du bitter bereuen!" Die Mutter dankte sehr warm für alles, und dann noch ein letztes Winken aus dem Zug, und wir schieden auf Nimmerwiedersehen. —

Wir waren lange still und weinten, dann aber versuchte die Mutter während der Reise meine Erinnerungen an die sächsische Heimat aufzufrischen. „Wir gehen zum

Vater," sagte sie, "kannst du dich noch auf den Vater besinnen? Kannst du dich denn noch auf unsere Stuben besinnen? Auf die vielen Pflanzenpakete? Weißt du denn nicht mehr, daß wir viele schöne Käfer und Schmetterlinge hatten, und Schlangen und Eidechsen? Und erinnerst du dich denn nicht an Tante Klärchen?" Ja, ja, ihrer erinnerte ich mich. "Ich seh' sie nie wieder," sagte ich fest.

"Doch!" rief die Mutter lebhaft, "du siehst sie wieder, und schon recht bald."

Immer erzählte mir die Mutter vom Vater, sie sagte, er sei sehr klug, sehr fleißig. Da fragte ich: "Hat er mich so lieb wie Onkel Karl? Kann er so schön mit mir spielen?"

"Dazu hat er keine Zeit," sagte die Mutter, "aber wenn du ihn recht lieb hast, dann erzählt er dir viel Schönes von Tieren und Pflanzen."

Als wir in Dresden wieder in den großen Wochenwagen stiegen, da kam mir mit einemmal die Erinnerung, daß ich das schon einmal erlebt hatte. Und als wir am nächsten Morgen wieder den Weg auf der Chaussee zurücklegten, als ich wieder im Morgengrauen die Pappelallee sah und an der Hand der Mutter nun auf Siebenlehn zuschritt, da war mir ganz sonderbar zumute, so als hätte ich das alles geträumt, nur Tante Klärchen fehlte in dem Bilde, und wir machten den Weg in entgegengesetzter Richtung. Wir erstiegen den Hügel und standen nun vor dem Hause, dem Forsthof. Als wir die weitläufige Diele betraten, saß die Hauswirtin mit ihrem Mädchen da und schälte Obst. Frau Claus ließ bei unserm Anblick vor Überraschung Äpfel und

Messer fallen, sie fuhr in die Höhe, sah uns beide mit
vorgestrecktem Kopf an und rief in höchster Erregung:
„Mein Gott, ist es denn möglich, sind Sie es denn wirklich, Frau Dietrich! Und das ist die kleine Charitas!
Aber wie haben Sie sich beide herausgemacht."

Die Mutter richtete flüchtig ein paar kurze Fragen
an die Frau, die sie flüsternd und eifrig beantwortete,
dann stiegen wir die Treppe hinan. Vor der Tür
machte die Mutter einen Augenblick halt, sie ließ ihre
Blicke an mir und an sich selbst prüfend herunter gleiten,
dann sagte sie leise mit unterdrückter Erregung: „Gib
Vater die Hand und einen Kuß und sei recht lieb!"

Erwartungsvoll folgte ich der Mutter. An einem
großen, grünen Tisch saß ein Herr, der schrieb. Bei
unserm Kommen drehte er sich um. Großes Staunen
malte sich auf dem feinen, blassen Gesicht. Die Mutter
setzte die Tasche hin, ging mit ausgestreckten Händen
zum Vater und sagte feierlich: „Wilhelm, da sind wir
wieder!"

Ich hielt auch mein Händchen hin und fühlte einen
Kuß auf meiner Stirn.

Nachdem Vater und Mutter einige Worte gewechselt
hatten, gingen sie in das Nebenzimmer. Ich sah mich
um, zog mir einen Stuhl an das Fenster und blickte
lange durch die Gasse auf den kleinen, stillen Marktplatz
des Städtchens. Ach, welch anderes Bild bot sich mir
hier, als aus dem Ladenfenster des Onkels in Bukarest!

Als wir in der Dämmerung zu Tante Klärchen
gehen wollten, hörten wir, daß die Familie seit kurzem
nach Dresden gezogen sei. Das bedauerte die Mutter
lebhaft. Nun gingen wir zum Großvater. Er saß

allein in einer kleinen, dürftigen Stube. Als er sah,
wer wir waren, war er sprachlos vor Staunen. Nachdem wir ihm beide die Hand gereicht hatten, bestellte
die Mutter Grüße von Onkel und Tante. Der Großvater ging langsam an die Kommode und zündete die
hochbeinige, blecherne Öllampe an. Nun erst konnte ich
ihn recht sehen. Er war ein langer, hagerer Mann,
der von der Last des Alters vornüber gebeugt ging.
Sein faltiges Gesicht war mit grauen Bartstoppeln bedeckt, und nur ein dünner Kranz grauen Haares zog sich
um den Hinterkopf. Wir setzten uns an den Tisch, er
sah mit leisem Kopfschütteln von einer zur andern.
Ein Weilchen hörte ich der lebhaften Erzählung zu, dann
aber bat ich flüsternd die Mutter um Spielzeug. „Was
will sie?“ fragte der Großvater verwundert, „Spielzeug?
Mußt du denn gleich Spielzeug haben? Die scheint
aber da unten schön verwöhnt zu sein. Wie soll ich
wohl zu Spielzeug kommen? Na warte — —“ er
zog die Tischschublade auf und reichte mir ein Bund
Spielkarten.

„Mutter, gib mir bitte auch eine Schere.“

„Eine Schere? Wozu will sie die denn?“ fragte
er verwundert.

„Daraus will ich mir etwas schneiden, so wie Adele
in Bukarest.“

„I das wär’ noch besser! Meine schönen Karten
wolltest du mir zerschneiden? Die sind für dich zum
Ansehen, nicht zum Ruinieren!“

Nun baute ich Kartenhäuser und war eine Weile
ganz in Anspruch genommen, so daß ich nicht auf die
Reden der beiden achtete. Da hörte ich das Wort:

„Wien." Lebhaft rief ich dazwischen: „Großvater, ich bin auch in Wien gewesen — und in Pest — und in Bukarest, da wohnt der gute Onkel — und Pastor Neumeister — und — —"

„Ja, ja," sagte die Mutter ungeduldig abwehrend: „Das wissen wir doch, nun spiel' du nur, und red uns nicht dazwischen."

Der Großvater sah mich vorwurfsvoll an, und die Mutter sagte: „Ja, wie ich sagte, wir haben schon gleich Pläne geschmiedet, und da meint eben Wilhelm, daß wir in allernächster Zeit eine Reise nach Wien machen wollen."

Da der Großvater schwieg, fuhr die Mutter seufzend fort: „Vater, du kannst dir ja wohl denken, was für mich die Hauptschwierigkeit dabei ist. Wohin soll ich denn mit dem Kinde?"

Ich rief wieder lebhaft dazwischen: „Mutter, ich geh' wieder mit, und dann fahren wir wieder auf dem großen Wasser, bis wir beim Onkel sind. Ja, Mutter, morgen wollen wir gleich gehen!"

Der Großvater sah mich streng an und sagte: „Seit wann haben denn die Kinder das Wort?", dann zur Mutter gewandt: „Du denkst doch nicht, daß ich sie nehmen kann? Ja, wenn die Mutter noch lebte, die hatte ja auch ihren Narren an der Kleinen gefressen. Eine Frau weiß ja auch mit Kindern umzugehen. Ich bin alt, ich möchte endlich meine Ruhe haben. Was sollte ich wohl mit einem so verwöhnten Kind anfangen? Meine Haushälterin muß noch mit verdienen, die ist fast den ganzen Tag vom Hause, arbeitet bei andern Leuten. Was sollte ich mit dem Kinde, das sag' mir mal! Der

Karl schickt mir ja, aber es sind teure Zeiten! Hier fliegen uns die gebratenen Tauben nicht in den Mund. Das kommt wieder von deinem unüberlegten Handeln! Wenn die doch das Kind haben wollten, weshalb hast du es ihnen denn nicht gelassen? Da sitzt du nun wieder und weißt nicht wo aus noch ein, und dann sollen andere dir helfen. Um Rat fragen tust du niemanden, und dann geht alles verkehrt aus."

Die Mutter war sehr rot geworden, sie stand auf und sagte kurz: „Sag' Großvater gute Nacht, und komm."

„Laß doch deinen Mann allein reisen, und bleib du zu Hause, es ist doch früher auch ohne dich gegangen. Mag er doch wieder einen Burschen zum Tragen mitnehmen."

Hierauf antwortete die Mutter nicht, sagte kurz „gute Nacht" und ging mit mir nach Hause. Unterwegs sah ich, wie sie sich öfter die Augen wischte. Plötzlich nahm sie mich in die Arme und sagte erregt: „Hast du mich recht lieb?"

„Ja," sagte ich beteuernd: „Ich hab' dich ganz furchtbar lieb. Wein' nicht, ich geh auch mit dir nach Wien. Hier mag ich gar nicht sein, ich kenne sie alle nicht. Wir gehen wieder zum Onkel und zur Tante!"

Die Mutter nahm seufzend meine Hand und ging schweigend mit mir nach Hause.

Mit Staunen sah ich in der nächsten Zeit dem Treiben der Eltern zu. Von einer fieberhaften Geschäftigkeit waren beide beseelt. Der Vater kletterte beständig an den hohen Gestellen empor, die alle Wände bedeckten und sich bis zur Decke erstreckten. Er holte die dickbauchigen Pflanzenpakete herunter, die Mutter suchte aus, ordnete die Pflanzen auf weißem Papier, suchte die Etiketten dafür und richtete dann und wann eine Frage an den Vater, die dieser prompt und kurz beantwortete. — Aber auch aus den Nebenräumen wurden eine Menge wunderbarer Dinge herbeigeholt. Aus Glaskästen wurden Käfer und Schmetterlinge und aus flachen Schubladen wurden Steine ausgesucht. Wie hübsch waren die! So sorgsam lagen sie in Watte verpackt in ihren blauen Pappkästen. Wie sie funkelten, und was für hübsche Zacken und Spitzen sie hatten! Jeder Gegenstand war mit einem zierlichen Zettel versehen. Ich hatte eine traumhafte Erinnerung, als hätte ich das alles schon einmal gesehen. Ganz besonderen Spaß machten mir die großen Klumpen Quecksilber, die in den Käfer- und Schmetterlingskästen ruhelos herum irrten. Bei der geringsten Bewegung gerieten sie in große Aufregung, hastig durcheilten sie die Kästen, und was mir ganz wunderbar vorkam, jeden Augenblick, wenn der Kasten bewegt wurde, veränderten sie ihre Gestalt, sie teilten sich in unzählige kleine, glänzende Pünktchen, um bei einer erneuten Bewegung sich wieder in geheimnisvoller Weise zu einem einzigen großen Klumpen zu vereinigen.

„Mutter," flüsterte ich erregt, „sind das lebendige Tiere?"

„Nein," sagte der Vater, „aber ganz kleine Tiere wollen gern in die Kästen kommen und die Käfer und Schmetterlinge anfressen, aber das Quecksilber leidet es nicht."

Die Mutter hatte mir einen hohen hölzernen Schemel auf die Bank gestellt, da saß ich nun vor dem großen Tisch und konnte alles übersehen, aber wenn ich recht lustig und geschwätzig wurde, dann drehte die Mutter sich an ihrem Tisch um und machte mir lebhaft Zeichen, daß ich still sein müsse, oder sie sagte: „Besieh dir dein Bilderbuch, und störe uns nicht."

Wenn aber der Vater in der Nebenstube beschäftigt war, dann galt die Mahnung nicht, das fühlte ich bald heraus und fing nun nach Herzenslust an zu plaudern und zu fragen. Die Mutter ging dann auch geduldig auf alles ein. Mit meinen Gedanken lebte ich noch ganz in Bukarest, und beständig stellte ich Vergleiche an. Ach, wie ganz anders war doch alles beim Onkel gewesen als hier. Da wurde doch nicht in der Wohnstube gearbeitet, dazu war doch die Werkstätte, wo Gesellen und Lehrjungen unter der Aufsicht des Onkels arbeiteten. Der Onkel hatte mich manchmal dahin mitgenommen, da war es aber nicht so ernst und streng gewesen, da wurde Spaß gemacht. Ich lachte immer darüber, wie der Schlesier sprach, und ich machte es ihm nach, und dann wurde der Onkel so lustig und sagte: „Sophie, wie macht der Schlesier?"

Wie schön hatte ich da mit bunten Lederlappen gespielt, und wenn ich einen Ball oder ein Paar Schuhe für die Puppe haben wollte, gleich wurde es mir gemacht. Und viel hübscher war die Stube gewesen, da hingen so schöne, bunte Bilder in breiten, glänzenden Rahmen, Heilige hatte die Tante sie genannt, und sie hatte mir so wunderschöne Geschichten von ihnen erzählt. Hinten in der Ecke, da hing der Heiland am goldnen Kreuz und immer brannte ein rotes Lämpchen davor, was an feinen goldnen Ketten von der Decke herabhing. Wie schön waren die Möbel, ein weicher Diwan war da gewesen, hier hatten wir nur die harte Holzbank. Und wir alle gingen da so hübsch angezogen. Ach, und wenn ich vom Laden aus auf die Straße geschaut hatte, was hatte ich da alles gesehen! Nicht weg finden konnte ich vom Fenster.

„Mutter," sagte ich jetzt in wehmütigem Andenken an die Zeit, „wann gehen wir wieder nach Bukarest?"

Die Mutter schüttelte energisch den Kopf und sagte: „Nie!"

„Nie?! Ach, Mutter!" rief ich weinerlich, „warum denn nicht! Ich möchte viel lieber in Bukarest sein, da durfte ich immer so schön spielen, hier soll ich immer still sein. Warum hast du denn dein hübsches Zeug nicht mehr an?"

„Das habe ich weg geschlossen."

„Warum denn? Magst du gar keine schönen Kleider anhaben?"

„Ich muß sehr fleißig sein, da passen diese besser."

„Warum mußt du so fleißig sein?"

„Weil wir arm sind und verdienen müssen."

„Aber ich bin doch nicht arm, ich habe doch noch mein schönes Kleid an."

„Nun, da freu dich, so lang wie's dauert."

„Ist der Onkel auch arm?"

„Nein, der ist reich."

„Warum haben wir hier keine Werkstätte?"

„Ach, du fragst auch! Weil der Vater kein Handschuhmacher ist."

„Was ist er denn?"

„Ein Naturforscher."

„Nicht wahr, Mutter, ein Handschuhmacher ist doch etwas viel Besseres als ein Na—tur—forscher."

„Nein, o nein!" wehrte die Mutter lebhaft ab, „das Allerschönste und Allerbeste ist ein Naturforscher."

„Ich möchte aber doch lieber ein Handschuhmacher sein."

„Weil du noch sehr dumm bist und gar nichts verstehst. Wenn du mal groß bist und etwas gelernt hast, da sagst du gerade wie ich, das will ich doch hoffen."

Da kam der Vater wieder herein, ich schwieg ganz still und besah das Bilderbuch, oft aber ruhten meine Blicke gedankenvoll auf dem Vater, der viel besser sein sollte als ein Handschuhmacher.

Bei Götzes

Dann kam ein Tag, da ging es ganz besonders unruhig und ungemütlich bei uns zu. Ich war überall
im Wege und durfte mich nicht mucksen. Es wurde
gepackt, und als alles fertig war, da suchte die Mutter
auch meine paar Sachen zusammen, machte davon ein
Bündel und legte es vorläufig beiseite. Wir aßen
zusammen die Suppe, dann sagte die Mutter mit müder,
trauriger Stimme: „So, nun sag’ dem Vater gute Nacht
und Adieu, denn du siehst ihn nun lange nicht wieder,
und dann komm.“

Mir war sehr beklommen zumute. Das war kein
gewöhnliches Gutenachtsagen, aber ich konnte mir auch
nicht denken, was es bedeutete. Schüchtern trat ich zum
Vater und bot ihm die Hand. Er steckte die Feder
hinters Ohr, küßte mich auf die Stirn und sagte: „Sei
ein recht artiges, ruhiges und gutes Kind. Red’ und
frag’ nicht so viel, das mag man nicht. Bleib gesund,
und paß auf, daß wir nur Gutes von dir hören!“

Mir war, als hätt’ ich laut aufschreien mögen, aber
ich wagte es nicht. Meine Mutter nahm mich bei der
Hand und ging mit mir fort. Als wir draußen auf der
Straße waren, fragte ich: „Mutter, wohin gehst du
mit mir?“

„Die Leute heißen Götzes. Du wirst da bleiben, bis
wir wieder kommen.“

Jetzt fiel mir die Unterhaltung beim Großvater
wieder ein, und ich fragte lebhaft: „Geht ihr denn jetzt
nach Wien?“

„Ja, wir gehen morgen nach Wien.“

Ich blieb stehen und rief heftig: „Ich will aber nicht
zu den fremden Leuten, ich will mit dir nach Wien, und
dann gehen wir gleich auch zum Onkel. O, Mutter,
die wollten doch gar nicht, daß ich fortging, wie werden
die sich freuen, wenn ich wiederkomme! Komm, Mutter,
komm, laß uns umkehren! Warum wollt ihr mich denn
nicht mit nach Wien nehmen?“

„Weil es nicht geht,“ sagte die Mutter, beugte sich
zu mir und küßte mich. „Komm, Täschen!“ sagte sie
sanft, „du willst mich doch nicht traurig machen? Du
mußt zu den Leuten, wir können dich nicht mitnehmen.“

„Doch, Mutter! Ihr müßt! Sag’ doch dem Vater,
daß ich leicht nach Wien reisen kann, ha, noch viel
weiter! Ich bin doch schon da gewesen!“

„Ja, mein armes, gutes Täschen, da war das Reisen
für dich auch sehr leicht, da fuhren wir auf der Eisenbahn, die zieht einen dahin, wohin man will.“

„Und wer zieht euch nun?“

„Nichts und niemand, wir gehen zu Fuß.“

„Ach, das ist doch ganz leicht! Das kann ich gut.
Sieh mal, wie ich laufen kann, und wenn ich müde
werde, kannst du mich ja ein Stückchen tragen.“

Die Mutter weinte still vor sich hin und sagte: „Laß
es sein, Charitas. Füg dich doch! Ach, wie gern trüg’
ich dich durch die ganze Welt, aber du hast doch den
großen, schweren Tragkorb gesehen, sieh, den habe ich
nach Wien zu tragen. Siehst du denn nicht ein, daß
ich da nicht dich auch noch tragen kann?“

Jetzt war ich still. Nach einer Weile zog ich das
Gesicht meiner Mutter herunter zu mir und sagte
schluchzend: „Wein’ doch nicht, Mutter, ich will auch

bei den fremden Leuten bleiben, aber komm doch recht
bald wieder!"

„Ach, sobald wir können!" sagte die Mutter und
streichelte mir zärtlich die Hand. —

Wir gingen durch den engen Gang eines Vorderhauses, kamen über einen Hofplatz in ein kleines Hinterhaus, hier wohnten Götzes. Das alternde Ehepaar
empfing uns durchaus gleichgültig. Der Ausdruck ihrer
Gesichter hatte etwas Müdes, Verdrossenes. Sie sagten
nicht viel, aber auch der Mutter schien das Sprechen
schwer zu fallen, sie ermahnte mich nochmals mit halb-
lauter Stimme, brav und gut zu sein, dann sah sie mit
verlangendem Blick auf die beiden, gab sich einen Ruck,
küßte mich heftig, und als ich mich krampfhaft an ihren
Hals klammerte, schob sie mich sanft aber entschieden von
sich und verschwand. Ach, hätte ich nur laut schreien
dürfen, aber das wagte ich nicht, hatte ich doch noch
soeben versprochen, mich zu fügen. Ach, wie konnte ich
es hier aushalten! Von den ausdruckslosen Gesichtern
ließ ich den suchenden Blick durchs Zimmer schweifen.
Nur das Notwendigste befand sich hier. Alles war
sauber und ordentlich, aber unendlich öde. Der einzige
Schmuck an der Wand war eine alte Schwarzwälder
Uhr, über deren Zifferblatt eine lachende Sonne gemalt
war. Gemaltes Lachen! Welcher Gegensatz zum Forsthof! Da die unendliche Fülle von wunderbaren Dingen,
die lebhafte, zärtliche Mutter, — hier nichts! Die Frau
machte mir mein Lager auf dem Kanapee zurecht, und
als ich lag, gingen die beiden auch zu Bett. Kein
Kuß, kein Plaudern.

Wie lange mag ich geweint haben? Hätte mich am

nächsten Morgen jemand gefragt, wie ich geschlafen habe, so hätte ich sicher geantwortet: „Ich habe gar nicht geschlafen, ich habe die ganze Nacht geweint."

Als ich am nächsten Morgen mein hübsches Kleidchen anhaben wollte, sagte die Frau mürrisch: „Brauchst kein Kleid anzuziehen. Meinst du, ich soll für das bißchen Kostgeld auch noch deine Fähnchen waschen? Geh du nur in Rock und Jacke, is gut genug für dich."

Nachdem ich die Brotsuppe gegessen hatte, durfte ich hinausgehen, und da sah ich nun erst, wo ich war. Das Häuschen war von einem engen Hofplatz umgeben. Ein unordentlicher Düngerhaufen nahm den meisten Raum ein. Das Haus selbst war alt und baufällig. Da wo der Kalk abgefallen war, trat der gelbbraune Lehm hervor. Dicht am Häuschen, gerade unter dem Fenster, war ein Beet mit etwas Grünem darauf. Ich hielt es für einen kleinen Grasgarten, freute mich darüber und ergriff sofort Besitz davon, indem ich mich darauf setzte. Da wurde heftig ans Fenster geklopft, es war Frau Götze, die mich hereinrief. Sie trat mir zornig entgegen und schalt: „Du unartiges Kind! Wie darfst du dich wohl auf unser Petersilienbeet setzen! Daß du das nie wieder tust! Na, wenn das die Talkenbergern sieht!"

Später wurde mir klar, daß die Hälfte des Beetes der Schusterfamilie gehörte, die die oberen zwei Stuben innehatte.

Götzes waren viel abwesend. Der Mann war Steinklopfer, und die Frau ging auf Arbeit, da war ich mir viel selbst überlassen. Aus lauter Ordnungsliebe litt die Frau nicht, daß ich mir in der Stube eine Welt für mich schuf. Wenn ich mir eine Spielerei einrichtete, so verbot sie mir scheltend, hier solche Unordnung zu machen. „Sonstwo" könne ich spielen, aber nicht in ihrer akkuraten Stube. Ja, wo war „sonstwo"? Als ich allein war, sah ich mich suchend um, draußen war ich weggejagt, nun suchte ich im Hause.

Viel Spielraum zum Aussuchen hatte ich nicht, ich war auch unsicher und ängstlich. Unter der Treppe war eine kleine unregelmäßige Tür, die durch einen Holzriegel verschlossen war. Ich öffnete. Diese kleine, drollige Tür entzückte mich, ich konnte gerade hindurchgehen und sah mich nun in einem kleinen, halbdunklen Raum, der durch die Treppenstufen sogar geborgte Sonnenstrahlen auffing. Das war ja ein ganz köstliches kleines Stübchen, hier konnte ich ja schön mit meiner Puppe spielen. Da war ein erhöhter, breiter Absatz, hier konnte ich sitzen, hier störte ich niemanden, war niemandem im Wege, wenn man mich nur ließ, wenn man uns, die Puppe und mich, nur nie entdecken möchte, damit man mir das kleine heimliche Stübchen nicht wieder nahm. O, nur das nicht! Es war ja so schön hier! Ich sah mich um und fand so allerlei, was ich nur ungern duldete. Da waren ein Paar alte Pantoffeln, ein Beil, ein Hammer, ein Flügel von einer Gans, ein sogenannter Flederwisch, und ein Zigarrenkasten mit Nägeln. Geschäftig stopfte ich das alles in die dunkelste Ecke dicht zusammen. Ich nahm den Flederwisch und fegte mein Stübchen ganz sauber, dann setzte ich mich mit der Bukarester Puppe auf den Absatz und plauderte glücklich mit meiner stummen Freundin. Ich wußte mein Geheimnis gut zu wahren, und ich verlebte manche glückliche Stunde in meinem Stübchen. Eines Tages aber sagte die Frau: „Was tust du eigentlich den ganzen Tag? Treibst du dich immer nur so herum? Warte, ich muß mich um dich kümmern. Du mußt doch was Nützliches tun. Hier hast du einen Korb, damit geh nach dem Romanus, da ist die große Steinhalde, auf der Halde liegt manchmal Holz, was die Bergzimmerleute aus der Grube werfen, das sammelst du in den Korb."

Ich sah sie ganz verständnislos an, ich wußte nichts vom „Romanus" und seinen Silbergruben, und sie mußte ihre Rede wiederholen und mir die Richtung angeben. Sie fand mich sehr dumm und sagte, jedes Kind wisse wo der „Romanus" sei. Ich nahm den Korb, und nachdem ich mehrere Male gefragt hatte, fand ich den großen Steinberg. Meine Füße schmerzten, als ich auf den spitzen Steinen herumkletterte, und ich fand nur wenig Holz, was ich fand war morsch und feucht. Aber es dauerte gar nicht lange, da fühlte ich mich sehr glücklich auf dem öden Steinhaufen. Schon nach kurzer Zeit sah ich nicht mehr nur das tote Gestein, da war ja allerlei, das glänzte und funkelte, ja manche Steine waren wie mit goldenen Tupfen besprengt. Ich hob sie auf, die eine Seite war tot und leer, aber die andere lachte mir entgegen. Ich wurde immer interessierter, durch manche Steine zogen sich milchweiße Adern, oder graue, mattglänzende Streifen. Wie interessant war mir mit einem mal der Romanus. Ich vergaß durchaus, weshalb ich hierher geschickt war. Ich sammelte, — sammelte, aber nicht langweiliges, fauliges Holz, o bewahre! Ich sammelte Gold! Die mit den gelbglänzenden Tupfen, die hatten Gold an sich. In der dunklen Grube hatten die Bergleute das nicht gesehen. Alle die schönen, merk-

würdigen Steine wollte ich aufbewahren für die Eltern.
Wie würden die sich freuen, daß ich soviel Gold
gefunden hatte. Dann waren wir gewiß nicht mehr arm,
die Mutter konnte wieder ihr schönes Zeug tragen, und
wir konnten nun auch Braten essen und Wein trinken,
gerade wie beim Onkel Karl in Bukarest. Wie gut war
es, so dachte ich, daß ich mein kleines Stübchen für mich
hatte, da konnte ich nun all die schönen Steine verstecken.
Nur der Puppe wollte ich alles erzählen. Ich schleppte
schwer an den Steinen, aber ich glühte vor Freude und
Aufregung. Es war niemand da, als ich nach Hause
kam, und geschäftig baute ich meine Schätze auf dem
Absatz in meinem Stübchen auf. Die Puppe setzte ich
in die Mitte, lebhaft schilderte ich ihr jeden Stein und
erzählte, wo ich ihn gefunden hatte. Der Ausdruck:
„Romanus“ gefiel mir so gut, daß ich ihn möglichst
viel anbrachte.

„Schade, du,“ sagte ich eifrig flüsternd, „daß ich
keine Watte habe! Weißt du, auf dem Forsthof legt
der Vater jeden Stein in ein kleines, blaues Bettchen.“

So baute ich mir, trotz meiner Verlassenheit, mein
Glück im dunklen Treppenwinkel, und da ich eine unbestimmte Angst hatte, daß ich kein Recht an dieses
Stückchen Glück hatte, und daß man es mir nehmen
könnte, so hielt ich es ganz geheim.

Als die Frau meine elenden paar Stückchen Holz
sah, sagte sie verdrießlich: „Ist das alles? Du hast
wohl keine Lust gehabt ordentlich zu suchen, oder sollte
da wirklich nichts sein? Dann mußt du's mal auf einer
andern Halde versuchen, da ist drüben über der Mulde
noch der ‚fröhliche Sonnenblick‘, 's ist 'n bißchen weit,

aber du hast ja Zeit, da geh nur morgen gleich mal hin."

Ich horchte hoch auf. Der Name gefiel mir! Meine Phantasie war sofort geschäftig, sie malte mir schöne, heitere Bilder vor die Seele. Was würde ich da alles finden! Kühne Hoffnungen erfüllten mein Herz, und ich konnte kaum den nächsten Tag erwarten. Wenn sich nur die Frau nichts anderes ausdachte!

Daß am nächsten Morgen das Städtchen in Nebel gehüllt war, als ich mit meinem Korbe auf Entdeckungs- reisen auszog, das konnte meinen Mut nicht dämpfen, immer und immer wieder fragte ich nach dem Weg zum „fröhlichen Sonnenblick". Freudig fragte ich, und nur ungern ließ ich mich aufhalten, wenn mich die Leute kopf- schüttelnd fragten, wer ich denn sei, und was ich denn auf dem „fröhlichen Sonnenblick" wolle? Die letzte Frage kam mir so überflüssig vor, und ungeduldig und eilig gab ich Antwort. Ich mußte doch vorwärts, der Sonne und dem Frohsinn entgegen! Ach, wenn ich nur erst da wäre! Es war ein weiter Weg, aber endlich hatte ich die Ober- und die Niederstadt hinter mir, weiter ging's den Berg hinunter, die Umgebung wurde so fremd, durch ein Stück stillen Wald, in dem man nur das geschwätzige Plätschern des Baches hörte, kam ich endlich an eine große Mühle, deren weiß verstäubte Fenster glanzlos in den Nebel blickten. Ein unheimliches Geräusch drang aus dem Innern, aber nur vorwärts! Hier lag ja endlich die lange Brücke, von der mir alle erzählt hatten, die ich nach dem Wege fragte. Hoch schwebte sie über der Mulde, eilig überschritt ich sie, denn die Brücke war das letzte, was mich von meinem Ziel

Der fröhliche Sonnenblick

trennte. Die Halde würde ich drüben leicht finden, so
hatte man mir gesagt. Ich fand sie auch, — aber wie
enttäuscht war ich!

„Fröhlicher Sonnenblick“ wo warst du? Sahst du
so aus? Aber hier war ja ebensowenig Sonne wie
überall heute. Im Gegenteil, als ich an der Halde ankam, setzte ein feiner Sprühregen ein. Ach, der Steinberg lag so fremd und einsam vor mir, und ich war so
müde von dem weiten Weg. Da war doch gar nichts,
was fröhlich machte! Es glänzte nichts, es wärmte
nichts! Hilflos sah ich mich um. Nebelfetzen hingen
an den Waldrändern, hügelige Wiesenflächen, eingerahmt
von rötlich zerrissenen Felswänden, dehnten sich in
buntem Wechsel vor meinem suchenden Blick. Daß das
alles tatsächlich wunderbar schön war, das fand ich heute
nicht. Was wollte ich denn hier? Ein Gefühl gänzlichen Verlassenseins, großer Enttäuschung befiel mich.
Holz suchen? Schöne Steine suchen? Nein, ich fürchtete
mich vor dem öden Berg. Wäre ich doch nur wieder
im Treppenwinkel bei der Puppe! Wie sehnte ich mich
nach der Beschränkung, nach dem Geborgensein! Mit
leerem Korbe trat ich langsam den Rückweg an. Da
stand ich an der Brücke. Ach, da hinüber sollte ich?
Das konnte ich nicht. Hoffnung und freudige Erwartung
hatten mich vorher blind gemacht. Jetzt sah ich, daß
die Brücke kein Geländer hatte, und als ich sie betrat,
schwankte sie, und die Bretter waren so weit voneinander entfernt, daß sich breite Spalten zeigten, und durch
die Spalten sah ich mit Grauen, wie tief unter mir die
Mulde ihr schmutziggelbliches Wasser vorübertrieb. Ich
sah mich weinend nach einem Halt um, ich zitterte, ging

die paar Schritte zurück und ergab mich schluchzend in mein Schicksal. Wie lange ich frierend und weinend da gesessen habe, — ich weiß es nicht, endlich kam ein Bergmann, er wollte mich hinüberführen, aber ich bat weinend, mich hier zu lassen, da nahm er mich auf den Arm und trug mich sicher ans andre Ufer. —

Kurze Zeit danach machte die Frau rein, und zuletzt kam sie auch an die kleine Tür. Ich sah es und zitterte. Tief gebückt trat sie hinein.

‚Laß mir das! Laß mir das!‘ so hätte ich rufen mögen, aber ich wagte keinen Laut von mir zu geben. Nun kroch sie heraus, sie hatte beide Hände voll Steine. Erstaunt hielt sie sie gegen das Tageslicht, dann rief sie lebhaft: „Wie, in aller Welt, kommt denn das Zeug hierher?" und mit einem Blick ins Loch: „Da liegt noch mehr. Bist etwa du dadrin gewesen? Was unterstehst du dich! Wie darfst du so herumstöbern!" Sie warf heftig alles auf den Hausflur, Steine und Puppe! Ja, auch die Puppe, die einzige Vertraute, die ich hatte, mit der ich soviel Bukarester Erinnerungen austauschen konnte. Weinend hob ich sie auf, sie hatte ein großes Loch in der Stirn, ihre großen, blauen Augen sahen entsetzt ins Leere.

„Schaff gleich die Steine fort!" sagte Frau Götze hart. Ich holte den Korb und überlegte, wo ich sie bis zur Rückkehr der Eltern verbergen könnte. Als ich den Hof und den vorderen Hausflur durchschritten hatte, stand ich ratlos im Freien. Ich sah eine einsame Scheune, dahin ging ich. Hier lag Stroh herum, ich harkte es sorgfältig mit den Händen zusammen, suchte mir ein verstecktes Winkelchen, legte alle Steine mit der

glänzenden Seite nach unten, damit niemand das Gold
sehen sollte, bedeckte sie mit den Halmen und hoffte, daß
ich sie bald nach dem Forsthof tragen könnte.

Es fiel endlich der Frau auf, daß ich so kopfhängerisch
und stumpf herum saß, da sagte sie: „Daß ich daran
noch gar nicht gedacht habe! 'rauf zu Schuster
Talkenbergs kannst du gehen, da kannst du den Kleinen
wiegen." Und gleich ging sie mit mir die Treppe hinauf.
Eine kleine, welke Frau stand in der Stube und wusch.
Als Frau Götze eilig gesagt hatte, was wir wollten, erklärte sich die Talkenbergern bereit, mich als Hilfe bei
ihrem Hänschen anzustellen. Frau Götze ging, und ich
trat sofort in Tätigkeit.

„Hier," sagte die Frau, „setz dich auf die Hitsche,
und wieg den Kleinen." Dicht beim Fenster stand der
Werktisch, da saß der Mann und arbeitete. Hier war's
längst nicht so aufgeräumt wie unten. Auf dem Tisch
war altes Schuhzeug und eine Menge Holzleisten. Hier
war viel mehr zu sehen, und hier konnte ich mit dem
kleinen Kinde spielen. Während ich mir das alles ansah
und darüber nachdachte, wiegte ich aus Leibeskräften, so
daß die Frau ganz erschrocken zu mir trat. Sie trocknete
sich ihre nassen Hände an der blauen Schürze und
sagte mahnend: „Aber sachte, sachte! Du schmeißt
mir das Hänschen ja 'raus! Immer ganz sinnig!
Siehste, so!"

Und sie machte mir vor, wie ich wiegen müßte und
belehrte mich: „Wenn der Kleine den Zulp verliert, dann
steck ihn ihm nur wieder ins Mäulchen."

Ich versprach alles und war froh, daß ich mit
Menschen zusammen war, denn von Götzes sah ich

wenig, sie glitten wie wesenlose Schatten an mir vorüber.

Ich fühlte mich bei den Schustersleuten bald ganz
unentbehrlich, und im Gefühl meiner gesicherten Stellung
überschritt ich die mir angewiesenen Grenzen. Die
Talkenbergern hatte mir ganz ausdrücklich verboten, das
Hänschen aus seiner Wiege zu nehmen, als ich aber
einmal allein war und das Kind andauernd schrie, da
holte ich ein Tuch aus dem Korbe uud wollte es trocken
legen, es strampelte aber so heftig, daß ich mich vergeblich bemühte, da nahm ich es auf und schleppte es
durch die Stube. Die Tür ging auf, und die Talkenbergern trat ein. Erschrocken nahm sie mir das Kind
weg und schalt mich, daß ich so ungehorsam sei. Da
war's für eine Weile vorbei, bis sie einmal eines Nachmittags im Vorbeigehen sagte: „Willst du nun hören
und das Kind in Ruhe lassen? Es schläft, der Meister
und ich möchten ausgehen, willst du dich oben hinsetzen
und wenn es aufwacht, es nur sinnig wiegen?"

Hoch erfreut, daß man mir mein Amt wieder gab,
versprach ich alles, was die Frau verlangte. Da das
Kind mich nicht brauchte, kletterte ich auf die niedrige
Werkstätte, setzte mich auf den Schusterschemel und
drehte mich rund herum, das beschäftigte mich eine ganze
Weile, dann aber sah ich mich um, was auf dem Tisch
lag. Da sah es bunt genug aus, neben den kleinen
Holzpflöcken lag die gekrümmte Schusterahle, womit der
Mann die Löcher ins Leder bohrte, und dicht dabei ein
schwarzer Klumpen, der einen matten Glanz hatte. Erde
war es nicht, was war es denn? Ich löste es vom
Tisch, denn es klebte fest. Ich versuchte die breite

Maſſe zuſammenzudrücken, und das ging; noch mehr: unter dem Druck meiner warmen Hände wurde der Klumpen weich und ganz gefügig, ich konnte damit machen, was ich wollte. Das war eine Entdeckung, die mir große Freude machte, denn ich wollte viel machen, eine Wurſt, ein Brot, jetzt nahm ich die Holzpflöckchen zu Hilfe, ſteckte ſie in das längliche Brot, daß die Oberſeite ganz ſtachlig wurde, nun hatte ich einen Igel, ich nahm die Pflöckchen wieder heraus und ſchuf einen kleinen Mann. Wirklich, alles was ich mir nur aus- dachte, konnte ich geſtalten. Dann wurde es dämmerig, ich konnte zu meinem Spiel nicht mehr ſehen, ich war müde und ſchlief ein. Talkenbergers kamen, weckten mich, ich ging hinunter und zu Bett.

Am andern Morgen wachte ich durch die laute Stimme der Frau Götze auf: „Mein Gott!" rief ſie, und ſah mich entſetzt an, „wie ſiehſt du denn aus? Was fehlt dir denn? Biſt du krank?"

Sie ſah mich ängſtlich an, kam vorſichtig näher und befühlte mich. Ich war ſehr erſchrocken, ich fühlte tat- ſächlich im Geſicht eine ungewohnte Spannung, ich wollte mit den Händen fühlen, was es ſei, da ſah ich zu meinem Schreck, daß ſie ſchwarz waren und klebten.

„Was haſt du unnützes Kind getan! Das iſt ja Pech! Mein ſchönes Bettzeug! Das iſt ſtark, du haſt dem Talkenberger das Pech geſtohlen! Steh ſofort auf! Zur Strafe gehſt du, wie du gehſt und ſtehſt, hinauf und zeigſt ihnen, wie du eingehütet haſt! Geh!"

Ich weinte und bat, daß ich erſt etwas anziehen dürfe, aber die Frau war unerbittlich, ich mußte in meinem kurzen Hemdchen den entſetzlichen Gang machen.

Weinend drückte ich mich an die Wand. Die Schusters-
leute sahen mich erstaunt an, und Talkenberger, der noch
gar nicht an der Arbeit war, sah suchend auf den
Tisch. „Da," sagte er, „hat sie wahrhaftig mein
Pech mitgenommen! Ja, das ist eine feine Hilfe, die
du dir da heranziehst. Steh doch da nicht herum!
Laß dich rein machen, und zieh dir was an!"

Ich schämte mich so, daß ich Talkenbergers ängstlich
aus dem Wege ging. Ich saß nun wieder stumpf
herum, da sagte Frau Götze eines Morgens: „Komm,
du unnützes Ding, ich will dich mit zum Dreschen
nehmen, damit du hier nicht wieder Unfug anstellst."

Durch das nach innen schlagende Scheunentor wurde
ein abgegrenzter Winkel gebildet, dahin durfte ich mich
setzen. Der beständige Dreiklang der Drescherinnen
wirkte wie ein Schlaflied, ich träumte mit offenen Augen,
bis nach langer Zeit der Klang aufhörte. Ich wurde
wach, stand auf und guckte durch den breiten Spalt
zwischen Tür und Wand. Die Frauen hantierten mit
dem Stroh herum, nahmen es fort und banden es mit
Strohseilen zusammen. Was unter dem Stroh lag,
warfen sie auf ein großes, schräg stehendes Sieb, ich
sah wie die leichte Spreu nach allen Seiten herumflog.
Sie breiteten neue Garben auf die Tenne, und ehe sie
wieder nach den Dreschflegeln griffen, setzten sie sich
hin und frühstückten.

Hierbei erzählte Frau Götze, was für ein heim-
tückisches, schlimmes Kind ich sei, anstatt Holz zu holen,
schleppe ich ihr Steine ins Haus, die versteckte ich, ich
stöberte in allen Ecken und Winkeln herum, und gerade
jetzt hätte ich dem Talkenberger das Pech gestohlen.

„Das mit den Steenen, dadrbei kannste nischt machen, das liegt 'r im Blute, und was im Blute liegt, das bleibt drinne, das hat se vom Vater, und das behält se, dadrvor kann das arme Mädel nischt, das hat se geerbt. Aber freilich, das mit dem Pech —?!"

Ich hatte ein dumpfes Gefühl von Unbehagen, ich verstand nicht alles, was die da sagten, ich nahm mir vor, wenn irgendwann mal meine Mutter wiederkäme, dann wollte ich ihr alles erzählen, und dann wollte ich fragen, warum ich in Bukarest ein so gutes und in Siebenlehn ein so schlechtes Kind sei. Onkel und Tante hatten doch Pastor Neumeister erzählt, ich sei ein gutes und sehr vergnügtes Kind. Vergnügt war ich freilich nicht mehr.

Zum Dreschen mochte ich nicht mehr mitgehen. Ehe die Götzen ging, lief ich hinaus und trieb mich planlos herum. Wenn die Sonne schien, setzte ich mich auf die Schwelle des Vorderhauses. Mich fror immer, und ich hustete viel. Mit Kindern suchte ich keinen Umgang, ich war scheu und gedrückt, ich wußte, ins Haus hätte ich keine bringen dürfen, sie hätten Unordnung und Unruhe gebracht. Da empfand ich es als ein außergewöhnliches Ereignis, als eines Tages ein Junge vor mir stehen blieb und mich ein Weilchen betrachtete. Wie freute ich mich, als er mit mir sprach! Er war größer als ich und war gut gekleidet. An den Füßen hatte er schöne, gestickte Babuschen. Rote Rosen und grüne Blätter leuchteten mir entgegen, er hatte einen braunen, wattierten Burnus an, der bei den Knöpfen kunstvoll mit Schnüren benäht war. Es war ein hübscher Junge, aus seinem gebräunten Gesicht blickten ein Paar große, dunkle Augen neugierig auf mich herab. Endlich fragte er: „Wem bist'n du?"

„Dietrichs vom Forsthof."

„Ach," sagte er lebhaft, „bei den wir Raupen und Käfer tragen."

„Ja!" sagte ich, erfreut, daß er meine Eltern kannte.

„Warum sitzt du denn hier, wenn du doch vom Forsthof bist?"

„Mein Vater und meine Mutter sind verreist."

„Wo denn da hin?"

„Nach Wien."

„Is 'n das weit?"

„Ja, sehr weit."

„Noch weiter wie Dresden?"

„Ha! — was du denkst, viel weiter!"

„Wie weeßt'n du das?"

„Weil ich doch da gewesen bin."

„Du wärscht da gewesen?" — Nach einer Pause, während er mich interessiert betrachtet hatte, sagte er: „Du wärscht da gewesen? —! Rück' doch mal e bissel hin, und laß mich da mit sitzen."

Ich fühlte mich sehr geehrt und rückte ganz dicht an den Türpfosten. Er fragte nach Wien, und ich erzählte von einer wunderschönen, großen Kirche und von der Donau und von einer langen Schiffahrt und endlich von Bukarest. Als ich sah, wie aufmerksam der Junge zuhörte, wurde ich ganz begeistert. Dann und wann fragte er dazwischen: „Is es auch alles wahr?"

„Aber ganz wahrhaftig wahr!" rief ich gekränkt. Da sagte er wohlwollend: „Erzähl' nur weiter!"

Ich war glücklich. Ich durfte erzählen, ich hatte einen teilnehmenden Zuhörer. Eifrig beschrieb ich ihm, was ich alles vom Ladenfenster des Onkels aus beobachtet hatte, ich sagte ihm auf walachisch, was die Leute in den Straßen gerufen hatten, da sah er mich drohend an und sagte: „Jetzt lügst du aber, denn das ist dummes Zeug, das versteht niemand."

„Es ist doch wahr!" rief ich erregt, „in Bukarest verstehen sie es, da sprechen viele so, es ist walachisch, ich kann noch viel mehr, ich kann mehr wie meine Mutter!"

„Oho, wie du prahlen kannst!"

„Ich prahle gar nicht! Meine Mutter hat selbst gesagt, daß ich besser walachisch kann wie sie. Onkel und Tante meinten, das hätte ich von den walachischen Kindern gelernt. O, warum glaubst du mir denn nicht?"

„Na ja, erzähl' weiter, und da —?"

„Ja," sagte ich und suchte einen neuen Faden, „da ist es so schön, da gibt es große Melonen und Weintrauben und süße Feigen und Datteln und saftige Apfelsinen, und es ist so schön warm da."

Der Junge lauschte, und wenn ich stockte, sagte er: „Und da —?" Und sofort war ich auf einem neuen Gebiet, und ängstlich forschte ich, ob er auch noch gern zuhörte, endlich aber stand er auf und sagte, er müsse nach Hause. Er fragte noch: „Sitzst du oft hier?"

„Ja!" sagte ich erfreut, „immer wenn die Sonne scheint. Kommst du wieder hierher? Paß mal auf, ich kann dir noch viel erzählen!"

3*

Er versprach, bald wiederzukommen, und jedesmal, wenn ich mich von nun an auf die Schwelle setzte, hoffte ich, daß er kommen würde, aber ich wartete vergebens, er kam nie wieder! — Einmal sollte ich einen Hering holen, da kam ich auf den Markt und hier, ganz in der Nähe des Ladens spielten Kinder, und da sah ich meinen Zuhörer, er hatte den schnürenbesetzten Burnus und die gestickten Babuschen an. Wie lebhaft und lustig er aussah, beide Hände hatte er einem gut gekleideten Mädchen gereicht, sie hielten die Arme hoch und bildeten ein Tor, durch welches eine lange Reihe Kinder zog, die fröhlich sangen: „Wir woll'n die pol'sche Brücke bau'n!"

Die beiden fragten in leierndem Singsang: „Wer — hat — sie — denn — zerbro—chen?"

„Der Gold—schmied, der Gold—schmied, mit sei—ner jüng—sten Toch—ter."

„Kriecht al—le durch, kriecht al—le durch, den letzten woll'n wir fan—gen mit Spie—ßen und mit Stan—gen!"

Die das Tor bildeten, fingen unter lautem Lachen und Kreischen das letzte Kind aus der Kette.

„Wohin willst du?" fragte der Junge lebhaft, „Himmel oder Hölle."

„Himmel!" sagte das Kind.

„Geh!" sagte der Junge, und das Kind eilte hinter ihn, faßte ihn fest um den Leib, und der Sang wiederholte sich, und ich stand oben auf den Stufen wie festgebannt, bis das Spiel zu Ende war. Ich sah mit stiller Verwunderung, wie an den beiden gerissen wurde, bis Himmel und Hölle unter Kreischen und Johlen auseinandergerissen war. Die Schar stand nun ungeordnet plaudernd umher, und ich meinte, so erhöht und abgesondert, wie ich da stand, müßte mich jedes Kind bemerkt haben, aber besonders der Junge, der mich doch so gut kannte. Würde er mich denn nicht auffordern, Himmel und Hölle mitzuspielen, oder würde er sich lieber wieder von Bukarest erzählen lassen? Sah er denn gar nicht her? Jetzt? — Nein, nur ganz flüchtig, nun sprach er eifrig auf ein Mädchen ein. Warum kam er nicht zu mir? Ich sah prüfend an mir herunter, ach, ich sah anders aus als die anderen, ich empfand dunkel, daß ich ihm nicht gut genug war. Ich hatte nicht einmal ein Kleid an, und wenn ich noch so viel von Bukarest zu erzählen wußte, es half mir nichts, solange ich so aussah, würde mich wohl niemand zum Spielen auffordern. Wäre ich denn gern dazwischen gewesen? Sie waren mir eigentlich zu laut, und es waren mir zu viele. Ach, aber doch! Ich hätte gern dazu gehört, ich war so allein! Sah denn kein Kind nach mir hin? Als ich mit dem Hering aus dem Laden kam, fragte ich schüchtern ein Mädchen, wie der Junge hieße.

Sie zeigte mit dem Finger auf meinen Jungen und fragte: „Meinst du den da?"

„Ja, ja," sagte ich eifrig, „den mit dem schönen Burnus und den bunten Babuschen!"

„Das ist doch der Benno! Der Benno Suhr! Sein Vater wohnt gleich da drüben, er ist Schneider."

Ich ging mit Absicht ganz dicht an Benno vorüber, ich sah ihm bittend ins Gesicht, er sah mich nicht. Unklare, traurige Gedanken quälten mich ... Die Götzen

riß mir heftig den Hering aus der Hand und schalt:
„Na, du bist gut nach dem Tod zu schicken, für einen,
der nicht gerne sterben will!" —

       *   *   *

Eines Tages stand ich draußen in der Nähe des
Vorderhauses, da wurde ich plötzlich in die Arme genommen und heftig geküßt. Es war meine Mutter!

„Täschen!" sagte sie bewegt, „kennst du mich denn
noch?"

Ich war wie betäubt vor freudigem Schreck, ich lachte
und weinte. Sie fragte: „Wie geht es dir denn? Du
siehst ja so blaß aus! Bist du noch gar nicht ordentlich
angezogen? Na, komm, ich will dein Zeug holen."

Am liebsten wäre ich gar nicht mit ins Hinterhaus
gegangen, aber die Mutter sagte: „Das wär' noch
besser! Freilich kommst du mit und nimmst Abschied."

Die Mutter hatte einen großen Handkorb, dahinein
packte sie meine Sachen. Der Abschied war kurz und
kalt. Als wir heraus waren, sagte ich bittend: „Mutter,
geh doch mal eben mit mir hinter die Scheune da!"

„Hinter die Scheune? Aber was soll ich denn da?
Wir wollen doch nach Hause!"

„Da hab' ich was! Komm nur!"

Die Mutter ging geduldig mit. Die Steine lagen
noch da, das Stroh war verflogen. Ich sammelte sie
eifrig in den Korb der Mutter, und sie half lächelnd.

„Was willst du denn damit?" fragte sie.

„Die sind für Euch!" sagte ich wohlwollend, als
hätte ich ein Vermögen zu verschenken. „Die sind alle
vom ‚Romanus'. Das ist Gold! Freust du dich auch?"

Die Mutter nickte lächelnd und sagte: „Wir wollen

das alles dem Vater zeigen, der wird dir sagen, was es ist."

Auf dem Wege nach dem Forsthof sagte ich, wie sehr ich mich nach ihr und nach Bukarest gebangt habe.

„Bukarest schlag dir nur aus dem Sinn, dahin kommst du doch nicht wieder."

„Ach, warum denn nicht? Ich war doch so gern da!"

„Hier bist du doch mehr unser Kind! In Bukarest warst du Onkel und Tantes Kind, und die verzogen dich."

„Ich mochte aber viel lieber da sein, als bei Götzes."

„Na, das ist ja nun vorbei, nun hast du mich wieder."

„Du warst aber so lange, lange weg! Wie lange?"

„Elf Wochen."

Dann erzählte ich meine Erlebnisse, zwischendurch hatte ich auch viel zu fragen. „Mutter, glaubst du auch, daß ich das Pech gestohlen habe?"

„I bewahre! Aber du mußt andrer Leute Sachen in Ruhe lassen."

Dann erzählte ich von dem Tag in der Scheune. „Mutter," fragte ich, „was meint die Frau, ich habe vom Vater etwas im Blut, was nie wieder raus geht, was ist das, Mutter?"

Da lachte sie herzlich und sagte: „Ach, wirklich? Haben das die Weiber gesagt? Darüber mach' dir keine Sorgen! Hoffentlich haben sie recht, denn dann bist du ein reiches und glückliches Kind!"

Ich horchte hoch auf: ‚Ein reiches und glückliches Kind!' sagte die Mutter. War ich denn das? — Nach einigem Nachdenken fragte ich: „Mutter, glaubst denn du, daß die Frauen recht haben?"

„Das weiß ich heute noch nicht, aber ich glaube es fast. Hast du denn nicht allerlei Schönes erlebt bei Götzens?"

„Ach, Mutter, nein! Ich habe mich doch immer so gebangt, ich habe so viel geweint!"

„Aber warst du nicht glücklich, als du auf dem ‚Romanus' die schönen Steine fandest, als du dem Benno von deiner großen Reise erzählen konntest?"

„Zuerst ja, aber dann war's doch immer traurig. Der ‚fröhliche Sonnenblick' kam ja gar nicht, und Benno kam auch nicht wieder, aber ich weiß schon warum nicht!"

„Nun?"

„Weil ich nur den schmutzigen Rock und die alte, häßliche Jacke an hatte."

„Meinst du, daß er so einer ist? Dann laß ihn ruhig fort bleiben. Einem solchen würde ich nichts wieder erzählen, nach dem würde ich nicht aussehen!"

„Ach, ich hatte aber immer solche Langeweile nach Bukarest und nach dir!"

Nun kamen wir zum Vater. Als er mich begrüßt hatte, glitt sein Blick an mir herunter, er runzelte die Stirn und sagte zur Mutter: „Die sieht nicht gut aus!"

„Nein," sagte die Mutter, „sie hat einen harten Husten und ist auch sonst ganz verkommen. Ich schneide ihr das Haar ab, Wasser zum Bad ist schon heiß, und dann steck' ich sie erst mal ins Bett, daß sie ordentlich warm wird."

„Und morgen darf ich mein hübsches Kleid anziehen!"

„Ach, du alberner, kleiner Affe, wer denkt denn nun gleich daran! Freu' dich, wenn du sauber und ordentlich bist,"

Jetzt packte ich geschäftig meinen Fund aus und fragte, ob das nicht Gold sei. Der Vater hielt im Schreiben inne, warf einen flüchtigen Blick auf die Steine und sagte: „Gold?! Oho, wenn wir das so leicht fänden, dann hätten wir dich nicht zu Götzes zu geben brauchen!"

„Vater, taugt es denn alles nichts? Was ist es denn? Es ist doch so wunderschön!"

Da trat eilig die Mutter herzu, sah den Vater fest an und sagte: „Natürlich taugt es etwas. Du weißt doch, daß wir alles sammeln und daß wir alles brauchen können. Der Vater wird es gleich in den Mineralienschrank legen, und wenn wir wieder eine Reise machen, trage ich deine Steine weit hinaus in fremde Länder!"

„Vater, was ist es denn?" fragte ich gedrückt.

„Nun, sieh mal her," sagte der Vater, „dies hier, was du für Gold hältst, das ist Schwefelkies. Die rötlichen Steine mit den hellen Flecken, das ist Fleckenporphyr, hier hast du kristallisierten Quarz, und dies ist Bleiglanz. Leg nur alles in die andere Stube, nachher werde ich's ordnen."

Nun wurde ich gebadet, ich aß mit den Eltern, und dann packte mich die Mutter ins Bett. Sie saß lange bei mir. Ich schlang immer wieder meine Arme um ihren Hals, und sie war weich und zärtlich, viel mehr, als sie es in Bukarest gewesen war, sie war auch viel heitrer und lebhafter. Mir war ganz unendlich wohl zumute, und ich fing an zu begreifen, daß die Mutter recht hatte, wenn sie meinte, ich sei reich und glücklich. Ganz durchdrungen von Glücksgefühl flüsterte ich: „Mutter, bleib doch immer, immer bei mir! Versprich mir das!"

Die Mutter nahm mein Gesicht in ihre Hände und sagte: „Freu' dich doch über heute, und sorge nicht um das, was kommen kann. Heute ist's doch schön für uns beide, nicht wahr?"

„Ja," sagte ich aus voller Überzeugung, „aber das versprich mir doch, daß du mich nicht wieder zu Götzens bringst."

„Das verspreche ich, ich bringe dich nicht wieder zu Götzens!"

Der „fröhliche Sonnenblick" war zu mir gekommen, er durchwärmte und durchleuchtete mein Leben. Auf wie lange?!

Bei Madame Hänel

Es kam nun eine lange, schöne Zeit für mich, ich hatte die Mutter, und die war liebevoll und zärtlich zu mir. Ostern brachte sie mich zur Schule, das war ein wichtiger Abschnitt in meinem Kindesleben. Nun trat ich auch zu den Kindern des Städtchens in Beziehung. Als mir die Mutter außer der Schiefertafel die gelb und rot gebundene Fibel gab, sagte sie: „Schon' das schöne Buch. Wenn du es gut hältst, kann nächste Ostern noch ein andres Kind das Lesen daraus lernen!"

Ich ging gern zur Schule. Das Lesenlernen machte mir großen Spaß. Ich fand es lustig, wenn wir uns alle an die Lesemaschine stellen mußten. Es war mir wie Rätselraten, wenn der Lehrer geheimnisvoll die Hand über einen Teil der Buchstaben hielt und wir dann freudig im Chor die allmählich sichtbaren Buchstaben dem Lehrer entgegenschmetterten. Mit Übereifer saß ich zu Hause über der bunten Fibel, und es dauerte gar nicht lange, da konnte ich den Inhalt meistern. Damit erschloß sich eine neue Welt für mich, denn nun war ich gierig darauf aus, wo ich Gedrucktes fand. Neben dem Lesen war Singen und biblische Geschichte meine große Freude. Wenn der Lehrer mit der Geige kam, da hätte ich jubeln mögen. Wo ich ging und stand, sang und klang es in mir, und wie oft sang ich der Mutter vor:

> „Froh wie die Libell' am Teich,
> Froh sein macht leicht und reich,
> Braucht nicht zu sorgen,
> Braucht nicht zu borgen,

Lebet von Licht und Luft,
Lebet von Blumenduft,
Froh sein, froh sein macht reich."

Wenn der Lehrer biblische Geschichten erzählte, so war das jedesmal ein Erlebnis für mich. Eine ganz besondere Liebe empfand ich für Joseph, und die ist mir durch meine ganze Kindheit und Jugend treu geblieben. Joseph trug Bennos Züge und Bennos Burnus, auch seine bunt gestickten Babuschen. Ich begleitete ihn zu den Brüdern. O, ich fühlte den Sonnenbrand in der Wüste, hatte ich den doch in der walachischen Tiefebene mit eignen Augen gesehen. Ich schluchzte, als die bösen Brüder ihn verkauften, denn er mußte nun fort aus seinem Heim, zu ganz fremden Leuten, und wie das tat, das wußte ich doch, das hatte ich doch bei Götzes durchgemacht. Ich bangte mich mit ihm nach dem Vater. Wenn ich so heftig weinte, sah mich der Lehrer erstaunt an und sagte: „Nimm dir's doch nicht so zu Herzen! Das ist lange her, daß das passiert ist." Das mochte ich aber nicht hören. Wie leicht und froh wurde mir zumute, als ich Benno-Joseph endlich mit der goldnen Kette durch die Stadt fahren sah. Die Stadt war Bukarest. Ja, das waren herrliche Stunden, und zu Hause erzählte ich alles wieder. — Aber die Schule hatte auch ihr Schweres, und das waren die Rechenstunden. Zahlen mochte ich nicht, es war mir ganz einerlei, was herauskam. In den Stunden verlor ich, was ich mir in den anderen erworben hatte: den guten Platz und die gute Meinung des Lehrers.

So schwand der Sommer in Frieden für mich dahin. Der Herbst kam, und die Töpfe, Schüsseln und Krüge,

die den Sommer über mit allerlei Pflanzen und Blumen
aus Wald und Wiesen gefüllt waren, standen nun leer
und konnten endlich wieder ihrer eigentlichen Bestimmung
überlassen werden, aber dazu kam es nicht.

Die Beschäftigung der Eltern wechselte, sie gingen
nicht mehr botanisieren, sie legten keine frischen Pflanzen
mehr zwischen graues Löschpapier, sondern sie suchten
aus den getrockneten Pflanzen aus, sie pappten Mappen,
und sie suchten aus den großen Insektenkästen Käfer
und Schmetterlinge, ausgestopfte Raupen, Steine,
Eidechsen, Blindschleichen und was wir sonst noch
hatten. Sie berieten dabei viel, und ich durfte nicht
mehr erzählen, denn mein Geplauder störte die Eltern.

Eines Tages nahm mich die Mutter allein vor
und sagte stockend, fast als müßte sie mich um Ver-
zeihung bitten: „Täschen, hör' mal zu, wir reisen
wieder weit fort, und du mußt wieder zu fremden
Leuten.“

Sie hatte das leise, fast zaghaft gesagt, und sie war
wohl ganz vorbereitet, als sie nun sah, wie ich mich
einem heftigen Schmerz überließ.

„Ich will aber nicht wieder zu Götzes,“ rief ich erregt, „und du hast mir doch ganz gewiß versprochen,
du würdest mich nicht wieder dahin bringen!“

„Das halte ich auch,“ sagte die Mutter gedrückt,
„dahin bringe ich dich nicht wieder.“

„Wohin soll ich denn?“ fragte ich weinend.

„Du kommst zu Madame Hänel am Markt. Die
kennst du ja ganz gut.“

„Ach,“ sagte ich, „gut?“

„Na, du gehst doch so oft zu ihr.“

„Ja, aber — kennen tu' ich sie doch nicht recht. Ich würde mich doch nicht getrauen, ihr alles zu erzählen."

Erneuter Schmerzensausbruch.

„Mutter, ich bin dann wieder so allein, ich kann mit gar niemand sprechen."

Die Mutter sah mich bekümmert an und sagte: „O doch, du kannst sprechen. Immer wenn du allein bist, kannst du dir vorstellen, daß ich bei dir bin, und siehst du, in Gedanken bin ich auch immer bei dir. Erzähl' mir nur immer alles, mein Herz hört es. Kannst du dir das nicht denken?"

Ich schüttelte traurig den Kopf.

Die Mutter überlegte, dann sagte sie: „Du bist doch mit Joseph aufs Feld zu den Brüdern gegangen, du hast mit ihm gesprochen, nicht wahr? Der war doch auch nicht mit seinem Körper bei dir. Glaub' mir doch, ich bin doch viel mehr bei dir als Joseph! Siehst du das ein?"

Ich nickte langsam.

„Der Lehrer und auch ich haben dir doch vom lieben Gott erzählt, und du weißt doch, daß du jederzeit auch mit ihm sprechen kannst, daß sein Auge dich immer sieht, und daß sein Ohr dich immer hört! Das weißt du doch. — Nun, siehst du, was du nun erzählen willst, das erzähle nur ruhig, der liebe Gott und ich sehen und hören alles, was du tust und sagst."

„Darf ich es Euch denn laut erzählen?"

„Wenn du allein bist, darfst du's uns laut erzählen. Nun sei bei Madame Hänel nur immer recht gehorsam und freundlich, tu alles, was sie dir sagt, und hör' mal, Madame Hänel hat so viel Schönes. Laß es dir nur

nie einfallen, dir etwas davon zu nehmen. Denke, daß
Gottes Auge dich immer und überall sieht. Versprich
mir, daß du ein folgsames, braves Kind sein willst,
damit ich nur Gutes von dir höre, wenn wir wiederkommen."

Ich versprach schluchzend alles, was die Mutter
verlangte.

Einige Tage nach diesem Gespräch packte meine
Mutter meine Sachen in ein Bündel und verließ mit
mir den Forsthof. Ich hatte ein billiges Wägelchen, aus
Holz geschnitzt, was mir die Mutter einst beim Schachtel-
mann zum Jahrmarkt gekauft hatte, das zog ich an einem
Bindfaden hinter mir her. Ich hatte ein dumpfes Angstgefühl, ach, ich hätte noch so viel fragen mögen, aber
die Mutter wich meinen Fragen aus. Ganz besonders
wollte ich wissen, wann die Eltern wieder kämen, aber
eine bestimmte Antwort hätte auch nichts genützt, denn
ich hatte noch keine Vorstellung von Zeitdauer. Ich
sah, daß das Laub von den Bäumen fiel, und fragte:
„Kommt bald der Winter? Kommt dann Weihnachten,
und seid Ihr Weihnachten wieder hier?"

Die Mutter zuckte die Achseln, sah mich traurig an
und sagte: „Ich weiß es nicht."

Nun betraten wir den Laden von Madame Hänel.

Hinter dem Ladentisch stand sie selbst, eine kleine,
korpulente Frau mit einem runden, rotbackigen Gesicht,
das von glänzend schwarzen Scheiteln eingerahmt war.
Die dunklen Augen schauten prüfend auf mich und mein
Wägelchen. Trotzdem ich oft in ihrem Laden gewesen
war, sah ich sie heute mit ganz anderen Augen an. Sie
hatte eine dunkelgrüne Sammetjacke an, deren Schöße

ihr lang über die Hüften herabhingen. Ich hatte grenzen-
losen Respekt vor ihr, sie war so unnahbar und in
meiner Vorstellung unermeßlich reich. Waren in ihrem
Laden nicht alle Schätze der Welt zu finden? Bei ihr
konnte man doch alles haben: Heringe, tonnenweise!
Sirup, tonnenweise! Guten und ordinären. Säcke voll
Rosinen und Zucker, und Bonbons in allen Farben und
Formen. O, wie ihr zumute sein mußte! Welch glückliches Dasein mußte sie führen! Aber reiche Leute waren
stolz. Sie sah stolz und streng aus, und ich hatte Angst
vor ihr. Sie war ja ganz anders als die Götzen, deren
Gestalt und Wesen war in meiner Vorstellung ganz
blaß und farblos, Madame Hänel dagegen machte starken
Eindruck auf mich. —

Meine Mutter wartete geduldig, bis Madame Hänel
ihre Kunden bedient hatte. Sobald die fort waren, schlug
Madame Hänel die Tischklappe zurück und hieß uns
näher treten. „Tritt dir die Füße gut ab, bring mir
keinen Schmutz ins Haus!" Nun wandte sie sich an die
Mutter und sagte: „Bringen Sie nur gleich das bißchen
Kram hinauf in Christels Kammer, sie kann mitgehen
und Ihnen zeigen, wo sie schläft. Ich hab' das Kinder-
bett vom Huldinchen rein setzen lassen." Sie rief Christel,
ihre Magd, und wir folgten ihr hinauf. Die Mutter
sah sich seufzend um, warf einen Blick aus dem Fenster
auf den Hof mit den Hintergebäuden, dann packte sie
die paar Sachen aus, sah sich sinnend das Bett an,
dann nahm sie mich in die Arme und sagte eindringlich:
„Nicht wahr, Täschen, du vergißt nicht, was ich dir vom
Auge Gottes gesagt habe?" Nein, ich wollte es nicht
vergessen. Nun nahm sie mich mit hinunter ins Wohn-

Madame Hänel

zimmer, küßte und herzte mich ein letztes Mal und ging eilig davon. Am Mittelfenster war ein Tritt, darauf stellte ich mich und sah, wie die Mutter eilig den Marktplatz überschritt. Sah sie sich denn gar nicht um? Da, — jetzt bog sie um die Ecke! Konnte ich ihr denn nicht nachlaufen? Ich sah mich um, wie ich entweichen könnte, ich hätte ja durch den Laden gemußt, und da war ja Madame Hänel mit ihren Kunden, und hier, am Eckfenster, saß die alte Christel und flickte Säcke. Sie sah so gleichgültig aus; wie konnte nur jemand gleichgültig sein, wenn doch die Mutter fortging! Ihr pockennarbiges Gesicht, von strohgelben Scheiteln eingerahmt, war aufmerksam über die langweiligen Säcke gebeugt, trotz ihrer grellroten Backen konnte ich sie nicht schön finden, nur ihre Ohrbummeln bewunderte ich. Ich setzte mich auf den Tritt, bedeckte das Gesicht mit den Händen und weinte eine Weile still vor mich hin, dann stand ich zögernd auf und sah mich in der großen, fremden Stube um.

Wie anders war hier alles als auf dem Forsthof, auch anders als bei Götzes. Was für schöne Sachen hier standen, ein hoher Glasschrank mit goldberänderten Tassen. Bilder hingen an den Wänden, und hier stand ein sonderbares Stück, es hatte vier dünne Beine, die auf Glasfüßen standen, und auf diesen Beinen war ein großer, flacher Kasten, noch größer als unsere Arbeitstische daheim, er hatte denselben matten Glanz wie die übrigen Möbel. Ich befühlte das Ding mit der Hand, und endlich faßte ich mir ein Herz und fragte Christel: „Was ist das?"

„Ein Klavier."

„Was ist ein Klavier?"

Christel schwieg, ich überlegte ein wenig, dann fragte ich: „Was tut man mit einem Klavier?"

„Man macht Musik."

„Mu—sik? — Wer macht Musik?"

„Huldinchen."

„Huldinchen? Ist Huldinchen Madame Hänels Kind?"

„Ja."

„Ist die schon groß?"

„Ja."

„Wo ist sie denn?"

„In Dresden."

„Kommt sie nicht wieder?"

„Weihnachten."

Ich hätte so gern viel mehr gefragt. Meine Phantasie schuf im Handumdrehen eine wunderbare Lichtgestalt an Schönheit und Güte. O, wenn doch nur Huldinchen bald käme, sie würde Musik machen, und sie würde mir freundlicher antworten als die brummige Christel. Ach, ich wollte Huldinchen so lieb haben, ich wollte ihr im Sommer Blumen suchen, und ich wollte ihr vorlesen und erzählen, soviel wie sie nur wollte.

Auf meiner Entdeckungsreise kam ich wieder an ein unbekanntes Möbel, ich fragte: „Ist das ein Schrank?"

„Ein Sekretär."

Das war ein schweres Wort! Auf dem Sekretär stand eine ausgestopfte Taube, darüber freute ich mich.

„Wir haben auf dem Forsthof auch viele Tiere," sagte ich, „auch ausgestopfte, aber auch welche in Gläsern, in Spiritus."

„Ach Ihr!" sagte Christel wegwerfend, „was Ihr wohl habt! Lauter nichtsnutzigen Kram! Unkraut und lauter eklige Tiere."

Christel sagte das so unfreundlich, daß ich mich tief gekränkt fühlte. Ich gab mein Herumwandern auf und setzte mich traurig wieder auf den Tritt. Jetzt kam Madame Hänel herein, sie stemmte die Arme in die Seiten, sah auf mich herab und fragte dann: „Kannst du stricken?"

Ich schüttelte den Kopf.

„Nimm die Hände vom Gesicht und antworte ordentlich. Kannst du nähen?"

„Nein," sagte ich leise.

„Ein so großes Mädchen! Hat dir denn deine Mutter das nicht gezeigt?"

„Nein," sagte ich ebenso.

„Du gehst doch in die Nachmittagsschule bei Größeln, was hast du denn sonst getan?"

„Raupenfutter geholt, — Pflanzen aus der Presse gelegt, Käfer auf Kartenpapier geklebt, — — und in der Dämmerung auf der Gasse gespielt."

„Auf der Gasse gespielt! Deine Mutter hätte dir lieber das Stricken beibringen sollen. Christel, richt' ihr mal 'nen Waschlappen ein. Ist das 'ne Erziehung! Jetzt muß das Kind auch schon an den Blümchenkram! Bei mir kommst du nicht auf die Gasse. Jugend hat keine Tugend. In der Dämmerung kannst du manchmal zum Nachbar Jakob gehen, da kannst du dich nützlich machen."

O, ich hatte großen Respekt vor Madame Hänel! Als ich sie am nächsten Morgen begrüßte, küßte ich

4*

ihr die Hand. Sie machte ein sehr erstauntes Gesicht
und besah sich kopfschüttelnd die Stelle. Ich fühlte, diese
Art der Höflichkeit war nicht angebracht und unterließ
es in Zukunft. Ich wollte ihr die biblischen Geschichten
erzählen, aber sie lehnte ab: „Das hab' ich mir ja längst
an den Schuhsohlen abgelaufen!"

Manchmal verstand ich gar nicht, was sie meinte,
aber je mehr ich von meiner Umgebung mit meinem
Liebebedürfnis zurückgewiesen wurde, desto lebhafter und
phantasievoller gestaltete sich mein Innenleben. Mir war
das Herz so voll, ich war so lebhaft, ich war es von
meiner Mutter her so sehr gewohnt, viel, alles zu erzählen, was mich bewegte, aber ich hörte auch gern, und
niemand konnte so gut erzählen wie Vater und Mutter.
Und nun wurde ich zur Erholung zum Menden-Jakob
geschickt.

Jakob war seines Zeichens ein Lohgerber. Er war
ein hagerer, baumlanger, etwa 50-jähriger Junggeselle,
der außer seiner Lohgerberei noch eine kleine Ackerwirt-
schaft betrieb. In seinem Hauswesen arbeitete er wie
eine Magd; er molk die Kühe, butterte, kochte und wusch,
und als wir uns erst aneinander gewöhnt hatten, konnte
ich ihm manche Handreichung tun, die ihm lieb war.
Ich wurde, besonders nachdem er mir das „Du" angeboten hatte, ganz zutraulich zu ihm. Aus seinem
luftigen Schuppen schleppte ich ihm die getrockneten
Lohkuchen heran für den großen Kachelofen. Besonders
lieb war es ihm, wenn ich mit ihm in den Keller ging
und beim Abrahmen der Milchschüsseln leuchtete. Mit
welcher Teilnahme beobachtete ich sein faltiges, bartloses
Gesicht mit den kleinen, blauen Augen. Mit seinem

großen, von der Gerberlohe dunkel gefärbten Zeigefinger machte er eine kühne Rundung in der Milchschüffel und schöpfte dann mit sichtlicher Befriedigung den gelblichen Rahm von der bläulichen Milch.

„Wenn du aber butterst, wartest du, bis ich komme, ich will dir helfen," sagte ich.

„Da soll ich mich wohl gerade nach dir richten?" fuhr er mich barsch an.

„Wenn du mich nicht buttern läßt, leuchte ich dir auch nicht."

Er gab dann klein bei und sagte: „Na, meinetwegen, da buttern wir eben zusammen."

Er selbst und alles, was mit ihm zusammenhing, machte den Eindruck von etwas Riesenhaftem. Sein langes, dünnes Messer, an dem auch der Griff von Stahl war, kam mir immer vor, als müsse es das Messer des Menschenfressers aus dem Märchen vom kleinen Däumling sein. Die Bewegungen seiner langen, nackten braunen Arme waren wunderlich immer aufs Große gerichtet. Mit einem Hieb durchschnitt er einen Schwarzbrotlaib, mit einem Strich schmierte er das weiche Schmalz darüber. Ich bekam eine ebenso große Bemme, wie er sie sich selber nahm, und dann standen wir, fürwahr ein ungleiches Pärchen, am Ofen und schmausten.

Eines Tages kam er zu uns, ganz feierlich, in einem kaffeebraunen altfränkischen Tuchrock und drehte verlegen an seiner Sonntagsmütze. Endlich kam er ziemlich ungelenk mit einer Einladung heraus. Am nächsten Tage sei sein Geburtstag, wir sollten ihn mitfeiern, er habe Kuchen gebacken. Wir sollten nur alle drei morgen in der Dämmerung kommen. Als er fort war, lachte Madame Hänel und sagte zu Christel und mir: „Jetzt hört zu: ich setze mich zwischen Euch und reiche Euch abwechselnd meinen Kuchen unter den Tisch! Laßt Euch nichts merken, und eßt ihn auf! Ich mag seinen schnubbeligen Kram nicht!"

„Hm, da würd' ich lieber gar nicht hingehen," brummte Christel.

„Nicht hingehen? Ach warum nicht? ‚Gute Freunde und getreue Nachbarn' bezeichnet schon Luther als zum täglichen Brot gehörig."

„Jakob denkt aber an was anderes."

„Das ist seine Sache. Du weißt, wie ich darüber denke, er hat kein Benehmen, und wenn er noch so reich wäre. Ich bleibe dabei: Gleich und gleich gesellt sich gern."

„Freilich, so e feiner wie der Porzellanmaler is er nich — aber —!"

„So geht's, wenn man mit dir und deinesgleichen zu gut ist. Ihr könnt das nicht vertragen, nehmt Euch gleich zu viel heraus, wie darfst du dich unterstehen! —"

Madame Hänel ging in den Laden und schlug die Tür hart hinter sich zu.

„Christel," sagte ich besorgt, „ist Madame Hänel böse? Gehen wir nun nicht zum Menden-Jakob? Was muß ich morgen tun?"

„Kuchen mußte essen," sagte sie kurz.

In der Dämmerung lief ich zu Jakob. Ich fand ihn inmitten großer Vorbereitungen. In der Wohnung roch es nach frisch gebackenem Kuchen, und in der Stube stand Jakob mit den nackten, braunen Armen und scheuerte auf seine geniale Weise die Mitte des Fußbodens. Die Ecken und Winkel ließ er unbeachtet. Ich stand erst schweigend und sah mir die Sache an, dann sagte ich belehrend: „Du mußt doch die Ecken mitnehmen! Unterm Kanapee fliegen ja die Wolken. O, und morgen kommt doch Madame Hänel zu dir, und die sieht das gleich!"

Jakob schob sich die schmutzige Mütze aufs andere Ohr, strich sich mit der Hand das glatte Kinn und sah mich hilflos an.

Ich war bei Madame Hänel in einer guten Schule und fühlte mich in diesen Dingen Jakob sehr überlegen.

„Warte," sagte ich gönnerhaft und lief eilig zu uns hinüber.

Neugierig guckte Jakob in das von mir geholte Holzgefäß.

„Was hast du denn da?" fragte er endlich.

„Ja, sieh mal," sagte ich belehrend, „das sind nasse Sägespäne, die drücken wir aus und werfen sie in die Ecken, ich verreibe sie mit dem Rutenbesen, dann kommt gar kein Staub, und dann feg' ich alles mit dem Haar-besen weg."

Und nun wurden wir beide sehr heiter, als wir die ausgedrückten Bälle nach allen Richtungen schleu-derten.

„Wollen wir mal David und Goliath spielen?" rief ich übermütig und zielte mit einem Ball nach Jakobs Rücken. Er lachte, daß er sich krümmte, schüttelte die Sägespäne ab und meinte, nun würde es wohl Zeit, daß wir ernsthaft an die Arbeit gingen. Da rutschte ich eilfertig unter den Möbeln und in den Ecken herum und hatte bald die Genugtuung, daß die Stube frisch und nett aussah. Ich freute mich, als Menden-Jakob zu mir trat und mir mit seiner rauhen Hand sanft über das Haar strich.

Ich sah mich prüfend um und sagte: „Wir haben drüben so schöne Bilder an den Wänden, warum hast du denn gar keine?"

„Hm!" sagte er zögernd, „eingerahmte hab' ich nicht, aber ich hab' welche, hier in der Schieblade liegen sie."

„Ach ja," sagte ich eifrig, „Du machst es gerade so wie ich. Zu Hause hab' ich auch ein Päckchen Bilder, manche bunt mit Gold, wunderhübsch! Hast du auch solche, dann zeig' sie mir doch mal!"

Jakob lachte, griff in die Tasche und holte einen Schlüssel, schloß auf und langte ein Päckchen Papierzettel von verschiedener Farbe heraus. Ich sah in der Ecke einen nackten Engel, der ein Band mit Zahlen hielt.

Jakob hielt mir einen von den Zetteln hin und sagte hastig: „Da, ich schenk' ihn dir, du bist ein kleines, gutes Mädel! Heb' ihn gut auf!"

Ich aber schaute sehr enttäuscht auf das Papier, schob Jakobs Hand zurück und sagte vorwurfsvoll: „Das ist doch kein Bild? Das sind Kassenscheine, mein Vater bekommt solche Zettel, wenn er Sammlungen weggeschickt hat, er hat mir gesagt, das sei kein Spielzeug. Hast du denn gar kein ordentliches Bild für mich, von dem man eine Geschichte erzählen kann?"

„Na, denn nicht!" sagte Jakob ärgerlich und legte den Zettel zu den anderen, „aber das merk' dir, ein zweites Mal biete ich dir das nicht wieder. Bist du dumm! Egal nur Geschichten erzählen! Ja, erzähl' du nur, du wirst mal sehen, wie weit du's damit bringst!

Nun geh nur heim! Nimm deine Gelte mit, und kommt morgen nicht so spät."

Ich erzählte die Sache mit dem Bilde Christel, die sah mich sehr ungläubig an und sagte: „Der hat nur seinen Spaß mit dir gehabt. Der reiche Geizhals wird Kassenscheine verschenken!"

Am nächsten Tage war ich von uns dreien gewiß das dankbarste Publikum. Ich war ganz ausgelassen vor dem Glücksgefühl, daß Madame Hänel an dem Abend gar nichts an mir auszusetzen fand, und daß sie mir immer Kuchen unterm Tisch zuschob. Ich blinzelte Christel fragend zu, ob sie auch welchen bekäme. Die nickte so energisch, daß ihre großen Ohrbummeln schwerfällig baumelten.

*   *   *

Eines Tages rief mich Madame Hänel in ein Vorratsstübchen, das sonst immer unter Schloß und Riegel gehalten wurde, hier stand ein Tisch und ein Stuhl, und auf dem Tische lag ein mächtiger Haufen Rosinen.

„Hier setz' dich her, und verlies die Rosinen," sagte sie.

Sie ging, und ich machte mich an die Arbeit. Es dauerte lange, aber endlich war ich fertig, und da die Stube hinter mir abgeschlossen war, mußte ich wohl oder übel warten, bis es Madame Hänel gefiel, mich wieder zu befreien. Ich kletterte von meinem Stuhl herunter und besah mir das Zimmer. Welche Schätze! Daß es so etwas in der Welt gab! Ach, diese Säcke voll Kaffee! Und meine Mutter sagte an besonderen Tagen: „Heute gibt's auch ein paar Bohnen im Kaffee." Ich sah dann, wie sie sorgfältig einige wenige von einer kleiner Portion abzählte. — Hier war gebrannter und ungebrannter, ach so viel! Und Zucker, gelber und weißer, ganze Kisten voll, und so schön gefärbte und geformte Bonbons, in Stangen, in Kügelchen, glatt und rauh, es war wie im Märchen.

Ich ging ans Fenster und sah auf den Hof, aber das langweilte mich. Da gewahrte ich beim Umherschauen oben in der Tür ein kleines Guckfensterchen, gerade groß genug für ein Auge. Ich schob meinen Stuhl an die Tür und legte mein Auge an das winzige Glasfensterchen. Aber was war das?! Fest gebannt hing mein Blick an dem Guckloch. Ich zitterte heftig. Ich hatte einen Blick in den Nebenraum werfen wollen, da war, wie ich wußte, das Essiggewölbe. Aber kein Raum war sichtbar, aber was war denn das nur?! — Mein Auge schaute in ein anderes Auge! Das wirkte so unheimlich! Ich trat ein wenig zurück, — das Auge blieb, schwarz und unbeweglich füllte es das Loch in der Tür. Gruselnd kletterte ich hinunter, immer den entsetzten Blick auf das dunkle Auge gerichtet.

Dann kehrte ich zitternd der Tür den Rücken und grübelte, bis ich zu einem erlösenden Selbstgespräch kam. Was war denn das da über mir? Ein Mensch war es ja nicht, — es war nur ein Auge! Aber wessen Auge? Ach! — jetzt hatte ich es! Hatte meine Mutter nicht oft von dem Auge Gottes gesprochen, das uns allen überallhin folgte. Ja, das war es natürlich, das nur konnte es sein! So redete ich mich selber zur Ruhe und war schließlich ganz getröstet und fühlte mich in geweihter Stimmung. — Endlich kam Madame Hänel, sie sah mich scharf an und sagte kurz: „Du denkst: ‚Ehrlich währt am längsten.' Nun geh hinaus."

Von da an mußte ich oft im Laden aufpassen, wenn
Madame Hänel anderweitig beschäftigt war, und als
Christel brummend fragte, ob das auch ginge, antwortete
sie nur: „Es geht."

*   *   *

Überall, zumal in den Schulpausen, hörte ich, daß
bald Weihnachten sei, und daß dann artige Kinder ihre
Wünsche erfüllt bekommen. Da wünschte ich sehnsüchtig,
meine Eltern möchten kommen, damit ich mit ihnen das
Fest feiern könnte. In Madame Hänels Haus wurde
alles auf den Kopf gestellt, es wurde gewaschen, gescheuert und viele schöne Christstollen gebacken. Ich
mußte tüchtig helfen, Mandeln hacken, Succade schneiden
und die Stollen mit zum Bäcker tragen. Madame
Hänel befand sich in ganz ungewohnter Aufregung, sie
erwartete ihre Weihnachtsfreude. Mein Kinderherz
wurde von der erhöhten Stimmung angesteckt, ich freute
mich mit, ich wartete mit auf eine ungewöhnliche Freude.

Am Nachmittag standen Madame Hänel, Christel,
Meisel, der Hund, und ich trotz der Winterkälte an der
offnen Ladentür und horchten gespannt auf das Schmettern
des Posthorns. In Madame Hänels Zügen lag eine
milde Freundlichkeit, als sie ihre dunklen Augen auf
die gelbe Postkutsche richtete, die schwerfällig über den
verschneiten Marktplatz rummelte. „Nun lauft!" sagte
sie erregt.

Ich drückte eilig mein Gesicht an die weiche Sammetjacke, ich sehnte mich — wonach? Wenn?! Wenn nun
meine Eltern mit in der Postkutsche säßen? —

Mein Hoffen war vergeblich, und doch zog Freude
in mein Herz, als die hübsche, schlanke Mädchengestalt

lachend und uns lebhaft begrüßend, dem Innern des Postwagens entstieg. Wie freundlich gab sie Christel und mir die Hand! Während ich half, die Schachteln und Pakete nach Hause zu schleppen, eilte sie leichtfüßig in die Arme ihrer Mutter. Sie war größer als die Mutter, mußte sie sich doch herabbeugen, als sie sie umarmte und küßte. Nie vorher hatte ich Madame Hänels Stimme so weich gefunden. Mit feuchtem Glanz ruhten die dunklen Augen auf der schlanken Gestalt. Mit sanfter Hand strich sie der Tochter das krause, dunkle Haar aus dem Gesicht, und wie behutsam nahm sie das rosa seidene Hütchen und den Mantel ab.

Ja, Huldinchen brachte den Sonnenschein ins Haus. Immer war sie hinter der Mutter her, sie ging mit in den Laden, und ich lauschte auf ihr fröhliches Lachen und Geplauder, wenn sie mit den Kunden sprach.

Und eines Tages trat sie an das merkwürdige Dings heran, das Christel „Klavier" genannt hatte. Mit der größten Spannung stellte ich mich neben sie, sie drehte den Schlüssel um und öffnete den Deckel. Was ich nun sah, erstaunte mich, aber ganz außer mir vor Entzücken geriet ich, als Huldinchen sich davor setzte und mit ihren feinen, schlanken Fingern dem Ding die schönste Musik entlockte, sie sang dazu, es regte mich so auf, daß ich heftig weinte, denn die Worte griffen mir ans Herz, sie sang:

> „Wenn in die Ferne vom Felsen ich seh',
> Zieht's mich zur Heimat, so lieblich und weh,
> Weckt der Erinnerung entflohenes Glück,
> Drängt mir die Tränen zum Herzen zurück.
> Ach, es entschwanden mir Heimat und Glück
> Und zu dem Grab ist gewendet der Blick."

Huldinchen selbst überstrahlte noch bei weitem das Bild, das meine Phantasie sich von ihr geschaffen hatte, mir war, seit sie im Hause war, als sei immer Festtag. Wenn sie auf dem Tritt vorm Nähtisch saß, dann saß ich zu ihren Füßen und blickte bewundernd in ihre schönen, dunklen Augen, und wenn Madame Hänel im Laden war, dann überschüttete ich sie mit meinem Geplauder, und wie zärtlich küßte ich ihre Hände, die dem blanken Kasten so herrliche Töne entlocken konnten. Sie ließ mich gewähren, ihr Blick ruhte oft teilnehmend und warm auf mir.

Dann kam der Weihnachtsabend. Ich wurde ins Essiggewölbe geschickt, und als ich endlich gerufen wurde, stand ich überrascht still. Auf dem Tische brannten zwei Wachskerzen, und viele schöne Dinge standen und lagen umher. Vor dem Klavier aber saß Huldinchen und spielte und sang: „Stille Nacht, heilige Nacht." Sie erschien mir wie ein Engel, und ich stand mit gefalteten Händen ganz versunken in ihren Anblick. Dann zog sie mich an den Tisch, da lag ein Wickelkind, ein Schokoladenmännchen, eine Schürze und ein kariertes Schnupftuch, und das alles gehörte mir! Das Spielzeug hatte mir Huldinchen aus Dresden mitgebracht.

Aber auch, was ich sonst sah, nahm mein Interesse lebhaft in Anspruch. Sehr verwundert war ich, daß Christel außer einem bunten Flanellrock auch eine Puppe bekam. Huldinchen lachte und neckte sich mit Christel, und da kam es endlich heraus: die Puppe barg in ihrem Unterrocke fünf Taler.

Was aber ganz besonders prächtig war, das war

der Blumenstrauß! Madame Bänel bekam ihn vom Huldinchen.

„Das hast du aber hübsch gemacht!" sagte mit überglücklichem Lächeln die Mutter.

Ja, was war denn das? Konnte Huldinchen denn Blumen machen? Das konnte doch nur Gott! Aber wirklich, diesen schönen, bunten Strauß hatte Huldinchen in Dresden gemacht! Und als ich mich bewundernd näher drängte, da hielt sie ihn mir lachend vor die Nase und sagte: „Ja, riech nur! Er riecht auch, und das hab' ich auch selbst gemacht."

Meine Verehrung wuchs zu schwärmerischer Ehrfurcht. Huldinchen war auf Jahre hinaus mein Ideal; sie kann später von ihren eigenen Kindern nicht zärtlicher geliebt worden sein als damals von dem einsamen Kinde.

* * *

Huldinchen hatte uns verlassen, und das Leben in dem einsamen Hause ging wieder seinen einförmigen Gang. Da kam für mich eine Abwechslung, — ich wurde krank. Oben lag ich in Christels Kammer. Als die schlimmen Tage vorüber waren, achtete ich darauf, ob ein Schritt die Treppe hinaufkäme. Am Vormittag kam Madame Bänel selbst, und später brachte mir Christel meinen Napf Wassersuppe.

Einmal brachte Christel ein Kind mit, ein kleines Mädchen, sie hieß Ernestine. Christel setzte die Kleine auf eine Hitsche vor mein Bett und sagte, sie solle mir die Zeit vertreiben. Die Kleine schien von ihrer Aufgabe sehr durchdrungen zu sein und dieselbe auch durchaus begriffen zu haben. Als Christel weg war fing sie

ohne weiteres an zu fingen: „Cha—la—las, mei gutes
Kind, Cha—la—las, mei liebes Menfch, ach fchlaf
doch ein!"

Darüber mußte ich lachen, ich fuchte ihren Eifer zu
dämpfen, ich wollte viel lieber mit ihr fprechen, als mir
vorfingen zu laffen. Ich hielt ihr endlich die Hand auf
den Mund und fagte: „Paß mal auf, du! Ich will
dir mal was zeigen."

Sie verftummte und fah mich erwartungsvoll an.
Ich zeigte ihr eine runde Pappfchachtel, öffnete fie und
ließ fie hineinfehen.

„Weißt du, was das ift?" fragte ich.

Sie fah ftarr auf den Inhalt und fchüttelte den Kopf.

„Das ift Pulver," fagte ich geheimnisvoll, „und
wenn das alle ift, dann bin ich wieder gefund." Ihr
Blick ruhte erwartungsvoll auf mir, und ich fuhr eindringlich fort: „Wenn du jetzt mit von dem Pulver ißt,
wird es eher alle, und ich werde bald gefund. Willft
du miteffen? Eine große Mefferfpitze voll foll ich jedesmal nehmen. Man muß Waffer danach trinken. Komm,
iß mal, hier ift auch das Waffer."

Das gute Kind ließ fich überreden, fie fchloß die
Augen, aber fie fchluckte mit Todesverachtung, fie
fchüttelte fich vor Unbehagen, aber durch meine Über-
redungskunft nahm fie auch eine noch zweite Mefferfpitze voll Pulver. Mir half das Opfer nicht, ihr
fcheint es aber auch nicht gefchadet zu haben, denn ich
habe fpäter, als die kleine Erneftine die Stieftochter
von Madame Hänel geworden war, noch oft mit ihr
gefpielt.

                    *   *
                         *

Eines Tages hörte ich wieder Schritte auf der Treppe. Ich blickte erwartungsvoll auf die Tür, ich sah, wie sie leise und vorsichtig geöffnet wurde, ein Kopf mit dunklem Kraushaar wurde sichtbar. — Ich schrie vor Freude laut auf. Meine Mutter schloß mich lachend und weinend in die Arme.

„Und du bist krank? Aber wie kommst du denn zu dem Ausschlag?"

„Es wird bald besser," sagte ich tröstend, „ich und die Richter-Ernestine haben fast alles Pulver aufgegessen, was hier in der Schachtel ist."

„Da wollen wir nur lieber den Vater zu Rate ziehen," sagte sie, packte mich gut ein und trug mich auf den Forsthof.

Ach, war das ein schöner Tag! Erst freilich besah mich der Vater sehr genau, dann fragte er, was wir denn bei Madame Hänel gegessen hätten, und als ich sagte, wir hätten viel Hering gegessen, beruhigte er die Mutter und sagte: „Erst mal nichts scharf Gesalzenes mehr. Mit dem Pulver kann sie fortfahren. Du siehst schön aus! Kannst ja nicht aus den Augen sehen!"

„O doch!" rief ich glücklich, „ich kann doch sehen, was ihr mir hier aufgebaut habt!"

Den Inhalt einer Spielzeugschachtel hatte mir die Mutter hingestellt, und vor dem Häuschen lag ein vergoldeter Pfefferkuchenstern. Ich durfte spielen und erzählen und die Mutter kam oft zu mir, streichelte mich und sagte sanft: „Du armes Ding! Wie du aussiehst!"

* * *

Madame Hänel besuchte ich später noch oft, auch nachdem sie den hübschen Porzellanmaler geheiratet hatte. Auch zum Menden-Jakob ging ich gelegentlich. Geholfen hab' ich ihm aber nicht mehr, ich mochte lieber auf der Straße mit Kindern zusammen kommen. Menden-Jakob war auch anders geworden, er war mürrisch und finster, und als er bald danach starb, hörte ich, daß die Leute sagten: „Der Menden-Jakob, — ja, der ist doch nur an gebrochenem Herzen gestorben!"

Christrosen

Ich war acht Jahre alt, da hörte ich, wie meine Eltern wieder eine Reise planten, sie wollten durch die Lausitz über Böhmen, Schlesien nach Krakau, um ihre botanischen Sammlungen zu verkaufen.

Ich saß in der Vorderstube auf einem Fußbänkchen und weinte leidenschaftlich. Neben mir auf dem Stuhl saß die Mutter und redete mir zu, aber es gelang ihr nicht, mich zu trösten. „Kind," sagte sie, „mach' mir das Herz nicht so schwer! Ich hoffe, daß wir Weihnachten wieder hier sind. Hör' mal zu! „Wollen wir denn ein Bäumchen anputzen? Sollen wir dir etwas mitbringen? Warte, — ich stricke dir ein paar Müffchen! Mit hübscher, bunter Wolle! Du sollst selbst sagen, wie du sie haben willst. Na, nun sag' mir mal, wie sie sein sollen!"

„Laß nur," sagte ich weinend, „ich will gar nichts, gar — gar — gar nichts! Nur euch will ich haben. — Bleibt doch bei mir! Warum müßt ihr immer reisen?"

Der Vater richtete sich von seinem Käferkasten in die Höhe und sagte: „Das verstehst du noch nicht!"

In diesem Augenblick klopfte es, und herein trat ein langer, schmalbrüstiger Mann, dessen bartloses Gesicht zwei rote, abgezirkelte Flecken zeigte. Das war der Sattler Triebel, der zur bevorstehenden Reise noch eine Arbeit ablieferte. Die Mutter bot ihm einen Stuhl, während der Vater das Geld auf den Tisch zählte.

„Und morgen soll's losgehen?" sagte der Mann mit hoher Stimme.

Die Mutter nickte.

„Es hat wohl Haue gegeben," sagte er, auf mich deutend.

„Mädchen schlägt man doch nicht gern, die müssen aufs Wort gehorchen lernen. Sie weint, weil sie nicht von uns will."

„Wo kommt sie denn hin?"

„Zur früheren Madame Hänel. Ich würde sie aber lieber wo anders unterbringen, denn Madame Hänel tut es nicht gern, da sie jetzt die Stiefkinder hat."

„Wieviel geben Sie denn für das Kind?"

Die Mutter zuckte zusammen und sagte kurz: „Wieso?"

„Na, wenn Sie gut zahlen, dann finden sich auch noch andere Leute wie Madame Hänel."

Der Vater sagte kalt: „Das ist doch kein Geschäft! Wir können nicht viel geben, sie soll aber nur zu Leuten, wo sie es ordentlich hat, die Verständnis für ein Kind haben."

Der Mann lachte, aber er verharrte bei der Sache. Es wurde erregt hin und her gesprochen, und das Ende war, daß er mich haben wollte.

„Täschen!" sagte die Mutter bittend, „willst du wohl zu dem Manne gehen? Er hat gar keine Kinder und möchte jetzt eins haben. Willst du?"

Ich schüttelte entschieden den Kopf und blieb dabei: „Ich will zu keinen fremden Leuten!"

„Du!" sagte er und rückte näher zu mir heran, „magst du wohl fahren?"

„Ja," sagte ich lebhaft, „gewiß, sehr gern."

„Soll ich dich mal auf dem Schiebbock in die Nieder-stadt fahren?"

Ich lachte, und die Mutter sagte scherzend:

> „Dann fährt mein Kind im Saus
> Ganz bis vors Triebelhaus."

Mit so einem kindlichen Reimchen machte mir die Mutter jedesmal einen großen Spaß. Der Sattler hatte mich!

Während Triebel die Schubkarre holte, suchte die Mutter meine Sachen zusammen, und ich half ihr geschäftig. Hier in der Kammer war die Mutter ganz ernst, sie drückte mich heftig an sich und sagte: „Nicht wahr, du bleibst recht brav und artig? Sei doch recht fröhlich! Wenn du aber Not hast, dann klag' sie dem lieben Gott, er sieht und weiß alle Dinge, er sieht auch deine kleinen Leiden, und wenn du ihn bittest, hilft er dir! Hüte dich nur, daß du niemandem weh tust!"

Mittlerweile war das Gefährt angekommen. Halb lachend, halb weinend nahm ich Abschied von den Eltern. Die Mutter setzte mich fürsorglich auf das Bettbündel, und so fuhr ich den Forsthofberg hinunter. Die Eltern winkten, solange sie mich sehen konnten. Wirklich im Saus ging es den Niederstadtberg hinunter, und ich hielt einen verhältnismäßig vergnügten Einzug. Aber das Lachen hielt nicht lange vor.

Triebels waren der Meinung, ein Kind wisse sein Maß nicht, es müsse recht knapp gehalten werden, sonst verderbe es sich den Magen. Zumal der Mann und seine Mutter waren nach der Seite hin sehr auf meine Gesundheit bedacht. Zum Haushalt gehörten noch die Frau und der Lehrjunge. Die Werkstelle, wo ich schlief, war ein niedriger, dumpfer Raum, wo Berge von verfilzten Haaren, Pferde-Kummete, Leder und allerlei Schrumpel

herumlag. Meine Tagesarbeit bestand darin, die Haar-
polster, die in alten Möbeln gewesen waren, auseinander-
zuzupfen. Die Arbeit ging nicht über meine Kräfte,
aber sie war durch den Staub, der damit verbunden war,
sehr widerlich. Schlimmer wurde die Sache abends für
mich. Da mußte ich dem Meister und dem Lehrjungen
bei der Arbeit leuchten. Wenn sie an den schweren,
großen Kummeten arbeiteten, mußte der Lichtschein bald
von dieser, bald von jener Seite auf die Arbeit fallen.
Der Lehrjunge sollte auch möglichst berücksichtigt werden,
und da sie in arbeitsreicher Zeit manchmal bis nach
Mitternacht arbeiteten, so wußte ich oft nicht, wie ich
es vor Überanstrengung aushalten sollte. Ich tat wie
die Störche, bald stellte ich mich auf das eine, bald auf
das andere Bein. Ich stützte den müden Arm mit dem
andern, ich schlief im Stehen ein und wurde dann durch
einen Schlag an meine Pflicht erinnert. Triebel war
sehr aufgeregt und jähzornig, ich muß zu seiner Ent-
schuldigung annehmen, daß er krank war, und daß er
Nahrungssorgen hatte. Viel Worte machte er nicht, er
schlug zu. David bekam sein reichlich Teil, ich ging
aber auch keineswegs leer aus.

Meine Erholung war die Schule, obgleich ich in der
Zeit gewiß die schlechteste Schülerin war. Zu meinem
Glück hatten wir gerade damals einen ganz prächtigen
Lehrer. Er war ein großer Kinderfreund und hatte ein
ganz besonderes Verständnis und großes Erbarmen mit
der Not armer Kinder. Er kam gerade vom Seminar,
unterrichtete mit Eifer und Begeisterung, um so
bewundernswerter war es, daß er für eine so schlaffe,
weinerliche Schülerin soviel Nachsicht und Geduld hatte.

Ich konnte mich oft beim besten Willen nicht wach halten, mein müder Kopf fiel auf den Tisch, und ich schlief ein.

„Laßt sie," sagte er dann, wenn die andern mich aufrütteln wollten, „sie kann nicht, aber ihr könnt, ihr seid bei euern Eltern. Wenn die erst wieder zu Hause ist, dann sollt ihr mal sehen, dann wird's wieder besser. Mache keine von euch ihr das Leben schwer! Macht, daß sie gern herkommt, daß sie uns alle lieb hat!" Und seine guten Worte blieben nicht ohne Wirkung. Man ging mit mir um, wie etwa mit einer Kranken. Viele wetteiferten, mir Gutes zu tun, und sie entwickelten ordentlich ein Zartgefühl beim Geben. „Komm!" sagten sie, „probier' mal unsere Griebenbemme", oder: „Hast du schon mal solche Äpfel gegessen?"

Besonders empfänglich für die Worte: „Wohlzutun und mitzuteilen," wurden alle durch die Vorbereitung auf das nahende Weihnachtsfest. „Bereit' das Herz zur Andacht fein!" Das wurde uns ernst mahnend zugerufen. „Vergeßt über der äußeren Vorbereitung nicht die innere. Richtet eure Wünsche nicht auf sichtbare Gaben, trachtet vielmehr danach, wie ihr den würdig empfangt, der auf Erd' ist kommen arm, daß er unser sich erbarm'! Auch das ärmste Kind hat teil an der ewigen Freude! Es ist aber auch niemand so arm, daß er nicht Weihnachtsfreude verbreiten könnte. Wer nicht Geld und Gut hat, kann durch den guten Willen, durch Fleiß und Freundlichkeit doch beitragen zu dem Wohlgefallen, wovon in der Engelsbotschaft die Rede ist."

So sprach Herr Dietze zu uns, und unsere kindlichen Herzen entzündeten sich an den guten Worten. Es entfaltete sich eine Geschäftigkeit, ein Flüstern und Planen

wurde hörbar, so daß man fühlte, es liege etwas Ungewöhnliches in der Luft, man warte auf etwas Besonderes. Auch mein Kindesherz wurde von dem
Wunsche beseelt, an dem allgemeinen Wohlgefallen zu
bauen. Aber was konnte ich tun? Nun, ich konnte
dem Sattler die Lampe mit besonderer Geduld und Aufmerksamkeit halten, so daß er nicht zum Zorn gereizt
wurde. Das war freilich gar keine sichtbare Gabe, aber
es war das, was ein armes Kind geben konnte. So
deutete ich mir wenigstens die Worte des Lehrers. Aber
ich hatte die Sehnsucht nach der Seligkeit des tatsäch-
lichen Gebens. Dem verehrten Lehrer hätte ich so sehr
gern etwas Sicht- und Greifbares geschenkt. Fiel mir
denn gar nichts ein? Sollte es mir wohl möglich sein,
einen Reim? — Vers? — Gedicht? — zusammenzu-
bringen? Das war freilich ein Unternehmen! Aber
wenn ich es nun so gern wollte? Natürlich konnte ich
das nur Abends im Bett, wenn es um mich herum ganz
still war, wenn nichts mich störte. Wenn ich nun aber
darüber einschlief? Oder wenn ich den Reim am
Morgen wieder vergessen hatte? Ja, das waren so
meine Weihnachtspläne und Weihnachtssorgen!

Am letzten Schultag vor dem Feste sagte mir
Wenzel-Emilchen aus Breitenbach, ich möge am ersten
Weihnachtstag doch zu ihr hinaus zum Mittagessen
kommen. Am Nachmittag gingen sie aus, aber essen
könne ich da. Das war ja viel, worauf ich mich freuen
konnte! Im Sattlerhause wurde gescheuert, die Ziege
war geschlachtet, und Kuchen und Stollen wurden gebacken. Es war der Vormittag vom 24. Dezember.
Die alte Frau Triebel hatte mir gesagt, ich möge oben

ihr Kämmerchen fegen. Das tat ich, und beim Fegen
kam mir ein freudiger Gedanke. Wie, wenn ich außer
dem Reim vielleicht noch eine Zeichnung machte für
meinen lieben Lehrer? Am liebsten hätte ich ja ein
Bild von der Weihnachtsgeschichte gemacht, aber ach!
das überstieg bei weitem meine Kräfte! Das konnte
ich wohl mit meiner Seele schauen, aber selbst bilden?!
Kein Gedanke! Was konnte es denn sonst sein? Beim
Vater hatte ich Sonntagsnachmittags zeichnen müssen.
Er legte mir dann von unsern gepreßten Pflanzen
eine vor, und ich mußte sie nachzeichnen. Also
nur eine Blume konnte es werden. — Aber welche?
Halt! — Ich hab's! Helleborus niger, die Christ-
rose!

Jetzt schnell hinunter in die warme Stube! Ein
Blatt aus dem Heft und ein spitzer Bleistift ist alles,
was ich brauche. Mit klopfendem Herzen und glühendem
Gesicht gehe ich an die Aufgabe. Daß mich nur niemand stört! Nein, alle sind bei ihrer Arbeit. Die
Frau ist am Backofen, die alte Frau Triebel ist auf
ihrem Auszugsstübchen oben, und Meister und Lehrling
arbeiten in der Werkstatt. Ach! — Nun habe ich keine
Vorlage, und nun, da ich bei den Blättern angekommen
bin, möchte ich doch gern mal nachsehen! So? — Ist's
nicht doch so? Ich halte das Papier in Armeslänge
von mir und stelle mir vor, was wohl der Vater dazu
sagen würde: „Na — na!?" höre ich ihn fragen und
will eben einige Verbesserungen anbringen, als plötzlich
die Tür aufgeht. Es ist die alte Frau Triebel! Schnell
in die Tasche mit der Zeichnung!

„So?" ruft sie zornig, „hier find' ich dich, du kleiner

Spitzbube! Wer heißt dich an meine Mutsche gehen und mir den schönsten Prinzapfel stehlen?"

Mir wird schwarz vor den Augen, die Stube dreht sich mit mir, ich kann nichts sagen. Da stürzt Triebel mit einem Riemen herein.

„Zeig' deine Tasche!" ruft er. Ganz mechanisch ziehe ich meine Zeichnung hervor und kehre die Tasche um. Er wirft einen flüchtigen Blick auf das zerknitterte Papier, öffnet die Ofentür, und ich sehe, wie sich mein Werk in eine rotglühende Asche verwandelt.

„Nicht einen Augenblick darf man sie allein lassen," schilt Triebel und nimmt mich mit festem Griff beim Handgelenk. Er schleppt mich über den verschneiten Hof in den leeren Ziegenstall und züchtigt mich in so erbarmungsloser Weise, daß endlich auf mein lautes Weinen die Frau hereinstürzt. Sie fällt dem zornigen Mann in den Arm und ruft: „Leberecht! — Laß das! — Hau sie nicht zu schanden! — Es ist ein fremdes Kind! Denk an die Mutter! — Leberecht! — Es ist Weihnachten!!"

Dann gingen beide. Der Mann machte den Pflock vor die Tür.

Wimmernd vor Schmerz lag ich auf der Streu. — Was hatte ich denn getan? Dieb?! Ich ein Dieb?! Und wenn nun das der Lehrer hörte? Ob der es wohl glaubte? Ob die Kinder es glaubten? Ob sie mich nun alle verachteten? Ich weinte schmerzlich. Was würde die Mutter sagen? Die würde mir glauben, die hatte das beste Zutrauen zu mir.

Dunkel und kalt um mich her. Dunkel und kalt in mir! Wann würde der Pflock von der Tür genommen?

Und selbst wenn er weg war, — wes dann weiter? Du Gott siehst und weißt ja alle Dinge! Du weißt, daß ich kein Dieb bin!

Wie lange ich in Schmerzen und quälenden Gedanken da gelegen hatte, wußte ich nicht, aber ich hörte, daß leise der Pflock gezogen wurde. Es wird Frau Triebel gewesen sein.

Verweint und zerschlagen kam ich ans Tageslicht. Drinnen sah ich, daß sie zu Mittag gegessen hatten.

Als zum Kaffee aufgedeckt wurde, sagte Triebel: „Spitzbuben kriegen in meinem Hause nichts zu essen. Stell' dich dahin, und sieh zu, wie uns der Kuchen schmeckt."

Nein, ich bekam an dem Tage nichts zu essen. Ich stellte mir vor, wie in der Dämmerung in anderen Häusern die Weihnachtsbäume angezündet wurden. Die Glocken läuteten zum Abendgottesdienst. Die Christenheit feierte überall Weihnachten!

*   *   *

Trotzdem ich mich am nächsten Tage noch krank an Leib und Seele fühlte, ging ich doch zum Wenzel-Emilchen nach Breitenbach. Als ich da still und traurig ankam, sagte die gute Bauerfrau: „Du bist ja so blaß? Bist du krank?"

„Du bist so ja still?" sagte Emilchen, „Was hat dir denn das Christkind gebracht? Du mußt ja auch meine Sachen sehen."

Da kamen sie wieder hoch, die Tränen! Ich würgte daran. Um sie zu verbergen drehte ich das Gesicht dem Fenster zu. Noch die Tränen in den Augen und in der Stimme, rief ich plötzlich lebhaft und streckte den Finger nach dem Garten: „O, da habt ihr ja Christrosen im Garten!"

„Meinst du die weißen Blumen da drüben? Findest du sie denn hübsch? Sie sind ja nicht bunt, sie sehen fast aus wie der Schnee, so weiß."

„Ach, Frau Wenzel, bitte schenken sie mir doch eine!" bat ich.

„Ei freilich! Die kannst du gerne kriegen! Ich muß mich nur wundern, wie du so hinter den Blumen her sein kannst! Na, das liegt dir ja wohl so im Blut, von Vater und Mutter her."

Emilchen und ich gingen hinaus. Da, mitten in Eis und Schnee stand ein ganzer Büschel Christrosen!

„O, Helleborus niger!" rief ich beglückt und breitete gleichsam liebkosend die Hände darüber. Dann schob ich den Schnee etwas zur Seite. War es nicht, als ob die bleichen Blumen gefrorene Tränen an den Bäckchen hätten? Die noch nicht erblühten ließen wie träumend das Köpfchen hängen. An einigen der Blüten zeigte sich eine ganz zarte Andeutung von Rot. O, etwas Zarteres, Lieblicheres konnte man sich kaum denken! Und so unbeachtet, so halb vergraben im kalten Schnee entfalteten sie ihre Schönheit. Mit vor Freude zitternden Händen bog ich die kräftigen Blätter, die die Blumen gleichsam schützend umstanden, ein wenig zur Seite und löste sie vorsichtig von der Wurzel. Eins der grünen kräftigen Blätter nahm ich mit. Drinnen band ich sie mit einem Faden zusammen.

Frau Wenzel sah mir lächelnd, kopfschüttelnd zu. Endlich sagte sie: „Du bist wohl ganz hin in deine

Blumen, siehst wohl gar nicht die Puppe, die ich hier für dich hergelegt habe?"

Eine Puppe? Für mich?! Ich war also nicht von der Weihnachtsfreude ausgeschlossen!? Eine liebe, liebe Puppe! Ein Kind, für das ich sorgen mußte, das ich liebhaben durfte, dem ich alles, alles erzählen durfte! Wieder kamen mir die Tränen hoch, aber diesmal waren es Freudentränen. Als ich der Frau und dem Emilchen meinen Dank aussprach, sagte ich zu letzterer: „Wenn die Eltern wiederkommen, schenk' ich dir auch was recht Schönes!"

„Du?! Was denn?" sagte die Frau lachend und verwundert.

„Du kannst dir nur wünschen!" sagte ich großmütig, „Wir haben soviel! Eine schöne Muschel, einen Käfer, einen bunten Schmetterling oder einen schönen Stein! Du kannst nur kommen, ich bitte Vater, daß er dich aussuchen läßt!"

„Das laß nur," sagte die Frau lachend.

Wieviel hatte ich! Die Puppe für mich, die Blumen?! Das war mein Geheimnis! Als ich das Sträußchen sinnend betrachtete, fiel mir meine Zeichnung ein. Ich mußte wehmütig lächeln und mich fast freuen, daß die Flammen mein Machwerk verzehrt hatten. Wie unaussprechlich gut hatte es Gott mit mir im Sinn, er gab mir statt der stümperhaften, ausdruckslosen Zeichnung seine eigenen holden Blumen!

Nun hatte ich noch ein schweres, wichtiges Stück Arbeit vor, ich mußte meinen Vers niederschreiben, und dazu hatte ich vor innerer Erregung kaum die Ruhe.

Freundlich entlassen, begab ich mich nun auf die Wanderschaft. Breitenbach liegt dicht an Siebenlehn, aber mir kam der Weg durch den Schnee, trotzdem ich in Gesellschaft der Puppe war, recht lang vor. Ich lief in weiten Zickzacklinien so drauf los, wie mir's das Herz eingab. Die Zeit war mein, und ich tat genau damit, was ich wollte; es kümmerte sich auch niemand darum, was ich damit anfing, wenn ich nur am Abend wieder zur Stelle war.

„Sieh,“ sagte ich zur Puppe, „nun gehen wir zuerst nach dem Forsthof, da ist ,Daheim‘ — und da laß' ich dich! — Ich nehm' dich nicht mit zum Sattler. Warum nicht? — Ach! — Laß nur! — Das verstehst du noch nicht!“

Auf dem Forsthof ging ich mit angehaltenem Atem hinauf vor unsere Stubentür. Ich klinkte am Türdrücker, dann legte ich das Ohr an die Tür, endlich hob ich mich auf die Fußspitzen und guckte durchs Schlüsselloch — lange — lange — immer noch einmal!

„So, jetzt darfst du!“ sagte ich schluchzend. „Siehst du was? Nein? Doch — du siehst etwas! Sieh mal ordentlich hin, da steht doch auf dem Tisch die Streichholzbüchse und das Lämpchen!“

Weinend brachte ich die Puppe zur Wirtin. Ich drückte ihr kaltes Köpfchen an mein Gesicht und küßte sie heftig. „Nicht für lange!“ sagte ich tröstend, „dann trennen wir uns nie wieder!“ — „Frau Claus,“ wandte ich mich an die Wirtin, „ich muß aber wissen, wo Sie sie hinlegen!“

„Ja doch, ja! Komm mit an die Lade, sieh, hier

leg' ich sie zwischen die Wäsche, du kannst sie dir da selbst
wieder wegholen."

Nun wanderte ich weiter. Bis ich zur Schule kam,
war es dämmerig geworden. Auf mein Klopfen erfolgte
ein deutliches: „Herein!"

Nun, da der lang ersehnte, bis ins einzelne aus-
gemalte Augenblick da war, verlor ich fast die Fassung.
Was mir so wichtig und so groß erschienen war, das
schrumpfte plötzlich in ein Nichts zusammen. Ach,
wenn er nur nicht lachte! Nein, nicht lachen! — Nicht
lachen!

Da wurde die Tür geöffnet, der volle Lampenschein
fiel auf meine dürftige Gestalt, als ich dastand und
stumm, mit bittendem Blick, das Sträußchen mit dem
Vers hinhielt.

„Ei! — Christrosen!" — rief der Lehrer freundlich.
„Komm doch herein, hier setz' dich! Wie geht es dir
denn? Und du machst mir solche Freude!"

Da war's, als sollte mir das Herz brechen vor
innerer Erregung.

„Diese Blumen," fuhr Herr Dietze fort, „gehören
mit zu meinen Lieblingsblumen. Es ist eine kleine
tapfere, standhafte Blume! Wir wollen sie gleich in
Wasser setzen, da hält sie sich lange, die ist abgehärtet!
Deine freundlichen Worte dazu aber will ich mir aufbewahren. Warte, ich zünde die Spiritusflamme an.
Eh' wir's uns versehen, haben wir eine Tasse Kaffee,
und in dieser Kiste ist ein schöner Rosinenstollen, den
schneiden wir an, und bis das Wasser kocht, singen wir
eins von unsern schönen Weihnachtsliedern." Er holte
die Geige von der Wand und stimmte mit seiner kräftigen,

jugendlichen Stimme an, und ich fiel mit meiner schwachen schüchtern ein. Wir sangen:

> „Es ist ein' Ros' entsprungen,
> Aus einer Wurzel zart,
> Als uns die Alten sungen,
> Von Jesse kam die Art,
> Und hat ein Blümlein bracht
> Mitten im kalten Winter,
> Wohl zu der halben Nacht."

*   *   *

Als ich eines Tages aus der Schule kam, fiel es mir auf, daß mich Frau Triebel so sonderbar von der Seite ansah. Ich blickte prüfend an mir herunter, konnte aber nichts Auffallendes bemerken. Da sagte sie: „Hol' die Seife, stell' dich hinter den Ofen und wasch dich gründlich. Hier ist ein neuwaschnes Hemd, das zieh dir an, und kämm' dirs Haar."

Sehr verwundert tat ich, was sie mir sagte, und als ich fertig war, sagte sie: „So, nun geh' mal auf den Forsthof und sieh wer da ist."

Da wußte ich es!

Auf dem Hofplatz sah ich den grüngestrichenen Wagen, atemlos stürzte ich die Treppe hinauf, öffnete eilig die Stubentür und rief: „Ach, daß ihr doch endlich da seid! Aber nie in meinem ganzen Leben will ich den Triebel wieder sehen!"

Königschießen

Königschießen! Mit welcher Freude schrieb ich dieses Wort mit steifen Buchstaben in mein Schultagebuch. „Freitag und Sonnabend frei, Königschießen!"

Donnerstag abend war Zapfenstreich, da nahm der Spaß seinen Anfang, von da an war für einige Tage alles auf den Kopf gestellt. Nur meine Eltern machten eine Ausnahme von der allgemeinen Regel. Überall wurde vorher geputzt, gescheuert, die Häuser geweißt, gewaschen und gebacken, konnte doch jeder während der Tage Besuch von auswärts erwarten. Wohin man sah, war freudige Aufregung. Soviel ich auch sonst dem Vater helfen mußte, diese Tage gehörten mir. Nur zu den Mahlzeiten stellte ich mich ein, sonst war ich den lieben, langen Tag beständig auf den Beinen, immer in Aufregung, immer hinter der Musik her, die auf uns Kinder wirkte, wie die Wunderpfeife des Rattenfängers zu Hameln. Entzückt staunten wir die aufgefrischten Häuser und die bunten Girlanden an.

Freitag war der Auszug des alten Königs, das konnte man noch mit frischen Kräften genießen. Da war das gestärkte Kattunkleidchen noch sauber, da war der Mammon, der für die drei Tage bestimmt war, noch fest im geschlossenen Händchen. Was konnte man für Pläne schmieden, auf welche Weise das Kapital am besten zu verwenden sei. Ach, der Lockungen und Versuchungen für ein schwaches Kinderherz gab es nur allzu viele! Mochte man rechnen, wie man wollte, drei Pfennige für drei Tage war nicht viel, man mußte sich weise überlegen, für welche Genüsse man diese Summe opfern wollte. Da lockte die Musik des Karussells, da wurden Kuchen und Kirschen angepriesen, und weiterhin standen die Tierbuden. Ach, die Verkäufer brauchten gar nicht so freundlich einzuladen, die Lust zu allem war groß genug. War man leichtsinnig und konnte der Versuchung nicht wiederstehen, dann gab's Reue statt Freude, und für die kommenden Tage Entbehrung.

Ach, daß ein Königschießen viel Leid, Tränen und quälende Gewissensbisse bringen kann, das sollte ich erfahren!

Mein Vater hatte mir großmütig gleich alle drei Pfennige ins Händchen gesteckt, die Mutter war bedenklich, sie nahm mich in die Arme und sagte: „Komm, Täschen, laß dir's lieber einteilen, daß du morgen und Sonntag auch noch was hast. Komm' gib mir die zwei Pfennige."

Ich sah sie bittend an und zögerte, fest schloß ich die Hand. Der Vater sagte: „Laß es ihr! Mag sie uns beweisen, daß sie mit Geld umgehen kann. Erfahrungen muß jeder für sich selbst machen."

„Na," sagte die Mutter und sah mich warnend an, „sei doch nur vernünftig! Sei recht vergnügt und froh, und komm nicht zu spät wieder. Du sollst sehen, du bist viel fröhlicher, wenn du zu rechter Zeit ein Ende findest!"

Ha! Als ob es nötig wäre, mir Vergnügen zu wünschen! Diese drei Tage konnte man doch nur vergnügt sein, dazu waren sie ja da! Ich hatte Freiheit und Geld, was wollte ich mehr! Zuerst drängte ich mich mit dem Kinderschwarm nach des Königs Haus. Eine stattliche Ehrenpforte, reich mit Girlanden verziert, zeichnete es vor den anderen aus. Nichts wurde von uns Kindern versäumt oder übersehen. Mit unserer lauten Bewunderung hielten wir nicht zurück.

Der Zug ordnete sich. Allen voran schritt die Musik. Hier nahm unsere Teilnahme besonders der Halbmond mit dem lustigen Glöckchenspiel in Anspruch. Wie die verkörperte Freude lachte er uns entgegen. Halbmond und Glöckchen glänzten in der Sonne, und lustig wehten die stattlichen Roßschweife bei jeder Bewegung. Wie fuhren uns die rauschenden Töne in die Glieder, wenn der Klempner Claus sich schweißtriefend, mit voller Wucht den Stab des Instrumentes gegen den Leib stieß. Seine Tochter Selma hielt sich dicht an den Vater, ihr Gesicht glühte vor Stolz! Zum Blumenstreumädchen hat sie es auch nicht gebracht, aber sie vermißt nichts, denn ihr Vater trägt den Halbmond und triumphierend sieht sie auf uns andere, wenn wir glücklich lächelnd Schritt zu halten suchen und unverfroren unser Tschin-ter-a-ta-ta in die aufwirbelnden Staubwolken schmettern. — Aber was hinter der Musik kam, war nicht minder sehenswert. Das waren unsere weiß gekleideten Schulgefährtinnen, die an dem Tage die Ehre hatten als Blumenstreumädchen dem König voranzugehen. Wie beneidenswert erschienen sie mir, wenn sie in ihren abstehenden Kleidern gespreizt und geziert einherschritten. Das von Pomade glänzende Haar trugen sie in breiten, flachen Zöpfen bogenförmig um den Kopf gesteckt. Aus zierlichen Körbchen streuten sie Blumen auf den Weg. Wer kein Körbchen hatte, trug einen langen, weißen Lilienstengel. Ach, wie ich sie schön fand!

Mir ist aber nie das Glück zuteil geworden, je ein Blumenstreumädchen zu werden!

Und nun kam der König! Der Schuster Rost war es in diesem Jahre. Mit dem großen Stern und der breiten, blauseidenen Schärpe sah er gar stattlich aus zwischen seinen beiden Begleitern. Und geladene Begleiter folgten ihm. Dann erst kam der Zug der Schützen in ihren wunderlichen Uniformen. Wie zitterte der alte Schlosser Rößner unter der schweren Fahne! Wie blitzten die Knöpfe an den langschößigen, steifen blauen Fracks, wie schillerten die grünen Federbüsche von den großen Dreimastern!

Die schmetternde Musik noch übertönend erklingt die Stimme des kommandierenden Majors. Es ist der kleine dicke Bäcker Röding, der, stolz und barsch, im Schweiße seines Angesichts, seiner Garde zuruft und mit mächtigen Gebärden den Kommandostab mit dem silbernen Knopfe schwingt.

Wir Kinder suchen in der befremdlichen Kleidung unsere guten Bekannten, wir wagen einen schüchternen Gruß, aber ernst und würdig durchschreiten die Biedermänner das Städtchen. Die Sonne brennt heiß, und wo das Pflaster aufhört, bewegen wir uns in einer Staubwolke; — aber schön ist's doch!

Auf dem Festplatz löste sich der Zug, und ein buntes, vergnügtes Durcheinander wogte summend den gebotenen Genüssen entgegen. Dürstend und heiß stand an der Pumpe eine Gruppe Blumenstreumädchen, belagert von ihren neugierigen, weniger begünstigten Gefährtinnen. Während eine von den Weißgekleideten gierig und vorsichtig ihren Mund an die Röhre legte, pumpte eine von uns anderen und bestürmte die Erquickte mit lebhaften Fragen: „Was hat's denn bei Königs gegeben?", „Bemmchen mit Zervelatwurst belegt, und für uns Mädchen zum Trinken Limonade!"

Wir horchten gespannt, und ich bewunderte, wie geläufig diese ungewöhnlichen Worte der anderen von den Lippen flossen. Was in aller Welt mochte das für ein wunderbarer Trank sein, der einen so einschmeichelnden Wohllaut hatte! Li—mo—na—de! Ich wiederholte das Wort sinnend bei mir selber.

Plötzlich legte sich eine Hand auf meine Schulter, und als ich mich erschrocken umdrehe, sehe ich in das bärtige Gesicht des guten Försters Lantsch. Er war ein Freund meiner Eltern und brachte häufig, sorgsam in Moos verpackt, irgend eine Seltenheit mit aus dem Walde. Dieser freundliche, gute Mann stand jetzt vor mir und zog aus seiner Tasche eine grünseidene Geldbörse.

„Sieh mal her, mein kleiner Spiritus, die Waldgeisterchen schicken dir einen kleinen Beitrag fürs Fest. Kauf' dir recht was Schönes, und sei froh mit deinen Freundinnen!"

Der gute Herr Lantsch war in der Menge verschwunden, ich aber sah überrascht in meine Hand. Da lag ein funkelnder Neugroschen und ein winziges Fünfpfennigstück daneben. Fünfzehn Pfennige! Ganz verwirrt schaute ich diesen Reichtum an. Ich öffnete die andere Hand und legte die drei Pfennige vom Vater dazu. Es war kein Traum, da lagen achtzehn Pfennige! Dieser Reichtum! Schnell zur Mutter! Was würde sie nur sagen? Ich schlug schon die

Richtung nach dem Forsthof ein, als mich jemand am Kleid zupfte.

„Setz dich in den Keller, daß du so frisch bleibst!" Es war Nagelschmieds Lene, die mich so anredete. Sie war zwei Jahre älter als ich und so klug und sicher in allem. Ich fühlte mich ganz geschmeichelt durch ihre Vertraulichkeit, obgleich meine Mutter nicht gern sah, wenn sie sich mit mir abgab.

Sie schob jetzt ihren Arm in den meinen, beugte ihr Gesicht zu mir herunter, so daß ich ihr gerade in die lachenden schwarzen Augen sah: „Du willst doch nich heem? Jetzt, wo gerade der Hauptspaß losgeht! Was willste denn derheeme?"

„Laß nur," sagte ich, „ich muß den Eltern was zeigen!"

„Ach tu dich doch nich! Meenste, ich hätte nich gesehen, daß b'r der Lantsch was zum Königschießen gegeben hat? Zeig mal her, wie viel 's is."

Ich öffnete schweigend die Hand. „Siehste!" sagte sie gönnerhaft, „wie du reich bist, aber wirste heem gehn! Das kommt noch früh genug, wenn der Spaß aus is. Wenn du jetzt heem gehst, da setzt dei Vater dich hinter eenen von den großen, grünen Tischen, und da mußt be Pflanzen einlegen, und deine Mutter steckt die fufzehn Pfennige in den Spartopf. Wirste e Narr sein! Das Geld is deine, das geht niemanden was an, du brauchst's in deinem Leben niemandem zu sagen, uf mich kannste dich aerlassen, ich verrat' dich nich. Aber nu komm, wir wollen uns mal umsehen, was es heite gibt."

Es gesellten sich bald mehrere Freundinnen dazu,

und wir brauchten längst nicht den ganzen Nachmittag, um achtzehn Pfennige durchzubringen. Ich war plötzlich der Mittelpunkt, die „Freundinnen" drängten sich an mich, und ich hörte wiederholt mit dem Brustton tiefster Überzeugung: „Ach, was de aber für 'ne gute Charebas bist!"

Ich glaubte alles und genoß meine Beliebtheit in vollen Zügen. Und doch fühlte ich durch all die laute Freude hindurch die Stimme des Gewissens, es war mir nicht unbedingt wohl, trotz Kirschen und Pfefferkuchen und den Schmeicheleien der Gefährtinnen. Flüchtig tauchte das Gesicht meiner Mutter in meinem Innern auf, aber die Erinnerung an sie war mir keine Freude, ich fühlte mich im tiefsten Grunde beunruhigt, und das wurde geradezu zur Pein, als das Geld alle war und meine Freundinnen ganz allmählich in der Menge verschwanden, gerade so von ungefähr, wie sie sich vorher eingefunden hatten. Je später es wurde, desto einsamer und elender fühlte ich mich. Die Karussellmusik machte mich traurig. Ich schlich mich aus der lauten Menge in eine entlegene Ecke des großen Gartens. Hier waren Baumstämme in mäßiger Höhe aufgeschichtet, darauf setzte ich mich, sah mich scheu nach allen Seiten um, und als ich mich überzeugt hatte, daß sich hierher wohl niemand verlieren würde, stützte ich meinen Kopf in die aufgestemmten Hände und weinte, weinte herzbrechend. O, wie einsam fühlte ich mich! Wie schlecht und wie von Gott und aller Welt verlassen! Ich hatte das dunkle Gefühl, daß kein Platz auf der Erde mehr sei, wohin mich verlangte.

Die Abendglocke läutete zwischen all dem lauten

Lärm. Ich erschrak. Das war das Zeichen für uns
Kinder, nach Hause zu gehen. Wie konnte ich denn
nach Hause! Was sollte ich zu Hause? Was würden
die Eltern sagen, daß ich so entsetzlich viel Geld durchgebracht hatte? Hinter ihrem Rücken! Und nun kamen
die Gedanken, die sich untereinander verklagten und ent-
schuldigten. Ob das wohl möglich war, daß ich es
verschwieg? Lene hatte mit großer Bestimmtheit gesagt:
„Das Geld ist deine, damit kannst du machen, was
du willst." Ja, es war doch auch mein, ich hatte es
doch geschenkt bekommen. Aber wenn nichts Böses dabei war, dann konnte ich es ja auch zu Hause sagen.
Hatte meine Mutter nicht immer gesagt: „Wenn du dich
freust, freuen wir uns mit!" Nun gut, dann wollte
ich bekennen, heute abend, wenn die Mutter zum Abendgebet in die Kammer kam. Schweren Schrittes, wie
das verkörperte böse Gewissen, schlich ich den Hügel zum
Forsthof hinan, den ich so leichten Herzens vor wenigen
Stunden hinabgesprungen war.

„Kommst du auch mal wieder nach Hause!" sagte
mein Vater mit gerunzelter Stirn.

Meine Augen suchten das Gesicht meiner Mutter.
Als sie sich endlich zu mir wandte, sah sie mich kalt und
fremd an. O, wie elend fühlte ich mich, und ich wußte
mir gar nicht zu helfen!

„Ich möchte wissen," sagte meine Mutter mit
fremder Stimme, „woher du das viele Geld hast,
womit du heute nachmittag deine Freundinnen traktiert
hast?"

Sie wußte es schon! Wie konnte sie es denn
wissen?

Ich zitterte so, daß ich keinen Ton hervorbringen konnte.

„Oder," fuhr meine Mutter in demselben kalten, fremden Tone fort, „oder hat Nagelschmieds Lene die Unwahrheit gesagt?"

„Nagelschmieds Lene!" rief ich erstaunt. Nein, das konnte nicht sein! Hatte denn nicht sie gerade mir den Rat gegeben, nichts zu sagen? Und nun?

„Ja," sagte meine Mutter, „als du nach dem Läuten nicht gleich kamst, ging ich unten ans Pförtchen, um nach dir auszusehen. Da kam Lene und erzählte mir, du habest schrecklich viel gekauft, habest sie alle freigehalten. Ist das wahr, und woher hast du das Geld?"

„Ach, Vater — Mutter —! Es ist alles wahr! — Seid mir doch nicht böse! — Der Lantsch hat mir fünfzehn Pfennige geschenkt —"

„Und das hast du alles durchgebracht?!"

Ich nickte stumm.

„Und die drei Pfennige von uns?"

„Ja — — die — auch —" sagte ich schluchzend.

„Dir kann man Geld anvertrauen!" sagte der Vater scharf.

„Hier," sagte die Mutter, „nimm deine Bemme, und iß sie draußen. Du hast uns heute nachmittag nicht gebraucht, nun brauchen wir dich auch nicht. Geh!"

Schluchzend und von Reue ganz zerrissen setzte ich mich draußen ans Treppenfenster, alles blühte und grünte, und von ferne tönten die Klänge des Karussels, sie ließen mich erzitternd von neuem aufweinen. Nein, ich wollte nie im Leben wieder Karussel fahren! Und wo ich heute

ein Karuffell höre, denke ich mit lächelnder Wehmut an
dieses Königschießen.

Als ich schon lange im Bett lag, kam doch noch die
Mutter. Sie konnte ihre Enttäuschung über meinen
Leichtsinn aber noch gar nicht verwinden, sie sah mich
seufzend, kopfschüttelnd an. Ich ließ sie nicht eher fort,
bis sie mir vergeben hatte.

Hilfe in der Not

Daß meine Mutter guten Grund hatte, über meinen Leichtsinn so empört zu sein, das sollte mir bald klar werden.

Mein Vater sagte eines Tages: „Ach, jeden Morgen diesen schwärzlichen Mehlpaps! Ich kann gar nicht mehr dagegen an, es ist so reizlos! Ich sehne mich nach einem ordentlichen Bohnenkaffee, dazu mal wieder Butterbrot. Was meinst du, könnten wir das nicht mal wieder haben?"

Die Mutter seufzte, warf einen traurigen, vorwurfs- vollen Blick auf mich, dann griff sie nach der kleinen Schachtel, wo das Geld aufbewahrt wurde. Sie schüttelte sie — es kam kein Laut, — die Schachtel war leer. Die Mutter war nicht überrascht, sie stellte sie still an ihren Platz und überlegte, dann sagte sie traurig: „Dann muß ich borgen, das ist so schwer!"

„Mutter," rief ich eifrig, „ich geh' mit, wenn du ausgehst."

„Ja, komm," sagte die Mutter, „vielleicht lernst du etwas."

Wir gingen zu Madame Hänel. Mit trauriger, unsicherer Stimme bat die Mutter um ein paar Lot Kaffee. Schweigend wog Madame Hänel den Kaffee ab und reichte der Mutter das kleine Tütchen.

„Sie wissen," sagte die Mutter, „sobald ich Geld habe, bringe ich es."

Madame Hänel nickte und sagte: „Schon gut, wir kennen einander."

Nun gingen wir in die Neugasse zum Bäcker Löwe.

Die Mutter bat leise um ein Dreipfund-Brot. Ein schön gebräuntes, frisches Brot wurde ihr gereicht, ich sah, wie das Gesicht der Mutter sich aufhellte, als sie das Brot in Händen hatte. „Das Geld bringe ich hoffentlich in den nächsten Tagen," sagte sie zögernd, „wir erwarten täglich Geld."

Die Züge der Frau wurden hart und kalt, sie streckte die Hand aus, nahm das Brot zurück und sagte: „Ich gebe Brot nur gegen Geld."

Die Mutter sah die Frau wie geistesabwesend an, wortlos nahm sie meine Hand und kehrte langsam mit mir um. Als ich auf der breiten Straße bleiben wollte, zeigte sie stumm nach einem dunklen, engen Gang, der ganz einsam an Hinterhäusern vorbeiführte. „Siehst du nun," sagte sie mit müder Stimme, „wie gut wir deine fünfzehn Pfennige hätten brauchen können?" Ich drückte stumm ihre Hand und schämte mich. Die Mutter wischte sich öfters die Augen, dabei nahm sie nicht das Tütchen in acht. Der mühsam eroberte Schatz lag vor unsern Füßen in einer Pfütze.

Ach," sagte sie und sah sich erschrocken um, „wir müssen sie aufsammeln! Mach' schnell, daß uns niemand sieht!"

Als wir nach Hause kamen, nahm sie die Bohnen aus meiner Schürze und sagte: „Ein bißchen Kaffee hätte ich, aber Brot wollen sie mir ohne Geld nicht geben."

Der Vater stand am Tisch und hatte allerlei Bücher vor sich, er sagte freudig: „Wir haben Geld genug. Geh nur gleich und bezahl' den Kaffee, wechsle das Geld, und bring Brot und Butter mit."

Die Mutter sah dankbar nach oben und sagte erregt: „Also doch wieder Geld! Wer hat denn geschickt?"

„Das errätst du nicht."

Die Mutter riet hin und her, aber der Vater schüttelte den Kopf und sagte: „Nein, es sind keine Außenstände, es ist ein Geschenk für Charitas von meinem Bruder aus Rußland."

„Aus Rußland!?" sagte die Mutter mit gefalteten Händen.

„Dies Paket ist gekommen, während ihr fort waret, es sind botanische Bücher, die er verfaßt hat, auch einige Gedichte und Zeichnungen von ihm und neun Taler für Charitas."

„Nun," sagte die Mutter großmütig lächelnd, „das Königschießen soll nun unsrerseits vergessen sein! Jetzt bezahl' ich aber meinen Kaffee und hole Brot und Butter."

„Und Fleisch!" rief ich übermütig.

„Dein Leichtsinn ist nicht auszurotten!" Damit verschwand sie lachend, ich aber trat zu den Büchern, blätterte in den botanischen Werken herum und griff zuletzt zu einem Gedichtband, der mich lebhaft interessierte.

„Hat der Onkel wirklich diese Gedichte gemacht?" fragte ich lebhaft.

Der Vater nickte und sagte: „Mein Bruder ist sehr begabt, und er hat, wie es scheint, Erfolg in Rußland."

Arbeiten auf dem Forſthof

Wenn ich mein Leben mit dem Leben anderer Kinder verglich, ſo ſah ich ſchon früh, daß ich andere Pflichten, aber auch andere Freuden und Genüſſe hatte als meine Gefährtinnen. Äußerlich und innerlich war ein großer Unterſchied. Faſt alle waren beſſer gekleidet als ich. Wenn die anderen die Schule und die Schularbeiten hinter ſich hatten, ſo waren ſie frei — mit Ausnahme der Leineweberkinder, die nach der Schulzeit ſpulen mußten — und konnten nach Herzensluſt herumſpielen. Sie brauchten nicht wie ich zu anderen Leuten, ſie durften Kinder mit in ihr Heim bringen, ſie bekamen gelegentlich kleine Geldgeſchenke, die ſie in Lakritzen oder Süßholz anlegten. Bei mir kam das nicht vor. Kinder durfte ich nur mit nach Hauſe bringen, wenn wir alle Gefäße voller Pflanzen hatten und viele Hände brauchten, die das Geſammelte in Papier legten. Zu dieſer eigen- tümlichen Art „Kindergeſellſchaft" drängten ſich meine Gefährtinnen, obgleich ſie ſtill ſitzen und ſtundenlang unter der ſtrengen Aufſicht des Vaters arbeiten mußten. Die Bewirtung fiel nur mager aus, denn ſie bekamen nach der Arbeit eine Sirupsbemme von der Mutter. Was lockte ſie? Vielleicht das Außergewöhnliche, was ihnen durch die Eltern und die ganze Umgebung geboten wurde, vielleicht aber auch mehr das Erzählertalent des Vaters. Um die Kinder willig zu machen, erzählte der Vater an ſolchen Tagen Märchen aus dem Tier- und Pflanzenleben, und er erzählte ſo ſpannend, ſo lebendig, daß wir jede Störung wie einen häßlichen Mißton empfanden, und doch mußte dann und wann neues

Arbeitsmaterial und Anweisungen gegeben werden. Wie
gern hörte ich es, und wie stolz war ich, wenn die
Kinder beim Nachhausegehen zu mir sagten: „O du,
aber dei Vater kann scheen derzählen!"

Ich heimste das Lob ernsthaft ein.

Besuch, wie andere Leute ihn bekommen, hatten wir
nicht, und für gewöhnlich war der Vater schweigsam,
immer fleißig, ernst, und wenn er sprach, so bezog sich
seine Rede auf unsere Arbeit, auf Wanderungen, die
geplant wurden und auf Anweisungen, wie und was
gesammelt werden mußte. Manchmal kamen soviel
Menschen auf einmal, daß beide Stuben voll waren
und daß nicht Sitzplätze genug da waren. Das geschah,
wenn Professoren mit Studenten oder Schuldirektoren
mit Seminaristen kamen. Professor Willkomm und
Professor Rheum aus Tharandt kamen jedes Jahr. Auch
aus Freiberg kamen die Bergstudenten mit ihren Lehrern.
Die wollten sehen und hören, und beides wurde ihnen
geboten. Was wurde alles herbeigetragen! Und der
Vater stand mitten in der Schar und sprach weit über
mein Verständnis hinaus, und alle lauschten, und ich
sah Begeisterung und Bewunderung auf den lauschenden
Gesichtern. Zuzeiten hatte mein Vater auch Schüler.
Der Sohn des Apothekers, der wieder Apotheker werden
wollte, kam und erhielt Unterricht. Ich hörte, wie der
Vater den jungen Menschen aus Büchern unterrichtete,
und ich sah, wie die Schmelztiegel und die Abdampfungs-
schalen, die Retorten und die Reagensgläser in Tätigkeit waren. Es kamen auch Hauslehrer von den um-
liegenden Rittergütern und wollten in Botanik unterrichtet werden. Dann und wann kam auch ein neugieriges

Kind und brachte eine Raupe oder einen Käfer. Das
waren die Menschen, die bei uns aus und ein gingen.
Meine Mutter bekam nie Besuch, auch sie ging ganz
auf in den Interessen des Vaters. Was im Haushalt
notwendig getan werden mußte, das tat sie, aber sprechen
tat sie nicht darüber. Sie hatte ja auch niemanden,
der ihr zugehört hätte. Ich führte früh ein Doppel-
leben. Im Hause war ich nur zu brauchen, wenn ich
täglich stundenlang half. Arbeit gab es immer, und ich
seufzte oft im stillen und wunderte mich, daß es bei
uns nie ein Fertigsein gab. Auf Schule und Schularbeiten wurde wenig Rücksicht genommen. Während
der Arbeit wurde ich darüber examiniert, was ich gerade
unter den Händen hatte. Es waren immer Arbeiten,
die große Geduld erforderten. Ich mußte mit Hilfe
einer feinen Pinzette den toten Käfern die Beinchen
und die Fühlhörner hervorpuhlen, so daß sie wieder aus-
sahen, als seien sie lebendig, dann mußte ich ihnen eine
winzige, gedruckte Nummer mit auf den Weg geben.
Für die fertiggestellten Pflanzen mußte ich die gedruckten Etiketten aussuchen, und wenn der Vater be-
gutachtet hatte, daß ich richtig etikettiert hatte, mußte ich
sie aufkleben. Das war eine Arbeit, die ich mit viel
Angst ausführte, denn sie beanspruchte genaue Kenntnis
der Pflanzen; wehe, wenn ich mich geirrt hatte! Nach
einem Irrtum gab's stets ein peinliches Examen. Aus
den verschiedensten Paketen nahm der Vater Pflanzen
und fragte nach dem lateinischen und deutschen Namen,
nach Klasse und Ordnung, nach Fundort und Blütezeit.
Ganz besonders viel wurde ich im Sommer mit Ein-
und Umlegen von Pflanzen beschäftigt. Wie mühsam

war das Einlegen, wenn die Pflanzen, die oft stunden-
weit in der Hitze getragen waren, schon verwelkt ins
Haus kamen. Manche hatten noch die Eigenschaft an
sich, daß ihre feinen, gefiederten Blätter klebrig waren,
wie z. B. die eine Süßholzart: Glycerina glabra.

Wie lange saß ich da oft an einer einzigen Pflanze.
Ich beschwerte die einzelnen Zweige mit rechteckigen
Eisenstückchen, bis ich der ganzen Pflanze die Form gab,
die sie im frischen Zustand hatte. Wenn sie am nächsten
Tage aus der ersten Presse kamen und sie trugen
Spuren oberflächlichen Einlegens, so nahm der Vater
die betreffende Pflanze, riß sie mitten durch und warf
sie mir zornig vor die Füße.

„Untersteh dich und bring mir solche schlampige
Arbeit unter die Augen," rief er entrüstet. O, wie ich
unter seinen Worten zitterte, was für Angst ich hatte,
wie ich mich nach solchem Zornausbruch bemühte, die
Pflanzen gut einzulegen! Diese Strenge ließ keine
Vertraulichkeit meinerseits aufkommen. Ich konnte ihn
bewundern, ich konnte stolz auf ihn sein, aber ich konnte
mich nicht unbefangen hingeben. Meine kindlichen Angelegenheiten waren seiner Beachtung nicht wichtig genug,
ich wagte mich ihm gegenüber gar nicht damit hervor.

Der Vater übergab mir schon früh das Amt der
Raupenzucht. Diese Arbeit gefiel mir bei weitem besser
als die Beschäftigung mit den toten Käfern und Pflanzen.
Hier war etwas Lebendiges, hier waren Geschöpfe, die
ich pflegen durfte, deren Wachstum und Entwicklung
ich verfolgen konnte, und das Einholen des Raupen-
futters brachte mich in die Freiheit. Der Vater wanderte
lange nicht so oft mit mir, wie die Mutter, aber ehe

Siebentehn

er mir die Raupen übergab, ging er selbst mit mir, um mir die Fundorte des Futters zu zeigen. Wir kamen nur langsam vorwärts, und es war dem Vater erwünscht, wenn ich fragte, was mir beim Sammeln auffiel. Ich bekam über alles sachliche, klare Auskunft. Kein Stein am Wegrand wurde unbeachtet gelassen, er wurde umgedreht, und ich sah, wie bei bleichen, plattgedrückten Gräsern stille Käfer saßen, die der Vater ins Spiritusglas steckte. Bei alten, hohlen Weiden blieb er stehen, er lockerte die Rinde und zeigte mir auch hier Käfer mit Rüsseln und langen, feinen Fühlhörnern. Ein heller Freudenschein huschte über des Vaters Gesicht beim Funde eines seltenen Exemplars, und als er gar noch die lang gesuchte, dicke, rote Weidenbohrerraupe fand, da war er ganz befriedigt. Es begegneten uns beerensuchende Kinder, die eine Strecke mitliefen und neugierig zuhörten; es kamen auch Große, die lächelnd die Achseln zuckten.

Aber einer zuckte nicht die Achseln, das war ein schmächtiger, zierlicher Mann, der schüchtern folgte und begierig jedes Wort auffing, was der Vater zu mir sagte. Endlich faßte der Mann sich ein Herz und fragte, ob der Vater wohl erlauben würde, daß er ihn einmal besuche. Der Vater sah ihn prüfend an und fragte kühl: „Mit wem habe ich denn das Vergnügen?"

Der kleine Mann errötete und sagte schüchtern: „Ich bin der Strumpfwirker Donath aus Reichenbach."

„Und was wünschen Sie bei mir?"

„Das — das kann ich Ihnen nun nicht gleich so sagen. Wenn ich mal zu Ihnen kommen darf, will ich es Ihnen sagen. Ich — ich muß mir das erst

zurechtlegen. Ich hab' schon lange mal zu Ihnen ge-
wollt, aber ich hab' mich nicht getraut. Ich will nur soviel
sagen, ich möchte die Strumpfwirkerei aufgeben und bei
Ihnen in die Lehre gehen. Sie haben doch aus dem
Mendler-Fritzen was gemacht, der ist doch —"

„Ja, ja," sagte der Vater, „dem geht's freilich besser
als mir, aber das kann ich Ihnen nicht versprechen. Ich
würde Ihnen doch raten, bei der Strumpfwirkerei zu
bleiben. Was Sie sich wohl vorstellen!"

„Ach, Herr Dietrich, ich stell' mir nichts Besonderes
vor, ich möchte nur gern viel mit Ihnen zusammen sein.
Versuchen Sie es doch mal mit mir! Ich will Ihnen
gern alles tragen, wenn Sie mal reisen; ich will Ihnen
auch alles tun, was Sie für Ihre Sammlungen brauchen.
Darf ich mal kommen?"

„Sie können ja gern mal kommen." —

Zu Hause angekommen, wurde ich mit allem vertraut
gemacht, was zu meinem Amte gehörte. In einem der
Zimmer stand eine Anzahl Glashäfen vor den Fenstern.
In jedem der Häfen war eine besondere Sorte Raupen.
Der Vater erklärt: „Diese Schwarzen fütterst du mit
großen Brennesseln. Wie heißt die große Brennessel?"

„Urtica urens" antwortete ich prompt.

„Gut, und diese, die wie bunter Kattun aussieht,
die bekommt Wolfsmilch. Wie heißt Wolfsmilch?"

Er sagte mir dann, daß täglich die Häfen zu reinigen
und die Raupen vorsichtig von den kahl gefressenen
Stengeln auf das frische Futter zu setzen seien. Ich
solle sie gut beobachten, wenn sie keine Freßlust mehr
zeigten, wenn sie ihr Kleid wechselten, wenn sie matt
und krank würden, dann solle ich ihm Bescheid sagen.

Ja, das wollte ich. Die Raupen interessierten mich,
und der Vater war in dem Punkte auch nicht streng
mit mir, wenn ich mir Zeit ließ; er sagte nichts, wenn
er mich überraschte und hörte, wie ich mit den Raupen
sprach, sie schalt oder sie lobte, je nachdem sie ihr Futter
gefressen hatten. Meine Berichte nahm er mit großem
Ernst entgegen. Als ich sagte: „Die große Bärenraupe
ist tot!“, da holte der Vater einen großen, flachen
Kasten, der auf hohen Beinen stand und dessen Deckel
mit grober, löcheriger Leinwand bezogen war. Im
Kasten war eine hohe Schicht Sägespäne, dahinein legte
der Vater die tote Raupe. Was ich nun an meinen
Schützlingen weiter erlebte, erfüllte meine Seele mit
Staunen und Bewunderung. Aus den toten Raupen
wurden neue Wesen! Manche hingen sich als starrer,
brauner Zapfen mit einem unsichtbaren Fädchen an den
Deckel des Kastens. Ich sah bei andern an dem starren
Zapfen, der sich nach unten zu verdickte, eine Art
komisches, bewegungsloses Gesicht, jedenfalls hob sich eine
Art Nase in dem Gesicht deutlich ab. Ich saß oft lange
davor und betrachtete sie sinnend. Wenn ich sie mit dem
Finger berührte, ging ein geheimnisvolles Zucken durch
die Dinger, und als der Vater es sah, schalt er und
sagte: „Willst du den Puppen wohl gleich ihre Ruhe
gönnen?“ Merkwürdig erschien mir, daß bei manchen
der Puppen noch etwas von der Farbe und Zeichnung
der einstigen Raupe zu sehen war. Das herrlichste
Wunder erlebte ich aber doch, wenn der Vater mich rief
und schweigend, ernst, auf den geöffneten Kasten zeigte.
Die Kruste war gesprengt! Langsam, mühsam arbeitete
sich ein Kopf mit federartigen Fühlhörnern hindurch, und

7*

ganz allmählich kam der übrige Körper nach. Ja, der
Leib dieses neuen Geschöpfes erinnerte noch an die ein-
stige Raupe, aber doch war er anders! Der weiche
Flaum, die zarten, schönen Farben und die Flügel, die
noch gefaltet waren. So saß er da, der herrliche
Schmetterling! Mir wollte scheinen, er sei selbst erstaunt
über die unverhoffte Schönheit, und er müsse sich erst
besinnen, wie er sich als neugeschaffnes Wesen in dieser
alten Welt zurechtfinden sollte.

*   *   *

Den wohltuendsten Gegensatz zu den Stunden stiller
Arbeit bildeten die botanischen Wanderungen mit der
Mutter. Meine Ausrüstung war ebenso vollständig
wie die ihrige. Ich hatte eine Botanisierkapsel, ein
Schmetterlingsnetz, ein Käferglas mit Spiritus und
eine Schachtel mit durchlöchertem Deckel für Raupen.
So ausgerüstet wanderte ich an der Seite der Mutter
weit herum im sächsischen Lande. Wie reich und glücklich fühlte ich mich an solchen Tagen! Mir war zumute,
als würde mir durch die Mutter die ganze Welt mit
ihren Schätzen und Freuden erschlossen. Daß auch sie
herb und streng sein konnte, das vergaß ich an solchen
Tagen, da entfaltete sie eine Fülle reichen, sonnigen
Innenlebens. Sie ging auf alles ein, was mich beschäftigte, sie ermunterte mich zum Singen, sie lobte
mein tapferes Wandern, sie rezitierte lange Balladen,
die sich der Stimmung der Gegend einfügten, sie hatte
Bewunderung für Wolkenbildung und den feurigen
Sonnenuntergang. Mit wie vielerlei Menschen kamen
wir zusammen, und mit allen wußte die Mutter den
rechten Ton zu treffen. Mir prägte sie ein, mich vor

niemand und vor nichts zu fürchten. Wo sich nur Gelegenheit bot, sollte ich hilfreich zufassen.

Wir sammelten nicht nur alles, was die freie Natur
bot, wir brauchten auch Kulturpflanzen, das führte uns
zu Bauern, Pastoren, Lehrern und in die Gärten und
an die Teiche der großen Rittergüter. Ja, die Teiche!
Die Mutter holte sich Erlaubnis den Kahn zu benutzen,
sie wollte weiße und gelbe Seerosen und die merkwürdige
Wassernuß haben. Wie still und geheimnisvoll war es
an solchem Teich! Lautlos glitt die Mutter vom Ufer,
ich durfte nicht mit in den Kahn, und bald sah ich, wie
sie eifrig mit dem Ruder ein Gewirr von Wurzeln,
Blättern und Blüten im Kahne barg.

Unvergeßlich sind mir die Stunden an solchen stillen
Gutsteichen. Welchen Zauber übten die stolzen, üppigen
Pflanzen auf mich aus, die den Teichrand schmückten.
Da stand die schlanke rosa Schwanenblume zwischen
den zarten Dolden des Wasserschierlings, der saftiggrüne
Froschlöffel neben den scharfkantigen, schlanken Blättern
des Kalmus. Freundlich, wie treue Menschenaugen,
leuchteten die blauen Vergißmeinnicht zu Füßen der
stolzen Gewächse. Und über dem allen flogen schöne,
buntschillernde Libellen. Welche unheimliche Macht die
glatte Wasserfläche ausübte! Traumhaft hätte ich in die
kühle, stille Tiefe gleiten mögen.

Aber da kam die Mutter und ihre muntere Stimme
führte mich in die Wirklichkeit zurück. „So,“ sagte sie,
„nun gibt's zu tragen! Öffne deine Kapsel, das Zeug
ist naß und schwer.“

Nicht weit von Siebenlehn stehen die romantischen Ruinen des Klosters Alt-Zella. Wir kamen so oft dahin, daß ich mich innerhalb der umfangreichen Mauer ganz heimisch fühlte. Hier sammelte die Mutter Laub- und Lebermoose. Mit den gleichaltrigen Jungen spielte ich im einstigen Refektorium und in den Klosterkellern Versteckens. Kleine Zellen mit einem steinernen Sitz fanden sich, von denen die Jungen erzählten, daß hier Mönche eingemauert seien. Vorn, in der Gärtnerwohnung war eine tiefe Fensternische, hier saß der Urgroßvater, der die neunzig überschritten hatte. Er war blind und ich hatte die phantastischsten Geschichten über ihn gehört. Einmal habe er geflucht, und da seien zwei Blutstropfen vom Himmel und ihm gerade in die Augen gefallen, davon sei er erblindet. Er sei eigentlich ein Prinz. Der Mann paßte so in sein altes Gemäuer, daß ich mich gar nicht hineinfinden konnte, als ich ihn eines Tages nicht mehr in der Nische fand. Ich meinte, nun sei es auch mit den Ruinen vorbei.

*   *   *

Einmal kamen wir nach Tharandt. Wir waren müde und hungrig, da sahen wir, wie an den Häuser- ecken große Zettel angeklebt waren. Wir lasen: „Welt- berühmtes Wandermuseum von Max Zirkel. Eintritt einen Neugroschen."

Die Mutter seufzte und sagte zögernd: „Was meinst du, möchtest du jetzt lieber etwas essen, oder möchtest du lieber ins Museum gehen? Ich habe gerade zwei Neugroschen."

„Dann wollen wir ins Museum," entschied ich.

Mit hungrigem Magen, aber vom lebhaftesten Inter-

Im Zeltwald

esse beseelt, betraten wir die Stube des Gasthauses.
Hier sah ich zum ersten Mal lebendige Affen, von denen
ich mich gar nicht trennen konnte. Dann hatte der Mann
ein merkwürdiges Hemd, es sah aus, als sei es aus
Schweinsblasen zusammengenäht. Er erzählte, das hätten
die Eskimos aus einer Tierhaut mit Sehnen zusammengenäht. Als Nadel hätten sie sich einer Fischgräte bedient. Als letztes sahen wir ein nachgebildetes, mensch-
liches Herz. Damit war der Inhalt des weltberühmten
Museums erschöpft. Wie sich die Mutter dazu stellte,
weiß ich nicht. Mir gaben Affen und Eskimohemd viel
Anregung zu Fragen allerart, die die Mutter mit
großer Geduld beantwortete.

Leuben

Wie oft bin ich auch ganz allein in weitem Umkreise herumgewandert, um irgendeine Pflanze, die nicht bei uns vorkam, aufzusuchen. Die Wanderung war zuweilen so weit, daß ich unterwegs übernachten mußte. Der Vater gab mir für den Fall ein paar Groschen und einen Brief an einen Lehrer oder Pastor mit, der früher sein Schüler gewesen war. Der Vater bat, daß man mich aufnähme und mir die Stellen zeige, wo die Pflanze wuchs. Hatte ich die Tour erst einmal überstanden, so wiederholte ich sie im nächsten Jahr und wurde immer mit Güte und Freundlichkeit aufgenommen. Wie oft bin ich in Heynitz bei Meißen im Schulhaus und im Pastorat gewesen. Im Heynitzer Pastorat gefiel es mir so 'gut, daß ich auch im Winter dahin ging.

Ganz besonders gern ging ich aber in die Lommatzscher Gegend, nach Leuben zu Kantor Märkels. Als ich zuerst allein dahin ging, gab mir der Vater einen Zettel mit, darauf standen die Dörfer, durch die ich kam. Durch das stundenlange Alleinsein gewöhnte ich mir das Sprechen mit mir selbst an. Ich führte lange Reden und Gegenreden und verkürzte mir auf die Weise die Einsamkeit. Wenn ich aber auf dem Wege mit einem Menschen zusammentraf, so freute ich mich, zog er einen Wagen, so schob ich von hinten und hatte großen Spaß, wenn der am Wagen sich erstaunt umsah, woher ihm plötzlich die Hilfe kam. Es kamen aber auch hoch- geschürzte Mägde, die aufs Feld wollten und schwer an Korb und Krug trugen, denen konnte ich die freie Hand zur Dienstleistung bieten. Zum Dank für meine Hilfe

ließen sie mich mal aus dem Erntekrug trinken. Auf
der Hälfte des Weges führte mich mein Weg an stattlichen Bauerngütern vorüber. Hier gönnte ich mir eine
Ruhepause. Von früheren Wanderungen her war ich
den Leuten schon bekannt. „Nu so was!" rief die
Bauerfrau erstaunt, „da is ja das kleene Kreitermädel
aus Siebeln! Kinder kommt, hier is Gesellschaft für
eich! Seht nur emal, die sucht egal Tee. Und so weit
muß se d'rnach loofen! Wächst denn das Kreit'ch ni
bei eich?" Die Kinder musterten mich zuerst staunend
und neugierig. Ganz sachte kamen sie näher und be-
fühlten vorsichtig die Kapsel, sie versuchten, sie zu öffnen,
sie faßten das Netz an und fragten schüchtern, wozu ich
das alles brauche.

„Ach ja!" sagte die Frau mitleidig, „die hat's ni so
gut wie ihr! Die muß egal weit im Lande rumziehen
und muß Kreiter und gift'ges Getier suchen. Denkt
eich nur emal, ihr Vater, das is e Zauberer, der kocht
Tränkchen, dadrmit koriert er die Leite. Ach, was der
alles kann un weeß! Alle die Zaubersprüche, die kee
Mensch verschteht. Na, da bleib nor e Weilchen, m'r
essen glei, da ißt de en Löffel Semmelmilch mit."

Und ich ging mit in die Gesindestube, aß mit einem
rundgeformten Blechlöffel mit Herrschaft und Gesinde
aus der gemeinschaftlichen irdenen Schüssel, nachdem die
Großmagd das Tischgebet gesprochen hatte.

Inzwischen hatten die Kinder ihre Blödigkeit über-
wunden und führten mich nach dem Essen in Haus und
Garten umher.

Beim Beerenessen kam nach kurzer Mittagsruhe
auch der Bauer und die Bäuerin hinzu, und nun hatte

ich ein Kreuzfeuer von Fragen zu bestehen. Von dem
Tun meiner Eltern hatten sie die abenteuerlichsten Vorstellungen. Wenn ich sie berichtigen wollte, taten sie sehr
überlegen und sagten, ich brauche mir weiter keine Mühe
zu geben, sie wüßten es besser. Den Kindern machte
es Spaß, mir Stuben und Kammern und vieles von
ihren Vorräten zu zeigen. Bergehoch waren hier die
Betten aufgetürmt. In bunten, großen Truhen mit
verschlungenen Herzen waren Stoffe und Wäsche auf-
gespeichert, und mir schien, hier müßten die Bauern
wohnen, von denen der Vers erzählte, den die Hirten
im Herbst sangen, wenn sie das Vieh heimtrieben:

> „Horei! Horei!
> Treib ei, treib ei!
> In das große Tor hinein,
> Wo die reichen Bauern sitzen,
> Mit den großen Zippelmützen,
> Die den Quark mit Löffeln essen,
> Und das Geld mit Scheffeln messen.“

Zum Abschied pflückten mir die Kinder ein Krause-
minzsträußchen und vertrauten mir mit wichtiger Miene:
„Wenn mer groß sein, gehn mer ooch fort, da kommen
mer na Meißen uf de Benehme!“

In Leuben kam ich an, als die Kinder den Schluß-
vers sangen:

> „Unsern Ausgang segne Gott,
> Unsern Eingang gleichermaßen,
> Segne unser täglich Brot,
> Segne unser Tun und Lassen.“

Ich lauschte am Treppengeländer, und es wurde mir
ganz feierlich zumute mit einem so vielstimmigen Segen
empfangen zu werden. Ehe aber die Herde losgelassen

wurde, eilte ich schnell hinauf. Ach, welch wohltuender
Empfang wurde mir nun zuteil!

Der der Tür gegenüberhängende Spiegel zeigte mir
ein rundes, vom Wandern gerötetes, fröhliches Gesicht.
Das dunkle Haar hing mir wirr ins Gesicht, der Stroh-
hut war mir in den Nacken gerutscht, ich war zum
Umfallen müde und sehr hungrig. Die liebe, freundliche
Frau Kantor kam von ihrem Nähtisch auf mich zu, sie
war so erstaunt, so warm und mütterlich, daß ich mir
in dem Augenblick nichts Schöneres denken konnte, als
in Leuben gelandet zu sein. Ich fühlte mich ganz zu
Hause. Wie freute ich mich, wenn sie lebhaft rief:
„Du bist ja ein kleiner Held! Den weiten Weg hast
du ganz allein gemacht! Und wie sauber hast du dir
die Stiefel gehalten!"

„Bleibst du denn ein paar Tage bei uns?" sagte
sie, während sie mir Hut und Kapsel abnahm. „Na,
die Kinder werden Augen machen! Horch, da kommt
die Bande!"

Und dann ging die Tür auf, und blaß und müde
kam der Herr Kantor und hinter ihm die Kinder, der
große Paul und der kleine Berndel, das blondhaarige
Liesel, die sanfte Hedel und die kleine Dicke. Zwischen
all den lieben, wohlerzogenen Kindern fand der fremde
Gast seinen Platz, und jedes wetteiferte, mir ein reichlich
Teil von dem Milchkaffee und dem Honigbrot zukommen
zu lassen. Hier war mir wohl, hier hätte ich immer sein
mögen! Was nur ein Kinderherz erfreuen konnte, das
fand ich hier. Soviel liebe Spielgefährten, Puppen,
Wagen, Bücher! Aber nach dem Kaffee ging's hinunter in den Garten, da gab es keine Müdigkeit, ich

kugelte mich mit den anderen im Grasgarten den Berg
hinunter. Bald suchte ich aber doch die Ruhe. Ich
setzte mich ans niedrige Kindertischchen, das zwischen
Ofen und Sekretär einen so geschützten Ruhepunkt bot.
Ich kannte schon meine Lieblinge. Über dem Tischchen
war ein Bücherbrett angebracht, darauf fand ich zwischen
vielen anderen Büchern Horns „Spinnstube". Wie
durchlebte ich alles mit, was der Schmiede-Jakob seinen
Zuhörern erzählte. O, wie gern las ich! Und was
ich gelesen hatte, das erzählte ich gern wieder, hatte ich
keine Zuhörer, so erzählte ich es mir selbst auf meinen
einsamen Wegen.

Ich schlief mit Hedel und Liesel im Stübchen mit
der hellen Tapete. Das eigentümliche Gefühl, was durch
die neuen Eindrücke hervorgerufen wurde, stimmte mich
ganz feierlich. Ich war körperlich müde, aber so glücklich.

„Nun erzähl' uns was!" sagten die Mädchen, und
ich erzählte kraus durcheinander, Gelesenes, Erlebtes und
Erdachtes, bis mir endlich die Müdigkeit die Lippen
schloß.

Durch das nächtliche Schweigen hörte ich den fremden
Klang der Kirchenglocke, das Tuten und den Gesang
des Nachtwächters, dann noch aus der Ferne Hunde-
gebell. Glücklich träumte ich in meinem Kindheitsparadies
von kommenden, schönen Tagen.

Johanna

Abends mußte ich vorlesen, hauptsächlich Reisebeschreibungen. Da erinnere ich besonders die merkwürdigen Erlebnisse der Ida Pfeifer. Manche Reiseberichte waren aber trockene Aufzählungen, ich konnte nicht folgen, las schlecht, kämpfte mit dem Schlaf, bis mich eine scharfe Mahnung des Vaters wieder wach machte. Ich las aber auch Jugendschriften von Gustav Nieritz und von Franz Hoffmann. Einmal las ich ein Buch: „Johanna," für die Jugend bearbeitet von Henriette Stief. Dabei schlief ich nicht, ich weinte so, daß mir die Mutter das Buch fortnahm und so lange selbst las, bis ich mich beruhigt hatte. Mit welcher Anteilnahme verfolgte ich den Lebensgang dieser Heldin! O, wie litt ich mit ihr! Die Eltern waren tot, sie kam zu fremden Verwandten, die sie hart behandelten. Das konnte ich ihr doch alles so nachfühlen! Die Verwandten schickten sie später in eine Anstalt, da mußte sie viel lernen. Hier verlor sie ihre beste Freundin durch den Tod. Nach langen Jahren stillen Ringens und Kämpfens wurde sie Gouvernante, und zum Schluß heiratete sie einen Pastor, der hieß John und war so gut, daß ich vor Rührung wieder viele Tränen vergoß. Ich lebte lange Zeit nur in dieser Geschichte, und da der Anfang mir Ähnlichkeiten mit meinem eignen Leben zu haben schien, so redete ich mir fest ein, dieses ganze Leben, so wie Johanna es gelebt hatte, würde auch ich durchleben, und ich fragte mich oft bang, ob ich es wohl aushalten könnte, das alles durchzumachen, was die arme Johanna zu leiden gehabt hatte. Wenn man es nur aushielte, zuletzt wurde alles gut. Ich lebte so in der Geschichte, daß sie mir bis auf alle Äußerlichkeiten ein Vorbild wurde. Ja, natürlich, ich wollte auch so ein schlichtes, schwarzes Kleid haben mit einem schmalen, weißen Streifen um Hals und Handgelenke. Wenn nur all das Schwere erst überstanden wäre, was natürlich auch für mich noch kommen würde, und wenn ich nur klug genug war, das alles zu lernen, was Johanna gekonnt hatte. Das Schwerste war doch wohl Französisch! Wenn ich doch bald damit anfangen könnte, damit es nicht zu spät würde! Als ich einmal mit der Mutter botanisieren ging, bat ich sie eindringlich, mich doch bald recht viel lernen zu lassen, besonders Französisch. Die Mutter hörte mich ruhig an und sagte: „Wenn es uns nur besser ginge, würden wir dich nach Herrnhut schicken, aber das kostet viel Geld, und du weißt, noch haben wir das nicht. Aber ich habe ein altes französisches Buch, das habe ich, als ich noch in der Niederstadt bei den Eltern war, einmal für einige Pfennige auf einer Auktion gekauft. Ich wollte damals auch gern Französisch lernen. Ich hab's auch versucht, aber — es ging doch nicht. Sieh mal zu, ob du besser damit fertig wirst, ich fürchte nur, es hat keine Art, wenn man nicht jemanden hat, der einem hilft."

Und ich machte mich über den „Kleinen Ahn" her, ich lernte Vokabeln mit deutscher Aussprache, dann verlor ich aber bald den Mut und gab traurigen Herzens dieses Studium auf, nicht aber meine Zukunftspläne. Wie sehnlich erhoffte und wünschte ich, daß wir bald soviel Geld hätten, daß ich nach Herrnhut könnte.

Ich lebte so in der Geschichte und in meinen Zu-

kunftsplänen, daß ich mich durchaus darüber aussprechen
mußte. Ich mußte die Geschichte meinen Gefährtinnen
erzählen. Wo es laut und roh herging, mochte ich nicht
dabei sein. Ich mied alle lauten Spiele, aber manchmal versammelten sich einige, die sowohl selbst gern
erzählten oder gern zuhörten, wenn erzählt wurde. Wie
schön konnte Pastors Hermine erzählen. Sie hatte
zuletzt „Die Löwenritter“ erzählt, da waren wir im
Geiste klopfenden Herzens mit nach Palästina gezogen
und hatten die Sarazenen bekämpft. — Nun war ich
wieder an der Reihe. Auf den Stufen eines auf-
getreppten Hauses am Marktplatz saßen wir und leiteten
die künftige Geschichte durch einen Trunk Lakritzenwasser
ein, was die eine oder andere in solchen Dämmerstunden
spendierte. Ich konnte kaum erwarten, bis alle ruhig
waren, daß ich erzählen konnte. Aber nur ich war
bewegt von Johannas Schicksalen. Die andern wurden
ungeduldig, und als ich das fühlte, eilte ich zum
Schluß.

„Du,“ sagten sie, „die Geschichte ist langweilig! Die
letzte, die du neulich erzähltest, die war viel hübscher.
O, wie war die schön! Schon der Name, Antoinetta
Czerna, die Tochter der Wildnis! Das klingt doch
ganz anders als nur so ebenweg: ‚Johanna‘. Und
wie es einen gruselt, wenn sie auf den Hirsch gebunden
wird, und der nun mit ihr durch die Wälder jagt!“

Ich fühlte mich getäuscht und bedrückt und nahm
mir vor, gar nicht wieder auf den Markt zu kommen,
nie wieder eine Geschichte zu erzählen. Allein wollte
ich von nun an sein. Aber das konnte ich ja gerade
nicht. War ich zu Hause, hatte ich mit den Pflanzen

zu tun, und doch wollte ich so gern das bißchen freie
Zeit ganz für mich haben. Wenn ich so traurig war,
wie eben jetzt, dann wollte ich so gern mich ausweinen,
aber das durfte niemand sehen. Da bat ich die Mutter
vom Himmel zur Erde, sie möge mir doch ein kleines
Plätzchen geben, wo ich mir meine „Stube" einrichten
konnte. Sie sagte: „Du verlangst etwas Unmögliches.
Wo soll ich denn den Platz zu einer Stube für dich
hernehmen? Alle Kammern sind voll Sammlungen.
Platz ist leider höchstens in der Holzkammer, weil wir
immer knapp mit Feuerung sind."

Die Holzkammer! O, wenn ich die nur haben
durfte! Sofort erbat ich mir den Schlüssel, schleppte
Holz und Reisigbündel ganz unters Dach, schob die
große, grüne Truhe unter das kleine, hoch im Dach
angebrachte Fensterchen, stellte einen Stuhl auf die
Truhe, nagelte an die bräunliche Lehmwand eine Kiste
mit einem Schiebedeckel, und das war mein Schrank.
Ich wußte mich vor Glück über mein Stübchen gar nicht
zu lassen. Eifrig packte ich meine Schätze in meinen
Schrank. Ich bettelte mir ein Tintenfaß, Feder, Bleistift
und Papier, das kam in den Schrank und außerdem ein
schönes rotes Glas und ein Hahn aus Wachs. Kein
König konnte sich reicher fühlen. Wie lebhaft redete
ich auf die Mutter ein und zeigte ihr begeistert alle
Vorteile und Schönheiten meines kleinen Reiches.

„Hier willst du schreiben?" fragte die Mutter, „du
hast ja aber keinen Tisch?"

Ich zeigte triumphierend auf die kleine Fensterbank,
die nur spärliches Licht durch die runden, bleigefaßten
Scheiben erhielt.

„Aber was willst du denn schreiben?" fragte die Mutter, „Französisch?"

Ich schüttelte traurig den Kopf und sagte: „Das kann ich nicht."

„Nein," meinte die Mutter, „aber was kannst du denn?"

„Ich dichte," sagte ich mit bescheidenem Stolz.

„Du — dich—test?!"

„Ja, die Wenzel-Liddi hat ein Gedicht auf ihren Großvater bestellt, das hab' ich angefangen."

„Da bin ich doch neugierig! Zeig' mal her!"

Ich sträubte mich, endlich aber gab ich der Mutter ein Stück Papier, das ich in der Kleidertasche mit mir herumtrug.

„Der Großvater der Wenzel Liddi," sagte die Mutter nachdenklich, „das ist doch der alte Schuster aus der Niederstadt."

„Ja, ja, der. Kennst du ihn?"

„Freilich, den alten Schuster Reimann kenne ich doch. Auf den willst du ein Gedicht machen? Das wird wohl nicht leicht. Na, nun laß mich's doch mal lesen."

Ich drückte mich verlegen an die Wand, während die Mutter sich möglichst nahe unters Fenster stellte. Sie las halblaut:

„Dein Großpapa, ein Greis,
Er ist vor Alter weiß.
Doch rüstig geht er immerdar
Und freut sich seiner Enkel Schar.
Der Großpapa wird's so noch lange treiben
Und viele Jahre noch in Eurer Mitte bleiben,
Bis endlich ihm ein schönres Leben winkt,
Er ruhmgekrönt in Grabesnacht versinkt."

Die Mutter gab mir lachend, kopfschüttelnd den Zettel zurück und sagte: „Das ist schon wahr, du kannst den Leuten was andichten, auf eine Handvoll Ruhm kommt's dir nicht an."

Kurze Zeit danach kam ich von einer Besorgung zurück. Auf meinem Arbeitstisch stand ein großer Kuchen. Ich wunderte mich, die Mutter war nicht da, sonst hätte ich die gefragt, da drehte sich der Vater zu mir und sagte streng: „Was ist denn das mit diesem Kuchen? Wie kommst du denn dazu?"

„Ich?" stotterte ich verlegen, „ist denn der Kuchen für mich?"

„Ja, aber wie hängt denn das zusammen? Ich hab' keinen Sinn hineinbringen können. Ein Mädchen in deinem Alter war hier, die brachte ihn und sagte: sie solle grüßen von den Eltern und vom Großvater, und hier wäre ein Kuchen für das schöne Gedicht. Was bedeutet das?" Mir schwindelte, die Stube drehte sich mit mir. Also das Gedicht hatte gefallen, ich hatte sogar etwas sehr Schönes dafür bekommen. O, und nun hatte ich eine Stube für mich, wenn ich doch recht viel dichten könnte, darüber würden sich die Leute freuen, und sie würden mich dafür lieb haben, und das müßte herrlich sein. Der Vater aber setzte einen Dämpfer auf meine Ruhmesträume und sagte: „Daß du solche Sachen nicht wieder tust! Eingebildeter, kleiner Narr! Ich muß wohl dafür sorgen, daß du nicht soviel freie Zeit hast, damit du nicht auf so dumme Gedanken kommst."

Da war ich aus allen Himmeln gerissen, und als ich später in die Holzkammer schlich, da machte ich alle Qualen einer verkannten Dichterseele durch.

Ich trete in Beziehung zur Kunst

Donath aus Reichenbach kam. Der Vater hatte eine lange Unterredung mit ihm, er riet ihm nochmals ernstlich zu, bei der Strumpfwirkerei zu bleiben, aber der kleine, stille, bescheidene Mann zeigte nach dieser Seite einen so festen Willen, daß der Vater sich endlich darauf einließ, ihn ein paarmal in der Woche anzulernen im Sammeln und Konservieren von Pflanzen und Insekten. Donath lernte Raupen ausstopfen, Schmetterlinge spannen und Pflanzen einlegen. Zu Hause übte er, was ihm gezeigt war, und ich hörte den Vater zur Mutter sagen, daß Donath viel Geschick und Ausdauer zeige. Für mich selbst hatte sein Kommen nur die eine Bedeutung: solange der Vater mit ihm beschäftigt war, fühlte ich für meine eignen Arbeiten mehr Freiheit.

Aber etwas anderes tauchte auf, was mich auf lange Zeit hinaus durchaus in Anspruch nahm. — Nendel-Ernestine, meine sonst so stille Freundin, kam eines Tages auf dem Marktplatz ganz aufgeregt zu mir und sagte hastig: „Komm nur schnell mit nach dem Schützenhaus, es sind Komödianten angekommen!"

Komödianten?! Ich hatte noch keine gesehen und lief neugierig mit. Auf dem Schützenhof standen bei hochbepackten Wagen fremdartig aussehende Männer, die eifrig mit dem Abladen der Sachen beschäftigt waren. Freilich, das war interessant! Noch viel interessanter war aber das Kind, das jetzt aus der Türe trat, ein Mädchen in unserm Alter. Sie hatte ein hellblaues Kleid an, und um ihren nackten Hals lag eine Kette von großen, buntschillernden Perlen. In den hoch erhobenen Händen hielt sie ein gebogenes spanisches Rohr, aber jetzt senkte sie es und sprang anmutig und leichtfüßig hindurch. Bewundernd hingen meine Blicke an ihr, wie sie sich mit tänzelnden Schritten, immer durch das Rohr springend, uns näherte. Wie die langen, blonden Locken flogen! Jetzt stand sie still und sprach mit den Männern. Sie redete den einen mit „Papa" an. Wir beobachteten sie ehrfurchtsvoll und scheu, sie war gar nicht stolz, kam auf uns zu und fragte freundlich: „Könnt ihr auch so durch ein spanisches Rohr springen?"

Nein, so etwas konnten wir nicht! Wir fühlten uns sehr geehrt durch ihr leutseliges Wesen, und ich wünschte sehnlichst, die Unterhaltung möge weitergesponnen werden, ich fühlte mich aber dem gewandten Kinde gegenüber linkisch und verlegen. Da trat sie zu mir und sagte aufmunternd: „Es geht furchtbar leicht. Komm, versuch' doch mal!" Und wieder hüpfte sie durch das Rohr, und dann reichte sie es mir. Wie konnte ich wohl! Ich war barfuß und hatte nur ein dürftiges Röckchen an; all die flotte Kleidung gehörte doch mit dazu, die gab ja den Mut und die Sicherheit. Ich schritt schwerfällig hindurch und gab beschämt das Rohr zurück.

„Woher hast du es?" fragte ich schüchtern.

„Ach," sagte sie, „so ein dünnes Rohr bekommst du für einen Dreier bei jedem Krämer."

Und wieder tänzelte sie vor uns her.

Ich faßte mir ein Herz und fragte: „Wie heißt du?"

„Rosa. Rosalie Lagoni."

Ich konnte mich nicht satt sehen. Ich dichtete ihr in aller Geschwindigkeit alle guten Eigenschaften an, von denen ich wußte, und als wir endlich nach Hause mußten war mein einziger Gedanke: Rosa Lagoni!

„Mutter,“ sagte ich erregt, „könntest du mir nicht einen Dreier schenken?“

„Wozu denn?“

„Ich möchte mir so gern ein spanisches Rohr kaufen.“

„Ein — was?!“

„Ein spanisches Rohr.“

„Aber wozu denn das in aller Welt?“

„Ach, ich will durchspringen. Ich will mich üben.“

Und nun erzählte ich ohne Aufhören, was wir auf dem Schützenhof erlebt hatten.

„Immer wieder kommt der Leichtsinn bei dir durch!“ sagte die Mutter, „nimm dir doch beim Futtersuchen eine Weidengerte mit, da kannst du grade so gut durchspringen wie durch ein spanisches Rohr. Du mußt immer mit Geld herumwerfen!“

Ich ging aufgeregt zu Bett, und in meinen Träumen sah ich einen blau gekleideten, blondlockigen Engel durch ein Rosengewinde fliegen.

*   *

Wir hatten aus dem Haushalt der Großeltern einen mächtig großen, roten Regenschirm aus Kattun, der mir zur Sommerzeit viel Spaß machte. Ein derber Messingring, der an einem langen Bande hing, hielt ihn zusammen. Sein Gestell bestand aus dicken Fischbeinstäben. Ich hatte die Mutter gebeten, ihn mir zu schenken, und wenn ich Raupenfutter suchte, nahm ich ihn gern mit. Einige Tage nach meiner Bekanntschaft mit Rosa, saß ich auf einer Wiese unter dem Schirm.

Die Sonne schien, und ich freute mich über den rosigen Schein, der mich umgab.

Da sagte eine muntere Stimme: „Ach, hast du das aber gut. Was für ein schöner, roter Schirm! Der ist ja wie ein Karussell! Hab' ich dich nicht neulich abend gesehen, als wir eben angekommen waren?"

Ich stand ehrerbietig vor Rosa und sagte bittend: „Magst du dich nicht ein bißchen darunter setzen?"

„Ach," sagte sie seufzend, „ich habe es nicht so gut wie du, ich soll nach Nossen gehen. Weißt du den Weg dahin?"

„Nach Nossen?" sagte ich selbstbewußt. „Ha, dahin finde ich den Weg im Schlaf. Es geht ja immer gradeaus."

„Ja," sagte Rosa, „das hat man mir schon gesagt, aber ich gehe nicht gern so weite Wege ganz allein."

„Da muß ich ganz andre Wege allein gehen, und ich bin nie bange."

„Als ob ich bange wäre! Aber sehr weite Wege brauche ich gar nicht zu gehen. Wenn es weit fort geht, dann fahre ich, wir haben doch eignes Fuhrwerk! Also darum ist's nicht, aber ich langweile mich, wenn ich allein gehe. Komm, geh mit. Bitte, geh mit!"

„Ich kann nicht, ich soll Raupenfutter holen."

„Was? — Rau—pen—futter? Das eklige Gewürm wird auch noch gefüttert? Das hat aber doch keine Eile, mögen die Raupen mal warten bis morgen. Die verhungern nicht so bald. Komm, ich mag so gern sprechen unterwegs. Du nicht?"

„O doch! Wenn ich jemanden unterwegs treffe, gehe ich gern mit und erzähle oder laß mir erzählen.

Wenn ich aber niemanden habe, dann denk' ich mir jemanden aus, der neben mir geht, und mit dem spreche ich den ganzen Weg entlang. Ich spreche laut und bin dann zwei Menschen."

„Wer ist denn der andere?"

„Meist meine Mutter, aber oft auch eine Freundin, gewöhnlich die Nendel-Ernestine."

„Was sprecht ihr denn?"

„Ach, sehr viel. Wenn ich mit meiner Freundin gehe, erzähl' ich ihr, was ich vorhabe."

„Was hast du denn vor?"

„In letzter Zeit erzähl' ich ihr, daß ich mir einen Garten herrichten will."

„Ach, das erzähl' mal heute mir! Komm! Wenn ich auch nicht die Nendel-Ernestine bin, so können wir uns doch auch unterhalten. Ich bin doch immer noch mehr als eine ausgedachte Freundin."

„Dann muß ich erst nach Hause gehen und fragen, und ein Kleid muß ich anziehen."

„Nein, nein, das wird zu spät. Ein Kleid brauchst du nicht. Du ziehst meinen Mantel über dein Röckchen, und dann hast du doch den schönen, großen Schirm!"

Ich sah bedenklich auf meine nackten Füße, aber Rosa sagte: „Das tut gar nichts, das tun viele."

„Ach, ich tu's ja sonst immer, aber ich dachte, du möchtest so nicht mit mir gehen!"

„O doch! Ich geh' gern mit dir, wie du auch bist. Du erzählst mir recht viel, ich will dafür auch deine Freundin sein."

„O, willst du wirklich! Wie gut du bist!"

Und Rosa war gut, sie legte ihre Ledertasche ins

Gras und hing mir den roten Mantel um, hakte ihn
zu, gab mir den Schirm, faßte meine freie Hand, und
so zogen wir los. In mir erhoben sich laute Stimmen,
die das harmlose Erzählen nicht recht aufkommen ließen.
Freude über die neue Freundin und Angst vor dem
Vater stritten miteinander. Ich mochte es nicht aus-
denken, was mit mir geschah, wenn ich nicht mit dem
Raupenfutter kam! Andrerseits zog Rosa so stark, daß
es mir nicht möglich war, ihr ihre Bitte abzuschlagen.
War es denn nicht grade das, was ich mir sehnlichst
wünschte, lange, lange Zeit mit Rosa zusammen zu
sein. Und sie war gar nicht stolz, sie ging mit mir,
wie ich auch aussah. Unterwegs wollte ich es so gern
noch einmal hören, daß ich ihre Freundin sein sollte,
da sagte sie mit viel Wohlwollen: „Verlaß dich darauf!
Ich bin und bleibe ewig deine beste Freundin, und ich
verspreche dir, ich werde dir etwas Wunderschönes
schenken, was dir viel Freude macht?"

„Wirklich? — Mir? — Was denn?"

„Ein Billett zu einer schönen Vorstellung. Ich warte,
bis etwas ganz Besonderes gegeben wird."

Ich fragte und bettelte, sie solle mir erzählen, was
das sei, aber sie lachte, ja sie gab mir einen Kuß, aber
sie sagte mir nichts, sie wich geschickt aus und erinnerte
mich, daß ich ihr doch lieber von meinem Garten erzählen solle. Ich dachte ein wenig nach, dann sagte
ich: „Nun, ich habe grade noch keinen Garten, aber ich
werde wohl einen bekommen."

„Von deinem Vater?"

„Nein, wir haben keinen Garten."

„Von wem denn?"

„Ach, — eigentlich von niemanden."

„Das versteh' ich nicht! Woher nimmst du ihn denn?"

„Hinter unserm Hause ist ein großes Stück Land, grade so groß wie das Haus. Auf diesen Berg schütten alle Leute ihren Kehricht und ihre Scherben hin. Da habe ich der Nendel-Ernestine gesagt, wir wollen jede eine Kartoffelhacke nehmen, alles Häßliche fort tragen und das Land umhacken und einen Garten daraus machen, wie mein Onkel in Bukarest einen hatte. Wir wollen Melonen und Wein hineinpflanzen und eine Laube ziehen, und viele schöne Blumen wollen wir haben, und ich bitte die Mutter, daß sie mir eine Gitarre kauft, dann sitze ich, wenn erst alles fertig ist, in der Laube mit der Mutter und der Nendel-Ernestine und singe ihnen schöne Lieder vor."

„Wenn das Haus euch gehört, kann dein Vater dir auch doch gern den alten Scherbenberg schenken."

„Aber das Haus gehört Clausens, das gehört nicht uns."

„So," sagte Rosa trocken, „weißt du, dann versteh' ich die Sache mit dem Garten nicht, dann erzähl' mir lieber etwas Wirkliches."

„Das soll doch aber wirklich werden!" eiferte ich ungeduldig, „es ist doch schon alles mit Ernestine beschlossen."

„Ja, was sagt die denn?"

„Sie sagt: ,Wenn du meinst, machen wir uns einen Garten, ich besorg' die Hacken.' Und siehst du, Rosa, wenn dieser Garten erst mal fertig ist, dann laden wir dich ein, Ernestine und ich. Kann es nicht schön werden?"

Wir hatten das nächste Dorf erreicht und Rosa sagte etwas wegwerfend: „Ach, weißt du, was ich verspreche, das kann ich halten, das heißt, wenn Papa und Mama es erlauben. Ein Haus haben wir nicht, wir kriegen auch nie einen Garten, aber Freibilletts haben wir, und ich verspreche dir, du kommst eher zu uns ins Theater, als ich in deinen Garten. Das ist ja —! Na, du kriegst ebensowenig einen Garten wie wir je einen kriegen. Das denkst du dir ja alles nur so aus, und Papa würde sagen: ‚Dein Garten liegt im Mond.'"

Ich war plötzlich sehr niedergeschlagen. Rosa glaubte nicht an meinen Garten, und ich glaubte so fest daran, ich sah ihn ja ganz deutlich vor mir. Die weinbewachsene Laube stand ja in der einen Ecke, und da saß die Mutter und Ernestine, etwas niedriger als die beiden saß ich mit der Gitarre. Ich wußte schon alle Lieder, die ich singen wollte, und daraus sollte nichts werden, meinte Rosa? Kühle Schatten fielen auf meinen Weg, und ich wurde schweigsam und nachdenklich. Aber da traten wir in einen der Bauernhöfe. In der Stube trafen wir Mutter und Tochter, die uns erstaunt betrachteten.

„Was wollt denn ihr?" fragten sie.

Rosa trat näher, sie öffnete ihre Tasche und sagte mit großer Zungengewandtheit: „Bitte, sehen Sie sich doch einmal diese Sachen an, sehen Sie: Armbänder, Broschen, Uhrketten, alles aus Haaren angefertigt. Meine Mama macht diese Sachen. Sie macht auch schöne Buketts, die Sie unter Glas und Rahmen setzen können, wenn Sie etwa Haar von verstorbenen Verwandten haben."

„Wer ist denn deine Mutter?"

„O, die ist Schauspielerin, Zettelträgerin und nebenbei macht sie diese schönen Haararbeiten. Und hier ist auch ein Zettel für die nächste Vorstellung. Bitte im Schützenhaus in Siebenlehn. Erster Platz 5 Neugroschen, zweiter Platz 2 ¹/₂ und Galerie einen Neugroschen. Unsere Truppe bietet alles: Trauer-, Lust- und Singspiele. Erste Kräfte! Schöne Kulissen, mein Papa malt sie selbst."

„So," sagte die Bäuerin kalt und machte eine abwehrende Handbewegung: „Laß nur dein vieles Reden sein! Man kriegt ja Kopfschmerzen. Das rappelt die nun jeden Tag her," sagte sie verdrossen zur Tochter. „Wir brauchen nichts, und in die alberne Komödie gehn wir auch nicht. Geht nur!"

Wir gingen, und nun war auch Rosa still und nachdenklich. Das tat mir doch leid, und ich suchte sie zu trösten. Ihr hübscher Mund zog sich herb zusammen, und sie sagte scharf: „Ach, die verstehen nichts von Kunst! Papa sagt das immer."

Ich lebte mit Rosa in einer ganz andern Welt. Sie brauchte so viele Ausdrücke, von deren Bedeutung ich keine Ahnung hatte. Was waren Kulissen? Theater? — Komödie?

Wir waren in Nossen und gingen hinunter an die Mulde, hier kehrten wir in der Mittelmühle ein. Die Tochter, ein hübsches, gut gekleidetes Mädchen, ließ uns in die Stube. Es ging uns hier viel besser als auf dem Dorfe. Das junge Mädchen rief die Mutter herbei, und ich hörte, daß die Tochter Lina hieß. Die Blicke der beiden ruhten mit Wohlgefallen auf Rosa,

und als die wieder ihre gewandte Rede hielt, lachten
sie belustigt und fragten allerlei. Sie sahen sich die
Haararbeiten an nnd drückten lebhaftes Staunen aus,
wie man nur so etwas machen könne. Ihr Blick fiel
ab und zu auch auf mich und auf meinen roten Regenschirm. Sie waren längst nicht so freundlich zu mir,
wie zu Rosa, und ich hatte plötzlich das Gefühl, daß
ich ihnen zu schlecht gekleidet war, und nun sah ich mich
mit ihren Augen und schämte mich. Aber ich durfte
mit von dem Schinkenbrot essen und aus Rosas Becher
die kühle Milch trinken. Wir gingen auf dem Rückweg
noch in verschiedene Häuser. Manche bestellten eine
Kleinigkeit, fast alle aber lasen mit Interesse den Zettel,
den Rosa überall abgab. Wie sie reden konnte! Und
wieviel wußte sie, wovon ich keine Ahnung hatte. Es
war doch großartig, trotz einiger kleiner Täuschungen und
Unverständlichkeiten, daß das schöne, kluge Mädchen
meine Freundin war. Vor dem Forsthof gab ich ihr
das Mäntelchen zurück. Mir war, als ob ich mit der
schützenden Hülle eine Art Halt verloren hätte. Ich
hatte große Angst, als ich mit leeren Händen die Stube
betrat.

„Sag' mal, wo in aller Welt bist denn du den
ganzen Nachmittag gewesen?" fragte die Mutter streng.

„Ach," sagte ich etwas verlegen, „ich bin mit meir r
Freundin in Nossen gewesen."

„In Nossen?" fragte die Mutter und sah mich
durchdringend an, „wie kommst du denn darauf, so ohne
Grund nach Nossen zu gehen, wo es hier doch soviel
zu tun gibt? — Nun?"

„Ich war mit meiner Freundin da."

„Mit der Nendel-Ernestine?"

„N—ein!" sagte ich mit abweisender Handgebärde, „doch mit der neuen Freundin, mit Rosa Lagoni! Du weißt, ich hab' dir doch von ihr erzählt. Sie ist so klug und so schön! Du solltest sie nur mal sehen."

„Na, — sachte, sachte! Man vergißt nicht seine alten Freundinnen um einer neuen willen."

Nun drehte der Vater sich um und sah auf meine leeren Hände. „Und wo bist du mit dem Raupenfutter geblieben?" fragte er streng.

„Ach," sagte ich zögernd und verlegen, „ich dachte, die könnten mal warten bis morgen, ich bin heute so müde."

„So? Das dachtest du? Wollen wir doch auch mal mit dir einen Tag mit Essen überschlagen. Hast du gar kein Gewissen? Hast du gar keine Unruhe darum gehabt?"

Streng wies der Vater nach der Tür und sagte zornig: „Mit deiner neuen Freundin müssen wir wohl einen Dämpfer aufsetzen. Sofort versorgst du die Raupen!"

Als ich mit dem frischen Futter kam, sah ich zu meiner Beschämung, wie nur die kahlen Stengel noch in den Glashäfen waren, manche von den Raupen waren an die äußerste Spitze der Stengel gekrochen, sie hielten sich balancierend nur mit den hinteren Beinchen fest, den Oberkörper reckten sie haltlos suchend in die leere Luft. Sie hungerten, und ich war schuld. Mein Gewissen war hell wach, und ich gelobte mir reuevoll, sie sollten nie wieder haltlos nach Nahrung suchen.

*   *   *

Bald nach unserer gemeinsamen Wanderung kam Rosa eines Tages mit wichtiger Miene zu mir. Sie gab mir mit großer Geschäftigkeit und viel Wohlwollen eine kleine, steife Karte, darauf stand: Galerie. Ich bekam aber auch einen großen Zettel, darauf stand: Hamlet, Prinz von Dänemark, oder die Komödie in der Komödie. Das übrige lauter Namen, und unten die Preise der Plätze. Ich sah mir den Zettel nachdenklich an, das sah ja aus, wie ein Buchtitel. War es denn eine Geschichte? Ich fragte Rosa, die schüttelte die langen Locken und lachte.

„Du hast mich schon neulich so gefragt," sagte sie, „ich sag' dir aber kein Wort, das mußt du sehen, ich hol' dich heute abend ab."

Als ich den Eltern mein Geschenk zeigte, überlegten sie, aber endlich sagte der Vater: „Na, meinetwegen."

Rosa holte mich, und unter ihrem Schutz betrat ich den gefüllten Saal. Der Ratsdiener Schwenke stand an der Tür und nahm mir die Karte ab. Er sah mich mit seinem martialischen Schnauzbart grimmig an, und ich war halb darauf gefaßt, daß er mir mit schnarrender Stimme zurufen würde: „Marsch, heem mit eich!", womit er uns immer auseinander jagte, wenn wir auf dem Marktplatz saßen; aber heute hatte er gar keine Zeit, immer mehr Leute kamen und reichten ihm schweigend die Karten. Uns wies er nach hinten, Rosa aber sagte zu mir: „Bewahre, wir gehen nicht auf die Galerie; bleib du nur bei mir, wir stellen uns hier ganz vorn zur Seite der Musikanten." Die da saßen waren lauter Bekannte, der Leineweber Schubert, der Schuster Putzger und so die ganze Reihe entlang. Ich sah mich inter-

essiert und erwartungsvoll um. Gerade vor uns war eine
rote Wand, auf deren Mitte groß und schön das sächsische
Wappen prangte. Unter den Klängen der schönen
Musik sah ich, wie der Wirt mit seinem Sohn geschäftig
Stühle hin und her trug. Hinter mir saßen auch lauter
Bekannte, ganz vorn die Reichen, ganz hinten sah ich
Kinder. Was denn? War ich hergekommen, um das
zu sehen? Ich war getäuscht, Rosa sah es mir an, sie
kniff meinen Arm und lachte. Da klingelte es, ich fuhr
erschrocken herum, und o Wunder, die rote Wand war
weg, und mit einem lauten Ausruf des Staunens sah
ich vor mir ein verschneites Schloß. Männer in wunderbarer Kleidung sprachen miteinander, ich konnte aber
so schnell nicht den Sinn fassen. Aber was war das?
Ein Gespenst, ein weißes Gespenst schwebte heran. Ich
zitterte, aber die da oben, die Fremden in der Ritter-
rüstung, die erzählten einander auch, daß sie zitterten.
Sie reden den Geist an, aber er verschwindet in einer
der kleinen Seitengassen. Da steht er, — ich seh' ihn
ganz deutlich, wie sonderbar, daß die Ritter ihn nicht
sehen, sie wollen ja mit ihm sprechen und laut ruf ich
hinauf und strecke den Finger aus: „Da steht der Geist!"

Die Leute lachen, ich finde gar nichts zu lachen,
und da oben stutzen sie einen Augenblick und sehen herunter zu mir, Rosa aber stößt mich lachend an und
sagt leise: „Willst du wohl gleich mal still sein? Hier
dürfen nur die da oben sprechen!"

Ach, mit welcher Anteilnahme verfolgte ich, was
vorging! Wunderbar war alles, das Wunderbarste
aber, daß da oben noch einmal eine Komödie war. Als
zum letztenmal die rote Wand herunterging und alles

dem Ausgang zuströmte, da wollte ich nicht fort, und
Rosa lachte und schalt: was ich denn dächte! Die Geschichte hätte doch ein Ende. Jede Geschichte hätte doch
ihren Schluß.

„Erzählen die jeden Abend eine andere Geschichte?"
fragte ich atemlos.

Rosa nickte lachend und sagte gönnerhaft: „Wart'
nur, ich nehm' dich schon mal wieder mit. Hat es dir
denn gefallen?"

„Ach, Rosa, ich möchte immer, immer im Theater
sein!"

*   *   *

Die stillen Arbeiten unter den strengen Augen des
Vaters wurden mir in dieser Zeit schwer. Am liebsten
wäre ich immer bei Rosa und abends im Theater gewesen. —

Eines Tages trat sie zu mir und sagte: „Komm mal
mit, die Frau Direktor will dich sehen."

„Mich?" fragte ich erstaunt.

Was konnte sie von mir wollen? Klopfenden
Herzens ging ich mit Rosa hinauf. Wie überrascht war
ich! Ich hatte gemeint, die Frau Direktor sei jung und
schön und habe gesunde, rote Backen. Sie war ja welk
und grau, und sie hatte keine Locken, nur häßliche Wickel
standen ihr wie unnatürliche Auswüchse um den Kopf
herum. Sie hatte einen gestickten Unterrock und eine
weite Jacke an. Ich sah sie so erstaunt an, daß sie jetzt
wirklich errötete. Sie sah mich prüfend an und sagte zu
Rosa: „Du kannst wohl deiner Mutter helfen, Zettel
austragen." Rosa entfernte sich zögernd, und ich wäre
gern mitgegangen, aber die Frau Direktor winkte, ich

solle bleiben. Als Rosa fort war, fragte sie: „Kannst du deklamieren?"

Ja, das konnte ich, ich deklamierte manchmal, wenn ich mit der Mutter botanisieren ging.

„Was kannst du denn?" fragte sie.

„In Myrtills zerfallner Hütte."

„Nun, es ist mir einerlei, was es ist. Du brauchst auch nicht das ganze Gedicht zu deklamieren, nur ein paar Verse, aber die so gut, wie du kannst."

Ich sagte ein paar Verse mit viel Gefühl auf, da winkte sie Schweigen, gab mir ein Stückchen Schokolade und entließ mich.

*   *   *

Wie erstaunt war ich, als ich eines Tages die Frau Direktor in unsrer Stube fand, als ich aus der Schule kam. Was wollte denn die bei uns? Heute hatte sie wieder rote Backen und lange Locken. Sie war sehr freundlich zu mir, gab mir die Hand und sagte lächelnd: „Nun bitt doch deine Eltern, daß du mal mit spielen darfst!"

Ich — mit—spielen? Würde ich denn das können? — O, wenn ich doch dürfte!

Frau Direktor wandte sich erregt an die Eltern, besonders an den Vater, und sagte eindringlich: „Bitte, erlauben Sie es doch dem Kinde! Ich bitte inständig! Sie würden uns eine große Wohltat erzeigen, denn wir bringen an solchen Abenden, an denen wir ein bekanntes Kind aus dem Ort haben, unsere Einnahmen bedeutend höher als sonst!"

Der Vater warf einen fragenden Blick auf die Mutter und sagte nach einigem Nachdenken: „Nun, wenn

Sie meinen, daß sie es kann? Wenn wir Ihnen damit helfen können, will ich es wohl erlauben.

Die Frau Direktor dankte sehr wortreich, sie atmete erleichtert auf und wandte sich nun an mich. Mir war ganz feierlich zumute. Wenn nur die Eltern ihr Wort nicht zurücknehmen möchten! Gierig streckte ich meine Hand aus nach dem Schriftstück, das mir die Frau Direktor entgegenhielt.

„Sieh mal!" sagte sie, „achte auf das unterstrichene Wort, es ist das Stichwort. Das Stück heißt: Der Schmied von Marienberg oder die Bettlerin. Laß es dir mal von Rosa erzählen. Es finden vorher auch Proben statt, du wirst dazu aus der Schule geholt. Dadurch redet sich nämlich die Sache im Städtchen herum," wandte sie sich mit wichtiger Miene an den Vater, der zog die Augenbrauen hoch, und ich fürchtete schon, die Sache könnte eine unliebsame Wendung nehmen, als die Frau Direktor sich mit einem letzten Blick auf unsere hohen Pflanzengestelle knicksend und dankend empfahl. Ich hielt die Rolle fest in den Händen und brannte darauf sie zu lesen, aber es kam mir jetzt vor allen Dingen darauf an, bei den Eltern keine Verstimmung hervorzurufen, darum unterdrückte ich meine Ungeduld, bis ich Zeit hatte in die Holzkammer zu schlüpfen, um das zu lesen, was mir die Frau Direktor gegeben hatte; aber ich war ratlos, ich konnte keinen Sinn hinein bekommen.

Am nächsten Tage ging ich zu Rosa, die nickte lachend, als ich sie um Hilfe bat und sagte: „Gewiß, ich komm' mit dir und erzähl' dir wenigstens soviel, daß du daraus klug wirst."

Wir wanderten an den Rand des Zellwaldes, hier

setzten wir uns unter eine hohe Tanne, und Rosa sagte: „Das Stück kenne ich genau, besonders deine Rolle, denn die muß ich immer spielen, wenn wir kein Kind in dem Orte finden, wo wir gerade sind."

„Aber," sagte ich schüchtern, „ich möchte dir doch nicht die Rolle wegnehmen, du willst sie doch gewiß gern selbst spielen, da du sie so gut kennst."

Rosa schob meine Hand mit der Rolle zurück und sagte: „Nein, nein, das darf nun gar nicht geändert werden, die Frau Direktor hat es doch so angeordnet. Ich bin auch nicht dahinter her, ich kann sie noch mehr wie genug spielen. Auf den Dörfern finden wir kein Kind, das spielen kann. Hast du dir denn deine Rolle schon einmal durchgelesen?"

„Ja," sagte ich, „sie fängt an: Wo mag nur der kleine Tollkopf stecken?"

„Nein!" sagte Rosa, „das hast du nun gar nicht verstanden! Das ist ja das Stichwort, das sagt ja die alte Naznern, die ist deine Großmutter; wenn sie das sagt, dann mußt du schnell heraus kommen und sagen: ,Hier bin ich, lieber Papa!' Siehst du, mein Papa ist an dem Abend dein Papa!"

Das fand ich sehr drollig, und wir lachten beide herzlich, als wir uns das vorstellten. Dann fuhr Rosa fort: „Also mein Papa und die Frau Direktorin sind deine Eltern, sie heißen Bergers und haben einen Eisenhammer in Marienberg; sie sind furchtbar reich, und du wirst ganz gräßlich verwöhnt! Wenn du auf die Bühne kommst, ist dein Geburtstag, und da ist die ganze Stube voller Geschenke. Du hast ein wunderschönes, weißes Spitzenkleid an, gerade wie eine Prinzessin!"

9*

„O, Rosa!" rief ich in höchster Erregung, „ist das wahr? Bekomme ich das wirklich alles geschenkt?"

Rosa klatschte in die Hände und rief lachend: „Ja, du bekommst wirklich alles geschenkt, alles, — bis das Stück aus ist, nein — halt — nicht einmal so lange, denn siehst du, es geht dir schlecht, gerade an deinem Geburtstage wirst du von Seiltänzern geraubt, und bei ihnen bekommst du Schläge und schlechtes Essen und mußt Kunststücke machen, daß du meinst, du brichst dir den Hals."

„Ach, aber, Rosa!" sagte ich entsetzt, „das kann ich doch gar nicht, wenn ich auf ein Seil sollte, würde ich mich zu Tode fallen."

Rosa lachte wieder uud sagte: „Sei doch nicht so albern! Du sollst ja nur erzählen, daß du das mußt! Das wissen wir alleine, daß du nicht Kunststücke auf dem Seil ausführen kannst."

„Muß ich denn immer bei den schrecklichen Seiltänzern bleiben?"

„Nein, dein Papa und deine Großmama sind verzweifelt, sie suchen dich überall —"

„Warum sucht denn meine Mama nicht mit?"

„O, zu der kommst du gerade mit den Seiltänzern, die ist auch fort vom Eisenhammer, sie ist vom Blitz geblendet und sitzt als blinde Bettlerin in dem Dorfwirtshaus. Du erzählst ihr, daß du geraubt bist, und gerade wie der Patini, der Seiltänzer, dich ruft, da kommt dein Papa und deine Großmama, und da finden sie dich und deine Mama, und nun wirst du wieder reich, und die Verzieherei kann wieder weitergehen!"

Ich war lange still und sah auf meine Rolle, dann sagte ich seufzend: „Das ist ja schrecklich, was ich an dem Abend alles durchmachen muß! Es ist nur gut, daß ich doch zuletzt wieder nach Hause komme, und daß ich wieder einen Vater und eine Mutter habe!" Hatte ich doch schon so oft erlebt, wie schwer eine Trennung von den Eltern zu ertragen war.

„Du bist ja ein närrisches Ding. So etwas nimmt man doch nicht ernst! Die ganze Sache dauert zwei Stunden, dann bist du wieder Dietrichs Charitas. Siehst du, das ist das Gute und Schlimme bei der Komödie, es dauert immer alles nur zwei Stunden, dann ist man wieder, was man wirklich ist. So, nun seufz' nicht, und stöhn' nicht, sondern lern' deine Rolle, und wenn du sie kannst, dann sag' sie mir auf."

Das war meine Vorbereitung für den wichtigen Abend an dem „Der Schmied von Marienberg oder die Bettlerin" gegeben wurde.

Die Frau Direktor hatte sich nicht getäuscht, das Theater war an dem Abend, wo der Schmied von Marienberg gegeben wurde, dicht besetzt. Sie kleidete mich selbst an. Wirklich, wie Rosa gesagt hatte, wie eine Prinzeß wurde ich herausgeputzt. Ein duftiges, weißes Spitzenkleid hatte ich an, um den Hals legte sie mir eine schillernde Perlenkette. Ich bekam leichte, weiße Schuhe an, mein dunkles Haar fiel aufgelöst auf die Schultern. Eine traumhafte Erinnerung an Bukarest fuhr mir flüchtig durch den Sinn, als ich wartend hinter der Bühne stand. Mir klopfte das Herz zum Zerspringen. Ich konnte meine Rolle so gut, aber würde ich vor Aufregung die Worte hervorbringen können? Jetzt kam es! die alte Naznern rief mit einem Blick nach den Kulissen: „Wo mag nur der kleine Tollkopf stecken?"

Da stand ich, erhöht, beleuchtet, dicht vor mir im
Souffleurkasten der alte Nazner. Wie er mich ansah,
und jetzt flüsterte er: „Hier —"

Nein, nichts durfte ich hören und sehen, ich lief,
so leichtfüßig, auf Lagoni zu und rief lebhaft: „Hier bin
ich, lieber Papa!"

Herr Lagoni schloß mich in die Arme und sagte zärtlich: „Gott sei Dank, es war nur ein Traum!"

„O, ein köstlicher Traum!" sagte ich, „man hatte
mir soviel schöne Sachen zum Geburtstag geschenkt, daß
die ganze Stube davon voll war. Ich stand vor dir,
siehst du, gerade wie jetzt, — mit einemmal öffnet sich
die Tür — ich kehre mich um und sehe eine schöne,
junge Dame in einem weißen Kleide, die die Arme nach
mir ausstreckt und zu mir sagt: ‚Marie! — Ich habe
dich nicht vergessen! — O, mein Kind!' — Und das war
Mama! — Aber sieh doch, Papa! Papa! — Sieh
die junge Dame dort!"

Ich war für diesen Akt fertig und konnte nun flüchtig
einen Blick auf die vielen Geschenke werfen, aber ich sah
auch hinunter, da sah ich eine erdrückende Menge von
Menschen, die jetzt lebhaft klatschten und „Bravo" riefen,
und von ganz hinten, von der Galerie, hörte ich rufen: „Du,
Charitas! — Ich bin auch hier, kannst du mich sehen?"

So schwer es mir wurde, ich mußte mich blind und
taub stellen, hatte mir doch die Frau Direktor vorher
sehr eindringlich gesagt, was auch von unten her gerufen
würde, ich hätte zu tun, als ginge mich das alles
nichts an.

In einem der folgenden Akte hatte ich als Seiltänzer-
kind zu erscheinen. Ich hatte ein kunterbuntes Kleidchen

an und stand in einem Wirtshausgarten vor einer blinden Frau, die zu mir sagte: „Mußt du schon arbeiten? In deinem Alter? Dann hast du wohl keine Mutter mehr? Was für Arbeit mußt du denn verrichten?"

Ich antwortete: „Ich mache Kunststücke. Man zwingt mich, auf so hohe Dinge zu steigen, die so hoch sind, daß sie unter mir schwanken. Es geht dann alles mit mir rund herum, mir sausen die Ohren, ich sehe nichts mehr, und Patini ruft mir zu: ‚Komm, Kolibri!‘ Ich lasse mich fallen, — die Leute schreien: ‚Sie wird das Genick brechen!‘ Aber Patini ist stark, er fängt mich mit den Armen auf, und es ist mir trotz meiner Angst nichts passiert."

Die Blinde sagte: „Dein Vater kann so herzlos sein?"

„Ach, Patini ist nicht mein Vater!"

„Wie? Man hat dich also deinem Vater geraubt?"

„Ja, aber sagen Sie es niemand!"

„Wo denn?"

„In Marienberg, mein wirklicher Vater ist der Schmied von Marienberg."

Die Blinde stieß einen Schrei aus und umklammerte mich zärtlich, in dem Augenblick kam Lagoni mit der alten Naznern. Als sie mich in den Armen der Blinden sahen, war große Freude. Alle wir Verlorenen hatten einander nach mancherlei Schicksalswirren endlich wieder gefunden, und die Naznern sagte in größter Erregung zu Lagoni: „Da — ist — sie — Paul!"

Lagoni schloß mich zärtlich in die Arme und rief ebenfalls in höchster Erregung: „Marie! — Marie! Durch welches Wunder habe ich dich wieder?!"

Da sagte die Wirtin, die dazu getreten war, bei der sowohl die Blinde, wie die Seiltänzer wohnten: „Durch diese mutige Frau, die das Kind den Seiltänzern entriß."

Und ich rief erregt: „Papa! Diese Frau ist meine Mutter!"

„O, Margarete!" rief Lagoni, „du gibst mir meine Tochter wieder! O, ich verzeihe dir nicht nur, nein — ich segne dich, Margarete!"

Mich regte dieser rührende Schluß so auf, daß ich krampfhaft weinte. Der Vorhang fiel, aber man hörte, daß da unten im Publikum große Aufregung war. Es wurde stürmisch geklatscht und überlaut „Bravo" gerufen.

Der Vorhang wurde wiederholt in die Höhe gezogen, die Schauspieler verneigten sich, und ich nickte unter Tränen lächelnd hinunter.

Nun nahm mich die Frau Direktor mit in ihre Wohnung, zog mir meine eignen Sachen wieder an, und dann sagte sie gütig: „Ich danke dir, liebe, kleine Charitas, im Namen der ganzen Truppe. Du hast tapfer geholfen, daß wir heute abend eine gute Einnahme gehabt haben. Hier sind zwei Neugroschen, und sollten wir dich wieder brauchen, so hilfst du uns gewiß gern wieder!"

Ich fühlte mich tief beschämt und gerührt. Ich hatte ja einen so glücklichen Abend verlebt, dafür sollte ich auch noch so reich belohnt werden? Anstrengung war es doch gar nicht gewesen, nur Freude. — Wie lange lebte ich noch in dem Stück, es nahm mich ganz gefangen, ich hätte mit keinem Blumenstreumädchen zum König- schießen tauschen mögen. Die zwei Neugroschen durfte ich behalten, ich legte sie in das rote Glas, das in der

angenagelten Schiebekiste stand, ich sah es manchmal stolz
an und flüsterte: „Selbst verdient!"

Solange die Schauspieler im Städtchen waren, drehte
sich mein Interesse ausschließlich um Rosa und um das
Theater, aber das nahm eines Tages ein Ende. Die
Wagen wurden gepackt, und mit heißen Tränen meinerseits nahm ich Abschied von Rosa. Ich bat sie, mir
doch zu schreiben, und sie versprach es mit tausend Ver-
sicherungen. Mir war so leer und so öde zumute. Ich
wußte mich zuerst gar nicht zurechtzufinden. Ich freute
mich gar nicht auf meine freie Zeit. Aber endlich nahm
ich wieder einen Anlauf und ging zu Nendel-Ernestine.
Wir mußten doch wieder an den Schutthaufen und
unsern Garten zurechthacken. Ach, wie lange war es
her, seit ich bei Ernestine gewesen war! Ich ging nicht
so gern wie früher zu ihr, ich mußte sie ja ordentlich
erst wieder kennen lernen, sie war mir ganz fremd geworden.

„Ernestine," sagte ich, „wollen wir die Hacken
nehmen und auf unsern Scherbenberg gehen? Wir haben
solange nicht da gearbeitet."

Ich sagte es schüchtern, verlegen, sie war mir wirklich
innerlich ganz abhanden gekommen. Sie wurde sehr
rot, sah mich mit bösem Blick von der Seite an und
sagte erregt: „Du! — Ja, du bist mir die Rechte! Geh
doch zu deiner Rosa, und laß die doch hacken und die
Scherbeln und den Kehricht in den Straßengraben
schleppen! Nu kommst be wieder zu mir? Nu bin ich
wohl wieder gut genug? Hä, jetzt brauch' ich dich ooch
nich. Wer hat denn dich zu den Komödianten gebracht?
Ich! Wer hat sich aber nachher ni wieder um mich

gekümmert? Du! — Du! — Geh nor! Ich will ooch
ni wieder mit dir ins Raupenfutter. Ha, denkst wohl
wunder, was de bist, weil de im weißen Kleed Komödie
spielen kannst? Ich tät mich in Grund und Boden
schämen! Ha, den fremden Mann, den heeßte ‚Baba‘!
Hm, was de wohl kannst! Gar nischt kannste. Nich
emal e simples Bubbenkleedchen kannste machen ohne
mich. Du hast's noch nie weiter gebracht als bis zu en
Leibbändchen, und wenn sich ni andre deiner derbarmten,
da läg deine Buppe egal splitternackt rum. Hm, meine
Mutter und alle Leite sagen's egal, daß de nischt kannst
als Bliemchen zwischen Babier quetschen. Aus dir werd
nischt! Nee, geh du nor lieber glei zu den Komödianten.
So falsch wie de bist! Ob de dich ooch nor e—emal
um mich bekümmerst hast. Egal warschte hinter den
langen Locken her. Nu da geh doch, un kumm gar ni
wieder zu mir!"

Ich war wie betäubt. Weinend schlich ich mich
in die Holzkammer, setzte mich an die grüne Truhe,
lehnte meinen Kopf dagegen und schluchzte, daß mich
der Bock stieß. Also so schlecht war ich! Es war also
immer nicht wahr, wenn ich gerade dachte, ich hätte etwas
ausgerichtet. Damals mit dem Gedicht für Schuster
Reimann war's auch so gewesen. Gerade fühlte ich mich
so gehoben, auch durch den Kuchen, und da war der
Vater böse und sagte: ich bilde mir was ein, und nun
wieder! Wie leicht und glücklich hatte ich mich an dem
Theaterabend gefühlt. Hatte ich denn nicht zwei Neugroschen verdient, und die Frau Direktor hatte doch gesagt, durch mich wäre die Einnahme verbessert, und hatten
denn nicht die Leute „Bravo" gerufen? Waren das

dieselben Leute, die nun sagten, ich tauge nichts? Ach, wie verlassen fühlte ich mich.

Da kam die Mutter. Sie blieb erstaunt einen Augenblick stehen, dann trat sie zu mir, zog mir die Hände vom Gesicht und fragte: „Na, was fehlt denn dir?"

Ich erzählte ihr alles.

Sie sagte: „Kannst du dich wundern? Warst du denn nicht ganz weg in das Schauspielerkind? Weißt du, wie dir's im Leben gehen wird?" Ich sah sie fragend an, und sie fuhr nachdenklich fort: „Du hast eine so große Sehnsucht in dir, damit weißt du nicht wohin, taucht nun irgendwo etwas oder jemand Neues auf, dann stürzest du darauf los und vergißt darüber alles andere. Etwas wirst du bei dem Neuen auch wohl manchmal finden, und das macht dich dann so überglücklich, daß du alles, was du von den alten Bekannten hattest, vergißt. Die aber vergessen nicht, daß sie dir auch etwas gewesen sind, und sie zahlen's dir heim. Ich kann nur wieder fragen: kannst du dich wundern? Es wird dir noch oft so gehen, denn du wirst noch mancher ‚Rosa' begegnen, und — das weiß ich aus Erfahrung — Nendel-Ernestinen, die kein Verständnis für dein Sehnen haben, die gibt es auch überall, und sie werden dir leider noch oft das Leben schwer machen. Du wirst schwer etwas dran ändern können, es liegt dir im Blut." Dann lächelte sie schelmisch und sagte: „Na, und was sie dir über das Leibbändchen gesagt hat, das stimmt doch. Du kannst doch wirklich kein Puppenkleid machen!"

„Ist es denn schlecht, daß ich Theater gespielt habe?"

„Unsinn! Dann hätten wir's wohl nicht zugegeben!

Aber den Rat geb' ich dir doch: mach' es mit der Nendel-Ernestine wieder gut. Rosa ist weit weg, aber die Ernestine bleibt hier, und du mußt lernen mit denen zurechtzukommen, zwischen denen du lebst."

Die Mutter küßte mich und eilte hinunter, ich aber hatte Zeit, über alles nachzudenken, was sie mir gesagt hatte.

*   *   *

Einige Wochen nach dem Abschied der Schauspieler kam der Postbote. Es war schon lange nicht mehr das Schneider-Agneschen, es war Ginzelmann, er hatte eine kanariengelbe Uniform an. Er fragte nach mir. Ich war vor Freude so erschrocken, daß mir war, als müßte mein Herz still stehen. Er gab mir einen groben, grauen Brief, das Kuvert war selbst verfertigt und mit einem großen Siegel versehen. Die Adresse war einfach genug: „An Charitas in Siebenlehn." Der erste Brief in meinem Leben! Wie beglückt hielt ich ihn in Händen. Das Herz einer liebenden Braut konnte nicht glücklicher schlagen, als das meine in diesem Augenblick. Ich brach das Siegel und las, was in steifer, ungelenker Handschrift da stand:

„Meine teure Freundin!

Da ich Dir versprochen habe, Dir zu schreiben, so ergreife ich die Feder und sage Dir, daß es uns gut geht. Hier sind schon die Birnen und Äpfel reif. Bei Euch auch? Denke Dir, Frau Direktor wird wohl Wernern heiraten. Was sagst Du nur dazu? Jetzt weiß ich nichts mehr. Ich muß noch immer mit den Haarsachen herumgehen, ich wollte Du wärest dabei, ich wollte Dir auch immer meinen

Mantel borgen. Ich habe Dir aus dem Stammbuch meiner Mama den allerschönsten Vers abgeschrieben. Heb ihn Dir auf zum ewigen Angedenken an Deine allerbeste Freundin   Rosalie Lagoni.

Vergiß mein nicht, wenn lockere, kühle Erde
Dies Herz einst deckt, das zärtlich für dich schlug,
Denk, daß es dort vollkommen lieben werde
Als du voll Schwachheit, ich's vielleicht voll Fehler
                      trug.
Denk, daß ich's sei, wenn mein Herz zu deinem Herzen
                      spricht:
Vergiß mein nicht, vergiß mein nicht!

Halsbrücke bei Freiberg.

Schauspielertruppe von Frau Direktor Susemiehl.

Schreib mir ja bald wieder, sonst ziehen wir weiter!" —

Ich ging an einem der nächsten Tage in die Holzkammer und beantwortete den Brief.

„Heißgeliebte Rosa!

Ach, so weit fort bist Du! Meine Gedanken sind immer bei Dir, und wie glücklich wäre ich, wenn ich wieder mit Dir wandern dürfte. Ach, ich habe jetzt gar keine Freundin mehr, denn die Nendel-Ernestine, die hat mich so furchtbar gescholten! Ich weiß noch nicht, wann wir wieder gut miteinander werden. Und dann habe ich etwas sehr Trauriges erlebt. Ich hab' Dir doch von meinem Garten erzählt. Ich habe keinen Garten mehr, denn denke Dir nur, der Ratsdiener ist bei uns gewesen, der schreckliche Schwenke! Er hatte ordentlich seine Uniform an, das tat er um mich recht zu erschrecken.

Er sagte, ich dürfe den Berg nicht eben machen, der solle bleiben, wie er sei. Ich dürfe auch die Scherben nicht in den Straßengraben tragen, und ich hätte Erde herunter gearbeitet, nun würde der Fußsteig zum Zellwald zu schmal, und wenn ich dabei erwischt würde, daß ich auf dem Berge arbeitete, so würde er mich ins Loch stecken! Du kannst Dir denken, wie erschrocken ich war! Als er weg war, war mein Vater furchtbar böse, er sagte, das wäre doch arg, daß ich, so jung wie ich noch wäre, schon mit der Polizei zu tun habe, man müsse sich ja vor den Leuten schämen. Die Mutter war auch böse, aber auf den Ratsdiener. Sie sagte: wie er mich so in Angst jagen könne, ich habe gar nichts Böses getan, und es tue ihr weh, daß sie mir kein Stückchen Erde zum Umarbeiten geben könne, sie wisse, wie glücklich ein Kind sei, wenn es in der Erde graben und sich ein paar Blumen ziehen dürfe. Nun hatte ich keine Angst mehr, aber ich habe auch gar keine Freude mehr! Ich habe keinen Garten mehr und werde in Ewigkeit keinen haben. Ach, wie schön war die Zeit, als Ihr noch hier waret! Ich verbleibe in aufrichtiger Liebe Deine Freundin

Charitas Dietrich."

Reise in die Sächsische Schweiz

Ich hätte so gern auch einen Schlitten gehabt, alle Kinder erzählten, wie schön es sei, die große Wiese hinunterzusausen. Als ich es der Mutter sagte, wurde sie ärgerlich und rief: „Was du nicht immer alles willst! Bald willst du ein spanisches Rohr, bald eine Stube, einen Garten und nun gar einen Schlitten! Der kostet wenigstens zehn Neugroschen. Als ob wir dafür Geld hätten. Das ist keine Kunst, alles zu haben, wenn man nur hingeht und es kauft. Wenn du was willst, dann denk mal darüber nach, wie du ohne Geld dazu kommen kannst, sonst bitt eine von den andern, daß sie dich mal hinten aufsitzen läßt. Quäl' uns aber nicht immer mit Wünschen, die Geld kosten!"

Da sah ich mich lange um in allen Kammern, ob nichts da sei, was mir als Schlitten dienen könne. Endlich fiel mein Blick unter den Arbeitstisch meiner Mutter. Da stand ein dicker, kurzer, unförmlicher Klotz, der hatte vier kurze Beine, die er verwegen nach außen streckte, darauf lagen meine paar Schulbücher. Ich legte geschäftig die Bücher auf den Fußboden, holte den Klotz hervor, drehte ihn um, so daß die Beine in die Höhe ragten, suchte mir einen Strick, band ihn an eins der Beine, und zog mit dem Ungetüm, das nun ganz schief vorwärts torkelte, auf den Gipfel der großen Wiese. Was war hier für ein Leben! Jungen und Mädchen von allen Größen tummelten sich hier, und von der Bahn herauf tönte es laut und hell: „Bah—ne frei!" Ja, da so mit hinuntersausen, hei, das mußte eine Lust sein! Ich sah prüfend auf meinen plumpen Klotz, die andern sahen ihn jetzt aber auch, und ein brüllendes Hohngelächter umgab mich.

„Hallo! Was ist denn das für ein Chineserschwein! Willst du damit etwa Schlitten fahren? Das laß nur hübsch bleiben, das Biest kratzt uns die schöne Schlittenbahn kaput! Geh nach Hause und koch' Wurstbrühe darauf, und frag' mal deinen Vater, in welche Klasse das Vieh gehört."

Ich zitterte. Meinem Klotze wurde übel mitgespielt, die Jungen stießen mit ihren großen Stiefeln danach, sie gaben ihm einen Stoß, daß er einen weiten Bogen in eine Schneewehe machte, aber umsonst wollte ich doch nicht hergekommen sein, ich setzte mich darauf, aber zwischen den vier Beinen, die nur wenig Raum zum Sitzen ließen, konnte ich es nicht lange aushalten, selbst wenn mir die anderen die Fahrt gegönnt hätten. Weinend nahm ich meinen verachteten Klotz, zog ihn nach dem Forsthof, stellte ihn wieder brav auf seine vier Beine und wärmte mich durch. Nein, ich hatte nicht das Zeug, mich einer lärmenden Menge gegenüber zu behaupten!

*   *   *

Bald danach kam Weihnachten heran. Auf meinem Teller zwischen Äpfeln und Nüssen lag ein Zettel, darauf stand in der hübschen, charakteristischen Handschrift des Vaters: „Eine Reise in die Sächsische Schweiz!" Als ich den Zettel sah, dachte ich, es sei die Erlaubnis für einen Schlitten, aber dies hier überstieg ja meine kühnsten Hoffnungen. Ich sollte eine Reise in die Sächsische Schweiz machen?! Ich? Auf meine erregten Fragen antwortete der Vater, bald nach dem Fest dürfe ich mit

der Mutter reisen. Ich hatte es mit meinen Reisevor-
bereitungen ebenso wichtig wie die Eltern. Alle Schulgefährtinnen wurden sofort davon in Kenntnis gesetzt.
Ich ging zunächst zum Schulzen-Karl, der sollte, während
wir auf Reisen waren, für den Vater sorgen. Schulzen-
Karl war ein armer, verwachsener Bursche von sechzehn
Jahren, den eine Leidenschaft für den Vater zu uns
geführt hatte; er begleitete oft den Vater, trug was gesammelt war und half nachher im Hause, sowohl dem
Vater wie der Mutter. Schulzen-Karl kam und wurde
von der Mutter belehrt, was er zu tun hatte. Dann
ging's ans Packen. Hoch aufgetürmt wurden die
Pflanzenpakete im Tragkorb der Mutter. Eine unserer
größten Botanisierkapseln wurde für mich gepackt. Der
Riemen wurde kurz geschnallt, eine Scheidewand aus
Pappe teilte die Kapsel in Speisekammer und Wäsche-
raum. In die eine Abteilung kam ein mäßiges Brot,
ein Töpfchen mit Schmalz, Salz und ein Messer. In
den andern Raum kamen Strümpfe und ein Beutelchen
mit Schwämmen und Seife. Wenn ich in meiner Freude
übermütig wurde, dann machte die Mutter ein bedenk-
liches Gesicht und sagte: „Ich will nur hoffen, daß es
nicht zu anstrengend für dich wird."

Anstrengend?! Wie konnte eine Reise mit der
Mutter wohl anstrengend werden! Welch köstliche Zeit
lag vor mir. Ich sollte sie so lange ganz für mich allein
haben!

Wie ich mich seifte an dem Morgen! Ich meinte
doch, ich müsse etwas ganz Besonderes mit mir vornehmen, wenn ich eine so schöne, lange Reise machte.
Es war noch stockdunkel, als wir aufbrachen. Die Mutter

hatte mir ein großes wollenes Tuch umgebunden, das
Kopf und Oberkörper ganz bedeckte. Die dicken, groben
Fausthandschuh hatte sie an ein langes Band genäht,
das sie mir um den Hals hing. „Damit du sie nicht
verlierst!" sagte sie. Dann nahm jede von uns ihre
Bürde, und mutig traten wir in der schweigenden
Dunkelheit unsere Wanderung durch den Schnee an.

Wir schlugen die Richtung nach Tharandt ein.
Wunderbar erschien mir das Wandern im Dunkeln, aber
noch war der Weg bekannt, die Kräfte frisch, alle Sinne
angespannt und aufnahmefähig. Wie interessant war
mir jedes kleine Ereignis, das die Einförmigkeit unterbrach. Als wir durch das nächste Dorf kamen, spähten
wir, ob die Leute schon Licht hatten, ob der Rauch
schon aus den Schornsteinen stieg. Wir horchten, wenn
ein schwerfälliger Schritt über den gepflasterten Hof ging,
wir hörten, wie die Pumpe gerührt wurde, und wie der
Hofhund anschlug. Jetzt kam ein schwerfälliges Gefährt
hinter uns her, es war ein leerer Möbelwagen. Der
Fuhrmann stieg ab und fing mit der Mutter ein Gespräch an, und bald lud er uns ein, doch in seinem
Wagen Platz zu nehmen. Die Mutter lehnte für uns
selbst ab, fragte aber, ob er den Korb mitnehmen wolle?
Im weißen Hirsch möge er ihn abgeben. Gut, das
wollte er.

„So, da haben wir Glück!" sagte die Mutter lachend
und griff nach meiner Bürde, die sie sich jetzt umhing.
„Sieh einer an, wie gut wir's haben, wie wir den Kopf
jetzt hoch tragen können! So leicht wandern, das mögen
wir, Täschen, nicht?"

Schwach rötete sich im Osten der Himmel, die Sonne

brach sich Bahn, zuerst blutrot, dann erbleichte sie, aber sie war doch da und lockte die Vögel herbei, wenn es auch nur Saatkrähen und Spatzen waren, die uns in ihrer Mundart den Morgengruß boten. Die Mutter stellte sofort einen Vergleich an, machte mich auf ihren Flug, ihren Gang und ihre Stimme aufmerksam und erzählte mir von ihrer Lebensweise. Ihrem scharfen, beobachtenden Auge entging nichts, und der geringfügigsten Erscheinung verlieh sie Inhalt und Bedeutung. Sie sagte: „Hast du schon darauf geachtet, wie verschieden die Baumstämme sind? Sieh dir den glatten Stamm der Buche und das weiße Stämmchen der Birke an. Die Buchenstämme sehen aus, wie mit grauem Metall überzogen. Sie kommen mir vor wie vornehme Hausbesitzer, sie wohnen allein, alle die kleinen bescheidenen Pflänzchen wagen sich nicht an die vornehmen Herren heran; aber sieh dir nur mal die Pappel oder die Weide an, was die für verschiedene kleine Leute bei sich wohnen haben, graue und gelbe Flechten und allerlei Moos, und der Baum gedeiht trotz alledem. Diese Art Bäume kommen mir immer vor wie gute, reiche Leute, sie geben den Dürftigen Schutz und Obdach, und sie leiden selbst darum keinen Mangel.“ Wir betrachteten die Moose und Flechten, und die Mutter sagte: „Es gibt Naturforscher, die wenden ihr ganzes Leben daran, Moose, Flechten, Pilze und Farnkräuter zu studieren. Ich kenne in Halle einen Gelehrten, der hat gewiß an die zehntausend Sorten Moose. Er sagt selbst, er ist der reichste Moosmensch der Erde. Der Vater war es, der ihn zuerst auf diese verborgen blühenden Pflänzchen aufmerksam machte. Paß mal auf, ob du nicht noch einmal von Moos-Müller hörst. Wie ich schon sagte, diese kleinen Wesen sind unschuldig, aber sieh mal hinauf, wer sich da oben in der Krone breit macht, das ist ein böser Einwohner! Sieh nur, wie er den ganzen Gipfel umgarnt, wie er ihn aussaugt und ihm alle Kraft raubt." Ich sah da oben ein grünes gabelförmiges Gerank.

„Das ist die Mistel, ein elender Schmarotzer. Und der tut man drüben in England die Ehre an und verwendet sie zum Weihnachtsschmuck. Hat sie das verdient? Sie hat doch einen ausgesucht schlechten Charakter. Na, wenn du älter bist, wirst du erfahren, daß es im Menschenleben nicht anders hergeht."

Die ganze stumme Pflanzenwelt wurde durch den Umgang mit der Mutter stimmbegabt. Für mich wurden das Persönlichkeiten, ausgerüstet mit menschlichen Charaktereigenschaften, die einander bekämpften oder förderten.

„Daß du das alles so weißt!" sagte ich bewundernd; wußte ich doch, daß die Mutter aus dem kleinen Häuschen in der Niederstadt stammte, wo der Großvater Beutler gewesen war. Sie hatte erzählt, daß sie nicht viel in der Schule gelernt hatte.

„Was ich kann und weiß, habe ich dem Vater zu verdanken," sagte sie jetzt auf meine Bemerkung.

Der Vater! Er war ganz anders als alle anderen. Er mied die Leute im Städtchen, er machte einen weiten Bogen, um die Straßen und den Marktplatz zu umgehen. Er nahm nie an einer gemeinsamen Feier oder Freude teil. Er arbeitete unablässig, fieberhaft, oder er ging stille, einsame Wege, um zu sammeln. Und trotz dieser Abgeschlossenheit fanden sich Menschen, die ihm begeistert nachliefen und sich in seinen Dienst stellten. —

Nach stundenlangem, mühelosem Wandern erreichten wir Tharandt. Im weißen Hirsch war der Korb schon abgegeben. Nachdem wir gegessen und uns ausgeruht hatten, gingen wir zu den Professoren Moritz Willkomm und Rheum. Wir fanden die freundlichste Aufnahme. Die Mutter erzählte viel und lebhaft, die Sammlungen wurden gezeigt und besehen, und am nächsten Tage wurden sie den Forstpraktikanten gezeigt, und die Mutter nahm Bestellungen entgegen.

Als es hier nichts mehr zu tun gab, wanderten wir weiter nach Dresden. Die Mutter fragte mich, ob ich mich noch auf Tante Clärchen besinnen könne? Ja, ich erinnerte mich ihrer. Die wollten wir besuchen. Wir malten uns aus, was sie sagen würde, wenn wir so unvermutet bei ihr ankämen. Ach, und dann kamen wir in das herrliche Dresden! Ich war begeistert, gerührt; es überwältigte mich ganz! Das viele Sehen, das Leben in den Straßen strengte mich aber doch so an, daß ich öfters fragte, ob wir denn immer noch nicht bald bei der Tante seien. Wir gingen durch die Altstadt, über die lange Elbbrücke, durch die stillere Neustadt die lange Königsbrücker Straße zu Ende. Unterwegs kaufte die Mutter ein Brot und etwas Schweinefett, denn unser mitgenommener Vorrat war längst aufgezehrt. Dann standen wir vor einem Haus still, und die Mutter sagte erregt: „Hier ist es, gleich hier unten! Jetzt geh du mal hinein, sag’ guten Tag und grüß’ von deiner Mutter; ich bleibe erst mal hier.“

Ich zögerte und wollte Einwendungen machen.

„Nein, geh nur!" sagte die Mutter leuchtenden Blickes mit leisem Lachen, „ich möchte doch wissen, ob sie darauf kommt, wer du bist!"

Da ging ich hinein. Eine Frau, im Alter der Mutter, saß am Fenster vor einem großen Haufen dunkler Strümpfe, einen hatte sie über die Hand gezogen und stopfte ihn. Ich tat wie die Mutter gesagt hatte. Die Frau sah verwundert nach mir hin und sagte: „Du sollst von deiner Mutter grüßen? Aber wer bist du denn? Ich hab' dich ja noch nie gesehen."

Ich hielt mir die Hand mit dem groben Fausthandschuh vor den Mund und lachte verlegen. Die Mutter hatte die Tür ein ganz klein wenig geöffnet und spähte durch den schmalen Spalt.

Plötzlich warf die Frau ihren Strumpf weg, rannte eins ihrer Kinder um, stieß die Tür auf und rief erregt: „Nicht möglich! Malchen und Charitas!" Dann schloß sie mich liebevoll in die Arme und wunderte und freute sich von neuem. „Nein, ist das hübsch, daß du das liebe Täschen mal mitbringst! Ich hätte sie ja nicht wiedererkannt. Mein Gott, wie lange ist das her, daß ich sie an dem Novembermorgen nach Nossen trug! Wie sie gewachsen ist! Malchen, komm, stell' den Korb hier in die Küche, und du, bind dein Tuch ab, und macht's euch bequem. Ihr bleibt doch bei uns?"

„Ja, hast du denn Platz? Ihr seid schon so viele."

„Ach, wo so viele sind, da kommen auch noch zwei unter. Täschen kann sich mit zu einem der Kinder legen, und du schläfst auf dem Kanapee."

„Ich möcht' schon bei dir bleiben," sagte die Mutter.

„ich hab' dich so lange nicht gesehen und hab' dir soviel zu erzählen."

„Ja, selbstverständlich. Ich stell' nur den Kessel hin, ich koch' euch einen warmen Kaffee."

Ich saß bald auf dem Fußboden und spielte mit den Kleinen. „Wo sind denn die Großen?" fragte die Mutter.

„Die werden sich schon nach und nach einfinden. Das wird eine Freude werden!"

Und immer mehr füllte sich die Stube. Da waren ganz große Jungen, die gönnerhaft, ein bißchen spöttisch, auf mich herniedersahen, aber da waren auch Mädchen, Luise und Mathilde, die nicht zugaben, daß ich auf der Diele saß und mit den Kleinen spielte. Sie erzählten und fragten ohne Unterlaß. Sie besahen mich von allen Seiten und fragten, warum ich nicht einen runden Kamm, der das Haar so schön aus dem Gesicht hielte, trüge, und ob ich gar kein Netz hätte, man könne sie sich ganz leicht selbst häkeln, aus Mooswolle, die seien jetzt Mode, mit einer gleichfarbigen Schleife an der Seite. Warum ich gar keinen Mantel und keine Kapuze bei der Kälte hätte? In Dresden gehe man nicht so wie ich. Ob alle Kinder in Siebenlehn so aussähen wie ich? Siebenlehn sei wohl ein sehr kleines Nest?

Ich konnte gar nicht schnell genug antworten und sah manchmal hilfesuchend nach der Mutter, die saß aber am Nähtisch bei Tante Clärchen, jetzt hatte jede einen Strumpf zum Stopfen über die Hand gezogen, dabei waren sie so vertieft in ihr Gespräch, daß sie auf uns nicht achteten.

Als mich die Mutter am nächsten Morgen zum

Ausgehen zurechtmachte, wurde ich ihr mit großem Protest entrissen, und Mathilde erklärte bestimmt: „Laß nur, Tante Malchen! Ich mach' Täschen zurecht! So kann sie nicht mit in die Apotheken. Ich zieh' ihr ein Jäckchen von mir an, und sie bekommt meine blaugestrickte Haube auf."

„Und weißt du," wandte sie sich an mich, „ich habe noch ein Blumenstreukörbchen, das nimmst du in die Hand, das macht sich so hübsch, da hast du deine Hände untergebracht."

Die Mutter schüttelte mißbilligend den Kopf und wollte Einspruch erheben, aber da sagte Tante Clärchen: „Malchen, laß nur Mathilde machen, das macht ihr Spaß, Täschen zu bemuttern, sie ist ja ein paar Jahr älter und ist es von den jüngeren Geschwistern her gewohnt. Ihr kommt von Siebenlehn, ihr könnt nicht wissen, was die Großstadt verlangt."

Da sagte die Mutter: „Macht doch bloß nicht soviel Worte um solchen Quark! Ob sie dies oder das anhat, das ändert am Kinde gar nichts."

Ich aber ging gehobenen Hauptes mit dem bronzierten Blumenkörbchen in der Hand an der Seite der Mutter in die Apotheken. Nach allerlei Wanderungen kamen wir auch in die Salomonisapotheke. „Da ist's am schönsten!" sagte die Mutter vorher.

Die Mutter war auch hier ganz bekannt. Die geschäftigen Herren nickten ihr zu, und sagten, bald würden sie so weit sein, um die Pflanzen anzusehen. Dann kam ein schmächtiger, blasser Herr, über dessen feines, sympathisches Gesicht ein gütiges Lächeln huschte, als die Mutter zu mir sagte: „Geh und sag' Herrn Richter guten Tag."

Herr Richter bat die Mutter mit hinaufzukommen, wo er uns seiner Frau mit den Worten vorstellte: „Das ist Frau Dietrich. Ich habe dir ja schon öfter von ihr erzählt. In all dem Schnee kommt sie mit ihrem kleinen Mädchen ganz von Siebenlehn hierher, und hier ist sie nun wieder von früh bis abends auf den Beinen. — Mußten Sie denn gerade bei der Kälte fort?"

„Ja, ich mußte," sagte die Mutter leise.

Während Herr Richter mit der Mutter sprach, hatte er ganz sanft seine Hand auf meinen Kopf gelegt, ich empfand diese Berührung wie eine Liebkosung, und mein ganzes Herz flog ihm in Verehrung entgegen. Herr Richter ließ sich die Pflanzen zeigen und suchte eine Menge aus, dann sagte er: „Das Kind lassen Sie nur hier, was soll die denn bei der Kälte auch noch mit herumlaufen. Nicht wahr, du bleibst gern bei uns?" und er sah mich dabei so gütig an, daß ich beglückt nickte.

„Wenn Sie fertig sind, holen Sie sich das Kind. Komm, stell' dein hübsches Körbchen draußen auf die Fensterbank. Willst du hier oben bleiben, dann gebe ich dir hübsche Bilderbücher, du kannst aber auch zu mir hinunterkommen und dir unten alles mal ansehen."

Die Mutter dankte und ging, und ich vertiefte mich in die herrlichen Bilderbücher. Hier sah ich das tatsächlich ausgeführt, was mir im Geiste vorgeschwebt hatte, die Blumen als Personen dargestellt. Nach all dem Wandern das herrliche Ausruhen in dem durchgewärmten Raume, o wie wohl fühlte ich mich! Dann aber zog es mich doch zu Herrn Richter. Ich fand ihn in einem Stübchen hinter der Apotheke. Er sagte:

„Nun hol' mal dein Körbchen, ich will doch mal sehen, ob ich es dir füllen kann."

Er schloß Schränke auf und zeigte mir schöne Schachteln, auf Silberpapier rote Rosen, und als ich sie bewunderte, sagte er: „Das sind Pillenschachteln. Wollen wir sie mal füllen?" Und er steckte mir gute, süße Dinge hinein. Und kleine Fläschchen mit Haaröl und Eau de Cologne und Süßholz und Johannisbrot, alles kam ins Körbchen und ich mußte ihm von meinem Leben in Siebenlehn erzählen. Ich überwand alle Scheu und erzählte ihm von Hamlet und von dem Schmied von Marienberg, er hörte lächelnd zu, streichelte mich und sagte: „Du kannst dir auch mal die andern Räume ansehen." Und ich kam in einen Hof, der ein Glasdach hatte, hier war kein Schnee, groß, weit, trocken und warm war es. Frauen standen da und hatten einen großen Aufwasch, und ich schaute in Räumlichkeiten, wo ein junger Bursche stand und mit viel Lärm etwas in einem Mörser zerstieß, und in einem Raum sah ich junge Herren, die vor Retorten standen und kochten, das war das Laboratorium. Zum Essen wurde ich hinaufgerufen, dann aber zog es mich wieder auf den gemütlichen Hof, wo so viele geschäftige Menschen angestellt waren. Hier hätte ich bleiben mögen.

Als mich die Mutter am Abend holte, sagte Herr Richter: „Die kleine Charitas ist ja sehr fürs Theater, hat sie mir erzählt."

Die Mutter nickte lachend. „Freilich," sagte sie, „es war ein Ereignis in ihrem Leben."

„Ich höre, sie hat ihr Studium gleich mit Shake-speare angefangen. Damit sie nun nicht aus der Übung

kommt, habe ich für Sie beide Karten für das König-
liche Theater genommen. Heute abend wird ‚Der
Kaufmann von Venedig' gegeben. Devrient spielt den
Shylock. Ich denke, das wird der Kleinen Freude
machen, und auch Ihnen wird es hoffentlich recht sein.

„Aber, Herr Richter!" sagte die Mutter. Der war
aber schon wieder in der Apotheke, um jedem Dank zu
entgehen.

Wir aber gingen den Abend großartig ins König-
liche Theater und hörten Devrient als Shylock.

Am nächsten Tage machte ich mir bei Tante Clärchen
Freunde mit dem ungerechten Mammon. Nur die
niedlichen Fläschchen mit dem Haaröl und der Eau de
Cologne behielt ich für mich. Das Blumenkörbchen
war den Kindern nun noch viel interessanter geworden.
Als die Mutter mit allem Geschäftlichen fertig war,
nahm sie mich mit in die Bildergalerie. Hier setzte sie
sich still mit mir vor die Sixtinische Madonna, und ich
durfte lange in die himmlisch überirdischen Augen des
Heilandkindes und seiner Mutter schauen.

      *   *

Dann ging's eines Morgens wieder vorwärts. Unser
nächstes Ziel war Stolpen. Auf meine Frage nach der
Länge des Weges meinte die Mutter, sie könne es so
genau nicht sagen, mit dem schweren Korb könne es
immerhin fünf Stunden dauern. Als wir Dresden im
Rücken hatten, merkten wir erst, wie eisig der Nordwind
über die frei gelegene Chaussee fegte. Er schnitt uns
scharf ins Gesicht. Dicht zog ich das Tuch über die
Stirn und verschränkte die Arme, um die Wärme festzuhalten. Der Wind trieb mir das Röckchen hoch, die

Luft ging mir aus, ich konnte nicht Schritt halten mit der Mutter. Da sah ich sie von der Straße abbiegen. Sie stellte sich in den Schutz einer einsam gelegenen Scheune und winkte mich zu sich. Sie nahm ein graues Leinenbeutelchen aus der Tasche, löste das Band und sagte: „Täschen, das ist doch ein böser Wind heute, der geht durch und durch. In der Stadt hat man's gar nicht so gemerkt. Dies ist kein Spaß für dich. Es ist am besten, du gehst nach Hause. Ich geb' dir ein paar Neugroschen, dafür kauffst du dir unterwegs was Warmes. Du wirst den Weg schon finden. Darfst nicht wieder über Tharandt gehen, das ist ein Umweg, du mußt über Wilsdruff gehen. Du fragst in Dresden nach der Wilsdruffer Straße. Nicht wahr, du fragst dich schon zurecht? Es ist ja noch früh, du hast den Tag vor dir, bis es dunkelt, bist du auch zu Hause. Ich fürchte es kommt Schneesturm, da möchte ich lieber du gingest nach Hause."

Davon wollte ich aber durchaus nichts wissen. Ich schob die Hand mit dem Gelde zurück und versicherte, ich wollte nicht klagen, nur solle mich die Mutter nicht nach Hause schicken. Mir graute vor dem langen, einsamen Weg bei der Kälte.

„Nun," sagte die Mutter, jetzt aber nicht zärtlich und liebevoll, sondern sehr fest und energisch, „wenn du aber klagst! Oder etwa hinterher hängst, wie grade jetzt! Du hast dich nach meinem Schritt zu richten! Meinst du, daß ich mit dem schweren Korb auf dem Rücken mich noch viel mit Worten oder Trösten aufhalten kann? Vorwärts!"

Ich nahm mich zusammen, aber es dauerte nicht lange,

so entstand doch zwischen uns beiden wieder ein großer
Zwischenraum, und der wurde zu meinem Schrecken
immer größer und größer! Ja, das kam wohl auch vom
Rückwärtsgehen; denn da der Wind mir so scharf ins
Gesicht schnitt, hatte ich versucht mich umzudrehen und
dann rückwärts zu laufen, dabei aber kam ich nur lang-
sam weiter. Da kam uns ein Einspänner nachgefahren.
Als der Wagen dicht bei mir war, hielt er, und der
Mann, der oben saß, fragte, wohin ich wolle.

„Nach Stolpen!" rief ich.

„Ganz allein, bei dem Wetter?"

„Nein, da geht meine Mutter."

„Komm, steig auf, ich will auch dahin."

So schnell ich nur konnte, kletterte ich mit Hilfe des
Mannes hinauf, und fuhr lachend an meine Mutter heran.

„Die Kleine kommt bei dem Winde ja nicht vorwärts. Ich nehme sie mit. Wo soll ich sie absetzen?"

„In Fischbach! Das ist schön, daß Sie sie mitnehmen! Tausend Dank!"

Sie winkte mir lachend zu, und vorwärts ging's.
Ich seh' den Mann noch vor mir. Er hatte einen
molligen Rock an von langen, silbergrauen Haaren, was
ihm das Aussehen eines Eisbären gab. Unterwegs
kehrte er ein und bestellte zwei Teller Reissuppe. Er
nickte mir lachend zu, als er sah, mit welcher Freude ich
meinen Teller in Empfang nahm.

Ganz nach Verabredung holte mich die Mutter ab,
und wir wanderten die kurze Strecke bis Stolpen. Am
Marktplatz war ein einfacher Gasthof, dahin gingen wir.
Die Mutter ging ohne mich in die Apotheke. Ich setzte
mich ans Fenster und schaute auf den kleinen, einge-

schloffenen, steil anſteigenden Marktplatz. Der Wind
hatte ſich gelegt, weiße, große Flecken ſenkten ſich auf
den ſtillen Platz. Alles war ſo fremd, ich fühlte mich
einſam und wünſchte, die Mutter möge bald kommen,
ich hatte doch den ganzen Tag ſo wenig von ihr gehabt.
Endlich kam ſie. Wir aßen eine Brotſuppe und gingen
bald zu Bett.

Am nächſten Morgen wanderten wir nach Hohnſtein.
Das Wetter war nicht mehr bös. Sturm und Kälte
hatten nachgelaſſen. Eine neue Schicht Schnee lag über
der alten Decke. Wir konnten heute viel leichter miteinander ſprechen. Vorm Städtchen zeigte mir die
Mutter das Schloß und machte mich auf die Baſalt-
ſäulen aufmerkſam. Beim Weiterſchreiten erzählte ſie
mir viel von der Geſchichte des Schloſſes. Da war es
nun wieder ein fröhliches Wandern bis Hohnſtein.
Nachdem wir uns im Gaſthof geruht und geſtärkt hatten,
gingen wir in die Apotheke. Da kamen wir nicht ſo
bald fort, Pflanzen wurden beſehen, ausgeſucht, Sammlungen beſtellt, und als wir endlich gingen, geleitete uns
der Apotheker vor die Tür und zeigte uns den Weg
nach Königſtein. Dann meinte er mit einem Blick auf
mich: „Ich würde mit dem Kinde doch lieber warten
bis morgen. Die Tage ſind kurz, die Dämmerung
bricht bald herein und Sie kennen hier weder Weg
noch Steg.“

Die Mutter ließ ſich aber nicht raten. Wir wanderten mutig zum Städtchen hinaus, hatten eine mäßige
Steigung und erreichten eine Ebene, deren Ende wir
bei der herannahenden Dämmerung nicht mehr ſehen
konnten. Ach, wie einſam war es hier!

Links von uns die Ebene und rechts? Ein Grauen
packte mich, so daß ich mich furchtsam an die Mutter
drängte. Groß und finster stieg eine nackte Wand gen
Himmel. Unwillkürlich stand die Mutter still. Fühlte
auch sie sich der gewaltigen Natur gegenüber verzagt?
Unaufhaltsam senkte sich die Dämmerung über das weite,
einsame Schneefeld. Die Mutter sah schweigend nach
allen Seiten. Der Weg war nicht mehr zu erkennen,
nur Schnee unter uns und düstere, drohende Wände
neben uns. Wir zagten beide und dämpften unsere
Stimmen. „Das ist der Lilienstein!" flüsterte die
Mutter. Ich sah, innerlich erschauernd, furchtsam an
ihm empor. Wir standen unschlüssig und spähten ängstlich nach allen Seiten. Die dämmernde Stille hatte
etwas Bedrückendes, und unaufhaltsam wurde es immer
dunkler. „Ach Gott!" sagte die Mutter, „wenn ich doch
lieber allein wäre. Ich weiß keine Richtung, und weit
und breit kein Mensch, der uns zurecht hilft. Hätten
wir getan, was der Apotheker sagte." Da — horch!
Frische Kinderstimmen durch die dunkle Einsamkeit. Sie
sangen:

> „Seht wie die Sonne dort sinket
> Hinter dem nächtlichen Wald,
> Glöcklein zur Ruhe uns winket,
> Hört nur, wie lieblich es schallt.
> Trauliches Glöcklein, du läutest so schön.
> Läute, ach läute nur zu,
> Läutest zur süßen Ruh!"

Wie das wirkte in dieser winterlichen Einsamkeit!
Nun, sagten wir uns, wo Kinder sangen, da mußte ja
auch eine menschliche Wohnung sein. Wir gingen dem
Klange nach, und wir kamen wirklich an einsam gelegenes

Gehöft. Die geräumige Hausdiele, die wir tappend betraten, wurde von einem prasselnden Herdfeuer behaglich erleuchtet. Die Bauerfrau saß mit Knecht und Mägden vor einem hoch aufgeschichteten Haufen Runkelrüben, die sie in Stücke schnitten. Nun kamen auch die kleinen Sänger herein. Sie hatten die Stiefel voll Schnee, den sie an der Tür abstampften. Die Frau schalt, daß sie sich so lange bei Nacht und Nebel draußen herumtrieben und durch ihren Singsang fremdes Volk heranlockten. Ein mißtrauischer Blick auf uns begleitete die wenig gastfreundliche Rede.

„Was wollen Sie hier?" fragte die Frau barsch, „hier ist keine Herberge!"

Die Mutter erzählte kurz, daß wir den Weg verloren hätten, und bat, ob wir nicht die Nacht hier bleiben könnten, wir seien fremd in der Gegend, und sie wage sich mit dem Kinde in der Dunkelheit nicht weiter. Wir wollten gern mit einem Platz auf der Ofenbank fürlieb nehmen. Die Frau wies uns aber kalt und entschieden die Tür, hier sei kein Wirtshaus, sagte sie. Der Blick der Mutter fiel mitleidheischend auf mich: „Das Kind!" sagte sie, „das Kind! Sie haben selbst Kinder, und die sangen soeben von einer süßen Ruh! Ich meinte, die Töne müßten eine gute Vorbedeutung für uns sein."

„Nein," sagte die Frau, „es geht mich nichts an, was die Kinder singen. Wo wollen Sie denn hin?"

„Nach Königstein."

„Dahin kommen Sie heute abend nicht mehr. Gehen Sie bis zur Ebent, und bleiben Sie da. Ich will Ihnen den Weg beschreiben."

Sie schüttelte ihre Schürze ab und trat mit uns auf das weite Schneefeld.

„Dahin müssen Sie," sagte sie und streckte den Arm nach dem schwarzen Riesen aus.

„Aber daher kommen wir ja grade," seufzte die Mutter.

„Ja, das mag wohl sein, aber dahin müssen Sie. Sie müssen den Lilienstein immer rechter Hand behalten, ganz dicht am Felsen hin, wenn Sie das beachten, können Sie nicht fehlgehen. Der Weg führt Sie nach der oberen Ebent. Gute Nacht."

Weg war sie. Die Tür wurde geschlossen, und wir steuerten auf die schwarze Wand los. „Komm, gib mir dein Händchen," sagte die Mutter, „und nimm dich in acht, daß du nicht stolperst oder in ein Loch trittst. Es ist ja noch gar nicht spät, wir haben gar keine Eile, nur laß uns vorsichtig gehen. Es ist doch sonderbar, wie verschieden man empfindet, ob man eine Gegend im Sommer, wo goldiges Sonnenlicht auf die Felsen fällt, oder ob man sie in Schnee und Eis und bei Nacht durchwandert. Dieser selbe Felsen, der uns jetzt Grauen einflößt, der ist in der schönen Sommerzeit das Entzücken der Menschen. Man macht weite Reisen, um die Gegend hier zu sehen und diese Berge zu bewundern. Ich habe mich nicht satt sehen können, wenn die Sonne ihr Licht darauf wirft, sie bekommen dann Leben, manche sehen aus wie durchfurchte Riesengesichter, in die die Jahrtausende tiefe Falten gegraben haben."

Wir arbeiteten uns an der Wand weiter, bis wir plötzlich eine scharfe Biegung machten. Wir waren im Walde. Nun leuchtete uns nicht einmal der Schnee mehr, undurchdringliche Finsternis umgab uns, aber wir

fühlten zur Rechten die hohe Wand. Wir hatten beide
die Empfindung, als ob links von uns tief unten ein
Bach fließe, denn wir hörten von da her ein Rauschen,
sonst konnten wir uns keine Vorstellung von unserer
Umgebung machen. Der Pfad war nur schmal, und die
Mutter ermahnte mich, lieber dicht vor ihr her zu gehen.
Der Weg kam mir unendlich lang vor, ich ging wie im
Traume, denn ich war sehr müde. Mein Ohr vernahm
das Rauschen des Wassers, dann und wann den Flug
eines aufgeschreckten Vogels und den eintönigen Tropfen-
fall vom Felsen. So lernte ich den Lilienstein kennen!

Dann und wann kam ein tröstender oder auf-
munternder Zuruf von der Mutter: „Nun heb doch die
Füße hoch! — Du stolperst ja beständig! — So, so,
verzag' nur nicht, ich bin ja bei dir."

Ich verhielt mich während der unheimlichen Wanderung ganz still, aber es war mir ein Trost, wenn ich
hinter mir die Stimme der Mutter hörte.

Sehnsüchtig durchspähen die Augen das Dunkel.
Da, — der Wald ist zu Ende, der Felsen ist auch zu
Ende, — es ist heller und freier, wir merken, daß wir
keine Tiefe mehr neben uns haben, und — o die Freude!
in der Ferne schimmern Lichter, wir sind in der Nähe
von Menschen!

„Ach, Täschen!" sagte die Mutter tief aufatmend,
„das laß dir eine Erinnerung fürs Leben bleiben.
Glaub' mir, durch manches dunkle Tal werden wir geführt, wo Abgründe in die Tiefe locken. Nicht immer
steht ein Fels zur Seite, der der tastenden Seele einen
Halt gibt. Aber Gottes Hand ist immer gegenwärtig,
die will dich halten, wenn du sie suchst. Nicht immer

haft du deine Mutter bei dir, die dich schützen kann.
Vergiß diese Wanderung nie, sie kann dir zum Trost
dienen. In der Ferne winkt das Licht!"

Jetzt waren wir dem Hause nahe, durch dessen Fenster
der Lichtschein fiel. Es ging drinnen lebhaft zu, wir
hörten wie viele jugendliche Stimmen sangen und mit
Freuden erkannte ich den Gesang. Wir blieben stehen
und lauschten, und ich summte leise mit:

> „In der Heimat ist es schön,
> Auf der Berge lichten Höhn,
> Auf den schroffen Felsenpfaden,
> Auf den Fluren grüner Saaten,
> Wo die Herden weidend gehn,
> In der Heimat ist es schön.
>
> In der Heimat ist es schön,
> Wo ich sie zuerst gesehn,
> Wo mein Herz sie hat gefunden,
> Ewig sich mit ihr verbunden,
> Dort werd' ich sie wieder sehn,
> In der Heimat ist es schön!"

Der Gesang war beendet, man hörte lachen und
sprechen. Nun traten wir ein. Es war in der Stube
so laut, daß niemand unser schüchternes Klopfen hörte.
Da öffnete die Mutter leise die Tür, und ich schob
neugierig den Kopf an ihr vorbei und betrachtete staunend
das belebte, eigenartige Bild, das sich unseren Blicken
bot. Burschen und junge Mädchen saßen in weitem
Kreis in der großen Bauernstube. Die Mädchen hatten
Spinnrocken vor sich stehen, die mit lustigen, bunten
Bändern geschmückt waren. In weitem Bogen drehten
sie die schnurrenden Spindeln. Dieses heitere Bild wurde

11*

durch einen düster brennenden Kienspan, der in einen
großen, eisernen Leuchter festgeklemmt war, unruhig beleuchtet. Beim großen Kachelofen lag ein ganzer Stoß
Kienspäne. Das Bild war so eigenartig und reizvoll,
daß ich es nie vergessen werde. Ich hatte in Geschichten
von Kienspänen gelesen, gesehen hatte ich sie nie.

Endlich bemerkte man, daß wir an der offenen Tür
standen, aller Blicke richteten sich plötzlich nach uns.
Hinter dem Ofen trat eine Frau hervor, die ärgerlich
rief: „Macht doch die Tür zu bei der Kälte."

Wir traten ein und schlossen die Tür. Die Mutter
bat, ob wir hier nicht die Nacht bleiben könnten. Wir
seien so müde, und da wir fremd seien, könnten wir bei
der Dunkelheit den Weg nicht finden.

„Hier ist kein Gasthof," sagte die Frau in singendem
Gebirgsdialekt. Als wir doch stehen blieben, fuhr sie
unfreundlich fort: „Ich habe hier geladene Gäste, un-
gebetene will ich nicht." Sie murmelte etwas von
„Herumstreichern".

„Herumstreicher sind wir nicht," sagte die Mutter
stolz und richtete sich mit ihrer Last in die Höhe. „Ich
habe höflich gebeten, ich kann wohl eine höfliche Auskunft erwarten! Wenn Sie keinen Platz für uns haben,
so sagen Sie uns wenigstens, wo wir in der Nähe ein
Unterkommen finden können. Bitte, gehen Sie mal vor
die Tür, und sehen Sie, wie dunkel es ist!"

Die Spindeln ruhten, aller Blicke waren neugierig
auf uns gerichtet, ein gewisses Staunen malte sich auf
den Gesichtern, daß die kleine Lastträgerin eine so bestimmte Sprache führte.

„Sie müssen nach der unteren Ebent," sagte die

Frau ganz zahm und ließ prüfend ihre Blicke an uns heruntergleiten.

„Und wie kommen wir dahin?"

„Es führt eine steile Treppe hinunter."

„Eine — steile — Treppe!" sagte die Mutter nachdenklich, zögernd fuhr sie fort: „Die Treppe wird bei dem Schnee glatt sein, wir beide sind müde, wir haben unsere Füße nicht mehr in der Gewalt." Sie wandte sich dahin, wo die Burschen saßen und sagte bittend: „Würde nicht einer von Ihnen mit uns gehen? Oder würden Sie uns eine Laterne borgen, die Sie im Gasthof wieder abholen lassen?"

„Die Laternen brauchen wir heute abend noch, aber die Magd kann sie anzünden und Ihnen den Weg zeigen."

Die Mutter dankte höflich, und wir folgten der Magd. Unter den Vermahnungen der Mutter zur Vorsicht kletterte ich viele Stufen hinab. Die übergroße Müdigkeit mag mir die Empfindung gegeben haben, daß es doppelt so viele waren. Unten im Gasthof kamen wir endlich zur Ruhe.

*   *   *

Am folgenden Morgen wurden wir in einem Kahn nach der schön gelegenen Stadt Königstein übergesetzt. Hier erstiegen wir eine steile Anhöhe, auf deren Gipfel ein kleines, schiefes Häuschen stand, dessen Schindeldach bedenkliche Löcher zeigte.

Als die Mutter die Stubentür öffnete, sah ich einen Webstuhl, an dem ein Mann saß, der bei dem Gruß der Mutter eilig von seinem hohen Sitz herunterkletterte. Nun erst konnte ich ihn genauer sehen, er war klein und mager, sein welkes, wachsbleiches Gesicht war mit dunklen Bartstoppeln bewachsen, die zur Blässe des Gesichtes einen unheimlichen Gegensatz bildeten. — Neben dem Webstuhl stand ein Spulrad, daran saß eine ärmlich gekleidete Frau, die sich nun ebenfalls erhob.

Beim Ofen hockten zwei zerlumpte Kinder, die Stube war kalt und kahl, das einzige, was mir schön erschien, waren die phantastisch geformten Eisblumen, womit die niedrigen Fenster geschmückt waren. Die tote Luft und der Mangel und Hunger, die sich hier breit machten, erfüllten mich mit einer Art trauriger Angst. Der Mann setzte zwei Stühle zurecht und lud uns mit einer Handbewegung zum Sitzen ein. Zur Mutter sagte er: „Na, ist das eine Zeit, um die Sächsische Schweiz zu bereisen? Und dafür nehmen Sie sich noch solche Gesellschaft mit! Wollen Sie sich etwa ein Herbarium von denen da anlegen?" und er zeigte lachend auf die Eisblumen am Fenster.

„Ach, der Sorte wegen brauche ich keine Reise zu machen, das ist eine communis, die kommt bei uns auch vor," sagte die Mutter, während sie eine Pflanzenmappe aus dem Korbe nahm.

„Kommen Sie denn heute schon von weit her?" fragte die Frau, und in ihrem Blick lag eine ängstliche Spannung.

„Nein, gar nicht, Frau Poppe. Wir kommen nur von drüben, von der unteren Ebent, und da haben wir eine gute Brotsuppe zum Frühstück gehabt."

Die Kinder kamen jetzt scheu von der Ofenbank herunter und betrachteten uns neugierig. Die Mutter hatte die Bänder von der Mappe gelöst, nahm eine von

den Pflanzen heraus, legte sie vor Poppe hin und
fragte: „Kennen Sie diese Pflanze?"

Poppe wiegte nachdenklich den Kopf und sagte: „Na,
es ist mir so, als ob ich sie schon gesehen hätte, so
genau weiß ich's aber nicht." Er bückte sich und las
stockend: „Car—li—na acau—lis?"

„Ja, ja, Carlina acaulis heißt sie, es ist eine Distel."

„Hm, ja," machte der Mann und ließ seinen Blick
auf der Pflanze ruhen.

„Diese schöne Pflanze kommt bei uns nicht vor,
und da wollte ich Sie bitten, im Spätsommer, etwa
Anfang September, mal auf die Berge zu steigen und
mir eine große Schachtel voll zu sammeln. Wollen Sie
sich die Form recht einprägen?"

Die Mutter berührte die Blume ganz zart mit den
Fingerspitzen, trat einen Schritt zurück und sagte lebhaft:
„Sehen Sie sie nur genau an, die können Sie ja nicht
vergessen, Poppe! Auf magerem, steinigem Gebirgs-
boden finden Sie die kräftig entwickelte Pflanze. Die
in mattem Silberglanz erstrahlende Blüte wird von
wunderbar fein gezeichneten Wurzelblättern umrahmt,
deren tiefes Grün einen schönen Gegensatz zu der hell-
leuchtenden Blüte bildet. Ihre Wurzel senkt sie tief
ins Erdreich. Die müssen Sie ja mitnehmen, Poppe,
und beim Graben die Pflanze nicht lädieren! Das
Geld? Nun, Sie wissen, ich kann nicht bestimmt sagen,
wann Sie es bekommen, aber sobald ich kann, schicke
ich es."

„Ich weiß, Frau Dietrich. Nun werd' ich sie mir
auch merken, gewiß!"

Der Mann fragte mich, ob ich mit seinen Kindern

spielen wolle, die Mutter aber nahm den Korb auf den Rücken, und wir verließen die armselige, kalte Wohnung.

Auf meine Frage, wohin wir nun wollten, sagte die Mutter: „In die Behnemühle."

Da ich sehr müde war, kam mir der Weg sehr weit vor, die Mutter suchte mich zu interessieren: „Sieh mal in die Höhe!" sagte sie, „das da oben ist die Festung Königstein! Habt ihr denn nicht in der Schule davon gehört?"

Ich wußte nichts.

„O," sagte die Mutter, „wenn wir uns in der Mühle ein Stündchen ausgeruht haben, klettern wir heute nachmittag da hinauf, da wirst du allerlei erleben und sehen, was dich interessiert."

Ich blickte in die Höhe und zagte.

„Nun?" fragte die Mutter, „was meinst du, ich gehe auf jeden Fall, da wirst du doch mit wollen?"

Nein, ich wollte nicht mit. Meine Stiefel und Röcke waren naß von dem vielen Wandern im Schnee. Ich sehnte mich nach Ruhe. Die Mutter schüttelte mißbilligend den Kopf und sagte: „Ich begreife gar nicht, daß du gar keine Interessen hast! Wer weiß, ob du jemals im Leben wieder Gelegenheit hast, auf die Festung zu kommen. Es dürfen eigentlich gar keine Fremden da hinauf, wenn sie sich nicht ausweisen können, daß sie da oben etwas zu tun haben."

„Aber du bist doch auch fremd?"

„Ich kenne den Schloßkommandanten, er treibt Botanik und hat schon Sammlungen von uns. Ganz merkwürdig ist es, da hinaufzukommen. In bestimmten Zwischenräumen stehen Wachtposten, bis oben hinauf.

Der unterste fragt, wie man heißt, was man oben will, woher man ist. Nun ruft er das dem nächsten zu, der ruft's weiter, bis hinauf zum letzten. Dann kommt auf dieselbe Weise die Antwort von oben nach unten: „Frau — Amalie — Dietrich — aus Siebenlehn pa—af—fiert!" Die drastische Schilderung machte mir Spaß. Als die Mutter das merkte, fragte sie nochmals, ob ich das nicht doch lieber selbst erleben wolle; aber ich verzichtete dankend.

Während des Plauderns waren wir in ein bewaldetes Tal gekommen und standen plötzlich vor der verschneiten Waldmühle. Am Fenster saß eine Frau, sie hatte unser Kommen bemerkt, sie kam heraus und öffnete die Tür, aber noch weiter die Arme und rief freudig erregt: „Nein! — Ist die Möglichkeit! Da ist ja meine gute Frau Dietrich!? Ach, bei der Kälte! Und Ihr Mädelchen haben Sie mitgebracht! Kannst denn du das erlaufen?"

Sie hatte der Mutter den Korb abgenommen und drückte sie in den großen Stuhl, der beim warmen Kachelofen stand, sie legte ein Scheit Holz nach und sagte mit großer Wärme: „Ach, mir wird ordentlich wohl, wenn ich Sie mal wieder sehe! Sie verstehen einen so gut! Hoffentlich haben Sie hübsch Zeit mitgebracht."

Der Mutter liefen unter Lachen dicke Tränen über die Backen, und sie sagte zu mir: „Ja, siehst du, so kommt's auch mal! Hier sitzen wir wie in Abrahams Schoß. Bind endlich dein Tuch ab, und setz' dich da auf die Hitsche! — Nun, liebe Frau Hippe," wandte sie sich an die Frau, „wie geht's dem Sohn?"

„Ach," seufzte die Frau, „Sie werden ihn ja gleich

sehen, er ist noch immer so blaß und zart und hat immer den trockenen Husten."

Die Mutter wiegte bedenklich den Kopf und sagte: „Kochen Sie ihm doch mal isländisches Moos, das bekommen Sie in jeder Apotheke. Es löst den Husten. Ich dachte, wir wollten uns recht mit Botanik beschäftigen. Wenn wir jetzt auch nicht sammeln können, so habe ich doch vieles bei mir, was er noch nicht kennt, und er wird ja auch inzwischen allerlei herbeigeschleppt haben, was ich ihm bestimmen soll."

„Das hat er auch! Seinetwegen bin ich auch so froh, daß Sie mal wieder ein paar Tage zu uns kommen. Mein Mann wird Augen machen, wenn er aus der Mühle kommt. Sie bleiben doch ein bißchen bei uns?"

„Nun gut. Ich muß noch einmal in die Apotheke und auf die Festung. Und nun, liebe Frau Hippe, habe ich auch eine Bitte. Lassen Sie Ihren Sohn aussuchen aus meinen Sammlungen, was ihm gefällt, ich möchte ihm gern ein verspätetes Weihnachtsgeschenk machen."

Frau Hippe dankte der Mutter, dann holte sie Mann und Sohn.

Friedel war ein schmächtiger, lang aufgeschossener junger Mensch mit blondem Haar und einem ebensolchen Flaum über der Lippe. Er hatte einen grauen Schlafrock an, und ich stellte mir vor, wie behaglich er sich darin bei der Kälte fühlen müsse. Die Mutter zog ihn gleich in ein botanisches Gespräch, sie wußte ihn sofort zu interessieren und zu unterhalten.

„Geh," sagte sie zu mir, „hilf dem jungen Herrn mal alles heruntertragen, was er gesammelt hat."

Als wir alles auf den Tisch gepackt hatten, sagte die Mutter: „So, nun setz' dich mit dahin und paß auf, dich frag' ich auch!"

War das ein Spaß! Wir drei! Wie eine kleine Schule. Die Lehrerin fragte, erklärte und belehrte, und die ungleichen Schüler antworteten freudig und begeistert. Es paßte mir gar nicht, als Frau Hippe freundlich bat, wir möchten wegräumen, sie wolle den Tisch decken. Sie nahm mich mit in die Küche, ich durfte das Essen, die knusprigen Pfannkuchen, hereintragen. Dann kam der stattliche Müller, und die beiden alternden Leute wetteiferten miteinander, mich zu verhätscheln. Der Müller wollte mich am Nachmittag mit zu seinen Bekannten nehmen, die sollten doch sehen, daß er sich ein Töchterchen angeschafft hatte. Aber ich ging weder auf die Festung noch zu Hippes Bekannten. Ich genoß körperlich und seelisch die Ruhe und Wärme, die ich hier haben konnte.

Nach ein paar Tagen ging's wieder auf die Wanderschaft. Wir gingen über Pirna, Dresden nach Siebenlehn.

„Ja," sagte die Mutter, als wir uns der Heimat näherten, „einen Schlitten gibt's diesen Winter nun ja freilich nicht, aber hoffentlich war dir die Reise ebenso lieb?"

Ich drückte ihr dankbar die Hand.

*   *   *

Nach der Schule scharten sich die Gefährtinnen um mich und redeten eifrig auf mich ein, manche fragten, manche aber sagten: „O, hast du aber wieder lange gefehlt! Du mußt doch ganz dumm bleiben! Alles haste wieder nich mit gehabt, und de bist immer so schlimm im Rechnen!"

Ich fühlte mich getroffen. — Dann sagte Nendel-Ernestine, die noch von Rosa her einen Groll auf mich hatte: „Meine Mutter sagt, jetzt in de Sächs'sche Schweiz zu reisen, das sei dummes Zeug, da sei es jetzt akkurat wie hier ooch, iberahl Schnee! Nu gesteh' mal, ob du was anderes gesehen hast."

„Ich?!" sagte ich herausfordernd, „o, ich habe so viel erlebt und gesehen!"

„Ach, wirklich? Was hast du denn erlebt? Erzähl' uns doch davon!"

„So schnell und hier auf der Straße kann ich euch das nicht erzählen."

„Kannst doch schnell etwas sagen, was du gesehen hast!"

„Na, ich hab' in Dresden den Kaufmann von Venedig gesehen!"

„Ha," rief Nendel-Ernestine, „wenn de weiter niemanden gesehn hast! Das werd ooch wer Recht's sin! Bist in Dresden gewest un hast ni emal den Keenig Johann gesehen!"

„Nein, den hab' ich freilich nicht gesehen, aber dafür bin ich in seiner Kirche, in der Bildergalerie und in seinem Theater gewesen, und da habe ich ja grade den Kaufmann von Venedig gesehen, und ein ganz berühmter Schauspieler, er heißt Devrient, der spielte so grausig, daß einem angst und bange wurde! Kommt doch Sonntag nachmittag auf den Forsthof in meine Stube, da will ich es euch vorspielen."

„Geh doch bloß mit deiner Stube! Ene elende,

finstere Holzkammer is es! Egal hafte Komödie im Kopp. Ich komm ni, ich will bei dem Schnee tüchtig Schlitten fahren! Hm, bei der Kälte uf'n Oberboden Komödie anhören! Nee, da warten wir, bis es warm wird, und dann gehn m'r doch lieber uf Ludewigs Boden, der is groß un hell, und da spieln m'r was, was wir alle kennen!"

Das Schlittenfahren wurde verabredet, und ich behielt meinen Kaufmann von Venedig für mich allein.

174

Bei Nagels

Die Jahre gingen. In dem einen reiste der Vater
nach Polen, um, wie er sagte, weiße Maikäfer zu
sammeln. Donath aus Reichenbach ging mit, um die
Sammlungen zu tragen. Ein andres Jahr reiste die
Mutter mit dem hochbepackten Tragkorb in die Salz-
burger Alpen, mit dem Auftrag vom Vater, Alpen-
pflanzen und den Schmetterling „Apoll" zu sammeln.
Im darauffolgenden Jahr wurde zu einer Reise nach
Holland gerüstet. Da auf der Reise in die Alpen der
Korb den Rücken wund gescheuert hatte, so wurde jetzt
die Reise mit dem Wagen eingerichtet. Es war ein
schwerfälliges Gefährt, und der Mutter Augen ruhten
mit Besorgnis auf der langen, grünen Kiste, die auf
den niedrigen Rädern stand. Die Reise wurde angetreten, nicht mit besonderem Mut. Ich war untröstlich,
mir war das Herz diesmal ganz besonders schwer, nachts
konnte ich nicht schlafen, ich weinte mich ganz krank,
paßte in der Schule nicht auf und wurde vom Vater
und in der Schule gescholten, daß ich lässig sei. —

Es waren mehrere Tage nach der Abreise der Mutter
verstrichen, der Vater hatte mich mit einer scharfen Ver-
mahnung früh zu Bett geschickt, ich solle ausschlafen,
dann aber endlich mit meinem Kummer zu Ende sein
und wieder fleißig an die Arbeit gehen. Auf meine
dringende Bitte hatte man mir mein Bett nun in die
Holzkammer gestellt, da ich so gern, wie ich sagte, in
meiner Stube auch schlafen wollte. Trotz des Vaters
Mahnung saß ich aufrecht im Bett und schluchzte. —
Was war das? Ich hörte unter mir Türen gehen,

Stimmen wurden hörbar, dann auf der Treppe nach dem Boden ein schwerfälliger Schritt. Der Schritt der Mutter! Den kannte ich doch! Mir war, als müsse mein Herz stillstehen. War das Wirklichkeit oder täuschten mich meine Sinne?! Da! — meine Kammertür wurde leise geöffnet, die Mutter fragte flüsternd: „Täschen, wachst du noch?"

„Mutter!" rief ich in maßlosem Staunen und streckte die Arme aus. — Ja, es war die Mutter. — Sie setzte das kleine Öllämpchen auf die Truhe und nahm mich zärtlich in die Arme. Wir weinten beide. Dann setzte sie sich auf den Stuhl am Bett und sagte mit leisem Vorwurf: „Warum läßt du mich nicht reisen?" Ich sah sie erstaunt, verständnislos an. Was konnte denn ich dabei tun? Ich ließ sie nicht reisen? Aber sie war ja gereist!

Die Mutter fuhr eindringlich fort: „Mach' mir's doch nicht extra schwer! Kannst du es denn gar nicht lernen, allein zu sein?"

„Nein," sagte ich schluchzend, und klammerte mich an sie, „ich kann nicht ohne dich sein! Der Vater denkt nur an seine Pflanzen, ich muß doch mit jemandem sprechen! Immer hab' ich dir was zu sagen, aber du bist nicht da. Du hörst mich nicht, du antwortest mir nicht."

„Doch, Charitas, ich höre dich!"

„Du hörst mich?! Ach, Mutter! Wenn du doch so weit fort bist?"

„Ja, ich höre immer dein Weinen, immer — immer! Ich sehe dein trauriges Gesicht, ich rede dir zu, aber es hilft mir nichts, du weinst weiter, und du zwingst mich umzukehren! Ist das recht? Wenn ich schon tagelang fort bin?"

„Ja, ja," rief ich lebhaft, „es ist recht! Nun bin ich wieder froh, nun bleib nur hier! Du hältst es nicht aus, und ich halt es auch nicht aus. Nun bin ich wieder ganz glücklich!"

„Ach," sagte die Mutter ungeduldig, „mit dir ist doch gar nicht zu reden! Wie kannst du so unverständig und kurzsichtig sein! Meinst du etwa, ich schlepp' die Karrete zum Spaß durch die Welt? Wir sollen doch leben! Die Leute laufen uns nicht mit dem Geld nach! Jetzt bin ich tagelang ganz vergeblich auf der Landstraße gewesen! — Fort muß ich doch wieder. Erleichtere es mir doch! Ergib dich drein! Du mußt es doch!"

„Mag doch der Vater reisen!"

„Das ist ja versucht! Der Vater hat andere Gewohnheiten und andere Bedürfnisse. Du solltest das wissen."

Ja, ich wußte es, und wir schwiegen eine Weile, dann fuhr die Mutter fort: „Sei doch stark und tapfer! Wenn du deinen Regungen immer nachgibst, wird gar nichts aus dir! Versprichst du mir, daß du mich in ein paar Tagen ruhig ziehen lässest? Das nenn' ich Liebe, wenn du mit dir kämpfst, um mir die Ruhe zu geben. Versprichst du?"

„Ich will's versuchen," sagte ich leise weinend.

Die Mutter küßte mich, nahm das Lämpchen und sagte: „Diese Nacht können wir wohl beide schlafen!"

Nach einigen Tagen wurde Hektor wieder eingespannt, und auch die Mutter legte sich den breiten Zuggurt vor die Brust und schlug wieder die Richtung nach Nossen

ein. Ich ging ein Stück mit und nahm mich aufs
äußerste zusammen. Dann mahnte die Mutter zur
Umkehr.

„Wenn du wenigstens manchmal schreiben wolltest,
wie es dir geht," sagte ich.

Wir standen still, und die Mutter sagte: „Wenn ich
Geld oder Bestellungen habe, die bald erledigt werden
müssen, dann hört ihr von mir. Das Porto ist teuer,
ich überlege jeden Pfennig. Aber davon abgesehen,
stell' dir doch mal vor, ob mir nach Briefschreiben zumute ist, wenn ich abends todmüde in einen Gasthof
komme."

Wir nahmen wieder Abschied, und ich stand noch
lange und sah umflorten Blickes der wunderlichen Fuhre
nach.

Wochen — Monate gingen. Ich wurde von einer
beständigen Angst und Sehnsucht gequält. Wenn ich
aus der Schule kam, wartete ich auf eine Mitteilung,
aber immer vergeblich. Der Vater wurde immer stiller
und wortkarger, und Madame Hänels Gesicht nahm
einen bedenklich abweisenden Ausdruck an, wenn ich einen
Hering oder für einen Dreier ordinären Sirup holte.
Sie fragte jedesmal nach der Mutter, und ich wußte,
daß die Nachfrage mit der anwachsenden Rechnung zusammenhing. Einige Außenstände liefen wohl ein, aber
die Summen vermochten doch nicht die Not fernzuhalten.
Es lag etwas Schweres, Drückendes in der Luft. Ich
hatte ein Gefühl, als müsse etwas Besonderes passieren.
War der Mutter etwas zugestoßen, daß sie gar kein Geld
schickte?

Es war mir auffallend, daß ich schon mehrere

Male einen feingekleideten Herrn getroffen hatte. Ich konnte mir nicht denken, was er bei uns wollte, denn der Vater schickte mich jedesmal fort, wenn ich mit ihm zusammentraf.

Einmal war er wieder da gewesen, und als ich nun aus der Holzkammer kam, sagte der Vater: „Setz' dich mal hierher, ich muß dir etwas sagen."

Ich erschrak heftig und rief: „Mutter ist tot!"

„Davon weiß ich nichts," sagte der Vater dumpf. „Sie schickt kein Geld, sie schreibt auch nicht. Ich weiß mir nicht länger zu helfen." Ich sah ihn angstvoll an, und er fuhr widerstrebend fort: „Nein, es geht nicht weiter! — Wir müssen uns trennen. — Du hast den fremden Herrn gesehen?" Ich nickte. „Das ist Herr von Schönberg aus Herzogswalde. Ich gehe zu ihm und nehme eine Hauslehrerstelle an."

Nach einer Pause fuhr der Vater gedrückt fort: „Du mußt dir ein andres Heim suchen."

„Geh' ich denn nicht mit?" fragte ich unsicher.

„Nein," sagte der Vater, „ich gehe allein, wenigstens erstmal, — alles ist unsicher, — du mußt dir ein Unterkommen suchen, wo du gegen Dienstleistungen freien Aufenthalt bekommst. Ich habe dich immer zum Fleiß angehalten. Du kannst einer Hausfrau schon recht gut zur Hand gehen, meinst du nicht?"

Alles fiel auseinander! Ich konnte nicht sprechen. Was wurde nur aus uns allen? Und die Mutter!? Der Vater sagte es nicht, aber es war doch klar, daß er nicht an ihre Rückkehr glaubte. Ich mußte allein sein. Ich ging hinauf in die Holzkammer. Das konnte die Mutter nicht verlangen, daß ich nach dieser Nachricht ruhig blieb! Ich lag lange weinend vor der Truhe, dann überlegte ich, was ich tun konnte, um mir — ein — Heim, — nein einen Aufenthalt zu suchen. —

Ich bat in der Schule meine Gefährtinnen, mir suchen zu helfen, und es dauerte nicht lange, da sagte mir die Gelfert-Ida — ihre Mutter hatte eine Restauration — sie habe etwas für mich, ich möge in der Dämmerung zu ihr kommen, sie wolle mir sagen, was sie wisse. Als ich kam, sagte sie: „Hier ist ein Mann aus Nossen gewesen, dem hab' ich erzählt, was du mir gesagt hast. Er hörte gut zu und sagte: ‚Nächsten Dienstag komme ich wieder, da laß sie herkommen; wenn sie mir gefällt, nehme ich sie selbst. Meine Frau möchte gern ein Schulkind haben, das ihr bei der Arbeit hilft und Wege geht.'"

Ich fragte noch: „Ist er freundlich?"

„O, das schon," sagte Ida, „mehr weiß ich auch nicht, aber frag' doch mal meine Mutter."

Frau Gelfert sagte: „Was weiß ich von ihm? Er kommt her, trinkt ein Glas Bier, redet ein bißchen und geht wieder."

Zur verabredeten Zeit ging ich zu Gelferts. Ich traf einen hochgewachsenen Mann, der mir durch sein gestärktes Vorhemdchen und die blitzende Busennadel, durch das sorgfältig gescheitelte Haar und die weißen Handmanschetten sehr imponierte. Er war sehr freundlich, sehr gewandt, seine Rede begleitete er stets mit lebhaften Gesten. Alles wickelte sich viel schneller und bequemer ab, als ich mir's vorgestellt hatte. Da hatte ich aber Glück, sagte ich zu mir selbst. Schon nächste Woche konnte ich kommen, hier war die Adresse, er nahm ein

Notizbuch aus der Tasche und schrieb mit geläufiger Hand
Namen und Wohnung auf.

„Nun," schloß er, „ein Bett und was so dazu gehört," und er rundete mit einer Handbewegung alles
dazu Gehörige ab, „das bringst du natürlich mit, alles
übrige wird sich schon machen."

Als ich dem Vater meinen Erfolg erzählte, fühlte
er sich sichtlich erleichtert und fuhr fort die dicken Pakete
von den Gestellen zu holen. Vieles packte er in große
Kisten, die sollten erst mal hier auf dem Boden stehen
bleiben, das übrige machte er für den Umzug zurecht.
Donath war da und half ihm. Beide waren so von
ihrer Arbeit in Anspruch genommen, daß sie mich gewähren ließen. So gut ich's verstand, suchte ich meine
Angelegenheiten zu ordnen. Ich war in trauriger Ab-
schiedsstimmung. Wie war es nur möglich, daß alle
die Sammlungen fort sollten? Standen sie da nicht, wie
hingestellt für die Ewigkeit? Der Forsthof und wir
gehörten doch unzertrennlich zusammen! Gewiß, wir
waren zeitweise fort gewesen, aber wir waren doch alle
immer wieder gekommen, und was da einmal stand, das
war stehen geblieben. Ich hatte ja öfter gestöhnt, wenn
ich an schönen Sommertagen geduldig die angewelkten
Blättchen auseinanderpuhlen mußte, oder wenn ich die
vielen Raupen von ihren kahlen Stengeln auf die frischen
Kräuterbündel setzen mußte, aber das alles gehörte nun
einmal zu uns, und nun, da ich mich für immer von all
dem trennen sollte, da fühlte ich ein tiefes Weh. Waren
die Pflanzen, die Raupen und die Käfer durch die
tägliche Arbeit an ihnen nicht zum Teil mein Eigentum
geworden? Mit wie vielen Menschen und Gegenden

verknüpften mich diese Dinge. Ach, waren wir denn
plötzlich so arm geworden? Wie oft hatte der Vater
gesagt: „Es stecken Tausende in den Sammlungen,
aber freilich, hier borgt mir keiner ein Dreierbrötchen
dafür.“

Ich hatte die dumpfe Verbitterung allmählich kommen
sehen, daß es aber soweit kam, daß gar keine Hoffnung
mehr war! Das Schlimmste war und blieb die Ungewiß-
heit über die Mutter. Wenn sie nur hier wäre, dann
wäre es soweit nicht gekommen!

Ich war zum letztenmal in der Holzkammer, hier
packte ich meine Sachen. Von allem nahm ich Abschied.
Was mir die Wirklichkeit versagt hatte, hier hatte ich
es mir dichterisch geschaffen. Kühn hatte meine Phantasie alle Schranken durchbrochen und Welten gebaut,
die mein leibliches Auge nie geschaut hatte. Vorüber!
Ganz nüchtern mußte ich mir überlegen, wie ich meine
Sachen nach Nossen schaffen konnte. Da war Fuhrmann
Märker, dem gab man so etwas, aber doch nur, wenn
man Geld hatte. Der Mutter Grundsatz war: „Was
der Mensch selbst tun kann, das soll er selbst tun.“ Der
Hauswirt hatte einen Schiebbock, den würde er mir leihen,
ich würde ihn wieder bringen. Die Sachen wurden in
einen Tragkorb gepackt, das Bett obendrauf, und nun
galt's vom Vater Abschied zu nehmen.

„Mit dir wird's schon gehen,“ sagte er, „es ist ja
nicht zum erstenmal, daß du zu fremden Leuten mußt.
Du wirst dich fügen. Das muß man bei fremden Leuten!
Fleiß und Geduld habe ich dir anerzogen, beides braucht
man im Leben, und du wirst mir dankbar sein, daß ich
so streng zu dir war. Was willst du?“ fügte er hinzu,

als er sah, daß ich weinte, „du bist ja jung, dir steht die ganze Welt noch offen!"

Ich sagte: „Immer habt ihr mir versprochen, wenn ich einmal fort sollte, käme ich nach Herrnhut."

„Nach Herrnhut!" sagte der Vater bitter, „ja, das habe ich gesagt, da hoffte ich noch! Wer denkt denn jetzt an Herrnhut! Ich weiß nur, daß es so nicht weiter geht. Leb' wohl, sei brav!" Weinend ging ich fort.

Ich schob den Schiebbock nach Nossen und suchte die Familie Nagel auf. Vor dem Hause hielt ich still und schaute nach den oberen Fenstern hinauf. Da oben sollten sie wohnen. Die Fenster waren geöffnet, jemand spielte Gitarre und sang dazu, ich hörte gerade: „Mein Lieb ist eine Alpnerin, gebürtig aus Tirol."

Ich ging hinauf und klopfte, man hörte mich nicht gleich, erst als ich stärker klopfte, wurde die Tür geöffnet. Eine große, schlanke Frau ließ mich eintreten. In der mittelgroßen Stube sah ich außer dem mir bekannten Mann und der Frau, die mich einließ, einen jungen, hübschen Menschen auf dem Sofa sitzen, er hatte die Gitarre vor sich, er hatte bis jetzt gesungen. Nagel stand vor dem Spiegel und band sich gerade die Krawatte. Als er mich sah, drehte er sich zu mir und sagte: „So, so, — da bist du ja! — Ganz wie's verabredet war, — so ist's recht! Bernhardine," wandte er sich an die Frau, „ich hab' dir eine Stütze versprochen, da steht sie!" und er zeigte mit theatralischer Gebärde auf mich.

Ich gab allen dreien die Hand und sagte: „Unten sind meine Sachen, soll ich sie heraufholen?"

Der Mann warf einen Blick aus dem Fenster und

sagte lachend: „Wahrhaftig, unten steht die ganze Fuhre! Willy, hol' den Kram herauf, trag's in die Bodenkammer, und stell' den Schiebbock in den Hof. Du brauchst ihn wohl nicht gleich wieder zurückzufahren?"

Ich schüttelte den Kopf. Willy kam mit den Sachen, die Frau nahm einen Schlüssel von der Wand und ging mit hinauf, um mir die Kammer zu zeigen.

„Stell' es nur dahin," sagte sie zu Willy, „sie richtet sich dann schon ein."

Unter der unbekleideten Schrägung des Daches stand die Bettstelle. Die Frau sagte, während sie sich in der Tür noch einmal umdrehte: „Wie heißt du doch?" Dann wiederholte sie langsam meinen Namen und sagte: „Wenn du hier eingeräumt hast, komm hinunter, ich will mit dir gehen und dir zeigen, wo wir das Wasser holen."

Ehe ich ans Einrichten ging, trat ich vor das kleine Bodenfenster. Was ich von hier aus sah, war schön. Unten im Tal wand sich anmutig das silberglänzende Band der Mulde, im Hintergrunde begrenzt durch rötlich zerrissene Felsenwände und grün bewaldete Berge. Als ich nach einer Weile unten ankam, zeigte die Frau auf ein Paar hölzerne Wasserkannen und sagte: „Sie sind schwer, du brauchst sie aber nicht voll zu nehmen, geh lieber einmal mehr."

Sie selbst nahm einen zierlichen Krug und schlug, unten angekommen, einen hübschen Wiesenpfad ein, der zu einem ausgemauerten Brunnen führte, aus dem wir nun beide schöpften. Ich mußte sie immer verstohlen ansehen. Ich verglich sie mit den Frauen, mit denen ich sonst zusammengelebt hatte, sie sah ganz anders aus. Als wir wieder in der Stube waren, hatte ich ein un-

bestimmtes Gefühl, daß sie hier in die nüchterne, kleine
Stube gar nicht her gehöre. Ihr feines, hübsches Gesicht war von dunklen Hängelocken umrahmt. Um den
Kopf hatte sie ein schwarzes Spitzentuch geschlungen.
Ihre Kleidung war fadenscheinig und dürftig, aber der
Schnitt erschien mir apart und elegant. Sie hatte feine,
schlanke Hände. Wie hätte sie wohl die schweren Wasserkannen tragen können, das paßte gar nicht zu ihr. Wenn
sie nicht in diese kleine nüchterne Stube paßte, wohin
gehörte sie dann? Meine Phantasie war fix fertig sie
einzuordnen. Ich hatte ja viel gelesen, und kühne Bilder
und Vorstellungen erfüllten meine Seele. Sie gehörte
in ein Schloß, auf eins der Ruhebetten, von denen
überall welche herumstanden. Ich stattete sie mit prächtigen Kleidern aus, sie hatte viel Dienerschaft, denn sie
konnte und mochte doch nicht arbeiten. Es machte mir
Freude, sie anzusehen, nur hätte ich ihr gern etwas mehr
Leben mitgegeben. Ich wollte tüchtig und willig arbeiten,
alles hübsch blank putzen, vielleicht kam dann ein Lächeln
in diese traurigen Züge, vielleicht brachte ich sie soweit,
daß sie eines Tages sagte: „Ich mag dich gar nicht
wieder entbehren.“ Ich wünschte so sehr, daß mich jemand gern hatte. Ihr Blick ruhte träumerisch auf mir,
da besann ich mich, daß ich Hand anlegen mußte, wenn
ich meine Träume verwirklichen wollte. Ich wusch
draußen auf und brachte die kleine Küche in Ordnung.
Frau Nagel sagte nur mit müder Stimme, was notwendig war.

Am nächsten Tag nahm ich meine Bücher unter den
Arm und suchte die Schule auf. Wie war ich verlegen,
als ich an der Tür stand und die vielen fremden Kinder

mich neugierig betrachteten, als sie die Köpfe zusammen-
steckten und laut miteinander flüsterten.

Die Tür öffnete sich, der Kantor trat ein. Er war
eine große stattliche Erscheinung. Bei seinem Eintritt
trat Totenstille ein. Mit einem strengen Feldherrnblick
überschaute er die Klasse, dann fiel sein Blick fragend
auf mich. Ich faßte mir ein Herz und fragte schüchtern,
ob ich hier zur Schule gehen dürfe.

Er fragte nach Namen und Herkunft und wollte das
Abgangszeugnis sehen. Ich gab es ihm.

„Zeig' deine Bücher!"

Er warf einen Blick in die Hefte, ich beobachtete
ängstlich sein Gesicht, er schien nicht zufrieden.

„Wo ist dein Tagebuch?" sagte er.

„Ich — ich — habe kein Tagebuch."

„Führt ihr in Siebenlehn kein Tagebuch über die
Religionsfragen?"

Ich sah ihn verständnislos an und sagte: „Nein."

„Sonderbar!" sagte er, „das muß dein erstes sein,
was du dir zulegst, ein sehr dickes Heft, oben in die
Mitte schreibst du: J. N. G., das heißt: im Namen
Gottes, denn hier hinein schreibst du alle Fragen und
Antworten, die in der Religionsstunde vorkommen. Du
numerierst sie, und was ich für morgen aufgegeben
habe, das lernst du auswendig. Hier herrscht Ordnung,
merk' dir das! Deine Nachbarin wird dir darin zurecht
helfen. Jetzt komm an die Wandtafel und rechne uns
ein Exempel vor."

Der Schreck bei diesen Worten fuhr mir in die
Glieder, ich zitterte. Ich konnte nicht einmal unter ganz
gewöhnlichen Umständen rechnen, wieviel weniger aber

jetzt hier, so öffentlich, wo die erwartungsvollen Blicke der vielen fremden Kinder auf mich gerichtet waren. Da stand die Aufgabe. Der Kantor gab mir die Kreide und sagte: „So — jetzt vorwärts! Die Aufgabe ist nicht schwer!"

Ich hörte seine Worte wie aus weiter Ferne. Was war das doch für ein sonderbares Sausen in den Ohren? Ach, wie schrecklich! Da stand der Kantor, er hatte die Arme verschränkt und sah mit eisigem Blick auf mich herab.

„Nun, wird's bald!" sagte er mit drohender Stimme. Ich aber stand mit gesenktem Kopf und rührte mich nicht.

„Kannst du nicht, oder willst du nicht!"

Jetzt blickte ich verzweifelt auf die Tafel, aber es half mir nichts, ich sah nichts. Da nahm er mir die Kreide aus der Hand, wandte sich zur Klasse und sagte: „Das ist nämlich die Tochter eines Naturforschers, mit einem wunderbar großartig klingenden Namen, aber es ist nichts dahinter. Ihr habt alle gesehen, sie kann nicht einmal ein einfaches Divisionsexempel rechnen. Ja, ja, das fängt gut an! Ob du wohl in Religion auch so Ausgezeichnetes leistest? Ich muß dich wohl unter meine ganz besondere Obhut nehmen. Setz' dich mal hier unten auf die letzte Bank. Ihr da — Vogel und Schönberg — rückt mal auseinander, und nehmt die Dietrich zwischen euch."

Zitternd nahm ich den bezeichneten Platz ein. In der Pause fragte ich die „Schönberg" nach ihrem Tagebuch.

„Hier ist es," sagte sie und zeigte mir ein unförmliches, dickes Heft. „Ich will es dir borgen zum Abschreiben. Hier kommt nur Religion hinein. Du kannst ja nicht bis morgen alles abschreiben. Laß erst mal eine Menge Blätter leer und fang an, was du für morgen haben mußt."

Ich sah mir den Anfang an, da stand unter J. N. G. 1. Frage: Was ist Religion. — Religion ist die Art und Weise, Gott zu erkennen und zu verehren.

2. Frage: Wieviel Religionen gibt es? Es gibt vier Religionen.

3. Frage: Zu welcher Religion bekenne ich mich?

„Nein," sagte ,Schönberg', „das geht dich heute noch nichts an; hier schreibst du für morgen ab, und das lernst du! Aber lern' ordentlich, sonst geht's dir schlecht. Wir sind jetzt gerade beim sechsten Gebot. Hier: 116. Frage: Was ist die Ehe? Die Ehe ist die von Gott verordnete Verbindung zweier Personen verschiedenen Geschlechts, um sich bei der Erreichung ihrer Bestimmung gegenseitig zu unterstützen und die Absichten Gottes an den Menschen fördern zu helfen."

Ich sah „Schönberg" verständnislos an und sagte schwer aufseufzend: „So etwas haben wir in Siebenlehn nie gelernt!"

„Ha! — Siebeln!" sagte sie überlegen, „das glaub' ich schon. Da habt ihr nicht mal ein Tagebuch. Noffen ist in allem voran. Freu' dich, daß du hier bist, hier lernt man was, der Kantor weiß, was er will. Paß nur ja auf, wenn das nicht geht wie am Schnürchen, dann wirst du gestraft."

„Was tut er mir denn, wenn ich etwas nicht kann?"

„Er haut dich, oder du mußt nachsitzen."

Ich paukte an der Ehefrage herum, aber die Worte

wollten sich dem Gedächtnis nicht einprägen. Der Kantor ließ am nächsten Morgen von einer über mir Sitzenden das sechste Gebot aufsagen, dann richtete sich sein strenger Blick auf mich, und der von mir so gefürchtete Augenblick kam, er sagte: „Dietrich, 116. Frage: Was ist die Ehe?"

Ich fing ganz gut an, aber der strenge Blick verwirrte mich so, daß ich die Gemeinschaft, die Bestimmung und die Verbindung so durcheinander warf, daß nur Unsinn herauskam.

„Rechnen kannst du nicht, und Religion kannst du auch nicht. Du wirst nachsitzen und zwanzigmal die Antwort auf die 116. Frage aufschreiben. Borg' dir von den anderen Schiefertafeln. Heute nachmittag vor der Stunde sagst du mir's auf. Ich denke dann wird's sitzen."

Als ich mit meiner Strafarbeit fertig war, kamen die anderen schon wieder zur Schule. Ich bekam an dem Tage kein Mittagessen, aber ich konnte die 116. Frage beantworten wie am Schnürchen, und sie hatte sich fest eingeprägt.

Frau Nagel tat mir leid. Je länger ich da war, desto mehr fühlte ich, daß sie auch nicht zu Mann und Sohn paßte. Es paßte niemand zueinander, jeder ging seinen eignen Weg. Der Sohn war Schreiber in einer nahe gelegenen Fabrik; wenn er zu Hause war, klimperte er auf der Gitarre ohne Aufhören. Die Mutter hielt sich die Ohren zu und bat um Ruhe, das berührte Willy nicht, er pfiff oder sang weiter. Ich wunderte mich, wie respektlos er die Mutter behandelte. Ich sah, wie sie sich bald ergab. Mir schien, sie hätte mehr kämpfen müssen, aber ich sah sie nur dulden. Was der Mann am Vormittag tat, wußte ich nicht, weil ich dann in der Schule war. Nachmittags putzte er sich und ging aus. Oft sah ich ihm nach, wenn er lustig pfeifend, sein Stöckchen schwingend, den Berg hinauftänzelte. Manchmal wachte ich nachts auf von einem Gepolter auf der Treppe. Ich hörte die Etagentür öffnen und schließen und schlief bald wieder ein. Außer der schweren Sorge um die Mutter hatte ich eine unbestimmte Angst in diesem Hause.

In der Schule fand ich mich allmählich zurecht. Die „Schönberg" war nun für mich „Anna" und die „Vogel" „Berta". Einmal kam Anna und hatte ein ganzes Paket Bücher, die sie in ihr Fach legte. Nach der Stunde sagte sie: „Bleib noch ein bißchen, ich muß dir etwas zeigen."

Sie holte die Bücher aus dem Fach und sagte: „Weil du nun doch meine Freundin bist, will ich dir gern etwas Schönes zum Andenken schenken!"

Ich erschrak vor Freude. Sollte ich wohl eins von den schönen Büchern haben? Anna sagte wohlwollend: „Du sollst dir zuerst eins aussuchen, du hast gewiß die meiste Freude dran. Sieh, wie hübsch, mit Goldschnitt, und so schöne Goldblumen auf dem Deckel!"

„Ach," sagte ich aufgeregt, „wie wunderhübsch; aber wie darfst du die denn verschenken? Weiß denn deine Mutter das? Ich will dir nur gleich sagen, ich kann dir nichts wieder schenken, ich habe gar nichts."

„Schad't nichts," sagte sie, „such' dir nur aus."

Ich nahm ein Buch nach dem anderen in die Hand und sagte nachdenklich: „Wie kann ich wissen, welches schön ist? Von außen sind sie fast alle schön, nur dies nicht," und ich nahm das einzig ungebundene Buch und schlug es auf. Begeistert rief ich: „Gedichte! Joseph! Ach, darf ich das haben? Gibst du mir das?"

„Du bist nicht gescheit!" sagte sie, „das ist das allersimpelste! Nicht mal eingebunden! Und du hast doch die Wahl."

„Ja, aber wer Joseph war, das weiß ich doch. Siehst du, mir geht's ähnlich wie ihm, ich muß auch in der Fremde sein." Ich drückte das Buch gegen die Brust und bat dringend, sie möge mir gerade dieses schenken."

Sie lachte und sagte: „Behalt's! Ich hatte dir ein besseres zugedacht."

Ich dankte beglückt und fragte, woher sie die vielen schönen Bücher hätte. Sie sagte: „Mein Vater ist Diener in einem reichen Hause in Berlin. Er schickt uns manchmal ein Paket von allerlei Dingen, die die Leute nicht mehr brauchen. Manches können wir ja davon benutzen, manches aber auch nicht. Was sollen wir mit den Büchern? Verkaufen können wir sie hier nicht, wir haben es versucht, es will sie niemand, und wir selbst haben keine Zeit zum Lesen, meine Mutter ist Waschfrau, und nach der Schulzeit muß ich ihr helfen."

Da war alles erklärt, und ich konnte mit gutem Gewissen meinen geschenkten Schatz nach Hause tragen.

Ich hätte gern jemand an meiner Freude teilnehmen lassen, aber Frau Nagel sah immer so geistesabwesend aus, daß ich gar keine Verbindung anknüpfen konnte, da steckte ich das Buch zwischen meine Wäsche, und Sonntags, wenn ich mit der Arbeit fertig war, setzte ich mich in die Bodenkammer und vertiefte mich in die

Schicksale meines geliebten Joseph. Meine Phantasie trug mich weit ins Morgenland, und mit Begeisterung lernte ich die gefühlvollen Verse.

Als ich eines Tages wieder hinaufkam, bot sich mir ein schmerzlicher Anblick. Die Kammer war bestreut mit Buchblättern. Ich sah nach, es war der zerrissene Joseph! Wer hatte mir das getan?

Weinend fragte ich unten. Willy lachte und sagte, er begriffe nicht, wie mich das so in Aufregung bringen könne. Das sei ja ein ganz albernes, gefühlsduseliges Buch. Ich sollte mir das Leben ansehen, die Rose pflücken, eh' sie verblüht, er meine es nur gut mit mir, Menschen und nicht Bücher solle ich mir ansehen. Welcher vernünftige Mensch denn heute noch an Joseph dächte, der wahrscheinlich überhaupt nie gelebt hätte. Er hätte hübschere Lieder, wenn ich nur wolle, könne ich sie bei ihm lernen. Ob ich wollte? Nein, ich wollte nicht, meinen Joseph wollte ich wieder haben. Weinend sammelte ich die Blätter zusammen und ging damit zu Frau Nagel. Ich bat sie um ihren Schutz und Beistand. Sie zuckte hilflos die Achseln und sagte endlich, da ich mich gar nicht beruhigen konnte: „Hier hast du ein paar Groschen, sieh zu, ob ein Buchbinder dir aus den Blättern wieder ein Buch binden kann."

Der Mann, zu dem ich ging, wollte erst nicht dran, als er aber sah, wieviel mir an meinem Joseph lag, band er mir's für zwei Neugroschen ein.

Der Pastor

Eines Tages kam ein Herr in die Schule. Der
Kantor bot ihm einen Stuhl an, und der Fremde nahm
Platz. Es war gerade Religionsstunde, und wir sagten
unsere eingelernten Antworten her. Da der Herr nicht
weit von mir saß, konnte ich ihn betrachten. Er war
von schmächtigem Körperbau, sein Gesicht war bleich,
das Haar war dunkel, er trug es ziemlich lang. Aus
diesem blassen Gesicht schauten ein Paar große, blaue
Augen mit ernstem Ausdruck auf die Kinderschar. Diese
Augen beunruhigten mich, immer zogen sie meinen Blick
auf den Fremden. Fürchtete ich mich vor dem ernsten
Blick dieser Augen? Jetzt begegneten sich unsere Blicke,
ich erschauerte. Warum ruhten seine Augen so lange
auf mir? Mir war, als wolle er mir auf den Grund der
Seele sehen. Wie konnte mich seine Gegenwart in solche
Erregung bringen? Was ging er mich an? Wer war
er, und was wollte er hier bei uns?

Die Pause kam, und alle stürmten hinaus. Der Herr
stand jetzt auf und trat zum Kantor. Wollte ich hinaus,
so mußte ich gerade an den beiden vorüber, das schien
mir nicht möglich, ich war wie an meinen Platz gebannt.
Damit der Fremde mich nicht mehr ansehen sollte, hielt
ich die Schiefertafel vors Gesicht, verstohlen blickte ich
aber darüber hinaus und beobachtete die beiden, da
merkte ich zu meinem Schrecken, sie sahen jetzt beide nach
mir hin. — Die anderen kamen endlich zurück, es war
Lesestunde, der Herr blieb auch jetzt noch. Ich kam
dran; meine Stimme zitterte vor Erregung, aber lesen
konnte ich gut, und als ich fertig war, sah ich, wie der

Herr beifällig nickte. Eine warme Freude durchglühte mich.

Nach der Schule ging ich ein Stück mit Anna. Meine erregte Frage war, ob sie wisse, wer der Herr sei.

„Ja," sagte sie, „es ist unser neuer Pastor, wir werden nächstens Konfirmandenstunden bei ihm haben."

„Glaubst du," fragte ich, „daß wir bei ihm auch viel lernen müssen?"

„Ja freilich! Viel mehr als beim Kantor, ich habe gehört, er soll furchtbar streng sein."

Ich erschrak, meine Seele war in großer Spannung, ich dachte viel an die kommenden Stunden, und trotz der wenig tröstlichen Aussicht sehnte ich sie herbei, war mir doch, als müsse in diesen Stunden etwas ganz Besonderes mit mir vorgehen.

Suchend streckte mein Herz Fühlfäden nach Verständnis und Anschluß aus. Jeder Mensch, jedes Buch, jedes Ereignis erregte mich, es war ein Hungern und Sehnen in mir, das mir zur Pein wurde. —

Dann fingen die Stunden beim Pastor an. Mit erwartungsvoller Freude ging ich hin.

Im Eingangsgebet bat der Pastor, daß doch jedes Kind recht reichen Segen fürs Leben mitnehmen möchte aus diesen Vorbereitungsstunden.

„Jede Seele," sagte er, „auch die scheinbar geringste, ist so teuer erkauft, daß es ein großer Verlust wäre, wenn sie verloren ginge." Weiter sprach er dann über Engel und Teufel. Von dem allgemeinen „Ihr" kam er meist auf das „Du" in der Anrede, und das machte auf mich den Eindruck, als seien er und ich ganz allein miteinander. Ich fühlte mich ganz persönlich von ihm

aufgefordert, vermahnt und getröstet, und in meinem
Herzen gab ich lebhaft Antwort auf jede seiner An-
regungen.

„Von den Teufeln sowohl wie von den Engeln,"
sagte er, „machst du dir eine ganz verkehrte Vorstellung.
Oder meinst du vielleicht, heutzutage gibt es weder die
einen noch die anderen? Da irrst du dich! Auch heute
noch geht der Teufel einher und sucht, welchen er ver-
schlinge. Willst du dich etwa von ihm verschlingen
lassen?"

„Nein!" rief es furchtsam in mir.

„Der Teufel," fuhr er fort, „wird sich hüten, so zu
dir zu kommen, wie du ihn von Bildern her kennst, als
gehörntes Ungeheuer mit Schwanz und Pferdefuß, nein,
er ist viel zu schlau, sich dir so abschreckend zu zeigen,
er will doch deine Seele haben, deshalb verstellt er sich,
er kann schön aussehen, er ist freundlich, er verspricht
dir Genuß und Freude, er sagt, du sollst es gut bei
ihm haben, aber trau' ihm nicht! Hör' ihn nur gar
nicht erst an, verlaß dich nicht auf deine Kraft, du bist
ja so schwach, wie leicht bist du überredet, und was
dann? Ja, mein armes Kind, was dann? Dann bist
du verloren!"

Ich zitterte, und mein Herz versprach, auf der Hut
zu sein.

„Von den Engeln," fuhr er fort, „hast du dir natürlich auch eine falsche Vorstellung gemacht. Du stellst
sie dir vor, ausgestattet mit Flügeln, angetan mit hellen,
wallenden Gewändern, mit schönen, lächelnden Gesichtern.
Aber so begegnen sie uns nicht. Gott überträgt Engelsdienste ganz gewöhnlich aussehenden Menschen; ob sie

bucklig, alt und häßlich sind, darauf kommt's ihm gar nicht an; er gibt ihnen seine Aufträge, und sie richten sie aus. Ein äußeres Merkzeichen für Engel oder Teufel gibt's also nicht. Ach, ihr lieben Kinder, wie wollt ihr euch da hindurch finden! Bald sollen die meisten von euch hinaus in die Fremde, ihr Mädchen nehmt einen Dienst an, und ihr Knaben geht zu einem Lehrmeister oder zu den Bauern. Überall umlauern euch Gefahren und Versuchung, da kann ich euch nur herzlich vermahnen: Prüfet die Geister, festigt euer Herz, widerstrebet allem Bösen!" —

An einem der nächsten Tage sagte Nagel bei Tisch: „Wenn du mit aller Arbeit fertig bist, kannst du in der Dämmerung nach Zella gehen, erwarte mich da im Gasthof. Ich will Äpfel kaufen, die lasse ich dahin schicken, du sollst sie nach Hause tragen."

Verabredetermaßen ging ich nach Zella. Das Wetter war kalt, ein scharfer Frost machte die Erde hart und knupperig. Die große Wirtsstube war leer, ich mußte lange warten, mich hungerte, und ich fühlte mich bis ins Innerste durchgekältet. Die Leute brachten kein Licht, und die Zeit wurde mir lang, aber endlich kam Nagel in Begleitung eines Jungen, der die Äpfel trug. Nun brachte der Wirt ein Öllämpchen. Ich versuchte, den traumhaften Zustand abzuschütteln, und wir traten den Heimweg an. Als wir in Nossen in die Neugasse kamen, sagte Nagel, auf eine Wirtschaft deutend: „Hier geht's ja lustig zu, komm, wollen mal sehen, was hier los ist!"

Gehorsam folgte ich. Nagel öffnete die Tür. Dicker Tabaksqualm erfüllte das Zimmer, und durch den Qualm hörte man laute, aufgeregte Stimmen. Kaum hatten die Anwesenden gesehen, daß Nagel da war, als ein wahres Freudengeheul losbrach. Eine Frau mit stark gerötetem Gesicht stürzte aufgeregt auf ihn zu und rief mit schriller Stimme: „Da ist ja wahrhaftig Nägelchen! Goldenes, liebstes Nägelchen! Sie fehlten uns ja gerade noch! Was sagen Sie nur, daß Sie wirklich recht behalten haben?! Ganze fünf—hun—dert — Taler! Sie sind ein Prachtkerl! Von keinem andern Menschen als von Ihnen nehmen wir von nun an unsere Lotterie-lose!"

Alle drängten sich um Nagel, sie umarmten und küßten ihn, er konnte sich vor ihren lauten Liebkosungen gar nicht erwehren.

„Sie sollen heute abend haben, was Ihr Herz nur wünscht, und das kleine Mädel, das Sie da bei sich haben, natürlich auch. Komm, Kleine, setz' deinen Korb hier nur her. Du sollst auch mit essen. Gleich kommt schöner, warmer Schweinebraten. So gut wird's dir nicht oft geboten. Komm nur dreist heran an den Tisch. Nagel! Prost! Leben und leben lassen!"

„Was?" sagte Nagel, indem er mit erhobenem Glase an den Tisch trat, „du bist auch schon hier, Willy?"

Richtig, da saß er, mit einem Glas dampfenden Grogs vor sich. Er stand auf, gab dem Vater lachend die Hand, zog einen leeren Stuhl an seine Seite und winkte, ich möge mich neben ihn setzen. Zögernd folgte ich.

„So ist's recht!" rief Willy, „komm, bist wohl ganz kalt geworden, das gibt sich bald, hier ist's gemütlich,

gleich kommt das schöne Essen. Jakob! St! Du, unser
Lieblingslied!" Sie stimmten an, die andern fielen ein,
und dann sang die ganze Gesellschaft mit überlauter
Stimme:

> „Lebe — liebe — trinke — schwärme —
> Und begeistre dich mit mir!
> Härme dich, wenn ich mich härme,
> Und sei wieder froh mit mir!"

Sie stießen lachend miteinander an, und jetzt erschien
der duftende Braten auf dem Tisch. Nun gab's zu
essen, ich war so hungrig, da schnitt auch schon die Frau
mit dem roten Gesicht die dicken Scheiben ab. Ich fühlte,
daß jemand den Arm um mich legte, und als ich mich
erschrocken umdrehte, sah ich in Willys lachendes, über-
mütiges Gesicht. Ich rückte erschrocken von ihm ab, und
eine heiße Angst packte mich plötzlich. Im Geiste sah ich
ein Paar ernste Augen traurig fragend auf mich gerichtet.
Ich zitterte, ich schämte mich vor dem fragenden Blick.
O, wenn der Pastor mich in der Gesellschaft sähe, was
würde er sagen? Hatte er nicht gerade den ersten Psalm
besprochen? Und hatte er uns nicht mit heiligem Ernst
vermahnt, wir möchten nicht sitzen, wo die Spötter sitzen?
Alles Laute und Rohe sollten wir meiden, damit die
feine Stimme in uns nicht ertötet würde. Das würde
sie aber im wüsten Lärm. Wäre die aber erst tot, dann
hätten wir keinen Mahner und Retter mehr. Da wurde
die Angst und Unruhe in mir so stark, daß ich leise
aufstand, meinen Korb ergriff, und ehe jemand von
meinem Weggehen etwas gewahr wurde, stand ich in
der Neugasse.

Eilig, klopfenden Herzens, als würde ich verfolgt,

hastete ich nach Hause. Die Stube war nur vom hellen
Mondlicht erleuchtet. Scharf hob sich das Fensterkreuz
von der weiß gescheuerten Diele ab. Frau Nagel saß
nicht weit vom Fenster, ihr feines, blasses Gesicht sah
im Mondschein noch bleicher aus als sonst.

„Du kommst spät," sagte sie mit der gewohnten
Müdigkeit in der Stimme. „Warum bist du denn so
gehetzt?"

„Ich will nicht da sein!" sagte ich trotzig, und ich
erzählte ihr, woher ich kam.

Sie schwieg eine Weile, dann sagte sie: „Wenn
man so jung wie du, schon auf sich selbst gestellt ist, da
muß man sich fragen, zu welcher Partei man gehören
will. Ich weiß ja nicht, wohin dein Herz dich zieht;
das entscheidet ja. Helfen kann dir niemand, unser
Schicksal liegt in uns selbst. Ich möchte auch nicht
an solchem wüsten Leben teilnehmen. Zwingen dazu
kann uns niemand.

Sie deutete auf ein Nebentischchen und sagte: „Da
liegt deine Bemme, iß sie, und dann geh zu Bett."

Auch in die Bodenkammer schien der Mond. Ich
konnte noch lange nicht schlafen, ich war so aufgeregt,
daß ich heftig weinte. Ich war durchaus zufrieden mit
mir, daß ich weggegangen war, ich fühlte, ich hatte
ganz im Sinne des Pastors gehandelt, und auch die
Mutter, wenn sie es mit erlebt hätte, würde mir ihren
Beifall aussprechen. Was half es mir, daß ich bei der
schönen Frau Nagel Teilnahme suchte, wo war sie mit
ihren Gedanken und Empfindungen? Aber daß ich den
Pastor hatte! Was er wohl sagen würde, wenn er
wüßte, wie durchgekältet und hungrig ich war, und daß

ich trotzdem vorm Schweinebraten geflohen war, dann
würde vielleicht das feine, zustimmende Lächeln über
sein blasses Gesicht huschen. Ich hätte doch gewünscht,
daß er es wüßte, vielleicht hätte er ein freundliches
Wort für mich gehabt, danach sehnte ich mich so. Da
ich aber das ersehnte Wort nicht hören würde, so lobte
ich mich selbst und schlief endlich im Gefühl dieser Selbst-
zufriedenheit ein.

Schon am Tage nach meiner Flucht hatten wir
wieder Stunde beim Pastor. Wir hatten den zweiten
Psalm gelernt, und heute sprach er darüber.

„Du glaubst vielleicht,“ sagte er, „dieser Psalm geht
uns heute gar nichts mehr an, denn du lebst ja nicht
unter Heiden. Du irrst dich! Du lebst ja heute noch
gerade so gut unter Heiden wie die Leute, von denen der
Psalmist redet. Wo sie sind? fragst du. Mitten unter
uns, da sind sie, wo die Spötter sitzen, wo Tanz und
Gelage sind, wo es laut und roh hergeht, da, wo man
dein Gewissen töten will, wo man dir viel von Freude
und Genuß vorredet. Kommst du zu solchen, da erwache
derselbe Zorn in dir wie hier beim Psalmisten, rufe wie
er: ‚Lasset uns zerreißen ihre Bande und von uns
werfen ihre Seile!‘ “

Der Pastor rief es laut wie einen Befehl hinaus,
seine Augen funkelten, die zarte Gestalt hob sich in
heiliger Begeisterung, als er fortfuhr: „Du wirst sie
hören, wie sie pochen auf ihr Glück, wie sie sich sicher
fühlen in ihrem Taumel, aber paß mal auf: Der im
Himmel wohnet, lachet ihrer, und der Herr spottet ihrer.
Er wird einst mit ihnen reden in seinem Zorn und mit
seinem Grimm wird er sie schrecken. Er wird sie mit

einem eisernen Zepter zerschlagen, wie Töpfe wird er
sie zerschmeißen!"

Mächtig war die Stimme angewachsen, ich kroch
ganz in mich zusammen, jedes seiner zornig gesprochenen
Worte fiel wie ein Hammerschlag an meine Ohren. Er
fragte: „Willst du bei Heiden sein? Ich sage dir,
solches Tun ist dem Herrn ein Greuel, fliehe! Nimm
nicht teil! Verschiebe deine Entschlüsse nicht, führt dich
dein Schicksal zu Heiden, so bedenke dich nicht, erwäge
nicht, sondern gleich mach' kehrt, verstocke dein Herz nicht!"

Mich hatte die erregte Rede so ergriffen, daß ich
heftig weinte und bei mir selbst eifrig sagte: „Ach, ich
geh' ja gleich! Ich geh' gar nicht erst wieder hinunter
zu ihnen."

Und als wir entlassen waren, schlug ich den Weg
nach Siebenlehn ein. Zuerst war ich einfach drauf los
gelaufen, als ich aber auf die einsame Chaussee kam,
da kam auch das Nachdenken. Wohin konnte ich denn?
Der Forsthof war nicht mehr meine Heimat. Zu Madame Hänel wagte ich mich nicht recht. Ich wollte zur
alten Christiane gehen, die war noch eine Freundin
meiner Großmutter gewesen, und ich hatte manchmal
gehört, daß sie der Mutter ihren Rat angeboten hatte,
vielleicht wußte die einen Ausweg.

Als ich mir das überlegte, hörte ich Schritte hinter
mir, und eine freundliche Stimme fragte, wohin ich denn
so eilig mit meinen Schulbüchern wolle.

Der so zu mir sprach, war der kleine, dicke Bäcker
Winkler, der am Marktplatz wohnte, wo ich jeden Morgen
die Dreierbrötchen gekauft hatte. Es wurde mir schwer,
ihm eine bestimmte Antwort zu geben, aber durch allerlei

geschickte Fragen erfuhr er auf dem weiteren Wege, wie
es um mich stand, und zu wem ich jetzt wolle. Vor
Siebenlehn trennten wir uns, und ich ging zu Christiane.
Sie saß in ihrem kleinen Stübchen, hatte ein dickes
Kopftuch weit über die Stirn nach vorn gezogen, so daß
ihr altes faltiges Gesicht wie unter einem Schutzdach
verborgen war. Sie hatte einen Haufen Federn vor
sich und war dabei, sie zu schleißen. Bei meinem Anblick schlug sie verwundert die Hände zusammen, schob
das Tuch hinter die Ohren und wollte wissen, was ich
bei ihr wolle. Aber das war eine schwere Aufgabe
für mich, ihr begreiflich zu machen, warum ich von
Nagels fortgegangen war. Zögernd rupfte sie die
Federn und schüttelte bedenklich den Kopf. „Geben sie
dir nicht satt zu essen?"

„Doch," sagte ich.

„Hauen sie dich?"

„Nein!" rief ich.

Da ließ sie die Federn sinken, die alten blöden Augen
ruhten fragend auf mir, sie wackelte mit dem Kopf und
sagte vorwurfsvoll: „Ich find' mich ni mehr zorecht, man
leeft doch ni glei weg! Ä, is das 'ne Zeit! Ja, die
Jugend! Bist immer e närr'sches Mädel gewest!
Sulltst doch wieder runter gehn, den Leiten e gutes
Wort geb'n, vielleicht nehm'n se dich wieder."

Unter Christianes Worten ging in mir eine leise
Veränderung vor. Ich versuchte meinen Schritt mit
Christianes Augen anzusehen, zwei Meinungen kämpften
gegeneinander. Ich fragte mich: hatte ich wirklich un-
besonnen gehandelt? Als ich die Frage schweigend in
mir erwog, klopfte es, und zu meinem maßlosen Staunen

trat mein freundlicher Weggenoffe, Bäcker Winkler, herein. Wir waren alle drei linkisch und verlegen. Ich konnte mir nicht denken, was Winkler hier wollte. Da sagte er, indem er sich den Schweiß abtrocknete: „Hier, geh mal zu Kaufmann Dietzels und hol' mir ein Päckchen Streichhölzer, ich hab' grade keine mehr."

„Sonderbar!" dachte ich, aber ich lief schnell in die Niederstadt.

Als ich wiederkam, war kein Bäcker Winkler mehr da; Christiane sagte kopfschüttelnd: „Der wollte doch gar keene Streichhölzchen! Ich soll dir von ihm sagen, du könntest morgen nach der Schule zu ihm kommen, du solltest keene Bange haben, könntest da bleiben bis nach der Konfirmation. Kennst'n du den?"

Ich nickte. Der Pastor hatte in allem recht; es war gut, daß ich ihm gehorcht hatte! Wie er recht hatte! Auch was er über die Engel gesagt hatte. Ganz unscheinbare Leute könnten Engelsdienste verrichten, Bäcker Winkler war also auch dazu ausersehen. Das hätte ich früher nicht gedacht, nun hatte ich's erlebt. Das Erlebnis machte mich so froh, daß ich, mit Dank und einem großen Glücksgefühl im Herzen, ganz sanft auf Christianes hartem Kanapee einschlief.

Ganz schüchtern stand ich am nächsten Tag bei Bäcker Winklers. Eine resolute Frau mit aufgestreiften Ärmeln trat auf mich zu und sagte: „Bist du die kleine Dietrich? — Na, mit viel Gepäck gibst du dich nicht ab. Hast wohl dein Zeug noch bei Nagels, wirst's nicht gern holen wollen — der Geselle kann hingehen. — Leg' deine Bücher hierher. Gleich wollen wir essen, hier im Tischkasten ist's Deckzeug, deck' den Tisch!"

Sie gab mir einige kurze Anleitungen und holte das Essen. Außer dem freundlichen Bäcker waren noch seine alte Mutter und zwei hübsche, erwachsene Töchter da. Mein Aufenthalt hier wurde wie die selbstverständlichste Sache von der Welt angesehen. —

Nach dem Essen gab mir Frau Winkler ein Päckchen weißes Garn und einen Satz Stricknadeln.

„Das hab' ich dir heute früh besorgt, du hast vielleicht noch keine Strümpfe zu deiner Konfirmation. Schlag dir Maschen auf, und wenn ich grade nichts für dich zu tun habe, so strick' dir ein Paar Strümpfe."

Mir war vorläufig geholfen. Das Erlebnis machte einen unauslöschlichen Eindruck auf mich.

Die Rückkehr der Mutter

Einmal hatte ich Bäckerwaren ausgetragen und kam in der Dämmerung nach Hause. Auf der Vordiele stand eine Frau, ich wollte die Tür öffnen, damit sie sehen könnte, da sagte eine Stimme leise fragend: „Charitas?" Ich erschrak so heftig, daß ich laut aufschrie. Da wurde von innen die Tür geöffnet, und beim Schein des Lichtes sah ich, daß ich recht gehört hatte. Es war die Mutter!

Wir standen in der Stube, voll beschienen vom Lampenlicht. Ich war wie betäubt. Unendlicher Jubel durchzitterte mich; aber neben der Freude zog ein unbestimmtes Angstgefühl durch meine Seele. Es war die Mutter, aber wie sah sie aus! Sie war blaß und mager, die Lippen waren schmal und hatten einen bläulichen Schein, und die sonst so lebhaften Augen waren matt und lagen tief in den Höhlen.

Ich sah wie durch einen Nebel, daß Frau Winkler der Mutter einen Stuhl hinschob. Staunend, fragend ruhten aller Blicke auf dem blassen Gesicht.

„Da freust du dich," sagte Frau Winkler zu mir, und zur Mutter gewandt fragte sie: „Kommen Sie denn grade von der Reise?"

„Ich komme jetzt von Herzogswalde."

„Ach Gott," sagte Frau Winkler, „das ist ja ein weiter Weg, da werden Sie müde und hungrig sein, gleich essen wir Abendbrot."

Die Mutter dankte und sagte zu mir, während sie ihren Arm um mich legte und mich herzlich an sich drückte: „Du warst so schwer zu finden! Du bist weg von den Leuten, wo du zuerst warst."

„Ja, ja,“ sagte Frau Winkler, „das hat sie recht gemacht. Das ist kein Aufenthalt für ein heranwachsendes Kind! Mann und Sohn sind leichtsinnige Menschen. Man weiß kaum, wovon sie leben. Der Mann ist Kollekteur für Lotterielose, er hat auch Agenturen für Feuer- und Lebensversicherung, gelegentlich gibt er auch Tanzstunde. Und die Frau? Sie ist reich gewesen, die Tochter eines Fabrikbesitzers, ist sehr verwöhnt, die legt nun die Hände in den Schoß und grübelt über ihr Unglück nach. Nein, nein, da paßt kein Kind hin!“

Die Mutter stand auf, reichte Winklers die Hand und dankte ihnen. Sie nahm das Tuch vom Kopf, und nun sah ich mit stummem Staunen, daß sie nicht ihr volles, langes Haar mehr hatte; der Kopf war bedeckt mit dunklen, krausen Löckchen. Sie sah meinen verwunderten Blick und sagte seufzend: „Ja, das alte Haar ist weg, aber du siehst, es kommt wieder. Das ist mir im Typhus alles ausgegangen. Der Kopf war ganz kahl und nackt.“

„Krank bist du gewesen?“ fragte ich eifrig. „Wir konnten doch auch gar nicht begreifen, warum wir gar nichts von dir hörten. Wir wußten ja nicht einmal, ob du noch lebtest!“

„Ich habe in Holland lange im Krankenhaus gelegen. Ich war sehr krank. Als es besser wurde, habe ich geschrieben. Ob sie den Brief überhaupt nicht besorgt haben? — Die Rückreise mit dem schweren Wagen war mühsam, ich kam nur mit großen und häufigen Unterbrechungen vorwärts. Ich hätte Ruhe haben sollen und besondere Pflege, sagten die Ärzte im Krankenhaus.“

Die Mutter seufzte, ihr Blick ruhte mit ernstem Ausdruck auf mir.

„Na," meinte Winkler tröstend, „wenn das Haar nur wieder kommt, dann wird sich's schon auch mit dem übrigen machen. Nun sind Sie daheim, haben Ihre Ruhe und können sich pflegen."

Darauf sagte die Mutter kein Wort, sie zog nur die Augenbrauen hoch. Ich beobachtete ihr Gesicht, es lag ein tiefer Ernst, eine schmerzliche Herbigkeit in ihren Zügen. Sie, die sonst so drastisch und lebhaft von ihren Reisen erzählen konnte, sie war heute schweigsam und verschlossen.

Nach dem Abendessen begleitete ich sie nach Siebenlehn. Sie hielt meine Hand fest in der ihren, und ich drängte mich liebebedürftig an ihre Seite.

„Sieh mal an," sagte sie, „ich hätte ja kaum gedacht, daß du soviel Einsicht haben würdest."

„Du meinst mit meinem Weggehen von Nagels?" fragte ich, „o, denke doch nicht, daß ich das so aus mir selber getan habe! Das hat nur der Pastor getan! Du solltest ihn kennen!"

„Der hat sich deiner angenommen?"

„Na, in den Stunden. Aber ich glaube fest, er hat gewußt, was ich brauchte, denn alles, was er sagte, das paßte grade für mich. O, wie er mich glücklich gemacht hat! Wie der weiß, wie es in einem aussieht, er sieht einem mit seinen klaren, blauen Augen bis auf den Grund, und man muß tun, was er will!"

„So, so, jawohl, ich kenne das!" sagte die Mutter.

„Ach, und nun bist du wieder da! Nun gehst du doch nicht wieder weg, nun bleib' ich endlich bei dir.

Kann ich denn nicht gleich jetzt bei dir bleiben? Ich bin doch so froh! Ich will morgen ganz früh aufstehen, damit ich zur Schule zurechtkomme."

„Du bleibst immer dieselbe! Grade wie es dir im Augenblick einfällt! Wolltest du wirklich von Winklers so wegbleiben? Übrigens kann ich dich nicht haben. Dir scheint noch gar nicht klar zu sein, daß wir kein Heim mehr haben."

„Doch, Mutter," sagte ich beklommen, „aber mir ist, als wäre nun alles wie früher, da du doch wieder da bist. Gehen wir denn nun nicht nach Herzogswalde?"

„Nein!"

Wir hatten Siebenlehn erreicht, die Mutter nahm mich in die Arme, küßte mich und sagte: „So, jetzt sei mein gutes, geduldiges Kind! Geh zurück und tu Winklers, was du ihnen an den Augen absehen kannst. Madame Hänels Christel fährt ja ein paarmal die Woche nach Gerbitz, um Stückhefe zu holen; sie muß bei euch vorbei, ihr werde ich in den nächsten Tagen sagen, wo und wann du mich findest. Du hörst dann, was ich für die nächste Zukunft plane. Sei weiter glücklich in deinen Konfirmandenstunden, und nun geh!"

Einsam ging ich den Weg im Dunkeln zurück, ernste Gedanken bewegten mich.

* * *

Der Bescheid kam bald, und ich besuchte die Mutter. Sie hatte ein Stübchen im Hinterhaus bei Madame Hänel. Außer dem notwendigsten Mobiliar und der großen Truhe aus der Holzkammer war die Stube angefüllt mit Stößen von Papier und vielen Pflanzenpaketen, die hoch aufgetürmt an der Wand lehnten.

Eine unklare Angst packte mich. Sollten denn wir die
Sache mit den Sammlungen weiter führen? Aber das
konnten wir doch gar nicht! Das konnte doch nur der
Vater, der hatte die Sicherheit, die Kenntnisse, er wußte
und bestimmte, welche Aufgaben jeder dabei zu erfüllen
hatte. Die Mutter selbst hatte sich ihm blindlings unter-
geordnet. Wir hatten ja auch so vieles gar nicht!
Ich sah mich um nach dem Regal mit den gedruckten
Etiketten; da waren keine Pressen. Das alles fuhr mir
flüchtig durch den Sinn, als mein Blick den ärmlichen
Raum überschaute. Die Mutter war ja aber auch gar
nicht mit ihren Pflanzen beschäftigt; sie hatte eine
Strähne weißen Zwirn um den Hals, vor ihr lag ein
großes gelbes Ei aus Wachs, sie nähte mit starrem,
gewichstem Faden an einem gelb und rot gestreiften
Flanellrock. Ganz verwundert ruhten meine Blicke auf
dem ungewohnten Bilde.

„Mutter! Was machst du denn da?" rief ich nach
unsrer Begrüßung.

„Ja, das rat mal!" sagte die Mutter lächelnd.

„Ist das denn für mich?"

Sie nickte und reichte mir ein Hemd aus grobem Stoff.

„Auch für mich?" fragte ich vergnügt.

„Auch für dich!" sagte die Mutter mit stolzem
Nicken. Während ich beides eingehend besah, sagte sie:
„Du sollst es an deinem Ehrentage ebenso haben wie
andere, alles neu von Kopf zu Fuß. Den Tag erlebt
man nur einmal, ich möchte doch auch das meine dazu
tun, daß du ihn in guter Erinnerung behältst."

Ich küßte sie schweigend, ich war zu bewegt, um in
Worten zu danken, machte ich mir doch eine Vorstellung

davon, welche Opfer es kostete, mir diese Aussteuer zu beschaffen.

„Es ist nur gut, daß du heute gekommen bist, Gläß-Malchen muß dir doch Maß zum Kleide nehmen, es wird ja Zeit! Geh mal da an die Truhe, und nimm mein schwarzes Kleid heraus, leg's nett zusammen, dann gehen wir gleich."

„Soll ich denn daraus das Konfirmationskleid be-kommen? Aber ist das denn nicht schade? Dann hast du ja kein schwarzes Kleid mehr."

„Ach geh doch! Als ob auf mein Aussehen etwas ankäme! Die Kirche ist an solchen Tagen so voll, ich setz' mich in einen dunklen Winkel, wo mich kein Mensch sieht, ich bin ja in Nossen auch nicht bekannt."

„Du nicht bekannt? Doch! Die Frau Natur-forschern nennen sie dich."

Die Mutter lachte.

„Nein, aber wirklich, Mutter, was ziehst du denn an?"

„Hast du eine Not!" sagte sie ungeduldig, „ich hab' ja noch allerlei Staat aus Bukarest, ich wartete immer bis er zu mir passen sollte, na, nun zieh' ich das Kleid an, obgleich es grade jetzt am allerschlechtesten paßt."

„Mutter!? Das altmodische, bunte Seidenkleid!"

„Als ob auf ein Kleid etwas ankäme! Ob man sich nun den einen oder den andern Plunder umhängt! Ich meine, du solltest jetzt andere Dinge im Kopfe haben! Was ich für dich nötig finde, nun ja, aber damit hat die Kleiderfrage doch wahrhaftig genug Zeit und Inter-esse in Anspruch genommen. So, jetzt komm!"

Unterwegs wurde kein Wort gesprochen, bei Gläß-Malchen wurde das Kleid auseinander gebreitet. Malchen schüttelte bedenklich den Kopf, befühlte den Stoff, trat zur Mutter, klopfte ihr gönnerhaft auf die Schulter und sagte: „Ich will Ihnen einen guten Rat geben, Frau Dietrich, behalten Sie das Kleid für sich, tragen Sie es so auf, wie es ist. Ich würde für Sie nicht einmal Änderungen vorschlagen, obgleich man diese langen Schneppen schon lange nicht mehr trägt! Warten Sie mal, — das ist mehr als zehn Jahre her, daß man Schneppen trug. Hab' ich recht?"

„Das ist mein Hochzeitskleid. Es ist sechzehn Jahre alt," sagte die Mutter mit verdrossenem Ausdruck.

„Sehen Sie wohl?" triumphierte Malchen, „ich ahnte so was! Der Tibet ist ja gut," sagte sie und prüfte den Stoff zwischen den Fingern.

„Gut?" rief die Mutter, „freilich ist er gut! Den hat meine Mutter selbst von der Bierrasten in Roßwein geholt, ‚bis an dein Ende,' so hat sie damals gesagt, ‚kannst du das Kleid tragen.' "

„Glaub' ich, können Sie auch, wenn die Mode Sie nicht stört."

„Ach was!" knurrte die Mutter, „um die hab' ich mich noch nie gekümmert!"

„Na also! Ich schlag' Ihnen vor, kaufen Sie dem Kinde neuen Stoff, dann bekommt die etwas Ordentliches, und Sie behalten Ihr schwarzes Kleid."

„Auf den Gedanken wäre ich vielleicht auch selbst verfallen, wenn ich das Geld für neuen Stoff gehabt hätte," sagte die Mutter kalt, „wollen Sie dem Kind ein Kleid daraus machen?"

Malchen zuckte die Achseln, drehte das Kleid nach allen Seiten und sagte mit großer Zurückhaltung: „Ich will Ihnen offen sagen, es ist für eine Schneiderin, die auf sich hält, grade keine Freude, aus altem Kram neues Zeug zu machen, man verdient nicht das Salz dabei, aber ich will es Ihnen diesmal zu Gefallen tun."

„Was ich dabei tun kann, will ich gern tun, etwa trennen oder beim Nähen helfen."

Nein, „gern" tat die Mutter das nicht, aber ich wußte wohl, warum sie sich überwand.

Malchen schüttelte auch den Kopf und sagte von oben herab: „Man kann Ihr Nähen ja nicht grade unsolide nennen, im Gegenteil, Sie nähen wie für die Ewigkeit, aber Sie nähen zu derb, es ist, als ob Sie Lederhosen zwischen den Fingern hätten. Sie haben mir ja schon einmal geholfen, ich kenne Ihre Art. Nehmen Sie mir's nicht übel, aber es steht Ihnen nicht."

Die Mutter sah geradeaus, der Ausdruck ihres Gesichtes war kalt, undurchdringlich, sie sah hochmütig aus, sie sprach kein Wort mehr, und als Malchen mir Maß genommen hatte, ging die Mutter wie eine beleidigte Königin aus der Tür.

Bald danach war meine Zeit in Nossen zu Ende. Von allem hieß es Abschied nehmen. Von der Schule zu scheiden, wurde mir nicht schwer. Mein Abgangszeugnis fiel nicht gut aus: Religion und Rechnen mangelhaft. Ich nahm es gleichmütig hin.

Dann kam die letzte Konfirmandenstunde. Ich konnte mich vor Schmerz kaum fassen. Fest sollten wir stehen den Versuchungen des Lebens gegenüber, ich gelobte es im stillen mit aufrichtigem Ernst. Der Pastor verteilte dünne Heftchen: Konfirmandenbüchlein. Ich sah durch Tränen, daß er mit zierlicher Schrift meinen

14*

Namen auf die Außenseite geschrieben hatte, ich streichelte die Stelle, ich legte meinen Kopf auf die Arme und weinte lange und heftig.

Auch der Tag der Konfirmation brachte mir große seelische Erregung. Ich fühlte eine heilige Weihe, zugleich aber hatte ich ein Gefühl schmerzlicher Sehnsucht, unendlicher Wehmut. Ich verglich mich mit andern Kindern, und ich sagte mir: so wie sonst mein Leben, so war auch dieser Tag anders als der meiner Gefährtinnen. — Gleich nach der Feier sagte die Mutter: „Winklers haben mich eingeladen, aber ich gehe nach Hause, ich möchte niemandem lästig fallen. Heute bleibst du noch hier, morgen kommst du zu mir."

Das war schwer, ach, ich kannte die Mutter!

Ehe ich Nossen verließ, nahm ich Abschied vom Pastor.

„Du gehst nun wieder für immer nach Siebenlehn," sagte er, „da ist im dortigen Pastorat eine frühere Schülerin von mir in Pension, sie heißt Fanny Axel. Willst du zu ihr gehen und ihr sagen, daß Mittwoch nachmittags konfirmierte Mädchen, die Zeit und Lust haben, zu mir zum Singen kommen können. Magst du ihr das bestellen?"

Ob ich wollte! Ob ich auch kommen dürfe? fragte ich schüchtern.

„Gewiß," sagte der Pastor freundlich, „ich weiß nicht, hast du denn Zeit zum Singen?"

Ich nickte eifrig. Ich wollte doch so gern!

Am Abend kam ich bei der Mutter an. Sie sagte: „Wie gut, daß du da bist! Auf uns beiden liegt nun alle Arbeit. Wenn ich mich nur erst ordentlich erholt habe! Du bist auch so lange aus allem herausgekommen. Wir müssen ja des Vaters Arbeit mit tun. Du mußt sehen, daß du dich bald in alles hineinarbeitest."

„Ach!" sagte ich mutlos, „wie können wir wohl Vaters Arbeit tun."

„Es muß gehen!" sagte die Mutter kurz.

Ich sah mich um, verschiedene Stöße Papier lagen auf dem Fußboden, ein Brett war darüber gelegt, darauf lagen Steine in verschiedener Größe.

„Haben wir denn gar keine Pressen mehr?" fragte ich gedrückt.

„Nein, Pflanzen haben wir und Papier, aber man muß sich zu helfen wissen. Meinst du, wenn ich auf meinen Reisen sammele, ich hab' eine Presse bei mir? Das ist ja auch nicht nötig. Die Hauptsache sind Mut und Ausdauer. Wir müssen jetzt alle Gedanken auf unsern Beruf richten. Du mußt bei der Aufstellung der Verzeichnisse helfen und die Etiketten schreiben. Beim Sammeln lösen wir einander ab. Ich gebe die Hoffnung nicht auf, daß wir uns hindurch arbeiten. Stell' dir vor, wenn uns das gelänge! Aber begeistert für unsere Aufgabe müssen wir beide sein. Die Seele muß in der Arbeit sein. Du hast noch gar nicht die rechte Begeisterung, und du bist doch zu begeistern!"

Meine Gedanken und Wünsche lagen vorläufig noch in einer ganz anderen Richtung. Ich sagte zögernd: „Ach, ich habe einen so großen Wunsch!"

Die Mutter sah mich fragend an, und ich fuhr fort: „Ich möchte so sehr gern beim Nossener Pastor die Singstunden mit nehmen, einmal in der Woche ist es nur."

„Sin—gen!? Ist dir denn nach Singen zumute? Das nimmt drei Stunden Zeit! Ich wollte dir täglich in der Dämmerung ein Stündchen freigeben, daß du noch mit deinen früheren Freundinnen zusammen sein kannst, aber dieser Wunsch kommt mir ganz ungelegen!"

„Ach, siehst du, Mutter, das ist immer so, wenn du weg gewesen bist; du weißt dann nicht, was ich inzwischen erlebt habe. Bitte, bitte, schenk' mir die Singstunde!"

„Hat der Pastor dich denn extra dazu aufgefordert?"

„Wer Lust und Zeit hat, darf kommen."

„Und wer hat Zeit?"

„O, die von Postmeisters, — Doktors, — Amtsrichters —"

„Ja, laß nur. Natürlich, die alle haben Zeit. Denkst du, daß du dazwischen paßt?"

„Es kommt mir nicht auf die an, nur auf den Pastor!"

„Nun, ich schenk' dir die Stunde."

Sie schüttelte den Kopf uud sah mich nachdenklich an, ich aber dankte ihr mit überschwenglichen Worten.

In einer meiner Freistunden ging ich ins Siebenlehner Pastorat und bestellte Fanny Axel die Grüße des Nossener Pastors. Ich begriff, daß sie vor Freude tief errötete. Sie schlug vor, wir wollten zusammen in den Zellwald gehen. Unterwegs sagte sie: die Singstunden könne sie leider nicht mitnehmen, da sie um die Zeit gerade beim Pastor Französisch hätte, aber ich möge sie doch öfter abholen, sie wolle doch gern wissen, was für Lieder wir sängen, auch wie es in den Konfirmandenstunden gewesen sei. Wie gern wollte ich das! Wie

ich zu ihr aufsah! Wie ich sie beneidete, daß sie ganz
in einem Pastorat sein durfte, sie durfte Französisch
lernen, sie war in Pension! Und doch ließ sie sich von
mir erzählen, sie brachte mich sogar nach Hause ganz über
den Hof bis an unsere Haustür. Sie warf einen Blick
nach oben und zögerte, ich forderte sie aber nicht auf,
mit hinaufzukommen. Als sie ging, sah ich ihr bewundernd nach, wollte ich doch so gern von ihr lernen.
Also solche kleine Trippelschritte machte man, so zierlich
mit zwei Fingern faßte man sein Kleid an, wenn man
über den Rinnstein stieg, und so drehte man den Kopf,
und so sanft lächelte man, wenn man dem andern zuhörte. Ach, vielleicht ließe sich das alles lernen auch
ohne Pension, und ich versuchte gleich das eine und
andere.

Der Mutter erzählte ich begeistert von meiner vornehmen Bekanntschaft, sie lächelte und meinte, ich möge
sie doch das nächste Mal mit heraufbringen, da ich
öfter mit ihr zusammenkommen wolle, möchte sie sie auch
kennen lernen.

Das war nun aber gar nicht nach meinem Sinn.
Was sollte denn Fanny von uns denken? So wie
die Pflanzenpakete bei uns herumlagen! Die mit Steinen
beschwerten Papierstöße, überhaupt die ärmliche Stube
die sollte sie doch lieber nicht sehen.

Die Mutter sah mich forschend an, sie durchschaute
mich, ein leiser Spott lag in ihrem Blick, als sie sagte:
„Weißt du, wie du bist?"

Ich sah sie mit banger Erwartung an, und sie fuhr
fort: „Feige bist du!" Ich zuckte zusammen, die
Mutter aber wiederholte: „Ja, feige! Du hast nicht

den Mut, sie in dein armes Heim zu bringen. Warum
schämst du dich? Man hat sich nur zu schämen, wenn
man unrecht tut. Das nächste Mal bring' sie nur mit
herauf."

Ich fühlte mich wie geprügelt. Das nächste Mal
brachte ich sie mit. Trotz der Mutter Reden hatte ich
noch immer ein höchst unbehagliches Gefühl, und es war
mir ganz recht, daß es nicht mehr so hell war, ich
suchte durch lebhaftes Reden Fannys Aufmerksamkeit
abzulenken, ich führte sie dienstbeflissen ans Fenster und
versuchte, sie für den Garten zu interessieren.

Dann atmete ich erleichtert auf, als sie endlich ging.

Ich war gespannt, was die Mutter sagen würde;
als sie meinem fragenden Blick begegnete, sagte sie:
„Ihr paßt nicht zueinander."

„Aber — — !"

„Nein, nein, euch führt nur das gemeinsame Interesse für den Pastor zusammen. Schade um das Mädchen,
die hat ja ein ganz unnatürliches Wesen, wie sie die
Augen verdreht, und wie sie das Köpfchen schief hält!"

„Mutter," sagte ich belehrend, „das lernt sie doch
so, dafür ist sie doch in Pension!"

Die Mutter lachte und sagte: „Sieh mal, wie klug
du bist! Nein, das lernt sie nicht in der Pension, vielleicht hat man sie dahin gegeben, damit sie wieder
natürlich wird. Jedenfalls wünsche ich nicht, daß du
dich in der Beziehung nach ihr richtest!" —

Der Mittwoch kam, und ich ging in die Singstunde.
Ich hatte mich so geeilt, daß ich zu früh ankam, die
Mädchen waren allerdings da, aber noch nicht der
Pastor. Verlegen stand ich an der Tür, keine beachtete

meinen Gruß, sie waren sehr lebhaft, neckten einander, lachten und fühlten sich ganz sicher. Daß eine sehnsüchtig da stand und gern dazwischen gewesen wäre, das schien keine zu fühlen. Ich dachte an die Mutter, die mich so gern bei sich behalten hätte, und schmerzliche Reue regte sich in mir. Da ging die Tür auf, — der Pastor!

„Du stehst hier?" sagte er freundlich, gab mir die Hand und führte mich ans Klavier zu den andern. Jedes Unbehagen war verschwunden, ich sah und hörte nur ihn und sang mit Begeisterung die frommen Lieder, zu denen er die Begleitung spielte. Ich sagte mir: sonstwohin würde ich gehen und noch ganz anderes würde ich ertragen, wenn ich diese herrlichen Stunden haben dürfte; ich sang mit Hingabe und Begeisterung, ich sang auf dem einsamen Rückwege, es sang und klang in mir und gab mir eine Fülle von Mut und Kraft für die stille, Geduld fordernde Arbeit zu Hause.

Als die Mutter sah, daß das Singen meiner Aufgabe nicht im Wege stand, söhnte sie sich aus mit dem Zeitverlust.

Wenn ich auch noch so gern bei der Mutter war und freudig und willig mit ihr arbeitete, so freute ich mich doch den ganzen Tag auf die freie Zeit, die dem arbeitsreichen Tage folgte. Ich mochte dann mal nichts mehr von Botanik und lateinischen Namen hören. — Mein erster Gang war ins Pastorat, wo ich auf der Vordiele schüchtern nach Fanny fragte. Nicht immer durfte sie mit, es hieß oft, sie habe zu üben oder für ihre Stunden zu arbeiten. Wenn ich den Bescheid bekam, ging ich vom Pastorat ins Schulhaus und holte

mir die Lehrertochter, das Größel-Helenchen ab. Manchmal traf es sich, daß Lenchen unaufgefordert sich Fanny
und mir anschloß, wenn ich die letztere abgeholt hatte.
Das war aber gar nicht nach meinem Geschmack, denn
mit Fanny besprach ich nur die vergangenen Konfirmandenstunden, sang ihr die Lieder vor, die ich beim
Pastor übte, oder wir wiederholten die Psalmen und
Sprüche, die wir gelernt hatten. Das paßte Lenchen
nicht, ging ich mit ihr allein, dann mochte ich sie ganz
gern, ich sprach mit ihr ganz andere Dinge als mit
Fanny. Aber es war noch etwas anderes, was mich
störte, wenn wir zu dreien gingen. Lenchen hatte zu
wenig Respekt vor Fanny, sie ging mit ihr um, als
wäre sie ihresgleichen und das paßte doch nicht für die
feine Pensionärin. Fanny und ich nannten einander
„Sie"; als Lenchen das hörte, lachte sie laut auf und
erklärte, so etwas Albernes sei ihr noch nicht vorgekommen,
wir seien alle drei noch Kinder und sie bliebe beim
„Du". Es nützte nichts, daß ich ihr bedeutsame,
bittende Blicke zuwarf, oder daß ich ihr heimlich einen
Puff gab, sie berücksichtigte meine Wünsche nicht im
geringsten. Als wir allein waren, stellte ich sie zur Rede,
aber da kam ich schön an: „Du hast ja einen krank-
haften Respekt vor der albernen Gans. Was ist sie
denn? Dasselbe, was ich bin, eine Lehrertochter! Du
kommst immer mit der ‚Pension'. Wenn meine Eltern
das Geld hätten, dann könnte ich grade so gut Pensionärin sein wie die. Mit euch zusammenzugehen ist
langweilig und albern. Du warst mir früher viel lieber."

Das kränkte und verwirrte mich, war aber nicht imstande meinem Respekt vor Fanny Abbruch zu tun.

Im Hause selbst wohnte unter uns eine Bergmanns-
familie, die vom Lande herein gezogen war, die Leute
hießen Sparmanns. Eines Tages bat mich die Frau,
als ich für uns Besorgungen machen wollte, ihr etwas
vom Kaufmann mitzubringen. Als ich ihr das Gewünschte in die Stube trug, sah ich zwei Männer in
Bergmannstracht vor mir stehen, die sich gerade die
Blenden vor den Leib schnallten. Der eine war lang
und hager; der neben ihm stand, sah aus, als könne
er das Kind des ersteren sein. Er war so groß wie
ich, auf dem kleinen Körper saß ein ungewöhnlich großer
Kopf, und aus dem blassen, faltigen Gesicht schauten
mit unendlich schwermütigem Ausdruck ein Paar große,
treue, braune Augen. Beide verließen mit einem treu-
herzigen „Glückauf!" das Zimmer. Ich sah ihnen
staunend nach. Welch merkwürdige Erscheinung, der
kleine Bergmann mit dem alten Gesicht! Er kam mir
vor wie einer von den sieben Zwergen aus dem Märchen
von Schneewittchen.

Die Frau sagte, als sie mein erstauntes Gesicht sah:
„Ja, der Kleine ist ein Vetter meines Mannes. Von
seinem 14. Jahr an ist er nicht mehr gewachsen, der
arme Kerl! Na, kleine Leute kommen auch durch die
Welt. Ist ein guter Kerl, der Ernst."

Ich sah mich im Stübchen um, den Glanzpunkt
bildete die Kommode mit den rosenbemalten, goldberänderten Tassen, und zwischen diesen Tassen lag ein
großes, dickes Buch, das zog mich an. Eilig trat ich an
die Kommode, streckte die Hand aus und fragte: „O,
ein Buch! Darf ich?"

„Ja, gern!" sagte die Frau, „nimm es doch her-

unter. Es ist recht unhandlich, aber es sind hübsche
Bilder und Geschichten darin. Mein Mann hat es
von einem Onkel aus Freiberg geerbt."

Während sie mir das erzählte, hatte ich das Buch
längst vor mir auf dem Tisch liegen und sah mit inter-
essiertem Gruseln auf die grellen Bilder. Alle nur
erdenklichen Martern und Qualen, die die Christen unter
den römischen Kaisern erduldet hatten, waren hier dargestellt. Ich war sehr erregt, und erst die Stimme der
Frau, die freundlich einladend sagte: „Komm doch immer,
wenn du kannst, und besieh dir das Buch," führte mich
wieder in die Gegenwart und zu meiner Pflicht zurück.

„Jetzt muß ich hinauf," rief ich tief aufseufzend,
„aber ich komme wieder!"

„Das tu nur! Kannst du vorlesen?"

„Ja!" sagte ich überzeugt, „ich kann vorlesen."

Wie gern ging ich, wenn es sich irgend tun ließ,
in die Bergmannsstube und las den dreien vor. Es
ließ sich besonders gut einrichten, wenn die Mutter zum
Sammeln aus war. Oft rief dann die Frau: „Charitas,
komm doch ein bißchen herunter, du sitzt da so allein.
Komm doch, die Männer sind von der Schicht da, hier
ist's gesellig!"

Die Bergleute hatten ihre Bergmannskittel mit einer
gewirkten Wolljacke vertauscht, sie saßen da und
qualmten aus kurzen Pfeifen. Ich setzte mich an den
Tisch, mir gegenüber saß der Zwerg und sah mich voll
ernster Teilnahme an. Die Frau hatte ein Nähzeug,
und ich las mit ungewöhnlichem Aufwand an Pathos
aus dem merkwürdigen Buch. Manchmal konnte ich
vor heftigem Schluchzen nicht weiter lesen, dann qualm-

ten die Männer, daß allen die Augen rot wurden. Aber, wenn wir den Schritt der Mutter hörten! Gewiß hätte ich oben noch Arbeit gefunden, aber ich erlag jedesmal der „Christenverfolgung". Das Sonderbare war, daß die andern drei mit erschraken, sie standen gleichzeitig mit mir auf und baten dringend, in ängstlich lautem Flüsterton: „Du kommst doch bald wieder und liest uns wieder so schön vor! O! wie du lesen kannst!"

Die Mutter seufzte, und ich war ungewöhnlich gefällig und geschäftig. O, was hatte ich für ein schlechtes Gewissen!

Ich mußte meine Arbeit vorzeigen, die Mutter zuckte die Achseln und sagte seufzend: „Na, deine Hilfe, wenn ich nicht dahinter sitze!"

Als ich eines Tages, von einer Besorgung zurückkehrend, über den Marktplatz ging, liefen mir Kinder entgegen, die mir erregt zuriefen: „Du, geh nur mal auf den Hof im Schwarzen Roß, da ist euer Hektor!"

„Ist das wahr?" rief ich erregt.

„Ja, ganz gewiß, er liegt vor einem Wagen mit Töpferwaren, — geh nur mal hin!"

Ich eilte nach Hause, die Mutter sollte mitkommen, die mußte ihn doch auch sehen. Als ich es ihr erzählte, sah sie mich erstaunt und zweifelnd an und sagte: „Ach, den hab' ich doch expreß nach auswärts verkauft, ich wollte ihn nicht in der Nähe haben, weil es mir so weh tut, daß ich mich von ihm trennen mußte. Wie kommt denn der hierher!"

Sie stand aber doch auf, deckte schnell noch eine Lage Löschpapier auf ihre Pflanzen und ging mit mir nach dem Schwarzen Roß.

Richtig, da auf dem Hofplatz lag Hektor ausgespannt vor seinem Töpferwagen. Wir näherten uns vorsichtig, die Mutter rief mit leiser Stimme: „Hektor!", da sprang er wie unsinnig an der Mutter hoch, sie konnte sich vor seinen Liebkosungen gar nicht erwehren, dann kam er zu mir, dieselbe freudige Aufregung. Der Mutter wurden die Augen feucht, sie nahm seinen Kopf zwischen ihre Hände und sagte weich: „Komm, Hektor, mach' uns nun nicht das Herz schwer, alter, guter Kamerad! Möchtest wieder mit mir fort? Wollen wir wieder nach Holland? So, so! Ja, wir haben manches miteinander erlebt, aber es hilft nichts, wir müssen uns trennen!"

Der Besitzer des Wagens kam, die Mutter sprach ein wenig mit ihm, dann nahmen wir zärtlichen Abschied von unserm treuen Freund und gingen wieder an unsere Arbeit.

„Von Holland hast du mir noch gar nicht viel erzählt," sagte ich, „war es denn so schwer, daß du nicht davon sprechen magst?"

„Ja, es war eine lange, schwere Reise, besonders anstrengend, weil ich mich schon lange vor meiner Krankheit sehr schwach und elend fühlte. Ich habe aber auch Schönes erlebt. Wenn ich auf meinem mühsamen Wege nicht auch Verständnis und Liebe fände, dann weiß ich nicht, wie ich es aushielte."

Die Mutter machte eine lange Pause, dann sagte sie kopfschüttelnd, wie zu sich selbst: „Sonderbare Dinge erlebt man!"

Ich sah sie erwartungsvoll an, und sie fuhr zögernd fort: „Ich war in Rotterdam gewesen, hatte, wie ich meinte, alle Apotheken, alle Lehranstalten und Gelehrten aufgesucht und fuhr mit Hektor fort. Ich wollte von hier nach Belgien, nach Brüssel. Am ersten Abend nach Rotterdam übernachtete ich in einem Dorf, es war alles ärmlich und elend und ich so todmüde, daß ich mir beim Zubettgehen wünschte, ich brauchte gar nicht wieder aufzuwachen. Alle Glieder schmerzten, und ich hatte ein Gefühl, als hätte ich Fieber. Als ich nun so lag, stürmten alle Eindrücke und Erlebnisse der letzten Zeit an mir vorüber. Ich sah die vielen, verschiedenen Menschen, ich hörte ihre Stimmen und schon halb im Schlaf plagte ich mich mit der fremden Sprache ab. Du kannst dir ja keine Vorstellung machen, wie das ist, wenn die Leute eine andre Sprache sprechen. Viele, mit denen ich zu tun hatte, konnten allerdings deutsch, aber es machte ihnen und mir doch Mühe miteinander zu verkehren. Wie ich nun all diese Erinnerungen an mir vorüberziehen lasse, ist mir plötzlich als ob ein scharfer Luftzug über mich hinfährt und gleichzeitig sagt eine Stimme ganz deutlich: ‚Rotterdam, Prinzenstraße!‘ Ich erschrak, sah mich um, ermunterte mich völlig, machte Licht und durchsuchte das kleine Zimmer, es war aber nichts zu finden. Wer hatte hier gesprochen und was bedeutete das? Ich schrieb mir die gehörten Worte in mein Notizbuch und dachte so lange über das sonderbare Erlebnis nach, bis ich darüber einschlief. Am nächsten Morgen meinte ich, ich hätte diese sonderbare Sache geträumt, aber ein Blick in mein Notizbuch zeigte mir, daß ich die Stimme tatsächlich gehört hatte. Ich war zunächst unentschlossen, wohin ich meine Schritte lenken sollte, vorwärts nach Belgien? — oder zurück nach Rotterdam? Einen Tag mühsamer Fahrt vielleicht einem

Hirngespinst zuliebe? ‚Hektor,‘ sagte ich, ‚was machen wir, kehren wir um? Haben wir etwas Wichtiges versäumt?‘ Ich schirrte Hektor ein, und wir marschierten tatsächlich zurück nach Rotterdam, gehorsam der geheimnisvollen Stimme folgend. Am nächsten Morgen ging ich nach der Prinzenstraße und da fand ich noch eine Apotheke, die ich vorher nicht besucht hatte. Ganz nach meiner Gewohnheit zeigte ich meine Herbarien. Der Herr besah alles, was ich bei mir hatte, er unterhielt sich eine Weile mit mir, empfahl die Sammlungen den jungen Herren in der Apotheke und nahm mich schließlich mit zu seiner Familie. Er habe einen leidenden Sohn, sagte er, der sich lebhaft für Botanik interessiere. Der Sohn ließ sich in eine Unterhaltung mit mir ein und bat mich schließlich, ich möge doch wiederkommen. Außer diesem Sohn, der auch Apotheker war, war noch ein Sohn und eine Tochter da. Was für Leute! Es war, als wenn wir einander schon jahrelang gekannt hätten, ich wurde in der Familie gehalten wie ein geliebtes Familienglied. Wie ich ausruhte in dieser Liebe! Sie gaben mir das Gefühl, als wären sie die Empfangenden. Wenn ich auch weiß, daß davon keine Rede sein konnte, so tat mir ihr Glaube, ihr Vertrauen so unendlich wohl, und mir war zumute, als wüchse ich innerlich an dieser Liebe. Schweren Herzens habe ich mich endlich trennen müssen, hoffentlich nicht auf immer; wenn es sich machen läßt, reise ich noch mal wieder nach Holland, um meine geliebten Eshuys wiederzusehen.“

Die Mutter stand auf, kramte in ihren Papieren und legte mir endlich fünf Photographien hin. Die Bilder erregten mein ganzes Interesse, waren es doch

Amatie Dietrich

die erften Photographien, die in unfern perfönlichen
Befitz kamen. In weite Fernen wanderten meine Gedanken, und nach langem Sinnen fagte ich: „Wenn du
wieder zu diefen guten Leuten gehft, dann nimmft du
mich mit, ich helf' dir. Da ich nicht mehr zur Schule
gehe, kann ich ja tun, was wir beide wollen.“

„Noch find wir nicht fo weit,“ fagte die Mutter
ausweichend, „und wenn ich fo weit bin, fo wird fich
das doch nicht machen laffen.“

Wir kamen nun auf die geheimnisvolle Stimme zu
fprechen, die Mutter wiegte finnend den Kopf und
fagte: „Ich weiß es nicht. Es gibt doch wohl noch viel
Merkwürdiges, wofür wir keine Erklärung finden. Möglich ift's ja, daß mir bei meinem erften Aufenthalt jemand mal die Straße genannt hat, und fie ift mir an
dem Abend wieder eingefallen. Die Vorftellung, die
ich davon habe, ift fo, wie ich fie dir gefchildert habe.
Jedenfalls war es kein Irrlicht, was mich wieder nach
Rotterdam lockte.“

Voigtsberg

Der Sommer schwand, und ich sah mit bangen Ahnungen, wie die Mutter ihren Sammlungen den endgültigen Aufputz vor ihrem Eintritt in die Welt gab. Ich bekam viel weniger freie Zeit, ich mußte Etiketten und Verzeichnisse schreiben, wir pappten Mappen und hatten alle Hände voll zu tun.

Eines Tages kam die Mutter von einer Tagereise zurück und sagte mir mit müder, mutloser Stimme, daß sie sich vergeblich nach einem Aufenthalt für mich umgesehen habe. Die Vorschläge, die man ihr für mich gemacht hätte, wären ihr nicht annehmbar erschienen. Nur in Heynitz beim Lehrer habe man ihr Hoffnung gemacht, mich zu nehmen. Ob ich wohl Lust habe nach Heynitz zu gehen? Es seien viele Kinder da, und sie hätte Angst, daß mir die Arbeit in dem großen Haushalt zu schwer werde.

„Wenn du dazu keinen Mut hast," sagte die Mutter, „dann hör' dich doch selbst mal um, ob du etwas Besseres findest."

Ich versuchte, die Mutter zu bewegen, mich mitzunehmen; aber auf dem Ohr war sie taub. Da bat ich bringend, sie möge doch mit mir zum Nossener Pastor gehen und den fragen, ob es keine Möglichkeit gäbe, daß ich noch etwas lernte, in eine Pension käme oder in eine Anstalt, wo ich zur Lehrerin ausgebildet würde. Die Mutter wollte nicht, sie sagte, es sei verlorene Zeit, wenn man kein Geld habe, gäbe es keine Ausbildung.

„Versuch's doch!" bat ich, „vielleicht gibt es Freistellen!"

Die Mutter schüttelte seufzend den Kopf, aber sie tat mir den Willen, ich durfte sogar mitgehen.

Der Pastor hörte die Wünsche der Mutter freundlich an, dann sagte er, dabei könne er durchaus nichts tun. Gewiß, es gäbe solche Anstalten, aber Geld gehöre selbst im günstigsten Falle dazu, ich müsse doch eine Ausrüstung mitbringen, ob die Mutter sich dazu verpflichten könne?

„Nein," sagte sie, „das kann ich nicht!" —

„Siehst du?" sagte die Mutter, „ich sagte es dir doch! Schlag dir vorläufig diese Gedanken aus dem Sinn, und finde dich mit Geduld in dein Schicksal."

Ich weinte und bangte. Bei meinen Bekannten hatte ich wieder vorgefragt, und eines Tages hörte ich, daß in Nossen ein Gürtler ein eben konfirmiertes Mädchen suche, um das halbjährige Kind zu warten. Ich wollte viel lieber nach Nossen. Da war mein Pastor, zu dem ich Sonntags in die Kirche gehen konnte, da waren Winklers und die eine und andere Schulbekannte. Die Mutter ging mit mir zu den jungen Leuten. Mut und Lust hatte ich nicht, aber ich hatte keine Wahl, und die Sache schien übersichtlich. Ich sollte im Haushalt helfen und im übrigen das Kind ausfahren und warten. Das Kind lockte mich. Ich stellte mir vor, wie schön es sein müsse, auf dieses welke Gesichtchen ein Lächeln zu locken. Ich wollte es recht in die Sonne fahren, damit die Bäckchen sich röteten. Die Sache wurde abgemacht, und bald danach siedelte ich wieder nach Nossen über. Daß ich damit meinen Lieblingswunsch begraben mußte, das kostete, neben dem Abschied von der Mutter, heiße Tränen und schlaflose Nächte. Der einzige Lichtblick in diesen

Tagen schien mir die Nähe des Pastors zu sein. Ich zählte die Tage bis zum Sonntag, und ein paarmal durfte ich auch zur Kirche, dann war's vorbei. Zu meinem großen Schrecken blieben wir nicht in Nossen.

Ich hatte gesehen, daß manchmal ein alter Mann kam, zuerst achtete ich nicht darauf, was gesprochen wurde, ich sah, daß Papiere ausgebreitet wurden, es wurde von Kaufsummen gesprochen, da wurde ich aufmerksam. Als das die Leute merkten, wurde ich mit dem Kinde hinausgeschickt.

Nicht lange danach kam eines Morgens ein Leiterwagen, eine Arbeitsfrau stellte sich ein, und eh' ich mir's versah, wurden alle Sachen auf den Wagen geladen, das Kind in den Kinderwagen gepackt, und fort ging es. Während wir unterwegs waren, setzte starker Regen ein, der uns aber nicht hinderte, unsere Wanderung fortzusetzen. Ich hörte, wir sollten nach Voigtsberg. Nach einstündiger Wanderung kamen wir durch mein Heimatstädtchen, von hier aus hatten wir noch eine Stunde, ehe wir Voigtsberg erreichten. Soviel wir auch auf unsern botanischen Wanderungen herumgekommen waren, gerade hierher war ich nie gekommen, ich hatte nur den Vater erzählen hören, daß er hier öfters Steine gesammelt hatte. Das Dorf samt seiner Umgebung war mir vollständig fremd, mein Herz zog sich zusammen. Als wir die letzte Steigung hinter uns hatten, sah ich vor mir eine kahle Anhöhe, auf der ich allerhand Gebäude sah, die aber nicht Wohnhäuser waren. Trotz des Regens hielt ich Umschau. Eine Kirche entdeckte mein suchender Blick nicht, als wir aber weiter kamen, sah ich, daß am Berge kleine Häuser klebten.

Wir kamen auf einen Hofplatz, auf dem ein schiefergedecktes Häuschen stand, nicht weit davon sah ich eine ziegelgedeckte Scheune.

An dem Abhange, der zum tiefer liegenden Grasgarten führte, bot sich mir ein seltsamer Anblick. Im Grasgarten schnatterte eine Gänseherde und versuchte, den höher gelegenen Hofplatz zu erreichen, aber oben stand eine kleine, alte Frau, die wütend einen kurzen Besenstumpf über ihrem Kopfe schwang und der andrängenden Schar eine Flut von Schimpfworten entgegenschleuderte. Ihre nassen Röcke hatte sie mit einem dicken Strick in die Höhe gerafft, so daß ihre kurzen Beine, die in hohen Männerstiefeln staken, bis zum Knie sichtbar waren. Die formlose Taille umschloß ein schmutziger Schafpelz.

Als sie uns sah, schleuderte sie ihre Waffe kurzerhand unter die schnatternde Schar und wandte uns ein gelbliches, runzliges Gesicht zu, über das in feuchtem Gelock das ergraute Haar fiel. Das Bild war wie aus einem Märchen.

Drinnen war der Hausrat soeben abgeladen, Stroh und Papier lagen umher, das Kind weinte, und ein schwarzer Hund fuhr knurrend auf uns los. Die Alte, die mit uns eingetreten war, gab dem Hunde einen unsanften Tritt, so daß er jaulend das Weite suchte.

„Na, Haubolden," sagte die Alte mit grimmigem Lachen, „macht's eich kommode! Stellt eich den Schrumpel nor balde zorechte, denn hinte (heute abend) wern de Bergleite schon kummen, um sich de neien Kramerschleite anzusehen. Fer de Dreierbrotchen un de Heringe is heite noch gesorgt."

Dann fiel ihr unruhiger Blick auf mich, „Wem is'n die?" fragte sie und tippte mich an, „is das erne (etwa) eire Mad?"

„Ihr seht ja, sie gehört zu uns," sagte die Frau in verdrießlichem Tone.

„Ha!" rief sie, und ihre dunklen Augen funkelten mich feindselig an: „Die! Die werd eich ooch viel helfen!"

Sie spuckte verächtlich aus und sagte höhnisch: „Iechen noch emal, ordentlich Stiefelettchen hat se an? Un su e Fähnchen? Marsch, glei gehste un ziehst d'r en derben Kittel un ene Jäcke an, un Banduffeln an de Füße. Du kannst doch hier ni in Stadtkledern gehn, mußt's Vieh beschicken, Wasser holen. Gehste! Glei mußte 's Schweinefutter zurecht machen. Hier sein zwee Schweine, sechs Gänse, Hühner und ene Ziege. Wenn de wieder kommst, mußte Wasser holen, das is salte oben, siehste, bei dem kleenen Heischen mit den blau gemalten Balken, da steht der Trog."

Sie zeigte durchs Fenster auf die Dorfstraße hinaus. Ich wandte mich gerade zum Gehen, da fragte sie noch: „Wie heeßt denn du?"

„Charitas."

„Wie?"

Ich wiederholte, da lachte sie laut auf und sagte gönnerhaft: „A—h! Mach' mer doch nischt weis! Su albern heeßen doch keene Madeln! Karelas, das war e beriehmter Reiberhauptmann. Mei Gottlieb hat mer die Geschichte vorgelesen. Hei! Das war aber ener! Ich hab'n abgebild't gesehn! E scheenes buntes Bild war derbei. Nee, nee, hier heeßen keene Madeln su, hier heeßen se Male, Christel, Moarie. Sul'n mer se Moarie heeßen?"

Die Frau, an die sie die Frage richtete, nickte gleichgültig.

Die Alte hatte mir ohne Umstände alles abgestreift, was mich mit der Vergangenheit verband. Ich kam mir vor wie ein Wechselbalg. Die beiden alten Leute blieben einige Wochen in der Dorfkrämerei. Sie bewohnten die Oberstuben. Der alte Mann erfreute sich einer gewissen Berühmtheit im Branntweinbrennen. Der junge Nachfolger sollte die Kunst beim Alten lernen. Ich stand, solange die Alten noch da waren, unter dem besonderen Regiment der Alten. Sobald früh um fünf Uhr das Glöckchen vom Huthause die Bergleute zur Schicht rief, war es mit meiner Ruhe vorbei. Ich konnte mir nur eben ein Röckchen überwerfen, da stand sie schon scheltend und keifend hinter mir und machte mir klar, daß ich zu allererst hinuntermüsse, um die Asche herauszunehmen, alsdann hätte ich Feuer anzuzünden, damit das liebe Vieh bald beschickt würde. Ich hörte von niemand ein freundliches, teilnehmendes Wort. Wenn ich nach Ansicht der Alten nicht flink genug war, so half sie durch Schubsen und Puffen nach.

Hatte ich gehofft, mir die Liebe des Kindes zu erwerben, so wurde ich auch darin getäuscht. Das welke, kränkliche Jungchen durfte ich höchstens Sonntags zu meiner Erholung warten. Es gab sonst soviel harte und ungewohnte Arbeit für mich, daß ich nur am Abend in die Stube kam.

In der großen, dunklen Küche wurde Branntwein gebrannt. Es wäre ein Motiv für einen holländischen

Maler gewesen, zu sehen, wie wir in der rauchgeschwärzten, dunklen Küche arbeiteten. Auf dem offenen Herde loderten die brennenden, großen Holzscheite und warfen düsterroten Schein auf die nächste Umgebung. Bei dieser unruhigen Beleuchtung hantierten wir eifrig mit großen Steinkrügen und hohen Filzbeuteln. Der Alte trug dabei einen zerlumpten, karierten Schlafrock, dessen Länge ihm überall im Wege war. Er sprach mit heiserer Stimme eifrig und mit geheimnisvoller Wichtigtuerei auf Haubold ein und gab mit großer Überlegenheit seinen Rat. Ab und zu fuhr die Alte dazwischen, um mir, wie sie sagte, „Beine" zu machen.

Wenn der widerliche Dunst den düsteren Raum erfüllte, dann fühlte ich mich wie in einer Hexenküche.

Schon nach einigen Tagen wurde ein Handwagen angeschafft, ich wurde davor gespannt und mußte täglich, ausgenommen Sonntags, mit einer kleinen Tonne Branntwein nach Siebenlehn zu den verschiedenen Kaufleuten fahren. Für den Rückweg wurde der Wagen mit Krämerwaren und Dreierbrötchen gefüllt.

Mir schien, daß ich mich noch nie so fremd und einsam gefühlt hatte, wie hier. Unheimlich pfiff der Herbstwind über die kahle, steinige Ebene. Das Kartoffelkraut auf den Feldern war braun und dürr, ach, und wir gingen der schlimmen Jahreszeit entgegen, alles würde noch viel schwerer werden! Krächzend flogen die Raben über öde Stoppelfelder und schrieen mit heiserer Stimme: „Spa—a—r! Sp—a—a—r!" „Ach," sagte ich fröstelnd, „ich muß wohl sparen, ich hab' ja gar nichts!" Traurig folgte ihnen mein Blick, bis sie in der Ferne verschwanden.

Täglich zog ich den Wagen. Oft mußte ich schon
so früh auf die Wanderschaft, daß ich noch beobachten
konnte, wenn das zarte Morgenrot am östlichen Himmel
stand. Wenn's den Berg hinunter ging, mußte ich alle
Kraft aufwenden, um den Wagen zu hemmen, dann
konnte ich weder Raben noch Wolken beobachten. Kam
ich in die Niederung, da sammelte ich Kräfte für die
nächste Steigung. Hier ruhte ich aus. Zu beiden
Seiten des Weges waren junge Kirschbäume gepflanzt,
fein und dünn waren die Stämmchen, meine Hand
konnte sie leicht umspannen. Sinnend betrachtete ich sie:
würden sie den kommenden Stürmen widerstehen können?
Ja, gewiß, jedes war an einen dicken Pfahl gebunden,
o, sie hatten eine feste Stütze. Die hatte ich nicht.

„Vater und Mutter verlassen mich," so klagte es in mir,
darauf kam die leise Antwort: „Der Herr nimmt dich auf!"

Was? — wollte ich klagen? Hatte ich denn nicht
erst vor kurzem in dem großen Buch gelesen, was die
ersten Christen durchgemacht hatten, und wie mutig waren
die bis zuletzt geblieben, in den Tod waren sie gegangen!
So Schweres wurde ja gar nicht von mir verlangt. —
Mit dem Lesen war es bei Haubolds ganz vorbei, aber
ganz ohne ein gutgemeintes Wort konnte ich nicht auskommen. Unter die Branntweintonne hatte ich meinen
geliebten „Joseph" geschmuggelt, wenn ich täglich auch
nur einen Vers las und lernte, dann hatte ich doch
etwas Gutes und Schönes, was mich innerlich den Tag
über beschäftigte. Ich zog das Buch aus dem Heu,
mein Blick fiel auf die Worte:

> Ach, aus des Schmerzes Nebelflor
> Hebt sich mein Blick zum Licht empor.

Diese paar Worte genügten mir für den heutigen Tag. Jetzt aber weiter! Ich nahm einen Anlauf, da merkte ich zu meinem Staunen sehr bald, daß es leicht ging, ich drehte mich um und sah, wie ein schmucker, rotbackiger Bursche den Wagen schob. Er rief mir treuherzig ein freundliches: „Glückauf" zu und fragte, ob er nicht ein bißchen schieben dürfe?

„Komm doch lieber mit hierher an die Deichsel und zieh mit, dann können wir uns dabei etwas erzählen," sagte ich, erfreut, daß ich einem freundlichen Menschen begegnete.

Er fragte nach dem Woher und Wohin, und ich erfuhr von ihm, daß er „Junge" beim Steiger sei und Hermann heiße.

„Beim Steiger?" wiederholte ich.

„Ja, du weißt doch, was ein Steiger ist?"

Ich hatte in Siebenlehn gelegentlich vom Steiger und Schichtmeister sprechen hören, klar war mir aber nicht, was sie zu tun hatten. Der Junge sagte: „Der Steiger ist hier der Erste im Dorf, er wohnt gleich da oben, in dem Hause neben dem Kunstgetriebe."

„Ist das das sonderbare Haus mit dem hohen Schornstein?" fragte ich.

„Gleich daneben. Im großen ist das Kunstgetriebe und die Anfahrstelle."

„Die Anfahrstelle!" sagte ich sinnend, „hier im Dorf ist wohl nur Bergbau?"

Der Junge nickte lebhaft und fragte: „Hast du das ganz kleine Haus gesehen, was halb in den Berg hinein gebaut ist? Das ist das Pulverhaus, und das auf dem Hügel, mit den braunen Balken, das ist das Huthaus."

„Warum heißt es Huthaus?"

„Darin werden die Andachten abgehalten, eh' die Bergleute hinunterfahren, sie stellen sich hier erst unter Gottes Hut, siehst du. Hörst du nicht das Singen von euch aus?"

„Ja, ich höre es, und ich höre, wenn früh und abends das Glöckchen läutet, sonst macht es Tag und Nacht: Rrrr—ting! — Rrrr—ting!"

Der Junge lachte und sagte: „Ja, wirklich, so klingt es auch! Aber weißt du, wenn es mal nicht so macht, dann ist in der Grube ein Unglück passiert."

„Wie heißt eure Grube? Unsere heißt Romanus."

„Das weiß ich. Unsere heißt: Alte Hoffnung Gottes."

Unter solchen Gesprächen hatten wir das Städtchen erreicht, und der Junge verließ mich. Ich wanderte mit meinem Wagen von einem zum andern, und als ich gerade aus dem Bäckerladen heraustrat, stand Fanny dicht vor mir.

„Fanny!" rief ich hocherfreut, schüttete die Dreierbrötchen in den Wagen und ging mit ausgestreckter Hand auf sie zu. Ach, wie ich mich freute! Aber. — was war das?! Sie drehte sich schweigend um und ging weiter. — Ich verstand es nicht. Sie hatte nicht die ausgestreckte Hand gesehen, sie hatte nicht meine freudig erregte Stimme gehört, sie hatte keinen Blick, kein Wort für mich! Was war das nur? Ich sah ihr nach, dann ging ich schweren Schrittes an den Wagen. Da wurden mir von hinten die Augen zugehalten, und eine neckische Stimme fragte: „Wer bin ich? Rate doch!"

Ich war so traurig, daß es mir unmöglich war, auf den Scherz einzugehen.

„Kennst du denn meine Stimme gar nicht mehr?"

Es war das Größel-Helenchen.

„Willst du denn noch mit mir sprechen?" fragte ich traurig.

„Wir haben doch nichts miteinander gehabt," sagte sie.

„Sahst du denn nicht eben Fanny?" fragte ich erregt.

„Ich hab' dir doch immer gesagt, wie die ist!"

Lenchen legte sich den Zugriemen über die Brust und sagte auf meinen erstaunten Blick: „Laß mich nur, heute ziehe ich den Wagen den halben Weg nach Voigtsberg, und du gehst nebenher und erzählst mir, wie es dir da geht."

Und Lenchen zog tapfer den Wagen über den Marktplatz zur Stadt hinaus, und ich schüttete all meine Sehnsucht, mein Heimweh in ihr mitleidiges Herz, so daß ich wieder ganz getröstet wurde.

„Was du für geschwollene Hände hast!" sagte sie teilnehmend, „du bist solche Arbeit ja auch gar nicht gewohnt. Wenn du wieder zur Stadt kommst, so besuch' uns mal, meine Eltern wollen gern mal mit dir sprechen, sie bedauern dich so!"

Sie wischte mir mit ihrem Tuch die Tränen ab, und streichelte mich. Dann nahm sie Abschied, und als ich mich umdrehte, stand sie noch immer und winkte mit dem Tuch.

Auf meinen Wegen nach Siebenlehn hatte ich häufig Gesellschaft. Wer gerade des Weges kam, meist waren es Bergleute, knüpfte ein Gespräch an, das ich nur zu gern weiterspann. Ich lernte auf die Weise die meisten

Bewohner des Dörfchens kennen, und umgekehrt war auch ich bald den Leuten keine Fremde mehr.

Einmal aber horchte ich hoch auf, als eine bekannte, schüchterne Stimme neben mir sagte: „Guten Tag, Charitas! Nun, wie geht es dir denn? Wohl nicht gut, scheint mir. Ich mußte doch mal sehen, was du treibst."

Zu meinem großen Staunen war es Donath.

„Weißt du wohl," fuhr er fort, „daß du mal gewünscht hast, das Gedicht von Myrtills zerfallener Hütte aufgeschrieben zu besitzen?"

Ich wußte es nicht mehr, aber ich hielt den Wagen an und nahm dankbar die Blätter in Empfang. Ein Blick auf die vielen Verse zeigte mir, mit welcher Sorgfalt sie geschrieben waren, die Schrift war wie gestochen. Jemand hatte sich soviel Mühe meinetwegen gemacht, das trieb mir die Tränen in die Augen. Ich steckte das Gedicht in meinen Joseph.

„Du gehst jeden Tag diesen Weg? Ist das nicht langweilig?"

„Nein, nur sehr beschwerlich, wenn das Wetter recht schlecht ist."

Donath nickte, dann sprachen wir von Vater und Mutter und vom Forsthof. Dann sagte er, wenn es mir Freude mache, das eine oder andere Gedicht zu besitzen, wenn ich Wünsche hätte, er würde mir gern mehr abschreiben und sie mir auf dieselbe Weise bringen. Ich hatte keine Wünsche, und so nahmen wir vor Siebenlehn herzlichen Abschied.

Auf die Weise fand ich auf den sonst oft mühseligen Wegen doch auch Blumen. Es waren nur Blumen gewöhnlicher, harmloser Art, Giftblumen waren nicht dazwischen, etwa bleiche Hungerblümchen und farbloser Wegebreit, aber doch brachten sie Freude und halfen mir das einsame Grau des Alltags zu ertragen.

Große Not machte mir in Voigtsberg der Wassermangel. Der Trog, den mir die Alte am ersten Tag gezeigt hatte, war von den paar Anwohnern stets belagert, aber der fingerdicke Strahl war nicht imstande, den Bedarf zu befriedigen.

Und wir brauchten soviel Wasser!

Von Silbermanns und Heymanns, den zwei Bauernhöfen, ging die Sage, sie hätten Wasser. Obgleich der Weg weit war, versuchte ich da zu schöpfen, aber ich wurde fortgewiesen. Ich irrte mit meinen leeren Kannen suchend bei den Bergwerksgebäuden umher, da begegnete mir Hermann. Ich klagte ihm meine Not, er lachte und zeigte mit pfiffiger Miene auf ein niedriges, verschlossenes Bretterhaus.

„Da?" sagte ich und trat nahe heran, ich hörte von drinnen ein ganz leises Rauschen.

„Wasser!" rief ich erregt, „aber man kann nicht daran."

„Ich hab' den Schlüssel!" sagte Hermann, „soll ich?"

„Ja, ja, Hermann, schließ doch auf!"

Und er schloß großmütig auf, der Trog war voll, und ich durfte schöpfen.

Wie dankbar war ich für das Geschenk.

Hermann sagte: „Jeden Tag darfst du nicht kommen, aber wenn du in Not bist, ruf mich nur, ich schließ' dann auf."

Er hat mir oft aufgeschlossen, und ich war ihm so dankbar!

Abends entfaltete sich in der großen Wohnstube ein ganz eigenartiges Leben. Die Stube füllte sich mit Bergleuten. Wären andere, alltägliche Dorfbewohner gekommen und hätten sich über Tagesereignisse unterhalten, so wäre ich nach der vielen Bewegung in freier Luft und nach der ungewohnten Arbeit sicher eingeschlafen, so aber wurde ich durch das Ungewöhnliche, was ich erlebte, hell wach gehalten, ich wollte doch kein Wort von dem verlieren, was hier geredet wurde. Beim dämmernden Schein einer altmodischen, hochbeinigen Blechlampe, die in einfachster Weise mit Öl gespeist wurde, da man Petroleum noch nicht kannte, saß ich mit Tütenpappen, mit Kaffee- oder Rosinenverlesen beschäftigt, mit am großen Tisch und erlebte, wie sich die Stube füllte.

Ich lernte ein eigenartiges Völkchen kennen, das hier nach seiner seltsamen Arbeit in bescheidenen Grenzen seine Erholung suchte. Eine Welt voller Wunder und Poesie brachten die bleichen Gestalten mit sich. Sie gaben sich fromm, abergläubisch, treuherzig, klug in allem, was ihren Beruf anbetraf. Wie wußten sie die nüchterne Stube der Dorfkrämerei mit den haarsträubendsten Geschichten zu beleben. Sie verzehrten ein Dreierbrötchen und einen marinierten Hering, dazu gehörte ein herzhafter Schluck, und den bekamen sie in kleinen Zinngefäßen. Dabei wurde die Kunst des Alten gerühmt. Schlimme Wirkungen von diesen „Schlückchen" habe ich nicht erlebt. Es war für mich eine Zauber- und Märchenwelt, in der sich ihre Reden bewegten. Ich war abends so erregt, es war, als ob dann meine Seele aufwachte. Ich konnte nicht unterscheiden, wo Wirklichkeit und Dichtung ihre Grenzen hatten.

Der Aufenthalt hier war durchaus verschieden von dem in andern Dörfern, wo ich vorübergehend gewesen war. Da hatte man über Wetterverhältnisse, Viehpreise, Ernte, Lustbarkeiten oder über besondere Familienereignisse gesprochen. Das waren alles Dinge, die sich unter uns allen abspielten, von denen wir umgeben waren.

Wie anders hier! Die Bergleute erzählten von schlagenden Wettern, von versoffenen Gruben, von stehendem und hängendem Gestein, von Teufen und Gezeugstrecken. Sie erzählten aber mit demselben Ernst von schlohweißen Frauen, von neckenden Koboldchen und langbärtigen Berggeistern, die ihnen in der Grube zu jeglicher Zeit erschienen und sie ängstigten. Manchmal, so erzählten sie, nahm das Koboldchen auch allerlei Tiergestalt an, bald erschien es als riesenhafter, schwarzer Kater mit tellergroßen, feurigen Augen, bald als häßlich krächzender Vogel oder als harmlos scheinendes Mäuschen. Alle diese Erscheinungen traten auf, wenn es sich um einen reichen, neuen Anbruch handelte. Für ihre Dienste stellten sie nur geringe Forderungen, vor allen Dingen hielten sie auf strenge Verschwiegenheit, nichts dürfe ausgeplaudert werden. Wenn sie ein Ziel zeigten, so verlangten die Geister ein unverrückbares Drauflosgehen, Abschweifen oder gar ein Rückwärtsblicken wurde schwer bestraft. Einer erzählte: „Da geh' ich so in Gedanken den dunklen Gang entlang, plötzlich wird es hell; ein kleines, bärtiges Männchen sitzt vor mir, hat Bergmannszeug an, der weiße Bart reicht ihm bis an die Knie, er sitzt vor

einer Backschüffel voll großer Silbermünzen, groß und
altmodisch waren die Silberstücke, runde und viereckige
Münzen lagen in großen Haufen vor mir. ‚Nimm
sie,‘ sagte der Geist, ‚aber sag keinem Menschen davon!‘
Ich wußte mich vor Freude nicht zu lassen und rief,
während ich mich nach meinem Hintermann umsah: ‚Sieh
doch nur, August!‘ Da war das Licht aus, ein lauter
Knall, auch meine Blende war erloschen, und ich
kann von Glück sagen, daß ich lebendig ans Tageslicht
kam.“

Jeder schien diese Geschichten zu glauben und hatte
auch seinerseits etwas Ähnliches zu erzählen. Ich war
bei solchen Geschichten ganz aufgeregt. Warum gingen
diese einfachen Forderungen der Koboldchen über die
Kraft der Bergleute? Warum konnten sie nicht schweigen?
Warum konnten sie ihr Ziel nicht ohne Rückwärtsblicken
verfolgen, weshalb mußte erst giftiger Odem sie anhauchen?
Manchem hatte diese Schwäche sogar das Leben gekostet.

Alle Geschichten endeten tragisch, und ich war innerlich empört, daß diese Männer nicht mehr Gewalt über
sich hatten. Wenn ich nur einmal hinunter dürfte!
Bange war ich nicht, vielleicht hätte ich Glück, und ein
Koboldchen schenkte mir seine Gunst und etwas von
seinen Schätzen, ich würde doch nicht so dumm sein und
es ausplaudern! Sie erzählten aber auch von tatsäch-
lichen Funden, die hatten sie aber ohne Hilfe von Gei-
stern gemacht. Sie schilderten lebhaft die Silberadern
des rotgültigen Erzes. Der eine und andere brachte
auch wunderhübsche Steine mit, das waren keine Trug-
stücke, ich konnte sie mit Händen greifen.

Der Steiger breitete eines Abends eine Karte aus,

auf der man die innern Gänge des Schachtes verfolgen konnte. Mit dicken roten und blauen Linien waren da Haupt- und Nebengänge bezeichnet, die wie Straßen einer Stadt sich durchkreuzten und durchquerten.

Diese Gänge bezeichneten sie mit seltsam klingenden Namen. Sie sprachen vom Einigkeiter Morgengange, von dem in Christi Hilfe stehenden, vom Peter- und Andreasgange.

Ach, wie wurde an solchen Abenden meine Phantasie erregt!

Nachts verfolgten mich die Geschichten, sie verwebten sich in meine Träume. Wenn ich im Dunkeln früh herunterkam und die Asche auf den Schutthaufen trug, dann war mir, als träume ich weiter. Wohin ich sah, bewegten sich Bergleute mit ihren Blenden. Wie schwirrende Glühwürmchen leuchteten sie im kalten Dunkel des Wintermorgens. Die über den Hof schritten, riefen treuherzig: „Glück auf, Moarie!"

Bald klang vom nahen Huthaus der fromme Gesang durch das Dunkel des winterlichen Morgens.

* * *

Dicht am Brunnen, wie mir die Alte schon gesagt hatte, stand ein Häuschen, weiß gekalkt, mit hellblauen Balken. Während der fadendünne Wasserstrahl in die Kanne lief, spähten meine Blicke nach den kleinen Fenstern. Zwischen den Blumenstöcken zeigte sich häufig ein Gesicht, bald war es ein junges, bald ein altes.

Wie ruhig und friedlich sah es von draußen aus, unwillkürlich beschäftigten sich meine Gedanken mit den Bewohnern.

Eines Tages stand ich wieder und spähte hinter

die Blumenstöcke, da tauchte diesmal das alte Gesicht
auf. Ich nickte der ältlichen Frau einen Gruß zu, sie
hatte es gesehen, ihr Gesicht kam dicht an die Scheiben,
sie winkte.

Schnell wechselte ich die Kannen und trat befangen
und zaghaft in das Häuschen. Die Alte hielt die
Stubentür offen und reichte mir freundlich die Hand.
Wie warm, sauber und friedlich war es in dem kleinen
dämmerigen Stübchen! Das verschrumpelte, runde
Kindergesichtchen sah aus wie ein rotbackiges, welkes
Äpfelchen. Die blonden, dünnen Scheitel waren schon
leicht ergraut. Alles war leise und gedämpft, nicht nur
die Stimme und der Tritt, sondern auch die Farben.
Sie ging leise auf Filzschuhen, der faltige, kurze Rock
und die weite Jacke waren aus haarigem, dunklem Stoff
verfertigt. Trotzdem die Hände krumm und rauh von
der Arbeit waren, so war die Berührung, als sie mir
sanft über den Scheitel strich, doch lind und zart. Es
war etwas echt Mütterliches in ihrer ganzen Art. Mir
kamen die Tränen in die Augen, wie lange war es her,
daß jemand mich freundlich angesehen hatte: „Du bist
ja wohl mit den neuen Kramersleuten gekommen. Heeßt
du nich Moarie?"

Sie wußte schon von mir? Das wunderte mich
Ich schüttelte den Kopf und sagte: „Nein, Charitas."

„Nu so was! Das is e närrscher Name, aber du
läßt dich doch am liebsten so rufen, wie de getooft bist.
Mir woll'n dich hier so nennen, wenn de bei uns kimmst."
Sie sprach denselben Dialekt wie die andern auch, und
doch wie gemütvoll und herzlich klang er aus ihrem
Munde!

16*

„Warum siehste denn egal so traurig aus?" fuhr
sie fort, „dich friert's wohl, geh ran an'n Ofen und
wärm d'r de Hände! Haste Heemweh?"

Ich nickte. Die Frau seufzte, nickte mir ernst zu
und sagte mit verhaltener Stimme: „Ach ja, das Heemweh! Das kann de Menschen reene umbringen! Oben
liegt eene, die hatte ooch egal Heemweh, nu wurd' se
noch krank derzu, mir dachten aber, se müßt's iberwinden,
weil se so e weeches Gemiet hatte. Nu hat se iber-
wunden, aber andersch, wie mir es dachten. Kumm
mal mit nuf, du sollst se doch sehen, s' is 'r doch ooch
wie dir gegangen." Befangen und unsicher folgte ich
ihr die kleine Treppe hinan.

Die Kammertür stand offen, und auf sauberem Strohlager ruhte eine Gestalt, die nur wenig älter sein mochte,
wie ich selbst. „Siehste, das is unsre Christel!" sagte
die Frau und streichelte zärtlich die starren, wachsbleichen
Hände, die zwischen den gefalteten Fingern ein Zweig-
lein Buchsbaum hielten. „Nu haste kee Heemweh mehr,
nich wahr, Christel? Gott reicht dir selbst die Palmen
in deine rechte Hand, und du singst Freudenpsalmen,
dem, der dein Leid gewandt!"

Die Frau trat etwas vom Lager zurück und weinte
still vor sich hin, sie zog mich sanft nach sich und sagte:
„Komm, komm! Laß ja keene Träne uf die Tote fallen,
sunst hat se im Grabe keene Ruhe! Wir derfen uns
ooch nich uflehnen, unser Herr Pfarrer sagt:

> Er nimmt und gibt,
> Weil er uns liebt.
> Laßt uns in Demut schweigen,
> Und vor dem Herrn uns beugen!"

Ich weinte heftig. Die unerwartete Nähe des Todes, die ärmliche Feierlichkeit, die fromme Ergebung der Frau, meine eigne verlassene Lage, das alles erschütterte meine Seele mächtig. So jung konnte man sterben! Unser Los war ja ein ähnliches gewesen. Freilich, sie hätte es besser haben können, sie hatte ein Heim, und all die Ihren waren beieinander. Sie riß eine Lücke, sie wurde schmerzlich vermißt. Warum hatte Gott sie, und nicht mich gerufen? Ich war ja so überflüssig, keiner brauchte mich. Gottes Gedanken sind nicht unsere Gedanken, und seine Wege sind nicht unsere Wege. Möchte ich wirklich hier an Christels Stelle liegen?!

„Ja, in Freiberg, in der großen, lauten Stadt is se gestorben," unterbrach die Frau meinen Gedankengang. „Mir wußten ni, wie schlimm es mit ihr stand. Freili, den Nachmittag, wie se starb, hat mich's geahnt. Ich hatte so en häßlichen Drom. Mir wurde unter großen Schmerzen e Zahn ausgezogen. Da wußte ich glei, daß was mit der Christel passiert war, noch dazu, wie nu ooch de Uhr stehen blieb. Ja, ja, 's hat Anzeechen gegeben! Das is su, wenn ener sterbt. Sonntag wull'n mer se in Scherme (Großschirma) begraben. Du tust ihr doch de letzte Ehre an? Komm nur, da lernst de ooch de Gustel und den Fritz kennen. Komm aber ooch sunst zu uns, etwa am Sonntag, wenn de deine Sache gemacht hast. Hier kannst de von derheeme erzählen. Ich denk'; dich hat de Christel geschickt. Warte mal, hab' ich denn nischt, womit ich der 'ne kleene Freide machen kann?" Sie kramte in einer Schublade und sagte: „Der Vater hat neilich der Christel das rote Kopftüchel gekooft, das sollst du erben, von uns kann's

doch jetzt keener tragen." Sie händigte mir ein leuchtendes Kopftuch aus, mein Erbe von Christel, die ich
nur im Tode kennen lernte. Als ich nach Hause ging,
dachte ich an die Worte meiner Mutter: „Gott erweckt
dir Nothelfer in guten Menschen."

Am folgenden Sonntag kam das Begräbnis, woran,
wie mir schien, die ganze Gemeinde teilnahm.

Die Bergknappen in ihrer schwarzen, kleidsamen
Tracht trugen den Sarg. Der Lehrer kam mit seinen
Schülern. Um das Kruzifix wehte der Trauerflor, und
die jugendlichen Stimmen sangen:

> „Leb' wohl, leb' wohl, du Bergmannskind!
> Du hast vollbracht den Lauf.
> Treu warest du und gut gesinnt,
> Drum rufen wir: Glück auf!
> Doch schloß sich auch dein Auge hier,
> Dort tut sich's wieder auf.
> Wir alle, alle folgen dir
> Und grüßen dich: Glück auf!"

Ich saß in der Oberstube, zwischen vielen fremden
Gestalten. Vor uns stand der schlichte Sarg, an den
Sargenden brannten dünne Wachslichter. Schweigend
tranken wir Kaffee unter den Klängen des bekannten
Sterbeliedes.

Die Dämmerung brach schon fast herein, als sich der
traurige Zug in Bewegung setzte. Sehr lang kam mir
der Weg vor, denn wir kamen nur langsam vorwärts,
da die Träger öfters stillhielten und einander ab-
wechselten. In dicken Flocken fiel vom dämmernden
Himmel der Schnee hernieder, er legte sich weich auf das
schwarze Bahrtuch, er legte sich auf die schwarzen Bergmannskittel, und frisch und flockig lag er auch in dem

Bergmann Lehmann

Grabe, wo hinein man jetzt mit Gesang, Grabrede und Gebet die so früh geknickte Menschenblüte bettete.

Im Dunkeln traten wir den Heimweg an. Hand in Hand gingen Gustel und ich. Die trauernden Geschwister erzählten mir mit Liebe von der Heimgegangenen. Mir war der Gang zwischen den vielen dunklen Gestalten auf dem unbekannten Wege, verbunden mit der Erzählung über jemand, den ich nicht gekannt und nie kennen würde, etwas so Traumhaftes und Sonderbares, daß ich den Gang nie vergessen habe. Gustel war ein eben konfirmiertes Kind wie ich auch. Sie hatte ein frisches, rotbackiges Kindergesicht, über welches jetzt die Trauer eine sanfte Wehmut breitete. Beim Scheiden luden mich Bruder und Schwester freundlich zum öfteren Besuch ein.

Lehmann war königlicher Erzwagenbegleiter, ein Titel, der mir mächtig imponierte. Wenn ich Sonntags mit aller Arbeit fertig war, durfte ich zu meinen Freunden gehen. Ich wurde jedesmal mit großer Freude und Herzlichkeit aufgenommen. Wir saßen auf der Ofenbank, und Mutter Lehmann kochte einen unerschöpflichen Kaffee, der mich bald alle Sorgen vergessen ließ. Hier fand ich Liebe in reichem Maße, und ich war so freudehungrig, ich schloß mich mit stürmischer Zärtlichkeit an die alten und jungen Lehmanns an. Bald hieß es: „Erzähl' was," und danach: „So, nun sing noch ein bißchen." Und ich erzählte die Geschichte von „Johanna" mit dramatischer Begeisterung. Ich schenkte meinen Zuhörern nichts, jede Stimmung, jede Situationsschilderung wurde in ausführlichster Weise vorgeführt. Ich spielte auch Theater, am liebsten aber sang ich ihnen alle Lieder vor,

die ich beim Paſtor in der Singſtunde gelernt hatte.
Gelegentlich ſangen wir auch alle zuſammen die ſchönen
Bergmannslieder. Ich war an ſolchen Abenden wie
berauſcht, ich mußte ja aber auch ſchnell zugreifen, wenn
mir eine Gelegenheit zur Freude geboten wurde, denn
eine ſchwere Woche ohne ein freundliches Wort voll
harter Arbeit folgte einem ſolchen glücklichen Abend.

Wie ich von Voigtsberg wegkam

Weihnachten war vorüber. Ein trauriges, freudloses Fest war es für mich gewesen. Es hatte mir vermehrte Arbeit gebracht, aber nicht einmal die Möglichkeit zu einem festlichen Kirchgange, worüber ich bitter weinte. Meine Seele dürstete nach diesem Trost. Von den Eltern war kein Brief, kein Liebeszeichen gekommen, ich fühlte mich durchaus vergessen.

Eines Tages wurde in der dunklen, geschwärzten Küche wieder Branntwein gebrannt, und ich schleppte mühsam die großen Holzscheite aus der Scheune herbei. Ich zitterte vor Kälte, denn ein heftiges Schneegestöber fegte über den Hof. Das dünne Röckchen flog mir über den Kopf, als sei es aus Papier gemacht. Bei dem Bemühen, dem Sturm den Rücken zu kehren, sah ich einen Mann in den Hof einbiegen. Er hatte eine große Pelzmütze mit stattlichen Ohrenklappen auf, und seine Hände staken in mächtigen Fausthandschuhen. Was mochte der bei dem Unwetter hier wollen? Ich kannte ihn gut, es war ein Siebenlehner. Ich nickte ihm flüchtig zu, er blieb stehen und winkte heftig mit beiden Händen, so daß ich wohl zu ihm mußte. Er schrie mir etwas zu, der Sturm trug aber seine Worte ungehört davon. Da er mir scheinbar etwas zu sagen hatte, so deutete ich auf die Scheune. Was konnte der Mann nur von mir wollen?!

Ich packte die Scheite in den Korb und sagte: „Was wollt Ihr doch bei dem Wetter in Voigtsberg?"

„Ja," sagte er pustend und schnaubend, „setz' dich

mal da auf das Bund Stroh, so schnell kann ich nicht damit zurechtkommen."

Er zog umständlich die Handschuhe aus, knöpfte den dick gefütterten Überrock auf, langte in eine der Innentaschen und klapperte mit Geld.

Gespannt, sprachlos sah ich seinem Tun zu. Die Hand kam gefüllt aus der Tasche zurück, und nun legte er umständlich einen, noch einen — bis sechs zählte ich, ja sechs harte Taler in meinen Schoß.

„Wo kommt denn das schrecklich viele Geld her?!" stotterte ich.

„Wart' doch," sagte er, und holte aus einer anderen Tasche ein zierliches Päckchen.

Als ich das Seidenpapier entfaltete, lag ein funkelnagelneues Portemonnaie neben den sechs harten Talern. „Noch mehr?" sagte ich, als er wieder mit der Hand unbeholfen in die Tiefe einer Tasche fuhr.

„Ja, noch mehr," sagte er lachend, „hier ist der Brief dazu. Das war wohl eigentlich zu Weihnachten gemeint, aber da hatte ich gerade soviel zu tun, da konnte ich nicht gut fort. Eine schöne Bescherung, was? Ein bißchen kalt und zugig hier, geh doch hinüber in die Wärme. Und ja, wart' doch noch ein Augenblickchen, das ist noch nicht alles. Deine Mutter schreibt, du sollst sofort deine Sachen packen und zu ihr nach Hamburg kommen. — Aber gleich, sonst geht sie weiter nach Holland, ich soll dir ein bißchen mit allem zurechthelfen, sie hat uns auch einige Kleinigkeiten geschickt. Hier ist auch noch ein Brief für Haubolds."

War mir doch, als müsse mir das Herz springen vor Aufregung! Fort sollte ich, — und zwar gleich —

sofort! Ich öffnete mit zitternden Händen den Brief, seufzte tief auf, als ich sah, wie lang er war, steckte alles in die Tasche, nahm meinen Korb und forderte den Mann auf, mit mir zu Haubolds zu gehen.

Haubold stand vor dem Herd und schaute eifrig in den großen Kessel. Er sah verwundert auf, als der Mann mit mir eintrat. „Wo bleibst du so lange? Wir haben keine Zeit, am Vormittag Besuch anzunehmen!"

Mir traten die Tränen in die Augen, ich hätte gern gestanden: „Ich habe in der Scheune Weihnachten gefeiert," aber so sagte ich nur: „Hier ist ein Brief von meiner Mutter, ich soll gleich nach Hamburg kommen. Rüdiger-Heinrich soll mir helfen. Darf ich gleich fort?"

Es war nicht nur der Feuerschein, der jetzt das Gesicht von Haubold so rot erglühen ließ.

„Ihr habt mich wohl verstanden!" sagte er mit einer deutlichen Handgebärde nach der Tür.

Der Mann stotterte verlegen: „Bedenkt, sie ist doch noch ein Kind, man muß ihr doch zurechthelfen, — es ist eine weite Reise, wenn sie auch nicht viel hat, aber sie soll ihr bißchen Kram doch mit haben!"

Haubold knüllte den Brief, den er während der Rede des Mannes gelesen hatte, wütend zu einem Ballen zusammen und warf ihn in die Flammen. „Schert Euch fort! Das Mädel bleibt, wo sie ist! Die Mutter hat sie uns übergeben. Wenn sie sie haben will, da mag sie sie selber holen! — Nach Hamburg! — Na, das ist was Schönes! — Das könnt' ich ja vor Gott nicht verantworten, da geht sie zugrunde! Hier bleibt sie!"

Ich brachte das viele Geld weinend in meine Kammer.
Der Mann stand bei meiner Rückkehr noch immer in
der Küche.

„Hol' Wasser!" befahl Haubold. Der Mann folgte
mir. Ich war in höchster Aufregung, ich hätte den
Mann schütteln können. „Steht mir doch bei, Rüdiger-
Heinrich!" bat ich weinend.

„Was kann ich dabei tun, wenn die Leute nicht
wollen! Pack' deine Sachen zusammen und reise."

„Als ob ich das könnte! Das wage ich doch gar nicht!"

„Na, siehst du, ich auch nicht!" Damit bog er nach
der einen, ich nach der andern Seite.

Ich stellte meine Kanne unter den Strahl, eilte zu
meinen Freunden, legte den Brief auf den Tisch und
sagte erregt: „Lest den Brief und helft mir! Ich muß
zu meiner Mutter! Wenn ich nicht bald komme, treffe
ich sie gar nicht mehr. Wenn ich hier länger bleibe,
gehe ich zugrunde!"

Sie trösteten und versprachen mir ihren Beistand.
Bei Haubolds wurde der Sache mit keinem Wort Er-
wähnung getan. Das vermehrte meine Erregung. Mit
niemandem konnte ich sprechen, und doch war mir, als
müsse ich ersticken vor Aufregung. Freude, Hoffnung,
Zweifel, alles gärte in mir.

In der Dämmerung kam Fritz. Ich meinte, mir
müsse das Herz stillstehen. Hatte er wirklich den Mut,
für mich zu kämpfen? Als er mich sah, schob er mich
in die Küche, schloß die Tür und ging in die Stube.

Ich hörte, wie er mit erzwungener Ruhe fragte,
ob ich reisen dürfe? Mann und Frau antworteten erregt und wiesen ihm die Tür.

„Gut," sagte er, „nun werde ich andere Wege einschlagen! Ich dachte, es wäre im Guten und in Ruhe gegangen! — Ein kleines, schwächliches Kind so auszunutzen, weil sie niemanden hat, der nach ihr sieht, das ist Sünde! Jetzt geh' ich erst mal zum Schulzen, und dann werde ich es allen im Dorfe erzählen. Ich prophezeie euch, ihr seid bald eure Kundschaft los!"

Er ging. Haubolds schalten, ich weinte, und doch fühlte ich Hoffnung und Freudigkeit, daß jemand für mich eingetreten war.

Am nächsten Tage kam ein Bergmann, gab mir meinen Brief und sagte: „Der ist beim Schulzen gewesen. Heb' ihn gut auf! Ich soll dir sagen, niemand darf dich zurückhalten. Wir sind alle auf deiner Seite!" Dann ging er hinein und sprach mit Haubolds.

Wie waren die Stunden lang und qualvoll! — Am Brunnen sah ich Gustel. „Hab' nur Mut, und sei nicht aufgeregt! Es wird alles gut, sollst mal sehen! Wir sind Dorfeingesessene, Haubolds sind die Fremden. Über dich ist schon viel im Dorf gesprochen. Alle finden sie, so darf das nicht weiter gehen. Sie lassen dich schon von alleine gehen, wenn sie sehen, daß niemand mehr zu ihnen kommt. Wenn du weißt, daß du frei kommst, da häng' dein rotes Tuch ins Fenster. Dann wissen wir doch, daß wir dich bald erwarten können! Das wird 'ne Freude, wenn du kommst!"

Es kamen wirklich keine Bergleute mehr.

Da sagte Haubold an einem der nächsten Morgen: „Heute abend reis', wohin du willst. Du wirst schon in dein Verderben rennen!" — Das war ein böses Wort!

Als ich das Haus, in dem ich so schwere, einsame Monate verlebt hatte, hinter mir wußte, kam ein großes Glücksgefühl über mich.

Frei! — Das stürmische Wetter war vorbei. — Über dem festgefrorenen Schnee flutete das sanfte Licht des Mondes. Als ob mir die Welt gehörte, so glücklichen Herzens ging ich in das Häuschen am Brunnen.

An der Tür stand Mutter Lehmann: „Ich hab' Erbernbackchen (Kartoffelkeulchen) in der Pfanne und schönen weißen Kaffee!"

Da tafelten wir großartig!

„Was wird aus dir?" Diese Frage stand bei uns allen im Mittelpunkt. „Laß nur," sagte Mutter Lehmann, „es wird sich schon alles zum Guten wenden, wenn sie erst ihre Mutter wieder hat!"

Vater Lehmann meinte: „Das viele, viele Geld! Wenn du doch nur gut acht auf dein Geld geben willst! Du bist doch noch ein Kind, wie leicht kann's dir gestohlen werden, oder du kannst es verlieren!"

„Ach," sagte Mutter Lehmann, „das Geld ist doch nicht die Hauptsache, sie muß aufpassen, daß sie nicht in schlechte Hände gerät."

Wie dachte ich mir die Zukunft? Wahrscheinlich würde ich mit der Mutter reisen, natürlich nach Holland zu den Leuten, von denen sie die Bilder hatte. Ich habe ihnen wunderbare Dinge vorphantasiert, dann aber sangen wir alle zusammen:

„Lacht nach bangen Kummertagen
Dir ein freundliches Geschick,
Darf das Herz mit Jubel sagen:
Sei willkommen, Silberblick!"

Ich jubelte die Worte in das kleine Stübchen hinein, als ob ich mir die Brust frei singen müßte von all der überstandenen Pein.

Mutter Lehmann sah meine Sachen nach. „Die Unterröcke sind ja wohl nie ordentlich trocken geworden," sagte sie, „und geflickt müssen sie werden, ehe du auf die große Reise gehst."

Wir standen vor Kommodenschubladen und suchten Flicken, die Röcke sahen nachher aus wie Landkarten so bunt. Da war ein Stück Hosenzeug vom Fritz, ein Stück bunter Damast vom Kanapee, auch ein Stück Kattun fand seine Verwendung, aber die Röcke wurden trocken und heil. Den Konfirmationsrock hatte ich gespart, der war wie neu, und darauf war ich stolz.

In den geborgten Sachen der Gustel, da mein Zeug gewaschen wurde, ging ich eines Tages nach Nossen. Da Gustel viel größer und kräftiger war als ich, so spielte ich in ihrem Zeug eine komische Figur. Ich mußte aufs Amtsgericht, um mir einen Paß zu besorgen. Als einer der Herren meine Personalbeschreibung aufnahm, kicherte er und machte die andern auf mich aufmerksam. Wie ich mich schämte! Lächerlich war ich ihnen! — Konnte ich in dem Aufzug wohl zum Pastor gehen? Ich wollte ihn doch so gern noch sehen, ehe ich Sachsen verließ, ich wollte ihm danken für alle Hilfe, die ich durch ihn erfahren hatte. Aber —! wenn er nun auch lachte? Nein, das konnte, das durfte er nicht! Er mußte doch ebenso denken wie die Mutter: „Das was außen herumhängt, das ist ganz gleichgültig, darauf kommt's an, was drin steckt in der Hülle", deshalb überwand ich die Scheu und klopfte schüchtern an. Nach der soeben erlebten Erfahrung beobachtete ich des Pastors Gesicht argwöhnisch. Das Leben war ja so bitter ernst seit langer Zeit. — Nein, sein Gesicht drückte nur Staunen aus, als ich in diesem wunderlichen Aufzug bei ihm eintrat. Ich war so erregt, daß ich zuerst nur stockend erzählen konnte, weshalb ich kam.

Als er von meinem letzten Aufenthalte hörte, fragte er mitleidig, wie ich Weihnachten verbracht hätte, ob ich mir doch die eigentliche Weihnachtsfreude nicht habe rauben lassen, ob ich auch einen Stollen gehabt habe? Er stand bei der Frage auf, ging an den Schrank und holte mir eine dicke Scheibe Stollen. Das rührte mich so tief, daß ich in heftiges Weinen ausbrach und ihm schluchzend weiter erzählte, daß ich schon in den nächsten Tagen nach Hamburg wolle.

„Du nach Hamburg?!“ rief er in abwehrendem Staunen, „das ist doch nichts für dich!“

So, da war es wieder! Haubold hatte es gesagt, in Wut, drohend. Er hatte mir sicheres Verderben prophezeit, und nun auch der Pastor, er, der es gut mit mir meinte, und der sicher mehr davon verstand, als wir alle. Meine Freude, der ich durch begeisterten Gesang noch vor kurzem Ausdruck verliehen hatte, erlitt einen starken Dämpfer, und ängstlich ruhten meine Blicke auf dem blassen Gesicht des Pastors.

„Das ist gerade für dich eine sehr gefährliche Stadt,“ sagte er eindringlich und legte seine Hand auf meine Schulter.

Für mich? Warum so gefährlich gerade für mich? Ängstlich fragend sah ich ihn an, da fuhr er langsam sinnend fort: „Ja, für dich! Du hast gefährliche Gaben,“

— ich erschrak — „du haſt eine ungewöhnlich ſtarke Sehnſucht nach Anſchluß. Der natürliche Zuſammenſchluß fehlt dir, nun ſuchſt du ihn dir zu erſetzen. Das iſt kein Unrecht an und für ſich, aber für eine, die ſo herumgeſtoßen wird, wie du, da iſt es eine gefährliche Mitgabe! Du biſt ja viel zu jung, und du empfindeſt viel zu lebhaft, als daß du imſtande wäreſt, die Geiſter zu prüfen, die deinen Weg kreuzen! Zeigſt du in einer Stadt wie Hamburg, daß du dich nach Liebe und Anſchluß ſehnſt, o, ſo finden ſich Menſchen genug, die dieſem Bedürfnis entgegenkommen! Aber hüte dich! Nur einer kann das Sehnen deiner Seele ſtillen. Suche nicht bei Menſchen Troſt und Anſchluß, für dich gibt's den noch lange nicht. Lerne mit dir ſelbſt fertig werden! Oder, halt! Ich kann dir doch einen Anhalt ſchaffen. Willſt du mir das feſte Verſprechen geben, daß du dieſen Halt ſuchen und benutzen willſt?"

Ob ich wollte!

„Gut! Verſprich mir, daß du Paſtor Meinel, Vorſteher der Zionsgemeinde, ſo bald wie möglich aufſuchen willſt? Die Adreſſe weiß ich nicht, er wird ſich ſchon finden laſſen. Bring ihm einen Gruß von deinem Paſtor, er kennt mich nicht, aber das tut nichts. Er wird dir beiſtehen mit Rat, an ihm wirſt du einen Halt haben. Ich kann mich auf dein Verſprechen verlaſſen?"

Weinend gab ich mit Handſchlag das feſte Verſprechen, alles zu tun, was der Hamburger Paſtor mir raten würde.

Von allen nahm ich kurzen, eiligen Abſchied. Ich ging zu den guten Winklers, zum Größel-Lenchen und zu den beiden Sparmanns.

Die letzte Nacht wurde nicht viel aus dem Schlaf. Noch vor fünf Uhr weckte Mutter Lehmann. Alle teilten mein Reisefieber. Der Tragkorb war gepackt, eilig wurde Kaffee getrunken, dann nahm Fritz den Korb auf den Rücken. Er und die Gustel brachten mich die zwei Stunden Wegs bis Nossen. Der Mond schien auf den Schnee, zum letztenmal hörte ich das: „Rrr— ting!" vom Signalglöckchen der „Alten Hoffnung Gottes".

Als wir erst die Chaussee erreicht hatten, faßten wir uns alle drei an der Hand. Was wir auf dem langen, stillen Wege sprachen, hatte etwas Traumhaftes. Die nächtliche Stille dämpfte unsere Stimmen. Eine Erinnerung wurde in mir wach, schon einmal war ich in früher Dämmerung diese Straße zu Dreien gewandert, auch damals waren wir einem fernen, unbekannten Ziele nachgegangen. Tief bewegt nahmen wir in Nossen Abschied voneinander, mit der ernsten Versicherung, einander nie zu vergessen, was das Leben auch bringen möge. Ein letztes, wehmütiges: „Glück auf!" der Geschwister, und der schwerfällige Wagen rummelte durch die Neugasse den Schloßberg hinunter.

Reise nach Hamburg

Lang und kalt war die Fahrt bis Dresden, aber endlich waren wir da, und ich wanderte wieder die Königsbrücker Straße entlang, bis zu Tante Clärchen. Mit großem Staunen und warmer Herzlichkeit wurde ich hier aufgenommen. Das Staunen steigerte sich noch, als ich erzählte, daß ich morgen um sieben Uhr nach Berlin und von da nach Hamburg wollte.

„Du kommst so früh nicht fort," sagte Tante Clärchen, „ich bitte dich, es ist um sieben noch dunkel, und ich habe früh soviel zu tun. Fahr am Nachmittag. Um drei Uhr geht auch ein Bummelzug, und den willst du der vierten Klasse wegen doch haben. Wir wollen dich doch zur Bahn bringen. Wer weiß, ob wir dich im Leben je wieder sehen, wenn du so weit hinausmachst! Und du mußt doch heute noch in die Salomonisapotheke gehen, um Herrn Richter Lebewohl zu sagen!"

Ich war leicht überredet. Auch in die Apotheke ging ich noch. Herr Richter war ebenfalls sehr erstaunt, mich ganz allein in Dresden zu sehen. Er fragte sehr dringend nach der Mutter Plänen mit mir, darüber konnte ich nichts sagen, da entließ er mich mit herzlichen, warmen Worten.

Ich fuhr also um drei Uhr nachmittags anstatt um sieben Uhr früh von Dresden ab. Gewiß, das ging, nur anstatt bei Tage, wie die Mutter sich's gedacht hatte, kam ich nun bei Abend in Berlin an.

Der Brief meiner Mutter sagte: „In Berlin, das Dir fremd ist, da nimmst Du Dir eine Droschke und fährst zu Professor Garke, Potsdamer Straße 135. Sie wissen da von Deiner Ankunft und erwarten Dich in diesen Tagen."

Hei, das ging flott! Im Handumdrehen stand ich mit meinem Tragkorb vor der Tür. Eilig wollte ich ins Haus, — es ist jedoch verschlossen! — Aber, wie kann das angehen? Es ist doch noch nicht spät! Können die Leute denn schon zu Bett sein? Ich trete von dem Hause zurück und sehe zu meiner Beruhigung, daß noch in verschiedenen Fenstern Licht ist. Wie kann ich mich nur bemerkbar machen? Unruhig halte ich Umschau. Zu beiden Seiten sind Vordergärtchen, hier sehe ich zu meiner Freude erleuchtete Fenster, sie liegen so tief, zu ebener Erde, da kann ich mich ja leicht in Verbindung setzen, ich muß nur über das niedrige Eisengitter, das macht ja keine Schwierigkeiten. Den Korb lasse ich vor der Tür und klettere hinüber. Die Fenster sind verhängt. Ich wate durch den Schnee und klopfe bescheiden an. Aber, was höre ich? Von innen schlägt eine starke Faust gegen die Scheiben, und eine erzürnte Stimme sagt: „Zur Polizei gehe ich, die wird dich beim Kragen nehmen und ins Loch stecken!"

Gesehen hatte ich niemanden, denn die Gardine wehrte mir den Einblick, aber gehört hatte ich alles sehr deutlich, und zitternd vor Schreck, Kälte und Aufregung kletterte ich eilig wieder zurück. Ich kauerte mich dicht an meinen Korb, weinte und bat Gott, er möge mir doch in der großen, fremden Stadt beistehen. —

Vereinzelte Fußgänger gingen vorüber, sie achteten nicht auf das leise Weinen des Kindes. — — Es wurde später und später, und die Angst überkam mich, die Leute könnten zu Bett gehen. Endlich trat eine Frau heran und fragte, was mir fehlte. Sie erfuhr bald die Ursache meines Kummers.

„Na," sagte sie, „das trifft sich gut! Da komm nur mit mir, zufälligerweise kenne ich den Herrn Professor, der ist aber in diesen Tagen umgezogen, er wohnt in der Köpenicker Straße, ich will dich zu ihm bringen, nimm deinen Korb!"

Ich hockte meinen Korb auf und folgte der freundlichen, redseligen Frau, — aber doch nicht lange. Ich fühlte unwillkürlich in meine Tasche, da war der Brief der Mutter, und als ob eine Stimme lebendig würde, so redete der Brief eindringlich auf mich ein. Deutlich und meinem Herzen ganz vernehmlich hörte ich die Stimme der Mutter, sah im Brief die Schriftzeichen: „Potsdamer Straße 135!" „Ich muß zurück!" sagte ich kurz entschlossen und machte eilig kehrt, trotz der lebhaften Gegenversicherung der Frau. Ich fand das Haus bald wieder, und die kalten, verschneiten Stufen erschienen mir jetzt wie eine Art Zufluchtsstätte. Dunkel ahnte ich, daß die Frau es nicht gut mit mir meinte. Ich suchte mich mit dem Gedanken vertraut zu machen, hier den Morgen erwarten zu müssen. Nach einer Weile kam ein vorübergehender Herr, er trat auf mich zu, und als er hörte, um was es sich handle, da machte er sich stillschweigend an der Seite der Haustür zu schaffen. Ich hörte, wie im Innern des Hauses ein schrilles Klingeln ertönte, der Herr hörte auch danach hin. Als er es vernahm, entfernte er sich schleunig. Bald danach hörte ich Tritte von innen, die Tür wurde geöffnet, ich schlüpfte ins Haus und sah mich zwei Frauen gegenüber, die sich in der Eile nur notdürftig bekleidet hatten.

Beide hatten ein Licht in der Hand und beleuchteten mich. Der Empfang war nicht sonderlich freundlich. Die korpulente, ältliche Frau bekannte sich widerwillig zu mir und machte mir berechtigte Vorwürfe, daß ich die Leute nach Mitternacht aus den Betten jage. Ich schämte mich sehr und stammelte viele Entschuldigungen. In der kleinen Küche war über dem Herd eine wunderbare Einrichtung, eine Art Zwischenboden, — ich hörte später, daß man diese Einrichtung Hängeboden nennt. — Die Frau rief da hinauf, und von einer Art Hühnersteige kletterte nun ein halbwüchsiges Mädchen herunter und war der alten Dame behilflich, mir im Zimmer ein Lager auf dem Sofa herzurichten. Ich fragte, wann ich am nächsten Morgen fort müsse, da meinte sie: ich würde fortkommen, wann es ihr passe. So früh stünden sie im Winter nicht auf, und da ich mich in der großen Stadt nicht allein zurechtfinden könne, so müsse ich warten, bis das Mädchen zu Mittag gegessen und ihre Arbeit getan habe. Ich sah ein, daß die Frau recht hatte, aber ich hatte auch große Angst, daß für mich daraus neue Wirren entstehen könnten. Am nächsten Morgen sah ich auch den Herrn Professor. Er nannte die alte Dame „Tante“, und es war ihm augenscheinlich unangenehm, daß ich so hart verklagt wurde. Er nahm mich mit in sein Zimmer, gab mir Bilderbücher, es waren lauter Abbildungen von einheimischen und ausländischen Pflanzen. Er forderte mich freundlich auf, die vorbeimarschierenden Soldaten zu sehen. Ich hatte den Eindruck, er müsse ein guter, freundlicher Herr sein.

Nun nahm mich aber die „Tante“ vor. Ich mußte

in die Küche kommen und ihr zeigen, was ich im Korbe hatte. Sie schlug entsetzt die Hände zusammen und sagte: „Für das bißchen Kram nimmst du eine solche Allerweltskiepe? Damit gehst du nicht nach Hamburg! Die geht dir ja bis über die Kniekehlen! Die Hamburger Straßenjungens verfolgen dich ja, wenn du in solchem Aufzug da ankommst! Du scheinst mir doch ein recht dummes, kleines Ding zu sein! Wie soll dir das wohl gehen im Leben! Pack' aus! Den ganzen Kram schnüren wir in ein Bündel, den Korb läßt du hier!"

Daß ich ein dummes, kleines Ding war, das glaubte ich ihr aufs Wort, daß ich aber beim Einkauf des Korbes mir doch meine Gedanken gemacht hatte, das mochte ich ihr nicht sagen, sie hätte es nicht gelten lassen. Ich hatte doch die Absicht, ich wollte der Mutter eine rechte Stütze sein, wenn sie sich nun noch mehr Sammlungen vom Vater kommen ließ, dann konnte ich doch tragen helfen. Die Mutter sollte sich nun nicht mehr so plagen, dazu kam ich ja nach Hamburg, daß ich ihr half. Mich dauerte auch der schöne, neue Korb.

Endlich war das Mädchen fertig. Wir stiegen in einen Omnibus und fuhren zum Bahnhof. „Nach Hamburg? Eben abgefahren!" Zitternd fragte ich, wann wieder ein Zug dahin gehe. „Um sechs Uhr!"

Jetzt war's drei Uhr. Das große Wartezimmer war ziemlich leer. Ich suchte mir einen gesicherten Platz und las mit Entsetzen: „Vor Taschendieben wird gewarnt!" Mit Mißtrauen betrachtete ich jeden Ankommenden und hielt Brief und Geld krampfhaft in der Hand, während meine Augen sorgsam das Bündel hüteten.

Endlich „Richtung Hamburg!" Ich kletterte in ein Kupee vierter Klasse und malte mir aus, was die Mutter sagen würde heute abend. Wie lange ich gefahren war, weiß ich nicht, aber der Zug hielt, die Türen wurden geöffnet, und der Schaffner rief: „Wittenberge! Alle aussteigen!" Ich fragte, wo der Zug nach Hamburg stehe.

„Heute geht kein Zug mehr nach Hamburg!" — Ich wollte es nicht glauben. — Wann ging dann der nächste Zug nach Hamburg? „Morgen früh um 6 Uhr." — Ich mußte mich also in Berlin verhört haben.

Ich stand mit meinem Bündel ratlos auf verschneitem Felde. Es war dunkel, nur die Lichter auf dem Bahnkörper warfen einen Schein auf die nächste Umgebung. Ich sah weder einen Ort noch einen Bahnhof. Wittenberge?! Das konnte doch nicht mit rechten Dingen zugehen! Der Ort war doch gar nicht erwähnt im Briefe der Mutter! — Die Leute verliefen sich, und ich stand ratlos, unschlüssig mit meinem großen Bündel im Arm. Durch die Dunkelheit kam ein Mann auf mich zu, er fragte mich, wohin ich wolle. Ja, das wußte ich nicht.

„Hast du denn Geld?" fragte er.

„Vor Taschendieben wird gewarnt!" dachte ich und hielt krampfhaft meine Barschaft fest.

„Wenn du Geld hast," fuhr der Mann fort, „dann komm mit mir, dann kannst du die Nacht bei mir bleiben."

„Ach — ich — weiß — nicht! Wer sind Sie denn?"

„Hab' keine Angst, gib mir dein Bündel, so, und nun gib mir die Hand, — hier sind all die Geleise, du könntest leicht fallen. Jetzt gehen wir hinein nach Wittenberge, und morgen fährst du weiter."

„Aber ich weiß doch gar nicht, wer Sie sind?"

„Ich bin Gastwirt. Komm nur mit mir!"

Was sollte ich anders tun? Ich wanderte allerdings mit einem Gefühl der Unsicherheit und des Zagens mit dem fremden Manne vorwärts bis in sein Haus. In dem dunstigen, qualmigen Zimmmer, das wir betraten, hielten sich eine Anzahl rauchender Männer in blauen Fuhrmannskitteln auf. Hinter dem Schenktisch stand eine Frau, die einen heißen Grog anrührte.

„Na, was bringst du denn da?" fragte sie erstaunt und schaute prüfend an mir herunter.

„Da war sonst niemand, als dies Kind," antwortete mein Begleiter.

„Weiter nichts? Na, das ist auch was Recht's. — Woher kommst du? — Wohin willst du? — Hast du auch einen Paß?"

All diesen robusten Männergestalten gegenüber kam ich mir selbst besonders klein und dürftig vor. Ich legte mein Bündel auf die Ofenbank und zog den Paß aus der Tasche. Die Frau entfaltete das riesige Dokument und las halblaut mein Signalement: Alter: vierzehn Jahr. Figur: klein und schmächtig. Augen: grau-blau. Haar: schwarz, kraus. Nase: stumpf. Besondere Merkmale: Keine. Bei jedem Absatz hatte sie prüfend verglichen. Sie faltete jetzt das Schriftstück zusammen, gab es mir lächelnd zurück und sagte: „Es stimmt. Willst du auch etwas zu Abend essen?"

Hunger hatte ich freilich, aber meine sechs Taler waren doch schon sehr zusammengeschrumpft. Ich machte

im stillen einen Überschlag über mein Vermögen und —
verzichtete. Mir konnten ja noch wer weiß was für
Dummheiten passieren, und was sollte ich dann anfangen?

„Wir machen nachher hier eine Streu, willst du
mit hier schlafen, oder möchtest du ein Zimmer mit einem
Bett haben?" fragte die Frau weiter. Ich erschrak, —
freilich, da kam ja schon eine ganz unvorhergesehene
Ausgabe, ich zögerte mit der Antwort, rechnete wieder
im stillen, fragte nach dem Preis — und riskierte es
mit der Stube. Schließlich, — das Essen konnte ich
eher sparen. Die große Angst, ich könnte wieder zu
spät kommen, ließ mich trotz der Müdigkeit nicht zur
Ruhe kommen. Ich kleidete mich im Dunkeln an, tastete
mich vorsichtig an die Treppe, — fand das Gastzimmer,
setzte mich auf die Ofenbank und sah beim Schein eines
trüben Nachtlämpchens hinab auf die schlafenden Männer
im Stroh.

Die Uhr schlug vier. Nach einer Stunde wurde es
lebendig im Haus. Die Männer erhoben sich, sie bekamen Frühstück, während das Stroh weggeräumt wurde.
Die Frau fragte, ob ich denn noch immer keinen Hunger
hätte. Ich fragte, ob ich mich auch ganz gewiß nicht
wieder irren könne, ob ich wirklich bald nach Hamburg
käme? Als sie mich darüber beruhigte, ließ ich mir
Kaffee und ein Brötchen geben.

Diesmal kam ich nicht zu spät!

Als es Tag wurde, sah ich mir die Gegend an. Ich
fand sie flach und einförmig. Die hie und da verstreuten
Bauernhäuser waren niedrige, langgestreckte Backstein-
bauten, deren verschneite Strohdächer tief herabhingen.

Ich vermißte das freundliche, individuelle Gepräge unserer sächsischen Dörfer und Bauernhäuser.

Hatte ich gefürchtet, ich würde Hamburg nie erreichen, so war ich schließlich ganz überrascht, als der Zug in der düstern Halle des Berliner Bahnhofes hielt und die Schaffner die Wagentüren aufrissen und mit lauter Stimme riefen: „Hamburg! — Hamburg! Alle aussteigen!"

Bei Madame Piepenbrink.

Zitternd folgte ich dem Menschenstrom durch die dunkle, unfreundliche Halle. Ängstlich sah ich mich um, ob ich zwischen all denen, die wartend in der Halle standen, nicht das ersehnte Gesicht der Mutter finden würde. Aber nein! Wie konnte ich es denn auch erwarten?

Unsicher, schüchtern ging ich über den freien Platz. Mechanisch las ich: „Höfers Hotel". Endlich wagte ich die Frage nach „Stubbenhuk".

Eigentlich erwartete ich, daß mich die Leute auslachen würden, aber nein, ganz ernst wiesen sie mir die Richtung. Hamburg lag in dichtem Nebel, alles sah verdrossen, grau und freudlos aus. Der Schnee wurde unter den Tritten der Fußgänger zu einer schwärzlichen Suppe. Die Straßen, durch die ich kam, waren zum Teil eng und düster. Die hohen, rauchgeschwärzten Häuser hatten ihre Giebelseite der Straße zugekehrt. Wie fremdartig und seltsam erschienen mir diese Giebel! Da waren hohe, spitze, steife, aber auch kunstvoll geschweifte. Hoch und engbrüstig standen sie beieinander, trotz der Vormittagsstunde sah ich hier und da grünbeschirmtes Licht. Ich ging über kurze Brücken und schaute in stille, gelblichtrübe, uferlose Wasserstraßen. Das Wasser reichte den Häusern bis an den Leib.

Schwerfällige Boote glitten lautlos an der Rückseite der Häuser entlang. Mit ernstem Ausdruck schob ein im Boot stehender Mann das Fahrzeug weiter.

Aber die Bilder wechselten. Hatte ich mich staunend in den Anblick der stillen Wasserstraße vertieft, so

bot sich bei der nächsten Wegbiegung ein ganz anderes
Bild. Haftig rannten die Menschen aneinander vor-
über, ihre Tracht und ihr Hantieren kamen mir seltsam
und fremd vor; daß man sich beim Abwaschen der
Häuserstufen nicht zu bücken brauchte, sondern die
Bürfte an einem langen Stock hatte, das sah ich mit
Staunen.

Ich sah keinen Tragkorb, umfangreiche Frauen trugen
ihre Bürde in kleinen Körben an einer Tracht, sie
schrien mit weithin vernehmbarer Stimme: „Fri—i—sche
Fi—i—sch! La—ben—di—ge Scho—ollen!"

Was war denn nur da los? Ein dichter Menschen-
knäuel, — vor einem Tisch, der auf Rädern stand, rief
ein Mann in höchster Aufregung: „R—r—rrreine
Seide! R—r—rrreine Seide! Söß Schillig dat Stück!
Rramsch! Kuddelmuddel! — Söß Schilling!"

Ich kam an Torwegen vorüber und ich sah mit
Bangen, wie da, dicht ineinandergeschoben, eingeklemmt,
wieder hohe Häuser enge Straßen bildeten, wo an den
oberen Stockwerken schlechte Wäschestücke auf schwindel-
erregenden Balkonen hingen. Unordentliche Frauen und
bleiche Kinder trieben in diesen Höfen und Gängen ihr
Wesen. Und über dem allen ragte in erhabener Ruhe
ein grüner Kirchturm gen Himmel. Endlich, endlich war
ich am Ziel! Hier war die Straße und Nummer.
Vor dem Hause stand eine große, robuste Frau; mit
einer ebenso langen Bürfte, wie sie mir schon sonst aufgefallen war, scheuerte sie die Stufen.

„Wiffen Sie vielleicht," fragte ich schüchtern, „ob
in diesem Hause eine Frau Dietrich aus Sachsen
wohnt?"

Die Frau goß das Wasser in den Rinnstein, stemmte die Arme in die Seiten, betrachtete mich prüfend von Kopf zu Fuß und rief dann lebhaft: „Kann't wull angahn!! Du büst woll de lütt Charitas ut Sachsen?! Wi töwt all lang op di!" Sie nahm Eimer und Scheuertuch und sagte freundlich: „Kumm, min söten Engel, wi will't sehn, ob Mutter to Hus is!" Ich folgte ihr erregt durch einen engen, dunklen Hausflur. Am Ende des Ganges war eine Treppe, die Frau rief hinauf: „Fru Dietrich, sind Se to Hus? Kamen Se man gau mal dal, lütt Charitas is da!"

Oben hörte ich einen Stuhl rücken, einen lauten Freudenruf, — und nun kam auch schon die Mutter die Treppe heruntergeeilt. Mein Bündel warf ich zur Erde, damit auch allen Kummer, alle Angst der Seele, die mich seit langem beschwert hatten, und mit dem Ausruf: „Ach Mutter! — Liebe Mutter! — Endlich!" flog ich meiner Mutter in die Arme.

Die Mutter drückte mich fest an sich, küßte mich und sagte zärtlich: „Du armes, gutes Kind! Hast du denn das ferne, große Hamburg gefunden?"

„Ach Mutter," sagte ich, „jetzt gehe ich aber nie, nie wieder von dir! Nicht wahr? Nun bleibe ich immer bei dir?"

Als mich die Mutter losließ, nahm mich die große Frau in die Arme, hob mich hoch in die Höhe und gab mir einen schallenden Kuß, stellte mich sanft auf die Diele und sagte, indem sie sich mit dem Rücken der Hand die Augen wischte: „Ja, ja, min ol lütt Göhr, nu hewt wi di jo endlich!"

Fast als ob ihr die Rührung zu lange dauerte, sagte

fie zur Mutter in munterem Ton: „Hüt giwt dat witte
Bohnen.   Mag de Lütt ok witte Bohnen?"

„Wie mögen Sie nur fragen, Madame Piepenbrink!
Sie kochen ja so ausgezeichnet!"

Zu mir sagte die Mutter: „Geh mal mit Madame
Piepenbrink in die Küche und wasch dich ordentlich nach
der langen Reise, dann komm mit herauf und mach' dich
oben noch zurecht bei mir."

Oben war ein geräumiger, düsterer Vorplatz, da hatte
die Mutter Tische aufgestellt, die sie alle mit Pflanzen
belegt hatte.   Ach, wie mich das anheimelte!   Unsere
Pflanzen vom Forsthof, die ich zum Teil mit gesammelt
hatte!   Merkwürdig wollte es mir scheinen, daß die
lieblichen Blumen des Zellwaldes und die aus dem
Muldental hier in Hamburg in einem düsterem Stadt-
hause lagen.   „Unsere Pflanzen!" rief ich zärtlich,
„Mutter, wie gut, daß ich dir nun helfen kann!"

Ich erzählte mein Mißgeschick mit dem Tragkorb,
während wir in das kleine dürftige Stübchen der Mutter
traten.

„Der schöne neue Korb!" sagte die Mutter bedauernd, „der hat doch viel Geld gekostet!"

Während die Mutter an mir herumputzte und
bürstete, erzählte ich ihr von Voigtsberg und von der
Reise.   „Laß nur!" sagte sie in bezug auf Voigtsberg,
„die Hauptsache ist, daß man keinen Schaden an der
Seele nimmt!   Augenblicklich kannst du noch nicht einsehen, daß du in einer guten Lebensschule gewesen bist.
‚Wohl dem, der sein Joch trägt in der Jugend!'   Es
wird dir nach diesen Erfahrungen doch nie in den Sinn
kommen, die Menschen nach ihrem Äußern zu beurteilen.

Du wirst Respekt und Mitgefühl für die haben, die
des Lebens Last tragen. — So, da ruft Madame
Piepenbrink zum Essen, das ist gut, denn nach dem
Essen gehen wir aus."

Das niedergesessene Roßhaarsofa in Madame Piepen-
brinks Stübchen war schon recht schadhaft, hier und da
guckte die Polsterung hindurch, es war aber trotzdem
ein sehr gemütliches, altes Möbel und gewährte uns
allen dreien Platz. „Du sitzest ja zwischen uns, wie das
Dotter im Ei!" sagte die Mutter lachend. Ja, das
war ein Mittagessen in dem halbdunklen Stübchen!
Ich wurde von beiden Seiten gestreichelt und bekam auf
platt- und auf hochdeutsch alle nur erdenklichen Kosenamen. Alle drei waren wir schwer geprüft, hatten die
Pein der Einsamkeit durchgekostet und hungerten nach
Liebe und Verständnis! — — Nach den weißen Bohnen
spendierte Madame Piepenbrink jedem eine Apfelsine.
Die Mutter schüttelte mißbilligend den Kopf über diesen
Übermut.

„It will Se wat seggen, Fru Dietrich," sagte Madame
Piepenbrink, während sie mir die geschälten Apfelsinen-
scheiben auf den Teller legte und Zucker darüber streute:
„Dat duert doch ni so lang, denn wüllt Se wedder
reisen, denn laten S' man dat lütt Göhr bi mi bliwen.
Dacht hew ik dar all lang an, wenn Se mi von ehr
vertellt har'n, abersten ik wull ehr doch irst sehen, ehr ik
dorvun snakken wull. Na, ik mag ehr wull liden, un
ik will ehr gern behol'n. Se schall hol'n warn as min
eegen Kind! Mehr kann keen Minsch vun mi verlangen!
Se sünd mi so all wegstorben, de to mi hürt hebn. Ik
stah so alleen. Wenn de Lütt sik god schickt, denn schall

dat ehr Schaden nich sin. Wenn unf' Herrgott mi mal
to sik röpt, na — denn kriegt se min ganzen Kram! —
Willst bi mi bliwen?!"

Ich sah fragend, ängstlich zur Mutter. Madame
Piepenbrink war so gut, ich wollte sie so ungern kränken,
— aber natürlich wollte ich doch am liebsten bei der
Mutter bleiben! Die Mutter gab Madame Piepenbrink
die Hand und dankte ihr gerührt, aber sie sagte: über
meine Zukunft könne sie noch nicht entscheiden. Über
diesen Bescheid war ich unbeschreiblich glücklich, mir war
so leicht und so froh zumute, ich hätte die ganze Welt
ans Herz drücken mögen.

Nun erhoben wir uns. Die Mutter band mir
mein rotes Kopftüchelchen um den Kopf, hing mir das
kurze, graue Mäntelchen mit dem schottischen Besatz
um, und wollte mit mir fort. „Wat!" rief Madame
Piepenbrink, „utgahn willt Se?! Is 'ne Sünd un Schand!
Nich mal Kaffee trinken!? — Un ick hew so schöne, söte
Kokens köft! — Ik meen, wenn de Lütt glücklich hier
ankam, denn wullt wi noch naträglich Wihnachten un
Nijohr fiern! Un dat lütt Göhr is doch mäud von de
Reis'! Na, — nu kann ik mi wull alleen hersetten bi
min Kaffee un Koken!"

Sie band sich eine weiße Schürze vor und gab uns
ein Stück das Geleit. Draußen nahmen die beiden
mich bei der Hand, und an der Straßenecke nahm mich
Madame Piepenbrink in die Arme, küßte mich und vermahnte uns, ja bald wieder zu kommen, damit wir
noch etwas vom Abend hätten. Auf diese wohlgemeinten
Ratschläge meinte die Mutter, Madame Piepenbrink
möge ja nicht mit dem Abendessen warten, denn sie

könne nicht wissen, ob sie nicht Verhinderung hätte. So schieden wir. Ich sah mich noch einige Male um, da stand noch immer Madame Piepenbrink trotz des regen Verkehrs an der Straßenecke und winkte mit der Hand.

Eigentlich wäre es doch viel gemütlicher gewesen, wenn wir heute nicht mehr ausgegangen wären. Ich hatte die letzte Nacht fast nicht geschlafen, hatte mich seit vielen Tagen abgesorgt, mich viel geängstigt, ich hatte mich freilich auch gefreut, aber jedenfalls hatte ich große seelische Erregungen durchgemacht, die es vielleicht rechtfertigten, daß ich mich nun nach dem Hafen der Ruhe sehnte. Ich sagte das auch der Mutter, als wir durch die schmutzigen Straßen wanderten. „So etwas begreife ich gar nicht!" sagte die Mutter mit starker Mißbilligung, „ausruhen möchtest du dich? Du bist doch mit der Bahn gefahren, das hat dich doch unmöglich angestrengt! Wenn ich viele Meilen gegangen bin und schwere Lasten getragen habe, so habe ich mir in einer fremden Stadt doch nur kurze Rast gegönnt, um mir dann alles Schöne und Gute anzusehen, was die Stadt bietet. Sei doch keine solche Schlafmütze!"

„Hat Hamburg viel Schönes und Gutes?" fragte ich. Ich mußte daran denken, wie ich bei meiner Abreise doch so vielfach gewarnt worden war.

„Na allerdings! Soviel Schönes und Gutes, daß du dein Leben lang daran lernen und davon genießen kannst! Viel, viel mehr als du kleine, dumme Person fassen kannst!"

„Aber warum haben mich denn alle so gewarnt? Sie taten, als müßte ich hier zugrunde gehn."

Die Mutter schwieg eine Weile, dann sagte sie: „Eine so große Stadt wie Hamburg hat ihre hellen und dunklen Seiten. Gewiß rennen hier viele in ihr Verderben. Aber, und das wirst du vielleicht noch an dir selbst erfahren, wer ernstlich zum Licht hindurch will, wer ordentlich arbeiten will, der findet hier Verständnis und Beistand. Hier weht freie, frische Luft, man sieht weder aufs Kleid noch auf Titel und Rang. Jeder Kraft und jeder Begabung wird Gelegenheit zur Entfaltung geboten. Von dem Glück kannst du dir noch keine Vorstellung machen, wenn einem das Feld angewiesen wird, auf dem man sich schaffensfreudig betätigen kann. O, die Seele weitet sich, man fühlt sich gehoben und getragen, es ist, als wären einem Schwingen gewachsen, man überwindet sein Leid und arbeitet! Gleich sind wir am Hafen, da wirst du einen Begriff bekommen, wie sich die Menschen hier anstrengen und was sie alles unternehmen und erreichen. Man muß aber wissen, wohin man will, und dann stramm auf sein Ziel los! Freilich, du kannst auch bei jeder Schenke stehen bleiben und die rohen Lieder anhören, die die Matrosen singen. In den Läden werden häßliche Bilder ausgestellt. Willst du dich von all dem Niederen locken lassen, so kommst du in die Tiefe. Nun haben die Leute in der Heimat gemeint, weil du noch so jung bist, da hast du keinen Widerstand, deshalb die Sorge und Warnung. Muß ich wohl Angst haben um dich?“

Ich schüttelte energisch den Kopf.

Wir waren während der Reden der Mutter durch stille Anlagen gegangen, jetzt standen wir auf einer Anhöhe, die Mutter sagte: „Das ist der Stintfang.“

Sie erklärte mir, daß der Stint ein kleiner, wohl-
schmeckender Fisch sei.

Ach, welch ein Anblick! Stumm vor Staunen schaute
ich hinunter auf den breiten Elbstrom.

Welch ein Leben! Dieser Wald voll Masten! Dies
Gewirr von Tauen. Mit Verwunderung sah ich, wie
Neger katzenartig an schwankenden Strickleitern empor-
kletterten. Große Schiffe lagen dicht am Lande, Waren
wurden durch hoch in die Luft ragende eiserne Arme aus
dem Schiffskörper geholt und von Männern auf Wagen
geladen. Weiterhin drängten sich kleinere Dampfer und
Segelboote. Rauch stieg auf, Pfiffe ertönten, und lautes,
eintöniges Rufen vernahm man. Die Mutter zeigte auf
ein besonders großes Schiff. „Das ist ein Auswanderer-
schiff," sagte sie, „du mußt mal eins sehen, das ist eine
Welt für sich."

Nicht fassen konnte ich das bunte Bild da unter mir.

Sinnend schaute die Mutter weit weg über die
Schiffe, hinaus, wo der Elbstrom breiter wird, und seufzend sagte sie wie zu sich selbst: „Da geht's hinaus!
— Aus der Enge in die Weite! — In ferne, unbekannte Erdteile!"

In der Elefantenapotheke

Als wir dem Hamburger Hafen den Rücken kehrten, meinte ich natürlich, daß wir nun zu unserer guten Madame Piepenbrink zurückgehen würden. Auf eine Bemerkung meinerseits sagte die Mutter: „Laß nur! Heute gehören wir einander, heute ist auch für mich Festtag, da arbeite ich nicht. Frag' mich auch heute nicht nach der Zukunft, ich möchte dir jetzt nicht weh tun!"

Die Mutter mir weh tun? Was hieß das? Was konnte sie meinen?

Nach einigem Wandern im Mittelpunkte der Stadt ging die Mutter mit mir in eine Apotheke.

„Na," sagte sie zu dem ältesten der Herren, „da ist sie!" und sie zeigte lächelnd auf mich.

Nicht nur der alte Herr, auch die jungen, sogar der Lehrling, hielten mit ihrer Arbeit inne und sahen lächelnd zu mir herüber. Der ältere Herr trat freundlich zu uns, gab uns die Hand und führte uns durch einen schmalen, dunklen Gang in ein großes, behaglich erwärmtes Zimmer, dessen breite Flügeltüren weit geöffnet waren und den Blick in ein anderes Zimmer gestatteten, wo eine Schar munterer Kinder fröhlich spielte. Auf dem Sofa saß eine große, schlanke Dame mit einem feinen, blassen Gesicht. Sie war sehr freundlich und fragte mit warmer Teilnahme nach meiner Reise. Sie rief die Kinder herein und sagte: „Hier habt ihr einen Kuchen. Wenn die kleine Charitas ihren Kaffee getrunken hat, nehmt sie mit zu euch und zeigt ihr eure Spielsachen."

Ein Mädchen in meinem Alter band mir mein rotes Kopftuch ab, hakte den Mantel los und führte mich freundlich ins Nebenzimmer. Fünf Kinder, und so viele schöne Spielsachen! Die Kinder waren sehr lebhaft, eines nach dem andern nannte mir seinen Namen. Sie sahen so flott aus, die schottischen Kleider trugen sie kurz, die schlanken Hälschen waren frei, und der Ausschnitt war mit feinen, weißen Spitzen besetzt. Wie waren sie gewandt, wie anmutig waren ihre Bewegungen, und wie konnten sie erzählen und fragen! Wie schwerfällig und plump fühlte ich mich ihnen gegenüber. Wo blieb ich nur mit meinen roten, geschwollenen Händen? Ich wunderte mich, daß sie so freundlich zu mir waren. Bald vergaß ich auch das Vergleichen und gab mich ganz dem Zauber hin, der mich umgab. Sie führten mich an ein niedliches Glasschränkchen, sie öffneten Schubladen und zeigten mir viele schöne Dinge, und je mehr ich darüber staunte und sie bewunderte, desto mehr holten sie heran. Ich war wie in einem Taumel!

Jedes der Kinder wetteiferte, mir etwas zu schenken.

„Sieh mal!" rief Meta eifrig, „magst du diese Papeterie leiden? Ich schenk' sie dir! Du willst sie nicht? Ach, nimm sie doch! Ich geb' sie dir so gern! Bitte, bitte!"

Und dann rief mich Lulu und schenkte mir Oblaten, und als ich einen Apfel aus Glas bewunderte, den man öffnen konnte, da lachten sie und sagten: „Wenn du den leiden magst, dann bitte, behalte ihn, es ist eine leere Pomadenbose, und sieh mal, magst du diese bunten Kotillonorden leiden? Hier hast du sie — und hier — ein ganz kleines Thermometer, paß auf, wenn du deine

warme Hand daran hältst, dann steigt es, verſuch' mal!
Dieſe niedlichen Sachen haben wir neulich auf der
Kindergeſellſchaft gewonnen. Magſt du gern in Kinder-
geſellſchaften gehen? Tanzt ihr da in Sachſen auch?
Bekommt ihr auch ſo hübſche Sachen?“

Ach, das war ja eine ganz neue Welt, in die ich
da kam. Sie brauchten Ausdrücke, von denen mir jede
Vorſtellung fehlte. Diesmal warteten ſie ſogar auf
Antwort, und noch fühlte ich mich verwirrt und verlegen.

„Haſt du denn nie auf Kindergeſellſchaften getanzt?“
wiederholten ſie ihre Frage.

„Kindergeſellſchaften?“ fragte ich zögernd, „ich weiß
nicht, wir haben jedes Jahr ein Schulfeſt gefeiert, da
haben wir auf der Schützenwieſe Kaffee und Kuchen
bekommen, und dann haben wir geſpielt.“

„Nicht getanzt? Magſt du denn nicht tanzen?“

„Ich darf nicht,“ ſagte ich leiſe.

„Du darfſt nicht?“ fragten ſie erſtaunt, „aber warum
denn nicht? Haſt du einen Schaden?“

„Einen Schaden? Nein! — Aber der Paſtor
wünſcht es nicht,“ ſagte ich leiſe und zögernd.

„Das muß aber ein komiſcher Paſtor ſein!“

Ganz erſchrocken rief ich: „Ko—miſch?! Ach, nein,
das iſt er gar nicht! Im Gegenteil, er iſt doch grade
ſo ernſt!“

Es entſtand eine verlegene Pauſe, dann ſagte Meta:
„Wie iſt es denn in Sachſen? Sprechen denn da alle
Leute ſo gediegen wie du?“

„Spreche ich denn gediegen?“ fragte ich, dem Worte
nachſinnend.

„Ja, ganz gediegen! Aber es ist famos! Wir hören es zu gern! Nun erzähl' aber wie es in deiner Heimat ist."

Und ich erzählte von der „Alten Hoffnung Gottes", von den Bergleuten und vom Auffinden des Silbers in den Gruben. Da ich eine Grube aus der Anschauung noch nicht kannte, so ließ ich meiner Phantasie freien Lauf, ich erzählte in geheimnisvoller Weise vom Peter und Andreasgang, und wie die verborgenen Silberadern den Bergleuten entgegenglänzten.

Die Augen meiner Zuhörer leuchteten, und Meta rief lebhaft: „O, himmlisch muß es in Sachsen sein!"

War es denn möglich, daß ich nicht mehr mit dem Wagen nach Siebenlehn mußte? Ging ich wirklich nicht mehr zu den guten Lehmanns? Aber da drinnen saß die Mutter, und die verknüpfte mich noch mit der Heimat, sie sprach wie ich, und ich hörte ihre muntere, vergnügte Stimme und fühlte mich geborgen. Ich mußte ihr einmal zunicken, sie erschien mir als das einzig Wirkliche in dieser Wunderwelt. Nein, und die vielen Geschenke! Hochaufatmend sah ich nach dem Stuhlsitz, der ganz bedeckt war von den schönen Sachen. Ich hatte Angst um mein Besitztum und fragte, ob die Mama es auch erlaube, daß sie mir so viel schenkten?

Sie lachten und sagten mit viel Ausdruck: „Na—tür—lich! Du kennst unsere Mama nur nicht! Die freut sich, wenn wir gern abgeben! Du gibst doch auch gern ab?"

Ich sah sie sinnend an und überlegte, was ich ihnen aus meinem Bündel wohl anbieten könnte.

Sie fragten schon weiter: „Kommst du nun recht bald wieder? Dann spielen wir wieder so schön zusammen.“

Spielen? Ich schrak zusammen. Sagte nicht eine keifende Stimme hinter mir: „Mach', mach'! Steh ni so faul rum!“

Nein, da war die Mutter! Niemand trieb mich, niemand schalt mich. Aber ich sagte doch: „Spielen darf ich doch nicht mehr. Ich will nun der Mutter helfen. Ich bin ja konfirmiert, ich bin doch nun erwachsen.“

„Ach!? Du wärst erwachsen? Köstlich! Du bist ja kleiner als Meta, miß dich mal! Und die wird erst Ostern konfirmiert. Nur das alte, gräßliche Kleid darfst du nicht tragen! Pfui, wie kannst du ein so langes, schwarzes Kleid anziehen! Ist denn das in Sachsen Mode?“

Ich erschrak, ich sah wieder nach der Mutter hinüber. Hoffentlich hatte sie das nicht gehört, ich hörte sie bei Gläß-Malchen sagen: „Es ist ein guter Tibet, meine Mutter hat ihn vor sechzehn Jahren selbst bei der Bierrasten geholt.“

Nun trat die Mutter herein und sagte, wir müßten gehen. Beglückt führte ich sie an den Stuhl, wo meine Geschenke lagen, aber zu meinem Schrecken sagte sie ganz gleichmütig: „Nun sieh mal an! Aber das kannst du heute nicht mitnehmen, ich will noch weiter mit dir, da würde es uns im Wege sein.“

„Ach, ich will es ja so gern tragen!“ bettelte ich.

Die Mutter schüttelte energisch den Kopf, und ich dachte an die Koboldchen in der „Alten Hoffnung

Gottes". Nahmen sie nicht die Schätze wieder weg, wenn man sie zeigte oder darüber sprach?

Meta band mir das rote Tuch um den Kopf und sagte, indem sie mir einen Kuß gab: „Dieses rote Tuch sieht zu süß aus! Meine Puppe soll ein solches haben." Sie hakte mir mein Mäntelchen zu und sagte: „So Rotkäppchen! Nun komm bald wieder und hol' dir deine Sachen, und dann erzähl' wieder von dem schönen Sachsen. Adjüs! Adjüs!"

An der Alster 24 a

Als wir aus der Apotheke auf die Straße traten, waren bereits die Gaslaternen angezündet. Ein elegant gekleideter, hübsch aussehender Herr begegnete uns, er nahm den Hut ab und grüßte die Mutter ehrerbietig.

„Mutter!" rief ich erstaunt, „hat er dich gegrüßt?"

Die Mutter nickte gleichmütig. Mich regte die Sache sehr auf, und ich fragte weiter: „Kennst du ihn denn? Ist es ein Apotheker?"

Die Mutter lachte belustigt und sagte: „I bewahre, er denkt nicht dran! Aber willst du dich mal nicht umsehen! Das schickt sich nicht!"

„Aber wer ist denn nur der feine, hübsche Herr?"

„Ich weiß nur seinen Vornamen, und der kann dir ja gleichgültig sein!"

Seinen Vornamen? Das war ja erst recht sonderbar, und ich wollte gerade weiter fragen, aber da traten wir aus der Straße heraus, und was ich da vor mir sah, ließ mich den hübschen Herrn mit seinem geheimnisvollen Namen vergessen.

Vor uns lag eine breite Wasserfläche, die durch eine Brücke, auf deren Mitte malerisch eine Windmühle stand, begrenzt wurde.

„Das ist die Alster, und da weiterhin siehst du die Lombardsbrücke."

Staunend bewunderte ich.

„Hier, wo wir sind, das heißt der Jungfernstieg."

Ich schaute in die Tiefe des Wassers. Wie ein unendlich großer, geheimnisvoller Saal erschien mir das große Wasserbecken, kühl, weit, rund herum geschmückt mit zitternden Feuersäulen. Wie schauerlich tief senkten sie sich hinab. War der Saal belebt? Wer hauste da unten? Kühl, vornehm war es, und doch lockte es.

Ich war so versunken in diesen Anblick, daß die Mutter mich am Arm nehmen mußte, um mich weiter zu bringen.

Wir gingen eine Strecke am Jungfernstieg entlang, und ich sah in die hellerleuchteten Läden. Alle Pracht der Welt schien mir hier zusammengedrängt. Diese Lichtfülle! In kleinem, dichtgedrängtem Raume blühten hier mitten im Winter Blumen von märchenhafter Schönheit. Daneben waren Früchte so üppig und farbensatt, daß man sich ins Morgenland versetzt glaubte. Nun kamen funkelnde Juwelen in Gold gefaßt. Der Mutter machte mein Verwundern und Entzücken Spaß, aber sie mahnte zum Weitergehen.

Nachdem wir eine Strecke gegangen waren, sagte sie: „Dies ist das Ferdinandstor. Wir müssen aufpassen, daß wir vor zehn Uhr zurückkommen, sonst ist es geschlossen, und wir müssen einen Schilling bezahlen, wenn wir wieder in die Stadt wollen.“

„Dann sind wir doch längst zurück,“ sagte ich, „hier ist ja nichts mehr zu sehen, hier sind ja keine Läden mehr.“

Ja, hier war's still, zur Linken hatten wir die Alster, und zur Rechten standen stille, vornehme Häuser, denen sorgsam gepflegte Anlagen vorgelagert waren. Zielbewußt durchschritt jetzt die Mutter diese Anlagen und steuerte auf eins der Häuser los. Erleuchtete Fenster, gerade wie ich sie in Berlin gesehen hatte, lagen zum

Teil in gleicher Höhe mit dem Erdboden, zum Teil reichten sie in die Tiefe. Keine Gardine wehrte uns den Einblick, und die Mutter schlug vor, ich möge mir das Treiben da unten doch mal ansehen. Ich hatte aber mit dieser Art Fenster böse Erfahrungen gemacht, und ängstlich zupfte ich die Mutter am Rock und sagte: „Durch solche Fenster darf man nicht gucken, die Leute schicken zur Polizei, und man wird eingesperrt!"

Da lachte die Mutter und sagte: „Warum nicht gar! Was hast du denn für Räubergeschichten im Kopf? Guck' du ruhig da hinunter, es geschieht dir nichts. Nur sei ein bißchen leise, sie brauchen uns ja nicht gerade zu sehen!"

Ich kauerte mich ganz dicht ans Fenster, die Mutter stand daneben und erklärte in leisem Flüstertone: „Das ist eine Hamburger Küche in einem vornehmen Hause. Der weiße Fußboden ist aus Marmorfliesen. Die leuchtenden, weißen Wände sind aus Kacheln hergestellt. Sieh das blitzende Kupfergeschirr! Die Ältere der beiden weiblichen Gestalten ist die Köchin. Ja, hübsch ist die weiße Mütze mit den bunten Seidenbändern. Die andere im hellen Kattunkleid ist das Kleinmädchen."

„Aber sie ist doch nicht klein," flüsterte ich.

„Sie heißt wohl Kleinmädchen, weil sie so hunderterlei verschiedene kleine Arbeiten im Hause verrichten muß," antwortete die Mutter.

„Und der feine Herr vor dem großen silbernen Teebrett, der so schön die Fruchtschale schmückt?" fragte ich und zeigte mit ausgestrecktem Finger auf einen schwarzgekleideten Herrn, dessen Gesicht vom Fenster abgekehrt war. Die Mutter gab mir einen Klaps und sagte: „Wer zeigt denn mit Fingern auf die Leute!"

Jetzt drehte sich der Herr um — und — — fast hätte ich laut aufgeschrien vor Überraschung. „Mutter!" sagte ich aufgeregt, „siehst du es? Das ist ja der hübsche Herr, der dich vorhin grüßte!"

„Na," sagte die Mutter, „dann hast du ja alles gesehen, nun komm nur, wir wollen weiter."

Zu meinem Staunen erstieg die Mutter die Stufen, die zu dem Hause führten. Verwundert sah ich mich in der Halle um. Lebensgroße, weiße Figuren standen in Nischen und wurden von einer bunten Ampel magisch beleuchtet. An der großen Glastür klingelte die Mutter, und noch ehe ich alle Einzelheiten betrachtet hatte, stand der hübsche Herr aus der Küche, in Frack und weißer Halsbinde vor uns, das silberne Teebrett mit der Fruchtschale balancierte er geschickt auf der einen Hand, während er uns mit der andern die Tür öffnete.

Ich war ganz Ergebenheit und Ehrfurcht und knixte und dienerte. Daß ein so vornehmer Herr das nicht beachtete, wunderte mich nicht.

„Die Herrschaften sind noch bei Tisch, aber ich bringe schon den Nachtisch herauf. Wollen Sie nur bitte so lange in der Bibliothek Platz nehmen!" Er öffnete eine Tür, wir traten in einen matt erleuchteten Raum, und der Herr verschwand. Die matte Beleuchtung dämpfte unwillkürlich unsere Stimmen. Wir setzten uns, und ich fragte beklommen: „Wo sind wir denn?"

„An der Alster 24 a," flüsterte die Mutter. Ich sah mich staunend um. Ein geräumiges, hohes Zimmer,

Die Bibliothek im Hause An der Alster 24a

in der Mitte ein großer, mit grünem Tuch bezogener
Tisch, an der Wand rechts riesige Glasschränke, die bis
an die Decke reichten, angefüllt mit Büchern. Vor uns
am Fenster ein großer Globus, links mehrere Türen
und an der Wand ein Ölgemälde. Aus breitem Gold-
rahmen schauten ernst aber gütig ein Paar große, braune
Augen auf uns; der Blick war so lebendig, daß ich fast
verlegen wurde. Ich wollte gerade fragen, wer der
Herr sei, als ich hörte, daß oben eine Tür geöffnet
wurde. Dann vernahm ich heiteres Lachen und Plaudern. Die Tür wurde auseinandergeschoben, und im
Rahmen derselben erschien ein bildschönes Paar. Da
war ja auch unser bekannter Herr! — Er schraubte an
der Lampe, und zu meinem Schreck war der Raum
plötzlich taghell erleuchtet. Gut, daß ich so weit im
Hintergrunde saß! Jetzt trat das Paar näher und sah
sich suchend um. Die Mutter stand auf und begrüßte
die beiden als: „Herr und Frau Doktor.“ Ich hörte zu
meinem Staunen, wie die Dame fragte: „Aber liebe
Frau Dietrich, haben Sie denn noch immer keine Nachricht
von Ihrer Tochter?“

„Sie ist hier, Frau Doktor. Kind, komm her,“
sagte sie zu mir, „und sag’ Herrn und Frau Doktor
guten Tag!“

Ach, ich sollte herzu, und ich hätte mich am liebsten
hinter der Mutter versteckt! In Reichtum, Schönheit und
Jugend erstrahlte das Paar, das da vor mir stand. Geblendet, im Gefühl gänzlicher Nichtigkeit stand ich vor
den beiden. Freundlich reichten sie mir die Hand, und
die Dame fragte nach meinem Namen.

„Das ist ja ein schöner Name,“ sagte sie freundlich, „jetzt setz' dich mal ein Weilchen in dieses Zimmer."

Sie deutete nach dem angrenzenden Raum, ich zögerte, — ohne die Mutter? Die nickte mir schweigend zu, ich merkte, daß ich gehorchen sollte. Sie sandte mir einen langen, ernsten Blick nach.

Kaum hatte ich das bezeichnete Zimmer betreten, als hinter mir die breite Tür mit einem eigentümlichen Geräusch zusammenrollte. Ich befand mich in einem nicht großen, aber märchenhaft prächtigen Raume, wo es hell und warm war. Ich wagte nicht, mich zu rühren. Träumte ich? Ein warmes, sattes Blau umgab mich. Blau war die prächtige, dicke Decke, auf der ich stand, blau waren die schweren Vorhänge an der Tür neben mir, nnd mit dickem, blauem Rips waren die Möbel bezogen. Ein Fenster war hier nicht, statt dessen führte eine breite, offene Glastür in einen märchenhaft beleuchteten kleinen Palmengarten. Eine große, bunte Glaslaterne brachte die wunderbarsten Lichtwirkungen hervor. In einem goldglänzenden Käfig schaukelte sich ein farbenprächtiger, ausländischer Vogel. An den Wänden hingen große Bilder, deren Sinn ich mir nicht deuten konnte. Ich hatte reichlich Zeit, mir alles in Ruhe zu betrachten. Da — der rollende Laut hinter mir, — Herr und Frau Doktor traten ein und schlossen hinter sich die Tür. — Wie sonderbar, daß die Mutter und ich getrennt wurden? Ich heftete meine Blicke fragend auf die Tür. Durfte ich denn nicht zu ihr hinein?

„Du stehst noch?" sagte Frau Doktor, „nimm dir einen Stuhl und setz' dich mit hier an den Tisch!"

Ich tat verwirrt, was mir geheißen war. Herr

Doktor sagte: „Na, nun erzähl' uns mal etwas aus deinem Leben."

Ich krampfte die Hände ineinander vor innerer Pein. Was sollte ich denn erzählen?

„Konntest du denn leicht wegkommen von den Leuten, wo du zuletzt warst?" fragte Frau Doktor.

Mit dieser bestimmten Frage warf sie mir das Seil zu, mit dessen Hilfe ich mich weitertasten konnte. Ich erzählte von meinem Erlebnis in der Scheune, von Lehmanns und von meinen Abschiedsbesuchen, und ich schloß: „Nun muß ich nur Mutter bitten, daß ich gleich morgen zu Pastor Meinel darf, das habe ich versprochen."

Herr Doktor sagte freundlich aber ganz bestimmt: „Nein, dahin gehst du nicht!"

Hörte ich recht? Das konnten Doktors ja gar nicht hindern, was ich morgen mit der Mutter tat. Aber ich wagte nicht zu widersprechen.

„Siehst du den weißen Knopf an der Wand? Zieh mal dran," sagte Frau Doktor.

Kaum saß ich wieder, da erschien der hübsche Herr im Frack und mit der weißen Krawatte.

„Bitte, Johann," sagte Frau Doktor, „bringen Sie doch dem Kinde ein gestrichenes Rundstück und eine Tasse Tee."

Ich horchte hoch auf. „Ich bin nicht krank," sagte ich eilig, denn der Herr war schon im Hinausgehen.

Alle drei lachten, und Frau Doktor sagte: „Machen Sie nur gleich alles zurecht."

Johann, jetzt wußte ich also auch seinen Vornamen, brachte bald das Gewünschte, und ich fand das süße Getränk sehr wohlschmeckend. Als ich fertig mit Essen und Trinken war, erhob ich mich und sagte voller Unruhe mit einem fragenden Blick auf die Tür ins Nebenzimmer: „Darf ich nun nicht wieder zu meiner Mutter? Sie wird warten!“

„Dachtest du, deine Mutter sei noch hier? Die ist längst fort. Ja? Was nun?“

„Ich muß fragen,“ sagte ich beklommen, „wenn nun aber das Ferdinandstor geschlossen ist, dann muß ich einen Schilling bezahlen, und ich habe gar kein Geld!“

„Dann mußt du wohl lieber bei uns bleiben. Komm!“

Nein, wie konnte ich wohl! Frau Doktor trat mit mir auf die Vordiele und rief: „Fräulein Elise!“ Ein Fräulein erschien, und Frau Doktor sagte: „Bitte, liebes Fräulein, bringen Sie dieses Kind zu Bett!“

Sprachlos stand ich am Fuß der Treppe. Frau Doktor war ins blaue Zimmer zurückgekehrt, und die junge Dame wartete, daß ich ihr die Treppe hinauf folgen sollte.

„Ich kann doch nicht hier bleiben,“ sagte ich, „meine Mutter und Madame Piepenbrink warten auf mich.“

„Komm nur, die warten nicht! Deine Mutter weiß, daß du hier bleibst. Dein Bett ist zurecht.“

„Aber — wo bin ich denn hier?“

„An der Alster 24a!“ sagte das Fräulein lächelnd.

Wie im Traum stieg ich die mit Teppichen belegten Treppen hinauf, — drei zählte ich. In einem einfachen Zimmer, das mir aber sehr schön schien, stand ein weiß bezogenes Bett, ein kleines Sofa mit einem Tisch davor, darauf stellte das Fräulein das Licht, gab mir freundlich die Hand und verließ mich.

Sobald Fräulein Elise hinaus war, löschte ich das Licht. Es war doch schade um die schöne Kerze, und ich war gewohnt, im Dunkeln zu Bett zu gehen. Sinnend setzte ich mich noch ein Weilchen aufs Fensterbrett. Da, tief unter mir, liegt eine neue, unbekannte Welt. Über mir aber wölbt sich derselbe Himmel, blinken dieselben Sterne, wie über der sächsischen Heimat, wenn auch der Nebel sie verhüllt. Über Bekanntem und Unbekanntem regiert derselbe Gott. „Ich will dich nicht verlassen noch versäumen," die Zuverlässigkeit dieser Verheißung hat er bewiesen. Er hat mich aus dem stillen Dörfchen sicher in die große Weltstadt geleitet, — sollte er nicht weiter helfen?

Im Bett führen Müdigkeit und Aufregung noch einen harten Kampf miteinander. So viele Rätsel drängen nach Lösung. Noch nach dem Abendgebet wogen die verschiedensten Bilder kaleidoskopartig an der Seele vorüber. Schon halb im Traum sehe ich mich in einer qualmigen Stube auf der Ofenbank sitzen. Aber das ist ja schon lange, lange her! Laß sehen! — Heute früh um vier erst! War es denn möglich, daß man an einem einzigen Tage soviel erleben konnte? Ach, die gute Madame Piepenbrink! „En söte Deern! Wenn se bi mi bliefst, schall se min beten Kram kregen."

Ob es wohl noch einmal wieder so schön wird wie heute mittag? Die lange, kalte Reise hinter mir, das Bündel weggeworfen, das Herz so leicht und froh, ja soviel Liebe auf einmal, auf plattdeutsch und auf hochdeutsch! — Ach, so schön kommt es gewiß nicht wieder!

19*

Etwas ganz, ganz Schönes, das dauert immer nur sehr kurze Zeit, dafür habe ich doch längst Erfahrung! Oder sollte morgen? Warum ich wohl in diesem fremden, vornehmen Hause bin? Gleich morgen früh will ich zur Mutter, ich habe ihr soviel zu erzählen, soviel zu fragen. Und meine Geschenke will ich mir holen.

Mutter! — Du wolltest mir an diesem ersten Tage in Hamburg keinen Kummer machen, aber — du hast mir nicht „gute Nacht" gesagt. Gute Nacht, liebe, liebe Mutter! —

Ein langgezogener, schriller Pfiff weckt mich. Der Morgen dämmert, erschrocken fahre ich in die Höhe, — ach, ich habe sicher die Zeit verschlafen, das kommt von den verworrenen Träumen! Auf dem Huthause muß das Glöckchen schon lange zur Schicht gerufen haben. — Aber, — wo bin ich denn? —! Ja so! Schnell das kurze, rot und gelb gestreifte Flanellröckchen über. Ich sehe mich prüfend und ratlos um. Nichts anderes habe ich bei mir als meine besten Sachen. Es wäre doch Übermut, gleich in aller Frühe, an einem gewöhnlichen Werktag, die weißen Strümpfe und das Konfirmations-kleid anzuziehen. Erst arbeiten! Aber was? Ich schaue prüfend auf die Diele, sie erstrahlt in bräunlich mattem Glanze, und es steigen Zweifel in mir auf, ob die mit dem Strohwisch und Sand bearbeitet werden darf; sie hat auch keine Bearbeitung nötig, denn kein Stäubchen ist zu entdecken. Ich mache mein Bett und sehe mir mit scheuer Bewunderung den eleganten Tisch mit der Marmorplatte und dem schönen Porzellangeschirr an. Damasttücher liegen dabei, die glänzen wie Seide. An-sehen darf ich wohl alles, — nur nichts anfassen! Hier

ist der weiße Kachelofen, ich öffne die Ofentür, da hat
Feuer gebrannt, da liegen Schlacken, da ist Asche, —
damit weiß ich umzugehen. Ich ziehe die Schieblade
heraus und packe sie mit beiden Händen hübsch voll.
Das krause Haar fällt mir im Eifer der Arbeit ins
Gesicht, ich streiche es mit den schwarzen Kohlenhänden
zurück. Nun aber, — wohin mit der Asche?! Ich öffne
mit unsicherer Hand die Tür, das Treppenhaus ist noch
ganz dunkel, — gut, daß Zündhölzer und Licht da sind.
Ich nehme Licht und Asche und begebe mich auf Entdeckungsreisen. Hinunter, — immer hinunter, bis dahin,
wo die weißschimmernde Küche ist. Hier unten war
doch gestern abend soviel Leben und Bewegung, da
mußte doch die Köchin sein, und die würde auch Arbeit
für mich haben. Ach, aber alles war so fremd, so
dunkel und still. Eine Angst überkommt mich, als ich
die leere Küche betrete. Im unsicheren Morgengrauen
hatte der Raum ein ganz anderes Aussehen. In einem
der dunklen Gänge wird vorsichtig eine Tür geöffnet,
die alte Köchin kommt, aber ohne die weiße Mütze mit
den lila Seidenbändern.

Ich halte ihr höflich bittend den Aschekasten entgegen, aber wie erschrecke ich, als sie entsetzt die Hände
zusammenschlägt und scheltend ruft: „— Na, nun habe
ich doch in meinem ganzen Leben nie dergleichen gesehen!
Bist du denn ganz verrückt? —! Nicht viel mehr als
ein Hemdchen hast du an! —? Barfuß läufst du hier
auf den Marmorfliesen herum! — Den Tod wirst du
dir holen! — Nein, und wie du aussiehst! — Alle
Asche hast du dir ins Gesicht gewischt! Konntest du
denn nicht im Bett bleiben, bis ihr da oben aufsteht?

294

Was willst du? Wo du dich waschen sollst? Kennst
du etwa keinen Waschtisch? Er steht dicht beim Ofen!
Helfen willst du mir?! — Ach du meine Güte! Kannst
ja mit dir selber nicht fertig werden. Laß doch nur die
Aschschieblade! Mach' lieber, daß du schnell wieder
hinaufkommst. Nimm dich ja in acht, daß dir Johann
nicht begegnet in dem Aufzug!"

Aufgeregt, klopfenden Herzens huschte ich ängstlich
die Treppen hinauf. Als ich den zweiten Absatz er-
reiche, höre ich zitternd, wie leise eine Tür geöffnet
wird, und o Schrecken! Vor mir steht eine Gestalt in
schneeweißem, langem Gewande. Sprachlos starre ich
die Erscheinung an, das Licht zittert in meiner Hand.
Ein Gespenst! Aber dieses Gespenst hat eine sanfte
Stimme, es nennt mich bei Namen! Ein Paar große,
gute Augen gleiten staunend über meine dürftig be-
kleidete Gestalt, und die Stimme sagt in ernst ver-
weisendem Ton: „Aber Charitas! — Wie siehst du denn
aus? — Wer geht denn in diesem Aufzug aus seinem
Zimmer! Denk' mal, wenn Johann dich so sähe! Geh
sofort hinauf, und wenn du wirklich schon aufstehen willst,
dann zieh' dich sorgfältig an, in einer halben Stunde
komme ich zu dir."

Das war kein Gespenst, es war Fräulein Elise!

Ich sollte also tatsächlich trotz des Werktags schon
in aller Frühe meinen besten Staat anziehen! Bis
Fräulein Elise mit dem Kaffee kommt, setze ich mich
ans Fenster und sehe mir die Alster bei Tagesgrauen
an. Nichts hat den Zauber vom vorigen Abend, trotzdem stolze Schwäne über die leicht gekräuselte Fläche
gleiten. Der Kopf ist mir dumpf, mich friert trotz des

Kleides. Alles ist so unwirklich, fremd und einsam. Leute, von dieser Höhe gesehen, nehmen sich aus wie Puppen. Da bringt Fräulein Elise das Frühstück, sie trinkt mit mir, ich fühle mich aber ängstlich und befangen.

Nach dem Kaffee gehen wir eine Treppe tiefer in ein helles, großes Zimmer. „Das ist das Zimmer von Hans; setze dich hierher, Hans wird bald selbst kommen." Ich schaue mich verwundert um, — wer mochte „Hans" sein? Wahrscheinlich ein gelehrter junger Herr, ein Student vielleicht, denn an der Decke war ein gewaltiger Sternenhimmel, und an den Wänden hingen Landkarten und Papptafeln allerart, die bildlich die verschiedenen Teile des menschlichen Körpers darstellten. Da war das Herz, der Blutumlauf, Lunge, Leber und dergleichen mehr. ‚Er wird wohl Arzt sein,‘ dachte ich bei mir selbst und schaute mit einer Art Grauen auf die deutlichen Darstellungen. Da öffnete sich die Tür, Frau Doktor — ach, wie war sie doch jung, schön und vornehm. — tritt herein, sie führt an der Hand einen siebenjährigen hübschen Knaben. — War das etwa Hans? Hans, dem dieses gelehrt aussehende Zimmer gehörte? Richtig! Frau Doktor reichte mir freundlich die Hand, während ihr prüfender Blick meine Gestalt überflog.

„Hans," sagt sie, „dies ist Charitas. Zeig' ihr mal deine Sachen, und nachher gib ihr eins deiner Hefte und eine Feder; wenn Herr Krus kommt, mag sie unter seiner Aufsicht schreiben. Ich erwarte, daß du dich durch Charitas nicht beim Unterricht stören läßt."

Ich faßte mir ein Herz und fragte, ob ich nun nicht zur Mutter dürfe. Frau Doktor sagte: „Ich fürchte, die wirst du kaum zu Hause treffen; wenn sie Zeit hat, wird sie dich wohl besuchen."

Als Frau Doktor gegangen war, schloß Hans seine Schränke auf. — Wie ich staunte! Wie war es nur möglich, daß ein Kind so viele und so schöne Bücher hatte. Alle waren sie so schön gebunden und so gut erhalten, — ach und Bilder waren darin! Wie mußte es köstlich sein, darin nach Herzenslust lesen zu dürfen! Ich vertiefte mich sofort in eins der Bücher, Hans lachte, nahm es mir aus der Hand und sagte: „Gib her! Das muß alles wieder hübsch in Reih und Glied. Es ist häßlich, wenn eine Lücke entsteht. — Hast du auch viele Bücher?"

„Ich nicht, aber mein Vater hat einen ganzen Schrank voll, in vielen kann ich aber nicht lesen, es sind botanische Werke."

„Hast du selber denn keine?"

„Ja, ich habe drei Bücher: die Bibel, das Freiberger Gesangbuch und Joseph, das sind aber Gedichte."

„Sind die Gedichte alle von Joseph? Wer ist Joseph?"

„O, du weißt doch, wer Joseph ist! Der Sohn von Jakob, der von seinen Brüdern verkauft wurde!"

„Sind Bilder in dem Buche?"

„Nur eins, wie Joseph dem Pharao die Träume deutet."

„Zeig' mal!"

„Ich habe es bei Madame Piepenbrink. Geh mal mit hin, da will ich es dir zeigen. Aber du mußt nicht denken, daß es ein schönes Buch ist. Der Einband ist lose, und es hat häßliche Flecken."

„Na, du! Wenn das Papa und Mama sähen! Ich darf kein fleckiges und kaputtes Buch haben, und du bist doch schon so groß!"

„Ich hab' immer daraus gelernt," sagte ich leise.

„Wer gab es dir auf?"

„Niemand, ich lernte die schönen Verse, weil ich sie gern mochte."

„Sag' doch mal was auf, wenn es so schön ist."

„Ja!" sagte ich erfreut, „sehr gern! Soll ich dir mal die Vorrede aufsagen?"

„Lernt man die auch? Ich will mal Herrn Krus fragen, ob man auch Vorreden lernt."

„Hör' mal diese, die mußt du mögen! Du siehst es alles vor dir, paß mal auf: ,An Philippine!' Das ist nämlich die Freundin, an die Katharine die Gedichte schickt, weißt du?"

Hans nickte, und ich sagte mit viel Gefühl auf: „Gewiß erinnerst du, liebes Herz, dich noch ebensogern wie ich der fröhlichen Kinderzeit, da wir zusammentrafen in dem schiefergedeckten Schulhause am kleinen Hügel. Es war ein freundlicher Punkt in unserm schönen Tal, grüner Rasen und duftender Thymian deckten seinen sanften Rücken — —"

Hans gähnte und sagte: „Hör' doch nur auf! Steht nichts anderes in dem Buche, dann geh ich nicht mit dir, ich will gar nichts mehr davon hören," und er fing plötzlich an zu singen:

„Schleswig, Holstein, stammverwandt,
Wanke nicht, mein Vaterland!"

Dann sagte er: „Kannst du weben?"

„Weben?" fragte ich erstaunt, „nein, wie sollte ich wohl weben können?"

„Aber ich!" sagte Hans. Er ging in die Nähe des Fensters und setzte sich tatsächlich vor einen aller-liebsten kleinen Webstuhl. Er warf geschickt das Schiffchen von einer Seite zur andern und zeigte mir, daß er schon ein ganz großes Stück von einem breiten, bunten Bande hatte.

„Den hat mein Papa selbst erfunden!" sagte er stolz, „oben auf dem Boden haben wir viele, viele Webstühle. Und oben ist auch eine Hobelbank, daran tischlere ich. Soll ich dir mal was tischlern?"

„Ach nein," sagte ich verschämt, „was sollte das denn auch sein?"

„O, ich kann dir einen Nähkasten tischlern. Schade, daß Weihnachten gerade gewesen ist, sonst würde ich dir ganz was Schönes machen."

Ich war sehr gerührt und bedankte mich.

„Ich kann auch pappen, ich pappe oft mit Herrn Krus, und hier habe ich eine kleine Druckerpresse, damit kann ich drucken."

Ich staunte! Was der kleine Hans doch alles konnte, und er war sieben Jahr! Ich konnte nichts, und ich war vierzehn!

Nun kam der viel erwähnte Herr Krus, und die Stunde begann. Ich sollte ja auch mit schreiben. Hans war durchaus korrekt, er saß so gerade, er hielt seine Feder tadellos, und die Buchstaben gestalteten sich unter seinen kleinen Händen sauber und regelmäßig. Aber die meinen! — Ach! —

Daß ich die Feder gar nicht mehr halten konnte!

Ein Buchstabe purzelt über den andern, sie sehen dick und plump aus, unsicher stolpern sie auf der Linie einher. Ich schämte mich, legte den Kopf auf den Tisch und weinte. Ich möchte sie aufrichten und fahre mit der nassen Hand über die feuchten Buchstaben. So, nun wird's erst ganz hübsch! Ich sehe nach Herrn Krus hinüber und erwarte ein tüchtiges Donnerwetter, der bleibt aber ganz ruhig und sagt: „Gott, Herrjeh! Das solltest du doch lieber lassen, wenn sich nachher Frau Doktor das Heft ansieht, wird's ihr nicht gerade gefallen!"

Frau Doktor sollte das Heft sehen?!

„Reg' dich doch nur nicht so auf!" sagte Herr Krus, „deine Hände sind ja so geschwollen, du kannst ja keinen Federhalter halten, aber das gibt sich mit der Zeit."

Welche Rätsel! Sollte ich denn hier weiter Schreibübungen machen?

Dann ging's zu Tisch. Wieder ein neues Zimmer! Hier war alles grün. Frau Doktor und Fräulein Elise, Hans und ich setzten uns. Johann bediente. — Es machte mir einige Mühe, die schweren, silbernen Gabeln zu handhaben, und mit Verlegenheit sah ich, daß man zum Essen beide Hände brauchte.

Später fragte ich Hans, weshalb sein Papa nicht mit äße.

„Papa und Mama essen erst um sieben Uhr zu Mittag, solange hat Papa in der Fabrik oder auf dem Kontor zu tun. Dies ist Mamas zweites Frühstück."

Am Nachmittag holte mich Fräulein Elise in ein rotes Zimmer, sie nannte es das Ankleidezimmer. Hier lagen allerhand Kleidungsstücke, die mir anprobiert wurden. Da ging eine wunderliche Metamorphose mit mir vor sich. Passen tat nichts. Einen langen Wintermantel, der auf eine weite Krinoline berechnet war, bekam ich an, auf den Kopf setzten sie mir einen Kapothut mit breiten, grünen Bindebändern, und über die dicken Hände zwängte ich mir Glacéhandschuhe an. Eine wunderliche kleine Person sah mir aus dem Spiegel entgegen. Frau Doktor und Fräulein Elise hatten großen Spaß an der Verkleidung.

Frau Doktor trat dann an die Wand und öffnete einen kleinen Deckel, man sah nun in ein Loch, hier hinein rief Frau Doktor: „Bitte, Johann, einen Wagen!" Mein Blick hing wie gebannt an dem Loch in der Wand. Hier geschahen ja die wunderbarsten Dinge! Würde vielleicht Herr Johann durch irgendwelchen Zauber da herausspazieren? Ich war auf alles gefaßt! Es geschah aber diesmal nichts anderes, als daß unten eine Kutsche vorfuhr.

„Neue Burg 13!" sagte Frau Doktor zum Kutscher, sie stieg in den Wagen, dessen Tür Johann geöffnet hatte, dann sagte sie zu mir: „Komm!" als sei es die selbstverständlichste Sache von der Welt, daß ich in der Kutsche ausfuhr. Als ich so großartig auf dem Rücksitz saß, dachte ich: ‚Was wohl Gustel und Fritz jetzt sagen würden, wenn sie mich so fein in der Kutsche fahren sähen!'

Nun hielt der Wagen. Frau Doktor zeigte auf eine kolossale, dunkle Masse und sagte: „Sieh, da wird eine wunderschöne Kirche gebaut, wenn sie fertig ist, wird sie eine der schönsten Kirchen in ganz Deutschland sein." Es war die Nikolaikirche.

Wir stiegen eine Treppe hinauf. Frau Doktor sagte:

„Nun hör' gut zu, ich frage dich nachher und werde sehen, ob du gut aufgepaßt hast!"

Was nun wohl vor sich ging?

Wir traten in einen erleuchteten Saal, wo an einem langen Tische viele erwachsene junge Mädchen saßen. Alle erhoben sich bei unserm Eintritt und begrüßten Frau Doktor mit größter Ehrerbietung. Ich durfte mich dicht zu ihr setzen. Mir gegenüber, an der Wand, stand eine Büste, sie stellte einen alten Mann dar, sein Haar war lang und in der Mitte gescheitelt. Unter der Büste las ich die Worte:

„Kommt, laßt uns unsern Kindern leben!"

Wie wunderbar war es hier! Die vielen fremden Gesichter, deren aller Blicke mit gespanntester Aufmerksamkeit an Frau Doktors Lippen hingen. Und das war das, was ich am besten verstehen konnte. Auch meine ganze Seele war völlig in ihrem Bann! Wie schön sie war! Meine Phantasie war geschäftig, sie auszuschmücken mit all den Diamanten, die ich im Laden gesehen hatte, für wen war denn so etwas, wenn nicht gerade für sie? Gerade als ich am besten Herausputzen war, traf mich ein langer Blick der braunen Augen. Ich schrak heftig zusammen. Ich sollte doch aufpassen! Wenn sie meine Gedanken hätte lesen können! — Ein klares, schönes Deutsch sprach sie, und doch verstand ich nichts von dem, was sie da sagte.

„Haben Sie Ihre Faltschulen mit?" fragte sie jetzt gerade. Ich sah mich unwillkürlich haftig um, denn nun war doch sicher wieder etwas ganz Wunderbares in Sicht. Unter einer „Schule" konnte ich mir nur viele Kinder vorstellen, und so schaute ich jetzt mit Spannung nach der Tür, durch welche sie alle kommen mußten. Aber nichts dergleichen! Die jungen Mädchen öffneten große Mappen, die sie vor sich hinlegten.

„Fräulein Lühring, können Sie mir die drei Punkte wiederholen, die ich Ihnen das letztemal über das Falten gesagt habe?"

Mein äußeres Ohr hörte die Worte, aber ich konnte durchaus keinen Sinn damit verbinden. Frau Doktor stand auf und sah sich die Mappen an. Ich schaute in die Mappe meiner Nachbarin, konnte aber aus den viereckigen, weißen Papierdingern, die auf blaues, steifes Papier geklebt waren, nicht klug werden. „Aber," hörte ich jetzt Frau Doktor sagen, „soll das vielleicht eine Schönheitsform sein? Durchaus nicht sauber und akkurat gearbeitet! — Sehen Sie," sagte sie zu einer anderen, „es fehlt wieder an der guten Grundform! Merken Sie sich doch endlich, das findet auch auf die Erziehung im allgemeinen seine Anwendung: wenn Sie nicht schon bei den frühesten Anfängen einen guten Grund legen, so werden Sie mit Ihren Zöglingen nichts erreichen!" Sie bog korrigierend an verschiedenen Blättchen herum, dann wurden die Mappen geschlossen, und Frau Doktor sprach nun in zusammenhängender Rede sehr eindringlich auf die jungen Mädchen ein.

Gewisse Ausdrücke kehrten im Lauf der Rede wieder. Ich merkte, daß darauf besonderes Gewicht gelegt wurde. Ab und zu kam auch ein Schimmer des Verständnisses. Während meine Gedanken aber dabei verweilten, ging Frau Doktor schon wieder zu anderen Fragen über, die mich gänzlich verwirrten. „Schon von seinem ersten Erscheinen an muß das Kind erzogen werden. Das

Haupterziehungsmittel ist die Liebe. Das ist so selbstverständlich, daß ich darüber wohl kein Wort mehr zu
sagen brauche. Alle Erziehung muß lückenlos vorwärts
schreiten, die eine Stufe muß sich ganz naturgemäß aus
der vorhergegangenen entwickeln. Nur keine Sprünge!
Das beste, greifbare Beispiel für dieses Gesetz bietet
Ihnen gerade das Fröbelsche Faltblatt. Die schönsten
Erfolge halten Sie in der Hand. Sie erreichen diese
überraschende Wirkung aber nur durch das stetig stufen-
mäßige Weiterentwickeln der Grundform. Ich kann es
nicht genug wiederholen: auf eine gute Grundlage kommt
alles an, ebensoviel wie auf die Vermittelung der Gegensätze. Sie wissen, wieviel Gewicht Fröbel auf die
Vermittelung der Gegensätze legte!"

Das war wieder alles so neu und rätselhaft! Ich
hatte nur das von der Liebe begriffen, aber die lücken-
lose Entwickelung und die Vermittelung der Gegensätze
machten mir noch viel zu schaffen.

„Nun," sagte Frau Doktor, als wir wieder im
Wagen saßen, „hast du gut zugehört, und kannst du
mir etwas wiedererzählen von dem, was ich mit den
jungen Mädchen durchgenommen habe?"

Ich wagte nicht mit meinen paar zusammenhangs-
losen Brocken herauszukommen.

„Hast du dir die Büste angesehen, die da stand?"

Ja, angesehen hatte ich sie.

Frau Doktor sagte: „Das ist Fröbel! Hast du den
Namen schon einmal gehört?"

Nein, das hatte ich nicht.

„Er hat die Kindergärten begründet. Weißt du,
was ein Kindergarten ist?"

„Ja," sagte ich erfreut, endlich antworten zu können. „Ein Kindergarten ist ein Garten, in dem Kinder sind."

„Du bist fix fertig! Ganz so ist es nicht. In nächster Zeit sollst du einmal einen sehen, und dann kannst du dir mal überlegen, ob du wohl Kindergärtnerin werden möchtest. Dann mußt du alles das lernen, was du heute abend bei den jungen Mädchen gesehen hast."

Ehe ich darauf antworten konnte, hielt der Wagen, Johann öffnete den Schlag und sprach zu Frau Doktor, darauf wandte sie sich zu mir und sagte: „Nun lauf aber mal schnell auf dein Zimmer, es ist Besuch für dich da!"

Das verstand ich, das konnte nur die Mutter sein! Nun ade, Fröbel — Grundformen, Schönheitsformen und Vermittelungen der Gegensätze! Nun mußten sich viele Rätsel lösen! Atemlos kam ich oben an.

In höchster Aufregung betrat ich das Stübchen, in dem ich letzte Nacht geschlafen hatte. Die Mutter stand mit ausgebreiteten Armen an der Tür, sie drückte mich nun leidenschaftlich an sich, dann hielt sie mich in Armeslänge von sich und betrachtete mich ernst, als sei ich ihr ganz neu und fremd, dann wischte sie sich die Augen und seufzte tief. Ich legte Hut und Mantel auf einen Stuhl, und wir setzten uns.

„Mutter!" rief ich, „was bedeutet dies alles? — Wo bin ich eigentlich? Niemand sagt mir das, was ich frage. Bei wem bin ich denn nur hier? — Weshalb schlief ich hier und nicht bei dir? — Warum gingst du denn so heimlich fort? — Ich horchte immer und sah auf die Tür, ich wunderte mich, daß du nicht auch mit in die blaue Stube kamst! Kennst du sie?

Sie ist wunderschön! Mir ist hier so feierlich zumute, es ist, als ob ich das alles träume, ich denke immer, ob ich plötzlich in Voigtsberg wieder aufwache!"

„Nicht wahr?" sagte die Mutter lebhaft, „in dieser Umgebung und mit diesen Menschen ist man in einer andern Welt. Ich verstehe, wie es dich erregt, geht es mir doch selbst nicht anders. Vermutet man wohl, in einem so abgeschlossenen, vornehmen Hause soviel Teilnahme und Verständnis für Not und Kampf zu finden? Man meint, daß Menschen, die so leben, sich doch keine Vorstellung machen können, wie es unsereinem zumute ist."

„Ja, ja," fuhr die Mutter fort, „diese Häuser haben eben auch ihre Geschichte. Hast du unten das große Ölbild gesehen? Es stellt den Vater von Herrn Doktor vor. Siehst du, der ist in seiner Jugend auch arm gewesen, er hat sich auch hindurchringen müssen. Der Sohn hat Verständnis für den Kampf mit der Not des Lebens, er hat es sich förmlich zur Aufgabe gemacht, arbeitswilligen Menschen freie Bahn zu schaffen. — Ich bin doch viel in der Welt herumgekommen, habe viel Kränkungen und Mißverständnisse erfahren, zwischendurch allerdings auch, — und das erkenne ich dankbar an, — habe ich Liebe und Teilnahme gefunden. Beides hast du ja mit erlebt, denk' mal an Herrn Richter in der Salomonisapotheke und an Eshuys in Rotterdam! Nichts aber kommt dem gleich, was ich in diesem Hause erlebt habe! Zunächst fand ich das, was ich allerdings vermutete, — ein lebhaftes Interesse für die Naturwissenschaft. Die Botanik hat uns zusammengeführt. Dabei blieben sie aber nicht stehen. Sie fragten mich auch nach meinen persönlichen Verhältnissen. Nun, da habe ich ihnen vertrauensvoll alles erzählt. Selbstverständlich habe ich auch von dir gesprochen. Ach, was für Pläne sind in dem blauen Zimmer geschmiedet! Jetzt will ich nur hoffen, daß ich ihr Vertrauen nie täusche!"

Die großen, blauen Augen der Mutter schimmerten feucht, sie hatte in heller Begeisterung gesprochen, und ich betrachtete sie staunend und verständnislos, sie kam mir anders — größer vor. Was bedeuteten ihre Reden? — Von Aufgaben sprach sie?! Ich wurde unruhig und ängstlich. — Mit Spannung sah ich der Mutter in das erregte Gesicht. Sie reichte mir schweigend ein großes zusammengefaltetes Dokument. Meine Hände zitterten, verständnislos irrte der Blick über die Schrift. Ich sah nur, daß am Ende des Blattes zwei Namen standen. Der zu oberst stehende, in kühn geschwungenen Zügen geschriebene, war für mich unleserlich, desto bekannter war der zweite, denn das war in eckiger, altmodischer Handschrift der Name der Mutter.

„Was ist das?" fragte ich beklommen und legte das Papier neben die übrigen Schriften.

„Es ist der Kontrakt zwischen dem Kaufhaus Cäsar Godeffroy und mir, wonach ich mich verpflichte, auf zehn Jahre als Botanikerin nach Australien zu gehen."

Weit riß ich die Augen auf, während es mir war, als griffe eine kalte Hand nach meinem Herzen.

„Du?" rief ich, „und nimmst du mich mit?"

„Nein, ich nehme dich nicht mit!" Als die Mutter sah, daß ich sprechen wollte, streckte sie, Schweigen gebietend, die Hand aus: „Laß!" sagte sie, „davon verstehst du nichts! Jede Reise hast du mir durch dein Jammern extra schwer gemacht! Glaubst du etwa, daß nur du leidest? — Du bist ja noch zu jung, als daß du einen Begriff haben könntest von Kämpfen, die mir auferlegt sind. — Ich konnte ja nicht zu Hause bleiben, und das was mich immer so niederdrückte, das war, daß ich troß der größten Anstrengung nichts für deine Erziehung tun konnte. Das ist von nun an anders! Ich bin fest angestellt, habe eine bestimmte Einnahme, und das kommt in erster Linie jetzt dir zugute. — Du hast immer den Wunsch gehabt, etwas zu lernen, ich biete dir jetzt die Möglichkeit! Leichter wäre es mir, dich mitzunehmen, richtiger aber ist es auf alle Fälle, daß du hier bleibst. Das kannst du ja heute noch nicht einsehen, ich verlange es auch nicht. — Hier ist ein Brief vom Vater, er billigt alles, was geschieht. — Weine dich später aus, jetzt verdirb uns nicht die kostbaren Stunden kurzen Bei-sammenseins!"

„Und wo bleibe ich?"

„Vorläufig hier. Auch dein Geschick ist hier reiflich beraten. Ehe Doktors dich nicht gesehen hatten, sollte ich dir nichts von den Plänen verraten. Jetzt wirst du auf kurze Zeit hier bleiben, damit sie dich kennen lernen, dann wollen sie mir die Sorge abnehmen und bestimmen, wohin du zu deiner Ausbildung kommen sollst. Wenn du danach bist, wirst du hier immer dein Heim und an ihnen beiden treue Führer und Ratgeber finden. Siehst du das nicht als ein großes Glück an? Wenn du etwas gelernt hast, wirst du deine Kenntnisse als Erzieherin verwerten. Na, das sollte mir jemand geboten haben! Wir setzen jetzt die Leiter an, klettern mußt du selbst!"

„Wenn ich es nun nicht kann?"

„Was?"

„Mich hier hineinfinden, ich fühle mich doch so allein, so fremd. Und das Lernen! — Ich habe die Schule so unregelmäßig besucht. Ich bin sehr zurück!"

„Du bist kleinlich und feige!" sagte die Mutter streng. „Schrecke doch nicht vor Schwierigkeiten zurück! Diese tausenderlei albernen Bedenken! Dir sowohl wie mir wird ein Ziel gezeigt, dem wir nachstreben sollen, dürfen! Richte den Blick auf das Ziel! Scheue nicht die Dornen, die auf dem Weg liegen. Aufgaben haben wir beide zu erfüllen! Auch ich habe noch viel zu lernen. Meine Tätigkeit erweitert sich. Mit der Botanik ist's nicht mehr allein getan. Alles, was die Natur bietet, soll ich sammeln. Aber siehst du, große Aufgaben entwickeln die Kräfte, da wächst der Mut, und Freudigkeit durchströmt das Herz, wenn wir siegreich die Hindernisse überwinden. Werde nicht mutlos, wenn ich auch von dir gehe, suche Trost und Halt bei Gott! Ohne Leiden wird er dich nicht lassen; die gehören zur Erziehung, laß sie dir aber zur Stärkung und Abhärtung dienen! — Vor der großen Reise sehen wir einander noch wieder. Ich reise erst nach Holland und Sachsen, um sowohl von Eshuys wie vom Vater Abschied zu nehmen. Ich hoffe, er kommt nach, wenn er hört, daß Aussicht auf ein Fortkommen ist. Also unverzagt vorwärts! Immer aufwärts! Einem großen Ziel entgegen!"

*   *   *

„Wenn du dich danach hältst, darfst du vorläufig hier bleiben," so hatte die Mutter gesagt, ehe sie abgereist war. Daß ich sie nun gerade in den ganz neuen

Verhältnissen nicht bei mir hatte, um sie nach jedem, was mich in Zweifel und Unruhe versetzte, zu fragen, das kam mir sehr schwer an.

Ich ging unsicher und ängstlich in dem schönen, großen Hause umher. Es war kein Verbot an mich ergangen, aber ich fühlte, da waren Räume, die durfte ich nicht betreten; ich sah nicht, daß die Türen geöffnet wurden. Neugierig, atemlos lauschend stand ich davor, ich hörte von drinnen keinen Laut. Ob ich mal ein wenig öffnete? Aber wer weiß, was mir da passieren konnte! Pastors Hermine in Siebenlehn hatte uns einmal eine grausige Geschichte vom Ritter Blaubart erzählt; da war die, welche fürwitzig die Tür geöffnet hatte, schrecklich bestraft worden. Fräulein Elise stand so hoch über mir, die wagte ich nicht zu fragen. Wie oft sagte sie zu Hans: „Nun laß doch dein ewiges Fragen!" Hans stand mir in dieser Beziehung am nächsten, und als wir einmal allein da vorbeigingen, da fragte ich ihn, was wohl hinter diesen Türen sei?

„Das," sagte Hans, „das ist der große Gesellschafts-saal, und daneben sind zwei Salons. Wenn ich sie dir auch zeigen wollte, du würdest nichts weiter sehen. Die Läden sind geschlossen, die Möbel sind zugedeckt, auch die Kandelaber und Kronleuchter sind ganz verhüllt. Aber wenn Gesellschaft ist! — Hm! — Dann solltest du mal sehen, was für eine Pracht da drinnen ist! Dann brennen die Kronleuchter, und die vielen Glas-zapfen funkeln und blitzen, und dann hat Mama ein langes Samtkleid an, sie sieht dann aus wie eine Königin."

Staunend horchte ich.

Hans plauderte weiter: „Aber auf Flighty sieht Mama auch ganz famos aus! Hast du sie noch gar nicht auf Flighty gesehen?"

Ich schüttelte verständnislos den Kopf. Es war merkwürdig, wie schwer ich die Menschen hier verstand, und dabei sprachen sie doch ein so schönes, reines Deutsch.

„Siehst du, Flighty", fuhr Hans belehrend fort, „das ist Mamas Reitpferd. Ein feines Tier, sein Fell glänzt wie Moiré. Papa hat es Mama zum Geburtstag geschenkt. Ich ruf' dich, wenn sie ausreiten; vom Ankleidezimmer aus kann man sie fein sehen. Schneidig sieht Mama aus in ihrem langen Reitkleid, Zylinder auf dem Kopf und in der Hand die kleine Reitpeitsche!"

Hans hielt Wort, er holte mich zum Ausgucken.

Wie vielgestaltig, wie verwandlungsfähig war die Persönlichkeit von Frau Doktor! Wenn ich meinte, nun hätte ich ein festes Bild, eine bestimmte Vorstellung von ihr, da trat sie plötzlich in ganz neuer, reizvoller Erscheinung vor mein Auge.

Räumlich war ich durch drei Treppen von Doktors geschieden, innerlich, so schien es mir, waren wir durch Welten getrennt. Ob mir all das Unverständliche in meinem neuen Leben wohl jemals klar werden würde?

Es kam mir in meinem hochgelegenen Stübchen vor, als sei ich auf einen fernen, hohen Berg gezaubert, wo mich nichts Irdisches mehr berühre. Wenn noch wirkliches Leben in der Welt war, dann spielte es sich in unerreichbarer Ferne ab. Zum größten Teil führte meine Seele ein staunendes Traumleben. Selbst wenn

ich herunterstieg und wir mit Fräulein Elise spazieren
gingen, hatte ich der wirklichen Welt gegenüber dies
Gefühl des Ferngerücktseins. Ruhig, ohne Ringen
und Kämpfen, ohne ermüdet zu werden, ging man
weiter; aber man trat unterwegs auch zu keinem
Menschen in Beziehung, alle gingen sie kalt, grußlos
aneinander vorüber. Wenn ich forschend an den hohen
Fenstern hinaufschaute, so nickte niemand, es winkte
auch keine Hand, Teilnahme in Freud und Leid von
uns heischend. Hätte man mich in diesen Tagen gefragt, ob ich glücklich sei, dann hätte ich geantwortet:
„Ja, natürlich!" Es fehlte mir doch an nichts, und
niemand tat mir etwas; und doch war ein Hungern und
Sehnen in mir, wofür ich mir selbst keine Erklärung
geben konnte. Was suchte ich denn? Es war der innere
Anschluß, die Lebensgemeinschaft, das Weiterspinnen
der früheren Beziehungen, was mir fehlte. Von dem
Alten war ich abgeschnitten, und in das Neue noch
nicht hineingewachsen.

Ganz verwirrend war mir in den neuen Verhältnissen, wie verschieden man mein Tun hier und in
Sachsen beurteilte. Ich riß eines Tages beim Aufstehen
die Tinte um und verdarb eine Tischdecke. Ich zitterte,
meine Angst war unbeschreiblich. Wenn mir das in
Voigtsberg passiert wäre, dann wäre ich geschlagen
worden. Ich ging zu Fräulein Elise und gestand
stotternd meine Schuld, sie schüttelte bedauernd den Kopf
und sagte: „Da muß ich nur gleich versuchen, ob die
Flecke wieder herausgehen. Du aber mußt es Frau
Doktor sagen."

Ich stand lange zögernd vor der Tür des blauen

Zimmers und wagte nicht hineinzugehen. Endlich aber stand ich vor Frau Doktor und gestand ihr meine Schuld. Wie erstaunte ich aber, als sie nur gleichmütig sagte: „Nun, solange du so unachtsam bist, ist es wohl richtiger, du bekommst keine Tischdecke." Ich wartete, das konnte doch unmöglich meine verdiente Strafe sein. Es kam aber wirklich nichts mehr, und als ich gar nicht ging, weil ich das dunkle Gefühl hatte, es sei der Gerechtigkeit noch nicht Genüge getan, da sagte sie: „Worauf wartest du denn noch? Geh an deine Arbeit!"

Ich war aber gerade so erstaunt, als Frau Doktor bald darauf bei Tisch sehr scharf sagte: „Wie schrecklich, Charitas! Du steckst ja das Messer in den Mund! Laß mich das nicht wieder sehen! Sieh doch mal, wie anständig der kleine Hans ißt! Du mußt dich ja vor ihm schämen!"

Dafür hatte ich nun gar kein Verständnis, ich hatte nicht das mindeste Schuldbewußtsein, denn so hatte ich stets gegessen und damit hatte ich bis dahin noch niemanden gekränkt. Ebenso schlimm war es, wenn ich vergaß, Handschuhe anzuziehen, oder wenn mein Scheitel schief saß. Daß ich damit jemand erzürnen konnte, dafür fehlte mir lange jegliches Verständnis und innerlich lehnte ich mich dagegen auf.

Zunächst nahm ich mit teil an Hans' Unterricht bei Herrn Krus. Die Aufgaben dafür machte ich allein in meinem Stübchen. Die Bücher waren vorläufig noch meine kleinen Widersacher, mit denen ich einen stillen Kampf focht: Lehrbuch der deutschen Sprache, Rechenaufgaben, Schönschreiben! Der reine Hohn! Meine Schrift Schönschreiben zu nennen!

Manchmal schob ich die Bücher verzweifelt seufzend beiseite und schlich mich leise hinunter auf die nächste Treppe. Ich wollte hören, ob in dem großen Hause Menschen seien. Gedämpft, ganz in der Ferne, höre ich klingeln, — jetzt kommt Johann, — ich stecke den Kopf durchs Treppengeländer, — da — nun kommt Frau Doktor heraus, — herzliche Begrüßung eines Besuches, — da ganz unten umarmen und küssen sie einander. Auf der Straße so kalt und fremd, im Hause aber viel mehr Liebe und Zärtlichkeit als in Sachsen. — Nun wird Klavier gespielt, — jemand singt wunderschön! — Horch!

> „Herr, den ich tief im Herzen trage,
> Sei du mit mir!"

So tönt es wie von Engelsstimmen gesungen zu mir herauf. Entzückt lausche ich, das Gesicht ans Treppengeländer gedrückt. Wie wunderbar schön! Die Augen werden mir feucht, ich wage mich noch ein paar Stufen tiefer. Da öffnet sich über mir eine Tür. Wohin soll ich? Die Schamröte steigt mir ins Gesicht. Es ist Fräulein Elise, die sieht sehr überrascht aus und fragt: „Aber, — was ist denn das? Wer setzt sich denn auf die Treppe? Bist du denn schon mit all deinen Arbeiten fertig? Geh schnell hinauf an deine Arbeit."

*　　　*　　　*

Einmal kam Fräulein Elise mit einer fein gekleideten Dame in mein Zimmer. Welch ein Ereignis! Ich lasse mich sehr gern stören und warte mit Spannung, was die Dame wohl bei mir will. Sie legt Hut und Mantel ab. In der großen Krinoline und dem schönen

Kleid sieht sie sehr stattlich aus, sie wird mir aber besonders interessant durch das große Medaillon, das sie an langem Samtband um den Hals trägt.

„Komm, Charitas!" sagt Fräulein Elise, „laß dir mal von Madame Freudental Maß nehmen."

Ich lasse schweigend an mir vornehmen, was Madame Freudental braucht, und nun sehe ich deutlich, daß das in Gold gerahmte Bild einen hübschen, bärtigen Herrn darstellt. Ich spinne schnell eine Geschichte um Madame Freudental. Schade, daß ich mich gar nicht mit ihr unterhalten kann. Sie ist sehr blaß, das macht wohl die große Stadt mit dem ewigen Nebel. Feine Leute sehen auch wohl meist blaß aus.

Nicht lange danach forderte Fräulein Elise mich auf, mit ihr zu kommen. Wir verließen bald die schönen, breiten Straßen. Wir bogen in Gänge ein, wie ich sie am ersten Tag meiner Ankunft gesehen hatte.

Eng, häßlich, dunkel war es hier. Fräulein Elise öffnete eine Haustür, da standen wir unmittelbar vor einer engen, steilen Treppe. Hier stiegen wir hinauf. Oben an der Tür war ein kleines Porzellanschild, darauf stand: „Fernando Freudental, Dekorateur." Darunter auf einer Visitenkarte: „Wendula Freudental. Damenkonfektion." Auf Fräulein Elises Klopfen wurde geöffnet, und eine Frau in dürftigster Kleidung stand vor uns. Gesicht und Stimme gehörten Frau Freudental, sonst erinnerte nichts an die Dame in der Krinoline, mit dem schönen Medaillon.

Die Umgebung war trostlos! Das beste Stück in der kahlen Stube war eine Nähmaschine. Madame Freudental hatte rote, verweinte Augen, ein wehes

Lächeln glitt über ihre blassen Züge, als sie von der
Freude sprach, Fräulein Elise zu sehen. Sie erzählte
vom Gerichtsvollzieher, von ihrem Mann, der nicht an
die Arbeit zu kriegen sei, der jeden Schilling für Branntwein ausgab. Sie dankte Fräulein Elise, daß sie bei
Frau Doktor ein gutes Wort für sie eingelegt habe.
Da sie nun die schönen Sachen habe, könne sie doch
zu ihren Kunden gehen, und nun gar die prachtvolle
Nähmaschine zu Weihnachten! Sie bat Fräulein
Elise, Herrn und Frau Doktor noch tausendmal zu
danken.

Also das war die wirkliche Madame Wendula
Freudental! Ach, ich hatte mir etwas ganz anderes
vorgestellt. Aber ich fühlte, es spannen sich Fäden von
der Alster nach dem elenden Gange.

Und nun hatte ich zwei kurze, grün- und blaukarierte,
schottische Kleider, fast so wie Meta und Lulu in der
Apotheke. — Eines Tages sagte Fräulein Elise, wir
möchten unsere Bälle nehmen und in den Garten gehen,
sie sei heute verhindert, mit uns spazieren zu gehen.
Der kleine Hintergarten mit den entlaubten Sträuchern
und den hohen schwarz geteerten Planken, die jeden
freien Ausblick absperrten, gefiel mir gar nicht. Wir
rannten sinnlos ein paarmal um den kleinen Rasenplatz,
wir fingen auch an, mit unsern Bällen zu spielen, aber
es wollte keine rechte Spielstimmung aufkommen, und
nach kurzer Zeit warf Hans seinen Ball an die Erde
und kletterte plötzlich an der schwarzen Planke hinauf.
An dem dicken Pfosten, der der Planke zur Stütze
diente, mußte er Anhaltspunkte haben, oben angelangt,
hielt er sich mit dem einen Händchen fest, während er

mit dem anderen in die Tasche seines Überziehers fuhr. Zu meinem Staunen sah ich, wie er seine Apfelsine, die er sich vom Mittagessen aufbewahrt hatte, hinüberwarf. Mir war, als hörte ich ein vielfüßiges Getrampel und verworrene Laute von jenseits der Planke.

„Aber Hans! Was machst du denn da?" fragte ich, „war denn deine Apfelsine nicht gut, daß du sie da hinüberwirfst?"

Er bog seinen Kopf ein wenig herunter zu mir und sagte: „Hier sind viele, viele Kinder! Ich werfe ihnen manchmal eine Apfelsine hinüber, das macht ihnen viel Spaß."

„Kinder?!" — sagte ich erregt, „Kinder sind da? Ich will auch da hinauf, ich möchte sie auch sehen! Wie schade, daß wir gar nicht zu ihnen können! Komm du herunter, und laß mich nun mal hinauf."

„Das darfst du doch nicht. Mädchen dürfen nicht klettern, und du hast dein neues Kleid an, hier sind Nägel, ich weiß Bescheid damit, — aber du! — du würdest dir Löcher in das neue Kleid reißen, und was würde dann Fräulein Elise sagen!"

Das überzeugte mich, aber ich bat Hans, er möge mir von ihnen erzählen. Er sagte: „Sie sind alle taubstumm, sie haben einen Lehrer bei sich, und jetzt turnen viele von ihnen, andere gehen durch den Garten; täglich um diese Zeit sind sie draußen; von meinem Zimmer aus kannst du sie sehen." — Viele Kinder — aber alle taubstumm!

Hans kam wieder herunter, wir waren aber beide sehr still und gedrückt. Was war es nur, was mir das Herz so beklommen machte? Die bleiche Wintersonne kämpfte mit dem Dunst und Nebel der Großstadt, es war ein milder Tag, der schon etwas von Frühlings-ahnen an sich hatte. Weshalb waren wir eigentlich auf diesem eingeschlossenen Erdenfleckchen? Weshalb waren wir nicht an der anderen Seite des Hauses, da wo die schöne Alster, wo die Freiheit war? —

„Komm," sagte ich freiheitsdurstig, „komm, laß uns doch nur hier heraus! Nur durch diesen kleinen Gang an der Küche vorüber, und draußen sind wir!"

„Wohin willst du denn?"

„Ja, wohin wollen wir mal? Weißt du was? — Wir gehen an den Hafen!"

„Nachher könnten wir ja Herrn Krus bitten, daß der uns heute frei gibt und mit uns geht."

„Nein, bewahre! Das dauert zu lange, bis dahin können wir ja wieder hier sein! Und Herrn Krus brauchen wir gar nicht dazu, es ist ja viel schöner, wenn wir allein gehen, da kann man doch auch einmal stehen bleiben und das besehen, was einem gefällt!" sagte ich überredend.

„Junge noch mal! Wollen wir wirklich? Famos! Ja, laß uns! Spaß!"

Hans' hübsche, braune Augen funkelten vor Unter-nehmungslust, und — hast du nicht gesehen! draußen waren wir, in der Freiheit!

„Aber wenn wir uns nun verlaufen? Wenn wir den Hafen gar nicht finden?" meinte Hans etwas be-sorgt. — In wortreicher Rede setzte ich ihm nun aus-einander, daß ich in Sachsen überall allein herum-gewandert sei, wenn ich für den Vater Pflanzen gesammelt habe. Ich sei wohl nicht gerade zu der

ausgemachten Zeit nach Hause gekommen, aber darauf
komme es ja auch weiter nicht an, wenn man sich nur
wieder überhaupt nach Hause fände. Er solle doch bedenken, daß ich mich ganz allein von Sachsen nach Hamburg gefunden habe, freilich, viel länger habe es gedauert,
als es gemeint war, aber angekommen sei ich doch.
Er möge ganz ruhig sein, wir würden schon an den
Hafen kommen, man müsse nur immer fragen.

So, da lag das ganze große Hamburg unbegrenzt
vor uns, niemand hinderte uns oder beschränkte uns in
unseren Wünschen! Wie köstlich, wie berauschend war
dieses Gefühl der Freiheit! — Ich hatte nicht zu viel
versprochen, wir kamen durch allerlei Fragen an den
Hafen. Die Sonne hatte sich in einen blutroten Ball
verwandelt. Diesem herrlichen Schauspiel widmeten wir
aber nur flüchtiges Interesse, uns fesselten die Schiffe
und das lebhafte Treiben der Matrosen. Erst als Hans
über kalte Füße klagte, traten wir den Rückweg an.
Meine Unternehmungslust war aber noch keineswegs zu
Ende, ich war mir nur nicht sicher, wohin mein Herz
mich am meisten zog. Sollten wir nach Stubbenhuk
zu der guten Madame Piepenbrink, oder zu den liebens-
würdigen Kindern in der Elefantenapotheke! Ich hätte
doch gar zu gern Madame Piepenbrink den kleinen,
hübschen Hans gezeigt. Na, wie sie den wohl erst ab-
küssen würde! Die Kinder und die zurückgelassenen
Schätze lockten aber doch am stärksten. Zu Madame
Piepenbrink konnte ich ja auch noch ein andermal gehen.
Also auf nach der Elefantenapotheke!

Heller Kinderjubel empfing uns.

„Mama ist eben einen kleinen Weg ausgegangen,"

sagten sie, „aber wie schön, daß du wiederkommst!
Was hast du denn da für einen kleinen, süßen Bengel
bei dir? An der Alster bist du jetzt? Du, darfst du
denn so ohne Hut und Handschuhe in die Stadt?
Wundervoll bist du! Willst du deine Sachen mit-
haben? Ja? Warte, Papa gibt uns eine große,
starke Tüte dafür. Laß uns nur ja deine Adresse hier,
wir besuchen dich mal. Du kannst uns nur mal einladen, sonst läßt uns die Mama nicht fort. — So,
hier ist die große Tüte. — Nun macht aber, daß ihr
nach Hause kommt, sonst wird's dunkel und ihr bekommt
Schelte!" Von allen fünf Kindern wurden wir unter
lebhaftem Plaudern, Küssen und Umarmungen bis vor
die Haustür gebracht, und nun ging's im Sturmschritt
nach Hause. „Wir gehen wieder unten durch," entschied
ich. — Aber — aber! Als wir an der Küchentür
vorüber wollten, wurde dieselbe hastig geöffnet, und wie
es zuging, wurde mir gar nicht klar, aber jemand schob
uns in die Küche, die mir einen merkwürdig ungewohnten
Anblick bot. Hier standen, außer dem Küchenpersonal,
noch Frau Doktor, Herr Krus und Fräulein Elise!
Alle Gesichter zeigten große Erregung, die sich ausschließlich auf mich entlud: „Da seid ihr endlich! Wo
waret ihr? Wie darfst du es wagen, ohne Erlaubnis
das Haus zu verlassen? Was denkst du dir denn, wie es
in einer großen Stadt zugeht? Ihr konntet doch verloren
gehen!? Man konnte euch ein Leid antun! Wie habt ihr
euch dahin gefunden? — Gefragt? — Du darfst nicht
mit fremden Leuten anbinden! Was hast du in der großen
Tüte? Wie? Was? Aus der Apotheke? Was habt
ihr denn in der Apotheke zu suchen? Pack' mal aus!"

Ich kramte schluchzend meine Schätze auf einen Stuhl. Banges Schweigen — endlich das herzliche Lachen von Fräulein Elise. Frau Doktor sagte zwischen Ärger und Lachen: „Ein solcher Plünnenmajor! Die schleppt mir einen schönen Kram ins Haus! Jetzt merke dir, niemals darfst du Leute aufsuchen, die wir nicht kennen und wozu wir dir nicht die Erlaubnis geben. Nie — niemals! Vergiß das nicht und tu das nie wieder! Dieses Zeug gehört wohl eigentlich in den Ascheimer!"

Sie nahmen Hans zwischen sich und ließen mich mit meinen Sachen und meinen Tränen allein. — Nein, ganz allein doch nicht, denn am Herde stand Lisette, die Köchin, die fürchtete ich, ich hatte die Schelte vom ersten Morgen noch nicht vergessen. „Kinder, das is 'n Schilling wert!" hörte ich sie sagen und wunderte mich, daß sie mit sich selber sprach. Ich sah mich scheu nach ihr um und wollte gerade hinausgehen, da geschah etwas ganz Unbegreifliches. Lisette vertrat mir den Weg, aber anstatt zu schelten, wie ich erwartet hatte, streichelte sie ganz sanft meine Backen und sagte weich: „Du armes, dummes Katalischen mußt ja furchtbar hungrig sein! Ihr habt um eins zu Mittag gegessen, seid sonstwo herumgeströmert, und keiner hat euch wohl was angeboten. Komm mit in mein Stübchen, da setz' dich an den Tisch, ich bring dir gleich 'ne Kumme Kaffee, en süßen Kringel und n' bißchen Reispudding mit Fruchtsauce."

Als sie die verheißenen Dinge auf den Tisch gestellt hatte, fiel ich ihr laut weinend um den Hals und küßte und streichelte das gute Gesicht.

„Ja, ja, mein klein Katalischen, das ist gut, daß wir einander lieb haben, aber laß es man nicht Johann sehen, er könnte es den Herrschaften sagen, und dann darfst du nicht."

So blieb das Liebesverhältnis zu der pockennarbigen, guten Lisette eine beglückende Heimlichkeit zwischen uns.

* * *

„Laß sehen, ob du ganz ordentlich bist," sagte Fräulein Elise eines Abends, „bürste dir dein Haar noch einmal über, wasch dir die Hände, räum' deine Bücher fort, und dann geh hinunter in die blaue Stube!"

„Jetzt schon?" rief ich verwundert, „es ist doch noch nicht Bettgehzeit?"

„I bewahre, du hast ja noch nicht zu Abend gegessen."

„Was soll ich denn unten?" fragte ich gespannt.

„Na geh nur, das wirst du ja bald sehen."

Was konnte es sein? Meine Mutter würde es sein, natürlich, die mußte es sein! O, die Freude! Erregt öffnete ich die Tür. Schnell überflog mein Blick das Zimmer, aber wie maßlos erstaunt war ich, als anstatt meiner Mutter ein kleiner Herr mir mit gewandter Liebenswürdigkeit entgegentrat und mir zum Gruß die Hand reichte.

„Nun Herr Professor, das ist Charitas!" sagte Doktor Meyer.

Der Herr schob ritterlich einen Stuhl neben sich an den Tisch und ließ einen scharfen, prüfenden Blick durch seine goldberänderte Brille über meine Gestalt gleiten. — Also nicht die Mutter! — Wer war dieser bewegliche,

elegante Herr mit den schwarzen Glacéhandschuhen an
den Händen? Jedes Wort kam so gewichtig, so klar
und so rein heraus. Es machte den Eindruck, als
spräche er zu einer großen Versammlung, und doch
wandte er sich vorläufig nur an mich. Er mochte
mir meine große Befangenheit, meine Unsicherheit und
Angst ansehen, denn er legte beschwichtigend seine Hand
auf meinen Arm und sagte gütig: „Liebes Kind, sei
doch nicht so ängstlich, es geschieht dir kein Leid, ich
möchte nur einige Fragen an dich richten, und die
wirst du mir ja gern und bereitwillig beantworten, nicht
wahr?"

Ich lauschte dem Ton seiner Stimme, sie war so
melodiös, er legte soviel Ausdruck in jedes Wort; meine
Spannung steigerte sich womöglich nur noch mehr.

„Ich setze den Fall," sagte er jetzt, „du wolltest nach
Amerika, wie würdest du das anfangen? — Was würdest
du tun? — Wohin würdest du dich wenden? — Nun?
— Besinne dich!"

Was? — Nach A—me—ri—ka? — Sollte —! —
wollte ich denn nach Amerika?! Davon war doch nie
die Rede gewesen. Die Mutter wollte nach Australien,
das war gerade schlimm genug. Was plante man
denn mit mir? Ich wußte nichts, mir verging überhaupt das Denken. Die Lampe bekam einen so bunten
Dunstkreis, und die blauen Möbel tanzten vor meinen
Augen. Ich blickte hilfesuchend zu Doktors hinüber,
in der Schule war meist die Nachbarin so gefällig gewesen, in größten Nöten durch vorsichtiges Zuflüstern
ein wenig aufzuhelfen — aber deren Blicke ruhten nur
erwartungsvoll an meinem Munde. Sollte ich wohl

hier wieder weg?! Da wurde der Herr Professor dringender.

„Wohin mußt du denn, wenn du nach Amerika willst?"

„Ich will doch lieber nicht nach Amerika," sagte ich ganz leise.

„Nun, wenn du aber wolltest? Wohin müßtest du?"

„Ins Meer," sagte ich schaudernd.

„Na, — aber bestimmter, bitte, bestimmter! Wie würdest du das Meer denn näher bezeichnen?"

„Das Schwarze," sagte ich tonlos.

Der Herr fuhr ganz entsetzt zurück. War der Blick, der mich jetzt traf, bedauernd oder strafend? Ich schaute verstohlen zu Doktors, mir schien, es lag Verachtung in ihren Mienen. — Lange, peinliche Pause. — — Endlich räusperte sich der Herr und fragte: „Wie heißt die Stadt, in der du landen würdest?"

War es nicht New York? Aber alle sehen so entsetzt aus, daß ich lieber schweigen will. Ich mache im Geiste meine Irrfahrten auf dem Schwarzen Meer weiter, da fängt mein Quälgeist wieder an: „Du kannst mir doch gewiß sagen," meint er freundlich überredend, „wieviel anderthalb mal anderthalb dividiert durch drittehalb ist?"

Keine Ahnung! Ich mache gar nicht erst den Versuch, denn ich weiß, es nützt doch nichts.

Da höre ich, wie scheinbar aus der Ferne eine Stimme in strengem Tone sagt: „Sofort nimm dich zusammen und antworte Herrn Professor!" Es ist Frau Doktor Meyer, die gesprochen hat.

Ach liebe Frau Doktor! Sie konnten freilich nicht

21*

wissen, mit welcher Täuschung das Kind da vor Ihnen
zu kämpfen hat, daß seine ganze Seele sich in äußerster
Spannung befindet, in einer großen Angst, — ob es
wieder hinaus muß in eine unbestimmte Zukunft!

Jetzt kommen Fragen in Naturgeschichte. Der Kopf
wird klarer, die Fragen interessieren mich, — ich finde
Freude am Antworten, ich möchte, daß ich noch viel
gefragt würde, ich weiß die Pflanzen gut in Klassen und
Ordnungen unterzubringen, ich kenne auch ihre lateinischen
Namen.

Nun kommt Religion. Mir fällt ein, daß ich darin
beim Kantor in Nossen „mangelhaft" hatte, aber so
sehr ängstlich bin ich nicht, und merkwürdig, alles geht
wie am Schnürchen. All die eingepaukten Antworten
aus dem Tagebuch bringe ich an, ich sage auch Sprüche,
Psalmen und Lieberverse her, und da ich merke, daß
es mir gut geht, würde ich darin sehr gern noch viel
mehr geprüft, aber der Herr wehrt lachend mit der
Hand ab, und ich sehe, daß alle drei einander ansehen, und daß auch auf Doktors Gesichtern ein be-
belustigtes Lächeln spielt. Ich bin ganz lebendig und
mutig geworden.

Jetzt wird nach Französisch und Englisch gefragt. Nun
antwortet Frau Doktor, daß ich in den Fächern Privat-
stunden bekommen würde.

Ach, trotzdem ich im großen und ganzen so schlecht
bestanden habe, ist doch der Herr so sehr liebenswürdig,
er schüttelt mir herzlich die Hand und öffnet mir ritterlich die Tür. — Ich bin entlassen.

Oben empfängt mich Fräulein Elise mit warmer
Teilnahme und der brennenden Frage, wie das Examen

verlaufen ist. Viel Gutes kann ich ihr leider nicht berichten. Sie küßt mich liebevoll und sagt tröstend:
„Laß den Mut nicht sinken! Durch Fallen und wieder
Aufstehen lernen Kinder das Gehen. Verfolg' du nur
mit ernstem Willen das Ziel, das dir gesteckt ist!"

An einem der nächsten Tage bekam ich einen Schul-
ranzen mit allem Zubehör, und Fräulein Elise ging mit
mir über die Lombardsbrücke, ein Stück den Jungfernstieg
entlang, bog in ein paar Straßen ein und ermahnte mich,
ja gut auf den Weg zu achten, da ich ihn täglich zur
Schule machen müßte.

Ich ging bei Herrn Professor Celarius in die Schule.
Ich erstaunte, wie freundlich die Kinder zu mir waren,
alle die Kinder, die doch so gut gekleidet waren. Hatten
Hamburger Kinder keinen Dünkel? Oder — sollte es
wohl daher kommen, daß ich jetzt auch ein ordentliches
Kleid anhatte?!

Hamm

Anfang Mai kam die Mutter von ihrer Reise aus Holland und Sachsen zurück nach Hamburg. Sie hatte alle Hände voll zu tun mit ihrer Ausrüstung. Ein paarmal nahm sie mich mit auf Godeffroys Speicher, aber es waren eilige, zerrissene Zusammenkünfte. Ich versäumte Schularbeiten, und beiden von uns fehlte die Ruhe, die wir uns vor einer so langen Trennung wünschten.

Erschreckend schnell war der Tag da, an dem „La Rochelle" ihre Ausreise antreten sollte. In der Schule bekam ich an dem Tage frei, um die Mutter aufs Schiff zu begleiten.

Ein Abschied auf zehn Jahre!

‚Nie siehst du die Mutter wieder,' so jammerte es in mir. — Nicht loslassen wollten wir einander; dann aber tönte die Schiffsglocke zum letztenmal; ich mußte an Land, und der umflorte Blick sah nur noch eine Weile das Winken. Weiter und weiter wurde der Zwischenraum, — nun schoben sich kleinere und größere Fahrzeuge dazwischen, „La Rochelle" entschwand meinen Blicken, ich blieb zurück und hatte wieder, wie schon so oft in meinem Leben, ein Gefühl gänzlichen Verlassenseins.

* * *

Ich hatte täglich französische Stunden bei Fräulein Funke. Sie war sehr blaß und leicht erregt, so daß ich in beständiger Angst vor ihr war. Sie war über alles, was ich tat, entrüstet. Ich schrieb schlecht, ich hielt die Feder verkehrt, ich sprach ein ganz unmögliches

Deutsch! Welcher gebildete Mensch verwechselte denn beständig P und B, und G und K?

Ich sagte Schtuhl und schterben. Ob ich denn nicht lesen könne! Es hieße S—t—uhl und s—t—erben, ich solle es mir endlich merken. Es sei einfach ordinär, wie ich spräche und schriebe. Wenn ich anfing, meine Aufgaben aufzusagen, wandte sie sich entsetzt ab und streckte abwehrend die Hände aus.

„Furchtbar!" hauchte sie, und ich wurde dadurch so ängstlich und befangen, daß ich mir lange überlegte, wie ich eine Frage zu beantworten hatte. Ich atmete immer erleichtert auf, wenn die Stunde bei ihr zu Ende war. —

Eines Tages ließ mich Frau Doktor zu sich kommen. Sie sagte: „Wir werden diesen Sommer reisen, da kannst du nicht länger hier bleiben. Du kommst nach Hamm zu Fräulein Funke in Pension. Fräulein Funke lebt mit ihrer Mutter und Schwester zusammen, diese drei Damen werden deine Erziehung übernehmen." Ich war so erschrocken, daß ich kein Wort erwidern konnte. Ich sollte so bald wieder herausgerissen werden aus dieser friedlichen Traumwelt, ich sollte mein unruhiges Wanderleben wieder aufnehmen? Ich war noch wund vom Abschiedsschmerz, und schon stand mir wieder ein Abschied bevor, vielleicht wieder Kampf? Wenn die Rast an der Alster auch kein besonderes Glück in sich schloß, es war doch Ruhe und Friede gewesen. Wieder mußte ich mich unsicher hindurchtasten, mit fremden Menschen in neuen Verhältnissen. Aber was wollte ich denn? Es war ja noch gar nicht lange her, da hatte ich mir doch sehnsüchtig gewünscht, — so wie

Fanny — in Pension zu kommen; und nun mir geboten wurde, was ich gewünscht hatte, entstand doch
dieser Zwiespalt in mir? Diese unklaren, sich wider-
sprechenden Empfindungen?

Jetzt sagte Frau Doktor: „Du hast von Hamm wohl
eine Stunde Wegs zur Schule, aber weite Wege bist
du ja gewohnt, und ich denke, sie sind dir gesund."

‚Ach,‘ dachte ich, ‚die langen Wege werden meine
schönste Erholung sein.‘

Schon nach einigen Tagen packte ich meine Sachen
und zog nach Hamm.

Das Haus lag in einem hübschen Garten, und trotzdem Funkes zur Miete wohnten, wurde uns die Be-
nutzung des Gartens erlaubt. Äußerlich alles so nett,
wie ich es nur wünschen konnte.

In der Wohnstube hing ein Bücherbrett. Fräulein Funke fand mich, als ich davor stand und die
Titel las.

„Diese Bücher," sagte sie scharf, „gehen dich gar
nichts an, verstehst du? Lern' du deine französischen
Verben. Ich muß dir gleich noch etwas sagen. Glaub'
nur nicht, daß es unbeachtet bleibt, was du auf deinem
Schulweg tust."

Ich erschrak heftig, was hatte ich denn getan? Was
konnte sie meinen?

„Bekannte von uns sind denselben Weg mit dir gegangen, sie erzählen, du hättest Leute gegrüßt, die du
gar nicht kennst. Ich bitte dich, wer tut denn das?!
Das schickt sich nicht! Diese fremden Leute gehen dich
gar nichts an! Du hast weder rechts noch links zu
sehen, sondern ruhig und still deinen Weg zu gehen.

Und sag' mal, sprichst du unterwegs mit dir selber? Was für Manieren! Paß auf, wenn du dich nicht zusammennimmst, wirst du wieder auf dein sächsisches Dorf geschickt, da mag dergleichen angebracht sein. Hier tut man so etwas nicht!"

Kurz danach waren Funkes für einen ganzen Sonntag nach Blankenese eingeladen. Nur das Mädchen und ich blieben zu Hause. Ich war frei, heute kein Tadel, kein Schelten.

Ich trat ans Bücherbrett, nahm ein Buch herunter und schlug den Titel auf: „Jane Eyre?" Das verstand ich nicht. Im Stehen fing ich an zu lesen. Es war doch deutsch, trotz des unverständlichen Titels. Aber wie groß war mein Staunen! Das — war — ja! Ach, das war meine „Johanna", die ich vor Jahren auf dem Forsthof mit heißen Tränen der Rührung gelesen hatte. Mein Vorbild! Das war ja, als hätte ich hier in der Fremde eine Freundin wiedergefunden! Klopfenden Herzens drückte ich das Buch zärtlich an mich. Ich ging zum Mädchen und sagte: „Marie, ich gehe hinten an den Teich, für den Fall, daß Sie mich suchen."

„Gut," sagte sie, „zum Essen rufe ich dich."

Und nun saß ich mit „Jane Eyre". Welch ein Erlebnis! Wie merkwürdig war mir das Buch! Meine Johanna, wie ich sie vom Forsthof her kannte, war sie nur kurze Zeit, dann zweigte die Erzählung ab, sie wurde so spannend, daß ich mit heißen Backen saß; die übrige Welt war für mich versunken. Mit fiebernder Aufregung geleitete ich sie nach Thornfield Hall, ich sah jede Räumlichkeit, ich hörte die Stimmen der verschiedenen Personen, ich empfand all ihr Glück, all ihr Weh!

Das Essen war mir eine unangenehme Störung, sofort eilte ich wieder in die einsame Laube und verlebte einen wundervollen Sommertag mit meiner längst bekannten, nun aber mit so neuen Reizen ausgestatteten Johanna.

Am Abend kamen Funkes zurück. Sie sprachen mit Begeisterung davon, wie sie den Tag genossen hatten.

Ich fühlte, das Gericht für mich konnte nicht ausbleiben. — Da kam die gefürchtete Frage: „Was hast du den ganzen Tag getan? Hast du den Tag recht gut ausgenutzt, um zu wiederholen?"

„Ich habe gelesen," sagte ich schuldbewußt mit leiser Stimme.

„Was hast du gelesen?"

Da ich den Titel nicht aussprechen konnte, so zeigte ich stumm auf das Buch.

„Nicht möglich!" rief Fräulein Funke empört: „Jane Eyre hat sie gelesen! Ganz abgesehen davon, daß das kein Buch für dein Alter ist, so ist es doch schlimm, daß du so ungehorsam gewesen bist! Hab' ich dir nicht erst neulich ausdrücklich verboten, an meine Bücher zu gehen? Muß ich sie denn vor dir verschließen? Na, paß auf! Ich werde mir alles merken, und wenn Doktors wieder da sind, werde ich Frau Doktor alles erzählen!"

Ich hatte gewünscht, das Haus an der Alster möchte mir bald wieder zugänglich sein, nun fürchtete ich Doktors Rückkehr. Daß ich gar niemanden hatte, gegen ben ich mich mal aussprechen konnte, der Vertrauen zu meinem guten Willen hatte, der mir Glauben entgegenbrachte, mit dem ich mal auf meine Weise fröhlich sein konnte! Lehmanns in Voigtsberg hatten mich geliebt, sie hatten allerlei Gutes in mir gesehen, das hatte mich aufgerichtet, es hatte mein Herz erwärmt und geweitet, trotz des unseligen Lebens, das ich führte.

Hier, wo jede Lebensäußerung erstickt wurde, wo mich nur Tadel und Mißtrauen umgab, da war ich in Gefahr, so zu werden, wie sie mich sahen. Sehnsüchtig streckte ich meine Fühler aus nach freundlichem, verständnisvollem Anschluß, und da erwog ich wieder und wieder, wie ich zu Pastor Meinel kommen könnte. Ich malte mir aus, wie ich da mit Liebe empfangen würde, und wie man Geduld mit meinen Fehlern haben würde.

Ich führte lange Zwiegespräche mit mir, wo ich erwog, ob ich fragen dürfe. Endlich faßte ich mir ein Herz und bat um die Erlaubnis, den Vorsteher der Zionsgemeinde aufzusuchen.

„Was willst du?—! Einen Pastor willst du? Das ist ja ein ganz wunderbarer Einfall! Das kommt doch gar nicht vor, daß ein Kind in deinem Alter, das gesund und wohl ist, einen Pastor wünscht! Wozu willst du denn den? So, jetzt sag' mal, bitte, was du bei dem willst! Das ist doch ein ganz fremder Mann! Unpassend! Wichtig willst du dich machen! Hast du Doktors schon gefragt?“

„Ach,“ sagte ich stockend, „das war ganz flüchtig, am ersten Abend.“

„Und was haben sie dir geantwortet?“

Ich schwieg.

„Na, natürlich, sie haben es dir auch abgeschlagen! Nein, was für ein unnatürliches, vermuckertes Ding bist du! Ich weiß, was du bist!"

Ich sah sie erschrocken an, und sie sagte langsam und gewichtig: „Or—tho—dox bist du!"

Sie ließ besonders die letzte Silbe ausdrucksvoll ausklingen. Das X am Ende klang ganz gefährlich; was „orthodox" wohl bedeutete?

Etwas ganz Schlimmes war es jedenfalls, es war wieder so ein Wort, dessen Sinn ich nicht verstand.

Kurz darauf sollte ich eine Besorgung in der Stadt machen. Gleichgültig wanderte ich durch die Straßen, plötzlich blieb ich erschrocken stehen. Mein Blick ruhte auf einem Porzellanschild, darauf stand: „Meinel. Pastor."

Wie eine Erscheinung starrte ich das kleine Schild an. Ich war so aufgeregt, daß ich heftig zitterte. Wie ein Wunder wirkten diese zwei Worte. Ich ging eilig eine Strecke zurück und sah nach dem Straßennamen, dann eilte ich wieder vor die Tür und sah mir die Hausnummer an: „Brandsende 13." Ich suchte in meinem Portemonnaie den Papierstreifen, den mir der Nossener Pastor gegeben hatte, er war so mürbe, daß er zerfiel. Was tat's, ich brauchte den Streifen nicht mehr, ich hatte endlich den Mann selbst.

Die folgende Nacht schlief ich wenig, denn gleich ging ich nicht hin, das wollte reiflich überlegt sein. Zwei Stimmen führten das Wort. Hans hatte so korrekt gesagt: „Papa und Mama sagen, man darf keine Heimlichkeiten haben." Von Doktors und von Funkes war mir der Besuch des Pastors verboten. Dann sah ich mich aber in Nossen beim Pastor, wie ich mit Hand-

schlag versprach, den Vorsteher der Zionsgemeinde aufzusuchen. Ach, wenn ich auch nicht körperlich krank
war, ich brauchte ihn doch, meine Seele brauchte ihn,
und ich wollte hin, es konnte doch kein Unrecht sein,
einen Pastor aufzusuchen?! Aber wie sollte ich es anfangen? Ich überlegte lange. Nach der Schule warteten sie mit dem Essen auf mich, — also vor der
Schule! Ich mußte sehen, daß ich möglichst früh weg
kam, ich mußte rennen, so daß ich ein Viertelstündchen
gewann, so nur konnte ich es ausführen!

Auf mein schüchternes Klingeln öffnete mir eine
Dame, die ein Kind auf dem Arme trug. Auf ihre
freundliche Frage bestellte ich die Grüße vom Nossener
Pastor. Ich wurde gebeten, näher zu treten. In der
Stube stand der ersehnte Pastor. Eine imposante Erscheinung! Unter dem schwarzen Sammetkäppchen war
das leichtgekräuselte, silberweiße Haar sichtbar. Ein Paar
große, klare, blaue Augen ruhten jetzt prüfend auf meiner
kleinen, verlegenen Gestalt.

Das war kein leichter Augenblick für mich, trotzdem
ich ihn so sehr herbeigesehnt hatte. Wie konnte ich
ihnen mit kurzen Worten einen Begriff meiner verlassenen
Lage geben? Dicht vor mir stand eine Uhr, ich sah
mit Angst, wie der Minutenzeiger gefühllos weiterrückte.
Ich mußte gleich fort! Eilig, ruckweise sagte ich, daß
ich hier fremd sei und mich sehr einsam fühle.

Gütig, mitleidig sahen die beiden auf mich herab,
dann sagte der Pastor: „Selbstverständlich werden wir
uns deiner annehmen, komm zu uns, wenn du etwas
auf dem Herzen hast. Komm diesen Sonntag um
drei Uhr, wir können etwas Hübsches vorlesen und

einige von den Liedern singen, die du von deinen Singstunden her kennst."

Ich fühlte, wie mein Gesicht glühte. Das konnte
ich ja gerade nicht. Da half nichts, ich mußte beichten,
daß ich heimlich hergekommen war. Da wurden Meinels
bedenklich, sie sahen einander an, dann sagte der Pastor:
„Frag' doch noch einmal! Du tust doch kein Unrecht,
daß du zu uns kommst!"

Ich wehrte eilig ab. Nein, ich konnte nicht noch
einmal fragen, das war ausgeschlossen.

„Hast du noch Zeit?" fragte der Pastor.

„Nicht viel, aber ein paar Minuten kann ich noch
bleiben."

„Komm, dann wollen wir noch ein Lied singen."

Er setzte sich ans Klavier, und wir drei sangen: „Wo
findet die Seele die Heimat, die Ruh?"

Nur Pastors Stimmen waren hörbar. Das Lied
hatte ich in Nossen gesungen, die Erinnerung überwältigte mich, ich weinte herzbrechend. Freundlich wurde
ich entlassen mit der Weisung wiederzukommen, sie
wollten sich bis dahin überlegen, ob und wie sie mir
beistehen könnten.

Es war die höchste Zeit! Mit einer Art bösen
Gewissens jagte ich zur Schule, ich kam gerade an, als
sich der Professor ans Pult setzte. Er sah mich erstaunt
an und sagte freundlich: „Du mußt früher vom Hause
weggehen, du schadest dir ja, wenn du den weiten Weg
so hetzen mußt!"

Nach einiger Zeit waren die Damen eingeladen, und
ich sollte einiges in der Stadt für sie besorgen. Ich
hatte heute viel Zeit und eilte zu Pastors. Der Pastor

war nicht zu Hause, die Frau Pastorin empfing mich freundlich aber ernst.

„Wir haben uns deine Lage reiflich überlegt," sagte sie, „aber sieh mal, wenn du nur heimlich herkommen kannst, so müssen wir zu unserem Bedauern sagen, daß du erst dann wieder zu uns kommen darfst, wenn du so frei bist, daß du selbst über dich verfügen kannst. Du sollst uns jederzeit herzlich willkommen sein, aber doch nur, wenn es in ganz offener Weise geschehen kann. Wir dürfen keine Heimlichkeit unterstützen. Du mußt gehorsam sein, das verlangt gerade die Bibel. Kennst du den Spruch: Ihr Knechte, seid gehorsam euren Herren, auch den wunderlichen?"

Wir saßen einander gegenüber und hatten zwischen uns nur das Nähtischchen. Die Frau Pastorin legte ihre Hand freundlich auf die meine und sagte: „Siehst du, dieses schmerzliche Heimweh, diese Sehnsucht, ist unter den Umständen ja ganz erklärlich. Du stehst tatsächlich sehr allein in der fremden, großen Stadt. Das Herz nährt sich nicht von französischen Verben oder von Geschichtszahlen. Aber etwas von dieser Sehnsucht haben viele Menschen, wohl die meisten! Wir sollen aber nicht versuchen, sie durch Menschen stillen zu lassen, wir sollen den Blick höher richten! Du kannst erst Frieden finden, wenn du Gottes Hand suchst. Suche ihn nur, immer wieder, auch wenn er sich scheinbar vor dir verbirgt; wenn du aufrichtig suchst, wird er sich endlich finden lassen! Ein frommer Kirchenvater hat bekannt: Meine Seele ist geschaffen zu dir, o Gott, und ruhet nicht, bis sie ruhet in dir! — Solltest du dich aber durchaus nicht zurechtfinden, so verzweifle nur nicht, dann komm nur ganz zu uns! Es wird schon Rat werden. Wir würden dir dann behilflich sein, daß du mit der Zeit in ein Diakonissenhaus kämest. — Nun aber erzähl' mir mal von deiner schönen Heimat und wie du zuletzt gelebt hast."

Ich erzählte von Voigtsberg, von Lehmanns, von den frommen Bergleuten und vom Bergbau.

„Ich habe nie in einer solchen Gegend gelebt," sagte die Frau Pastorin, „ich weiß nichts davon, man sollte wohl mehr davon wissen; denn täglich hat man Silber- und Kupfermünzen in den Händen; wie wenig denkt man daran, mit welchen Gefahren diese Metalle zutage gefördert werden, und wie die, die sie uns herbeischaffen, am wenigsten selbst davon haben, mit welchen Entbehrungen gerade die wohl oft zu kämpfen haben!"

Ich war sehr erfreut, soviel Interesse für das zu finden, was auch mich innerlich so sehr beschäftigt hatte.

„Ich bin nicht selbst unten in der Grube gewesen, ich habe nur von oben hinunter gesehen. Ich habe täglich beobachtet, wie die Steine heraufbefördert wurden. Das ganz ‚taube Gestein' wurde auf die Halde geschüttet, aber das metallhaltige in Wagen nach Freiberg gefahren. Gustels Vater mußte immer neben einem solchen Wagen hergehen, daß nichts wegkam, er hieß deshalb: ‚Königlicher Erzwagenbegleiter.'

Einmal mußte ich mit geschlachteten Gänsen nach Freiberg, um sie da zu verkaufen. Die Gustel sagte, als ich es ihr erzählte: ‚Warte, da geh' ich mit, der Fritz fährt auf der Himmelfahrt an, dann kann er dir mal die Himmelfahrt zeigen und dann gehen wir auch mal

zu der großen Esse, wo die Schmelzöfen sind. Ich geh'
dann auch mit dir und zeig' dir, wo du die Gänse los
werden kannst. Das tat sie, und danach gingen wir alle
drei nach Hause."

„Und was zeigte euch der Fritz?"

„Ach, viel Merkwürdiges! Zuerst führte er uns in
einen langen, schmalen Schuppen; hier waren ganz rohe,
lange Tische und Bänke, und daran saßen viele, viele
Jungen in Bergmannstracht, jeder hatte ein Häufchen
Steine und mehrere Gefäße vor sich. ,Das sind die
Klopfjungens,' sagte Fritz. Ja, sie klopften die Steine
kaput, Wertloses warfen sie auf die Erde, alles Metallhaltige wurde sortiert. Fritz trat zu einem der Jungen
heran und fragte: ,Was tust du da herein?' und der
Junge sagte: ,Hier ist Eisenerz, hier Bleiglanz, hier
Kupfer, hier Schwefelhaltiges.' Es war ein toller Lärm
da, und wir konnten nur schwer verstehen, was der
Junge sagte, aber es sah drollig aus, wie die vielen
Jungen so eifrig auf die Steine klopften. Ein paar
ältere Bergleute gingen als Aufseher zwischen den Bän-
ken umher. Als der Fritz merkte, wieviel Freude mir
das alles machte, da führte er uns weiter. Wir kamen
nun in einen sehr großen und hochgebauten Schuppen.
Hier war es noch viel merkwürdiger." Ich versank
einige Sekunden in Nachdenken und suchte nach Worten,
um das zu schildern, was mir die Erinnerung vor-
malte.

Die Frau Pastorin sah mich ermunternd an, und
ich fuhr zögernd fort: „Es war hier alles so merkwürdig durchsichtig. Der große Raum hatte gar keine
anderen Wände als die Außenwände. Wir stiegen eine

freistehende eiserne Treppe hinauf und schauten staunend
hinunter. In Reihen entlang sah ich Riesengebisse aus
Eisen an der Arbeit. In das hohle Maul kamen auf
unsichtbare Weise beständig Steine, die von den nackten
Gebissen knirschend zermalmt wurden. Immer, immer
fraßen sie, gierig, laut, und waren so mager, man sah
nur die Riesenzähne, die knirschend Steine fraßen. —
Im nächsten Schuppen arbeiteten gewaltige, schwere
Stampfen. Was die Gebisse zerkleinert hatten, das
stampften sie fein, und über das fein Gestampfte wurde
die Mulde geführt, die spülte die erdigen Teile fort.
Fritz erklärte uns alles und sagte: das sei die Wäsche.
Das Schwere blieb am Boden und kam von hier in
die Hochöfen. Fritz nahm uns auch dahin. Hier war
eine unerträgliche Hitze. Männer standen auf dem
breitgemauerten Rande von Kesseln und schöpften mit
Riesenlöffeln, die an einem langen Stiel befestigt waren,
die glühende, glänzende Flüssigkeit von einem Kessel in
den anderen. Die Männer standen ernst und schweigend
mit nacktem Oberkörper und schöpften. Wir gingen an
einen der Hochöfen heran, der eine unerträgliche Hitze
ausstrahlte. Fritz sagte zu dem Manne, der dabeistand:
‚Mach' doch mal auf, und zeig' den beiden den
,Silberblick‘!'

„Da öffnete der Mann mit einer langen Eisenstange
eine Tür, und wir sahen mit Staunen, daß sich in dem
Ofen ein silbernes Meer bewegte.

„,Das ist der Silberblick!‘ sagte Fritz feierlich. ‚Ihr
habt gesehen, was alles dazugehört, ehe wir so weit
sind.‘"

Die Frau Pastorin hatte mit dem größten Interesse gelauscht, jetzt rief sie lebhaft: „Siehst du, da hast du ein Gleichnis! Ach, wieviel gehört dazu, ehe das menschliche Herz seinen Silberblick erlebt! Auch hier müssen die Wasser der Trübsal und die Hitze des Schmelzofens ihre Arbeit verrichten, um die erdigen, leichten und unedlen Teile vom Edelmetall zu scheiden!"

Sie stand jetzt auf und suchte am Bücherbrett, dann trat sie zu mir und legte ein kleines, unscheinbares Buch vor mich hin und sagte: „Sieh mal, dieses Buch ist sehr handlich, es ist so klein, daß du es bequem in die Tasche stecken kannst. Ich will es dir leihen, nicht schenken! Wenn ich es dir schenke, sehe ich dich vielleicht nie wieder, und ich möchte doch gern wissen, was aus dir wird! Wenn du einst frei handeln darfst, dann komm, und bring' mir mein Buch wieder! Ich will dann mal sehen, ob ich es dir dann schenken will. Du brauchst es nicht zu schonen! Im Gegenteil, ich hoffe du wirst es zu deinem Freund machen; benutze es recht viel, es hat keine Eile, und wenn Jahre darüber vergehen, es schadet nichts, wir werden dich, wann es auch ist, immer mit Teilnahme wieder kommen sehen. Wenn dich die Sehnsucht nach einem Heim überwältigen will, dann sage dir nur immer: die Heimat der Seele ist droben im Licht! Also, hoffentlich auf Wiedersehen!"

Ich schlug auf dem Wege das Buch auf, es war: Die Nachfolge Christi von Thomas a Kempis. An den Rändern fand ich kurze Bemerkungen, wie: „Schwerer Tag!" „Ach Gott, hilf!"

Also andere hatten auch schwere Zeiten durchzumachen!

Als ich eines Tages zur Schule ging, fiel mein Blick in eine der Seitenstraßen. Da sah ich in einiger Entfernung zwei Männer daherkommen. Der eine war sehr groß und mager, neben ihm aber ging ein Zwerg.

‚Wenn die Bergmannskleider anhätten,‘ so dachte ich, ‚dann könnte man meinen, es sei der große und der kleine Sparmann aus Madame Hänels Hinterhaus.‘

Ich hörte bald darauf eilige Schritte hinter mir — und nun gar Zurufe: „Halt! Warte doch!“

Jetzt wurde ich ängstlich und sagte mir: ‚Na, nun hast du’s! Hatte Fräulein Funke nicht gedroht: Wenn du dir immer die Leute so anguckst, dann wirst du angeredet, und es ist schrecklich unpassend, wenn ein junges Mädchen auf der Straße angeredet wird.‘

Ich rannte, — die rannten aber auch. Nun konnte ich nicht mehr. Ich blieb keuchend stehen und dachte: ‚Na, mögen sie dich anreden.‘

Und nun waren sie da, sie stellten sich gerade vor mich hin und sagten mit großer Freude: „Sie ist es doch! Wahrhaftig, sie ist es! Wir waren nicht sicher und wollten dich deshalb nicht bei deinem Namen rufen. Aber sag’ mal, weshalb rennst du denn fort vor uns?“

Ich war vor Überraschung ganz fassungslos! Träumte ich denn? — Ach, bekannte Gesichter aus der Heimat, hier in der Fremde!

„Ich sah euch, und ich hörte euch, ich dachte auch gleich an euch, aber — es konnte doch auch hier ein großer und ein kleiner Mann zusammengehen.“

Ich lachte und weinte vor Freude.

„Aber," sagte ich, „was wollt ihr denn in Hamm? Wo kommt ihr denn nur her? Ach, wie gut, daß ich einen so langen Schulweg habe! Ihr geht doch mit mir bis an die Schule? Na, nicht ganz hin, es könnte uns eins der Kinder sehen!"

„Und wenn sie uns sähen, was wäre dabei? Bist du stolz geworden? Schämst du dich, mit uns zu gehen?"

„O, ihr könnt ja nicht wissen, wie unendlich ich mich freue! Aber ich darf hier nicht auf der Straße mit — mit anderen gehen und sprechen!"

„Wir sind doch deine guten Freunde! Weißt du noch, wenn du uns aus dem großen Buche vorlasest? O, wie schön lasest du vor, ordentlich — na — wie in der Komödie! Aber sag' mal, gehst du wirklich richtig noch mal zur Schule? Tut man denn das in Hamburg? Du bist doch raus aus der Schule? Was mußt denn du noch lernen, du hast doch schon egal derheime bei deinen Eltern gelernt!"

„Ach, hier weiß ich gar nichts! Ich hab' noch jahrelang zu lernen!"

Beide wunderten sich darüber. Sie erzählten: „Wir mußten einer kleinen Erbschaft wegen nach Berlin, und da uns ein bißchen Geld zufiel, so beschlossen wir, wir machen gleich ein Stückchen weiter und gehen bis Hamburg, und da sehen wir uns nach der Charitas um. Dein Brief, den du an die Lehmanns nach Voigtsberg geschrieben hast, der ist nicht nur in Voigtsberg, nein auch in Siebenlehn fast überall gelesen worden. Es gab auch welche, die das alles nicht glauben wollten. Wir haben uns die Adresse abgeschrieben, und manche sagten, wir würden schon sehen, daß das nicht stimmte,

‚An der Alster 24 a‘, das sei doch gar keine Adresse! Und bald wollte es uns gestern auch vorkommen, als hättest du uns zum Narren gehabt, denn denk’ mal, die Adresse fanden wir, aber du warst nicht da!“

„Ja,“ rief ich, „was habt ihr denn nur gemacht?“

„Alles war zu in dem schönen großen Hause. Wir klingelten, es kam lange niemand, endlich wurde unten im Keller eine Tür geöffnet, und eine alte Frau kam scheltend von unten herauf. Was wir wollten? Wir sollten mal gleich machen, daß wir wegkämen, sonst würde sie die Polizei holen! Wir hatten alle Not, sie still zu kriegen und uns anzuhören. Als sie hörte, was wir wollten, wurde sie ganz manierlich, aber sie wisse nichts von einem Mädchen aus Sachsen. Wie sie hier zum Einhüten hergekommen sei, da wäre niemand mehr im Hause gewesen. Wenn wir aber unserer Sache sicher wären, so möchten wir noch mal nach „Neue Burg 13, erste Etage“ gehen, da sei das Kontor, und der Buchhalter: Herr Henning, der wüßte vielleicht etwas davon. Da wunderten wir uns wieder über die sonderbare Adresse, aber wir suchten sie auf, und ein Herr sagte, er hätte so etwas gehört, er glaube, du seiest in Hamm bei einer Witwe Funke. Wir schrieben uns alles auf, aber gestern konnten wir nicht mehr heraus, wir waren vom vielen Herumlaufen müde geworden. Nun bringen wir dich bis an die Schule, dann essen wir, holen dich ab und gehen mit dir zu Madame Funke.“

„Nein!“ sagte ich erregt, „weiter dürft ihr auf keinen Fall mitgehen. Hier ist der Jungfernstieg, nun kommt gleich meine Straße, da dürft ihr nicht mit hinein! Ach, es ist ja schon spät! Adieu! Adieu!“

Und fort war ich. —

„In welchem Versmaß hat Homer die Odyssee geschrieben? Charitas, kannst du mir das sagen?"

Ach, meine Gedanken waren in Sachsen, bei der
Christenverfolgung, in Voigtsberg, bei den beiden Sparmanns!

Ein erstaunter, vorwurfsvoller Blick des Professors
traf mich! Was arbeitete alles in mir. Weinen hätte
ich mögen! So mitten auf der Straße hatte ich meine
Freunde stehen lassen! Ich hatte abgewehrt, mich zu
besuchen, ich hatte nicht gefragt, wo sie hier wohnten.
Sollte das meinerseits wirklich alles sein, was ich ihnen
dafür bot, daß sie von Berlin her die Reise meinetwegen gemacht hatten? Schlecht war ich! Oberflächlich! Hätte ich nicht mit ihnen beraten müssen, wie
wir es anfangen sollten, um einander noch ordentlich zu
sehen? O, hätte ich weinen dürfen! Niemandem durfte
ich dieses merkwürdige Erlebnis erzählen, das mich doch
so lebhaft bewegte! Diese qualvollen Stunden! Ich
hörte nicht zu und erschrak, wenn ich aufgerufen wurde.

Sollten sie wohl noch auf dem Jungfernstieg stehen?
Mich erwarten? Würden wir den Weg nach Hamm
zusammen gehen? Ach, ich hatte ja noch hunderterlei
zu fragen!

Endlich war die Schule aus. Ich eilte nach dem
Jungfernstieg. Mit Sehnsucht sah ich nach dem großen
und kleinen Sparmann aus, vergeblich!

Ich weinte während des Rückweges über meine
Herzlosigkeit! Was mußten sie von mir denken! Aber
wo sollte ich sie finden in dem großen Hamburg? Ich
durfte doch gar nicht weg!

Auch in der französischen Stunde war ich zerstreut und unaufmerksam, und in der Nacht träumte ich tolles Zeug: der Forsthof brannte ab, und der große und der kleine Sparmann retteten mir das Leben.

Ich ging zur Schule. Wie sehnsüchtig spähte ich wieder in die Seitenstraße! Da waren sie gestern hergekommen. Heute kam niemand, der Interesse für mich hatte. Traurig ging ich meinen Weg. Aber da! — Auf der Lombardsbrücke, da, dicht bei der Windmühle! Ja, da standen beide und schauten ins Wasser. Eilig rannte ich zu ihnen.

„O," sagte ich erregt, „wie gut, daß ich euch wiederfinde! Seid mir doch bitte nicht böse! Ich war gestern schlecht zu euch! Ich ließ euch stehen, kümmerte mich nicht weiter um euch! Was habt ihr nur von mir gedacht? Wartet doch, bis meine Schule aus ist, und dann geht den schönen, weiten Weg mit mir. Ich habe soviel zu fragen, euch soviel zu bestellen! Ich möchte euch so gern etwas fürs Größel Lenchen und die Lehmanns Gustel mitgeben, aber ich weiß ja nicht, wie ich das anfangen soll!"

„Was hast du denn?"

Ich überlegte, dann sagte ich: „Ich habe Ostern ein Zuckerei bekommen, das wäre für die eine, — ja, — und mehr habe ich nicht, ich habe noch einen Schlips, aber wenn ich den verschenke, dann merken es Funkes, ich soll ihn doch tragen!"

„Na, wir wollen uns nach der Schule wieder auf die Brücke stellen, und dann gehen wir mit dir zu Funkes."

Ich erschrak und sagte: „Ich weiß nicht, ob das geht!"

„Aber warum denn nicht? Sei doch nicht so ängstlich! So scheu! Darum sind wir doch gekommen, daß wir sehen, wo du geblieben bist, ob sie auch gut zu dir sind, und ob du auf guten Wegen bist. So in Hamburg, — das ist doch so'ne Sache!"

Ich überlegte: ‚Wenn ich nun nach Hause komme, dann essen wir, — dann arbeite ich, — dann habe ich Stunde —!'

„Wir kommen nicht zum Essen, sorg' dich nicht!" Mit diesem zweifelhaften Bescheid trennten wir uns.

Ich mußte mein Erlebnis erzählen. Vor Tisch faßte ich mir ein Herz. — Großes Staunen. Bekannte aus Sachsen? Ach, wieder der mißtrauische Blick! Und die sonderbaren Fragen. Waren die Männer verheiratet?

„Der Große," sagte ich verlegen.

„Wann hast du sie getroffen?"

Ich überlegte, zögernd sagte ich: „Gestern."

„Und davon hast du uns kein Wort gesagt? Sonderbar! Warum hast du gestern nichts davon erzählt? Wie verstockt du bist! Hast du früher gewußt, daß du sie treffen würdest?"

„Nein, ich war ganz überrascht."

„Na?—!"

Und dann kamen sie! Sie dienerten verlegen. Sie wollten doch sehen, ob die Charitas auch in ordentlichen Händen sei. So ganz in der Fremde! — Der Kleine fuhr fort: „Die Mutter so weit weg, — niemand, der mal nach dem Kinde sieht!" Verlegene Pause, ich stehe dabei und sehe meine beiden Freunde mit Funkes Augen. Das Mädchen bringt zwei Tassen Kaffee, Sparmanns setzen sich verlegen an die äußerste Kante des Stuhles, sie schütten den Kaffee in die Untertasse, und aus lauter

Verlegenheit pusten sie mit solcher Macht, daß die bewegten Wellen über die Untertasse schlagen.

Niemand sagt ein Wort, ich stehle mich fort und hole mein Zuckerei. Die beiden stehen auf, sehen erst einander, dann mich erwartungsvoll an, sie dienern und bedanken sich für den Kaffee. Ob die Charitas ein Stückchen mit darf? Ja, aber nicht weit!

Draußen atmen wir alle auf, ich gebe dem Kleinen das Ei für Größel-Lenchen, ich schicke allen, allen, ach so viele Grüße! Später mal, in zehn Jahren, wenn die Mutter wieder da ist, — dann komme ich ganz gewiß auch mal wieder nach Sachsen, dann will ich sie alle wiedersehen!

„Und werd' nur ja nicht stolz!" warnen sie.

„Stolz?! Ach, ich stolz? Worauf denn?"

Dann nehme ich weinend Abschied von meinen Landsleuten.

*   *   *

Fräulein Funke gab mir eines Tages einen Brief mit an Frau Doktor Meyer, daraus sah ich, daß sie von ihrer Reise zurück waren, ich konnte mir aber auch denken, was in dem Briefe stand. Wie würde es mir gehen!

Mit tausend Ängsten gab ich den Brief ab und erwartete das Gericht. Frau Doktor las, legte den Brief gleichmütig beiseite und sagte nur: „Du hast also Besuch aus deiner Heimat gehabt? War das denn schön?"

Ich konnte vor Staunen nur eine verwirrte Antwort geben. Da Frau Doktor nichts weiter sagte, ging ich, mich unterwegs wundernd, daß sie nichts über „Jane Eyre" gesagt hatte. Oder war sie darüber vielleicht anderer Meinung als Fräulein Funke?

Wanderjahre

Als Ostern herankam, erhielt ich meine letzten Arbeiten zurück. Das Heft steckte ich nicht in den Ranzen. Ich hatte beim flüchtigen Umblättern gesehen, daß ein langer Satz mit roter Tinte unter den letzten Aufsätzen stand. Konnte mir der Professor wohl etwas Schlimmes unter die Arbeit geschrieben haben, da er mich doch so freundlich und mit so guten Wünschen für meine Zukunft entlassen hatte. An der nächsten Straßenecke stand ich still und las mit klopfendem Herzen:

„Auch diese beiden Arbeiten beweisen den Fleiß und die guten Fortschritte, die du gemacht hast; zwar war der Stil von Anfang an sehr ausgebildet, aber er hat doch wohl noch gewonnen. Sehr schnell aber sind die vielen orthographischen Fehler, die zuerst die Arbeiten verunzierten, verschwunden. Es wäre sehr wünschenswert, wenn du die, mit so gutem Erfolg betriebenen Übungen, nicht liegen ließest.   Celarius."

Das hatte ich nicht erwartet. Es beschämte mich tief. Nun aber mit dem Heft an die Alster! — Lisette erschien am Küchenfenster. Ich schwenkte glückselig mein Heft.

„Gutes Zeugnis?" fragte sie gespannt. Ich nickte und eilte hinauf.

Frau Doktor saß an ihrem Schreibtisch; bei meinem Eintritt sah sie mich fremd und kalt an, so daß mein Fuß unwillkürlich stockte, dann sagte sie streng: „Ich muß dich wohl zu deiner Mutter schicken. Wir können hier nichts mit dir anfangen. Es laufen immer mehr Klagen aus Hamm über dich ein."

Mir traten die Tränen in die Augen, zitternd trat ich an den Schreibtisch und legte mein Heft mit des Professors Unterschrift vor sie hin. Frau Doktor las länger, als es der Satz erforderte. Sie bot mir einen Stuhl, fragte allerlei und dachte lange nach, dann schrieb sie, faltete den Brief zusammen und sagte: „Den Brief gib den Damen! Dieser Aufenthalt war vielleicht doch nicht das Richtige für dich. Ich mag mich geirrt haben. Schon morgen lasse ich deine Sachen holen. Dich selbst erwarte ich um zwölf Uhr. Also auf Wiedersehen morgen!"

Ein Irrtum von ihr? Das sagte sie zu mir? Sie sah mir wohl meine Freude und mein Glück an, sie lächelte mir freundlich zu, da faßte ich mir ein Herz und fragte: „Darf ich nun wieder ganz hier bleiben?"

„Nein," sagte sie, „nur vorübergehend. Du sollst bald hören, wohin ich dich schicke, und das wird dann hoffentlich kein Irrtum!"

Zur verabredeten Zeit kam ich mit meinem Bücherranzen, und als ich um die Ecke bog, sah ich zwischen Palmen und Blattpflanzen das schöne Gesicht von Frau Doktor. Sie lächelte, nickte und winkte. Ich brauchte nicht zu klingeln, sie kam selbst heraus, öffnete die Tür, nahm mich in die Arme und küßte mich. Wer war glücklicher als ich! Mein Herz ging in Sprüngen! Ich war in einem Fieberrausch von Schwärmerei für Frau Doktor. Ich sehnte mich nach großen Heldentaten, um zu beweisen, was ich alles für sie tun könnte! — Es wurde aber gar nichts Außergewöhnliches von mir erwartet, ich half dem Kleinmädchen bei meiner Ausrüstung.

Einige Wochen danach stand Frau Doktor vor einem Reisekoffer. Sie sah heute ganz hausmütterlich aus in ihrer weißen Schürze. Sie packte eigenhändig meinen Koffer. Dann gab sie mir lächelnd ein Papier, darauf standen die Stunden, die ich in Eisenach bekommen würde. Sie sagte: „Ich hab's diesmal noch gnädig gemacht mit dem Stundenplan, du wirst dich nicht zu Tode arbeiten. Denke an deine schwache Seite und übe dich in den Fremdsprachen. In der Nähstunde sollst du ein Frauenhemd auf dem Faden nähen. Es kommt mir nicht darauf an, daß es bald fertig wird, aber ich wünsche, daß du dir alle Mühe dabei gibst! Wenn du fleißig gewesen bist, dann lauf nur tüchtig im Wald herum! Grüß' die schöne Wartburg, und denke immer daran, daß du deiner Mutter und uns Freude machst!"

Als mir Lisette auf der Treppe begegnete, sagte sie: „Mein gutes Katalischen, du kommst doch noch mal herunter und nimmst auch Abschied von uns?"

Selbstverständlich tat ich das. Aber wie erstaunt war ich, als mich Lisette vor ein kleines Tischchen führte, wo ordentlich eine Bescherung aufgebaut war.

„Katalischen," sagte Lisette gerührt und wischte sich die Augen, „siehst du, da ist mein Bild, — du vergißt mich doch nicht?! —"

„O Lisette! Wie könnte ich Sie wohl je vergessen!"

Von Marie lagen Briefbogen da, — und Johann? Der schenkte mir ein Stammbuch! Es lag ein Zettel darauf: Zur Erinnerung an Johann Knickrehm! —

Ich war sehr gerührt. Das mußte ich doch schnell

Frau Doktor zeigen. Sie lachte herzlich und meinte:
„Na, jedenfalls müssen sie dich unten recht gern gehabt
haben!"

Am nächsten Morgen fuhr eine Droschke vor, Johann
setzte sich auf den Bock, Hans kam zu mir in den
Wagen, und im letzten Augenblick kam Lisette und schob
ein kleines Spankörbchen hinein. „Für unterwegs!"
sagte sie weinend und gab mir einen schallenden
Abschiedskuß.

Wie weit war mir das Herz! Wie dankbar war
ich für alles! Wie gern wäre ich hier geblieben! Wer
weiß, was mir die nächste Zukunft brachte!

Mit der Droschke fuhren wir bis an die Petrikirche.
Da hielt der Omnibus, der mich mit der Fähre nach
Harburg bringen sollte. Johann öffnete die Tür des
Omnibus, sah sich einen Augenblick suchend um, dann
wandte er sich an einen jungen Mann und fragte: „Sie
sind doch Gehrts von der Fabrik?"

Der Mann lüftete seinen Hut und nickte.

Sehen Sie mal, Gehrts, hier ist das junge Mädchen,
das Sie nach Harburg begleiten sollen. Der Herr läßt
Ihnen sagen, Sie möchten ihr ihre Sachen gut durch
den Zoll besorgen, ein Billett nach Eisenach nehmen,
ihr im Coupé einen guten Platz aussuchen und warten,
bis der Zug abgefahren ist."

„Soll alles pünktlich besorgt werden!" sagte der
junge Mann.

Hans und Johann nahmen herzlichen Abschied.
Johann vermahnte mich, kein Heimweh zu kriegen, und
schließlich kehrte er noch einmal um und rief in den
Wagen: „Nicht vergessen! In Kassel umsteigen! Nachts

um drei Uhr kommst du in Eisenach an, aber sei man nicht bange, du wirst sicher abgeholt!"

Der schwerfällige Omnibus setzte sich in Bewegung. Ich hörte, wie eine Frau in lautem Flüstertone zur andern sagte: „Hm, so ein verhätscheltes Ding aus reichem Hause! Ein Diener vorn, ein Diener hinten!"

Punkt drei Uhr lief der Zug in Eisenach ein. Durchgekältet und übernächtig stieg ich aus, da kam eine ältliche schlanke Dame auf mich zu und fragte, ob ich Fräulein Dietrich sei. Das war Fräulein Trabert. Sie hatte noch einige junge Mädchen bei sich, und das Dienstmädchen ging mit der großen Laterne voraus.

Wie im Traum folgte ich dem matten, zitternden Lichtschein durch ein dunkles Tor über einen freien Platz. Und da waren wir endlich! Ein hübsches junges Mädchen stand oben an der Treppe. Der Schein der Lampe, die sie über ihrem Kopf hielt, beleuchtete ihr frisches Gesicht. Ich atmete auf, hier war alles so schlicht und freundlich, hier, so hoffte ich, würde ich mich wohl fühlen.

Ich irrte mich nicht. Das Lernen hier war mir eine Lust. Der Stundenplan war abwechslungsreich und brachte mich mit vielerlei Menschen zusammen. Literatur- und Kunstgeschichte hatte ich mit mehreren jungen Mädchen bei einer originellen alten Dame, bei Frau Göpel, die ganz besonders freundlich zu mir war. Französische Stunden gab eine Dame, die Kammerfrau bei der Herzogin von Orleans gewesen war. Über dem Sofa hing das Bild der Herzogin, und mir war, als durchlebte ich einen Roman, wenn Fräulein Hugo von ihrem Leben bei Hofe erzählte. Ich fühlte mich nicht wenig geehrt, als sie mir ein Stück Leinwand schenkte, das aus einem Wäschestück der Herzogin stammte.

Unternahm meine Phantasie nach der Seite hin die verwegensten Wanderungen unter der hohen Aristokratie, so wurde ich in den Näh- und Plättstunden wieder auf ganz realen Boden gestellt. — Auf dem Faden sollte das feine Hemd genäht werden, das buchstäblich durchzuführen war mir Ehrensache. Nach einem halben Jahr war ich fertig damit. Mit fieberhafter Spannung schickte ich es an Frau Doktor. Die Antwort darauf trug ich so lange mit mir herum, bis nichts mehr davon nachblieb als die Erinnerung.

Frau Doktor schrieb: — — „und mit dem Hemd hast Du Dich selbst übertroffen, es ist tadellos genäht! Ich habe es Lisette geschenkt, da ich weiß, daß ich Euch beiden eine große Freude damit mache."

Der Brief berauschte mich.

Schöne, glückliche Stunden gewährte mir noch der Musikverein, den Müller-Hartung leitete. An schönen Sommertagen machten wir unter seiner Führung Ausflüge in die herrlichen Thüringer Berge und Wälder und sangen mit jubelnder Begeisterung:

„Und frische Nahrung, neues Blut
Saug' ich aus dieser Welt;
Wie ist Natur so hold und gut,
Die mich am Busen hält."

*   *

*

Nach Ablauf des Jahres kam ein Brief von Frau Doktor, darin hieß es: „Du hast wiederholt gebeten, noch länger in Eisenach zu bleiben, aber Du wirst Dich erinnern, daß ich Dir schon sagte, daß ich mit Fräulein

Charitas in Eifenach

Breymann in Wolfenbüttel über Dein Hinkommen korrespondiert habe. Ich habe Dich definitiv da angemeldet. Überlege mit Fräulein Trabert Tag und Stunde Deiner Abreise, und schreibe Fräulein Breymann, wann sie Dich erwarten kann. Du bist jetzt in einem Alter, wo man Dir ganz andere Arbeiten zumuten kann, als was in Eisenach von Dir verlangt wird.

Ich mache Dich darauf aufmerksam, daß Du mehrere Jahre in Wolfenbüttel bleiben wirst, vorausgesetzt, daß Du Dir in jeder Beziehung Mühe gibst; nur dadurch ist es möglich, daß Du da bleibst. Du wirst in Wolfenbüttel einer großen Gemeinschaft eingegliedert. Willst Du Dir eine geachtete Stellung Deinen Gefährtinnen gegenüber erwerben, so hast Du in jeder Beziehung auf Dich zu achten. Du weißt, ich habe noch viel an Dir auszusetzen! Vergiß und verlier nicht immer Deine Handschuhe, und achte darauf, daß Du Dir den Scheitel gerade ziehst! Ich kann Dir sagen: Hier ist ein Fleck! Wegwischen mußt Du ihn! In Wolfenbüttel sind viele Ausländerinnen, benutze die Gelegenheit und übe Dich in fremden Sprachen. Achte nur ja recht auf eine gute Aussprache! Dein sächsischer Dialekt ist Dir sehr im Wege, überwinde ihn. Ich hoffe, nur Gutes von Dir zu hören.

Mit Gruß   M. M.

Wolfenbüttel

Mit schwerem Herzen packte ich in der Osterzeit meinen Koffer und nahm weinend Abschied von dem guten Fräulein Trabert. Wir schieden mit der festen Versicherung meinerseits, daß ich nach beendeter Prüfung in Wolfenbüttel wieder hierher zurückkommen würde. Wie oft war geplant worden, daß ich, sobald ich selbst über mich verfügen könne, Fräulein Traberts Nachfolgerin werden solle.

„Denk nur, welche Ehre für dich! Der Eisenacher Kindergarten ist der erste in ganz Deutschland!" sagte Fräulein Trabert.

Dieses schöne Ziel tröstete mich einigermaßen über den schweren Abschied. —

Am Nachmittag traf ich auf dem Wolfenbütteler Bahnhof ein. Nach einigem Suchen fand sich ein etwa zwölf Jahre alter Junge, der mir die Hutschachtel trug und mir als Führer ins Institut diente. Durch die stille Stadt führte er mich vorbei an ruhigen Gärten, bis er nach etwa zwanzig Minuten vor einem langgestreckten, einstöckigen Hause halt machte. „Hier ist es!" sagte er, gab mir die Hutschachtel und zeigte auf die Pforte. Der Junge war fort, auf den steinernen Stufen stand mein Handgepäck. Ich hatte keine Eile die Tür zu öffnen, noch war ich frei! War ich erst über diese Schwelle getreten, dann gehörte ich einer anderen Welt an. Wie würde es mir hier ergehen? Seufzend ließ ich meinen Blick von dem weinumrankten Haus durch den großen Garten schweifen, der im Hintergrunde durch einen herrlichen Wald abgegrenzt wurde.

Dann öffnete ich zaghaft. Ich stand in einer geräumigen Halle, Tische waren hufeisenförmig zusammengestellt und junge Mädchen mit weißen Achselschürzen gingen geschäftig ab und zu und ordneten die Tafel. Ich hatte den Blick in ein angrenzendes Zimmer und sah, daß auch hier an langen Tafeln gedeckt war. Es wäre mir nun sehr lieb gewesen, wenn eins der jungen Mädchen mich gesehen hätte, aber alle waren so in ihre Arbeit vertieft, daß selbst mein wiederholtes Räuspern nichts half. Hilflos sah ich mich um, da fiel mein Blick auf einen Klingelzug, daran stand: Bitte klingeln! Ich zog und ein leiser, schüchterner Ton zitterte durch den Raum. Nun sah eins der jungen Mädchen herüber zu mir und fragte, was ich wünsche.

„Ich möchte zu Fräulein Breymann," sagte ich leise.

Nun standen alle still und sahen zu mir herüber. Die eine rief: „Henriette ist im Mittelzimmer!"

Sie trat auf mich zu, nahm mir Hutschachtel und Schirm ab und forderte mich auf, ihr zu folgen. Oben öffnete sie eine Tür, die in ein niedriges aber sehr behagliches Zimmer führte. An dem mit Büchern belegten Tisch stand eine imposante Erscheinung, die mir bei meinem Gruß ihr kluges, geistvolles Gesicht zukehrte. Ein erstaunter, fragender Blick aus klaren, blauen Augen ruhte hoheitsvoll auf meiner kleinen, unbeholfenen Gestalt. Ein peinlicher Augenblick, dann fragte die Dame: „Was wünschen Sie?"

Was ich wünschte?! Ich überlegte, dann sagte ich: „Ich möchte zu Fräulein Breymann."

„Das bin ich! — Und wer sind Sie?"

„Ich, — ich — bin Charitas Dietrich."

23*

Nun kam die Dame auf mich zu und fragte, ob ich mich angemeldet hätte.

„Ja," sagte ich, „war der Brief nicht angekommen?"

„Ich werde meine Schwestern fragen, es muß ja ein Versehen passiert sein, sonst hätte dich jemand abgeholt. Wir nennen einander hier alle ‚du‘. Ich heiße Henriette, mit mir arbeiten an der Anstalt noch mein Bruder Karl und meine Schwestern Anna, Marie, Albertine und Hedwig. Du wirst sie nachher alle kennen lernen. Jetzt aber komm, ich will dir im Schlafsaal deine Zelle zeigen."

Zitternd vor Aufregung folgte ich der königlichen Erscheinung. Wie merkwürdig erschien mir der Schlafsaal mit den vielen abgeteilten Zellen. Henriette schlug einen Vorhang zurück, da saß vor uns ein junges Mädchen und drehte sich vorm Spiegel ihre Locken über einen Lockenstock. Henriette stellte vor: „Annette, dies ist Charitas Dietrich."

Nun wurde mir meine Zelle gezeigt. Ich machte mich zurecht, und als es jetzt laut und lange klingelte, eilten wir hinunter. Ach, so viele neue Gesichter! Mein Platz war neben Mademoiselle, und ich fühlte mich im höchsten Grade ungemütlich, als ich merkte, daß an diesem Tische nur Französisch gesprochen wurde. Wie sicher sich die jungen Mädchen benahmen. Ob ich wohl je im Leben ein so zuversichtliches, festes Auftreten bekommen würde? Ich litt sehr an Heimweh und sehnte mich in den kleinen Kreis zu Fräulein Trabert zurück.

Am nächsten Vormittag wurde ich zu Henriette gerufen. Sie saß am Schreibtisch, zeigte auf den Stuhl in ihrer Nähe und unterzog mich einem Examen.

Henriette Breymann

„Morgen," so sagte sie, „wirst du deinen Stundenplan bekommen. Willst du das Ziel erreichen, Lehrerin
zu werden, so mußt du sehr ernst arbeiten. Wir sorgen
für Ruhe und Regelmäßigkeit. Die Nachtstunden
werden nicht zum Arbeiten verwandt, da wird geschlafen.
Die nötige Erholung wird euch auch gewährt. Jeden
Sommer wird ein Ausflug in den Harz unternommen,
gelegentlich werden auch Feste gefeiert. Ihr Neuen
habt es diesmal gut getroffen, mein Bruder Karl reist
heute zu seiner Hochzeit, in acht Tagen kommt er mit
seiner Frau Luischen und da werdet ihr zum Empfang
des jungen Paares etwas aufführen. Ist dein weißes
Kleid in Ordnung? Sonst gib es nur gleich zur Wäsche.
Hast du Goldkäferschuhe?"

Ich gestand, daß ich weder ein weißes Kleid noch
Goldkäferschuhe besaß.

„O," sagte Henriette, „dann geh nur gleich zu Anna,
die bestellt dann den Schuster und die Schneiderin hierher. Wende dich überhaupt mit allen äußeren Fragen
immer an Anna. Wegen der Aufführung mußt du
dich aber an Marie wenden."

Ich war entlassen, und da ich sah, daß die jungen
Mädchen draußen waren, ging ich auch hinaus. Dicht bei
der Laube standen mehrere beieinander. Sie waren in lebhafter Unterhaltung und ich hörte, wie die eine sagte: „Wenn
nur Herr Heider heute genug Silberpapier mitbringt!"

„Wir haben's ihm doch gesagt."

„Ja, aber wir brauchen furchtbar viel! Denkt an
all die Fische, Netze, Köcher, Pfeile und Sicheln. Mit
euch Neuen wird's eine schöne Krebsarbeit werden,"
wandte sich jetzt eine an mich.

Ich sah sie verständnislos an, da rief eine: „Bist du schon mal bei einer Aufführung beteiligt gewesen?"

„Meinst du bei einer Theateraufführung? Ja, gewiß! Ich habe einmal als Kind im ‚Schmied von Marienberg‘ mitgespielt."

„Nein," rief jetzt ein junges Mädchen, das sie Toni nannten, „eine Theateraufführung ist es diesmal nicht. Wir haben selbst etwas gedichtet und der Musikdirektor in Wolfenbüttel hat es komponiert, wir singen und tanzen einen Reigen dazu. Kannst du singen?"

„O, ich singe so gern!" rief ich lebhaft.

„Nun, das ist gut!" sagten sie.

Dann fragte Toni: „Kannst du auch tanzen?"

„Nein, ich habe noch nie getanzt."

„Noch nie getanzt? Wie sonderbar! Hoffentlich machst du Marie nicht zu viel Mühe."

Ich zuckte die Achseln. „Aber," sagte ich, „was habt ihr denn gedichtet?"

„O, das müssen wir dir erzählen. Wir haben unsere Umgebung personifiziert. Wir sind umgeben von Wald, Wasser, Gärten und Feldern. Dementsprechend kommen Jägerinnen, Fischerinnen, Gärtnerinnen, Schnitterinnen. Die verschiedenen Gruppen bringen tanzend und singend dem neuvermählten Paare ihre Gaben dar. Denkst du's dir nicht wunderhübsch?"

Ich sah bewundernd zu ihnen auf und sagte unsicher: „Was ihr hier alles könnt! Ich kann mir ja noch keinen Begriff davon machen, da ich noch nie einen Reigen gesehen habe. Mich selbst laßt aber doch ja draußen, ich möchte euch doch kein Hindernis sein, oder euch gar die Sache verderben. Laßt mich nur zusehen."

„Das möchtest du wohl! Nein, das gibt's nicht, alle müssen mittun! Singen kannst du, wie du meinst, na — und Tanzen, das liegt einem doch in den Gliedern. Du mußt aber für die Übungen einen Turnanzug haben, hast du schon einen?"

„Nein, ich habe nie geturnt."

„Dann komm nur gleich mit, wir wollen dir einen anprobieren, den kannst du ja benutzen bis der deinige fertig ist."

Wir gingen hinein und nach einigen Minuten hatten sie mich umgekleidet. Mir war in den Pumphosen und dem kurzen Röckchen sehr unbehaglich zumute. Ein ähnliches Gefühl hatte ich schon einmal gehabt, das war damals bei Götzes, als ich im Hemdchen zu Schuster Talkenbergers gemußt hatte. Linkisch und verschämt sah ich an mir herunter.

„Nun stell' dich doch bloß nicht so an!" rief Toni zurechtweisend.

Es klingelte.

„So," sagte Toni hastig, „nun hab' ich mich noch gar nicht umgezogen, aber das geht schnell, ich geh' oben in die Badestube. Da kommen sie, stell' dich da an die Wand, ich bin in ein paar Minuten wieder hier."

Und nun füllte sich die Turnhalle, alle hatten sie dieselben Turnanzüge an wie ich, sogar Marie. Jetzt wurden wir Neuen im Singen geprüft. Als ich dran kam, nickte Marie und sagte: „Das geht." Dann wurden wir in Gruppen geteilt und die Schrittübungen für den Reigen begannen. Wiegegang sollten wir üben. Marie saß am Klavier, aber ihre Blicke kontrollierten unsere Füße. Sie zählte, taktierte, dazwischen stand sie

auf und machte uns vor, was wir tun sollten, aber
trotz aller Mühe wollten mir die Füße nicht gehorchen.

„Ist das auf den Zehen schweben? Du hältst ja
nie Takt! Nimm dich doch zusammen, es ist doch
keine Hexerei! So, noch mal! Eins — zwei — jetzt
schweben! Die Arme haben gar nichts damit zu tun!
Du brauchst dich nicht festzuhalten, du fällst nicht! Bist
du aber ungeschickt! Du hältst uns ja so auf! Geh
zurück, dich muß ich nachher allein vornehmen."

Alle sahen nach mir hin und lachten. Wenn ich
doch nur davon bleiben dürfte! —

Am Nachmittag während einer Pause rief mich
Marie, und sagte, ich möge mich schnell umziehen, sie
wolle mit mir üben. Als wir allein in der Turnhalle
waren, faßte ich mir ein Herz und bat, ob ich nicht
draußen vor bleiben könnte.

Marie sagte: „Nein, das darfst du nicht! Es gehört
mit zu deiner Erziehung, daß du die Herrschaft über
deine Glieder gewinnst. Das ist dir nicht bequem, aber
wir sind nicht da, um es bequem zu haben. Tanzen
wirst du nie lernen, das ist auch weiter kein Unglück,
aber wenn du mit Kindern verkehren willst, ist eine
gewisse Anmut in der Bewegung Bedingung, also
vorwärts!"

Am Nachmittag zogen wir wieder in die Turnhalle
und Herr Heider kam. Herr Heider war der Buchbinder aus Schöppenstedt, der einmal in der Woche
Unterricht im Pappen und Büchereinbinden gab. Heute
wurde nur für die Aufführung gearbeitet, es wurde
zugeschnitten, gepappt und geleimt. Herr Heider hätte
sich vierteilen können, soviel wurde er immer gerufen

und um Rat gefragt. Ich erwies mich auch hierbei,
da ich ängstlich war, ungeschickt und linkisch und einmal
hörte ich, wie am andern Tische gesagt wurde: „Die
Neue kann aber auch gar nichts!" Ich fühlte, daß ich
gemeint war, denn den andern ging es viel besser, da
dachte ich mit heimlichem Seufzen: ‚Wenn doch erst
der Tag zu Ende wäre!' In der Nacht träumte ich
von weißen Kleidern, Goldkäferschuhen, gepappten Silber-
fischen, und dazwischen hörte ich Mariens Stimme:
„Schweben! Schweben mußt du!"

Den Tag vorm Fest holte August, der Gärtner,
Unmengen von Grün und wir alle saßen in der Turn-
halle und wanden Girlanden, dazu sangen wir unsere
Festlieder.

Da sagte Gretchen: „Nun hört mal auf mit Singen,
man muß sich doch frisch für morgen erhalten. Ich
schlage vor, eine von uns erzählt eine Geschichte. Wir
Alten haben gedichtet, nun mag mal eine von den
Neuen auch etwas tun! Charitas kannst du uns keine
Geschichte erzählen?"

Ich sträubte mich, das half mir aber nichts.

Da fing ich stockend Jane Eyre an.

Zuerst hörte auch niemand hin, sie riefen einander
zu, sie wollten Bindfaden, — eine Schere, — mehr
Grün, — aber endlich kam Ruhe und mit der Zeit
wurde ich etwas sicherer und endlich merkte ich, daß sie
zuhörten.

Als ich fertig war, sagte Gretchen: „Weißt du noch
mehr solche Geschichten? Du mußt uns mal wieder eine
erzählen."

Am folgenden Tage standen wir erwartungsvoll in unserm schönsten Staat in der Turnhalle. Endlich kam das junge Paar. Auf den großen Sesseln nahmen sie Platz. Die junge Frau war zart, sie war blaß, ihre braunen Augen ruhten freundlich auf der geputzten Schar. Nun gab Marie das Zeichen und begeistert sangen wir:

> „Euch grüßen die Lieder,
> Euch duftet das Grün,
> Euch kleidet der Himmel sich blau.
> Schon zieren ja Rosen mit wonnigem Glühn
> Dich selber, dich selber, du liebliche Frau."

Und an diese Begrüßungsstrophen schlossen sich die verschiedenen Gruppen, die dann ihre Tribute dem jungen Paar zu Füßen legten.

Nach dem Fest ging die ernste Arbeit an, und da lernten wir die Geschwister Breymann in ihrer verschiedenen Veranlagung, in ihrem Fleiß und ihrer hohen Begabung kennen, so daß die Zeiten gemeinsamer Arbeit die schönsten waren, schöner als die Feste, da sich in den Unterrichtsstunden erst der ganze Reichtum erschloß, der uns zugute kam. Wie verstand es Henriette, uns zu begeistern, aber sie verstand auch zu organisieren, sie stellte die Persönlichkeiten an die geeignete Stelle, sie steckte hohe Ziele, aber sie half auch sie verfolgen.

Während der vier Jahre, die ich in ernster Arbeit — im letzten Jahr war ich Lehrerin an der Schloßschule in Wolfenbüttel — verbrachte, standen wir auch an Särgen. Marie und Hedwig wurden mitten aus ihrer Wirksamkeit in die ewige Heimat gerufen.

Charitas in England

Ich aber folgte einem Vorschlag von Frau Doktor Meyer und ging von hier aus auf zwei Jahre nach London.

Von London kam ich, dreiundzwanzig Jahr alt, nach Deutschland zurück, und zwar in das Haus von Doktor Meyers nach Kiel.

„Haus Forsteck"

Wie erregt war ich, als der Wagen durch die Einfahrt bog. „Haus Forsteck" stand an den Eingangspfeilern, und als der Wagen hielt, eilte der gute Johann an den Wagenschlag und sagte zutraulich: „Na, Fräulein, is man gut, daß Sie wieder im deutschen Vaterland sind. Freuen Sie sich nicht, daß wir unterdessen die Franzosen besiegt haben?"

Von Doktors wurde ich aufs herzlichste begrüßt. Ich hatte die größte Eile, mich zurechtzumachen. Als ich kurz danach im Eßsaal erschien, standen außer Doktors noch mehrere Herren und eine ältliche Dame da. Der junge Offizier mit dem Arm in der Binde, wurde mir als Herr Slevogt, der blonde Herr als Kandidat Bischoff, und die Dame als Fräulein Roquette vorgestellt.

„Roquette?" sagte ich fragend, „hängt der nicht mit ‚Waldmeisters Brautfahrt' zusammen?"

„Ja," sagte Frau Doktor, „der hängt noch mit vielem anderen zusammen, auch mit einer Literaturgeschichte, die du mal in nächster Zeit als Privatstudium vornehmen kannst! Meine Freundin und Stütze ist die Schwester von Otto Roquette. Wer aber ist dieser junge Mann?"

Der junge Mensch, dem Frau Doktor jetzt freundlich zunickte, kam lachend auf mich zu und sagte, während er mir herzlich die Hand schüttelte: „Na, hast du nun deine Freiheitsgelüste befriedigt? Weißt du noch, wie dir unser Hamburger Garten zu klein war, und wie wir beide Herrn Krus durchbrannten?"

„Hans!?" sagte ich erstaunt, „dich hätte ich nicht wiedererkannt!"

„Nach Tisch," sagte er, „werde ich dich mal hier durch den Park führen, da kannst du dich aber müde laufen, ehe du die Grenze erreichst; wir finden aber Ruhepunkte im Schweizerhäuschen und in der Fischerhütte."

Der Herr „Kandidat" war Hans' Hauslehrer und war jetzt, ebenso wie der verwundete Offizier, Gast auf diesem schönen Besitz.

Schon am nächsten Morgen wanderte ich mit Frau Doktor durch das Düsternbrooker Gehölz nach den „Akademischen Heilanstalten". Frau Doktor machte mich unterwegs mit meinen neuen Pflichten bekannt. Sie sagte: „Wir führen hier ein sehr geselliges Leben, davon wirst du dich bald selbst überzeugen. Auch die Professoren der Krankenhäuser verkehren bei uns. Nun kam mir vor einiger Zeit der Gedanke, ich möchte wohl einmal ein Krankenhaus sehen. Unsere Freunde, Professor Esmarch und Professor Bartels erboten sich, mich herumzuführen. Soviel Leid zu sehen, hat mich tief ergriffen, und ich dachte darüber nach, wie man diesen Armen wohl Erleichterung verschaffen könnte. Ich habe viel mit den Professoren überlegt, ich meinte, ob man nicht versuchen sollte, die Kranken zu unterrichten. Da liegen Nordschleswiger, die nur Dänisch sprechen, die lernen gewiß gern Deutsch. Es liegen junge Leute da, denen wäre mit fremdsprachlichem Unterricht geholfen. Es laufen aber auch immer Kinder herum, die den gebrochenen Arm in der Binde tragen, oder die sonst ein Leiden haben, das sie zwingt, im Krankenhause zu sein. Die hängen gelangweilt herum; versammle sie und unterrichte sie. Mit Hilfe unserer Freunde habe ich eine recht umfangreiche Bibliothek angelegt, da sollst du wöchentlich zweimal die Bücher wechseln. Du kannst dir selbst sagen, wie wichtig es ist, daß die rechten Bücher in die rechten Hände kommen. Das kannst du ja nicht gleich übersehen, aber mit der Zeit wirst du es lernen. Du mußt die Schriftsteller kennen lernen, aber auch die Leser mußt du zu verstehen suchen. Unterhalte dich mit ihnen, aber nicht über ihre Krankheit, davon wollen wir sie ja gerade abbringen, sondern laß dir erzählen, was sie gelesen haben, dadurch gewöhnen sie sich an ein genaues Lesen; und durch das Wiedererzählen üben sie sich im Sprechen. Fange früh um acht Uhr an, du wirst bald sehen, wo du am besten ankommen kannst. Um zwei Uhr bist du zum Essen wieder draußen, die übrige Zeit darfst du für dich haben. — Hier sind wir! Du wirst manches zu überwinden haben, geh tapfer gegen unangenehme Eindrücke an, und sage dir, daß es dir vergönnt ist andern zu dienen."

Ob die Kranken bei mir etwas lernten, weiß ich nicht, daß aber ich vieles bei ihnen lernte, das merkte ich bald. Wieviel heldenhafte Geduld im Leiden und welche zähe Energie lernte ich hier kennen.

Da war — um nur einen herauszugreifen — der arme, junge Neelsen. Er hatte Knochenfraß, das kranke Bein hing durch eine besondere Vorrichtung in der Schwebe. Ich stellte mir vor, wie unerträglich diese beständig gezwungene Stellung des Körpers sein müßte, abgesehen von den Schmerzen, die die Wunde verursachte. Er lag so bleich und abgezehrt in seinen Kissen, daß ich zuerst kaum wagte, ihn geistig anzustrengen. Er lernte Englisch bei mir, und er lernte gern. Wie leuchtete sein Gesicht, wenn ich mich an sein Bett setzte. Ich habe es nie verstanden, wie er es fertig brachte, die Aufgaben so sauber und schön zu schreiben in dieser gezwungenen Lage. Was ich auch mit ihm durchnahm, er meisterte es. Das lange Leiden — er lag schon über ein Jahr — hatte ihn so gereift, daß es eine Erbauung für mich war, mich mit ihm zu unterhalten. Er war mir der liebste Schüler. Wie erschrocken war ich daher, als mir eines Tages der Oberwärter auf dem Korridor sagte, ich dürfe nicht mehr zu Neelsen, er sei sterbend, die Ärzte hätten jede Arbeit verboten.

Tief bewegt erzählte ich bei Tisch von meinem Kranken. Ich fand bei Doktors die weitgehendste Teilnahme.

„Wie tut mir das leid! Ein so energischer, fleißiger Mensch soll sterben, und so losgelöst von den Seinen! Wenn man dem doch wenigstens noch eine Freude machen könnte! Was meinst du, Adolf, wir haben ja drüben im Wirtschaftsgebäude das Fremdenzimmer, sollen wir ihn dahin nehmen? Der Professor kann ihn ja hier besuchen, wir schicken ihm den Wagen und nehmen eine Wärterin an. Bist du damit einverstanden?"

Sobald es an die Ausführung einer guten Tat ging, waren die beiden sich immer einig, kannte doch der Doktor kein größeres Glück, als Freude um sich zu verbreiten. Verlangte der Augenblick eine große Tat, er war bereit; aber auch für die kleinen Freuden des täglichen Lebens hatte er immer eine offene, willige Hand. In seiner Bibliothek stand ein Geschenkschrank, da lagen in den Schubfächern die mannigfaltigsten Dinge, die er von seinen schönen Reisen mitgebracht hatte, um seinen Gästen oder Hausgenossen eine Freude zu machen. Auch jetzt blickten seine großen, blauen Augen freudig glänzend zu mir herüber, als er sagte: „Ja, ja, geh zu ihm, und erzähl' ihm, daß wir ihn zu uns nehmen wollen, es ist vielleicht noch ein Fünkchen Freude, was wir bei ihm entzünden."

Ich war tief gerührt.

Tatsächlich flog über Neelsens leidendes Gesicht ein verklärender Freudenschimmer bei meiner Nachricht.

Der Oberwärter schüttelte den Kopf und meinte: „Ich will es dem Professor sagen. Na, wenn er doch sterben soll, dann stirbt es sich vielleicht noch leichter da draußen, als hier im Krankensaal. Ob er aber den Umzug überlebt?!"

Er überlebte ihn. ——

Frau Doktor hatte das Zimmer mit Blattpflanzen und schönen Bildern geschmückt, und als der Kranke gut gebettet da lag, sagte sie zu ihm: „Lieber Neelsen, wenn Sie nun Wünsche haben in bezug auf Essen und Trinken, dann sagen Sie es nur Johann, er wird Ihnen bringen, was Sie gern möchten."

Eine Wartefrau war angenommen. Frau Doktor beaufsichtigte selbst die Pflege, und täglich wurde der Professor geholt, der sagte nach einiger Zeit: „Halt! Er darf nicht mehr haben, was er will! Der erholt sich ja hier! Wer weiß — wir sind nur Menschen und können uns irren, der erholt sich vielleicht noch ganz?!"

Das war für alle Bewohner von Forsteck eine Über-raschung und Freude! Neelsen erholte sich. Die vor-

Haus Forsteck

zügliche Pflege und die gute Luft machten es möglich,
daß er nach Wochen draußen liegen konnte. Dann kam
ein Tag, da konnte er uns allen auf Krücken etwas vorgehen, und endlich erklärte ihn der Professor für geheilt.
Bis hierher hatte Frau Doktor das meiste getan, nun
kam der Doktor und setzte das angefangene Werk fort.
Er nahm den Genesenen in sein Geschäft nach Hamburg,
wo er im Lauf der Jahre sich bis zum zweiten Buchhalter heraufarbeitete. Er hat sich noch zwanzig Jahre
seines Lebens freuen können. Durch hingebende Treue
hat er zu vergelten gesucht, was Doktors an ihm getan
hatten.

Dieser Sommer auf dem herrlich gelegenen Forsteck
war ungewöhnlich reich und schön. Neben der ernsten
Arbeit im Krankenhaus lernte ich zum erstenmal in
meinem Leben eine heitere Geselligkeit kennen.

„Wer zählt die Völker, nennt die Namen,
Die gastlich hier zusammenkamen!“

Gab es doch kaum ein Gebiet, wofür Doktors sich
nicht interessiert hätten. Es wurden pädagogische und
soziale Fragen erörtert. Aus Hamburg kam Frau
Emilie Wüstenfeld und entwickelte ihre Pläne für eine
Mädchen-Gewerbeschule. Frau Johanna Goldschmidt
holte sich Rat über Volkskindergärten. Beide waren
begeisterte Vorkämpferinnen auf dem Gebiet der Frauen-
frage. Mit welchem Eifer suchte das Ehepaar die
Fröbelschen Ideen weiter auszubauen und für spätere
Altersstufen dienstbar zu machen. Da wurde eine
Mühle konstruiert. Im Anschluß an das Flechtblatt hatte
Herr Doktor einen Webstuhl für Kinder erfunden, Ziegel
wurden geformt und gebrannt, und ein Haus im kleinen

Bischoff, Bilder aus meinem Leben.   24

hergestellt. Das ging so nebenher, eigentlich arbeitete Herr Doktor an einem naturwissenschaftlichen Werk. Er machte mit namhaften Naturforschern Reisen mit der „Pomerania", um die Fauna der Ostsee zu erforschen. Die Professoren an der Kieler Universität verkehrten wohl alle auf Forsteck, aber auch Künstler und Schriftsteller brachten durch ihre Gaben Anregung ins Haus und belebten das Interesse. Auch die zufälligen Badegäste fanden freundliche Aufnahme. Da kam der bekannte Physiker Helmholtz mit seiner Familie, Hans Hopfen mit seiner jungen, pikanten Frau, und im Hause selbst logierten monatelang Schurzens aus Amerika und der Sänger Julius Stockhausen, der mit der Schwester von Frau Doktor verheiratet war. Von ihm habe ich die Müllerlieder singen hören, so schön, daß ich sie danach von niemand anders mehr hören mochte.

Wer die offenen Abende auf Forsteck mit erlebt hat, der wird sie nicht vergessen. Welch buntbelebtes Bild bot an solchen Sommernachmittagen der Park. Durch das grüne Laub der schattigen Gänge schimmerten die Marmorbüsten der griechischen Weisen, an ihnen vorüber wandelten in ernstem Gespräch die älteren Herren an der Seite der festlich geschmückten Damen, während gleichzeitig auf den sanft abfallenden Rasenplätzen sich die Jugend mit allerhand munteren Spielen vergnügte. Welch heiteres Bild, wenn die mit bunten Bändern umwundenen Reifen unter munteren Zurufen über den grünen Rasen flogen. Weiterhin hörte man die Hämmer der Krocketspieler, und dicht beim Hause schlugen die Kugeln des Bocciaspiels auf den Kies. Drüben im Wirtschaftsgebäude war ein Theater, wenn das Wetter für den Park nicht heiter genug war, dann wurde Theater gespielt oder lebende Bilder gestellt. Im geschmückten Eßsaal, unter dem blitzenden Kronleuchter vereinigte sich schließlich jung und alt in lebhafter Unterhaltung.

Doktors hatten ein kleines Dampfschiff, die „Marie", damit wurden oft schöne Touren auf der Ostsee unternommen. Mir ist besonders ein schöner Sommertag in der Erinnerung geblieben.

Klaus Groth und Frau waren zu einer Tour nach Laboe eingeladen.

Frau Doktor fragte mich auf dem Weg zum Schiff, ob ich schon von Klaus Groth gehört hätte, und ob ich Plattdeutsch verstände. Ich mußte beides verneinen.

„Nun," sagte Frau Doktor, „heute wirst du einen plattdeutschen Dichter kennen lernen."

Drüben in Laboe wurde auf einer geschützten Waldwiese ein Tischtuch ausgebreitet und die mitgebrachten Vorräte wurden verzehrt.

Nach dem Essen nahm Groth seinen Quickborn hervor und las vor. Ich saß ihm gegenüber und hatte so die beste Gelegenheit, mir seine äußere Erscheinung einzuprägen. Er hatte eine lange, hagere Gestalt mit schmalen, herabfallenden Schultern. Sein Gesicht war lang und schmal. Die Stirn war hoch und frei, die Nase lang und regelmäßig. Der kurz gehaltene Vollbart war leicht ergraut, ebenso das dünne, lang herabfallende Haar. In die verträumten, blauen Augen kam erst der belebende Ausdruck beim Vorlesen. Er las: „De ole Harfenistin" und: „Min Jehann."

Seine Art des Vorlesens hat einen unvergeßlichen Eindruck auf mich gemacht. Seine langen, schlanken

24*

Finger hielten das Buch, er brauchte aber nicht hinein-
zusehen. Während er in langsamer Weise mit gedämpfter Stimme die Worte sprach, war der Blick seiner
blauen Augen schwermütig in die Ferne gerichtet, ich
hatte das Gefühl, er suchte mit der Seele diese Jugend-
zeit, die er in so schlichten Worten malte.

> „Ik wull, wi weern noch kleen, Jehann,
> Do weer de Welt so grot!
> Wi seten op den Steen, Jehann,
> Weest noch! Bi Nawers Sot.
> An Heben seil de stille Maan,
> Wi segen, wa he leep,
> Un snacken, wa de Himmel hoch,
> Un wa de Sot wull deep.
> Weeßt noch, wa still dat weer, Jehann?
> Dar röhr keen Blatt an Bom.
> So is dat nu ni mehr, Jehann,
> As höchstens noch in Drom.
> Och ne, wenn do de Scheper sung,
> Alleen, in't wide Feld:
> Ni wahr, Jehann? Dat weer en Ton!
> De eenzige op de Welt.
> Mitünner inne Schummerntid,
> Denn ward mi so to Mod,
> Denn löppt mi't langs den Rüg so hitt,
> As damals bi den Sot.
> Denn dreih ik mi so hasti um,
> As weer ik nich alleen:
> Doch allens, wat ik sinn, Jehann,
> Dat is: — ik stah un ween.“

* * *

Frau Groth hatte bemerkt, daß das Vorlesen ihres
Mannes großen Eindruck auf mich gemacht hatte. Bei
der Rückfahrt setzte sie sich zu mir und sprach erst über

Dichtung im allgemeinen, dann über die Dichtungen ihres Mannes, dann sagte sie: „Da Sie meines Mannes Sachen noch nicht kennen, so kommen Sie doch in nächster Zeit einmal zu uns, ich will Ihnen gern einige von den Büchern leihen."

Wie groß war meine Freude und mein Stolz! Aber merkwürdig, ich erlebte zunächst eine Enttäuschung.

Der Dialekt machte mir, da er mir nicht durch gutes Vorlesen vermittelt wurde, doch rechte Schwierigkeiten. Das Buch „Trina" schien mir nicht die Mühe zu lohnen, ich kam nicht weit damit, denn ich fand es langweilig; die Gegend, die er beschrieb, interessierte mich nicht; ich fand sie reizlos und öde.

Ich brachte die Bücher zurück, und Frau Groth merkte mir bald an, daß ich den Büchern gegenüber merklich kühler war. Ich schützte die Schwierigkeit des Dialektes vor, aber sie sagte gekränkt: „Englisch haben Sie lernen können, und bei Plattdeutsch, das doch eine ‚deutsche' Sprache ist, da versagen Sie! Die Frau Kronprinzessin, die doch Engländerin ist, hat Plattdeutsch gelernt, um die Dichtungen meines Mannes genießen zu können."

Ich war verlegen und schämte mich. Ich fühlte so deutlich, daß sie unzufrieden mit mir war, das quälte mich, ich schalt mich selbst oberflächlich, und ich bat Frau Groth mir die Bücher noch wieder mitzugeben.

„Versuchen Sie's nur noch einmal," sagte sie und überließ mir das Paket.

Sehr beschämt und gedrückt verließ ich das Haus im Schwanenweg. Ich schlug langsam den Weg nach dem Düsternbrooker Gehölz ein, da sagte jemand hinter

mir: „Aber was ist Ihnen denn passiert? Sie gehen
ja daher, als lasteten Berge auf Ihnen!"

Es war der „Herr Kandidat". Ich lachte verlegen
und erzählte ihm, was mich bedrückte.

„,Trina' mögen Sie nicht?" sagte er tadelnd, „das
liegt doch an Ihnen, nicht an der Erzählung. Solche
Gegenden und solche stille Menschen gibt es; sie zu
schildern, dazu bedarf es einer besonderen Kunst, Groth
hat sie. Sie aber müssen erst in das Verständnis solcher
stillen Kunst hineinwachsen. Sie kennen unsern Norden
nicht, er hat heimliche Reize, wollen Sie sie gar nicht
kennen lernen? Sie wissen wohl kaum, was Geest und
Marsch ist?"

Ich schüttelte den Kopf, und der Kandidat fuhr fort:
„Soll ich Ihnen helfen? Soll ich Ihnen gelegentlich
das eine und andere vorlesen? Ich denke, ich kann
Ihnen das Verständnis vermitteln, denn Plattdeutsch
ist meine Muttersprache." Als ich ihn darauf etwas
erstaunt ansah, sagte er: „Sie sind wohl der Ansicht,
Plattdeutsch sei eigentlich die Sprache der Ungebildeten.
Da lesen Sie doch mal Groths Abhandlung über die
Mundarten, platt wird auf dem platten Lande ge-
sprochen."

„Ich will mich gern belehren lassen," sagte ich nachdenklich.

Wie verabredet las mir der Herr Kandidat nun
öfters aus Groth vor; und wenn er las, konnte ich's
verstehen.

* * *

Eines Nachmittags setzte ich mich mit Longfellows
Gedichten in die Fischerhütte, die im Park, dicht am

Die Verlobten

Strande lag. Als ich eine Weile gelesen hatte, wurde plötzlich der Eingang verdunkelt, der Herr Kandidat trat ein.

„Störe ich?" fragte er, „oder haben Sie den Groth da, und soll ich Ihnen helfen?"

Ich zeigte ihm mein Buch, er nickte, setzte sich auf die gegenüberstehende Bank und schlug auch ein Buch auf, in dessen Inhalt er sich eifrig vertiefte.

Nach einer Weile schlug er das Buch zu und fragte: „Sie lernen Ihren Longfellow wohl auswendig?"

„Na, das gerade nicht," sagte ich lachend, „aber ich mag seine Gedichte sehr gern. Was haben denn Sie für ein interessantes Buch gelesen?"

Mit einem eigentümlichen Lächeln reichte er mir den dünnen Band. Ich schlug irgendwo auf, mein Blick fiel auf deutsche Buchstaben, aber — ich konnte die Worte nicht verstehen. Was war das nur? Ich versuchte auf einer andern Seite, es half nichts! War ich denn verhext?

„Aber was ist denn das?" rief ich erstaunt und gab das Buch zurück.

„Das? Das ist der Katechismus!"

„Na, den müßte ich doch lesen können?"

„Es ist der dänische."

„Der dä—nische?!" fragte ich, „lernen Sie denn Dänisch?"

„Ja," sagte er, „ich lerne Dänisch, in vierzehn Tagen gehe ich nach Habersleben aufs dänische Seminar, um es gründlich zu lernen."

„Wie sonderbar," sagte ich, „daß Sie Dänisch lernen, wozu wollen Sie das denn?"

„Ich werde, wenn ich erst die Sprache kann, mich in Nordschleswig anstellen lassen. Haben Sie nicht Lust, es auch zu lernen?"

„Dä—nisch? Nein, nie—mals! Wozu sollte ich das denn lernen? Ich habe gerade genug mit Französisch und Englisch. Ich würde das nie lernen können!"

„Wollen wir wetten, daß Sie's doch lernen?"

Es ist schrecklich, daß die Männer immer recht behalten. Als er mir später Heimat und Liebe bot, — nun — da habe ich doch Dänisch gelernt, wenn auch nicht so schnell, wie er es erwartete.

Es kam anders

Nachdem mein Verlobter ein Jahr auf dem dänischen Seminar in Hadersleben gewesen war, kam er während einiger Monate als Adjunkt in das Pastorat nach Kappeln, um da den erkrankten Pastor zu vertreten.

Ich hatte in gewohnter Weise weiter im Krankenhause unterrichtet. Da sagte Frau Doktor eines Tages: „Ich habe über deine Zukunft nachgedacht. Mir scheint es wünschenswert, daß du vor deiner Verheiratung das Leben in einem Pastorat kennen lernst. Du bist durch den Aufenthalt in England und bei uns doch sehr verwöhnt; das könnte dir das Leben nachher erschweren. Dein Verlobter, der doch in diesen Kreisen bekannt ist, kann dir gewiß dabei einen guten Rat geben."

Als Antwort auf meine Vorfrage schrieb mein Verlobter: „Was nun Frau Doktors Rat betrifft, Dich für eine Weile in ein Pastorat zu schicken, so kann ich nur sagen, ich nehme diesen Vorschlag mit Dank und Freude an. Ich habe hier gleich die Frau Pastorin gefragt. Daß man Dich hier aufnehmen würde, wagte ich nicht zu hoffen, aber zu meiner großen Freude kam mir nach einigem Überlegen die Frau Pastorin mit dem Vorschlag entgegen, Du könntest hierher kommen, wenn Du wolltest, sie wolle Dich von Herzen willkommen heißen und Dich ihren eigenen Töchtern gleichstellen. Darüber bin ich sehr glücklich, denn ich könnte mir nichts denken, was so vorbildlich auf Dich wirken könnte, wie gerade dieses Pastorat. Du wirst außer echt pastörlicher Einfachheit und häuslichem Fleiß ein sehr geistig angeregtes Haus kennen lernen. Gewiß, der Pastor ist krank; das gibt dem Leben einen ernsten Hintergrund, aber gerade daran kannst Du lernen, wie suchende Christen ihr Leid tragen. Du hörst kein Murren und Klagen, mit Ergebung und Geduld nehmen alle das schwere Schicksal auf sich. Ich nenne es schwer, weil leider keine Aussicht auf Besserung ist. Das Leiden kann sich jahrelang hinziehen. Der Kranke hat durch einen Schlaganfall ein Gehirnleiden; er ist nicht bettlägerig, macht keinen Anspruch an besondere körperliche Pflege, er geht wie ein freundlicher, guter Hausgeist umher. Bei der Frau Pastorin und ihren beiden Töchtern findest Du Interesse für alles Schöne und Gute und eingehendes Verständnis für alles, was Menschenwohl und -wehe angeht. Du hast doch, da Du Dich soviel mit Pädagogik beschäftigt hast, sicher auch von dem Pädagogen Karl von Raumer gehört! Du weißt wohl, daß er eine umfangreiche „Geschichte der Pädagogik" geschrieben hat. Er war aber auch auf dem Gebiet der Naturwissenschaft, das muß Dich ja besonders interessieren, zumal in der Mineralogie, sehr beschlagen. Nun denke Dir nur! Die Frau Pastorin ist eine Tochter von Karl von Raumer. Du kannst Dir denken, wieviel Interesse man hier für Erziehung hat. Der Pastorenberuf ist ja doch auch Erzieherberuf im höchsten Sinne. — Hier wirst du auch viel gute und schöne Musik hören, sowohl die Frau Pastorin wie die Töchter, singen und spielen sehr schön. Durch den häufigen Besuch der benachbarten Pastoren kommt auch von außen allerlei anregendes Leben ins Haus. —

„Du fährst von der Kieler Landungsbrücke mit dem

Dampfschiff direkt hierher. Das Städtchen mit der alten, großen Kuppelkirche steigt terrassenförmig am Ufer der Schlei empor. In unmittelbarer Nähe breiten sich herrliche Laubwälder aus. Vom Pastorat aus siehst Du die Insel Masholm mit der freistehenden Windmühle; ein schöner Anblick, wenn die untergehende Sonne das friedliche Bild verklärt.

„Ich reise in einigen Tagen nach Handewitt bei Flensburg, wo ich wieder einen erkrankten Pastor zu vertreten habe. Wenn Du sehr bald kommst, kann ich Dich vom Schiff holen und Dich hier einführen, nötig ist das letztere aber nicht, Du wirst Dich auch ohne mich bald heimisch fühlen."

Ich reiste nach Kappeln und fand alles bestätigt, was mir mein Verlobter geschrieben hatte. —

Eines Tages erhielt ich aus Handewitt einen Brief, in dem mir mein Verlobter mitteilte, daß am nächsten Sonntag seine Ordination im Schleswiger Dom stattfinden würde.

„Du kommst doch natürlich dazu herüber, ich habe Dich schon bei meiner Schwester Marie angemeldet."

Da saß ich an dem bezeichneten Sonntage im Schleswiger Dom, vor dem herrlich geschnitzten Altarbilde von Hans Brüggemann, und sah zum erstenmal meinen Verlobten im Talar und hörte zum erstenmal eine Predigt von ihm, glücklicherweise wurde sie in deutscher Sprache gehalten, sonst hätte ich wohl nichts davon verstanden.

Am folgenden Montag wurde ich in Kappeln zurückerwartet.

Aber es kam anders.

Ehe ich abreisen wollte, brachte ich meinen Verlobten zur Bahn.

Wir bauten Luftschlösser. Er meinte: „So weit wären wir, Pastor bin ich nun, ich möchte aber bald auch meine Frau Pastorin haben! Lernst du auch fleißig Dänisch?"

„Du sagst ja selbst, daß man in Handewitt Deutsch spricht."

„Aber," sagte er mahnend, „darauf verläßt du dich doch wohl nicht? Du weißt, ich bin da nur konstituiert! Mein Aufenthalt kann sich lange hinziehen, ich kann aber auch bald wegkommen. Trotzdem sehne ich mich nach einem eigenen Heim, und wenn wir auch nicht lange dableiben, wir wollen doch bald heiraten. Meinst du nicht auch?"

Ich war derselben Meinung, und wir planten, wann unsere Hochzeit sein könne.

Dann sagte er: „Heute kann ich in Gedanken all dein Tun verfolgen. In einer Stunde fährst du nach Kappeln, morgen nimmst du deine Küchenstudien auf, und wenn du hübsch fleißig bist, dann bringt dir vielleicht der Postbote einen Gruß aus Handewitt!"

Als die Kinder bei meiner Schwägerin hörten, daß ich bis zur Abfahrt des Schiffes noch ein bißchen Zeit hatte, bettelten sie: „Tante, wenn du doch noch nicht gehst, dann spiel' doch wieder so mit uns wie gestern."

Ich ließ einen Kreis bilden, und wir sangen aus vollen Kehlen: „Wollt ihr wissen, wie der Bauer —"

Wir waren mitten im Vers, als plötzlich ein Mann in der Stube stand.

Wir schwiegen, und der Mann sagte: „Ich habe

mehrmals laut geklopft, aber es hat mich niemand gehört."

Meine Schwägerin war hereingekommen und sah den Mann erstaunt an.

„Ich habe ein Telegramm," sagte er.

Meine Schwägerin streckte eilig, erschrocken die Hand aus, da sagte der Mann: „Sind Sie Fräulein Dietrich? Für die ist es."

„Für mich?—!" rief ich erschrocken, nahm es und setzte mich.

Meine Schwägerin und die Kinder umringten mich mit erschrockenen Gesichtern.

„Meine Mutter kommt morgen vormittag!" sagte ich aufschluchzend.

„Deine — Mut—ter? — Morgen?—! Sie haben dir das Telegramm nachgeschickt. Was nun?"

„Nun muß ich so schnell wie möglich nach Hamburg. Habt ihr einen Fahrplan?"

Zitternd vor Aufregung irrte mein Finger auf dem Plan umher.

„Laß nur," sagte Marie, „gib her, ich schreib dir den Zug auf. Du mußt schnell etwas essen und dann zur Bahn. Weißt du denn, wo du in Hamburg bleibst? Gehst du in ein Hotel?"

„Ins Hotel?" sagte ich zerstreut, „nein, ich versuch's bei meinen Bekannten in der Apotheke. Wenn es da nicht paßt, kann ich noch immer ins Hotel."

Am Abend kam ich in der Apotheke an. Frau Doktor Sonder war allein. Auf ihre erstaunte Frage, woher ich so spät komme, erzählte ich ihr, was mich herführte.

„Was?—!" rief sie erregt, „dei—ne Mut—ter kommt?—! Also, wir werden sie wirklich noch wiedersehen! Ich kann mir denken, wie dir zumute ist! Ich geh' schnell und hole meinen Mann, und dir bring' ich ein paar Baldriantropfen mit, sonst schläfst du mir die ganze Nacht nicht, und du hast deine Kräfte nötig für die nächste Zeit!"

Am nächsten Morgen begleitete mich Doktor Sonder an den Hafen, hier verließ er mich. Mit größter Spannung spähte ich den Elbfluß hinunter. Mit der „Susanne Godeffroy", so stand im Telegramm, sollte die Mutter kommen. Ungeduldig fragte ich den Brückenwärter, er sagte mir, daß die Überseer der Ebbe wegen noch draußen in Curhaven blieben, die Passagiere würden vom Stader Dampfer aufgenommen. —

Endlich landete der Dampfer. Alle Passagiere waren an mir vorübergegangen, die Erwartete war nicht dabei, da ging ich zitternd vor Erwartung auf das Schiff.

Ein Herr trat auf mich zu und fragte: „Sind Sie vielleicht Fräulein Dietrich? Ich bin der Kapitän von der ,Susanne'. Ihre Mutter sitzt unten und erwartet Sie."

Er reichte mir den Arm und ich sah, daß er sehr bewegt war. Vor der Kajütentür sagte er: „Ich werde dafür sorgen, daß dieses Wiedersehen nicht gestört wird!"

Da feierten wir dann in der kleinen, niedrigen Kajüte nach zehn Jahren das Wiedersehen.

*   *   *

Die nächsten Wochen wohnten wir als Godeffroys Gäste in Höfers Hotel. Nachdem wir bei Godeffroy

und den nächsten Bekannten gewesen waren, gingen wir
ins Museum. Hier feierte die Mutter ebenfalls ein
sehr bewegtes Wiedersehen. Wie sie sich freute, als sie
die Insekten und Amphibien so schön geordnet in den
Glaskästen sah.

Kustos Schmelz sagte: „Unser Chef möchte, wenn
Sie sich erst ein bißchen eingelebt haben, daß Sie die
Herbarien nachsähen. Wir haben mit den anderen
Sachen soviel zu tun, und wir meinten ——"

„Selbstverständlich!" rief die Mutter begeistert, „o,
das wird ja eine Freude, wenn ich alle meine schönen
Pflanzen wiedersehe, wenn ich sie nun bei Namen
nennen kann! Wo sind sie, und wo kann ich arbeiten,
ich freue mich so! Ich fange gleich an."

Schmelz lachte und sagte: „Solche Eile hat's nicht,
aber wenn Sie so dahinter her sind, dann kommen
Sie morgen früh, wir werden bis dahin alles bereit
haben für Sie."

„Du kommst morgen mit und hilfst?" sagte sie eifrig
zu mir.

„Ich bin ja ganz heraus," meinte ich zögernd, und
als ich den enttäuschten Ausdruck auf ihrem Gesicht sah,
sagte ich einlenkend: „Morgen komme ich mit, und sehe
mir die Pflanzen an, aber daran arbeiten will ich nicht."

„Das willst du nicht!" sagte sie gekränkt, „was willst
du denn?"

„Am liebsten möchte ich doch an meiner Aussteuer
nähen."

„Ja," sagte sie seufzend, „es ist alles anders, als
ich's mir gedacht habe. Eine Enttäuschung nach der
anderen!"

Nach einigen Tagen war die Mutter wieder in
Museum, ich saß im Hotel und schrieb Briefe, da kam
zu meinem großen Staunen plötzlich Frau Doktor
Meyer herein.

„Charitas!" sagte sie und umarmte mich gerührt
„welch ein Wiedersehen! Wir sind gestern aus Florenz
zurückgekommen, da erzählt uns Neelsen, daß du mit
deiner Mutter hier bist! Wie geht es ihr denn?
Wo ist sie denn? Ich möchte sie doch willkommen
heißen!"

„Die ist bei ihren Pflanzen im Museum," sagte
ich trocken.

Frau Doktor lachte und sagte: „Na, nun bring mich
nur schnell zu ihr, ich bin ja so gespannt!"

Nach der herzlichen Begrüßung sagte Frau Doktor:
„Mein Mann und ich bitten, daß Sie, sobald Sie
mögen, uns für einige Tage auf Forsteck besuchen."

Ich hatte mir von Kappeln allerlei nachschicken lassen,
unter anderem auch die „Nachfolge Christi".

Während meine Mutter im Museum arbeitete,
konnte ich mir endlich einen langgehegten Wunsch erfüllen.

Ich ließ mir ein Adreßbuch geben und suchte Pastor
Meinel auf.

Eine rundliche Dame öffnete auf mein Klingeln.

„Sie kennen mich wohl nicht mehr?" sagte ich und
legte das in Seidenpapier eingewickelte Buch in ihre
Hände.

„Aber nur zum Ansehen!" sagte ich bittend, „denn
ich hoffe, Sie schenken mir das Buch!"

Die Dame besah erstaunt das Buch, dann blickte

sie mich sinnend an und sagte zögernd: „Doch —
nicht?!" — —

„Es stimmt schon," sagte ich vergnügt.

Sie öffnete die Tür zum Nebenzimmer und rief:
„Lieber Mann, du kannst dir nicht denken, wer
hier ist!"

Nun kam auch der würdige Herr Pastor und begrüßte mich.

Ich bat die Frau Pastorin, mich doch „du" zu
nennen, sie reichte mir freundlich die Hand und sagte:
„Die künftige Amtsschwester nenne ich gern ‚du‘, es
muß aber natürlich gegenseitig sein. Und das Buch
behältst du selbstverständlich. Wie oft haben wir von
dir gesprochen, wir haben einander gefragt, ob wir
damals recht daran taten, dir unser Haus zu verbieten;
und wie manchmal sagte ich: ‚Mein kleines Buch sehe
ich wohl nie wieder;‘ und nun kommst du doch!"

Ich mußte viel erzählen. Als ich von meiner Verlobung erzählte, sagte die Frau Pastorin: „Wie schön,
daß dir endlich eine irdische Heimat beschert wird, aber
— nicht wahr — die Heimat der Seele ist droben im
Licht!"

Einige Tage nach diesem Besuch reisten wir nach
Kiel.

Meiner Mutter zu Ehren gaben Doktors eine große
Gesellschaft. Da waren sie alle, die ich von den offenen
Abenden her kannte: Professor Esmarch mit seiner Ge-
mahlin Henriette Prinzessin von Augustenburg, Klaus
Groth, Professor Seeligs, Litzmanns, Weinholds, Fräu-
lein Professor Meßtorf, Karstens, Ribbecks, Fräulein
Hegewisch und noch viele von den Freunden des Hauses.

Da saßen wir zwischen den reich geschmückten Damen, und die Mutter erzählte unbefangen und drastisch von ihrem Leben im australischen Urwald, von den Sitten der Papuas, und interessiert lauschte die glänzende Gesellschaft. Ich konnte in der darauffolgenden Nacht nicht schlafen. Was zog alles durch meine Seele! Durch der Mutter Hiersein war das Leben der Vergangenheit plötzlich in die Gegenwart gerückt, und ein buntes Durcheinander redete in stillen Nachtstunden auf mich ein.

Der Mutter mochte es gehen wie mir. Die Eindrücke erregten sie sehr, es war eine große Unruhe in ihr, ihre Wünsche zogen sie einerseits ins Museum, andererseits zu ihren früheren Beziehungen. Sie plante eine Reise nach Holland, um ihre geliebten Eshuys zu besuchen, von da wollte sie nach Sachsen. Als Hauptziel schwebte ihr aber Pompeji vor der Seele.

Bei einem Spaziergang durch den Park sagte Frau Doktor zu mir: „Ich habe deiner Mutter den Vorschlag gemacht, daß ihr von hier aus deinem Verlobten einen Besuch macht, sie muß ihn doch kennen lernen! Du weißt am besten, daß ihr deine Verlobung eine große Enttäuschung ist; sie wirft alle ihre Luftschlösser über den Haufen. Sie hatte sich vorgestellt, daß sie nun immer mit dir zusammen leben wollte. Und nun noch gar ein Pastor! Wenn es noch ein Naturforscher wäre, so klagte sie mir. — Es ist für euch beide nicht leicht! Wir müssen sie ganz gewähren lassen. Red' auch du ihr in nichts darein! Sie hat eine schwere Aufgabe glänzend gelöst. Zehn Jahre lang hat sie sich nach niemand zu richten brauchen; nun dürfen doch wir

ihr keine Vorschriften machen. Kannst du dich wundern,
daß sie an ihren Pflanzen hängt, daß ihr ein grün-
warziger Käfer mehr Interesse abgewinnt als deine Aussteuer? Das ist in ihren Augen Trödel, Plunder! Ob
sie jemals Sinn für dergleichen Bedürfnisse gehabt hat,
das weiß ich nicht. Als die Verhältnisse ihr diese Dinge
versagten, da half sie sich dadurch, daß sie deren Besitz
verachtete. Dir haben wir Kultur anerzogen. Wie
könnt ihr wohl verlangen, daß ihr bei so entgegengesetzten
Richtungen, die ihr in zehn Jahren gegangen seid, einander sofort wieder versteht!? Mein Rat ist: Du
gehst so bald wie möglich wieder nach Kappeln und
arbeitest da in gewohnter Weise weiter. Und deine
Mutter läßt du tun, was sie mag! Sie muß sich
erst mal wieder an europäische Verhältnisse gewöhnen.
Warum willst du es schwer nehmen, wenn sie findet,
du bist eine Verschwenderin, weil du Hut und Mantel
hast? Mit Schmerzen und Kummer habt ihr euch
beide gewöhnt, ohne einander fertig zu werden, nun
geht es wieder nicht ohne Tränen, bis ihr euch
aneinander gewöhnt. Überlaß der Zeit und den Verhältnissen die richtige Einordnung, sie wird kommen
und damit auch eure gegenseitige Liebe und Anerkennung."

Schon nach einigen Wochen trat die Mutter ihre
Reise nach Holland an, der sich die Reise in unsere
alte Heimat anschloß.

Aus Holland schrieb sie mir unter anderem: — —
„Es ist doch schade, daß Du nicht dabei warst, als ich
meine lieben Eshuys in Rotterdam aufsuchte. Diese
Freude und dieses Staunen hättest Du sehen sollen!

Herr Eshuys sah mich lange prüfend an, ich muß mich doch sehr verändert haben, — dann streckte er mir beide Hände entgegen und sagte leise fragend: ‚Frau Dietrich?!‘ —‘ Dabei liefen ihm die Tränen über sein liebes, gutes Gesicht. Von Frau Eshuys wurde ich mit derselben Liebe aufgenommen. Unsere Gespräche drehten sich viel um den verstorbenen Sohn. Der Kreis war so zusammengeschmolzen, denn die Tochter ist in Haarlem an der Schule angestellt. Ich reise zu ihr, sie sind mir alle so lieb, als gehörten sie zu mir. — —‘

Der nächste Brief war aus Sachsen.

„— — Du würdest Dich wundern, wenn Du sähest, wieviel sich hier verändert hat. In Dresden suchte ich alle Apotheken auf. Sie erinnerten sich meiner noch alle. Ganz besonders bewegt war das Wiedersehen mit Herrn Richter in der Salomonisapotheke. Wie der sich freute, daß ich nicht mehr mit dem Tragkorb zu ihm kam. Mit viel Teilnahme hat er sich nach Dir erkundigt, er schickt Dir viele Grüße. Bei Tante Klärchen habe ich gewohnt. Dann fuhr ich über Nossen nach Siebenlehn, aber nicht mehr mit Stöbers Wochenwagen, sondern flott mit der Eisenbahn. Du solltest mal sehen, wie ich überall aufgenommen wurde! Über meine Schenkung australischer Vögel und einiger Gerätschaften hat sogar der Siebenlehner Anzeiger eine Notiz gebracht. Lächeln muß ich, wenn mir die Leute sagen: ‚Ach, das haben wir dir doch immer gesagt: bleib du nur bei deiner Sache, du wirst dich schon durchbeißen.‘

Ich war auch bei Lehmanns in Voigtsberg. Du hattest mir erzählt, daß du in Voigtsberg soviel geweint hast, nun war ich ganz erstaunt, als ich hörte,

wenn Du zu ihnen gekommen seiest, habest Du immer
gesungen, deklamiert und Theater gespielt. Du habest
nie den Eindruck eines unglücklichen Kindes gemacht.
Nach einigem Überlegen sagte ich mir: Ja, so warst
Du wohl auch, immer dem Augenblick Dich hingebend.
Und wie bist Du nun? Ich muß Dich erst kennen lernen.
Ich denke, welche glücklichen Augenblicke das doch waren,
wenn Du mir, — barfuß, im kurzen, dürftigen Röckchen, —
jubelnd um den Hals fielst, wenn ich von einer Reise
zurückkam. Diesmal kamst Du zögernd, fast schüchtern
zu mir. Was mir so weh tut, ist, daß Du alles Interesse für die Naturwissenschaft verloren hast. Daß Du
mir nicht halfst im Museum! Ich hätte Dir bei fast
jeder Pflanze eine Geschichte erzählen können, mit welchen
Gefahren ich oft zu kämpfen hatte, um in ihren Besitz
zu gelangen; ich hätte Dir die Landschaft schildern wollen,
wo sie vorkam. Du hast jetzt so andere Gedanken. Ob
die Liebe zur Natur wohl in Dir erstorben ist, oder ob
sie nur schläft und einst wieder aufwacht?! — Kannst
Du Dich wohl noch auf Donath besinnen? — (Ob ich
das konnte! Er hatte mir doch das Gedicht: „In
Myrtills zerfallener Hütte“ so schön abgeschrieben!)
Denke Dir, der hat mir in diesen Tagen den beifolgenden Brief geschrieben:

Reichenbach, d. 20. Juli 1873.
Geehrteste Madame Dietrich!

Vor einigen Wochen teilte mir Herr Kantor
Märkel in Leuben mit, daß Sie wohlbehalten und
glücklich nach Europa zurückgekehrt seien. Soeben
überraschte mich nun die Nachricht, daß Sie
Siebenlehn mit Ihrem Besuche beehrt haben.

Ich weiß nicht, soll ich es freudigen Schreck
oder Bestürzung nennen, was mich sofort treibt,
Ihnen in der augenblicklichen Verworrenheit der
Gedanken, infolge dieses Ereignisses, diese Zeilen
zu schreiben. Gab und gibt es doch für mich
keine Gelegenheit wieder, auf Ihre, vor Jahren
an mich gerichteten Briefe von Australien aus,
eine Erwiderung darauf an Sie gelangen zu lassen.

Ihren ersten Brief, worin Sie mir den Vorschlag
machten, doch nach Australien zu kommen, habe
ich sogleich durch einen Brief beantwortet und erstaunte nicht wenig, daß Sie fast ein Jahr darauf
denselben, wie Sie mir im zweiten Briefe schrieben,
noch immer nicht erhalten hatten. — Es war mir
damals nicht möglich, meine Eltern zu verlassen,
da beide krank lagen und keins von meinen Geschwistern in der Nähe wohnte, um dieselben zu
versorgen, dieselben also gänzlich hilflos hätten
bleiben müssen. Bereits als ich Ihren zweiten
Brief erhielt, waren meine Eltern gestorben und
ich durch nichts gebunden, die Heimat für immer
verlassen zu können. Ich ersuchte Sie daher in
einem Schreiben, sich für mich verwenden zu wollen,
mußte aber schließlich alle Hoffnung aufgeben, da
auf meinen Brief keine Antwort erfolgte. — Drei
Jahre später erst erfuhr ich, daß dieser Brief, bloß
weniger Groschen Gewinnes wegen, unterschlagen
worden war. Ich beschäftigte damals einen gewissen Schuhmacher Richter und beauftragte denselben, den Brief frankiert auf der Post abzugeben.
Seit dieser Zeit waren auch Ihre beiden Briefe

verschwunden. Nachdem genannter Richter gestorben, sagte mir der Gemeindevorstand, daß er ein Stück Brief von mir in Händen habe. Als nämlich der Arzt für Richtern ein Rezept habe schreiben wollen, sei kein Papier vorhanden gewesen, und man habe da von bewußtem Brief einen Streifen abgeschnitten, worauf zufällig der Schluß desselben nebst Unterschrift gestanden. Da die Richtersche Kur aus der Gemeindekasse bezahlt werden mußte, so war auch dieses Rezept an den Gemeindevorstand gekommen. Ihre Briefe hingegen hatte dieser Richter der australischen Briefmarken wegen entwendet und in Roßwein verkauft, was ich durch den Käufer herausbekommen habe, indem ich mir in Roßwein eine solche Sammlung ansah, die Marken aber sofort erkannte und für mich wieder erwarb.

Niemals wird eine so günstige Gelegenheit mir wieder geboten, wo ich eine meinen Neigungen entsprechende Stellung hätte bekommen können, trotzdem ich seit jener Zeit Erfahrungen gesammelt habe und mit sicherer Hand meinen Präparaten nicht nur streng wissenschaftlichen, sondern auch künstlerischen Wert zu geben weiß.

Was nützen mir alle die Anerkennungsschreiben, die ich von hochgestellten Leuten und Kennern bereits zahlreich besitze? Sind sie nicht eine Ironie für mich, wenn ich, durch Verhältnisse gezwungen, Kunstwerke, zu deren Gelingen ich das Leben geopfert hätte, für Spottpreise an Nichtkenner ablassen muß!

Bitte zu verzeihen, daß ich so weitläufig aus-
schweifte und Sie mit dem Grollen über mein
verpfuschtes Schicksal langweile. Genehmigen Sie
meine aufrichtigste Verehrung für Ihre so wert-
vollen Leistungen für die Wissenschaft, als auch
für Ihren persönlichen Mut, und gestatten Sie mir
das Glück, Sie zu sehen und zu sprechen, falls
Sie noch einige Tage in der Nähe zu bleiben gedenken.

Hochachtungsvoll und ergebenst

F. W. Donath, Konservator.

Nordschleswig

Mein Verlobter wünschte endlich ein eigenes Heim zu gründen. Da aber der kranke Pastor das Pastorat noch bewohnte, so mietete er in Handewitt ein kleines Haus; dahinein zogen wir nach der Hochzeit, die in aller Stille auf Forsteck gefeiert war. Als wir bei unserer Ankunft durchs Dorf fuhren, sahen wir, daß die Leute illuminiert hatten. Vor der Tür unseres bescheidenen Heims hatte man eine Ehrenpforte errichtet, die mit bunten Herbstblumen umwunden war. Der Lehrer hielt eine Rede, in der er die Hoffnung aussprach, wir möchten recht lange bei ihnen bleiben. Nach der Rede wurden wir zu einem Festessen eingeladen, welches die Gemeinde uns im Dorfkrug bestellt hatte.

Das war alles so freundlich. Daß eine Gemeinde ihren Pastor in dieser Weise aufnahm, hatte ich gehofft. Wir waren beide sehr gerührt und dankbar. Soweit es meine Person betraf, so hoffte ich mit der Gemeinde, wir möchten recht lange beieinander bleiben.

Die Bauern sprachen hier Plattdeutsch. Es gehörten aber auch zwei Dörfer zur Gemeinde, in denen Dänisch gesprochen wurde, das hatte aber für mich keine Bedeutung.

Die Bauern erwiesen sich auch weiterhin von sehr freundlicher Gesinnung, und wo sie uns einen Gefallen tun konnten, da waren sie bei der Hand. Sie fuhren mit ihren beladenen Torfwagen an unserem Häuschen vorüber, und fast täglich hielt der eine oder andere und fragte treuherzig: „Na, Fru Pastern, schall if Se of wat ut Flensborg mitbring'n?"

Die schlechte Verbindung mit der Stadt wurde mir auf die Weise wenig fühlbar, und ich wurde je länger desto sicherer, dies als mein dauerndes Heim zu betrachten.

Aber nach sieben Monaten wurde ich aus diesem Traum geweckt. Mein Mann kam eines Tages sehr aufgeregt aus Flensburg zurück. Er erzählte: „Ich habe auf dem Bahnhof den Generalsuperintendenten getroffen. Ich soll mich um eine feste Stelle bewerben, hier soll die Pfarre anderweitig besetzt werden."

„Hast du ihm denn nicht gesagt, daß uns die Leute hier gern behalten wollen?"

„Wie oft habe ich dir gesagt, daß das nicht geht! Du bist so sicher geworden, aber ganz ohne Grund. Die Stelle ist viel zu groß für einen so jungen Pastor."

„Kannst du dir denn aussuchen, wohin du möchtest?"

„Nein, was denkst du? Ich bin doch für Nordschleswig ausgebildet, dahin muß ich nun, auf wenigstens fünf Jahre."

Ich seufzte, und mein Mann fuhr fort: „Es war so: Als ich den Generalsuperintendenten begrüßte, sagte er: ‚Na, nächstens schicken Sie Ihre Bewerbung ein. Kennen Sie Roagger?'

„‚Ja, da ist die Kirche mit den zwei Türmen.'

„‚Sie meinen Broakker! Ich meine aber Roagger. Sie wissen, wie es scheint, nicht wo es liegt.'

„‚Nein, Magnifizenz.'

„‚Na, dann reisen Sie nach Ihrer Bewerbung nur mal hinauf. Es liegt so dicht an der Grenze, daß Sie den Grenzpfahl in der Gemeinde haben. Dicht bei der dänischen Stadt Riepen.'"

Mein Mann tat beides. Er bewarb sich und reiste in unsere künftige Gemeinde. Mit Spannung sah ich seinem Kommen entgegen, aber ich fand ihn nicht sehr gesprächig, ich mußte ihm alles abfragen.

„Wie ist es denn da?"

„Kahl!" sagte er.

„Und das Pastorat?"

„Das ist alt und baufällig. In den letzten drei Jahren hat kein Pastor da gewohnt, das Amt ist von dem Nachbarpastor mit verwaltet worden. Einige Stuben und die sehr geräumige Küche werden von jungen Pächtersleuten bewohnt, dadurch wird unser Platz sehr beschränkt. Die Räume, die uns bleiben, sind in einem sehr verkommenen Zustand, die Tapeten hängen in großen Fetzen von den Wänden, nirgends ist ein Ofen oder Herd, das müssen wir alles selbst anschaffen."

Als ich meine Verwunderung darüber äußerte, sagte mein Mann: „Nach dem Törninglehnschen Gesetz hat der jeweilige Pastor die Pastoratsgebäude einzulösen. Es findet also bei jedem Amtswechsel ein gezwungener Handel statt."

„Aber wenn es so aussieht, können wir doch gar nicht einziehen? Hast du denn die Pächterfrau nicht gebeten, vorher rein zu machen, oder auf unsere Kosten jemand anzunehmen, damit wir doch die Sachen an ihren Ort stellen können?"

„Ich habe sie danach gefragt, sie sagte, mit unsern Räumlichkeiten habe sie nichts zu tun."

*   *   *

Kurz danach packten wir unsere Sachen, ließen den Möbelwagen abfahren und blieben noch einen Tag im

Pastorat bei dem erkrankten Pastor. An dem Tage machten wir noch einige Abschiedsbesuche. Dann reisten wir. — An der nordschleswigschen Weiche trafen wir mit unserer Freundin, Fräulein Roquette, zusammen, die uns Frau Doktor Meyer freundlicherweise auf einige Tage zur Hilfe überließ. Bis Tondern ging's flott mit der Eisenbahn. Von hier aus benutzten wir die Post bis Scherrebeck, das dauerte vier Stunden. Hier zweigte sich unser Weg nach östlicher Richtung ab, während die Post auf der schnurgeraden Chaussee ihren Weg weiter bis Riepen verfolgte. Wir mieteten einen offenen Wagen, wo wir uns mit unserm kleinen Dienstmädchen unterbrachten.

In etwa zwei Stunden, so sagte man uns, könnten wir in Roagger sein.

Dicht in unsere Pelze gehüllt — wir waren im Wonnemonat Mai — fuhren wir auf sandigem Wege langsam unserm Ziele entgegen. In weichen, wellenförmigen Linien dehnt sich die unermeßliche Ebene vor uns aus und gewährt dem prüfenden Blick die denkbar freieste Umschau nach allen Richtungen. Wahrlich, ein eigenartiges Stück Land ist es, was wir da vor uns sehen. Der Landweg vor uns hebt sich wie ein helles Band von dem weichen, dunkel gefärbten Teppich ab. Hie und da hat man Löcher in die dunkle Decke gerissen, da tritt grell der gelbe Sand zutage. Über dem Ganzen liegt ein schwermütiger Ernst. Unser suchender Blick fällt auf schwarze Moorerde, da wo man Torf gegraben hat, haben sich in der flachen Vertiefung Wassertümpel gebildet, in denen sich aber nicht der Himmel spiegelt, da ihre Wasserfläche mit einem lila stumpf metallglän-

Roagger

zenden Hauch überzogen ist. Wie erblindete Augen liegen diese Wasserlachen da, eingerahmt von mageren, starren Binsenhalmen, die sich verdrossen aber standhaft gegen den Wind behaupten. Über dem Ganzen liegt eine schwere Wolkendecke. „Und die Erde war wüste und leer!" seufzte es in mir. Da wendet sich mein Mann zu mir und deutet schweigend, als hätte er meinen Gedanken erraten, zurück nach Westen. Ah, welch ein Anblick! — Staunend sieht das Auge, wie sich zwischen die schwarze Wolkenwand und die düstere Erdoberfläche ein strahlender, goldener Streifen schiebt. Diese Fülle purpurnen Sonnenglanzes senkt sich ins Meer, so daß der Saum des düsteren Erdkreises im Westen hell ver-klärt und vergoldet wird.

Meines Mannes Blick ruht mit stummer Frage auf mir, ich nicke ihm zu, vertrauensvoll will ich in die Zukunft schauen, denn auch von diesem fremdartigen Lande gilt das Wort: „Der Geist Gottes schwebte auf dem Wasser."

Brief von Fräulein Roquette

Kirkeby, Gemeinde Roagger.
Nordschleswig, d. 15. Mai 74.

Liebe Frau Doktor!

Ich stelle mich Ihnen vor mit einem schiefen Gesicht. Ich habe eine so geschwollene Backe, daß ich meine, sie muß bersten. Ein Wunder ist das nicht, sowohl der scharfe Westwind, der über die Heide pfeift, wie die ungemütlichen Zustände hier im Hause bringen so etwas mit sich. Sie glauben gar nicht, was für anstrengende Tage wir hinter uns haben. Charitas war so fertig mit der Welt, daß sie sich heute nachmittag ins Bett gelegt hat, und ich lag am Vormittag. So verlebten wir den ersten Sonntag in Nordschleswig. Außer dem kleinen Dienstmädchen sind wir allein, denn der Pastor ist in der Nachbargemeinde, wo die Einführungsmahlzeit stattfindet, weil der dortige Pastor die hiesige Gemeinde drei Jahre lang mit versorgt hat. Die kirchliche Feier aber war in der hiesigen Kirche. Es wurde Charitas wohl schwer, nicht dabei zu sein, wie ihr Mann in sein neues Amt eingeführt wurde, sie wollte mich aber durchaus nicht allein lassen, „im fremden Lande", wie sie sagte, zumal, da ich nicht wohl war. Sie werden denken: ‚Eine schöne Bande, erst legt sich die eine und dann die andere.'

Aber ich will versuchen, der Reihe nach zu erzählen.

Nach der endlos langen Fahrt durch eine Ge-

gend, die eigentlich keine Gegend ist, die ein so tief
ernstes Gepräge hat, daß bei ihrem Anblick Schwer-
mut ins Gemüt schleicht, sahen wir endlich auf
einem sanften Hügel die bleigedeckte gotische Kirche
liegen. Der Pastor hatte sie sich neulich schon
von innen angesehen, er sagte, sie sei etwa 1630
von den Grauen Brüdern erbaut. Durch den Fahrweg getrennt, liegt, der Kirche gegenüber, das
Dorfwirtshaus; kenntlich durch die geräumige Durch-
fahrt, die den Rahmen bildet, durch den man den
Blick über ein unendliches Stück Himmel und
Erde hat.

Bei der Kirche bogen wir vom Hauptweg ab
und fuhren auf weichem, staubigem Wege eine kleine
Strecke westwärts. Ein Hof, von vielen Bäumen
gegen den Nordwestwind geschützt, lag vor uns. Der
Pastor drehte sich zu uns und sagte bewegt: „Da
ist das Pastorat!"

Da waren wir auch schon, stiegen eilig aus und
hielten auf dem Hof prüfend Umschau.

Stellen Sie sich einen großen Hofplatz vor, der
hufeisenförmig von langen, niedrigen, strohgedeckten
Gebäuden umgeben ist. Ein stattlicher Düngerhaufen bildet den Hintergrund. Trotzdem sonst die
Vegetation noch sehr weit zurück ist, tritt man hier
überall auf üppig blühende Hundeblumen.

Zu unserer Freude sahen wir unseren Möbelwagen auch schon da stehen, und während wir über
das Auspacken berieten, kam das junge Pächter-
paar aus dem Hause. Wenn hier alle Leute so
stattlich und hübsch sind, so werden Bischoffs unter

einem schönen Menschenschlag leben. Die Frau
ist geradezu eine Schönheit, eine große, schlanke
Blondine, mit so ebenmäßigen Zügen, mit einer so
feingeschnittenen Nase und einem so zarten Teint,
daß ich ganz überrascht war. Unwillkürlich fiel
mein Blick von der Pächterfrau hinüber zu Charitas. Dieser Kontrast! Charitas stand in ihrem
Pelz so klein und hilflos da, während die andere
mit strenger, hochmütiger Miene auf sie herabsah.
Ich dachte: ‚Na, wie wird ihr das wohl hier gehen!
Mit der Frau, die sich so abwehrend zu ihr stellt,
soll sie unter einem Dach wohnen. Die ist Eingesessene, sie wird Charitas wie einen Eindringling
ansehen, und was die ganze Sache so sehr erschwert,
das ist die Sprache, die Charitas n i c h t kann.
Der Pastor ist ärgerlich, daß sie nicht fleißiger gelernt hat, nun steht sie verlegen da, versteht nichts,
muß sich jedes Wort verdolmetschen lassen, das ist
ein schwerfälliger Verkehr, sie kann doch auch nicht
immer den Mann am Bande haben. Ich kann
ja erst recht nichts verstehen, aber bei mir geht
der Kummer darüber nicht tief. Für mich ist diese
Zeit eine sehr interessante Episode, ich freue mich
schon, sie den Freunden in Kiel, und besonders
meinem Bruder Otto, schildern zu können. Ja,
Otto wird mich beneiden, wenn der hier wäre, —
nun, der würde diese Gegend zu einem Milieu für
einen Roman verwenden. Wirklich, manches ist
ganz romantisch!

Wir gingen nun alle fünf in die Wohnung.
Schön war das nicht, was wir da sahen. Hier

muß tapeziert werden, Ofen und Herd muß angeschafft werden. Im übrigen haben hier die Mäuse
ihr unbeschränktes Regiment gehabt. Man sollte
nicht glauben, daß in drei Jahren ein solcher Ver-
fall eintreten kann.

Durch den Pastor lasse ich nach Bäcker, Schlachter, Doktor und Apotheker fragen. Das gibt's
nicht, nicht einmal eine Scheuerfrau, jeder tut selbst,
was er gemacht haben will. Wo bekommen wir
Öfen, Tapeten, Fleisch, Brot? Alles in der dänischen Stadt Riepen. Na, hier möchte ich nicht
haushalten! Um es hier auszuhalten, dazu gehört
Jugend und Liebe. Beides ist Gott sei Dank da,
aber schwer bleibt's darum doch.

Ach, es war alles so kalt, so schwerfällig und
zäh, gar kein freundliches Entgegenkommen! Zum
Auspacken, meinten Pächters, sei es für heute zu
spät, da setzten wir uns kleinlaut wieder in den
Wagen und fuhren ins Wirtshaus, wo wir die
Nacht blieben. Der Wirt und seine Frau verstehen und sprechen etwas Deutsch.

Wir trödelten gelangweilt herum und entdeckten,
daß beim Wirtshaus auch ein Kramladen ist. Wir
sahen uns darin um und wunderten uns, was man
alles hier haben kann; außer Petroleum, Seife und
derlei guten Dingen waren auch bunte Blumen
für Hüte, gepreßter Sammet, Fußbodenlack und
Perlenkränze zu haben. Wäre doch auch Brot
und Fleisch zu haben!

Am nächsten Morgen wanderten wir hinunter
ins Pastorat. Der Fuhrmann war mit Abladen

beschäftigt, aber er bat, der Pastor möge Hilfe herbeischaffen. Es kamen Männer, sie steckten prüfend ihren Stock in den Wagen, guckten selbst neugierig hinein, aber als sie gebeten wurden, zu helfen, da brummten sie etwas; der Pastor sagte, sie hätten geäußert, sie wollten nicht abladen, denn sie wünschten keinen deutschen Pastor. Als ich meine Entrüstung darüber aussprach, sagte er: „Sie müssen bedenken, daß wir wohl auf deutschem Grund und Boden, aber zwischen einer dänisch gesinnten Bevölkerung leben werden."

Aufstellen konnten wir vorläufig nur das Notwendigste, es mußte ja erst gescheuert und tapeziert werden. Das erstere besorgte das kleine, mitgebrachte Dienstmädchen, das glücklicherweise Dänisch kann. Wir fuhren alle drei nach Riepen. Das hätte ich nicht gedacht, daß ich in meinem Leben noch einmal nach Dänemark kommen würde!

Nachdem wir in der Roagger Gemeinde den letzten Bauernhof hinter uns hatten, kamen wir an einen Pfahl mit einem Schilde, darauf stand: „Zollstraße." Da lagen in kurzem Abstand der deutsche und der dänische Zoll.

Die Fahrt war viel interessanter, als ich gedacht hatte. Zu beiden Seiten des Weges hohe, phantastisch geformte, zerklüftete Dünen. Mitten in dieser Einsamkeit steht ein ganz zerfallenes, elendes Heidewirtshaus, die unheimlichste, abenteuerlichste Spelunke, die man sich vorstellen kann. Es fehlte nur der zerlumpte Zigeuner, der uns Geld oder Leben abforderte. Aber ganz unangefochten kamen wir durch diese nordischen Abruzzen.

Lange, ehe man Riepen erreicht, winkt der herrliche romanische Bau des Riepener Doms. Der Pastor erzählte, daß früher hier die dänischen Könige gekrönt sind. Das Städtchen selbst ist klein, an einer Straßenecke stand, wie uns der Pastor sagte: Graue Brüderstraße. Da haben also die Mönche gewohnt, die diese gotischen Kirchen gebaut haben. Doch allerlei Interessantes! Es amüsierte mich, wenn ich die Schilder an den Häusern lesen konnte, da steht: Karetmager, Snedker, (ich riet auf: „Schneider", aber der Pastor sagte, das hieße Tischler).

Als wir beratend durch die Straßen gingen, folgten uns Jungen, sie riefen etwas hinter uns her, der Pastor sagte: „Sie rufen: Deutsche! Deutsche! Deutsches Pack!"

In den Läden waren sie aber sehr höflich und entgegenkommend. Was hatten wir aber auch alles zu kaufen. Aber wie umständlich und teuer ist alles. Nun muß doch erst wieder ein Extrawagen her, um Ofen und Herd zu holen, und alles muß durch den Zoll.

Als wir nach Hause kamen, war die brennende Frage: Wohin mit den Würsten? Uns fehlt noch ein Speiseschrank, und die Mäuse sind so ungeniert, daß sie bei hellem Tage herumlaufen. Wie sollen sie denn auch gleich wissen, daß andere Herrscher Besitz ergriffen haben! Bange darf man nicht sein, auf dem Boden ist manchmal plötzlich

26*

ein Gepolter, daß man meint, böse Geister treiben da oben ihr Wesen. Es sind nur Marder, Katzen und Mäuse.

Der Pastor, der sehr praktisch ist, kam mit Hammer und Nagelkasten, schlug Nägel in die niedrigen Deckenbalken, und da hängt nun unser Proviant in der Wohnstube unter unseren Augen.

Charitas kochte heute beim Pächter, da unser Herd noch nicht aufgestellt ist, eine Fleischsuppe. Ich gab mich der freudigen Hoffnung hin, bei der Kälte etwas Warmes zu bekommen. Ich hatte mich gerade angezogen, da kam Charitas mit der Suppenterrine, in dem Augenblick stürzt atemlos der Pastor über den Hof.

Er sah ganz sonderbar aus, da er doch noch den Talar anhatte. Charitas wurde vor Schreck ganz blaß, sie setzte die Terrine hin und fragte zitternd: „Was ist denn da passiert?"

„Die Würste! Die Würste!" rief er atemlos, riß sie eilig herunter und warf sie mir in den Schoß.

„Fort damit! Aber schnell! Gleich sind sie hier!"

Unwillkürlich machte ich mich schnell damit aus dem Staube und warf sie im Nebenzimmer auf den Haufen Allerlei, der noch ungeordnet da lag, dann ging ich neugierig wieder in die Stube. Gerade wie ich zur einen Tür hineingehe, öffnet sich die Außentür, und zwei Herren treten ein. Der eine in Uniform mit dem Degen an der Seite, der andere im Talar mit dem breiten, getollten Pastorenkragen. Der Pastor stellte vor: „Herr

Landrat von Rosen aus Hadersleben, Herr Propst Andresen aus Beftoft."

Der Propst ist ein auffallend schöner Mann, dem die Silberlocken ein sehr würdiges Ansehen geben.

Beide Herren sahen sich erstaunt um, und der Landrat meinte: „Hier sieht's noch bös aus, aber es kann ja werden; aller Anfang ist schwer!"

Nach einigen tröstlichen Reden der beiden Fremden gingen alle drei Herren. Und unsere Suppe?! Na, die war unterdessen ja hübsch abgekühlt.

Jetzt höre ich Charitas, wir wollen noch einmal durch den großen Garten gehen. Wenn der unter pflegende Hände kommt, so kann daraus etwas Schönes werden, aber jetzt sieht er aus, als hätte Dornröschen darin geschlafen. Alles ist überwuchert und verwildert, die Wege sind dicht mit Gras bewachsen, die Obstbäume treiben wilde Schößlinge, und die Stämme sind mit Moos und Flechten überwachsen. An den Sträuchern hängen Klumpen Schafwolle, der Pächter hat wohl die Schafe im Garten geweidet. Überall Unkraut, das gibt Arbeit. Ich stelle mir vor, wenn hier erst Kinder herumtollen, für die könnte dieser wilde, große Garten ein Paradies werden. Hinten schließt er mit einem hübschen Wäldchen ab, in dem eine Unmasse Krähen nisten. Gegen Abend ist ein Geschrei, daß ich immer denke, David Copperfield könnte für seinen leeren Krähenhorst gern die Hälfte abhaben. Da sind sie, und wie sie schreien! Viele Grüße aus dem Krähenhorst von Roagger!

Treu Ihre Emilie Roquette.

Aller Anfang ist schwer

Fräulein Roquette war, nachdem wir einigermaßen eingerichtet waren, wieder abgereist.

Erst nach ihrer Abreise geschah das große Wunder, wonach wir immer erwartungsvoll ausgeschaut hatten. Trotz Wind und Kälte der vorangegangenen Tage erstrahlte an einem Sonntagmorgen der Garten in zauberhafter Blütenpracht. Feiertagsschmuck trug die Natur, und wie festlich war uns zumute, als wir unter den Klängen der Kirchenglocken den Weg zum Gotteshaus einschlugen. Von den grünen Fluren hob sich jubelnd die Lerche in die Luft.

Auf dem Kirchhof standen bei den kahlen Gräbern Männer und Frauen, die uns bei unserm Erscheinen höflich grüßten und mit uns in die Kirche traten.

Die Bevölkerung ist kirchlich, daran ändert auch der „deutsche" Pastor nichts.

Keine Orgel. — Der Küster stimmt den Gesang an, und die Gemeinde schließt sich an. Dänische Lieder, — dänische Melodien, — eine dänische Predigt.

Die Predigt verstand ich nicht, und doch war ich tief bewegt. Die Erinnerung an ganz ähnliche Empfindungen tauchte auf, das war damals in der kleinen englischen Dorfkirche in Harpole gewesen, wo ich mich auch so fremd und losgelöst gefühlt hatte. Damals konnte ich doch die Sprache verstehen, und ich war frei, ich konnte gehen, wenn ich das einsame Leben nicht mochte. Das war jetzt anders! Ich wußte, fünf Jahre war mein Mann verpflichtet, in Nordschleswig zu bleiben. Fünf Jahre gebunden an eine Bevölkerung, die uns

nicht wollte, deren Sprache und Sitten mir unbekannt
waren. Alles mutete so fremd an. Stand da nicht
mein Mann und redete eine Sprache, in der ich ihm
nicht folgen konnte? Würde es mir möglich werden,
mich durch diese eigenartigen Aufgaben hindurch zu
tasten? Ein Stammeln würde meine Ausdrucksweise
im günstigsten Falle werden. Würde es irgend ein
Gebiet geben, wo die Gemeinde und ich uns finden
würden? Nun, hier in der Kirche war das Verbindende,
Einigende. Aber selbst damit würde es langsam vorwärts gehen. Auch für die Gemeinde, so schien mir,
müßte es schwer sein, mit ihren Sorgen und Nöten zu
ihrem Pastor zu gehen, der doch nicht einer aus ihrer
Mitte war.

Dumpfe, unklare Angst umlagerte meine Seele.

Mein Blick fiel auf eine grellblau gemalte Nische,
in der ein grobgeschnitzter Moses mit den Gesetzes-
tafeln stand. Die Figur war mit weißem Lack über-
pinselt. Wer mochte sie geschnitzt haben? Gab es
wohl noch Leute, die Interesse für dergleichen hatten?
Hier war doch ein dunkler Drang nach künstlerischem
Ausdruck. Wenn ein solcher Mensch in der Gemeinde
lebte, mit dem ließe sich wohl anknüpfen, der würde
Phantasie haben; denn sein inneres Schauen suchte durch
die Darstellung nach Verständnis mit der Umgebung.
Einer, in dem Kunstempfinden sich regte, der, so meinte
ich, würde die Politik ausschalten. Religion und Kunst
fragten wohl nicht nach „Dänisch und Deutsch"? Ach,
nur eine Anknüpfung! Irgend etwas Gemeinsames!
Nicht abseits stehen müssen! — Da sprach mein Mann
den Segen, mit dänischen Worten aus deutschem Herzen,

welcher Zwiespalt! — Würde dieser Segen die Kraft haben, Herde und Hirten innerlich zu verbinden?

Was für ein langer, einsamer Sonntag! Selbst mit unserer engsten Heimat, mit Haus und Garten, waren wir noch nicht vertraut. In der Blütenpracht wanderten wir umher wie Fremde. Über uns strahlende Schönheit, unter uns Verwahrlosung, Unkraut, üppige Brennesseln, und stolzer Heinrich; alles überragend: die feinen, weißen Dolden des Kälberkropfes, die sich wie ein geheimnisvoller, zarter Schleier über die Wildnis breiteten.

Aus dem blütenreichen Garten zog es uns nach dem erhöhten Aussichtspunkt, von wo man weit in die Ferne schaute. Wir spähten aus nach Menschen, der dunkle Punkt, der da den Hügel herab kam, das war einer. Die grelle Sonne beschien das Vorhemd, aber uns ging der fremde Mann nichts an. —

*　　*　　*

Nun hieß es aber Ernst machen mit dem Lernen. Ich nahm den „Kleinen Dänen" vor; vorn hatte mein Mann mit einem großen Ausrufungszeichen hineingeschrieben: „Beharrlichkeit führt zum Ziel!"

Ich lernte Redensarten, aber ich wollte gern zusammenhängende Geschichten lesen. „Was ich habe," sagte mein Mann, „das ist für dich zu schwer. Vielleicht später einmal." Als ich mir eines Tages etwas im Laden holte, da fragte ich den Wirt, ob er nicht ein Buch für mich habe. Sein Gesicht erstrahlte in heller Freude, und lebhaft rief er: „Sie wollen Dänisch lernen?! — Ich habe ja die dänische Volksbibliothek. Hier, sehen Sie!"

Das war, was ich suchte. Die Bücher waren äußerlich in keinem schönen Zustande, fleckig, Blätter fehlten, Stücke waren herausgerissen, was tat's, es blieb noch übergenug für mich nach. Es dauerte nicht lange, da las ich mich ganz in Brand mit den Ingemannschen Romanen. Ich sah im Geiste, wie die schöne Königin Dagmar bei Riepen landete und wie in der Domkirche das Dankfest gefeiert wurde. Ich sah, wie sich der Dannebrog direkt vom Himmel herniedersenkte, zum Zeichen, daß Gott mit den Dänen war. Es kam eine große Freude über mich, daß ich mir dieses geistige Gut aneignete. Der Wirt konnte seine Freude an meinem Eifer haben, denn ich holte mir nach und nach fast alle seine Bücher.

Mit dem Sprechen ging's schwerer, denn die Bauern sprachen Dialekt. Manchmal verlegte ich mich aufs Raten, ich riet aber oft vorbei, das sah ich dann an den erstaunten Gesichtern der Frauen.

Eines Tages war Butterlieferung. Wir erwarteten fast vierhundert Pfund Butter, die von den Frauen gebracht wurde.

Das brachte Leben und Aufregung! Den Tag vorher wurden viele verschiedene Sorten Kuchen gebacken, Kaffee geröstet und gemahlen und Zucker geschlagen. Die Pächtersfrau tat das Backen, das konnte ich nicht.

Am folgenden Tag kam der Wirt auf den Hof gefahren, er brachte eine Anzahl Buttertonnen und Salz mit. Ein großer Tisch zum Sortieren und Kneten der Butter stand in der Küche bereit. Mein Mann wog und schrieb an. Ich hatte mich sprachlich nach besten Kräften vorbereitet und brachte alle meine Weis-

heit an den Tag. Es waren schöne, stattliche Gestalten
mit hübschen Gesichtern darunter. Die meisten sahen
geringschätzig, gleichgültig auf mich herab, aber hie und
da begegnete mein Blick doch auch einem Augenpaar,
das mit Teilnahme und Mitleid auf mir ruhte. Ja,
mit Mitleid, denn ich buhlte um ihre Liebe, fühlte ich
mich doch so fremd und unsicher zwischen ihnen, und
wie sehr braucht eine Frau die andere! Ich jedenfalls.
Die Frauen hatten ihre soliden, selbst gesponnenen und
gewebten Kleider an. Auf dem Kopfe trugen die jüngeren
weiße, getollte Staatshauben mit breiten, buntseidenen
Bändern, die sie unter dem Kinn zu einer stattlichen
Schleife gebunden hatten. Ganz alte Frauen hatten
dagegen eine enganschließende, steifgefütterte Seidenmütze,
die mit einer handbreiten, steifgetollten Spitze das faltige
Gesicht einrahmte.

Als ich sie alle versorgt hatte, setzte ich mich zu
ihnen. Die Zunächstsitzende befühlte mein Kleid und
fragte: „Ist das gekauft oder selbst gesponnen?"

Ich lachte und sagte, das sei natürlich gekauft.

Aber ich könnte doch spinnen? — Ich schüttelte
den Kopf und sagte: „Nein, spinnen kann ich nicht."

Nun wurde das Examen von einer anderen aufgenommen, und ich wurde gefragt, ob ich weben, ob ich
färben, ob ich Bier brauen, ob ich Lichte ziehen, ob ich
backen, ob ich melken könne. Und ich fiel im Examen
glänzend durch. Nichts konnte ich! Nicht einmal ordentlich mit ihnen sprechen, denn ich mußte mich immer
besinnen, und selbst dann radebrechte ich noch. Achsel-
zuckend sagte eine: „Hun er en lille Stjamp!" Die
anderen lachten und nickten, ich aber kämpfte mit den

Tränen, ich fühlte, meine Niederlage war bestätigt, obgleich ich mir nicht klar war, was Stjamp bedeutete. — Immer mehr Frauen kamen, die ersten gingen in den Garten und machten den Neuangekommenen Platz am Kaffeetisch. Es war ein anstrengender Tag, und ich atmete auf, als wir endlich allein waren. Ich holte das Wörterbuch. „Was? So eifrig?" rief mein Mann, „was suchst du denn? Kannst mich ja nur fragen."

Ich schwieg und suchte S. Ich fand nicht, was ich suchte und klappte das Buch zu.

„Nun?" sagte mein Mann.

„Ach," sagte ich widerwillig, „ich suchte nur ein Wort. — — Was ist denn Stjamp?" platzte ich endlich heraus.

„Stjamp?" sagte mein Mann langsam, „das wirst du wohl nicht finden, das heißt — na — dumme Gans, Dummbart, — Dösbartel. — Haben sie das etwa von dir gesagt?"

Jetzt schluchzte ich los.

Mein Mann schwieg eine Weile, dann sagte er zögernd: „Sie dachten natürlich, du würdest es nicht verstehen, es ist gerade kein Schriftwort." — Nach einer Pause fuhr er fort: „Nimm es nicht schwerer, als es gemeint ist."

Ich sah empört auf.

„Du gibst also zu, daß sie es gemeint haben," sagte ich erregt.

„Aber natürlich! Das haben sie gemeint!"

„Das sagst du so! Du meinst es womöglich auch?!"

„Natürlich," spottete mein Mann, „deshalb habe ich

dich doch genommen. Es ist doch so bequem, eine kleine
Gans zur Frau zu haben."

„Du bist grausam! Du fühlst nicht mit mir!"

Mein Mann nahm seinen Stuhl und zog ihn an
meine Seite, dann legte er den Arm um mich und
fragte: „Sag' mal, hast du Phantasie?"

„Wieso?"

„Wenn du die hast, dann versetz dich mal ein paar
Minuten in die Seele der hiesigen Bauerfrauen. Zu
ihrer Pastorin möchten sie aufsehen. Alle die Künste
und Fertigkeiten, zu denen sie von Kindheit an erzogen
worden, davon besitzest du auch nicht eine. Sie sind
tüchtig, und Tüchtigkeit schätzen sie. Ihr Leben und ihr
ganzes Interesse dreht sich um diese Dinge. Nicht einmal sprechen kannst du mit ihnen, und dann erwartest
du, daß sie Respekt vor dir haben. Wo soll denn der herkommen, wenn du keine ihrer Fertigkeiten kannst?"

„Wären wir doch nur erst hier wieder weg! Wären
die fünf Jahre erst um, die du hier bleiben mußt!"

„Habe ich je gesagt, daß wir nach fünf Jahren
gehen?"

„Nein, aber dann kannst du doch!"

„Was habe ich dir in den Kleinen Dänen geschrieben? ‚Beharrlichkeit führt zum Ziel!' Sie kennen
die Deutschen nicht, wollen wir ihnen nicht zeigen, daß
auch wir tüchtig sein können? Erst mal in der Ausdauer! Sie sollen sehen, daß wir tapfer auf unserm
Posten stehen, und daß wir willens sind, ihnen zu
helfen, nach unserer Begabung und Kraft. Wir wollen
werben, wie Jakob um Rahel warb, vielleicht geht es
uns wie ihm, wir erwerben vielleicht in Jahren die

Achtung, ob je die Liebe? Es soll aber doch unser
Ziel sein! Ob wir's erreichen, das steht bei Gott!"

*　　　*　　　*

Wir erwarteten unser erstes Kind. Dieses Ereignis
stand mir sehr bevor, und wir erkundigten uns, wen wir
zu meinem Beistand rufen könnten. Man sagte uns:
im nächsten Dorf wohnt eine Alte und eine Junge.
Die Alte ist die Bewährte. Die Junge ist vom Physikus
während eines Jahres suspendiert, da ihr mehrere Frauen
im Kindbettfieber gestorben sind. Das Jahr ist allerdings
schon seit einiger Zeit beendet, aber niemand will sich
ihrer Hilfe anvertrauen. Also würde es, mußte es die
Alte sein! Nach einiger Zeit meinte mein Mann:
„Wollen wir nicht doch die Junge mal kommen lassen?"

„Die Junge?" sagte ich erstaunt, „aber —"

„Ja, ja, ich weiß, aber meinst du nicht, daß sie sich
nach dieser schweren Erfahrung doppelt zusammennimmt?
Wenn wir vorangehen und Mut zeigen, dann wird sie,
wenn es ihr hier gelingt, wieder in Aufnahme kommen,
und das möchte man ihr doch gönnen!"

Ich lud Stine zum Kaffee ein, und da machte ich
die angenehme Entdeckung, daß sie außer ihrer Kunst
in Kiel auch etwas Deutsch gelernt hatte. Wohl oder
übel, ich hatte mich mit ihr zurechtzufinden.

Das tägliche Brot machte mir viel zu schaffen.
Wiederholt versuchte ich zu backen, aber es wollte mir
bei dem Torffeuer nicht gelingen, es blieb glitschig. Da
war ich froh, daß wöchentlich einmal ein Mann aus
Hörbro kam und mir Weißbrot brachte. Aber auch das
hatte allerlei Schwierigkeiten. Kam er im Sonnenbrand

über die Heide, so war das Brot in Zwieback verwandelt, kam er im Regen, so war es durchgeweicht,
und nach einigen Tagen wuchs ihm ein feiner Bart,
den ich erst wegrasieren mußte, ehe ich es auf den Tisch
brachte.

Nach einiger Zeit hatten wir Milchlieferung. In
Kirkeby war die Sache einfach. Die Mägde brachten
mir von den verschiedenen Höfen die Milch ins Haus,
und ich konnte meinen Käse in aller Gemütlichkeit machen.
Die Verordnung war, wir sollten an einem bestimmten
Tage die gesamte Mittagsmilch geliefert bekommen.
Im Einnahmeprotokoll stand, daß wir von dieser ge-
lieferten Milch einige achtzig Pfund Käse bekommen
würden.

Zur Gemeinde gehörten vier Dörfer. In die übrigen
drei Dörfer ging ich mit meinem Mädchen, um auf
einem bestimmten Hofe, auf dem vorher Bescheid gesagt
war, die Milch den Mägden abzunehmen. Dem
Mädchen gab ich in ihren Armkorb Met, Kuchen,
Salz, Kümmel und ein Fläschchen mit Kälberlab. Die
Mägde wurden auf dem fremden Hofe von mir mit
Met und Kuchen bewirtet. Wenn alle Milch da war,
setzten wir einen großen Kessel voll über Feuer, fügten
etwas von dem aufgelösten Kälberlab dazu, der brachte
die Milch zum Gerinnen; der Quark wurde von uns
ausgedrückt und in eine mit einem Tuch ausgelegte
Form getan. Das Ganze wurde scharf ausgepreßt,
schließlich mit einem großen Stein beschwert, und nach
acht Tagen konnte der Käse abgeholt werden, da er dann
soviel Festigkeit hatte, daß er transportiert werden
konnte. Die Bauern waren an dem Tage sehr gastfrei

zu uns. Wenn die Arbeit getan war, wurden wir eingeladen, mit ihnen zu essen.

Alles ging gut, bis ich ins letzte Dorf kam. Es war das erstemal, daß die Mägde statt mit vollen Eimern nur mit einem Henkeltopf voll Milch kamen. Ich fragte die Bauerfrau, ob hier die Höfe kleiner seien, da verhältnismäßig hier so wenig Milch käme. Der Bauer hatte meine Frage gehört, und er schrie mich wütend an, schalt mich „deutsches Pack" und sagte, daß wir eine unverschämte Bande seien. Zu bedanken hätten wir uns, daß sie uns, die sie gar nicht haben wollten, Milch, Butter und Korn gäben. Zum Kuckuck sollten wir uns scheren! Ich hätte mich solchem Wutanfall gegenüber nicht einmal in deutscher, viel weniger aber in dänischer Sprache verteidigen oder wehren können. Ich schluckte schweigend an meinen Tränen. Wie gern hätte ich alles im Stich gelassen und wäre davongelaufen, aber ich blieb auf meinem Posten und beendete meine Arbeit, dann schleppte ich mich todtraurig und elend nach Hause.

In der Nacht schickten wir Pächters Knecht Ole zur kleinen Stine.

Brief von Fräulein Roquette

Kirkeby, d. 8. Juli 1874.

Liebe Frau Doktor!

Hier bin ich wieder! Der Wagen war nach Verabredung in Scherrebeck. Der Kutscher, der, — wie ich nachher hörte, für gewöhnlich Schmied ist, — kam auf mich zu und sagte, während er die kurze Pfeife aus dem Munde nahm, allerlei, wovon ich nur: „Pastor Bischoff" verstand. Das genügte ja auch. — Nach der fast zweistündigen Fahrt, hielt der Wagen endlich auf dem Hofe. Glückstrahlend kam der Pastor heraus und nahm meinen Glückwunsch zu seiner neuen Würde entgegen. Ich ging erst mal mit ihm ins Nebenzimmer. Ich mußte mich nach der langen Reise auch ein bißchen zurechtmachen. Dann gingen wir miteinander zu Charitas. Denken Sie sich mein Staunen! In der Wochenstube sitzen nicht weniger als vier Bauerfrauen, und Charitas selbst sitzt aufrecht, mit glühenden Backen und bemüht sich, die alle auf Dänisch zu unterhalten. Sie können sich denken, wie sie sich freute, daß ich endlich kam. Sie zeigte mit glücklichem Stolz auf das Körbchen neben ihrem Bette. Während ich mir das niedliche Kindchen noch besehe, kommt schon wieder eine Frau, und der unvorsichtige Pastor läßt sie auch ohne weiteres gleich herein. Da trat ich aber ganz energisch auf und sagte dem Pastor, er solle die Leute doch nicht gleich hereinlassen, sie hätten ja gar nicht die rechte Temperatur, um gleich ans Bett gelassen zu werden. Ich nahm die Frau sofort erst mit in die Nebenstube. Zu meiner Beruhigung gingen nun auch die anderen Frauen. Charitas sah mich flehend, hilfesuchend an und sagte: „Bitte, seien Sie doch nur vorsichtig! Ach, gerade freuen wir uns so, daß durch die Geburt des Kindes fürs erste das Eis gebrochen ist. Wirklich, das Kind hat Wunder vollbracht! Sie kommen, und sie sind gar nicht kalt und spöttisch."

Da warf der Pastor in seiner trockenen Weise dazwischen: „Wie sollten sie wohl spöttisch sein! Du hast ja diesmal das Examen bestanden!"

„Ja," sagte Charitas glücklich, „denken Sie nur, alle finden die Kleine so niedlich, und sie erzählen mir, daß seit über hundert Jahren kein Kind hier im Pastorat geboren ist. Lange Jahre haben Witwer oder Junggesellen hier gehaust, und der letzte Pastor, der aus Kopenhagen hierher kam, der brachte Kinder mit." —

Der Pastor zeigte mir lächelnd mehrere Zwetschentorten aus Blätterteig. Ich schlug die Hände zusammen und fragte Charitas: „Sie haben doch davon nicht gegessen?"

Sie lachte und sagte: „Die sind doch für mich! So unangenehme, gezwungene Opfer habe ich in der letzten Zeit entgegennehmen müssen, nun soll ich dieses freiwillige, mir so angenehme Opfer nicht einmal haben?"

Der Pastor gab mir eine und nahm selbst eine, und während wir damit abzogen, sagte er: „Man opfert freilich den Göttern, den Genuß aber haben die Priester und Leviten."

Charitas sorgte sich noch sehr, ob die letzte Frau auch nicht beleidigt sei, es sei die Frau des Gastwirts, die verstände ein bißchen Deutsch, aber vielleicht nur soviel, daß daraus ein Mißverständnis entstehen könnte. Sie warnte mich, doch ja vorsichtig zu sein, da die Leute mißtrauisch und leicht verletzt seien.

„Ach Gott!" sagte sie, „wir wollen das Beste hoffen, es nahm nun gerade eine so erfreuliche Wendung!"

Ich ermahnte sie, sich zu beruhigen, sich zurückzulegen und gar nichts zu denken. Der Pastor ist bei aller Männlichkeit umsichtig und hilfsbereit wie eine Mutter. Er greift überall selbst mit an, und es steht ihm gut.

Als wir alles besorgt hatten, sagten wir dem kleinen Dienstmädchen, sie möge sich ins Nebenzimmer setzen und uns rufen, wenn wir gebraucht würden. Wir gingen in den Garten, der jetzt, da alles grün ist, wirklich sehr schön ist. Unter einem Walnußbaum steht eine Bank, darauf setzten wir uns, und ich ließ mir vom Pastor erzählen. Allerlei ungewohnte Arbeiten und Aufgaben sind in letzter Zeit an Charitas herangetreten, die ihr auch Aufregungen allerart gebracht haben, so daß er fast in Sorge gewesen sei, wie es gehen würde.

Ein Glück, daß der Pastor so ruhig ist, wirklich, die beiden ergänzen sich prachtvoll, denn eine ruhige Natur kann man ja Charitas nicht nennen. Wie lebhaft empfindet sie jeden Schmerz und jede Freude.

Ich sprach dann über die hiesigen politischen Zustände; er sagte mir: „Sie trauen mir wohl zu, daß ich niemanden reize, liegt doch meine Aufgabe nicht auf politischem Gebiet. Sie sollen aber auch mich nicht reizen! Das darf ich mir nicht gefallen lassen, trotz allem Friedensbedürfnis, das ich habe. Sie dürfen nicht vergessen, daß ich deutscher Beamter bin. Werde ich darum nicht geliebt, so müssen wir das tragen, aber respektieren sollen sie meinen Standpunkt wenigstens.“

„Tun sie das denn nicht?“ fragte ich.

„Ich habe doch mit allerlei zu kämpfen. Ich dulde es nicht, daß sie den Dannebrog auf den Kinderwagen legen, wenn ich zu einer Taufe gerufen werde. Auch bei Hochzeiten kommt es vor, daß aufreizende Lieder gesungen werden, so: von der giftigen Schlange, die aus Süden zu ihnen kommt. Ich habe ihnen gesagt: wenn sie mich einladen, komme ich, um Freud und Leid mit ihnen zu teilen. Wollen sie politische Lieder singen, dann zwingen sie mich, ihre Gesellschaft zu verlassen. — Und nun, in all das Feindselige kommt das liebe Kind als Friedensbringer! Hätten wir vor kurzem wohl gedacht, daß dieselben Bauerfrauen, die sich eben erst so spöttisch und überlegen gezeigt hatten, jetzt freiwillig mit den besten Gaben, die sie sich denken können, kommen und uns helfen würden?“

Dann sprach er von Frau Dietrich. Sie hat zur Pflege kommen wollen, aber gerade dafür wollte er sie nicht gern haben, sie, die ihr Leben lang so hart gegen sich selbst war, sie würde es lächerlich

27*

finden, die Rückſicht zu nehmen, wie wir ſie nun einmal in Europa für geboten halten. „Wir müſſen erſt ſelbſt beſſer im Sattel ſitzen, bis wir unſere ungewöhnliche Mutter in unſerem Haushalt aufnehmen. Die Bauern, die nicht mit ihr ſprechen können, würden ſich ein ganz verkehrtes Bild von ihr machen, und man kann ihr ja nicht auf den Buckel ſchreiben, was ſie im Leben geleiſtet hat."

So etwa ſprach er, dann gingen wir hinein. Ich warf noch einen Blick auf den Hügel im Oſten, in dem Gipfel der Kaſtanien ſaß der Kuckuck und rief unermüdlich ſein „guck! guck!" in die weite Ebene, gerade als wollte er auffordern: „Kommt, hier gibt's was Neues zu ſehen!"

b. 9. Juli.

Soweit ſchrieb ich geſtern abend. Heute muß ich mich kürzer faſſen. Charitas hat ſich, — was ich ja gleich fürchtete, — geſtern zu ſehr mit Däniſch ſprechen angeſtrengt, ſie hatte Schüttelfroſt und liegt nun im Fieber! Ich wollte natürlich, daß ſofort nach dem Arzt geſchickt würde, aber der Paſtor ſagte ſehr niedergeſchlagen: „Es war ſchon ſehr ſchwer, einen Wagen aufzutreiben, der Sie von Scherrebeck holte. Jetzt, in der Heuernte, braucht jeder Pferde und Wagen dafür. Und dann —! Ein wildfremder, däniſcher Arzt? Wollen wir's nicht noch ein bißchen mit anſehen? —"

Alſo wir ſehen es an. Ich war ſoeben bei ihr, ſie iſt ganz apathiſch, mag nicht die Augen aufſchlagen. Daß ſie es auch mit der Stine gewagt haben! Aber ich habe das Mädchen doch zu ihr geschickt, leider wohnt sie im nächsten Dorf. —

Eine weitere Sorge ist das Kind! Das schreit, es hat Hunger, und doch dürfen wir die Mutter jetzt nicht anstrengen. Der Pastor überlegt, er will eine Bauerfrau bitten, von der er weiß, daß sie einen fast einjährigen Jungen an der Brust hat. —

So! Das Kind ist besorgt. Die Frau war ganz gefällig, sie legte das deutsche Kind an ihre dänische Brust. Na, wenn das keinen Zwie- spalt gibt!?

Erstmal werden wir uns wohl auf allerlei Geschrei gefaßt machen müssen. Solche Frau hält sich doch auch im Essen und Trinken nicht danach. Wirklich, man weiß gar nicht, wie man's hat, wenn man in der Stadt ist. Hier ist's schon schwer, wenn alles seinen gewöhnlichen Trott geht, aber wehe, wenn außergewöhnliche Verhältnisse eintreten. Aber ich muß schließen. Wir anderen wollen ja auch essen, und wenn Zwetschentorte aus Blätter- teig auch etwas sehr Gutes ist, ganz ausschließlich davon leben kann man doch nicht. Bischoff läßt herzlich grüßen. Die Kleine soll Charitas heißen, Frau Dietrich wünscht es, weil es ein Name ist, der schon lange in der Dietrichschen Familie vor- kommt. Hoffentlich geht's hier bald wieder gut!

Treu Ihre

Emilie Roquette.

Der fremde Einschlag in der Bevölkerung

Ich habe oft gedacht: es ist eigentlich kein großes Verdienst, wenn die Leute in Nordschleswig gastfrei sind, denn in der großen Einsamkeit war es immer eine besondere Freude, wenn Menschen kamen und einen Gedankenaustausch ermöglichten.

Welche Freude und Anregung brachten uns die Kirchen- und Schulvisitationen! Wir hatten den Kreisschulinspektor Petersen aus Apenrade. Er kam als ein Fremder zu uns, aber wie bald hatten wir uns gefunden, wie anregend und lebhaft sprach er über alles, nachdem er in Begleitung meines Mannes die beiden Schulen der Gemeinde inspiziert hatte.

Oben unter den Kastanien saßen wir, ich lauschte mit lebhaftem Interesse seiner Unterhaltung über die nordschleswigsche Bevölkerung. Er kannte sie. Er sprach über ihre konservative Gesinnung, ihren festen Bibelglauben, ihre Kirchlichkeit und über ihre absolute Ehrlichkeit.

„Sie können Tag und Nacht alle Türen offen lassen, es wird Ihnen nichts gestohlen. Von groben Verbrechen, wie die Zeitungen in den großen Städten sie täglich berichten, werden Sie weit und breit nichts hören. Die Bauern lassen auch niemanden hungern, gewiß gibt es Arme, die sich redlich plagen müssen, aber die nötige Nahrung und Kleidung werden sie immer haben. Wenn die Höfe auch weit von einander liegen, so kennen die Leute einander trotzdem besser, als die Menschen in der Großstadt, die auf ein und demselben Flur wohnen."

Ich wandte den Kopf, denn oben bei der Kirche

zeigte sich eine Staubwolke, die ihre Richtung nach dem Pastorat hin nahm.

Der Schulinspektor unterbrach sich und folgte meinem Blick.

„Da scheint ja etwas sehr Aufregendes zu kommen," sagte er.

„Schusters Kuh," antwortete ich.

„Freilich, — sehr interessant!"

„Ach," sagte ich lachend, „die Kuh ist Nebensache! Ich sehe mir aber jedesmal das entzückende Kind an, das die Kuh führt. Sehen Sie die graziöse Gestalt? Die kleine Dagmar, das Kind vom Schuster, ist sicher das schönste Mädchen in der Gemeinde. Sie sieht gar nicht aus, als ob sie hierher gehörte, sie hat etwas so Zierliches, Gewandtes. Die Kuh folgt dem Kinde mit der schwachen Gerte so willig, daß ich mich immer freue, wenn sie hier vorbeikommt."

Der Schulrat klopfte meinem Mann freundlich auf die Schulter und fragte lachend: „Sieht die alles Nordschleswigsche in so rosigem Lichte?"

Mein Mann zog die Augenbrauen hoch und sagte: „Na, das wollen wir lieber nicht zu genau untersuchen."

„Wie finden Sie denn das Schusterkind?"

„Ganz Zigeunertyp! Krauses, dunkles Haar, kohlschwarze Augen mit langen Wimpern, und ein geschmeidiges Figürchen."

„Da kommt sie!" sagte ich halblaut.

„Ja," sagte der Schulinspektor, „das ist Zigeunertyp."

„Zigeunertyp?" sagte ich erstaunt, „hier zwischen dieser nordischen Bevölkerung, Zigeuner?"

„Ja, das habe ich vorhin ganz vergessen, als ich
von der hiesigen Bevölkerung sprach. Das muß Ihnen
doch aufgefallen sein, daß ein Einschlag von dieser
dunkeläugigen Rasse hier zu finden ist. Sie unterscheiden sich ja so auffallend von den helläugigen,
blondhaarigen Nordländern. Sie sind auch wohl im
Charakter verschieden von ihnen. Von den eingesessenen
Bauern werden sie nicht sehr geschätzt, sie nennen sie
Tatern.

„In früheren Zeiten haben sie die jütländische und
nordschleswigsche Heide in südlicher Richtung bis hin
nach Tondern unsicher gemacht. Mitten in der Heide
bauten sie sich primitive Wohnungen und durchzogen die
Dörfer als Scherenschleifer und Kesselflicker. Die Frauen
schlossen sich als Wahrsagerinnen den Männern an.
Die verbreitetere Kultur hat sie seßhaft gemacht, sie
haben sich in kleine Besitztümer hinein geheiratet, sie
üben ein Handwerk aus, manche aber führen ihr unstetes
Leben fort. Sind Ihnen noch nicht die schwarzen, jüt-
ländischen Töpfe angeboten, die, in Heidekraut verpackt,
von dunkeläugigen Leuten durchs Land gezogen werden?
Da, wo sie sich festsetzten, fielen ihnen erstmal die ver-
ächtlichsten Gewerbe zu. Sie wurden Schinder, stiegen
etwa zum Dorfschlachter, zum Schornsteinfeger und Dach-
decker empor. Der Vater der kleinen Dagmar hat es
also bis zum Schuster gebracht.“

„Ach,“ sagte ich, „damit ist seine Wirksamkeit längst
nicht erschöpft! Wenn eine Kuh kalbt, holt man den
Schuster, wo ein krankes Stück Vieh ist, da muß er
raten und helfen, meist kuriert er da mit Sympathie.
Wo eine männliche Leiche ist, muß er sie rasieren, er

ift überhaupt der Friſeur des Dorfes. Mein Mann
läßt ſich von ihm Haar und Bart ſchneiden."

„Ein vielſeitig begabter Mann!" ſagte der Schul-
inſpektor.

Der Mond war inzwiſchen aufgegangen, in den
Niederungen brauten die weißen Nebel. Von Schuſters
herüber ließ ſich jetzt eine Ziehharmonika hören.

„Iſt er zu allem übrigen auch noch muſikaliſch?"
fragte unſer Gaſt.

„Das iſt der verwachſene Sohn Peter. Der Vater
hat ihm die Ziehharmonika geſchenkt, und jeden Abend
hören wir däniſche Volkslieder. Hören Sie? Jetzt
ſingen ſie das melancholiſche Droſſellied:

> Ein Droſſelpaar im ſtillen Hain
> Sich wiegt im Abendſonnenſchein,
> Das Aug' ſo trüb, das Herz ſo wund:
> Es ſchlägt für ſie die Trennungsſtund'.
>
> Ade! Mein Herzlieb, lebe wohl!
> So klagt die eine wehmutsvoll.
> Ach! In die Fremde muß ich ziehn,
> Wo nimmer Freud und Glück mir blühn!
>
> Darauf die andre tröſtend ſang:
> Mach' dir das Herz nicht weich und bang!
> Auch dir blüht Glück nach langem Weh,
> Ade, mein Herzensliebe, Ade!"

Besuch der Mutter

Ich litt viel an Kopfschmerzen und Ohnmachten, und als im Sommer der Kreisphysikus in die Schule kam, um die Kinder zu impfen, machte ich es, wie die andern Leute auch, die all ihre Klagen auf diesen Tag aufsparten.

Der Physikus kam mit hinunter, und als er sah, daß wir Schwamm in der Schlafstube hatten, wunderte er sich nicht. Er untersuchte mich und konstatierte hochgradige Bleichsucht, verschrieb mir Pillen und verordnete Ruhe. In dieser Zeit besuchte uns meine Mutter. Sie wurde von uns mit ernsten Vorwürfen empfangen. Unangemeldet, bei glühendem Sonnenbrand, kam sie mit ihrer Reisetasche und einem Plaidbündel von Scherrebeck zu Fuß an. Der Hut war ihr in den Nacken gerutscht, sie selbst war staubbedeckt und von der Hitze und Anstrengung ganz aufgelöst.

„Du kommst zu Fuß!" riefen wir vorwurfsvoll.

„Ach," sagte sie lachend, „wäre ich nur artig auf der Landstraße geblieben, dann wäre doch wirklich nichts dabei gewesen, aber ich dachte, als ich erst den Kirchturm sah, ich wollte abschneiden, und das ist mir nicht gut bekommen."

„Na, durchs Heidekraut und auf der schattenlosen Ebene!"

„Mach' doch nicht solches Wesen von dem bißchen Heidekraut, und daß die Sonne brennt, das habe ich noch ganz anders kennen gelernt. Das Schlimme waren die Tümpel und wo Felder waren, die Gräben!"

„Ach, was hast du nur gemacht?"

„Was sollte ich machen? Ich warf Tasche und Bündel hinüber, und dann mußte ich hinterherspringen. Aber man ist ja nicht mehr so jung, die Glieder werden steif."

„Na," sagte ich zürnend, „ich bin ganz außer mir!"

„Unsinn! Als ob ich nicht ganz andre Wege gemacht hätte!"

„Wenn du's auch deinetwegen kannst, du darfst es aber unsertwegen nicht tun! Was denkst du wohl, was die Leute von uns sagen? Feine Leute holen sie mit dem Wagen, aber die arme, alte Mutter, die kann den Weg zu Fuß machen."

„Na, da laß sie reden! Wen beleidige ich denn damit, wenn ich euch Umstände und Kosten sparen will?"

Sie war nicht zu überzeugen.

„Habt ihr eigentlich hier immer Wind? Auch wenn es sonst heiß ist?"

Ich nickte. Aber weder Wind noch Sonne hielten sie ab, allerlei Entdeckungsstreifereien zu unternehmen. Interessiert erzählte sie mir, daß sie hier fast Alpenflora fände. Von einer Zwergweide brachte sie Zweige mit zum Beleg. Was mich aber ganz besonders entzückte, das waren die zauberhaft feinen Blüten des Fieberklees: Menyanthes trifoliata.

Ich erinnerte mich nicht, diese Wunderblume je gesehen zu haben.

„Ungesehen und von niemand bewundert, blüht sie da ganz im verborgenen," sagte sie sinnend.

Solange sie blühte, brachte mir die Mutter täglich einen Strauß.

Da ich viel ruhen sollte, saßen wir, den Kinderwagen

mit der ruhigen, freundlichen Charitas an unserer Seite,
oft miteinander im Garten, und an den langen Sommertagen sprachen wir viel von unserer fernen Heimat und
von der Vergangenheit. Wir lebten ganz in Erinnerungen, und es bewegte die Mutter tief, wenn ich ihr
aus meiner Kindheit erzählte, von Zeiten, die sie nicht
mit mir durchlebt hatte. Manches wußte sie aber wieder
besser und ergänzte das, was mein Gedächtnis mir nur
dunkel und verschwommen malte. Bei der Gelegenheit
erzählte sie auch ihr eignes, wechselvolles Leben. Wie
drastisch und lebhaft schilderte sie Gegenden, Menschen
und ihre eigenen Empfindungen.

Diese Ruhetage waren reiche Tage, sie regten mein
ganzes Seelenleben an und auf. Bis in meine Träume
verfolgten mich die Bilder, die meine Mutter mir in
dem stillen Garten zeigte. Wie lebhaft wünschte ich,
das alles festzuhalten, was wir miteinander sprachen,
ehe die Eindrücke durch die Zeit verblaßten.

Sie war monatelang bei uns, und erst als die
kältenden Nebel sich über die Heide senkten, und als
der Sturm ums Haus heulte, ging sie wieder nach
Hamburg.

Erstes Weihnachten in Nordschleswig

Nach einem rauhen, stürmischen Herbst kam früh der Winter mit viel Eis und Schnee. Wir hatten beizeiten für Weihnachten Baumschmuck, Geschenke und Lichter aus Riepen besorgt, den Weihnachtsbaum aber bestellten wir vierzehn Tage vorm Fest beim Fuhrmann, der jede Woche nach Tondern fuhr. Den Baum aber gerade, den bekamen wir nicht, des Schnees wegen kam der Fuhrmann nicht nach Tondern. Da kamen mir die vier Armleuchter zustatten, ich zündete alle Lichter an, und holte die Pächterfamilie mit Knecht und Magd. Dieser erste Weihnachten wurde unserer Gäste wegen in dänischer Sprache gefeiert. Dänische Weihnachtslieder wurden gesungen, und das Weihnachtsevangelium wurde auf dänisch verlesen. Als wir anfingen zu singen, erwachte unser Kind und jauchzte, sowohl über den ungewohnten Lichterglanz, wie über das Singen. Das Kind war uns die beste Weihnachtsfreude. Der alte Knecht Ole war tief gerührt, er fuhr sich mit den krumm gearbeiteten Händen verstohlen über die feuchten Augen. Er war in Hemdsärmeln da, aber das bunte Hemd war so frisch, daß noch die Mangelfalten scharf hervortraten. Daß er mit teil hatte an der bescheidenen Bescherung konnte er kaum begreifen, er gab uns wieder und wieder die Hand und bedankte sich, dann suchte er verlegen in seiner Westentasche herum, kam zu mir und steckte der kleinen Charitas etwas in die Hand. Es war ein Fünfzig-Pfennigstück.

„Aber Ole," sagte ich, „was soll denn das Kind mit Geld? Die steckt alles in den Mund."

Ich hielt es ihm hin, aber er schob verlegen meine Hand zurück und sagte treuherzig bittend: „Eine Erinnerung an Ole! Eine ganz kleine Erinnerung an Ole!"

Ich wollte den Alten nicht kränken und hob es auf.

Dann aßen wir alle zusammen den dicken Milchreis, mit Zucker und Kaneel bestreut und mit dem Butterteich in der Mitte.

Als unsere Gäste gegangen waren, unterhielten wir uns noch über das patriarchalische Verhältnis zwischen Herrschaft und Dienstboten. Die Bauern werden von ihrem Gesinde „du" und mit Vornamen angeredet. Ist die Herrschaft in vorgerückteren Jahren, so sagen die Dienstboten „Vater" und „Mutter". Wenn sie von der Frau sprechen, nennen sie sie „Kostmutter".

Mein Mann fand diese Sitte sehr schön. Er wünschte, daß wir so zu den Leuten ständen, daß sie auch zu uns „Vater" und „Mutter" sagten. Ihm schwebte als Ideal in dieser Beziehung Pfarrer Oberlin aus dem Steintal vor der Seele. Ich fand den Gedanken seltsam und schlug vor, daß wir erst mal nur für unser Kind Vater und Mutter bleiben möchten.

Nach dem Fest, als die Wege wieder gangbarer wurden, brachte uns der Postbote noch allerlei Überraschungen. Eine Freude, die mich ganz beschämte, machte uns ein Paket von Klaus Groth. Da kam ein ganzes Paket Bücher, alle Groths Werke! Der Quickborn in Prachteinband, illustriert von Otto Speckter und mit einer Widmung von des Dichters Hand:

„Ich weiß, wie's hoch im Norden schaut:
Doch eignes Heim ist immer traut,
Und eigner Herd und eigne Herd'
Ist mehr als grüne Buchen wert.

Klaus Groth und Frau
Doris geb. Finke."

Das war etwas für die Einsamkeit! Und gerade hier wuchs ich durch meine Umgebung in das Verständnis von Groths Schriften. Frau Doris hatte aber nicht nur ihren Namen hergegeben, da waren gute und brauchbare Dinge, die sie für uns mit ihren lieben, fleißigen Händen angefertigt hatte. Für den „Nord-landspastor", wie sie schrieb, hatte sie braune Kuchen gebacken, für das Kind hatte sie ein Kleid genäht und für mich eine warme Mütze gehäkelt.

Diese Klänge aus der Welt da draußen fanden einen dankbaren Widerhall in unseren Herzen.

Jeß Lind

Der Düngerhaufen war keine Zierde für unsern Hof, wir überlegten, daß es besser sei, wenn er hinter den Stall käme. Wer aber würde das Pflaster wegnehmen und den Boden umgraben? An Stelle des Düngerhaufens sollte eine hübsche Anpflanzung kommen. Auf unsere Erkundigungen wurde meinem Mann Jeß Lind empfohlen, er sei Mergelgräber, wisse mit dem Spaten Bescheid, und da er selbst keinen Hof habe, arbeite er für Taglohn.

Jeß Lind kam. Er war ein großer, vierschrötiger, blonder Mensch mit hellblauen Augen. Den groben Händen sah man den Beruf an. Mein Mann setzte ihm auseinander, wie er sich's dachte; nicht so ganz glatt weg, so ein bißchen wellenförmig sollte das Terrain geformt werden. Jeß nickte, hörte aufmerksam zu und verfolgte mit Interesse die Zeichnung, die mein Mann flüchtig hinwarf. Da er die Mahlzeiten mit uns teilte, wurde er nach einigen Tagen ganz zutraulich zu uns. Einmal, als er gerade sein Frühstück mit uns verzehrte, fiel es mir auf, daß er heute verlegen und merkwürdig unruhig war. Er räusperte sich, stand auf, suchte in der Tasche seiner Joppe, die auf einem Stuhl lag, kam aber zu keinem Entschluß. Ich dachte: ‚Der hat natürlich irgendein Schriftstück, vielleicht vom Gericht, das er nicht lesen kann, weil es deutsch ist.'

„Können wir Ihnen in irgendeiner Weise dienen, Jeß?"

Der große Mensch war wie mit Blut übergossen, er stotterte verlegen, griff wieder nach der Joppe, sah uns zögernd an und überlegte.

„Na, nur zu!" sagte mein Mann, „wollen Sie lieber mit mir allein sprechen?" und mein Mann erhob sich.

„Nein," sagte Jeß, „nein, Fruen darf gern dabei sein! Ich wollte Ihnen nur dies mal zeigen."

Da war endlich das Päckchen! Er nahm das Seidenpapier behutsam ab und hielt uns ein Relief aus hellem Holz hin. Es war eine feine Schnitzerei: „Der Sommer", nach Thorwaldsen. Wir sahen einander erstaunt an, dann rief mein Mann mit warmer Anerkennung: „Das ist ja ganz prächtig! Wer hat denn das geschnitzt?"

Jeß' Gesicht strahlte! Mit stolzer Bescheidenheit flüsterte er: „Das hab' ich gemacht!"

„Sie, Jeß?" sagte mein Mann, „das haben Sie ja aber fein herausgearbeitet! Das ist Ihnen wirklich gut gelungen! Da haben Sie wohl schon viel geschnitzt, denn dieses hier läßt auf viel Übung schließen."

Jeß hielt den Kopf schief und betrachtete verliebt sein Kunstwerk, dann sagte er: „Mit dem Schnitzen von Holzlöffeln habe ich angefangen. Sie wissen ja, wie lang die Winterabende sind. Was soll unsereiner tun? Mit dem Bauer Karten spielen? Viele tun's. Ich mochte es nicht. Ich wollte so gern recht was Schönes machen. Ich verzierte die Löffel, schnitzte Blumen und Blätter an den Stiel. Ich verkaufte die Löffel bei feinen Leuten, na, so in Pastoraten in der Umgegend; ich bin auch in Riepen damit gewesen, und in diesen Häusern habe ich solche Dinge gesehen, wie dies, aber nicht geschnitzt. In Riepen gibt's einen Laden, da kann man die Dinger kaufen, vier gibt's davon. Ich hab'

sie mir alle vier gekauft und hab's in Lindenholz nach-
gemacht. Und Sie finden es gut?"

„Ausgezeichnet!" sagte mein Mann.

„O," sagte er, „da kann ich Ihnen noch eins zeigen,
ich habe David, wie er die Harfe spielt."

„Wo haben Sie denn das gesehen?"

„Das hängt doch in Marmor im Riepener Dom!
Haben Sie es denn gar nicht gesehen?"

Er erzählte uns dann, daß er von seinem ersparten
Lohn schon einmal eine Reise nach Kopenhagen gemacht
habe. Die Pastoren in der Umgegend hatten ihm gesagt, da sei das Thorwaldsen-Museum, das müsse er
sich einmal ansehen. Er habe sich lange da aufgehalten,
sei auch in der Frauenkirche gewesen, wo Christus mit
den Aposteln stehe. Das sei alles wunderschön gewesen,
sonst — die hohen Häuser!

Hätte man in dem Kuhlengräber diesen Idealismus
gesucht?

Ich bat ihn, mir das Relief auf einige Zeit zu borgen.

Ich packte es ein und schickte es an Doktor Meyers
nach Forsteck und schrieb einen Brief dazu.

Es dauerte eine ganze Weile, ehe das Paket zurückkam. Frau Doktor schrieb: „Brief und Inhalt haben
uns sehr interessiert, und wir haben beraten, ob der
junge Mensch nicht ausgebildet werden sollte. Wir
wollen gern helfen. Ich habe das Relief meinem
Bruder, dem Bildhauer Robert Toberentz, nach Berlin
geschickt, er ist erbötig, die Ausbildung des Burschen
zu übernehmen. Sprich mit ihm und schreibe mir, was
er dazu sagt."

Ich war überglücklich und konnte kaum erwarten,

bis Jeß zum Essen kam. Im Geiste sah ich schon einen Künstler wie Hans Brüggemann vor mir, und ich stellte mir vor, wie sein Kunstwerk eine Kirche schmücken werde. Da kam er. Ich übergab ihm sein Relief und eröffnete ihm die Perspektive zu einem Studium bei einem berühmten Künstler. Wie es den armen Kuhlengräber wohl überwältigen würde!

Als ich schwieg, entstand eine lange Pause, dann kam es stockend und schwerfällig: „Fruen meint es sehr gut mit mir, ja, — auch die anderen, fremden Leute in Kiel. Ich danke! Ja, wirklich, — es ist sehr dankenswert! — Aber ich kann mir ja denken, wie es gehen wird. — Nicht gut. — O, ich seh' und hör' ja alles." Er hielt seine große Hand vors Gesicht und malte sich das innerlich aus, dann fuhr er zögernd fort, gleichsam als ob er im Schlaf spräche und das alles, was er im Geiste sah, träumte: „Der berühmte Mann sagt, ich hätte Gabe, — aber keine Grundlage, — ich müsse erst mal alles vergessen — und ganz von vorn anfangen. — Ich soll gerade so machen, wie er das will und wie er das sagt. — Ich soll nach seinem Kopf arbeiten, — das kann ich wohl, wenn ich Ihnen ein Stück Land umgrabe, — aber —" und er zeigte auf das Relief, „— doch nicht bei einer Sache, wo mein ganzes Herz dabei ist, da denk' ich doch Tag und Nacht drüber nach, und nun sollt' ich ihm das nachdenken, wie er mir das vorsagt! So ein fremder Mensch, der doch ganz anders denkt als ich, der nicht einmal meine Sprache spricht! — Da würde ich mich viel bedanken müssen bei den guten Leuten in Kiel, und wenn es mir nicht gefiele, dürfte ich nicht klagen, sie würden sagen, ich sei undankbar

und bockig. Und ich könnte mich nicht einmal satt essen
auf meine Weise. Ich sollte wohl gar Treppen steigen,
was ich doch nicht gewohnt bin. — Ob ein großer
Mann aus mir würde? Wer weiß denn das? Da, in
Berlin, würden sich die feinen Herren lustig machen über
den dänischen Bauernknecht, das könnte ich aber nicht
vertragen, und wie weiß ich, ob ich dann meine Hände
nicht ganz anders brauchen würde? — Nein, ein glücklicher
Mensch werde ich da nicht, und wenn's nicht geht, dann
schicken sie mich zurück, und hier verspotten sie mich und
sagen, ich hätte mir was eingebildet. Und dann wär'
mir die Freude an meiner Arbeit verdorben! Nein,
nein, Fruen! Sie haben es ja herzlich gut gemeint,
aber ich tauge nicht für die Welt da draußen, für die
Öffentlichkeit. Die Welt ist kalt und böse! Lassen Sie
mich auf meine Weise weiter machen. Sie sagen
doch selbst, ich hab' mich vom Löffelschnitzen herauf
gearbeitet. — Jetzt sagen die Leute: ‚Nun seh einer den
Jeß Lind an, er ist nur ein Kuhlengräber, aber wie
kann er doch fein schnitzen!‘ Nein! — Sehen Sie sich
doch mal die alten Truhen an, die sie hier auf den
alten Höfen haben, ganze biblische Geschichten haben die
alten Bauern darauf geschnitzt. Sind die denn in
Berlin oder Kopenhagen gewesen? Sie haben doch
gar nicht daran gedacht! — Die Hauptsache für mich
ist doch wohl, daß ich glücklich bin. So wie ich bin, bin
ich glücklich.“

Er hatte einen ganz roten Kopf, und ich hatte das
Gefühl, der fühlt sich im Fieber, hat gewiß in seinem
ganzen Leben noch nie soviel hintereinander gesprochen.

Wir waren alle drei eine ganze Weile still, es hatte

auch uns sehr aufgeregt, dann aber reichte mein Mann Jeß die Hand und sagte: „Ich glaube euch, wir lassen es beim alten!“

Die Anlage mit der gewünschten wellenförmigen Fläche war ganz zu unsrer Zufriedenheit beendet. Mein Mann war nun fleißig mit dem Anpflanzen beschäftigt, als einmal gegen Abend unser Kirchenältester aus dem nächsten Dorf, Truls Beyer, zu uns kam. Truls war ein großer, stattlicher Mann, der durch sein biederes Wesen einen sehr sympathischen Eindruck machte.

„Nun?“ sagte mein Mann, „wollten Sie mich sprechen? Dann können wir hineingehen.“

„Nein, nein, was ich zu sagen hab', kann Fruen gern hören.“

Er setzte sich zu uns auf die Bank, und als ich ihn ansah, schien mir, daß eine ganz besondere, freudige Feierlichkeit auf seinem Gesicht lag. Er sagte: „Sie wissen wohl, Herr Pastor, daß ein naher Verwandter von mir in Hamburg wohnt?“

„Gewiß,“ sagte mein Mann, „heißt er nicht Östergaard?“

Truls nickte und fuhr fort: „Er hatte ja in seiner Jugend keine Lust zur Landwirtschaft. Er ging nach Hamburg und wurde Kaufmann. Er und seine Frau sind nun alt, Kinder haben sie nicht, und wissen Sie, was der mir heute schreibt? Denken Sie sich nur mal, er will unsrer Kirche eine Orgel schenken!“

Truls war aufgeregt und stand auf, mein Mann erhob sich ebenfalls.

„Was?! Das will er?“ rief mein Mann in freudiger Erregung.

„Ja," fuhr Truls fort, „unter der Bedingung, daß die Gemeinde bei dieser Gelegenheit die Kirche renoviert."

„Na, darauf wird sie doch mit tausend Freuden eingehen!"

„Das meine ich auch!" sagte Truls, und nachdem er noch eine Weile mit meinem Mann alle baulichen Veränderungen durchgesprochen hatte, ging er.

„Das ist aber eine Freude!" sagte mein Mann, „und," fügte er leise lächelnd hinzu, „bei der Gelegenheit kommt auch auf ganz natürliche Weise das F und die V von der Empore weg, es war für die Gemeinde doch noch immer eine Erinnerung an den dänischen König Friedrich V.! — An dieser Erneuerung," sagte mein Mann sinnend, „könnte eigentlich unser Jeß Lind teilnehmen. Ich will doch mal mit den Gemeindevertretern sprechen, daß sie die Mittel dazu bewilligen. Jeß könnte uns für die erneuerte Kirche ein schönes, großes Kruzifix schnitzen. Das wäre doch eine Aufgabe für ihn, in die er sein ganzes Herz legen könnte! Ich will ihn, nachdem ich mit den anderen gesprochen habe, doch mal kommen lassen."

Als Jeß Lind kam, legte ihm mein Mann einen Holzschnitt vor: den Gekreuzigten von Michelangelo.

„Haben Sie Mut, Jeß, nach diesem Vorbild ein Kruzifix für unsere Kirche zu schnitzen?"

Jeß faltete die Hände, sah das Bild lange an, dann sagte er feierlich: „Herr Pastor, Gott wird meine Hand führen! Ich wage es in seinem Namen!"

Als die Orgel eingeweiht wurde, hing über dem Aufgang zum Chor der schön geschnitzte Christus von Jeß Lind.

Der Kirchenälteste Truls Beyer

Eine Jepsen

Eine schmerzende Unruhe und Sehnsucht trieb mich manchmal hinaus aus dem friedlich umhegten Garten. Meine Seele tastete und suchte, mein Blick ruhte mit stummer Frage auf den weit zerstreuten Strohdächern. Wie lebten die Menschen?

Die Ereignisse, die ich sah, waren Hochzeiten, Kind-taufen und Todesfälle. Zu den betreffenden Festlichkeiten luden sie uns ein, aber ich wollte mehr von ihnen wissen, ich wollte wissen, ob sie mit sich selbst zu kämpfen hatten, ob sie Verständnis für die Unruhe hatten, für das schwere, niederdrückende Gefühl, an dem ich soviel litt, weil ich mich hier in der Fremde fühlte.

„Wir wollen ihnen mit unseren Gaben helfen," hatte mein Mann gesagt, aber wie war ihnen bei-zukommen? Für meinen Mann war es leichter, er übte Seelsorge an ihnen, obgleich ich meinte, auch für ihn müsse es schwer sein durch die fremde Sprache.

Hatte ich denn überhaupt etwas in mir, womit ich einem anderen dienen konnte? Bei Schusters hatte ich gesehen, daß sie das neugeborene Kind aufrecht trugen, so daß der zu schwere Kopf hin und her wackelte. Ich hatte sie gewarnt, war denn nicht schon der Peter verwachsen? Aber ich war mit meinen mancherlei Ratschlägen kalt abgewiesen worden. Sie hätte Kinder genug erzogen, sie brauche meinen Rat nicht, hatte die Frau gesagt. Dann hatte ich bei Krankenbetten ändernd einwirken wollen. Ich hatte zu diesem Zwecke das englische Buch der Florence Nightingale sorgfältig durchgelesen. Als ich meine Weisheit auskramte, waren die Frauen beleidigt. Als ich meine Niederlage meinem Mann klagte, sagte er: „Was nützt dein Reden? Du hast keine Geduld! Du willst so vielerlei und fährst unvorsichtig drauf los. Leb' ihnen das vor, worüber du sie belehren willst! Erziehe Kinder! Du gerade sagst ja, nicht durch Worte, sondern durch die Darstellung, durch die Tat, durch das Beispiel erzieht man."

„Na!" sagte ich erregt, „ich soll erst Kinder groß ziehen, ehe ich ihnen meine Meinung darüber sagen darf? Darüber geht ja ein Menschenleben hin. Soviel Zeit hat man doch nicht!"

„Du bist hier nicht mehr in London, wo Zeit Geld ist. Du weißt doch, was Pestalozzi sagt: ‚Seid innerlich aktiv, äußerlich passiv'. Wenn du doch nur lernen wolltest, äußerlich passiv zu sein! Die Leute sind ja bis jetzt ohne dich fertig geworden, glaub' doch nicht, daß du ihnen nötig bist! Warte es ab, laß sie zu dir kommen, dräng' dich ihnen nicht auf. Lerne ihre Art erst kennen, sie sind ja gut, wenn die Politik sie nicht blind macht."

Also stille sein und warten!

Ich grübelte lange, und ich dachte: wenn ich nur die Sprache besser beherrschte, würde es auch anders sein, ich konnte nichts ausgleichen und abrunden. Was ich sagte, war eckig und kantig, dadurch blieb ich ihnen die Fremde, Unwissende.

Einmal kam ich aus der Mühle, die im nächsten Dorfe lag. Mein Weg führte mich an einem hoch gelegenen, einsamen Häuschen vorüber. Es stand da so verlassen und kahl. Ein in die Luft ragender Ziehbrunnen hatte durch seine Höhe gar kein Verhältnis zu

dem niederen Häuschen. An der Südseite lag ein
kleines, nüchternes Gärtchen, auf dessen Erdwall ein
paar verkrüppelte Holunderbüsche in beständigem Kampf
mit dem Nordwest waren, sie sahen aus wie auf der
Flucht. Krumm und geduckt, die nach Westen ge-

Eine Johann d. J. 84

richteten Zweige kahl, so standen sie, ein Symbol beständigen Kampfes.

Ich trat ein und befand mich in einer äußerst
saubern Küche. Aus der Stube trat eine ältliche Frau.
Ihr Gesicht wurde von der weißen Haube mit den buntseidenen Bändern umrahmt. Ihr sympathisches Gesicht
trug noch deutlich die Spuren einstiger Schönheit. Ich
sagte, wer ich sei, und sie lud mich freundlich ein, näher

zu treten. Hier, wie überall sonst auch, peinliche Sauber-
keit und Akkuratesse. Die Dielen weiß gescheuert und
mit Sand bestreut.

Ob sie ganz allein hier wohne, so fern von allem
Verkehr? Sie zeigte auf den Fahrweg und meinte, es
sei nicht einsam, die Bauern, die nach Riepen führen,
müßten alle hier vorüber; sie wohne übrigens auch nicht
allein hier, neben der Küche sei eine Kammer, da
wohne Maren Spandet, ich werde ihr wohl auch einen
Besuch machen. Maren sei ihre Stütze und ihre Ge-
sellschafterin, aber sie sei nicht von ihr abhängig, o nein,
das sei eine fleißige Frau, und sie würde auch sonst
unterstützt. Als sie merkte, daß ich manchmal nach dem
Ausdruck suchte, sagte sie, ich könne ihretwegen gern
Deutsch sprechen, verstehen könne sie es, nur sprechen
könne sie es nicht mehr, sie sei ganz aus der Übung
gekommen.

Ich war außer mir vor Entzücken!

Deutsch konnte ich sprechen, und ich benahm mich
durchaus nicht passiv.

Ich wollte wissen, wo sie Deutsch gelernt hatte. Sie
erzählte, in ihrer Jugend sei sie weit herum gekommen,
ganz bis Apenrade, da habe sie bei einem deutschen
Apotheker gedient, und damals hätte sie fließend sprechen
können. Sie zeigte mir ihr Schlafstübchen und ihren
Torfraum, dabei kamen wir an die Tür von Maren
Spandet. Line Jepsen klopfte, und wir traten in einen
Raum, der so klein war, daß wir die Tür offen ließen,
um die Küche mit dazu zu nehmen. Der Raum hatte
etwas Unfreundliches, er lag nach Norden, der Fußboden war mit gelben Steinen gepflastert, an der Wand

stand ein Bett, eine Kommode und in der Ecke ein kleiner Kanonenofen. Vor dem Fenster saß eine große, magere Frau, deren Gesicht ganz mit Sommersprossen bedeckt war. Sie stand einen Augenblick auf und reichte mir die Hand. Ich bat sie, sich nicht stören zu lassen, denn sie saß vor einem Klöppelkissen. Madame Jepsen stellte mir den Küchenstuhl hin und ließ mich mit Maren allein. Sie klöppelte, und ich sah ihr interessiert zu. Das breite, flache Kissen war mit dickem, hartem Leder bezogen, die vielen Klöppel waren mit bunten Perlen verziert. Als ich eine Bemerkung darüber machte, sagte Maren, das seien zum größten Teil Geschenke, Andenken von Jugendfreundinnen. Als sie jung gewesen sei, habe man einander einen Klöppel geschenkt.

Hart schlugen die Klöppel auf das Leder, als sie sie scheinbar ganz willkürlich durcheinander warf. Und doch! Hinter dem Kissen schwebte ein Streifen fertiger Spitze, da sah ich, wie planmäßig und bewußt die Klöppel geworfen wurden, und welch ein zartes und schönes Muster da hinten hing. Ich hatte so meine Gedanken dabei. Beim Aufschauen bemerkte ich an der weiß gekalkten Wand einen eigentümlichen Schmuck, ein eingerahmtes Toilettekissen aus lila Sammet, darauf war mit großen und kleinen weißen Perlen eine Weintraube mit einem Blatt gestickt. Wie kam die Frau zu dem sonderbaren Wandschmuck? Ich fragte sie. Sie ließ die fleißigen Hände ruhen und folgte meinem Blick, dann fuhr sie sich mit der Schürze über die Augen und sagte bewegt: „Der Herr hat mir alle die Meinen genommen. Ich habe nur noch einen Sohn. Er war zu schwach, um bei den Bauern zu dienen, da gab ich

ihn zu einem Schneider in die Lehre. Er war ein
braver Junge und hat was Tüchtiges gelernt, aber
na, — bei den Preußen dienen, — das wollte er
nicht, da ist er eines Tages auf und davon, nach
Amerika. Aber er ist mir ein guter Sohn, er
läßt mich nicht darben, schickt mir immer soviel, wie
ich brauche. Ja, und vor ein paar Jahren, denken Sie
sich, da hat er mir diesen Staat geschickt und hat mir
einen gar wunderbar schönen Brief dazu geschrieben,
so schön, der Pastor könnt' ihn nicht schöner schreiben."

Der Alten brach die Stimme, und ich mußte ihr
Zeit lassen, dann fuhr sie fort: "Er schrieb, ich solle nun
nicht das Klöppelkissen soviel brauchen, ich solle zu ihm
nach Amerika kommen, da will er für ein schönes Ruhe-
kissen sorgen, es soll so schön sein wie das da!" und
sie zeigte auf das lila Sammetkissen.

"Ich hab' mich ja so gefreut," schluchzte sie, "ich
hab's mir in Riepen einrahmen lassen, dann hab' ich's
doch immer vor Augen, und es leidet nicht, und andere
können auch ihre Freude daran haben."

"Aber nach Amerika wollen Sie doch nicht noch?"

"Doch!" sagte sie, "nur noch nicht gleich, man ist
ja nicht so schnell parat. Aber sehen Sie, ich hab's
ganz schlimm, ich hab' immer so eine Sehnsucht!"

Ich nickte. "Ja," sagte ich, "das kenne ich!"

Also hier, in diesem elenden Raum, war auch eine,
die kämpfte mit Sehnsucht. Das häßliche, magere Gesicht war durch das starke Gefühl, das in ihr arbeitete,
verklärt und sympathisch.

Ich ging nun wieder zu Madame Jepsen, sie saß
am Spinnrad, stand aber auf und setzte sich zu mir.

Ich war ganz aufgeregt über meine Erlebnisse und bestürmte meine neue Bekannte, doch recht oft zu uns zu
kommen, der Garten sei so schön, und ich wolle ihr gewiß einen guten Kaffee kochen. Madame Jepsen war
sehr freundlich, aber sie gab mir keine Zusage. Ich
meinte, das sei Bescheidenheit, aber bald erfuhr ich, daß
es etwas anderes war. —

Ich war von meinen Erlebnissen so erfüllt, daß ich
meinem Mann eine lange, lebhafte Schilderung von
meinem Gang zur Mühle machte. —

Eines Tages kam mein Mann mit einer Einladung
vom alten dänischen Küster. Wir sollten seinen Geburtstag feiern. Wie ich mich freute! Eine Geburtstags-
feier würde ich lieber mögen als sonstige Festlichkeiten,
denn ich nahm an, es würde dabei nicht so formell
hergehen.

Mit glücklicher Erregung zog ich mich an.

Wir kamen hin. Die Männer saßen in der einen,
die Frauen in der anderen Stube. Ich brauchte heute
nicht obenan zu sitzen, ich konnte mich hinsetzen, wohin
ich wollte. Das war aber nett! Da saß schon Madame
Jepsen in ihrem geblümten, schwarzen Damastkleide.
Lebhaft ging ich auf sie zu und begrüßte sie, ich zog
einen Stuhl heran und setzte mich zu ihr. Ich machte
ihr Vorwürfe, daß sie gar nicht gekommen war.

Aber, was war denn das?

Steif und kalt saß sie da. Sie tat, als hätte sie
mich nie im Leben gesehen.

Sie sah in einer so abweisenden Art gerade vor
sich hin, daß ich fühlte, wie mir die Tränen hoch kamen.
Freiheit, mir einen Platz zu wählen, hatte ich, aber

was nützte mir das, wenn sich keine Beziehung anknüpfen wollte? Von meinem Mann war ich getrennt, nicht einmal einen warmen Blick von ihm konnte ich erhaschen. Es geschah mir recht! Warum wollte ich unter Menschen? Selbst wenn mein Mann mich allein lassen mußte, so hatte ich doch alle meine stummen Freunde, meine Bücher, die mich nicht täuschen und verleugnen würden.

Als ich mein Staunen über Madame Zepsen äußerte, sagte mein Mann: „Sie hat sich vor den anderen gefürchtet, die sollten nicht sehen, daß sie Beziehungen zur deutschen Pastorin hatte."

Also das war es! Der sichtbare Horizont so weit, der geistige so eng!

Suchen und Tasten

Zu unserer kleinen Charitas kam nach zwei Jahren noch ein kleines Mädchen, das wir Käthe nannten. Diesmal kam meine Kindheits- und Jugendfreundin Liesel Märkel aus dem Leubener Schulhaus, um mich zu vertreten und zu pflegen. Unter meinen Besuchern war auch wieder die Frau des Gastwirtes. Sie brachte mir, wie die andern auch, eine Zwetschentorte.

„Was haben Sie denn von mir gedacht," sagte sie mit großer Zurückhaltung, „daß ich Ihnen vor zwei Jahren gar nichts geschenkt habe?"

Ich sah sie unsicher an und überlegte, was ich darauf antworten sollte.

„O," sagte ich endlich verlegen, „ich kann doch gar nicht erwarten, daß Sie mir etwas schenken. Sie haben mich ja besucht, — das ist ganz genug."

„Nein," sagte sie, „ich hätte ebensogut etwas schenken können, wie die anderen, aber — ich hatte meine Gründe!"

Darauf wußte ich nichts zu sagen, und wir schwiegen eine Weile, dann sagte sie: „Wissen Sie, die alte Jomfru, die Sie damals bei sich hatten, die hat mich so furchtbar beleidigt. Ich konnte mich lange nicht überwinden, wieder ins Pastorat zu kommen."

Ich war sehr erschrocken und fragte: „Aber, was hat die Ihnen denn getan?"

„Zum Glück versteh' ich Deutsch, ich habe, — so wahr ich hier sitze, — gehört, wie sie zu Herrn Pastor gesagt hat: ‚Die Frau nehme ich lieber mit in die andere Stube, die hat keine Tem—pe—ra—tur!' Sie

hat es wahrhaftig gesagt! Und das hat mich so furchtbar gekränkt! Das hat mir noch kein Mensch nach-
gesagt; nein, kein Mensch!"

„Aber, liebe Madame Karkau! Das ist ja ein
Mißverständnis!"

„Das sagen Sie jetzt so, um die Jomfru heraus-
zureißen. Geben Sie sich keine Mühe! Aber Sie sind
ja schließlich unschuldig. — Man muß gerecht sein, und
man muß auch vergeben können. Heute habe ich Ihnen
nun eine Zwetschentorte mitgebracht."

Als ich die Sache meinem Manne erzählte, sagte
er: „Na ja, siehst du! Was willst du mehr? Die
Frau glaubt sich vorsätzlich beleidigt, und sie vergibt dir
und beschenkt dich."

*   *
*

Eines Tages kam mein Mann zu mir und sagte:
„Mads war eben da und hat gefragt, wie es mit dem
Pachtkontrakt sei, ob wir ihn nicht erneuern wollten.
Was meinst denn du dazu?"

„Nein!" rief ich entschieden, „der soll auf keinen
Fall erneuert werden!" Mein Mann sah mich erstaunt
an, da fuhr ich lebhaft fort: „Nein! — Wir müssen
allein sein. Pächters und wir sind einander zu nahe,
ich kann mich unter den Augen der Frau nicht entwickeln!
Wir haben zu verschiedene Ansichten. Ich bin schüchtern
ihr gegenüber, sie tritt so selbstbewußt auf, sie sieht so
auf mich herab und sagt mir täglich, wieviel Sünde
ich begehe."

Mein Mann lachte und meinte: „Dafür bin ich
wohl der Nächste. Aber wie sollte sie dir wohl Sünde
vorwerfen?"

„Es ist Sünde, daß ich die Kinder kalt bade, Sünde, daß ich ihnen nur alle paar Stunden etwas zu essen gebe. Sie hat mir entrüstet gesagt, daß ich meine Kinder verhungern ließe. Glaubst du, sie sagt nur mir das? Mit welcher Geringschätzung sieht sie bei allem, was ich vornehme, auf mich herab!"

„Aber was denkst du dir denn? Glaubst du, daß du von einem der Höfe Butter, Milch und Eier bekommst?"

„Nein, das glaube ich freilich nicht. Ich habe darüber nachgedacht. Wir müssen selbst Landwirtschaft betreiben. Wir müssen lernen, Bauern zu werden."

„Land genug haben wir, wir könnten, glaube ich, sechs bis acht Pferde halten. Wir hätten dann Pferde und Wagen, und du könntest nach Belieben ausfahren."

Ich sah ihn erschrocken an und rief nach einer Pause: „So doch nicht! Ich, mit meiner Unkenntnis auf diesem Gebiet, ich sollte mit dänischen Knechten und Mägden wirtschaften!? Da käme ich ja aus dem Regen in die Traufe! Nein, wir wollen ganz klein anfangen. Es darf uns nicht über den Kopf wachsen. Ich will jeden Handgriff ordentlich lernen, und ich will ihn selbst ausführen können. Ich will nicht, daß ich in den Augen der Frauen ein ‚Stjamp‘ bin. Wir haben dann dieselben Interessen wie die Bauern, und ich glaube, dadurch werden wir uns Respekt verschaffen. Weißt du, was neulich die alte Ester gesagt hat, nachdem sie uns ihren Stall gezeigt hatte? ‚Der Pastor lobt alles, selbst die alte, magere Sau!‘ So geht's, wenn man nichts davon versteht."

„Das sagte sie?"

Mein Mann sah mich lange nachdenklich an, und ich stellte unterdessen den gesamten Viehstand zusammen: „Ein paar Kühe, nicht mehr als zwei, ein paar Schafe und natürlich viel Hühner und Enten, da man nicht immer von Speck leben kann."

„Hm!" machte mein Mann, „ich fürchte, wir begeben uns da auf ein Gebiet, was uns viel Unruhe und Sorgen schafft."

„Du fürchtest natürlich, ich kann keine Bauerfrau werden. Laß mich mal versuchen! Du kannst dir gar nicht vorstellen, wie mir zumute ist! Ich möchte mich Hals über Kopf in etwas stürzen, was mein ganzes Interesse in Anspruch nimmt. Ich möchte etwas schaffen, gestalten, ich habe solche Unruhe in mir. Meinst du nicht, wenn ich mich ganz auf etwas stürze, daß ich etwas zustande bringen könnte?"

„Butter? — Käse?"

„Wenn ich das ebensogut machen lerne wie eine richtige Bauerfrau?"

„Nun, ich werde mir die Sache überlegen."

Als alles angeschafft war, bat ich Maren Spandet, vierzehn Tage zu uns zu kommen, um mir Unterricht in allem zu geben. Ich stürzte mich mit blindem Eifer auf meine neuen Aufgaben. Ich rahmte ab, ich butterte, knetete, machte Käse und überwachte das Füttern des Viehes. Ich kaufte Wolle und ein paar Kratzen, ich wollte kratzen und spinnen lernen. Das Spinnen gefiel mir ganz besonders. Ich lernte es heimlich und stellte mir vor, wie freudig überrascht mein Mann sein würde, wenn ich mit großer Sicherheit und Selbstverständlichkeit das Rad drehen könnte. Wir würden dann keine Wolle mehr laufen, ich würde mit demselben stolzen Ausdruck die Kinderröckchen und Strümpfe vorzeigen wie die Bauerfrauen und sagen: „Selbst gesponnen!"

Die gute Maren lachte über meinen kindischen Eifer und meinte kopfschüttelnd: „Wenn Fruen nur nicht zu alt dazu ist! Unsereiner fängt das in der Kindheit an, dann sitzt das so drin!"

Zu alt! Ich zu alt, um spinnen zu lernen? — Es wurde ein Rad geborgt, und in der großen Küche übte ich. Die Kinder sahen interessiert zu. Ich hatte ihnen das feste Versprechen abgenommen, Vater nichts zu sagen, ich wollte ihn überraschen.

Dann kam der große Tag, an dem ich flott einen Faden spinnen konnte. Ich platzte beinahe vor Freude und Stolz.

„So," sagte ich, „jetzt könnt ihr Vater bitten, ob er nicht mal kommen will."

Beide stürzten fort, sie brachten ihn im Triumph herbei.

Ich gab meine Vorstellung. Mein Mann sah mit ernstem Gesicht zu, — aber er ließ mich ruhig weiterspinnen, ohne ein Wort zu sagen. Da hielt ich endlich inne und fragte unsicher: „Freust du dich denn nicht, daß ich so ohne Anstoß spinnen kann?"

„Nein," sagte mein Mann lakonisch.

„Nein?!" rief ich enttäuscht, „nein? Ach — und — ich —"

Ich konnte nicht weiter sprechen, mein Mann aber sagte: „Wert hat das nicht. Es ist nicht mehr, als wenn du dich hinsetzest und eine Patience legst."

Damit ging er. Die Kinder sahen etwas betreten

aufs Rad und auf mich. Ich aber wischte mir di Augen und sagte zu Maren: „Bringen Sie das Spinn rad nur wieder zu Madame Jepsen, und sagen Si vielen Dank."

Es verging eine Zeit, dann kam wieder ein Sehne und eine Unruhe über mich. — Beim Küster war ei Junge aus Kopenhagen, der machte mit Begeisterung allerlei unnützen Kram, Laubsägearbeit. Ich sah ihn einmal zu, ich sah, wie seine Augen leuchteten, wi seine ganze Seele bei seinem Schaffen war, er schenkt mir ein paar Zwirnwickel. ‚Wie glücklich der Junge ist,' dachte ich im Nachhausegehen, ‚er sieht, daß unter seinen Händen etwas entsteht. Es freut vielleicht nie manden als ihn selbst, aber er findet sein Glück in diese Hingabe an eine Arbeit. Ich will wieder etwas vor nehmen, was mir Aufgaben stellt und was mir rechte Freude macht.' Ich suchte meine Noten hervor und übte. Die anspruchslosen Übungen machten mir Freude. Die Musik lebte in mir, sie verfolgte mich bis in meine Träume. Das Schlimme war nur, daß die Musik, die ich in mir hörte, durchaus nicht in die Finger wollte. Aber ich wollte es zwingen, viel Üben mußte doch helfen! Ich hielt lange aus. Ich malte mir aus, wie weit ich bis zu Weihnachten sein könnte. Einmal fragte ich meinen Mann, ob er fände, daß ich vorwärts käme?

„Nicht besonders," sagte er.

„Macht es dir denn Spaß, daß ich übe?" fragte ich gespannt."

„Spaß? Ach nein! Du hast Fleiß und Eifer, aber kein Talent."

Stumm trug ich meine Noten weg. Wenn ich niemandem Freude mit meinem Tun machte, dann wollte ich's aufgeben. Aber niedergeschlagen war ich. Einsam fühlte ich mich.

Die Landwirtschaft stellte Anforderungen, die oft meine Kräfte überstiegen. In der Heuernte wurden alle Hände zum Wenden gebraucht.

Ich nahm die Kinder mit auf die Wiese und stellte mich mit in die Reihe der Arbeitenden. Zuerst ging es ganz gut, aber die Kinder hingen sich beide an meinen Rock, und bald zeigte es sich, daß ich mit den anderen nicht Schritt halten konnte. Es sah doch so leicht aus, ich hätte nicht gedacht, daß die Harke so schwer werden könnte.

„Hübsch in der Reihe bleiben!" rief mein Mann munter.

Aber ich konnte nicht mehr. Ich war vor Überanstrengung dem Weinen nahe, aber aushalten mußte ich, ich hatte ja so groß getan, so geprahlt, daß ich alle Schwierigkeiten zwingen würde. Ich hielt aus, aber alle Glieder schmerzten, und das Niederdrückende war, daß meine Arbeit gar nicht gerechnet wurde, man merkte nur, wenn ich nicht mitkam.

In dieser Zeit war es, daß ich beim Buttern ohnmächtig umfiel, da hielt mir mein Mann am Abend eine kleine Rede.

„Wenn du nur nicht so eigensinnig wärest! Du glaubst die Welt bleibt stehen, wenn du nicht alles selbst tust! Zeig' Dagmar, wie du es haben willst. Ordne an. Wenn du nun doch mal die Kräfte nicht hast, so bleib davon!"

„Beim Heuen — —" fing ich an.

„Ja natürlich, stellst du dich ein, so mußt du auch vorwärts."

Da zog ich mich notgedrungen von der körperlichen Arbeit zurück.

Meine Unzulänglichkeit auf allen erprobten Gebieten machte mir viel innere Unruhe. Wenn ich — was der Entfernungen wegen selten geschah — mit anderen Pastorenfrauen darüber sprach, so sahen die mich befremdet an, schüttelten den Kopf und konnten nicht verstehen, weshalb ich mich innerlich hier nicht zurechtfand. Was wollte ich denn! Einen solchen Mann! Gesunde niedliche Kinder und keine Nahrungssorgen. Das war undankbar gegen Gott und Menschen. Ich hatte nach solchem Zusammensein ein peinigendes Schuldgefühl, und ich nahm mir vor, nicht mehr über mein Gefühl der Vereinsamung zu sprechen.

Ein Ausblick

„Und Sommer wird kommen, und Winter wird gehn!“ Aber war der Winter erst da, dann war er hier „kernfest und auf die Dauer“. Kurze, stürmische Tage und lange, lange Abende brachte er.

Die Kinder wurden, da sie noch klein waren, früh zu Bett gebracht. Das Mädchen packte auch bald das Strickzeug zusammen, und dann waren wir allein.

Mein Mann rauchte die lange Pfeife, er hatte Bücher vor sich und studierte. Nur spärlich fiel ab und zu eine Bemerkung zwischen ihm und mir. Ich war mit einer Handarbeit beschäftigt, die mich gähnen machte. Ich dachte dabei über allerlei nach. Mir fiel ein, daß ich einmal ein Märchen gelesen hatte: Rübezahls Frau zog täglich Rüben aus dem Garten, die verwandelte sie in Menschen, mit denen sie in der Einsamkeit verkehrte. Ihr Wille war allmächtig, sie konnte aus den Rüben hervorzaubern, wen sie gerade haben wollte. Das wäre noch etwas! Ich wußte Menschen genug, die ich mir für die vielen langen Winterabende hergewünscht hätte.

Ich holte Papier, Feder und Tinte. Mein Blick blieb nachdenklich an der Feder haften.

‚Wollen wir mal Menschen schaffen?‘ fragte ich in Gedanken. Wenn es gelang! Wen wollte ich mal haben? Ich war weder an Zeit noch Ort, weder an Lebende noch an Tote gebunden. Sollte die muntere Rosa Lagoni mal wieder einen Gang mit mir durch meine Heimat machen?

Da war sie mit ihrem lockenumrahmten Gesicht, ich hörte ihre Stimme, ihr munteres Lachen. Es steckte an

ganz leise lachte ich mit. Wir unterhielten uns beim
Wandern wundervoll. „Redest du noch immer mit dir
selber, und denkst dir eine Freundin aus, die dir antwortet?" fragt sie. „Ja," sag' ich, „immer wenn ich
allein bin und Sehnsucht habe."

Beim gegenseitigen Plaudern vergingen die Abend-
stunden wie im Fluge. Nun war's Zeit zu Bett zu
gehen, ich verabschiedete Rosa, schloß mein Heft und
wollte die Tinte weg tragen. Mein Mann saß auf,
da setzte ich mich wieder. Er sah nach der Uhr und
sagte: „Schon elf!? Es ist ja Bettgehzeit. Was hast
du denn den ganzen Abend getan?" mit einem flüchtigen
Blick aufs Tintenfaß: „So, du hast geschrieben. An
wen denn?"

Ich preßte das Heft gegen die Brust und sagte
ausweichend, möglichst gleichgültig: „An niemanden."

Ich stand auf und kramte Tinte und Heft auf den
Nebentisch. Dann nahm ich das Licht, zündete es an
und blieb stehen: „Wir wollten wohl zu Bett!"
sagte ich.

Mein Mann zeigte eine ungewöhnliche Hartnäckig-
keit im Fragen.

„Briefe hast du nicht geschrieben, was aber hast du
denn geschrieben?"

„Ach, — nur so, — ein bißchen für mich, — zum
Zeitvertreib."

„Zum Zeitvertreib? Lies mir das doch mal vor!"
Ich schüttelte den Kopf und sagte: „Ach laß
doch! — Komm, — das Licht brennt schon so lange."
Mein Mann stand auf und pustete es aus.

„So, jetzt lies! Ich werde doch wohl hören können, was du geschrieben hast!"

Zögernd gehorchte ich. Stockend fange ich an, mein Mann sitzt mir gegenüber, sein Gesicht ist undurchdringlich. Bald vergesse ich ihn und mich. Ich lebe ganz in der Vergangenheit, mein Gesicht glüht, mein Körper zittert, ich lese ganz dramatisch, und endlich bin ich fertig. — Ich wage meinen Mann nicht anzusehen. Wir schweigen eine Weile, da sehe ich, wie er den Arm ausstreckt, ich lege unwillkürlich die Hand aufs Heft. Das ist meine Rosa! Die hab' ich mir aus meiner Kindheit hervorgesucht, die gehört mir!

Da sagt mein Mann, — er hat noch immer die Hand nach mir ausgestreckt: „Das mußt du tun!"

Ich springe auf. Habe ich recht gehört?

„Ja, das mußt du tun!"

Ich hänge schluchzend an seinem Halse.

So glücklich hat er mich noch nie gemacht. — Ich weine und jubele, ich küsse und streichele ihn. Er zieht mich aufs Sofa, sieht mich an und sagt mit leisem Staunen: „Aber, — was ist denn mit dir? Was hast du denn, daß dich das so aufregt?"

„O, ich bin ja so glücklich!" sage ich und lege meinen Kopf an seine Schulter.

„Nur weil ich sage: Das mußt du tun?"

„Ja," sage ich leise, „ich war ja so bange, du könntest es mir verleiden."

„Ist es möglich!" — sagt er nach einer Pause, und ein trauriges Verwundern liegt im Ton seiner Stimme, „daß du aus meiner Abwehr nicht meine Liebe herausgefühlt hast? Ich fand, Spinnrad, Butterfaß, ja sogar die Musik, waren Irrwege, da liegt nicht deine Begabung. Warum wolltest du die Bauerfrau in ihrem äußeren Tun kopieren? Du legtest Zeit und Kraft in Dinge, die dich nicht weiter brachten. Gewiß kannst du von einer nordschleswigschen Bauerfrau allerlei lernen, aber das betrifft mehr ihre Charaktereigenschaften."

„Ach," seufzte ich, „du ließest mich wohl merken, daß dir alles nicht gefiel, was ich anfing, aber du ließest mich immer im Dunkeln tappen. Warum halfst du mir nicht auf den rechten Weg?"

„Ich hätte ihn dir nicht zeigen können, den mußtest du selbst finden! Was denkst du denn? Ich bin doch selbst nur ein Suchender, kein Fertiger."

„Du machst dir keine Vorstellung davon, wie sehr mich die Einsamkeit der langen Winterabende niederdrückt, und wie es in mir aussieht. Es ist eine Qual und Unruhe in mir, wenn die langen Abende kommen. Ach, daß man so ganz ohne Menschen auskommen soll! Der Mensch entwickelt sich doch am Menschen. Du kannst dir von meinen Gefühlen keine Vorstellung machen, du hast täglich den Verkehr in und mit der Gemeinde. Zwischen dir und den Leuten besteht ein Verhältnis. Alle Erfahrungen, die du durch die Seelsorge am einzelnen machst, die verallgemeinerst du, du benutzest sie für die sonntägliche Predigt als Erziehungsmittel für die Gemeinde. Was für Arbeit und was für Ziele hast du bei deinem Streben! Woran man arbeitet, das gewinnt man lieb, und jede Arbeit, in die man seine Seele legt, die entwickelt und trägt empor. Nun, siehst du, ich möchte auch in irgend etwas mein Interesse, meine Seele legen. Daß du mir das nahmst, wofür ich mich ins Geschirr legte, das lähmte mich, noch mehr, es machte mich bitter. Und ich kam in ein solches Labyrinth von anklagenden und entschuldigenden Gedanken, daß ich mich gar nicht wieder herausfinden konnte. Mir schien, wir verloren einander. Ich hatte gar keine Freudigkeit mehr zum Leben. Aber nun! Wenn du mir das Schreiben läßt, wenn du sogar Teilnahme dafür hast, dann, — du sollst mal sehen, --- werde ich ein ganz anderer Mensch. Ich will nur am Abend schreiben, wenn die Kinder zu Bett sind. Und ich darf es dir vorlesen? Und du willst mir helfen?"

„Das kann ich wohl nicht, solche Arbeit kann wohl nur einer tun. Aber daran freuen will ich mich!"

„Du kannst mir doch helfen durch dein Urteil, du kannst mir allerlei technische Ratschläge geben, damit ich womöglich soweit komme, daß eine Zeitung solche kleine Sache annimmt."

„Ach, denk doch daran nicht! Schreib für mich, später nehmen die Kinder daran teil, das ist das einfachste, natürlichste und dankbarste Publikum. Denk mal. nun bist du gerade innerlich zur Ruhe gekommen. Wenn nun aber ein Redakteur kommt, und sagt: ‚Das taugt nichts, niemand will solches Zeug lesen, dann ist dir ja auch das Letzte genommen, woran du dein Herz hängen wolltest."

„Wenn nun aber der Redakteur sagt: ‚Sie haben noch sehr viel zu lernen, aber ein kleines Pfund ist da, wuchern Sie damit!' Könnte denn nicht dieser Fall auch eintreten?"

„Deine Seele macht Fahrten auf der Luftschaukel! Eben noch warst du ganz unten, und wupps! nimmst du den Flug in die Wolken! Darüber sprechen wir noch. Nun ist's aber wirklich Zeit zu Bett zu gehen. Komm, zünd' das Licht wieder an!"

„O, ich bin so froh! Du hast mich heute abend so glücklich gemacht!"

„Du mich auch!" Er streicht sanft über mein Haar und gibt mir einen Kuß.

Ich freue mich am nächsten Tag auf den Abend. Bei meiner Arbeit überlege ich, ob ich wohl wagen kann, die kleine Sache an den Redakteur der Kieler Zeitung zu schicken. Er kennt mich von Forsteck her. Darf ich es wagen? So frage ich mich wieder und wieder. Am Abend lesen wir die Skizze noch einmal zusammen durch, dann adressiere ich herzklopfend:

„Herrn Alexander Niepa.

Chef-Redakteur der Kieler Zeitung.

Kiel."

In dem beifolgenden Brief bitte ich um ein Urteil.

Von nun an sehe ich mit Spannung dem Kommen des Postboten entgegen.

Dann: ein Brief aus Kiel! Ein einfacher Brief, kein Manuskript! Den Brief wollen wir zusammen lesen. Eilig komme ich in der Studierstube an.

„Ein Brief aus Kiel!" rufe ich aufgeregt.

„Nur ein Brief?"

„Ja, ohne Manuskript!" Und wir lesen: „Ihre Skizze bringe ich in den nächsten Tagen. Wollen Sie uns nicht gelegentlich Skizzen aus dem nordschleswig-

schen Bauernleben vorführen? Ich würde sie gern
nehmen."

Und dann brachte mir der Postbote mein erstes
Honorar: Dreißig Mark!

Ich sah nicht mehr sehnsüchtig nach Menschen aus,
ich schuf mir selbst, wen ich haben wollte. Die Einsamkeit segnete ich. Mir war so leicht und froh zumute,
als wären mir Schwingen gewachsen.

Nörbys Tod und Begräbnis

Den einen Winter wollen wir die Jünglinge einmal
in der Woche bei uns versammeln. Wir wollen mit
ihnen singen, dann wird sich mein Mann mit ihnen
beschäftigen, sie werden mit uns Tee trinken, wir wollen
ihnen auch im Deutschen nachhelfen, damit sie deutschen
Verordnungen gegenüber selbständig werden. Obgleich
mein Mann den Beschluß bekannt gemacht hat, meint
er doch, ich möge lieber noch einmal in die verschiedenen
Höfe gehen und erinnern, daß wir die jungen Leute
heute abend erwarten. Ich komme zuletzt zu sehr netten,
freundlichen Leuten, und frage, ob Niels heute abend
kommen kann. Die Frau sitzt am Spinnrad, der Bauer
hat seinen Platz am Fenster, er strickt an einem langen,
blauen Strumpf. Sie haben nichts gegen unsere Einladung: warum nicht, die jungen Leute haben aus der
Konfirmandenstunde wohl schon viel wieder vergessen,
und etwas deutsch lernen? ja, sie haben auch dagegen
nichts einzuwenden.

Der Bauer sagt: „Er kann bald kommen. Das
Häckselschneiden will ich heute für ihn tun."

Die jungen Leute kommen. Viele sind's nicht. Vier,
— die sind da, aber zu meinem Staunen fehlt gerade
Niels. — Der Vater hatte doch so bestimmt zugesagt.

Am nächsten Vormittag sitze ich mit einer Flickerei
in der Stube. Es klopft, und der Schuster tritt ein.
Heute ist er Leichenbitter. In monotonem Ton leiert
er her: „Karen Nörby, Witwe von Jens Nörby,
läßt grüßen und sagen, daß ihr Mann: Jens Nörby,
gestern mit Tode abgegangen ist. Sie möchten ihr die

Ehre erweisen und Donnerstag zehn Uhr zum Begräbnis und später zum Essen kommen."

„Nörby?!" sage ich, „welcher Nörby denn? Gestern abend war ich doch bei einem."

„Der ist's."

Ich sprang erschrocken auf und rief: „Nicht möglich!"

„Bei Gott ist kein Ding unmöglich. Er wollte für Niels Häcksel schneiden," ich nickte lebhaft, „da hat er auf dem Boden einen Fehltritt getan, ist durch die Luke gefallen und hat den Hals gebrochen."

„Darum kam Niels nicht!"

„Eben darum nicht."

*   *   *

Als mein Mann nach Hause kam, gingen wir zusammen ins Trauerhaus. Wir trafen in der geräumigen Küche die Nachbarfrauen, Stine Köksch hatte hier schon ihr Regiment angetreten. In der Wohnstube waren wieder Frauen, sie hatten einen knitternden, weißen, steifen Stoff mit breiten, ausgeschlagenen Kanten zwischen sich, sie maßen mit dem Metermaß, schwatzten, tranken Kaffee, und eine nähte Maschine. Wir fragten nach der Witwe, da kam sie schon. Sie war gefaßt und ergeben. Sie wischte sich mit der Schürze die Augen und sagte: „Der Herr hat's gegeben, der Herr hat's genommen. Sein Wille geschehe."

Wir drückten ihr teilnahmvoll die Hand.

„Kommen Sie mit," sagte sie und führte uns an das Strohlager des Toten, das in einer Kammer auf der Diele hergerichtet war.

„Gott hat ihn vor einem langen und schweren Todeskampf bewahrt. Freilich beten wir ja jeden Sonntag: bewahr' uns vor einem plötzlichen, unbußfertigen Tod, aber mein Mann war ein gottesfürchtiger Mann, ich kann wohl hoffen, er war bereit."

Auf einen Blick meines Mannes zog ich mich zurück und ging in die Küche.

Stine Köksch hatte hier die Oberleitung. Sie war eine alte dicke Frau mit einer Brille auf der breiten Nase. Als ich sie anredete, entwickelte sie ihr Programm. „Bis zum Begräbnis," sagte sie, „haben wir alle Hände voll zu tun, wir haben Lichte zu gießen, morgen wird Bier gebraut, übermorgen gebacken, und das Kochen soll auch vorbereitet werden. Man hat seine Gedanken zusammenzunehmen." Sie nahm aus einer hölzernen Dose eine Prise und fuhr in einförmigem Ton fort: „Dies wird eine große Leiche, viele kommen von auswärts. Fünf bis sieben Schinken werde ich kochen müssen. Fruen und der Herr Pastor kommen doch auch? Das ist recht! Ja, über fünfzig Jahre bin ich nun schon Köchin, hab' schon manchen Hochzeits- und Leichenschmaus gekocht."

Sie läßt mich stehen und verteilt mit großer Ruhe die Ämter.

„Komm," sagt sie zur lahmen Anna Greth, „du kannst ja nicht gut stehen, du kannst den Senf mahlen." Sie holt eine steinerne Schüssel, die einen runden Boden hat, schüttet Senfkörner hinein, holt eine schwere eiserne Kugel, die nun von Ann' Greth auf den Knien hin- und hergerollt wird.

„Nur immer finnig! Ganz finnig!" mahnt Stine, „Eile haft du nicht, aber das weißt du ja. Anrühren tu' ich ihn nachher felbft." —

Aine Rikuh (Köchin für Hochzeiten in Roggow, Pfafßen).

Wir verabschieden uns und kommen erst zum Begräbnis wieder.

Im Saal ist die Leiche feierlich aufgebahrt. An beiden Seiten stehen Bänke für die nächsten Angehörigen, die tief verschleiert Platz genommen haben. Das übrige zahlreiche Gefolge sitzt und steht, wie sich's gerade macht.

Zu Häupten des Toten brennen zwei dicke Altarkerzen, die Witwe stiftet sie der Kirche. Sie hat vom Dorfmaler zwei Blechschilder malen lassen, die sind mit einer langen Florschleife an den Lichtern befestigt. Auf dem einen steht der Name des Toten, auf dem andern Geburts- und Sterbetag.

Pastor und Küster treten an den Sarg, letzterer stimmt ein Sterbelied an, in das die Anwesenden einfallen, dann hält der Pastor eine kurze Rede. Es wird wieder gesungen, und während des Singens nehmen alle Angehörigen Abschied von dem Toten, sie streicheln ihm Gesicht und Hände. Viele Buchsbaum- und Perlenkränze schmücken den Sarg, der jetzt geschlossen und auf den schlichten Kastenwagen getragen wird. Die Witwe setzt sich zum Fuhrmann, und die vielen Wagen folgen.

In der Kirche hält der Pastor die eigentliche Leichenrede, am Grabe wird die Leiche eingesegnet und die üblichen drei Schaufeln Erde auf den Sarg geworfen.

Das Gefolge kehrt zurück ins Trauerhaus.

In dem Saal, wo soeben die Leiche gestanden hat, ist unterdessen die große, hufeisenförmige Tafel gedeckt. Es dauert eine Weile, bis man zu Tisch geht. Die Männer sitzen unterdessen rauchend in der Wohnstube, jeder hat eine Tasse Kaffeepunsch vor sich. Die Frauen mögen sehen, wo sie bleiben, sie drücken sich in der Küche und in der Schlafstube herum, sie bekommen eine Tasse Teepunsch.

Wenn alles parat ist, kommen die „Schaffer". Es sind die Bauern aus der Nachbarschaft, die die Bedienung übernommen haben. Sie haben große Servietten, zum Dreieck gefaltet, vor den Leib gebunden, so daß der Zipfel der Serviette gerade in der Mitte sitzt. Sie fordern jeden Gast einzeln auf, Platz zu

nehmen. Männer und Frauen streng geschieden. Der
Pastor und seine Frau sitzen in der Mitte obenan,
ihnen gegenüber hat der Küster seinen Platz. Bei den
Männern geht das Setzen verhältnismäßig schnell, anders bei den Frauen. Der Schaffer fordert auf, die
Gebetene ziert sich: „Ach, ich komm' doch noch lange
nicht an die Reihe!"

Der Schaffer hat große Geduld, er redet lange auf
sie ein, endlich faßt er sie an und zerrt sie ein Stück
vorwärts, schon unterwegs, macht sie noch immer Einwendungen, und der, der dem Spiel zusieht, atmet auf,
wenn wieder eine sitzt.

Wenn endlich alle beisammen sind, heißt der Küster
im Namen der Witwe die Gäste willkommen, und nun
kommen die Schaffer mit den großen Suppenterrinen
und den mächtigen Schinken. Die Papiermanschette
am Knöchel ist mit einem schwarzen Florband umwunden. Hie und da stehen eingeschenkte Gläser mit
dem selbstgebrauten Festbier und große Teller mit
schönem eigengebackenen Weißbrot. — Der Küster
spricht das Tischgebet. Jeder Gast hat zwei Teller
vor sich, einen für die süße Graupensuppe, den andern
für den Schinken. Man ißt das beides gleichzeitig.
Reisbrei mit geschmolzener Butter, von dem vier aus
derselben Schüssel essen, macht den Beschluß.

Zwischen jedem Gang zünden die Männer die
Pfeifen an und rauchen. Das Wasser läuft in dicken
Perlen von den Wänden. Eine schwere, undefinierbare
Luft erfüllt den Raum. Der Geruch von Sarglack,
Buchsbaum und dem verschiedenen Essen mischt sich mit
dem dicken Tabaksqualm.

Als der Reisbrei verzehrt ist, stimmt der Küster an: „Nun danket alle Gott." Der Text ist ins Dänische übersetzt, alle Gäste singen mit; er sagt das Schlußgebet, dann hält er eine kleine Rede. Zuerst dankt er der Versammlung im Namen der Witwe für die rege Teilnahme, auch für die Hilfeleistung bei den Vorbereitungen zum Begräbnis.

Jetzt macht er eine Pause, und nun dankt er im Namen der Gäste für die gute Bewirtung, erwähnt noch einmal, was für ein braver Mann heute zur Ruhe gebracht worden ist, und dankt der Witwe für alle Treue, die sie dem Verstorbenen während der Ehe bewiesen hat. Schließlich bittet er alle Anwesenden, sich zu Kaffee und Abendbrot vollzählig wieder hier einzufinden.

Am nächsten Vormittag komme ich in die Studierstube.

„Nun?" sagt mein Mann, „geht es dir denn jetzt besser? Was machst du doch für Geschichten! Das war ja eine böse Nacht."

„Hast du Zeit?" sage ich, „ich möchte gern allerlei mit dir besprechen."

„Ja, ich habe Zeit." Er setzt sich zu mir aufs Sofa.

„Ich möchte dich fragen," sage ich mit unsicherer Stimme, „ob ich diese Festlichkeiten durchaus mitmachen muß? Du machst es jedesmal mit mir durch, wie es mir danach geht. Es ist doch eine große Unwahrheit, daß ich mich bedanke für eine Sache, der ich mit Angst entgegensehe, und durch die ich hinterher so leiden muß. Ich bin durch die Trauer an sich seelisch sehr erregt,

und dann das Trauermahl! Wenn ich nur einem
Menschen damit nützte! Warum muß das sein! Ich
sitze da obenan, nicht weil man mich liebt oder schätzt,
nur weil es Sitte ist! Jemand von sonstwoher sitzt
neben mir, ich quäle mich mit der Unterhaltung. Die
Nächstbeteiligten bekomme ich nicht zu sehen. Heißt
es denn nicht hier erst recht, meine Kraft an einen verkehrten Fleck legen? Sag' mir endlich, daß ich nicht
mehr zu diesen Festen zu gehen brauche!"

Mein Mann schweigt eine Weile, dann sagt er:
„Es ist mir doch nicht einerlei, wie du in der Gemeinde
beurteilt wirst! Natürlich legen sie es dir als Hochmut
und Stolz aus, oder sie meinen, was sie dir bieten, sei
dir nicht gut genug."

„Du weißt, daß ich jeden Tag Graupensuppe essen
könnte, aber nur nicht unter diesen Umständen! Und
zum Dekorationsstück eigne ich mich doch wirklich nicht!
Ach, alle diese Zeremonien! Darf ich sie nicht durch-
brechen? Wie verknöchert und unnatürlich kommt mir
alles vor. Schon der Leichenbitter! Ich hätte gemeint,
er müsse von dem plötzlichen Unglück erschüttert sein,
aber er singt seinen Satz her. Man glaubt doch, daß
alles Gefühl untergeht in der Zeremonie!"

„Ich kann dich ja nicht zwingen. Daß du krank
wirst, sehe ich ja, also bleibe fort! Aber ich möchte
doch manches in ein anderes Licht rücken.

Diese Sitten und Satzungen erben sie wie ihre
Höfe, sie fühlen sich wohl in diesen anererbten Formen,
sie sind ihr Recht. Dir kommt es vor, als verlören
sie dadurch alles natürliche Gefühl, als wäre der eine
wie der andere. So ist es doch nicht! Ich meine auch,

du bist nun schon lange genug hier, um zu sehen, daß in dieser scheinbaren Einförmigkeit doch eine interessante Mannigfaltigkeit zu finden ist. Um das herauszufinden, muß man sich freilich mit ihnen allein beschäftigen. Du kannst doch nicht sagen, der oder jener repräsentiert den Geist der Gemeinde. Sie sind doch Individuen! Denk' an Christiane, an den Schuster, an Jeß Lind und wie sie nun alle heißen. Ich sagte dir neulich, du könntest Besseres von den Bauerfrauen lernen, als Spinnue und Buttern und dergleichen. Nachmachen in ihren äußeren Formen sollst du sie nicht, aber sieh mal, welche Selbstbeherrschung sie haben. Du wirst so leicht keine verzweifelte Bauerfrau finden!

Sie ergibt sich demütig und fromm in ihr Schicksal. Welche Selbstzucht! Das Herz mag ihr noch so weh tun, sie geht sofort an ihre Arbeit, an das, was sie als ihre Pflicht ansieht. Das ist doch Heldentum, und da habe Anerkennung, da kann jeder von ihr lernen! Denk', wenn dich so ein Unglück träfe, könntest du dich gleich so zusammenraffen und für all diese Leute sorgen? Sie hätte für ihren Schmerz wohl lieber Ruhe gehabt, aber kein müßiges Jammern haben wir von ihr gehört."

„Ach," sagte ich, „was mich bei diesem Fall am meisten quält, das habe ich dir noch gar nicht gesagt."

„Nun?"

„Ich kann gar nicht zur Ruhe kommen, ist mir doch, als hätte ich den Mann gemordet."

Als mein Mann schwieg, fuhr ich zögernd fort: „Ich sage mir immer, wär' ich nicht gekommen, — dann — ?"

„Du meinst, dann wäre er nicht aus der Luke gefallen."

Ich nickte.

„Das glaubst du hoffentlich nicht! — Der, bei dem
kein Sperling ohne seinen Willen vom Dache fällt, der
sollte bei einem so tiefgreifenden Ereignis den blinden
Zufall walten lassen?"

Unsere Kinder

Etwas Schöneres als unseren großen Garten konnte man sich für die Erziehung der beiden Mädchen nicht denken. Von klein auf waren sie draußen. Selbst im Winter, wenn Wind und Wetter nicht gar zu schlimm waren, konnten sie sich hier, im Schutze der Bäume, tüchtig bewegen.

Ein Kindheitsparadies war ihnen mit diesem Garten beschert, wie es jedem Kinde zu wünschen wäre. Kein Fürstenkind konnte es besser haben. Der Garten war Spiel-, Unterrichts- und Arbeitsstätte. Sie hatten das große Glück, ausschließlich unter den Augen der Eltern aufzuwachsen, die Zeit und Ruhe für alles hatten. Wie frei konnten sie sich entwickeln, und wie vielseitig und reichhaltig war das Material, das die Natur als Hilfsmittel für die Erziehung bot. Wie vertraut und intim verkehrten sie mit Pflanzen und Tieren.

Chary war etwa drei Jahr alt, da kam sie in höchster Aufregung zu mir und rief: „Mutter, komm ganz schnell! Vorn am Hause sind alle Ameisen Engel geworden! Komm, sonst fliegen sie fort!"

Ein andres Mal stand sie mit Käthe oben auf der Anhöhe und sah sinnend hinunter auf die Gipfel der Bäume. „Sieh nur, Käthe," sagte sie, „was sich die Bäume da alles erzählen! Sieh mal, der Kleine will was von seinem Vater, aber der schüttelt den Kopf."

Als sie heranwuchsen, wurde auch der Unterricht meist im Garten gegeben, sie lernten vielfach an der Gartenarbeit, ohne daß sie ahnten, daß sie unterrichtet wurden.

Wenn sie miteinander spielten, zogen sie Blumen, Bäume und Tiere in ihr Spiel, sie personifizierten alles, und auf diese Weise entstanden die niedlichsten Augenblicksmärchen, an denen sie selbst die größte Freude hatten.

Wie interessant war jeder Gast, der ins Pastorat kam. Mit welcher Freude begrüßten sie „Tante Agnes", die Erzieherin aus dem Nachbarpastorat, die ihnen so schöne Puppenkleider nähte.

Es kamen auch Gäste, die die Nacht blieben. Jeden Herbst kam der Klavierstimmer, der Herrnhuter aus Christiansfeld. Er erzählte ihnen, wenn er fertig mit Stimmen war, von seinen Wanderungen und von dem Leben in den anderen Pastoraten.

Eines Tages wurde mein Mann kurz vor Tisch zu einem Kranken gerufen. Wir mußten eilig anrichten, und da hatte Schusters Dagmar, die schon lange bei uns diente, ganz gegen Landessitte, einen Handwerksburschen abgewiesen.

Als wir bei Tisch saßen, sah Chary versonnen auf ihren Teller, und als ich sie mahnte, doch anzufangen, sagte sie traurig: „Ich mag doch nicht! — Der Handwerksbursche! Dagmar hat ihn weggeschickt."

„Na, dann geh und hol' ihn wieder," sagte ich.

Nach einer Weile kam sie weinend zurück. Ich erschrak — konnte er ihr etwas getan haben?

„Warum weinst du denn so? War er nicht nett zu dir?"

Sie schluchzte heftiger und sagte: „Er will nicht wieder zu uns kommen!"

„Wo traffst du ihn denn?"

„Er sitzt draußen im Straßengraben und zieht seine Strümpfe aus, und die sind ganz kaput. Du könntest ihm doch heile geben."

„Na," tröstete ich, „wart' nur, es kommt wohl mal wieder einer!"

Wichtige Tage waren für die ganze Gemeinde, wenn die Kirchenvisitation abgehalten wurde, dann kam der Propst oder gar der Generalsuperintendent. Die Kinder standen in ihren Sonntagskleidern mit uns vor der Einfahrt, um den hohen Gast zu begrüßen. Der nächste Tag war, auch wenn es ein Wochentag war, ein großer Festtag. Meist war schönes Wetter, da die Visitation im Sommer stattfand. Die Glocken läuteten, und die kleine Kirche füllte sich mit der andächtigen Gemeinde.

Mit welcher Ehrfurcht hörten die Kinder neben der Mutter, wie erst der Vater von der Kanzel, und dann der Generalsuperintendent vom Altar die Predigt hielt. Da sie viel mit Schusters Kindern verkehrten, konnten sie mit der Zeit Dänisch sprechen und verstehen.

Zu anderen Leuten kamen sie selten, aber einmal wurden sie von Lille Jakobs Frau, Christiane Kaltoft, eingeladen. Die Leute waren von Jütland herüber gezogen, sie sprachen einen rauhen, fremdartigen Dialekt, und ich mußte mahnen, recht langsam zu sprechen, und selbst dann mußte ich mir Mühe geben, ihr Dänisch zu verstehen. Die Frau erweckte meine ganze Teilnahme, sie war ganz anders als die eingesessenen Bauerfrauen in der Gemeinde. Sie war ja auch freilich keine eingesessene Bauerfrau, viel eher hätte ich sie für einen

Nachkommen der Zigeuner halten können. Sie liebte
grelle Farben, und sie hatte starke Empfindungen, mit
denen sie nicht zurückhielt. Ihre ärmliche Kate lag
weit draußen, westlich vom Dorf, mitten in der braunen
Heide. Haus, Vieh, Feld stand im Schuld- und Pfand-
protokoll, sie arbeiteten hart, um die Zinsen aufzubringen.

Christiane Kalloff
(Rixhøly)

Ihr Mann wurde „Lille Jakob" genannt im Gegensatz
zu dem Bauer Jakob. Die Frau litt stark an Heimweh, und dafür hatte ich Verständnis. In ihr ver-
einigten sich allerlei Gegensätze; trotz ihrer häufigen
Niedergeschlagenheit hatte sie einen guten Mutterwitz,
die humoristischen Fältchen in dem kleinen, spitzen, un-
schönen Gesicht nahmen sich sonderbar aus unter den

verweinten Augen. Wenn sie mir erzählte, wie aufgeregt sie würde, wenn der Sturm die Wolken nach dem Norden jagte, dann bebte ihr kleiner, zarter Körper, und das Gesicht zuckte vor Schmerz.

Als sie mich mit den Kindern einlud, hatte sie mir geheimnisvoll gesagt, ich solle nur an einem schönen Sommertag mal kommen, sie habe auch einen Spaß für die Kinder.

„Kinder müssen doch 'mal lachen, das ist ihr gutes Recht. Das Leben wird nachher ernst genug. Ich mach' deshalb unsern Kindern oft 'mal einen Spaß. Da wir ein bißchen hoch liegen, kann man bei uns auch so schön den Sonnenuntergang sehen. Wenn die in der Ferne ins Meer sinkt, dann halte ich immer mit der Arbeit ein bißchen auf, das seh' ich mir an."

Also die sah sich Wolken und Sonne an!

Ich war selbst ganz gespannt, was für einen Spaß unsere Kinder wohl bei Christiane erleben würden, und so gingen wir eines Nachmittags den weiten Weg durch die Heide. Unterwegs pflückten wir Heideblumen, und ich mußte den Kindern das Märchen von Andersen: „Vom großen und vom kleinen Klaus" erzählen. Das machte ihnen viel Spaß, und sie fragten: „Hat Lille Jakob denn auch kein Pferd, und muß er sich's vom großen Jakob borgen?"

„So wird's wohl sein," sagte ich.

Hier war das einsam gelegene Häuschen. An der Hausmauer saß ein kleines Kind. Eine Kartoffelhacke war gegen die Hausmauer gelehnt. Zu Häupten des Kindes war ein dicker Büschel Kartoffelkraut an die

Hacke gebunden. Ich begriff, das gab dem Kinde den nötigen Schatten. In der Hand hielt die Kleine einen ausgedienten Holzschuh, um den ein blauer Fetzen gewickelt war — eine billige Puppe!

Ein paar größere Kinder huschten bei unserem Kommen schnell in den Torfschuppen, von diesem sicheren Versteck aus guckten sie erstaunt und neugierig durch den Spalt der angelehnten Tür.

Dann kam lachend Christiane vom Torfstechen. Ihr kurzes Röckchen reichte ihr knapp bis über die Knie. An den schwarzen, nackten Füßen trug sie eisenbeschlagene, plumpe Holzschuhe. Gesicht, Arme, Hände, alles war ebenso schwarz wie die Füße. Um den Kopf hatte sie in malerischer Weise ein grellrotes Tuch geschlungen.

„Nun, Sie treffen mich bei der Arbeit," sagte sie lachend, „aber ich gehe eben an die Pumpe und wasche mich. Komm doch, Petrea, sei nicht so dumm, und gib der Frau und den kleinen Mädchen die Hand, und dann ruft Vater, und sagt, wir hätten Besuch, und dann zeig' ihnen euer Spielzeug!"

Meine beiden näherten sich schüchtern einem kleinen, plumpen Holzwägelchen.

„Ja, ja, nehmt den nur und fahrt die Puppe. Jakob hat den Wagen gemacht, er macht auch alle unsere Holzschuhe und beschlägt sie mit Eisenblech. Er ist ganz klug und geschickt. Nun kommt aber herein, ich hol' euch ein Glas Milch, und wenn ihr getrunken habt, dann geht die Vorstellung los."

‚Vorstellung?' dachte ich, ‚was hat sie bloß vor?'

In der Stube mochten meine Kinder nicht gern

478

sein, sie nahmen wieder ihre Sträuße und stellten sich mit den andern Kindern draußen hin.

Christiane warf einen gleichgültigen Blick auf die Heideblumen und sagte: „Solche Blumen pflückt ihr? Im nächsten Jahr findet ihr auf unserm Grund und Boden keine mehr. Im Herbst zünden wir unser Stück Heideland an, und dann machen wir's urbar und säen Buchweizen hinein. Das gibt noch Arbeit, zumal da wir kein Pferd haben und Jakob alles mit dem Spaten graben muß. Aber nun —! Paßt auf!"

Sie flüsterte Jakob ein paar Worte zu, der ging an eine kleine Seitentür und öffnete sie.

„Ho! Ho!" riefen die kleinen Kaltofts und klatschten in ihre schmutzigen Hände.

„Das Schwein! Das Schwein!"

Sie kreischten und strampelten vor Vergnügen, die meinen aber drängten sich ängstlich an mich.

Ja, da war es! Hei, wie es ums Haus jagte. Es setzte wie besessen über den Düngerhaufen und plantschte durch die braune Pfütze! Kaltofts Kinder stellten sich an die Hausecke, und wenn es sich zeigte, jagten sie es zurück. Karen lachte über meine beiden, stellte sich übermütig hin und rief: „Ha! ich bin gar nicht —"

Da hatte das Schwein sie in seinem sinnlosen Hetzen umgerissen, sie streckte die Beine hoch, und Eltern und Kinder kreischten und zappelten vor Vergnügen.

Die konnten sich auf billige Weise einen „Zirkus Renz" mit all seiner Aufregung schaffen. Ich meinte, das Schwein sei nun wohl so erschöpft, daß es wieder zur Ruhe müsse. Das war aber andrer Meinung! Es freute sich der Freiheit und jagte wie besessen in die

Heide und alle Kaltofts hinterher. Das Baby hatten
meine Kinder im Blockwagen und suchten es vor etwaigen
Angriffen des Schweines zu schützen.

Als das Tier endlich wieder unter sicherem Ver-
schluß war, da hatten meine beiden genug von dem
Spaß und wollten die Sonne doch lieber von unserm
Garten aus zu Bett bringen.

Lille Jakobs Pferd

Es war Herbst, wir hatten Kornlieferung.

Auf dem Pastoratshof war reger Verkehr. Der ganze Hof stand voller Wagen, und in unsrer Wohnstube saßen die Bauern und rauchten, und ich schenkte ihnen ihr Nationalgetränk: Kaffeepunsch. Sie rechneten mit meinem Mann und besprachen nebenher untereinander Dorfneuigkeiten.

Der eine sieht zum Fenster hinaus und sagt zu meinem Mann: „Haben Sie Lille Jakob zum Helfen, Herr Pastor?"

„Jawohl, er hat sich angeboten, möchte sich gern etwas verdienen. Leichte Arbeit ist's heute nicht, den ganzen Tag die gefüllten Kornsäcke von den Wagen zu heben."

„Wer kauft denn Ihr Korn?"

„Gerste und Roggen kommt nach auswärts, den Hafer möchte Lille Jakob haben."

Die Bauern nehmen die Pfeifen aus dem Mund und sehen meinen Mann erstaunt an.

„Lille Jakob will den Hafer kaufen? Was denkt denn der?"

„Das wißt Ihr wohl noch gar nicht! Lille Jakob hat sich doch in diesen Tagen ein Pferd gekauft," sagt Pferdehändler Trulsen.

Nach dieser Mitteilung wird eine Weile tüchtig gequalmt, dann sagt einer: „Lille Jakob mag sich in acht nehmen! Ihm ist, wie er die Stelle angetreten hat, zuerst ein Huhn gestorben. Das bedeutet nichts Gutes! Wie kann der Mann, der nichts hat, sich ein Pferd

kaufen! Na, das gibt sicher ein Unglück! Das beste
Vieh zieht das Huhn nach sich. Warum konnte denn
der nicht weiter graben! Will pflügen wie ein Bauer!
Na, wir werden sehen."

Ein andrer sagt: „Als ob so einer mit 'nem Pferd
umzugehen wüßte! Muß den Hafer dafür kaufen, so
ein kleiner Mann!"

Pferdehändler Trulsen, der weit herumgekommen
ist, ganz bis Hamburg kommt er mit seinem Vieh, der
steckt sich ein Streichholz an und sagt in Pausen, während er die Pfeife wieder in Gang bringt: „Na, —
so dumm — ist das — nicht! Wenn nicht Malheur
dazu kommt, kann er sich damit herauf arbeiten. Ich
bin für die Aufklärung! Das mit der Henne ist der
reinste Aberglaube. In ganz Hamburg, soviel Menschen, wie da auch sind, da glaubt kein einziger solchen
Kram."

„Na Hamburg! — Das Sündennest! —"

„Bist du da gewesen?"

„Ich danke! Wenn's noch Kopenhagen wär'!"

„Ja, Kopenhagen!" sagen die anderen ehrfurchtsvoll,
„da möcht man wohl mal hin. Den König sehen, ja,
das wär was! Aber Hamburg? Wer's nicht nötig
hat, geht da lieber nicht hin!"

*   *   *

Dann kam wieder einmal der Winter. Es schneite,
und wie! Der Sturm fuhr mit grimmigem Heulen
durch den Schornstein. Er rüttelte an den niedrigen
Fenstern, er schüttelte wie in Wut das alte, strohgedeckte
Pfarrhaus, so daß es in allen Fugen ächzte und
stöhnte. Und draußen wuchs die Schneewand, sie ver-

dunkelte die Fenster. Noch früher als sonst mußten wir die Lampe anzünden. Nirgends war man sicher vor dem durchdringenden Sturm. Besorgt fragen wir uns: „Wenn uns nur nicht das Dach abgedeckt wird!"

Wie lang ist der Abend! Wir haben den Tisch an den Ofen geschoben, schaudernd horchen wir hinaus. Wer heute draußen sein muß! Es ist fast zehn Uhr, wir rüsten uns, zu Bett zu gehen. Was war das?

Schritte? —! Schwer, langsam arbeitet sich etwas durch den hohen Schnee.

„Gott sei Dank, daß du bei mir bist," sage ich zitternd, „ich fürchtete sonst, man brächte dich." Wir öffnen bei dem Sturm nur widerwillig die Tür und horchen ängstlich hinaus. Da — zwei vermummte Gestalten!

„Du sollst doch hoffentlich bei dem Wetter nicht zu einem Kranken!" sage ich seufzend. Die beiden treten mit schweren Holzschuhen in die Küche. Sie sind im Schnee gewesen bis an die Arme, ein Mann und eine Frau. Ich ziehe der Frau das Tuch vom Kopfe.

„Christiane!" rufe ich erschrocken.

Auch der Mann hat ein Tuch um, das er jetzt abnimmt. Jakob! Sie stampfen den Schnee von den Füßen, wir lassen sie herein und setzen Stühle an den Ofen. Beide haben vom Weinen geschwollene Gesichter.

„Reden Sie! Was ist denn passiert?"

Ein Schluchzen ist die Antwort. Auf erneutes Fragen sagt Jakob stockend: „Lise — ist — tot! Ich bin bei dem Wetter in Riepen gewesen, aber es war zu spät!"

„War das die Mittlere?" frage ich voller Teilnahme.

Die beiden sehen mich durch Tränen verständnislos an, endlich schluchzt Christiane: „Lise — ist — unser — Pferd!"

Wir können uns nicht sofort in die Situation finden, aber endlich stellen sich Worte der Teilnahme ein.

Bis nach Mitternacht hatten wir zu tun, ehe die beiden ihre Schneewanderung wieder aufnahmen.

Am nächsten Abend schrieb ich eine Skizze und schickte sie an die Kieler Zeitung. Als das Freiexemplar kam, steckte ich es in ein Kuvert, schrieb dazu einen Brief an Doktor Meyer-Forsteck und bat, das Lesen dieser Skizze mit Gold zu bezahlen, trotzdem sie's nicht wert sei.

Die Zeitung schickte dreißig Mark, und dieselbe Summe erhielt ich von Forsteck, damit ging ich, als der Schnee geschmolzen war, zu Lille Jakob und schlug vor, diese kleine Summe als Fonds für eine Nachfolgerin von Lise anzusehen.

Der große Junge

Da war doch entschieden etwas los! Der ganze
Laden voll Frauen! Fünf! Ich konnte ja kaum noch
Platz finden. Von der gewöhnlichen Zurückhaltung war
heute nichts zu merken, sie waren ganz erregt. Was
war denn passiert? Als ich eine Weile zugehört hatte,
kam ich dahinter. Der „Gammelgaard" (der alte Hof),
der als halbe Ruine jahrelang unbewohnt gewesen war,
der sollte niedergerissen und auf dem Platz eine Bäckerei
erbaut werden. Ein junger Mann aus Scherrebeck
hatte den Mut, hier sein Geschäft zu eröffnen. Es
wurde eifrig verhandelt, ob der sich würde halten können.

Und gleich noch eine Neuigkeit wurde mitgeteilt: alle
drei Wochen, so sagte man, werde ganz von Gramm
herüber ein Schlachter durch die Gegend fahren. Also
Brot und Fleisch in Aussicht. Welcher Fortschritt!
Gewiß, es ging mir jetzt besser mit dem Backen, aber
mit dem Mann aus Hörbro hatte ich doch auch jetzt
noch lieber zu tun, als daß ich es selbst riskierte. Also
ein Hausbau das aufregende Ereignis der ganzen Gemeinde. Mir fiel Klaus Groths Trina ein, wo auch
ein Hausbau das Ereignis des Tages war.

Da wir gute Kunden beim Bäcker wurden, war
er geneigt, uns gefällig zu sein. Wir fragten, ob er
uns auch Milch verkaufen würde.

Ein tägliches Quantum wurde festgesetzt, und wir
schafften die Landwirtschaft ab.

Das Gras, das in unserem großen Garten wuchs,
schenkten wir Jakob und Christiane, die dadurch täglich

mit ihrer Sense und Schiebkarre bei uns einkehrten. Bei der Gelegenheit hörte ich von ihrem Tun und Treiben. Christiane erzählte, wie sie früh um vier heraus müsse, um bei anderen Leuten die Felder zu jäten, während Jakob beim Torfstechen beschäftigt sei.

„Und was machen Sie unterdessen mit den Kindern?" fragte ich.

„Erst mal lasse ich sie schlafen. Wenn ich nach Hause komme, versorge ich sie, und dann lasse ich sie alle hinaus, damit sie mir aber nicht in die Mergelkuhle fallen, pflocke ich sie an einer Leine an, gerade wie die Schafe. Das können sie ja aushalten, sie sind in der frischen Luft und können sich so weit bewegen, wie die Leine reicht."

Dann mähte sie, ich aber ging zu meinem Mann und beriet mich mit ihm. Er sagte: „Siehst du wohl! Wenn man nur Geduld hat, mit der Zeit macht sich alles! Ist das nun nicht viel besser, als wenn du den Frauen deine Ansichten über Erziehung auseinandersetzest?"

Ich ging nun zu Christiane und sagte ihr, sie möge ihre Kinder zu uns bringen, wir wollten sie besorgen, sie könne sie am Abend wieder holen.

Jetzt hatten wir einen Kindergarten!

Für unsere beiden war das ein besonderer Spaß. Sie wuschen die Kleineren, fütterten sie, und mit den Größeren spielten sie dänische Kreisspiele, am besten konnten die kleinen Kaltofts das Spottlied auf die Mönche, das mit seinem Inhalt ins Mittelalter reicht. Es heißt in der Übersetzung:

Der Mönch geht durch die Heide
Den langen Sommertag.
Im grauen Wollenkleide,
Den langen Sommertag.

Er pflückt die roten Beeren,
Er pflückt das grüne Kraut,
Des Herzens tief Begehren
Ist nur das Liebchen traut.

Jetzt endlich, da kommt aus dem Haus sie heraus,
Er breitet zum Tanze die Kutte ihr aus.
Hei! Wie sie nun tanzen und stampfen dazu,
Als wären gestohlen die Strümpfe und Schuh."

Erst mal richteten wir uns danach, was die
kleinen Gäste konnten, ganz sachte zogen wir sie zu den
Beschäftigungen und Spielen der unsrigen heran. Am
eifrigsten waren alle, wenn die Obsternte beschickt wurde.
An den schönen Herbsttagen war das Ernten ein Fest,
aber wenn Sturm und Regen alles heruntergepeitscht
hatte, da war das Ernten eine ungesunde und beschwer-
liche Arbeit.

Zum Winter spannen wir uns wieder ein, da machten
die Kinder an den langen Winterabenden Handarbeiten,
und wir halfen ihnen. Die angefertigten Fröbelschen
Arbeiten mußten sie selbst pappen. Im Sommer hatten
wir Blumen gepreßt, die wurden nun zu Sträußchen
geordnet und zu Lampenschirmen verarbeitet. Gelegentlich
las ich meine selbstgeschriebenen kleinen Skizzen vor, und
wir planten gemeinschaftlich die nächste, kleine Erzählung.
Mein Publikum ging sehr streng ins Gericht mit mir,
aber glückliche Zeiten waren das.

Chary hatte ein hübsches Zeichentalent, und gelegent-

lich hatte ich ihre kleinen Bildchen zu Frau Doktor
Meyer geschickt, die immer viel Teilnahme dafür zeigte.

Eines Tages erhielt ich einen Brief folgenden In-
halts:

Liebe Charitas!

Ich komme heute mit einer Bitte zu Dir. Ich
habe in Hamburg einen Knaben kennen gelernt,
der lange krank war. Jetzt ist er so weit hergestellt, daß er wieder auf ist, er ist aber sehr zart,
und ich möchte ihm gern zu einem längeren Land-
aufenthalt verhelfen. Die Eltern sind arm und
können nichts für das Kind tun. Jetzt frage ich
bei Euch an, ob Ihr Heiny wohl einige Wochen
bei Euch aufnehmen würdet. Was Ihr an ihm
tut, wird Euch reichlich durch ihn selbst vergolten
werden.

Er ist ein freundliches, liebenswürdiges Kind,
und ich bin überzeugt, er wird Dein ganzes Herz
gewinnen. Da auch er große Freude am Zeichnen hat, so denke ich, Chary und er könnten nach
Herzenslust zusammen zeichnen. Der Arzt sagt,
er soll recht viel Milch trinken. Willst Du dafür
sorgen, daß er die bekommt? Sobald ich Antwort habe, teile ich Euch seine Ankunft mit. Dein
Mann ist wohl so freundlich und holt ihn in
Scherrebeck ab. Herzlichst   Marie Meyer.

Das gab bei den Kindern eine große Aufregung.
Ich selbst nahm allerlei Vorbereitungen vor. Die nach
Westen gelegene Stube war nicht tapeziert, ich mußte
sie noch mit Kalkwasser überstreichen, ich tat etwas rote
Farbe dazu, nun wurde es ein hartes Rosa. Die Kinder

hatten tausenderlei Pläne. Das war doch zu aufregend daß ein Junge in unser Haus kam. Sie kannten nu den buckligen Peter von Schusters, der so schöne, traurig Lieder auf der Ziehharmonika spielte. Was konnten si tun, um Heiny würdig zu empfangen? In ihren

Tijik · Emad · Rosegger

Garten wollten sie eine Bank und einen Tisch aufstellen, da wollten sie mit ihm sitzen und spielen. Sie liefen in die Scheune und holten das Material. Mein Mann gab ihnen die Stämme und Bretter, aber rammen und nageln wollten sie selbst. Da stand auch schließlich etwas, das dem ähnlich sah, was sie sich vorstellten. Nun wollten sie von der Mutter die Wasserfarbe.

„Das geht nicht," sagte ich, „das muß mit Ölfarbe gemacht werden, und die habe ich nicht."

Es half mir nichts. Tisch und Bank schimmerten rosa. „Gut, macht eure Erfahrungen!" sagte ich.

Dann kam endlich der ersehnte Wagen. Zunächst

Jens Christian Christensen, Smed i Norkirby, Foto i Kolding

enttäuschte Gesichter. Der war ja ebenso groß wie die Mutter! Und sie hatten sich einen kleinen Jungen gewünscht, mit dem sie herum hätscheln konnten, aber der war ja schon fünfzehn Jahr! Lang aufgeschossen, schmalbrüstig, bleich war er. Er hatte freundliche, blaue Augen und rotblondes Haar. Seine Augenbrauen und Wimpern sahen aus, als ob eine leichte Hand Gold-

staub darüber gestreut hätte. Sein Teint war durchsichtig und zart. Schüchtern und fremd standen beide
der neuen Erscheinung gegenüber. Nach dem Essen
führten sie den Gast in ihren Garten und nötigten ihn
auf die rosa Bank. Wenn sie zusammenrückten, konnte
noch eine mit ihm Platz finden. Sie wollten abwechselnd sitzen. Da —! Ein lauter Schrei aus drei
Kehlen. Heiny und Käthe lagen zappelnd in einem
Stachelbeerbusch. Ich sammelte sie auf und tröstete sie.

„Nun sieh dein blaues Kleid an! Habe ich euch
nicht gesagt, es würde abfärben?“

Aber mit dem Fremdsein war's vorbei.

Heiny holte Hammer- und Nagelkasten, und nun
kriegte die Sache einen anderen Schick. Ja, das war
ein Spielgefährte! So geschickt! Was konnte der alles
für die Puppenstube schnitzen. Wie konnte der erzählen!

Und einen Malkasten hatte er mit, mit dessen Hilfe
konnte er ihnen malen, was sie nur wünschten. Der
Tag war immer zu kurz. Er ging auf jedes Spiel
ein, und wie schön lang waren die Sommertage. Am
Vormittag zogen sie mit Klappstühlen hinaus in Feld
und Heide. Heiny und Chary mit Skizzenbuch und
Bleistift, die kleine Käthe setzte sich dahinter und hielt
über die beiden den gelben Kalikoschirm.

Erst zum Essen stellten sie sich wieder mit gutem
Appetit ein. Auf meine Vorfrage beim Bäcker, ob
wir mehr Milch bekommen könnten, bekam ich abschlä-
gigen Bescheid. Was sollte ich da mit Heiny machen?
Der sollte ja viel Milch trinken!

Ich dachte eine Weile nach, dann sagte ich: „Weißt
du Heiny, was wir tun? Wenn ich am Nachmittag

fertig bin, gehen wir von Hof zu Hof, alle zusammen. Ich geh' mit euch. Du zeichnest die Bauern, für jedes Bild geben sie dir ein Glas Milch, oder, — je nachdem sie deine Kunst einschätzen, — auch mehr. Zeit haben wir, du machst dir jedesmal auch ein Bild für dein Skizzenbuch."

Und schon am Tage darauf unternahmen wir unsere Kunstreise zu vieren. Es war, wie ich vermutete: die Bauern hatten ihren Spaß an der Bildermacherei, und manche erzählten mir umständlich, daß sie in Riepen gewesen wären, um da auch Bilder von sich machen zu lassen, aber die hätten das ganz anders gemacht.

Als sie sahen, wie zart der Junge aussah, kam es ihnen auf ein Glas Milch nicht an, bewahre! er sollte nur tüchtig trinken.

Ich spielte die Rolle des Kunstkritikers.

Das war eine muntere, glückliche Zeit, und Heiny erholte sich zusehends an der nordschleswigschen Milch.

Als der Sommer schwand, reiste Heiny wieder nach Hause. Die Kinder weinten ihm viele Tränen nach. Zur Erinnerung an diese anregenden Sommerwochen ließ er mehrere seiner Zeichnungen in unsern Händen.

Der kleine Junge

Der große Heinz kam nicht wieder. —

Statt seiner kam im nächsten Jahr als Weihnachtsgeschenk ein anderer Junge. Diesmal war's ein ganz
kleiner, — und der blieb.

So klein wie er war, er rüttelte an den bestehenden
Verhältnissen und warf sie um, nicht gleich, aber im
Verlauf einiger Jahre.

Und dabei hatte trotz seiner Anmeldung niemand
an die Möglichkeit seines Kommens geglaubt. Stine
schüttelte den Kopf und wollte nichts damit zu tun
haben. Nein, gar nichts! Sie verwies uns an den
Arzt in Riepen. Der sagte: „Ein Kind gibt's nicht,
aber damit wenigstens die Frau gerettet wird, will ich
sie selbst nach Kopenhagen in eine Klinik bringen."

Das war sehr menschenfreundlich, aber mein Mann
lehnte doch dankend ab.

„Wir wollen mit unsrer Not im Vaterlande bleiben."

Von Kiel kam ein Arzt, und mit ihm und unserer
Ältesten reiste ich Anfang November nach Kiel.

Kurz vor Weihnachten kam der kleine Junge.

Ein Pastor hat während der Festzeit besonders viel
in seiner Gemeinde zu tun, und selbst wenn mein Mann
hätte kommen können, so hielt ihn in diesem Falle der
Beschluß des Arztes fern. So kam es, daß ich das
Fest mit meinem ältesten und jüngsten Kinde fern vom
Heim, doch dankbar und glücklich verleben durfte.

Chary wohnte zuerst auf Forsteck, aber als Meyers
ihren Winteraufenthalt in Hamburg nahmen, war Klaus
Groth so freundlich, sie zu sich einzuladen.

Erst im März kehrten wir mit unserm Weihnachts-
paket ins Pastorat zurück. Nun erst konnte mein Mann
seinen Sohn taufen. Nach unserm väterlichen Freund,
Doktor Meyer, erhielt er den Namen: Adolf. Die
Schwestern suchten für das Brüderchen einen Kosenamen,
sie nannten ihn: Addi. Mein Mann meinte, da ich
ihm ein so willkommenes Weihnachtsgeschenk mitgebracht
hätte, möchte er mir auch eine Freude machen, er möchte
mir eine Uhr schenken. Damit aber war ich nicht zufrieden.

Was ich denn wollte? fragte mein Mann erstaunt.

Ich wünschte nicht weniger, als er möge sich weg
bewerben. Ich erinnerte ihn an die letztvergangene,
schwere Zeit, an den aufregenden Abschied vom Heim,
an die angstdurchwachten Nächte vorher und nachher.

Er hielt mir die Jahre ungetrübten Glückes entgegen. Ich blieb aber bei meiner Bitte. Das, was
unser Glück ausmachte, die Kinder, die würden wir ja
mitnehmen. Aber der Junge mußte in einigen Jahren
zur Schule, da wäre es doch gut, wenn wir in eine
Stadt mit Gymnasium kämen.

Mein Mann gab seine Zustimmung, und von da
an studierte ich eifrig alle Vakanzanzeigen, die Amts-
blatt und Zeitungen brachten.

Nach siebzehnjährigem Aufenthalt in Nordschleswig
hielt mein Mann der Gemeinde in Roagger die Ab-
schiedspredigt. Die Kirche war gedrängt voll. Der
Segen war gesprochen, aber niemand verließ seinen Platz.
Erst nachdem wir durch die Bänke geschritten waren und
jedem ein besonderes Abschiedswort gesagt hatten, zer-

streuten sich die Leute. Aber viele kamen am nächsten
Tage ins Pastorat, um uns noch einmal zu sehen, und
um uns auszusprechen, wie ungern sie uns ziehen sähen.
Da brachte die eine noch ein Huhn, die andere eine
Flasche Rahm, die dritte ein Stieg Eier, alle aber
kamen mit guten Worten und machten mir jetzt durch
ihre Freundlichkeit das so sehr ersehnte Fortgehen
schwer.

Durchs dunkle Tal

Mit welcher Sehnsucht hatte ich gewünscht, daß mein Mann bei der Besetzung der Pastorenstelle in Rendsburg gewählt werden möchte, und wie heiß war mein Dank, als mein Wunsch tatsächlich erfüllt wurde.

Mit welchem Glücksgefühl durchschritt ich die Straßen der Stadt, die von nun an meine Heimat war, aus der ich nie wieder weg wollte.

Als ich das alte Rathaustor durchschritt, war mir, als öffne sich hinter dem altertümlichen Bogen eine neue, schöne Welt. Mein Fuß war wie beschwingt, wenn ich durch die Straßen ging und überall freundlichen Blicken begegnete. Man brachte uns Liebe und Vertrauen entgegen, ohne daß wir noch Zeit und Gelegenheit gehabt hatten, uns diese kostbaren Güter zu erwerben. Ich war tief bewegt. Wie weit plante ich voraus! Dies war erfüllte Sehnsucht. Könnte ich dies Leben festhalten, lange, lange!

Meine Mutter besuchte uns mit der Absicht, recht lange bei uns zu bleiben. Sie war mit uns so glücklich über den Wechsel. Schon nach acht Tagen wurde sie krank, und nach weiteren acht Tagen wurde sie heimgerufen.

Ihr Tod warf den ersten Schatten auf unser Glück.

„Wenn der Geist soll auferstehn,
Muß die Form in Stücke gehn."

Groß und frei wuchs ihr Bild in meiner Seele.

* * *

Nur drei Jahre durften wir uns über unser neues Heim freuen, da traf uns ein Schlag, der plötzlich unser ganzes Leben dunkel und kalt machte.

Mein Mann hatte eine Beerdigung auf dem Lande, jenseits des Kaiser Wilhelm-Kanals.

Der sechste Januar war ein ungewöhnlich kalter Tag. Als der Wagen auf die Fähre kam, wurden die Pferde, wahrscheinlich durch die Glätte, scheu, sie durchbrachen die dünne Absperrkette und rissen den Wagen in die Tiefe.

Auf dem Schreibtisch lag der Text zur Leichenpredigt, die mein Mann hatte halten wollen, er hielt sie jetzt uns, — mir und meinen Kindern und seiner Gemeinde. Der Text aber lautete: „Kommt, wir wollen wieder zum Herrn: denn er hat uns zerrissen, er wird uns auch heilen; er hat uns geschlagen, er wird uns auch verbinden."

Als ich wiederkam

Dieselbe Stätte, die bis dahin all mein Glück geborgen hatte, wurde mir nun zu einem Ort der Qual. Ich sah im Geiste, wie in kurzer Zeit Fremde hier schalten würden, wie sie in der Liebe der Gemeinde wachsen mußten. Die tägliche Erinnerung an unser zerstörtes Glück ließ die Wunde nicht zum Heilen kommen. Da entschloß ich mich, mit meinen drei Kindern in die Einsamkeit der Großstadt zu flüchten.

Ja, einsam in der Großstadt!

So gingen Jahre.

Meine Jüngste kränkelte viel, da riet der Arzt, ich möge eine Reise mit ihr machen. Ich dachte lange nach. Wo lag der Ort, der soviel Interesse in ihr wachrufen würde, daß sie ihr eigenes Leid vergessen konnte? Da kam mir der Gedanke, wir könnten nach Sachsen reisen, in meine alte Heimat. Ich würde ihr die Geschichte meiner Jugend erzählen, und wir würden die Leute, die damit zusammenhingen, aufsuchen. Die älteste Tochter, die leitende Kindergärtnerin war, und der kleine Adolf fanden während der Zeit Unterkommen bei guten Freunden.

Wir aber reisten an einem schönen Sommertage in mein Heimatland! Je mehr sich der Tag zu Ende neigte, desto erregter wurde ich. Die Gegend weckte Erinnerungen, war mir doch, als sei das Jahrhunderte her, als sei ich vor undenklichen Zeiten schon einmal auf der Erde gewesen, so fern lag mir die Kindheit. War das wohl die Lommatzscher Pflege?! Richtig: Lommatzsch! Ich war aufs äußerste gespannt. Würde der Zug durch Leuben fahren? Aber geht denn jetzt eine Bahn hierher? Freilich, vierzig Jahre sind eine lange Zeit. Altes ist vergangen, Neues erstanden. Da liegt die Mühle! Bewegt muß ich der Gestalten und Namen gedenken, die beim Anblick der verschiedenen Häuser auftauchen.

Aber weiter geht der Zug. Andere Erinnerungen drängen sich vor. Da steht ja das Schulhaus! Im Fluge sehe ich die Pumpe vor der weiß getünchten Wand, die von dem grünen Gerank des Spalierobstes ganz überzogen ist. Daß hier schöne, süße Reineclauden wachsen, das habe ich nicht vergessen, wurde ich doch der eignen Kinderschar mit eingereiht, wenn der gute Kantor Märkel die Ernte vornahm. Nun ist alles vorüber. Ich setze mich in die Ecke und erzähle meiner Tochter von dem helltapezierten Stübchen, das ich mit Liesel und Hedel teilte, wenn ich zum Pflanzensammeln hier gastliche Aufnahme fand.

Abendschatten huschen über die Wiesen.

*   *   *

Wir haben Wohnung im „Romanus" bestellt. Diese Nacht bleiben wir in Nossen, und am folgenden Morgen fahren wir mit dem „Bähnchen" durch das liebliche Muldental nach Siebenlehn. Mitten im bewaldeten Tal halten wir.

„Hier," sage ich und zeige auf das gegenüberliegende Ufer, wo eine einsame Halde liegt, „hier habe ich als ganz kleines Mädchen Gold gesucht. Es ist der ‚fröhliche Sonnenblick'." Ich muß lächeln bei der Erinnerung, wie unendlich weit mir damals die Entfernung erschienen ist.

Meine Tochter wunderte sich über den Namen unseres Hotels, und da erzählte ich ihr:

„Zu meiner Zeit war hier kein Hotel, hier war das Bergwerk Romanus. Meine Mutter hat mir erzählt, daß vor etwa 700 Jahren Italiener hierher gekommen sind, die haben geschürft und entdeckt, daß hier viel Edelmetall zu finden war. Sie errichteten auf dem Gipfel des Berges eine Gewerkschaft und gaben der Grube den Namen ‚Romanus‘. Man sprach weit und breit von der Grube, als von einer, ‚die da Silber spendete und Gold‘. Der Romanus ist vielen Wechselfällen unterworfen gewesen. Durch Krieg, Wassersnot und Pestilenz ist oft auf lange hinaus der Betrieb unterbrochen worden. Mit bewundernswerter Zähigkeit und Ausdauer nahmen aber die Siebenlehner Bergleute den verlorenen Posten wieder auf und verhalfen dem gefährdeten Romanus immer wieder zu neuem Aufschwung. Siegesfreudig erklangen dann die frommen Bergmannslieder wieder aus dem Betsal des Steigerhäuschens. Dann kam eine Zeit, da ging das Gerücht durchs Städtchen, die Grube sei erschöpft, sie werde den Betrieb einstellen. Darüber waren die Siebenlehner sehr traurig, denn sie waren stolz auf ihre sieben Gruben. Das Gerücht behielt leider recht. Der Gesang der Bergleute wurde immer schwächer, schließlich fuhr nur noch ein einziger Bergmann an, es war der Häuer Schramm. Man sagte, er könne sich nicht von der Grube trennen, trotzdem er beim Sprengen ein Auge eingebüßt hatte. Schließlich mußte er sich aber doch andere Arbeit suchen. Die leichteren Baulichkeiten wurden abgebrochen, die Einrichtungen und Maschinen überließ man ihrem Schicksal, das Loch zur Einfahrt wölbte man zu, das Steigerhäuschen ließ man stehen."

„Ob wir wohl in dem alten Steigerhäuschen wohnen werden?" fragte meine Tochter.

Wir bogen um eine Waldecke und befanden uns vor einem stattlichen Neubau, daran stand: Hotel zum Romanus, und hier schlugen wir unsere Wohnung auf.

Ja, da stand dicht dabei das alte Steigerhäuschen, ich betrachtete es lange sinnend und wunderte mich, daß es so klein war, ich hatte es als viel größer in der Erinnerung.

Vor dem Hause lag ein Gemüsegärtchen, in dem eine Laube stand. Ich setzte mich auf die Bank und betrachtete sinnend eine alte Frau, die vor uns in einem Rübenbeete lag und jätete.

Ich forschte in ihren Zügen: sollte ich dieses faltige, pockennarbige Gesicht vielleicht einst gekannt haben?

Die Alte schob das bunte Kopftuch nach hinten, so daß die Ohren frei wurden. Ein paar lange Ohrbummeln mit bunten Steinen besetzt, wurden sichtbar. — Diese Ohrbummeln, — die kannte ich doch? Die gehörten der Christel, der Magd von der Madame Hänel! War das wirklich Christel?

„Christel?" sagte ich leise fragend.

Die Alte war so eifrig bei der Arbeit, daß sie mich nicht gehört hatte.

„Christel," sagte ich jetzt etwas lauter, „wollen Sie mich morgen besuchen, wollen Sie Kaffee mit mir trinken, und wollen wir mal wieder Kuchen zusammen essen, wie damals beim Menden-Jakob? Wissen Sie noch? Wie der seinen Geburtstag feierte?"

Eine jähe Röte überflog das Gesicht der Alten, sie sah mich unsicher an und stotterte endlich: „Gott bewahre! Wer redt' denn noch von dem verrückten Kerl! Der is doch lange tot!"

„Ja, ja," sagte ich, „das weiß ich, aber ich erinnere mich seiner noch ganz deutlich. Morgen wollen wir doch mal über alte Zeiten plaudern, nicht wahr?"

Christel stand jetzt auf, schüttelte die Erde von ihrer grauen Sackschürze und trat mit einem Ausdruck von Furcht und Neugier in die Laube.

„H—m! Nu — aber — wem sein Sie denn?" fragte sie in echt Siebelschem Dialekt.

„Nun raten Sie mal! Ich will den Hut absetzen. Nehmen Sie mal eine tüchtige Handvoll Jahre! Denken Sie an die Zeit, da der Menden-Jakob noch lebte. Wer war denn dabei, als er seinen Geburtstag feierte, wozu er die schönen Kürbiskuchen gebacken hatte, die Madame Hänel nicht essen wollte, und die sie unterm Tisch Ihnen und mir zuschob? Wissen Sie denn das nicht mehr?"

Ich machte Platz auf der Bank, aber die Alte schüttelte den Kopf und rührte sich nicht von der Stelle. Endlich sagte sie langsam: „Na? — Sie sein doch — nich — etwa —? Na, die Kleene vom Forschthof?"

„Ja Christel, die bin ich."

„Nu — so — was? —! Is 'n das de Dochter? Un ich soll morgen zu Sie zum Kaffee kommen? Hm! — Hm! Was wird'n da de Frau Wert'n sagen?"

„Mag die sich auch mal wundern. Sie müssen mir viel erzählen. Ihre Madame — —?"

„A, die is doch lange tot, — sunst wär ich doch

ni hier. Se wissen wohl gar ni, daß ich mei fufzig-
jähriges Jubiläum gefeiert hab! Schade, daß Se nich
derbei war'n. Da gab's ooch Kuchen, aber den steckte
niemand untern Tisch. Der Kantor war da, und der
hielt 'ne Rede."

„Das hatten Sie verdient! Und Huldinchen?"

„Ach Gott! Doch tot! Die finden Se alle uf'm
Gott'sacker."

„Wo ist denn der schöne Strauß hingekommen, den
damals das Huldinchen aus der Pension mitbrachte?"

„Das wissen Se ooch noch? — ! Nu der steht bei
mir im Glasschränkchen. Der is fast noch ebenso scheen
wie vor vierzig Jahren. Ich hab' aber ooch immer en
Flor drüber. Die Farben sind en bißchen blasser."

„Das geht uns selbst nicht besser!"

„Nu nee. Ach, dazumal, das war doch de scheenste
Zeit meines Lebens, damals, wie de Madame noch
Witwe war, und wie das Huldinchen noch so jung und
hübsch und glücklich war. Na, — nachher war's ni
mehr so hübsch bei uns, da kam der fremde Mann
mit den fremden Kindern. Ich war noch beim erschten
gewesen und konnte mich ni an den zweeten gewöhnen.
Na, nu sein se alle fort, un mich haben se alleene
zurückgelassen."

Ich drückte der Alten die Hand und ging nachdenklich auf mein Zimmer.

Ich konnte kaum die Zeit erwarten, daß wir gegessen hatten, ich wollte so gern ins Städtchen. Merkwürdig: ist denn die Erde, die unser Fuß betritt, nicht
überall die gleiche? Weshalb zittern mir die Knie, als
ich den Weg nach der Niederstadt einschlage? Mir

klopft das Herz wie einem Kinde, das vor der Weihnachtsstube steht und das Altbekanntes, aber auch Neues erwartet. Hat heimische Erde einen so besonderen Zauber an sich?

Langsam, mit einem Gefühl, gemischt aus Neugier und Erinnerung, betrete ich die Niederstadt. Vieles fällt mir auf als neu, aber es ist mir nicht lieb.

Das aber ist wie früher: Die Schusterfrauen sitzen auf ihrem dreibeinigen Schemel draußen vor den Türen und ziehen fleißig den Pechdraht durch die Schäfte der Stiefel.

Bei meinem Gruß sehen sie neugierig auf. Ich bleibe suchend stehen und sehe mich um. Hier muß doch der Platz sein, wo das Häuschen der Großeltern gestanden hat. Aber es ist nicht mehr da.

Das Neue, das seine Stelle einnimmt, hat gar kein Interesse für mich. Ach wie schade, daß das alte, kleine Haus weg ist!

Wie im Traum steig' ich den Berg hinan, der zum Marktplatz führt. Fremdes, Neues auch hier. Das Haus des Schmiedebäckers ist verschwunden.

Der Platz, wo früher im Sommer durch all die Kindheitsjahre hindurch das Laudel-Riekchen mit ihrem Obstkorb saß und pfennigweise ihr Obst an die naschhafte Jugend verkaufte, der ist jetzt leer!

Ein bestimmtes Ziel hatte ich nicht. Ich suchte Genossen meiner Kindheit und alte, halb vergeß'ne Häuser.

War denn der Marktplatz immer so still und so klein gewesen? Wer mag der alte Mann sein, der sich uns langsam nähert?

Ich muß ihn mal anreden, ich frage ihn nach der Nendel-Ernestine.

Er sieht mich sinnend an und sagt langsam: „Die? Die ist doch schon lange mit dem Schuster Putzger verheiratet. Sie wohnt da drüben.“

„Sie sehen,“ sage ich entschuldigend, „daß ich nicht recht mehr Bescheid weiß, ich bin lange weg gewesen, vielleicht sind Sie auch ein alter Bekannter von mir, wollen Sie mir nicht Ihren Namen sagen?“

„Ich heiße Roscher,“ sagt der Mann.

„Roscher?“ Ich denke nach. „Ja, ja,“ rufe ich lebhaft, „ich weiß schon! Sie sind Lohgerber! Sie wohnen in der Entengasse, der Apotheke gegenüber!“

Der Alte lächelte. „Sie meinen meinen Vater!“

Ich sehe ihn sinnend an und sage mir, daß ich bei jedem Wiedersehen bedenken muß: es liegen vierzig Jahre dazwischen.

„Vielleicht sind wir Schulgefährten gewesen,“ sage ich, „können Sie sich auf die Charitas vom Forsthof besinnen?“

„Natürlich! Sehr gut!“

Er ladet mich ein, im Vorbeigehen bei ihm vorzusprechen.

Als ich in das bezeichnete Haus trete, steht ein kleines, verwelktes Figürchen mit ergrautem Haar in der Küche und mustert mich erstaunt.

„Ich bin Frau Bischoff,“ sage ich. Sie schüttelt den Kopf und sagt: „Wohin wollen Sie denn, ich kenne Sie nicht.“

„Also Frau Bischoff kennst du nicht,“ sage ich neckend, „aber kennst du vielleicht Dietrichs Charitas?“

„Du wärscht de Charedas?!" ruft sie erstaunt, „aber wenn du de Charedas bist, da komm doch mit rein in de Stube! Daß du noch mal wieder kämst, das hätt' ich doch ni gedacht! Ach, weeste noch, wenn wir egal die Kreiter suchten und das eklige Viehzeug, Raupen und Schlangen! Ha! wie ich eifersüchtig war! Kannste dich noch besinnen uf das Schauspielermädel mit den blonden Locken? Ach, ich wollt' ja wieder gut zu dir sein, aber da warschte mit eenmal weg! So weit weg! Da hab' ich mich so nach dir gebangt! Ich dachte immer, du würdest mir mal schreiben, aber nee! Nichts hab' ich von dir, wie die kleene Puppenkommode, — weeste? — Und das Leibbändchen!"

Ich sah sie fragend an.

„Na, ich hol's glei," sagte sie erregt und verschwand in der Kammer.

Richtig! Da war wahrhaftig das längst vergessene Spielzeug. Auf knallrotem Grunde leuchtend gelbe Tulpen. Und dreibeinig war sie immer gewesen, das war sie auch noch.

„Ja," sagte Ernestine, als sie meinem Blick folgte: „Der Vater hat ihr immer das vierte Bein machen wollen, ich hab's aber ni gelitten! G'rade so soll se bleiben, wie ich se von der Charedas gekriegt hab'. — Ich war doch immer deine allerbeste Freundin, ni wahr?"

Mir wurden die Augen feucht.

„Und was ist es mit dem Leibbändchen?" fragte ich.

Ernestine öffnete eine der winzigen Schiebladen und reichte mir einen länglichen Zeugstreifen.

„Weest denn du das gar ni mehr? Wenn du zum Spielen kamst, brachtest de oft hübsche, bunte Flicken

mit, und dadrmit hattest du dann immer großartige
Pläne, was de alles für die Puppe machen wolltest.
Kleeder, Mäntel, Hüte und Hauben, und wenn ich
wirklich was Feines gemacht hatte, da warst du ni weiter,
als du hattest so en Streifen, und wenn wir dich fragten,
da sagtest de: ‚Hm, 's is eben doch wieder e Leibbändchen geworden!'

Wenn wir dich auslachten, nahm dich meine Mutter
in Schutz und sagte: ‚Helft der nur zurecht, die lernt
so was in ihrem ganzen Leben nich. Die muß doch
egal dem närr'schen Vater helfen.'

„Nun ja," sagte ich wehmütig lächelnd, „was gestalten wir denn schließlich aus alledem, was uns das
Leben bietet! Ich freue mich, daß du unsere Kindheits-
erinnerungen so treu gehütet hast. Ich konnte nur bewahren, was das Herz faßt."

Als wir uns trennten, mußte ich versprechen, noch
oft vorzukommen.

Nach einigen Tagen machte ich der Frau Apotheker
einen Besuch. Wir hatten als Kinder im Hause ihrer
Eltern Theater gespielt. Als sie mein Interesse für
das Städtchen sah, holte sie ein in Schweinsleder ge-
bundenes Buch und gab es mir zur Durchsicht mit.
Es war eine alte Chronik, die einst die Mönche in
Alt-Zella verfaßt hatten. Bald fand ich, was sie über
meine Heimat erzählt hatten:

Siebenlehn.

„Das Lager dieses Städtleins belangend, ist selbiges
von seinem ehemaligen Regierungsplatze, dem Kloster
Zella, wie auch heutigem königlich und kurfürstlich säch-
sischem Schlosse und Amtshause Nossen, von jedem nur

eine halbe Meile abgelegen. Von seiner Kreys- und Berghauptstadt Freyberg aber einundhalb Meile, nächst bei der Straße, so durch dessen Feldflur von Nossen her nach Freyberg gehet, gelegen. Mehrere Distantien benachbarter Städte anzuführen, wird nicht nötig sein, weil man von Siebenlehn aus nordwärts durch Nossen, südwärts auf der Freybergischen Straße und westlicher Seite durch den Zellwald ins ganze Land herum kommen kann. — Den Ursprung und Anbau betreffend, rührt selbiger unstreitig von seinen uralten, und weyland wohl-schüttenden Bergwerken, die unter die ältesten des Landes zählen. Denn als man in Freyberg zu schürfen anfing, waren die Stebelschen Bergwerke in vollem Flor und hießen damals schon was Altes.

Weil nun die Bergleute gerne zehren des Brotes, Fleisches, Bieres, des Unschlitts zu Schmeer und zu Grubenlichtern, auch des Leders und Eisenwerkes nicht lange entraten können, noch weit danach laufen wollen, haben sich bald etliche Handwerker zu ihnen gesellt und damit denen Bergleuten rechte Lust, das Werk mit Freuden anzugreifen, gemacht.

Dieses achte also vor den ersten Anbau des damals noch ganz öden Platzes und Rodelandes, welchem man folgends den Namen Siebenlehn gegeben hat.

Nämlich, da einer zur selben Zeit eine neue Fund-grube ausgeschürfet und eidlich hat bezeugen können, daß er der erste Fünder derselben gewesen, hat ihm der Bergmeister mit einer Schnur so viel vermessen, daß er sieben Lehen bekommen, welche er alle durch besondere Gruben oder Pingen hat bewältigen müssen. Die sieben Gruben aber hießen:

1. Der Zimmermannsschacht.
2. Der Romanus - Erbstollen.
3. Der kleine Roland.
4. Der Markus - Erbstollen.
5. Der Gott allein die Ehre-Erbstollen.
6. Zur neuen Versorgung Gottes.
7. Der fröhliche Sonnenblick.

Ob nun wohl sotaner reiche Bergsegen nach und nach geringer geworden, und mit der Zeit fast hat gar verschwinden wollen, so haben doch die Nachkommen deswegen nicht dürfen Hunger leiden, oder ihre altväterlichen Sitze ledig stehen lassen, sondern zu ihrer Nahrung und Hantierung bald andere Gewerbe gefunden, haben sich auch bis dato damit so wohl fortgebracht und in Kunde gesetzt, daß man von Siebenlehn in und außer Landes fast mehr zu reden weiß, als von mancher großen und volkreichen Land-Stadt. Dann haben die Siebenlehner auch für ein sonderbares Glück und Ehre zu achten, daß obgedachtermaßen unterschiedlich hier geborene und erzogene qualifizierte Stadt-Kinder der Kirchen Gottes und gemeinem Wesen zu Dienst in- und außer Landes nützliche Leute worden, und zum Teil in vornehmen Bestallungen gelebt, damit sie diesen ihren Landsleuten mit Rat und Tat auch beförderlich und verträglich sein können."

*   *   *

Wie man sich doch verändert! Wie ängstlich hatte ich während meiner Kindheit das Sattlerhaus in der Niederstadt gemieden, und wenn ich den Mann von weitem sah, war ich ihm eilig aus dem Wege gegangen, hatte ich doch jedesmal Angst, er könne wieder den Lederriemen nehmen und mich so unbarmherzig schlagen.

Und heute?

Heute suchte ich das Haus, heute wollte ich mich mit dem Manne auseinandersetzen. Ich wollte ihm sagen, daß ich ihm verziehen habe.

Auf dem Wege dahin durchwanderte ich im Geiste die ärmlichen Räume. Wie deutlich sah ich sie vor mir! Unauslöschlich hatten sie sich meinem Gedächtnis eingeprägt.

Durch die Wohnstube kam man in die enge, winkelige, dumpfe Werkstätte, die angefüllt war mit Pferdekummeten, zerrissenen Matratzen, durchgesessenen Stühlen und Haufen von verfitzten Haaren, die ich nach der Schulzeit auszuzupfen hatte. O, ich wußte noch ganz genau, wie viel weicher sich Kälber- als Kuhhaare zupfen ließen.

In die Werkstätte war der Backofen gebaut, auf seiner runden Buchtung lagen Bretter, worauf die Lederreste lagen, der Sattler hob mich manchmal hinauf, damit ich aufräume und das Leder sortiere, gewisse Abfälle nannte er Leimleder, die mußte ich in einen besonderen Beutel sammeln. — Zwischen Backofen und Wand war ein schmaler Gang, da war auf der Diele mein Lager hergerichtet. Diese Schlafstelle behielt ich aber nur so lange, bis die Ferkel kamen, die vertrieben mich. Der Mann sagte: „Die müssen's warm haben, das Mädel kommt auf den Boden."

Der weite, dunkle Boden aber hatte mir große Furcht eingeflößt, und mir war's in der Erinnerung, als hätte ich Nächte hindurch nach der Mutter geweint und mich in Sehnsucht nach ihr verzehrt.

Ich hatte ihr laut mein Leid geklagt und ihr heilig und teuer versprochen, immer gut zu sein, wenn sie nur kommen und nie wieder von mir gehen wollte.

Wie hatte ich diese Versprechungen gehalten? —! Unter diesen Gedanken und Erinnerungen hatte ich die Stätte erreicht. Ich sah mich um, aber was war das? Hier stand ja gar kein Haus, — nichts stand da, ich befand mich vor einem leeren Platz, der etwa den nächsten Häusern als Bleichplatz dienen konnte.

Ich hatte in aller Stille hingehen wollen, jetzt aber mußte ich fragen, wo Sattler Triebel wohnte. — Der Mann, den ich fragte, sah mich erstaunt an und sagte nach einer Pause: „Wen suchen Sie? Den Sattler Triebel? Der is lange tot, seine Frau wohnt an der Nossener Straße." Er beschrieb mir das Haus, und ich wanderte in tiefen Gedanken dahin. Für ihn kam ich zu spät.

Als ich das dürftige Stübchen betrat, schlug mir ein beißender Qualm entgegen, so, als ob man nasses Holz verbrenne.

Durch den Qualm hindurch entdecke ich am Fenster eine alte Frau, die mir bei meinem Eintritt erstaunt das Gesicht zuwendet.

„Guten Tag!" sage ich hustend, „sind Sie Frau Triebel? Sie erlauben wohl, daß ich das Fenster öffne. Draußen ist so herrliche Luft, lassen Sie sie herein! Bei der Wärme haben Sie noch eingeheizt?"

Auf dem Gesicht der Frau malt sich maßloses Staunen, daß ich so eigenmächtig über ihren Qualm verfüge.

„Nu," sagt sie gereizt: „'s Holz muß naß sin, ich hab' mersch erscht heite aus 'm Zellwalde geholt."

„Aber weshalb heizen Sie denn bei dem warmen Wetter noch ein?"

„Nu," sagt sie ärgerlich, „wie sull ich'n sunst mei bissel Wassersuppe kriegen! Mieze, runter da, laß die Dame sitzen."

Sie nimmt ein Bündel alter Kleidungsstücke, auf denen die Katze gesessen hatte, fort, deutet auf den Stuhl und nimmt mir gegenüber Platz.

Wir sehen einander forschend ins Gesicht, wir sind einander ganz fremd, keine findet in der anderen auch nur die entferntesten Spuren einstiger Bekanntschaft.

Endlich sagt die Frau mit einer leisen Verstimmung im Ton: „Ich kann mich doch gar ni besinnen, daß ich Ihnen schon gesehen hab'? —! Wem sein Se denn eegentlich, un was wollen Se denn bei mir? Se sein gewiß im Errtum un woll'n gar ni zu mir!"

„Nein, Frau Triebel," sage ich ernst, „ich bin nicht im Irrtum! Wenn ich Ihnen meinen Namen nenne, fällt es Ihnen wohl ein, daß Sie mich gekannt haben. Es ist allerdings lange, sehr lange her!"

Die Alte sieht mich prüfend an und schüttelt den Kopf, dann sagt sie sehr entschieden: „Nee, ich kann mich gar ni besinnen."

„Erinnern Sie sich wohl, daß Sie vor langen Jahren einmal ein Kind vom Forsthof bei sich hatten?"

Die Alte sieht mich starr an, dann sagt sie langsam. „Nu — freili — besinn' ich mich — das war doch die von Dietrichs, de kleene Char—e—das?"

Ich nicke. „Die bin ich."

„A! Is'n wahr?! Sie wär'n de kleene Char—
e—das?!"

Ich nickte wieder. Die Alte seufzte tief, ließ den
Kopf auf die Brust sinken, schloß die Augen und sagte
leise: „Weihnachten! Ach Gott, das Weihnachten!
Ja, ja, er war garscht'g zu dir, sehr garscht'g! Und's
war doch der David gewest!"

„Was?" rief ich lebhaft, „der David?! So ist es
also doch noch herausgekommen? Und das erfahre ich
erst heute? Nach vierzig Jahren? —!"

„Ich selber hab'n zum Geständnis gebracht! Wie
hab' ich meinen Mann gebitt', er soll doch zu dir uf'n
Forschthof gehn und's dir mit dem David sagen, aber
er hat mich ausgelacht un gesagt: en Kinde tut man
doch keene Abbitte! Ich hab's gar ni verwinden können.
Viele Weihnachten nachher hab' ich egal an dich denken
müssen. — Ja, siehste, nu kann er nischt mehr gut machen!"

Sie stützte den wackelnden Kopf in die verschrum-
pelten Hände und sann lange nach, dann sagte sie
seufzend: „Ach, du lieber Gott, er hat e schweres Ende
gehatt!"

Ich drückte ihr zum Abschied die Hand und ging,
in ernste Gedanken versunken, um weitere Beziehungen
aus ferner Vergangenheit aufzusuchen.

Schließlich fragte ich nach den beiden Sparmanns.
Man wies mich in ein Hinterhaus. Ich fand nur noch
den großen, der kleine war vor kurzem gestorben. Trotz
der mancherlei Veränderungen, die auch hier während
der vierzig Jahre vor sich gegangen waren, fand ich auf
der Kommode, auf demselben Platz wie vordem, das
Buch von der Christenverfolgung. Wie sonderbar, daß

meine alten Augen wieder auf den grellbunten Bildern ruhten!

Wir sprachen auch hier von alten Zeiten, von dem Besuch der beiden in Hamburg, und der große Sparmann konnte sich nicht genug wundern, daß auf der schönen Lombardsbrücke keine Windmühle mehr steht, daß alle paar Minuten der Eisenbahnzug darüber rasselt.

„Das kann nicht mehr schön sein," meinte er, „ich bin froh, daß ich mit dem kleinen Ernst noch in aller Ruhe auf die schöne Alster sehen konnte." Wir trennten uns, und ich suchte den Kleinen auf dem Gottesacker.

Voigtsberg

Unser nächstes Ziel war Voigtsberg. Wir, zumal meine Tochter, wünschten ein Bergwerk in vollem Betrieb zu sehen. In Siebenlehn war das nicht mehr möglich, weil da kein Bergbau mehr getrieben wurde. Ich selbst ging hauptsächlich der Erinnerungen wegen dahin.

Unser Weg führte uns durch das liebliche Muldental, vorüber an dem entzückend gelegenen Hammerwerk. Nun durch den Hohlweg hinauf, da liegt alles vor uns, noch gerade so, wie ich es vor vierzig Jahren verlassen habe. Und doch anders. Ich hatte Voigtsberg nur gekannt in Sturm, Regen, Nebel, Schnee und Eis. Heute liegt der Ort in goldigem Sonnenglanze vor uns ausgebreitet. Das Glöckchen vom Huthause läßt auch heute noch in kurzen Pausen sein „Rrr—ting" erklingen.

Ich sehe mich tiefbewegt, sinnend um und lenke meine Schritte nach dem langgestreckten, niedrigen Gebäude mit dem hohen Schornstein. „Zutritt verboten!", wir treten aber doch ein. Am hinteren Ende der rohen Halle steht ein weißhaariger, bleicher Bergmann und dreht langsam mit ernster Miene ein Steuerrad. Ich trete zu ihm, begrüße ihn, und frage, ob er Voigtsberger ist. Er nickt und dreht schweigend weiter.

„Sind Sie immer hier gewesen?"

Er nickt wieder.

„Ist der Krämer Haubold noch hier?"

„Haubolds? Die sind lange weg. Ich glaub', die sind tot."

„Können Sie sich wohl besinnen, daß die ein eben konfirmiertes Mädchen bei sich hatten, die sie ‚Moarie' nannten?"

Jetzt kam Leben in die welken Züge, und er rief erregt: „Ach freilich! Die hab' ich nicht vergessen. Der hab' ich manchmal den schweren Wagen nach Siebenlehn fahren helfen, und oft, wenn sie im ganzen Dorfe nach Wasser herumrannte und nichts kriegen konnte, da hab' ich ihr das Wasserhaus vom Steiger aufgeschlossen. Ich war doch dazumal Junge beim Steiger und hatte den Schlüssel zum Wassertrog. Wie die sich immer gefreut hat, wenn sie ihre Kannen voll schöpfen konnte! Ja, ja, die hab' ich gut gekannt! Ich seh' sie noch vor mir. Ein herzhaftes Ding war das, machte im strengen Winter ganz allein weit 'naus, ganz bis Hamburg.“

Ich war tief bewegt und sagte leise: „Sie sind also der Winkler-Hermann! Und ich bin die Moarie!“

Er sah mich mit weit geöffneten Augen schweigend an, dann winkte er einem Bergmann, übergab ihm das Rad und trat mit mir vor die Halle. Erregt sah er mir hier ins Gesicht, lange, schweigend, er suchte in meinen Zügen, schüttelte den Kopf und sagte: „Sie wären die Moarie? —!“

„Ja,“ sagte ich ernst, „ich bin es.“

Sein prüfender Blick glitt über meine Gestalt, und er sagte: „Gedacht hätt' ich's nicht, aber bei Gott ist kein Ding unmöglich.“

Er reichte mir die Hand, uns war beiden ganz feierlich zumute.

„Ich habe jetzt keine Zeit,“ sagte er, „aber sehen Sie da unten im Muldental das schmucke Häuschen, das gehört mir! Machen Sie mir doch die Freude und essen Sie Abendbrot bei uns.“

33*

Das versprach ich. Ehe wir aber soweit kamen, wollten wir erst mal alles sehen und kennen lernen.

Um drei Uhr läutet das Glöckchen vom Huthaus zur Schicht. Von allen Seiten kommen die Bergleute herbeigeströmt, ganz so, wie ich sie vor vierzig Jahren gesehen habe. Wir schließen uns ihnen an und nehmen hinter der schlichten Orgel Platz. Einer der Bergleute spielt, die bleichen Männer in der groben Arbeitstracht singen andächtig:

> „Wer weiß, wie nahe mir mein Ende!
> Ein Grubenkleid — ein Totenkleid.
> Drum falt' ich betend meine Hände
> Und flehe um Barmherzigkeit.
> O Herr, du meine Zuversicht:
> Verlaß, verlaß den Bergmann nicht!
>
> Wer weiß, wie nahe mir mein Ende!
> Ein Grubenschacht — des Todes Schacht.
> Wohin ich meine Augen wende,
> Nur schweres Graun, nur tiefe Nacht,
> Mein Heil, mein Licht, Immanuel,
> Komm, mache du mein Dunkel hell!
>
> Wer weiß, wie nahe mir mein Ende
> Ein Grubenlicht — mein Lebenslicht.
> Ein Tropfen löscht es gar behende,
> Wie bald verweht's der Zugwind nicht!
> Herr Gott, in Not und in Gefahr
> Nimm meines Lebens gnädig wahr!
>
> Gib mir, o Herr, zum sel'gen Ende
> Ein wachend und ein betend Herz.
> Dein Wort als Leuchte in die Hände
> Zur Fahrt hinauf- und niederwärts.
> Kommt dann die allerletzte Schicht,
> Dann zag' ich nicht, dann klag' ich nicht!

Still leg' ich dann am sel'gen Ende
Das schwarze Kleid der Grube ab;
Man legt die ausgelöschte Blende
Und mein Gezähe mir aufs Grab;
Mir reicht der Herr das weiße Kleid
Der himmlischen Gerechtigkeit.

Einst fahr' ich dann am sel'gen Ende
Herauf aus meines Grabes Schacht;
Hell leuchten alle Bergeswände,
Des Himmels Glanz durchbricht die Nacht,
Es steigt die Gnadensonne auf
Und alles jauchzt: Glück auf! Glück auf!"

Wir hatten von der Berghauptmannschaft aus Freiberg Erlaubnisscheine zur Anfahrt erhalten. Im Zechenhause mußten wir unser Zeug mit der Bergmannstracht vertauschen. Nun standen wir erwartungsvoll an dem gähnenden Schacht. Ich schaute schaudernd in die Tiefe. Weit unter uns bewegte sich ein einsames Licht. Auf meinen fragenden Blick sagte mir unser Begleiter: „Das ist der Bergzimmermann, der die Sprossen untersucht."

Und nun beginnt unsere Anfahrt. Mir ist doch etwas unheimlich zumute, als wir aufgefordert werden, erst mal einige Meter auf der senkrechten Leiter hinabzusteigen. Ich zittere heftig. Ein Blick in die undurchdringliche Tiefe läßt mich zaudern. Die ungewohnte Kleidung, die unheimlich huschenden Schatten, die das Licht unserer Blende auf die Felswände wirft, machen mich ängstlich. Aber siehe da! Jede Bewegung unsrerseits wird von unserem fürsorglichen Begleiter, der ein paar Stufen vor uns hinabklettert, genau beobachtet und überwacht, bis wir an dem Absatz an-

gekommen sind, wo die Fahrstühle sind. Jedem Fahr-
stuhl wird ein Bergmann beigegeben. Als wir untergebracht sind, gebietet unser Führer mit freundlichem
Ernst, aber großer Entschiedenheit, absolute Ruhe! Er
ermahnt uns, auch unsern Körper durchaus still zu
halten. Und nun beginnt die gleichmäßige Fahrt in
die Tiefe. Keinen menschlichen Laut vernehmen wir,
neben uns rasseln die schweren, eisernen Ketten. Eine
unheimliche Fahrt in diesen schwarzen Abgrund machen
wir. Waggons, gefüllt mit Steinen, ziehen rasselnd an
uns vorüber. Ich wage nicht, den Kopf zu drehen.
Vor mir habe ich die schräge, rötliche Wand. In kurzen
Unterbrechungen sehen wir nur die Angabe der Meter-
zahl, die wir zurückgelegt haben.

Endlich ein Ruck. Die Fahrstühle halten, und sofort
sind unsere freundlichen Erdgeisterchen bei der Hand und
stellen sich in unseren Dienst. Wir sehen an der Wand,
daß wir 550 Meter tief sind. Und hier nun sind die
Gänge, die ich als Kind auf der Karte gesehen habe. —
Hatte ich mir damals eine Vorstellung von hellglänzenden,
silberfunkelnden Bergeswänden gemacht, so war das ein
Gebilde meiner Phantasie gewesen. Auch das gemein-
schaftliche Arbeiten von vielen Bergleuten an einem Ort
war eine irrige Vorstellung gewesen.

Hier waren wir in dem „In Christi Hilfe stehenden"-
Gang. Hier war's dunkel, einsam, kalt und feucht.
Auf einem schlüpfrigen Brett tappten wir vorsichtig
weiter. Wir stießen auf Seiten- und Nebengänge.
Hier nur nicht verirren! Ist man dann verloren?
Mein Führer zeigt auf den Kompaß. — Aber wo ist
denn das Silber und das Edelmetall? Der Bergmann

erhebt seine Blende und zeigt auf die rötliche Wand.
Diese matt glänzenden Streifen im Gestein, die enthalten
das Silber, aber sie sind eingebettet in taubes Gestein.
Viel taubes Gestein wird abgeschlagen, in dem kein
Silber enthalten ist, es ist gar nichts wert und wird
gleich auf die Halde geschüttet. Das erzhaltige Gestein
muß viel Scheidungs- und Läuterungsprozeduren durchmachen, ehe es seinen Weg in die Münze findet.

Vor einer fast senkrechten, dicht an das Gestein an-
gebrachten, sehr unbequemen Leiter machten wir halt
und wurden freundlich aufgefordert, recht vorsichtig da
hinaufzuklettern.

Hätte ich vorher gewußt, was mir alles zugemutet
würde, dann hätte ich wohl kaum gewünscht, eine Anfahrt zu erleben. Jetzt mußte ich vorwärts!

Unser Führer ging auch hier voran und öffnete oben
eine niedere Tür. Wir krochen durch die Öffnung und
befanden uns in einer Art Höhle, etwa von der Größe
einer geräumigen Stube. Es fiel uns, die wir aus
der Dunkelheit kamen, zunächst auf, daß es hier so hell
war. — Kein Wunder! — All unsere Blenden ver-
einigten sich, um den Raum zu erleuchten. Hier waren
wir „vor Ort“, und zwei Bergleute begrüßten uns
freundlich mit „Glück auf!“ — Sie beobachteten uns
interessiert. Unser Führer belehrte uns über die neue
Art des Hauens, die aus den italienischen Bergwerken
übernommen ist. Der gestreckte Arm führt mit kräftigem
Schwunge den Hammer von unten nach oben, gegen
die Stange, die in das Gestein hineingetrieben wird.

Die beiden tätigen Bergleute zeigten uns ihre Arbeit.
Eine etwa fünfzig Zentimeter lange, nicht sehr starke,

vorn zugespitzte Eisenstange wird durch kräftige Schläge in den Stein hinein getrieben.

Eintönig, — taktmäßig fallen die Schläge. Bei dieser Arbeit pflegen sich die Bergleute durch Singen — vorwiegend geistlicher Lieder — gegenseitig zu ermuntern. —

Der Steiger maß nach und fand, daß die Öffnung so weit gediehen sei, daß eine Sprengung stattfinden könne.

Unter der fürsorglichen Hut unserer Führer erreichen wir nach zwei Stunden wieder das Tageslicht.

Nun blieb mir noch das Beste, was ich mir, wie Kinder den besten Bissen, bis zuletzt aufbewahrt hatte. Dieses Beste war das Häuschen am Brunnen. Seit ich an jenem Januarmorgen vor vierzig Jahren aus diesem Hause gegangen war, hatten auch hier allerlei Veränderungen stattgefunden. Tod und Leben hatten ihren Einzug gehalten. Die guten, alten Lehmanns fand ich nicht mehr vor, sie hatten längst ihren Platz an Christels Seite gefunden.

Gustel war seit langen Jahren verheiratet und zeigte mir mit mütterlichem Stolz das Bild ihres einzigen Sohnes. Sie selbst ist eine stattliche Blondine. Auf meine Frage nach dem Fritz höre ich, daß er seit vielen Jahren in Amerika ist.

Gustel hat denselben Zug von Sanftmut und Güte wie die Mutter. „Erquickt euch,“ sagte sie, „es ist warm draußen,“ und sie setzt uns schäumendes Zuckerbier vor; sie geht und kommt mit einem dünnen Päckchen Briefe wieder, die sie vor mich hinlegt.

„Die sind von dir!“ sagt sie mit einem leisen Anflug von Vorwurf im Ton.

„Ja," fährt sie fort, „sieh sie dir nur mal an, es ist wenig, was du mir in den langen Jahren geschrieben hast. Wir wollten doch immer so gern von dir hören."

„Gustel," sagte ich, „es sind viele Menschen während der Jahre in mein Leben getreten!"

Ich habe das Band, das die Briefe zusammenhält, gelöst, vor mir liegen kleine, ausgezackte, rosa Bogen, die mit einer bunten Oblate in der Ecke beklebt sind. Zwischen weitläufig gezogenen Bleistiftlinien marschieren die Buchstaben groß und steif hintereinander her. Der Inhalt ist gleich Null. Und doch sehe ich das Päckchen mit tiefer Bewegung an. Meine Hand gleitet über die Bogen.

„Diese," sage ich zu meiner Tochter, „erinnern mich an meinen ersten Tag in Hamburg, ich bekam sie damals von freundlichen Kindern in einer Apotheke geschenkt. Ach, Menschen sterben hin, Häuser vergehen und entstehen, und solche Kleinigkeiten bleiben erhalten und zaubern uns eine Welt voll Erinnerungen vor die Seele."

Gustel nickt und sagt: „Wie oft haben wir doch von dir gesprochen! Mit welcher Sorge haben die Eltern gebangt, wie du wohl die weite Reise mögest überstanden haben, aber ich hab' immer gesagt, du wärest anders, du wärest beherzt. Unsereiner hätte sich zu Tode gefürchtet!"

„Glaub' nur, unsereiner hat sich auch fast zu Tode gefürchtet!"

Am Abend gingen wir, auch die Gustel mit ihrem Mann, zum Winkler-Hermann, in das nette, kleine Haus in der Talmulde. Hermann stellte mir seine freundliche Frau vor. Beide hatten sich sonntäglich angezogen. Die Frau war noch mit dem Decken des Tisches beschäftigt.

„Heute," sagte sie, „nehme ich Ihnen zu Ehren unser silbernes Geschirr, wir haben es neulich zu unserer silbernen Hochzeit bekommen."

„Daß Sie Silberzeug bekamen, das lag für Sie doch sehr nahe, da doch ihr Mann seit seiner frühesten Jugend in einem Silberbergwerk arbeitet."

Auch hier wurde uns ein Glas Zuckerbier zu unserer „Bemme" vorgesetzt. Silbergeschirr konnte ich aber nicht entdecken, da sagte Frau Winkler, indem sie auf einen Steingutteller mit silbernem Rande deutete: „Sehen Sie? Unser Silbergeschirr!"

Ich sah. Es war etwas anderes, als was ich erwartet hatte, aber, so dachte ich, vielleicht schätzt die ihr Silbergeschirr, das nicht aus Silber ist, höher ein als jemand der echt silberne Gabeln und Löffel hat. Wir unterhielten uns in herzlichster Weise über die Vergangenheit.

Als wir gingen, vergoldete die Abendsonne die Fenster der kleinen Bergmannshäuschen. Winklers und Gustel mit ihrem Manne standen vor der Haustür und winkten uns noch lange nach. Vom Hermann war es ein Abschied fürs Leben.

Wir waren noch nicht lange wieder in unserm Großstadtheim, als uns Gustel schrieb: „Denke Dir nur, der Hermann hat wie immer im Zechenhaus das Steuerrad gedreht, da steht es plötzlich still, ein Bergmann geht hin, um zu sehen, was los ist, da liegt der Hermann tot hinter seinem Rad. Der Tod hat ihm das Steuer aus der Hand genommen! Die Frau ist untröstlich!"

In der Großstadt

Meine Tochter hatte sich auf der Reise nach Sachsen soweit gekräftigt, daß sie bald nach unserer Rückkehr eine Stelle in einem Landpastorat annehmen konnte.

Die Älteste verheiratete sich, und ich blieb mit meinem Jungen allein.

Nun lebte ich in der Großstadt, mit zehn Partieen in einem Hause. Waren das nicht Menschen genug? In der einsamen Heide hatte ich sie mir ja so sehnlich gewünscht, nun hatte ich sie in Hülle und Fülle.

Da machte ich bald die Erfahrung, daß man sich nirgends einsamer und verlassener fühlen kann, als in einem großen Etagenhaus in der Großstadt. Es waren soviel Menschen, daß der eine sich vor dem andern wehrte, daß er sich abschloß. Man legte die eiserne Kette vor die Tür, — vielfach auch ums Herz!

In nächster Nähe spielten sich Schicksalsschläge ab, von denen man nur erfuhr, wenn es zu einer äußeren Katastrophe kam.

Eines Tages komme ich zu meinem Jungen, um zu sehen, ob er auch fleißig arbeitet. Er steht statt dessen vorm Fenster und schaut interessiert auf die Straße.

„Aber Addi!" rufe ich entrüstet, „nennst du das arbeiten?"

Er zeigt nach unten und sagt: „Sieh, da steht ein Krankenwagen."

„Was geht das dich an? Wir sind doch hier nicht auf dem Lande, wo einen jeder Wagen ans Fenster lockt!"

„Nein," sagt er zerstreut, „aber sieh doch, da bringen

sie den Herrn aus dem Parterre heraus, — und sieh nur, — er blutet! Sieh doch!"

Ich erfahre, daß sich der Herr die Pulsader durchschnitten hat. Man hört gedämpft Weinen und Wehklagen, — aber man hat kein Recht an das Leid des Nachbarn.

Wenige Tage danach ertönt aus der dritten Etage lustiger Gesang und Gläserklirren, da wird eine Hochzeit gefeiert. Auch die Freude, die dicht in unsrer Nähe so laute Formen annimmt, sie geht uns nichts an. Die eiserne Kette liegt vor der Tür! —

Wenn Addi gearbeitet hat, will er hinaus.

Heiß, schmutzig, mit wirrem Haar und funkelnden Augen kommt er wieder. "Wie siehst du denn aus? Was hast du denn getan?"

"Na, verhauen haben wir uns! Die Mottenburger sind unsre Feinde. Die Bande! Es ist eine Gemeinheit, sie werfen schlankweg mit Steinen nach uns! Junge! Junge! Wir aber drauf los! Ha, nur sich nichts gefallen lassen! Wenn sie aber mit Steinen werfen, verschanzen wir uns!"

"Wo denn?" frage ich seufzend, während ich ihm seine Kampfesrüstung abnehme. Sein Schild besteht aus einem großen Pappstück, über das er ein Katzenfell gezogen hat. Er hat auch einen Spieß und einen Kopfschmuck aus den Fransen eines abgesetzten Handtuchs.

"Ha," sagt er, während er sich wäscht: "sieh mal da drüben hin, da auf dem freien Platz, sieh, unter der Dornenhecke, da haben wir eine tiefe Höhle gegraben, dahinein verschanzen wir uns!" Und die kleine Brust wogt, und die Augen glühen im Kampfeseifer.

„Abbi!" sag' ich erschrocken, „ihr dürft nicht in die Höhle! Versprich mir, daß du da nicht hineinkriechst! Gerade vor ein paar Tagen habe ich in der Zeitung gelesen, daß so eine Höhle eingestürzt ist, und daß ein Junge erstickt ist. Nicht wahr, du versprichst mir, daß du nicht mehr mitmachst? Ich hab' ja keine ruhige Minute mehr, wenn du nicht bei mir bist!"

„Ach," sagt er ärgerlich, „gar nichts darf man tun! Ich mag so gern draußen sein!"

‚Ja, ja mein guter Junge! Wart' nur, wir gehen zusammen in den Tannenwald."

„Heute?"

„Nein, Sonntag."

Und wir gehen.

Es sieht aus, als ob jeder sich gerade dieses Tannenwäldchen zum Ziel seiner Wanderung ausgesucht hätte. Wir gehen zwischen soviel Menschen, als gehörten wir zu einer Prozession. Ich kann kaum mit dem Kinde sprechen, ich kann keinen Gedanken fassen, weil sich jeden Augenblick ein neues Gesicht vor meinen Blick schiebt. Da sind viele Pärchen, die lachen und schwatzen. Viele aber sehen müde und stumpf aus. Da sind Eltern, die haben Kinder an der Hand, die sehen aber unlustig und heiß aus. Ein buntes Bild, aber kein durchaus frohes. Mir selbst ist, als ob ich Blei an den Füßen hätte, zwischen all den vielen Menschen fühle ich eine große Traurigkeit und Einsamkeit. Aber nun sind wir im Freien! In weitem Umkreis wachsen Tannen. Ach, das wollen Tannen sein? Diese kümmerlichen, armstarken Stämmchen, die so dicht beieinander stehen, daß sie keinen Platz haben sich zu entfalten.

Bei vielen filzt sich das dürre Gezweig ineinander.
Große Strecken sind mit Stacheldraht abgeschlossen.
Aber hier können wir hinein. — Von Blumen und
Pilzen hatte ich dem Kinde erzählt. Ein vorwurfsvoller Blick trifft mich. Sind das Blumen? Zwischen
verstäubten Brombeerranken und einigen schüchternen
Andeutungen von Heidekraut liegen abgerissene Geflecht-
stücke von alten Kinderwagen, ferner Bierflaschen, Eier-
schalen, Blechdosen und verbeulte Kochtöpfe. Wollte
man hier aufräumen, man hätte weit mehr zu tun als
auf dem Siebenlehner Scherbenberg. Mir ist, als hätt'
ich etwas gut zu machen meinem Jungen gegenüber.

„Es tut mir leid," sage ich entschuldigend, „aber
wart' nur, in den Ferien darfst du auf's Land!"

Seine Augen leuchten: „Wieder zu Onkel Hensen
nach Biestensee? Laß mich man lieber gleich ganz da,
da werd' ich bei ihm Bauer, und das ist das Allerschönste!"

Und diesen Jungen hatte ich in die Großstadt gebracht! Welch ein Glück würde für den der Roagger
Garten gewesen sein.

Nachts kann ich nicht schlafen, es ist heiß und
stickig, und ich mache mir so viel trübe Gedanken. Sehnlich hatte ich mich einst fortgewünscht aus der einsamen
Heide. Was hatte ich nun dafür eingetauscht? Wie
würde gerade dieser Junge in dem großen Garten seine
Willenskraft entfalten können, während sie ihn hier in
sinnlosem Kampfe mit der Rohheit auf Abwege führt.

Wie kann ich seinem Tätigkeitstriebe die rechte
Richtung geben? In mein banges Fragen tönt von
unten Gesang.

Was ist das, mitten in der Nacht?! Möbel werden umgestoßen, — beschwichtigende Stimmen reden aufgeregt auf die Singende ein. Das alles bringt gedämpft zu mir herauf.

Die Singende ist die kleine Schneiderin, ihr hungernder, gieriger Blick hat mich schon lange beunruhigt, nun ist das Gefürchtete da! Was mag sie so weit getrieben haben, daß sie nicht mit dem Leben fertig werden konnte? Hat sie sich zergrübelt? Sind es unerfüllte Hoffnungen, die sie in die geistige Umnachtung getrieben haben? Dahin kann man also kommen!

O Gott, nur das nicht! —

Der Winter kommt, der ist in der Großstadt eher zu ertragen. Nun sind die Freunde von ihren Sommerreisen wieder da, und wenn die Entfernungen auch weit sind, so sieht man einander doch zuweilen. — Ich sehe die Zeitungen durch, sie bringen spaltenlange Anzeigen von Vergnügungen, die suche ich aber nicht. Hier ist eine Liste der Vorträge, das paßt mir besser, denn ich habe noch große Lücken auszufüllen. Was lockt mich denn? Englische Literatur von Miß Macdonald. Deutsche Literatur von Professor Litzmann, und hier — dänische Vorträge von Mylius Erichsen. Entdeckungsreisen nach der grönländischen Polarregion.

Das muß ich hören! Der Vortrag führt uns in die Welt des ewigen Eises. Erschauernd folgen wir im Geiste dem kühnen Forscher in die uns fremden, kalten Schneegefilde. Als er geendet hat, möchte ich ihm ein Wort des Dankes sagen.

Ich überwinde meine Scheu und frage, ob ich diesen Vortrag übersetzen darf. Leider komme ich dafür zu spät, aber er hat auch anderes geschrieben, ob ich ihn nicht besuchen will, dann können wir mit mehr Ruhe darüber sprechen. Am nächsten Tag besuche ich ihn im „Skandinavischen Hotel".

„Hier," sagt er, „habe ich eine Wanderung durch die jütländische Heide, die ich einmal mit einem Freunde, einem Maler, gemacht habe, wenn Sie die übersetzen wollen?"

Es interessiert ihn, daß ich so lange in dieser Gegend gelebt habe, da muß ich doch Land und Leute kennen. Diese biederen, kindlichen Menschen. Ich kann seinem Urteil zustimmen, muß ihm aber gestehen, daß gerade mir Land und Leute recht viel zu schaffen gemacht haben.

Er zuckt die Achseln und sagt: „Es war nicht Ihre Heimat, und die politischen Verhältnisse erschwerten natürlich ein Zusammenleben."

Er kommt dann auf seine Forschungsreisen, und ein neuer Ausdruck kommt in sein feines, bewegliches Gesicht. Unwillkürlich gleitet mein Blick über die zart gebaute Gestalt, und ich frage ihn, ob sein Körper diesen Strapazen gewachsen ist.

Er sieht mich ernst und nachdenklich an, dann sagt er: „Lesen Sie diese Gedichte, die sind in der Eisregion entstanden. Aus den verschiedenen Stimmungen, die diese Verse widerspiegeln, werden Sie eine Ahnung bekommen, welchen Leiden wir entgegengehen, aber Sie werden auch sehen, welcher Zauber darin liegt, unentdeckte Länder zu durchforschen. Ein beglückendes Herrschergefühl schwellt uns die Brust, wenn wir ungehemmt auf unseren Schlitten die unermeßliche Ebene durch-

sausen. Wie wächst uns der Mut, wenn wir mit Eisbären und Seehunden zu kämpfen haben! Denken Sie,
welche Stimmungen löst eine Mondnacht in uns aus!
Alles ist groß! Das Schweigen, die Einsamkeit, die
unermeßliche Weite! Und der Verkehr mit den fremdartigen Menschen, den Eskimos, die wir nicht mehr
verstehen, unter denen wir aber doch die Erfahrung
machen, daß sie menschliche Empfindungen haben, wie
wir auch. Ha, bald geht's wieder los! Sobald ich nach
Kopenhagen komme, rüste ich zu einer neuen Reise.
Hei, wenn wir erst wieder mit unsern Hunden über
die Eisfelder sausen! Da kann uns nichts hemmen,
vorwärts ist unsere Losung!"

Er nahm das Buch, schrieb eine Widmung hinein
und reichte mir zum Abschied die Hand.

„Wenn mich das ewige Eis nicht behält," sagte er
ernst, „dann sehen wir einander hoffentlich wieder!"

Wir haben einander nicht wiedergesehen.

> Ihn deckt der Schnee mit dem Totenkleid.
> Verschollen, — verweht in der Einsamkeit!

Was „Amalie Dietrich" mir brachte

Nein, es ging so nicht länger! Alles Reiben und
Wärmen half nichts, ich mußte einen Arzt fragen.
„Sofort ins Krankenhaus, da will ich Sie behandeln.
Muskel- und Gelenkrheumatismus. Sie müssen sich
einer Salizylkur unterziehen."

Eine Freundin kam, um mich im Haushalt zu vertreten. Bei der Anmeldung wurde eine Wärterin
herbei telephoniert. Eine kräftige Frau trat bald danach
in den Anmelderaum und fragte kurz und sachlich: „Kann
die Aufnahme gehen?" Trotz der Schmerzen, die ich
ausstand, mußte ich lachen, und statt des Hausverwalters
antwortete ich selbst: „Ja, die ‚Aufnahme' kann gehen."

„Kommen Sie mit nach Baracke fünf."

Was man alles werden konnte! Ich war also eine
„Aufnahme". Die Kur, der ich mich unterziehen mußte,
regte mich aufs äußerste auf, ich konnte keine Luft
bekommen, ich wollte durchaus ins Freie, ich mußte
laufen, so meinte ich, weit laufen, damit ich nicht fühlte,
wie der Kopf sich zu einer unförmlichen Kugel aus-
wuchs. Was war das nur? Trieb man denn wilde
Tiere durch meinen Körper, die mir die Knochen zer-
brachen? Was sind das für wirre Stimmen, die so
lebhaft auf mich einreden? Ist es das schwindsüchtige
Mädchen, die neben mir liegt, die solchen Lärm macht?
Still doch! — Still! — Nur ein wenig Ruhe! Ich
sehe, wie über mir an der Decke eine Lampe angezündet
wird; man verhängt sie mit einem Tuch. Nun ist es
keine Lampe mehr, es ist der Mond, der die Schneegefilde der Polarregion bescheint.

Ich sitze auf einem Schlitten und sause mit Mylius Erichsen über krachendes, berstendes Polareis. Unser Atem verdichtet sich zu einem mächtigen Eisberg, der jetzt auf uns zuschwimmt, er wird uns erdrücken, ich will schreien, aber da liegt der Berg auf mir! Er drückt mich hinunter, — ich sinke, — tief, — immer tiefer! Alles ist vorbei!

Stöhnend wache ich auf. Nun ist kein Mondschein mehr, aber ich sehe, wie durch einen Nebel, die robuste Wärterin, die mich „Aufnahme" nennt. Wie merkwürdig, sie vermehrt sich; so oft ist sie da, daß ich sagen möchte: „Zwanzig von Ihnen könnten lieber hinaus gehen, Sie nehmen mir alle Luft weg." Undeutlich sehe ich, daß sie den Mund bewegt, aber ich höre nichts, da gebe ich ihr zu verstehen, sie soll näher herankommen, als sie dicht bei mir ist, frage ich, ob ich mein Gehör verloren habe. Sie schüttelt energisch den Kopf und ruft mir in die Ohren: „Ängstigen Sie sich nicht, das gibt sich wieder. Das ist das Salizyl. Sie haben Erscheinungen, Sie sehen Bilder, und es rauscht vor Ihren Ohren!"

So, das weiß sie alles. Mühsam sage ich: „Ich war am Nordpol."

Sie nickt gleichgültig, als hätte ich die selbstverständlichste Reise gemacht.

Später kommen die Ärzte. Der Oberarzt macht sich am Kopfende meines Bettes zu schaffen, er befestigt dicke Schnüre, an deren Enden Handgriffe hängen. Jetzt beugt er sich an mein Ohr und fragt, wie es mir geht. Ich klage ihm, daß mein Kopf so unförmlich groß wird. Er muß es ja sehen! Die Ärzte sehen

34*

einander an und nicken. Der Oberarzt legt seine Hand auf meine Schulter, und weit weg, als ob eine Wand von Watte zwischen der Stimme und mir stände, sagt er: „Sehen Sie, was ich da hingehängt habe?"

„Ja," sage ich.

„Wollen Sie mal versuchen, ob Sie die Handgriffe fassen können? Die Rechte darf den Griff festhalten, aber die Linke muß tüchtig ziehen."

Ich versuche, falle aber stöhnend in die Kissen zurück.

„Na, noch mal!" sagt überredend die Stimme.

Der junge Arzt tritt heran und will mir helfen, aber der Oberarzt schiebt energisch die helfende Hand beiseite und sagt: „Nein, das gilt nicht! Sie müssen selbst, Frau Pastorin. Na — —?"

Ich unterdrücke den Schmerz, fasse den Griff und ziehe an der elastischen Schnur.

„Sehen Sie wohl, daß Sie können!"

Er legt sanft seine Hand auf meine kranke Hand und sagt eindringlich: „Wir wollen ja gerne tun, was wir können, aber Sie müssen auch das Ihre dazu tun! Hören Sie mal genau zu, können Sie mich verstehen?"

Ich nicke.

„Ihr Herz ist krank, die Herznerven! Sie dürfen Ihren Zustand nicht leicht nehmen. Sie müssen sich, trotzdem es schmerzt, immer überwinden und an den Schnüren üben, damit die Lähmung sich nicht festsetzt. Immer üben, — sonst —! Wie? Ob ich glaube, daß Sie noch wieder gesund werden können? Es hängt mit von Ihrem Willen ab. Wenn Sie recht fleißig an dem Apparat arbeiten, können Sie noch wieder glücklich werden."

Er reicht mir freundlich die Hand, und dann gehen die Herren.

Also so stand es um mich. Das Herz krank! Wollte ich nicht gern noch leben? Hatte ich nicht noch Pflichten und Aufgaben zu erfüllen? Brauchten mich denn meine Kinder nicht noch? Mein Junge, der noch der Erziehung bedurfte? Was hatte ich noch alles geplant, was wollte ich noch alles, und vielleicht hatte ich zu nichts mehr Zeit. Was konnte ich überhaupt noch, nichts als gefesselt still liegen? Ach ja, ziehen sollte ich ja. Ja gleich! Die Tränen kamen. Nichts konnte ich mehr, nicht einmal mehr im Winkel sitzen und flicken und stopfen. Immer noch führte mein Weg durchs dunkle Tal.

Meine ganze bunte Vergangenheit, auch das mühselige Leben meiner Mutter, zog an meiner Seele vorüber. Hatte nicht ihr Leben auch durch dunkle Täler geführt, und wie hatte sie sich hindurchgetastet? Manchen Gang hatten wir gemeinsam gemacht, damals an dem Winterabend, am Lilienstein entlang. Wie sehnsüchtig hatten damals die Augen das Dunkel durchspäht, wie müde waren die Füße vorwärts gestolpert; mir war, als hörte ich noch heute, wie die Mutter in energischem Ton sagte: ‚Vorwärts! Wenn wir uns jetzt hinsetzen, erfrieren wir!

Endlich wird schon ein Licht auftauchen, das uns wenigstens den Weg zeigt, wenn es auch noch keine ‚süße Ruh‘ bedeutet. Und ein andres Mal: „Kannst du denn gar nicht lernen, mit Gott und dir allein fertig zu werden? Mußt du immer jemanden haben, der dich tröstet und streichelt? Du mußt lernen, einsam zu sein!"

Soviel Übung hätte ich durch mein bisheriges Leben haben können, aber ich hatte es noch immer nicht gelernt. Die konnten einsam sein, die sich eine Aufgabe, ein Ziel steckten: Forscher, Künstler, Gelehrte. Ich war nichts von alledem, weder nach dem Nordpol, noch nach der Südsee führte mich meine Bestimmung. Ich hatte ein Kind zu leiten, damit es durch die Gefahren der Großstadt heil an Leib und Seele seinen Lebensweg ging.

Was konnte ich für das Kind tun?

Auf sein Sehnen mußte ich eingehen. Ich mußte, wenn ich wieder gesund wurde, eine Wohnung mit einem Gärtchen suchen, damit er pflanzen und graben, pflegen, beobachten, sich eine Hütte bauen konnte. Das war meine nächste Aufgabe. Gehen konnte ich ja, da hieß es auf die Suche gehen. — Aber ich sollte ja am Apparat üben! Eilig, als käme es auf die Minute an, tastete ich zitternd nach den Handgriffen.

* * *

Wochen waren vergangen, ich war wieder heraus aus dem Krankenhaus. Das erste war, daß ich meine Wohnung kündigte und eine andere suchte. Nach vieler Mühe gelang es mir. Wir würden den engen Mauern entrinnen, ein kleines Gärtchen war gewonnen, und in meines Jungen Seele baute ich schon im Geiste aus alten Säcken eine Indianerhütte. Vorläufig war ich im übrigen noch zum Nichtstun verurteilt, denn ich hatte den linken Arm noch in der Binde und mußte mir bei allem helfen lassen.

Ich las viel. Konnte ich denn gar nichts anderes tun? Ich saß in trübe Gedanken versunken und fragte mich immer wieder, wenn mein Junge in der Schule war und ich so allein saß: „Was kann ich tun?"

Da sagte eine liebe, nun ferne Stimme: „Das mußt du tun!"

Ich hatte allerhand einzuwenden: konnte ich denn das noch? Ach, es war ja so lange her, seit ich geschrieben hatte! Ich hatte es ganz aufgegeben. Wen erfreute ich denn nun damit? Und dann die vielen Schwierigkeiten mit dem Stoff! Nein, ich war ja doch auch noch krank. Die Stimme widerlegte mich: „Ist nicht gerade der rechte Arm noch gesund? Schwierigkeiten! Manche mußt du innerlich bekämpfen, andere lösen sich unter der Arbeit. Nur nicht sitzen und darauf warten, bis die Lösung von selbst kommt! Die kommt nicht von selbst!"

„Tüchtig am Apparat üben, damit die Lähmung sich nicht festsetzt!" so hatte der Arzt gesagt. „Nicht sich hinsetzen, da erfrieren wir!" Das alles waren Stimmen, die kein Abwarten und Ausruhen zulassen wollten.

Da holte ich Papier und Tinte und sagte zaghaft: „Was meinst du, Mutter, wenn du nun noch einmal auf die Reise sollst? Sollte ich dich wohl ausrüsten können? Kannst du wohl von dieser Reise mir etwas mitbringen, was mir wieder Freude und Interesse in Haus und Herz bringt?" Und unter Tränen und Kämpfen, mit viel Selbstüberwindung schrieb ich an ihrem Leben.

„Amalie Dietrich" brachte, wie das auch früher ihre Gewohnheit gewesen war, gar seltsame Überraschungen aus aller Herren Länder. Es tauchten Menschen und

Beziehungen auf, deren Dasein ich nicht geahnt hatte, viele von ihnen waren aber ganz alte Bekannte, deren Wiedererscheinen mir vorkam, als kehrten sie aus einer anderen Welt zurück.

Ich grübelte über unsere Thüringer Verwandten. Ganz wenig nur wußte ich von ihnen, und ich sah keine Möglichkeit, wie ich den Faden finden sollte, der mich mit ihnen verknüpfte. Da kam ich eines Tages in Altona in eine Apotheke. Apotheken übten aber schon von meiner Kindheit her einen eigentümlichen Reiz auf mich aus. Ich wähnte mich allein, und da las ich so halblaut vor mich hin, was an einer Schieblade stand: „Mercurialis."

Plötzlich kam hinter einem Verschlag der Apotheker hervor, er sah mich etwas erstaunt an und sagte: „Wollen Sie Mercurialis?"

„Nein," sagte ich, „ich will Vaseline. Aber die Aufschrift erinnerte mich an die Pflanze, die ich in meiner Kindheit so oft gesammelt habe." Wir kamen nun in ein längeres Gespräch, in dessen Verlauf ich ihm erzählte, wer ich sei, und daß ich als Kind diese Pflanze oft in den Wäldern meiner sächsischen Heimat gesammelt habe.

„Sollte ich dann wohl eine Moossammlung von Ihren Eltern haben?" fragte er lebhaft. Das erregte mich, und ich bat ihn, ob er sie mir mal zeigen wolle.

Er holte sie, aber schon von weitem rief ich: „Nein, das ist nicht unsere Aufmachung."

„Aber," sagte der Apotheker, „da steht doch ‚Dietrich' brauf. „Ich nahm sie in die Hand und las: Dr. David

Dietrich, Jena. „Ach," sagte ich, „das ist einer unsrer Verwandten! Lebt der noch?"

„Nein," sagte der Apotheker, „der ist erst vor kurzem gestorben. Er ist sehr alt geworden."

Ich sann ein wenig nach, dann fragte ich: „Wer kann mir wohl Auskunft über die Dietrichs geben?"

„Schreiben Sie doch mal an Professor Stahl in Jena, er ist Botaniker, und er wird Ihnen Auskunft geben können."

Auf meine Vorfrage erhielt ich zur Antwort, daß in Eisenach noch ein sehr altes Fräulein Dietrich lebe, die mit den botanischen Dietrichs zusammenhinge. Sofort fragte ich in Eisenach vor, ob mein Besuch willkommen sei, und nach der freundlichen Zusage reiste ich zu ihr. Fräulein Dietrich war die Tochter von Gottlieb Dietrich, der in seiner Jugend durch botanische Beziehungen mit Goethe in Verbindung gewesen war. Sie war 95 Jahr alt, hatte aber für alles, soweit es die Vergangenheit anbetraf, ein sehr gutes Gedächtnis. Sie erzählte mir viel von Goethe und Herder, die beide in ihrem Vaterhause verkehrt hatten. Von ihr erfuhr ich die Geschichte der botanischen Dietriche bis zurück zu 1688. Sie stellte mir in freundlichster Weise die Bilder, die in ihrem Besitz waren, zur Verfügung. Während meines Aufenthaltes in Eisenach war ich öfters bei ihr. Ich wußte, als ich Abschied von ihr nahm, daß es ein Abschied fürs Leben war. Sie wurde, 97 jährig, heimgerufen. Diese Begegnung hatte mir solche Freude gemacht, daß ich den Mut hatte, weiteren Spuren nachzuforschen.

Wie fern lag der Aufenthalt in Bukarest! Hätte

ich doch jemanden gehabt, der mir meine Erinnerungen hätte bestätigen können. Ich klagte das einem Freunde aus Lauenburg. „Wenn Sie mal jemanden treffen, der vor langer Zeit in Bukarest gewesen ist, dann geben Sie mir bitte einen Wink."

Er schüttelte den Kopf und sagte: „Wie sollte ich in Lauenburg zu einer solchen Begegnung kommen? Sie knüpfen auch noch die Bedingung daran, daß es vor langer Zeit gewesen sein muß!"

„Natürlich," sagte ich, „das Bukarest vor fünfzig Jahren hat doch anders ausgesehen, als das heutige."

Er nickte lachend.

Schon bald danach erhielt ich einen Brief, in dem er mir die Adresse einer alten Dame mitteilte, „und" — so schrieb er — „sie wohnt in Hamburg, ich habe es Ihnen so bequem wie möglich gemacht."

Ich besuchte die Dame, und nachdem wir über Bukarest gesprochen hatten, fragte ich sie, ob zu ihrer Zeit wohl ein Pastor Neumeister dagewesen sei.

„Unser guter Pastor Neumeister!" rief sie erfreut, „natürlich! Den kannten wir Deutschen doch alle! Der ist ja ein Menschenleben hindurch in Bukarest gewesen! Der war unser aller Freund und Berater. Sehr befreundet sind wir mit dem gewesen!"

Zaghaft fragte ich: „Er lebt wohl aber nicht mehr?"

„Das kann ich Ihnen nicht sagen! Er ist später mit seiner Familie nach Deutschland gezogen, ich weiß aber nicht wohin."

Neumeister war nach Deutschland gezogen! Wenn er noch lebte, wie konnte ich ihn ausfindig machen!

Paſtor Neumeiſter

Ich sprach darüber mit einer befreundeten Dame, sie stand auf und kam gleich danach mit einem Buche zurück. Auf meinen fragenden Blick sagte sie: „Das ist ein altes Pastorenverzeichnis. Es wäre doch spaßig, wenn wir Ihren Pastor Neumeister darin fänden. Ha, hier ist er! Schmolsien, Pommern!"

Konnte es sein? Ich wagte nicht zu hoffen, schrieb aber sofort an die gefundene Adresse. Schon nach einigen Tagen kam eine Antwort: „Sie suchen meinen Onkel Rudolf, er war viele Jahre in Bukarest. Sie finden ihn fünfundachtzigjährig, in Groß-Salza bei Magdeburg."

Also wirklich! Er lebte noch und war in erreichbarer Nähe. Auf meine Vorfrage, ob ich ihn besuchen dürfe, kam die denkbar freundlichste Einladung. Mit Kind und Kegel möge ich kommen, sowohl er wie seine Frau würden sich herzlich freuen. Es berühre ihn ganz heimatlich, Beziehungen zu Bukarest zu finden. An dem Hause meines Onkels Nelle sei er ja täglich vorüber gekommen! —

Als die Ferien kamen, ging der Junge nach Bistensee, um sich unter Onkel Hensens Leitung an den ländlichen Arbeiten zu beteiligen. Meine Tochter und ich aber waren Gäste von Pastor Neumeisters, die uns jede nur mögliche Freundlichkeit erwiesen.

Mir aber war es wie ein Traum, daß ich jetzt dem .... die Hand drücken durfte, dem ich als vierjähriges Kind mein... Knicks gemacht hatte. War mir doch zumute, als wäre ich vor undenklichen Zeiten schon einmal auf der Welt gewesen. Auch hier nahm ich von dem ehrwürdigen Paar Abschied fürs Leben. Die kluge, liebenswürdige Frau Pastorin ist neunzigjährig erst vor kurzem gestorben.

Das Buch wanderte in die Welt. Es kam auch nach Rußland. Das erfuhr ich, als ich eines Tages einen Brief von einem Staatsrat aus Mitau erhielt.

Er schrieb mir, seine Frau sei meine Cousine. Ich erinnerte mich des Paketes und der neun Taler, die mir als Kind von meinem Onkel aus Rußland geschickt waren, und nun entspann sich mit den spät entdeckten Verwandten eine eifrige Korrespondenz, die damit endete, daß wir, meine Tochter und ich, mit einem Frachtdampfer nach Riga fuhren, um mit vieren meiner Cousinen drei Wochen zusammen zu sein. Ich, die ich mein Leben lang von meiner Seite ohne Verwandte gewesen war, ich fand in meinem Alter die fernen Vettern und Cousinen.

Wir waren noch nicht lange wieder von Rußland zurückgekehrt, als mir eines Abends ein Brief mit holländischer Marke gebracht wurde.

Der Inhalt versetzte mich in größtes Staunen, er lautete unter anderem: — — „Ich glaube nicht, daß es in Holland viele Menschen gibt, die sich Frau Dietrichs noch erinnern können. Als ich sie kannte (1862 bis 1863), waren die meisten Personen, mit denen sie zu schaffen hatte (Apotheker und Professoren), keine jungen Leute, und sie sind wohl alle tot, glaube ich. Wenn einige von ihnen vielleicht noch am Leben sind, dann werden sie auch nicht die merkwürdige Frau vergessen haben. Aber mit mir ist es etwas anderes. Es sind nicht die großen Gaben und die Genialität Ihrer Mutter, die es mir angetan haben. Ich hatte Veranlaffung, ihr gutes Herz, ihr warmes Gefühl kennen zu lernen; wir hatten nicht nur Bewunderung für Frau Dietrich, sondern ihr Name wurde bei uns nie genannt ohne Dankbarkeit und Liebe. Es war so: Mein Vater war Apotheker in Rotterdam; und er sah bald, daß es sich um etwas Ungewöhnliches handelte, wenn Frau Dietrich mit ihren Herbarien ankam.

Mein älterer Bruder war zweiundzwanzig, er hatte sein Examen als Apotheker schon gemacht und war begeistert für die Botanik. Schon bei der ersten Begegnung mit Ihrer Mutter schienen die beiden einander zu verstehen, und in kurzer Zeit war das eine schöne Freundschaft. Solange Frau Dietrich in Rotterdam verweilte, kam sie fast täglich zu uns.

Mein Bruder war sehr leidend, aber er wollte sie immer sehen und mit ihr sprechen. Dann bat er meine Mutter, Frau Dietrich einzuladen, um mit ihm zu speisen. Er war bald zu schwach, um sein Zimmer zu verlaffen, und öfters speisten die zwei dann oben und plauderten über ihre geliebten Pflanzen, und ich kam und ging geräuschlos, um für sie zu servieren, was ich als eine große Ehre empfand. Ich war siebzehn und hatte eine Art Anbetung für meinen Bruder. Dieses freundschaftliche Verhältnis dauerte bis zum Tode meines Bruders. Ich kann mich nicht alles deffen genau erinnern; aber ich glaube, daß Frau Dietrich zweimal in Rotterdam war. Jedenfalls weiß ich ganz gut, daß sie im März 1863 da war und uns erzählte von der Anstellung nach Australien. Wir wußten alle, daß mein Bruder sterben mußte, und daß er seine verehrte Freundin nie wieder sehen würde. Und da hat ihre Mutter sogar

ihre Abreise nach Deutschland um einige Tage ver-
schoben, um das Ende abzuwarten, und hat noch Blumen
gekauft, um sein Grab zu schmücken. Er starb den
11. März 1863. Er hatte Frau Dietrich noch ein
Andenken gegeben, und ich habe es für ihn kaufen müssen.
Als Souvenir habe ich noch ein kleines Herbarium in
meinem Besitz von verschiedenen Moossorten aus der
Schweiz. Wenn ich in Ihrem Buche las, daß es immer
die Aufgabe war, jedes Blümchen und Blättchen in
derselben Lage zu trocknen, die es in der lebendigen
Natur hatte, dachte ich augenblicklich an mein kleines
Herbarium. — Aber meine Erzählung ist noch nicht zu
Ende. Einmal hat mein Vater noch einen Brief aus
Australien bekommen, und 1873, als sie von ihrer großen
Reise zurück war, besuchte sie meine Eltern noch in
Rotterdam. Ich war nicht mehr da, und hatte eine
Anstellung bekommen als Lehrerin der englischen Sprache
und Literatur an der höheren Töchterschule in Haarlem,
und da hat wirklich Ihre Mutter in ihrer großen Treu-
herzigkeit und Liebe mich hier besucht. Sie hat mich
sogar eingeladen, mit ihr nach Pompeji zu gehen, wohin
sie reisen wollte; aber ich konnte dafür keinen Urlaub
erhalten. Ich fühlte wohl, daß sie es fragte, dem Andenken meines Bruders zuliebe, aber ich war doch sehr
geehrt und glücklich. Nachher habe ich immer bedauert,
daß nichts aus der Reise werden konnte. Ihre Adresse
in Hamburg hat sie uns leider nicht gegeben, und wir
haben nie etwas Näheres gehört.

Meine Eltern sind tot, mein einziger Bruder lebt
in Belgien, und seit drei Jahren bin ich hier in Haarlem
in den Ruhestand gesetzt.

Die alte, merkwürdige Episode von Frau Dietrich war fast wie ein Märchen geworden, und — da kommt plötzlich eine Freundin und schenkt mir Ihr Buch. Das war wie ein Wetterstrahl! Ich habe das Buch in drei Tagen ausgelesen und lebe nun wieder ganz in der alten Zeit, manche liebe Schatten steigen auf. Das Bild gegenüber dem Titel von Scharff aus Altona, das habe ich auch. — Nach dieser langen Erzählung verstehen Sie, warum ich Ihnen schreiben wollte. — —"

„Cornelia Eshuys" war der Brief unterschrieben. Lange ruhte mein Blick mit tiefer Bewegung auf diesem merkwürdigen Brief. Ich rechnete. Vor fünfzig Jahren erzählte mir die Mutter ihr seltsames Erlebnis, das sie in die Prinzenstraße nach Rotterdam geführt hatte. Ich stand auf und holte mir mein Album, da waren die fünf Bilder, die ich nur auf den ausdrücklichen Wunsch der Mutter aufbewahrt hatte. Wie oft hatte mein Blick fragend auf den fremden Gesichtern geruht, und ich hatte mir gesagt: „Nie im Leben finde ich einen Faden, der mich mit diesen Menschen verbindet." Und hier lag ein Brief von Cornelia Eshuys, der mir zu meiner Freude auch bestätigte, daß ich das Bild der Mutter so aufgefaßt hatte, wie auch andere es gesehen hatten. Die Photographie zeigte mir ein junges Mädchen, der Brief sprach von einem langen, arbeitsreichen Leben, das nun zur Ruhe gekommen war.

Wer hatte uns, die wir räumlich einander so fern waren, zusammengeführt? Amalie Dietrich! Sinnend blätterte ich weiter im Album. Was für eine bunte Reihe von Bildern zog da an mir vorüber. Wie kam der arme sächsische Bergmann neben den weltbekannten

reichen Hamburger Großkaufmann, der biedere dänische
Bauer zu dem gelehrten Forscher? Die brave Krämer-
frau zu der distinguierten Weltdame? Meiner Mutter
und mein eigener wechselvoller Lebenslauf hatte sie alle
auf engem Raum vereinigt. Wollte ich, während ich
mich mit ihnen allen beschäftigte, noch einmal den Weg
durchs dunkle Tal beschreiten? Bunt war unser beider
Leben gewesen. Das Schicksal hatte uns äußerlich und
innerlich zeitweise weit auseinandergerissen, es hatte mich
aus der sächsischen Dorfkrämerei in das reiche Haus an
der Alster, aus dem strohgegedeckten Pfarrhaus der
nordschleswigschen Heide in das kalte Leben der Großstadt geworfen, es hatte mir den treuen Weggenossen
von der Seite gerissen. Bei dem ernsten Rückblick auf
mein und meiner Mutter Leben sage ich mit dem Pro-
pheten Hesekiel: „Da hob mich der Wind auf, und
führete mich weg. Und ich fuhr dahin, und erschrak
sehr; aber des Herrn Hand hielt mich fest.“